El amor en los tiempos del cólera
Gabriel García Márquez

コレラの時代の愛

G・ガルシア＝マルケス
木村榮一 訳

Obra de García Márquez | 1985
Shinchosha

コレラの時代の愛●目次

Obra de García Márquez
1985

Drawing by Silvia Bächli
03.18: without title, 2003, "LIDSCHLAG How It Looks", Lars Müller Publishers, 2004 through WATARI-UM
Design by Shinchosha Book Design Division

コレラの時代の愛

El amor en los tiempos del cólera, 1985

むろんメルセーデスのために

これから語る言葉、そこには今、王冠を戴いた女神がいる

レアンドロ・ディーアス

ビターアーモンドを思わせる匂いがすると、ああ、この恋も報われなかったのだなとつい思ってしまうが、こればかりはどうしようもなかった。薄暗い家の中に踏み込んだとたんに、フベナル・ウルビーノ博士はその匂いを感じ取った。治療をするために大急ぎで駆けつけたのだが、実を言うと緊急に治療が必要と思われる患者に長年出くわしたことがなかった。ジェレミア・ド・サン・タムールはアンティル*諸島出身の亡命者で、戦争で身障者になっていた。子供たちの写真を撮って生計を立てていた彼は、博士にとってこの上もなく心やさしいチェスの好敵手であった。そのジェレミアがシアン化金を薫蒸して、拷問のように自分を責めさいなんでいた痛切な記憶の手の届かない所へ行ってしまったのだ。

遺体は毛布にくるまれて、本人が使っていた野戦用の簡易ベッドに横たえられ、そばのスツールにはシアンを気化させるために使ったトレイが置いてあった。床には胸に白い毛が生えている黒のグレートデーンの死骸がベッドの脚に縛られて横たわっており、そばに松葉杖が投げ出してあった。寝室兼暗室の部屋は散らかり放題に散らかり、息苦しい感じがした。開け放した窓から入る夜明けの光が部屋の中をかすかに照らし出し、その光で威厳を備えた死体を見分けることができた。ほかの窓や部屋の隙間はすべてボロ切れを詰め込んだり、黒い段ボールで覆ってあったが、そのせいでいっそう重苦しく息の詰まりそうな感じがした。大きなテーブルの上にはラベルを貼っていないフラスコや小瓶が所せましと並び、赤い色の紙で覆ったありふれた電球の下には剝げた白鑞《しろめ》のトレイが二つ置いてあった。遺体のそばのもう一つのトレイには定着液が入っていた。あちこちに古雑誌や古新聞が散らばり、ガラスの感光板のネガが山積みになり、壊れた家具が並んでいたが、掃除を怠らなかったのかどこにもほこりが積もっていなかった。窓から入る風のおかげで部屋の空気は入れ替わっていた。しかし、それと分かる人には、不運な恋の生暖かい残り火を思わせるビター・アーモンドの匂いが感じ取れたにちがいない。このような日が来るのを予見していたわけではないが、フベナル・ウルビーノ博士は、ここは神の恩寵を受けて死ぬのにふさわしい場所ではない、と何度も考えた。しかし時が経つにつれて、あの乱雑さは神の摂理が暗号化されたものかもしれないと思いはじめた。

警部が、市の無料診療所で法医学の実習をしているひどく若い医学生を伴って出迎えた。ウルビーノ博士が到着するまでに部屋の空気を入れ替え、遺体に毛布をかけておいた。二人は恭《うやうや》しく挨拶したが、その顔には敬意よりも、博士を悼むような表情が浮かんでいた。というのも、博士とジェレミアが深い友情の絆で結ばれていることを知らないものはいなかったのだ。高名な博士は、毎日一般臨床医学の講義をする際に学生の一人一人と握手を交わしたが、そのときと同じように二人と握手をした。そのあと、花を手にとるように人差し指と親指で毛布の端をつまむと、秘蹟を行うようにゆっくり慎重に毛布を持ち上げた。素裸の遺体は硬直し、奇妙な具合によじれていた。目は大きく見開かれ、身体は青黒くなり、昨夜会ったときより五十歳ばかり老け込んだように思われた。瞳孔は透き通り、ひげと髪の毛は黄ばんでいて、縫合の跡が見えるごつごつした古傷が腹部を横切っていた。長年松葉杖をついていたので、上半身と腕はガレー船の奴隷のようにたくましかったが、萎《な》えた両脚はまるでみなしごのように頼りなげだった。フベナル・ウルビーノ博士はちらっと遺体を見て、言いようのない悲しみを覚えたが、長年、死を相手に不毛の戦いを続けてきた博士がそのような感情を抱くことはほとんどなかった。

「なんてばかなことをしたんだ」と博士は彼に語りかけた。「だが、これでもう苦しむこともないだろう」

　遺体の上に毛布をかけなおすと、いつもの学者らしい威厳のある態度に戻った。前の年に博士は三日間の公休をとって、八十歳の祝いをしたが、そのときに感謝をこめて行った講演の中で引退するつもりのないことを改めて公言した。彼はこう言った。《あの世に旅立てば、のんびりする時間がたっぷり取れるでしょうが、今のところ死出の旅に出る可能性は計画に入っておりません》。右の耳がだんだん聞こえなくなっていたし、足元がおぼつかないのをごまかすために銀の握りのついたステッキを使っていた。しかし、若い頃と同じように身だしなみには気を配っていて、今も金の鎖をのぞかせたヴェストにリネン*のスーツを着ていた。パスツール*風のひげは真珠層のような光沢を帯びていたし、コテを使って真ん中できちんと分けた髪の毛も口ひげと同じ色をしていたが、この二つは何よりも忠実に彼の性格を表していた。物忘れがひどくなり、不安に襲われはじめた博士は、ありあわせの紙にできるだけメモを取るようにしていた。ポケットというポケットに紙切れがたまって収拾がつかなくなっていたが、スーツケースに詰め込まれた医療器具や薬瓶、あるいはそのほかさまざまなものも同じ状態にあった。博士は町でもっとも長い経歴を誇る著名な医者であるだけでなく、この上もなく優雅で上品な人としても知られていた。しかし、知識をひけらかすきらいがある上に、自分の名前を使って人を意のままに動かそうとするやり方が鼻持ちならないというので、本来ならもっと愛されてしかるべきなのに、それほど好かれていなかった。

警部と実習生にすばやく的確な指示を与えた。解剖の必要はないだろう。トレイにシアンを入れ、写真に使うある種の酸で活性化させて、その蒸気を吸ったのが死亡原因で、そのことは部屋の匂いで分かる。それに、ジェレミア・ド・サン・タムールはそうしたことに詳しい男だから、偶発的な事故だとは考えにくい。控えめな態度で耳を傾けていた警部に、いかにも彼らしいやり方で止《とど》めをさした。《死亡証明書にサインをするのがこのわたしだということを忘れんようにな》。シアン化金が死体にどのような影響を及ぼすのかまだ自分の目で確かめたことのない若い医者は、それを聞いてがっかりした。フベナル・ウルビーノ博士は、医学校でその若い医者を見かけたことがなかったのでびっくりしたが、ちょっとしたことで顔を赤らめ、しゃべり方にアンデスなまりがあるので、多分最近町へきたばかりなのだろうと考えた。《恋狂いする人間には事欠かないから、近々またこうした機会が訪れてくるはずだ》。そう言ったとたんに、記憶にある数えきれないほど多くの自殺者の中で、不幸な恋が原因でないのにシアンを使って自殺した例は今回がはじめてだということに気がついた。そのとき博士の声の調子が少し変化した。

「こういう死体に出会ったら、よく見ておきなさい」と彼は若い医者に言った。「心臓に必ず結石があるはずだ」

博士は警部に話しかけたが、まるで自分の部下を相手にしているような口のきき方をした。埋葬は今日の午後、極秘のうちに行うよう手配し、それに関する必要書類は全部そちらで調えておくようにと命じた。その後、《市長には後でわたしから伝えておく》と言った。ジェレミア・ド・サン・タムールは贅沢とは縁のない質素な暮らしをしていたから、それほど生活費はかかっていない、だから写真家としての稼ぎを貯め込んでいるはずなので、家の引き出しを捜せば、葬式代くらいは出てくるはずだ。

「見つからなくても、葬儀にかかる費用はわたしが持つから、心配しなくていい」と言った。

今回の件について新聞記者は興味を示さないと思うが、彼らには一応あの写真家は自然死で亡くなったと伝えておくように命じた。そして、《必要なら、知事にはわたしから話しておく》と言った。生真面目でおとなしい性格の警部は、博士が市民としての義務に厳格であろうとするあまり、もっとも近しい友人たちさえ激怒させることがあるのを知っていた。だから、博士がいともあっさりと法的な手続きを飛ばして、埋葬を急ぐようにと言ったのには驚かされた。ただ、大司教に掛け合って、ジェレミア・ド・サン・タムールを神聖な墓地に埋葬するよう手配してもらいたいと言われたときは、むっとした。しかし、自分が失礼な態度をとったことに気づいて、警部は弁解するようにこう言った。

「亡くなった方が聖人だということは周知の事実ですからね」

「それ以上に奇妙なのは」とウルビーノ博士は言った。「この男が無神論者の聖人だということだ。しかし、そうしたことは神に任せておけばいい」

遠く、*コロニアル風の市の反対側から*荘厳ミサを告げる大聖堂の鐘の音が聞こえてきた。ウルビーノ博士は金のフレームに半円形のレンズがついたメガネをかけると、鎖のついた小型の時計に目をやった。繊細な造りの四角い形をした時計は蓋がバネで開け閉めできるようになっていたが、それを見ると、ペンテコステス*のミサがまもなくはじまるところだった。

居間には、公園で見かけるような車輪のついた巨大な写真機がおいてあり、背景幕にはペンキ職人の手でたそがれ時の海の風景が描かれていた。壁には、はじめての聖体拝領やウサギの扮装、幸せな誕生日といった記念日に撮った肖像写真がびっしり並んでいた。何年もの間、ウルビーノ博士は午後になると彼とチェスをさしてきたが、夢中になって次の手を考えているときに目にしていた肖像写真が、一枚、また一枚と増えていった。ずらりと並んだ写真に写っている子供たちは、この先どのような人生を送るのか見当もつかない。しかし、そんな子供たちがやがてこの町の未来を決定し、統治し、秩序を乱すことになるのだろうが、その頃には自分の栄光の名残すら残っていないのだと考えて、言いようのない悲しみを覚えた。

デスクの上の広口瓶には老練な船乗りが愛用していた何本かのパイプが立ててあり、そばにさしかけたままになっているチェス盤が置いてあった。急いでいた上に、気分もすぐれなかったが、ウルビーノ博士はそのチェス盤を調べてみたいという誘惑に勝てなかった。前の晩にさしたチェスであることは分かっていた。ジェレミア・ド・サン・タムールは、週日は毎日午後になるとチェスをしていたし、相手は最低三人いたからだった。いつもは決着がつくまでさし、その後チェス盤と駒を箱に入れて、デスクの引き出しにしまっていた。彼はいつも白い駒を使っていたが、チェス盤を見るかぎり、どう贔屓《ひいき》目に見ても白があと四手でつむことは明らかだった。《これがもし自殺でなく、他殺なら、重要な手がかりがここに残されているはずだ》とつぶやいた。《これほど鮮やかに相手の裏をかく手の打てる人間は、わたしの知るかぎり一人しかいない》。つねに最後の最後まで戦い抜くことに慣れたあの手ごわい戦士が、なぜ生涯最後の戦闘で戦いを中途で投げだしたのか、その理由を突き止めない限り、自分はこの先、生きていけないだろうと考えた。

朝の六時に最後の見回りをした夜回りが、通りに面したドアに次のように書いた紙が釘でとめてあるのに気づいた。《ノックしないで中に入り、警察に通報してください》。しばらくして警部が医学実習生を伴って駆けつけた。二人はビター・アーモンドの強い匂い以外に何か証拠になるものはないかと思って家捜しした。博士が勝負のついていないチェスの分析をしているほんの数分の間に、警部がデスクの上に積み上げてあった書類の中からフベナル・ウルビーノ博士に宛てた手紙を見つけ出した。封蠟で固く封がしてあったので、中を見るにははがさなければならなかった。博士は外の光が入るように黒いカーテンを開き、しっかりした字体で十一枚の便箋の両面に書かれてある文字にざっと目を通した。最初の段落を読み終えたとき、この分ではペンテコステスの聖体拝領に出席するのは無理だろうと考えた。息をあえがせ、話の流れがつかめなくなると、何枚も戻って読み返した。読み終えたときには、はるか遠いところ、遠い過去の世界から戻ってきたような気持ちに襲われた。何とか取り繕おうとしたが、ひどいショックを受けていることは傍目《はため》にも見て取れた。唇は遺体と同じ紫色に変わっていた。手紙を折りたたむとヴェストのポケットにしまったが、指の震えを抑えることができなかった。そのときはじめて警部と実習生がそばにいることに気がつき、顔に浮かんでいた苦しげな表情をつくろって無理に笑みを浮かべた。

「特別なことは何も書いていない」と博士は言った。「こうしてくれという最後の指示が書いてあるだけだ」

その言葉には半分うそが含まれていたが、二人はまったく気づかなかった。博士に言われたとおりゆるんでいた敷石を起こすと、その下から金庫を開けるための番号を書いたひどく古い出納帳が出てきたのだ。思っていたほどの金額ではなかったが、葬式を出し、借金を払ってもまだ少し残るくらいの金はあった。ウルビーノ博士は、この分では福音書奉読までに大聖堂へ行くのは無理だろうと考えた。

「物心ついて以来、日曜日のミサに欠席するのはこれで三度目だが」と彼は言った。「神様も分かってくださるだろう」

内心彼は手紙に書かれてある秘密を妻に打ち明けたくてうずうずしていたが、残された細かな問題を片付けるのに少し手間取った。町にはカリブ海からの亡命者が大勢住んでいるので、彼らにはわたしから伝えておく。絶望的な状況に陥ったことが分かってからも、毅然とした態度を崩さず、誰よりも行動的で急進的であったあの男に敬意を払って葬儀に出席したいというものもいるだろう。チェス仲間は専門職についている著名な人たちから名もない職人にいたるまでさまざまだが、彼らにもわたしから連絡しておこう。ほかに近頃疎遠になっている友人たちもいる。彼らも埋葬には立ち会いたいだろうから、伝えておく。最後の手紙を目にしなかったら、真っ先に葬儀に駆けつけるつもりでいたが、手紙を読んだとたんに心が揺れはじめた。いずれにしても、最期の瞬間にジェレミア・ド・サン・タムールは悔悟したかもしれないので、クチナシの花輪を贈ることにした。一年でもっとも暑い季節だから、埋葬は五時にすればいい。用があれば、十二時以降はラシデス・オリベーリャ博士の別荘にいるので、そちらに連絡してくれ。オリベーリャ博士というのは彼の愛弟子で、その日は医師の仕事をするようになって二十五年目、つまり銀婚式に当たるというので、記念昼食会を開くことになっていた。

フベナル・ウルビーノ博士ははじめて武器を取って戦った嵐のような歳月を乗り越えた後、この地方で並ぶもののない社会的地位と名声を手に入れたが、そんな博士の日常生活は決まりきったものだった。一番鶏《どり》の鳴き声で目を覚ますと、一時間ごとに秘密の薬を服用した。つまり、気力を奮い立たせるために臭化カリウムを、雨季になると痛む関節のためにサルチル酸エステルを、めまいを抑えるためにライ麦の麦角菌《ばっかくきん》を溶かした液体を、熟睡できるようにベラドンナ*を飲むといった具合だった。四六時中何か薬を飲んでいたが、人に見られないよう神経を使っていた。長年にわたって医療の実践と教育を行ってきた中で、一貫して、老いの苦痛を和らげるために緩和剤を用いてはならないと言い続けてきたからだった。これはつまり、彼にとっては自分の苦痛よりも他人の苦痛のほうが耐えやすいということにほかならない。ポケットの中にはいつも樟脳を詰めた小袋が忍ばせてあった。いろいろな薬を次々に飲んでいるせいで生じる不安を取り除くために、誰も見ていないときにこっそり嗅いでいた。

月曜日から土曜日まで、毎日朝の八時ちょうどに医学校で一般臨床医学の講義を行っており（これは死の前日までつづけられた）、その準備のために一時間書斎にこもるのが日課になっていた。また、パリの書店から郵便で送られてくる文学関係の新刊書、あるいはバルセローナの書店主が見計らいで送ってくる新刊書にも熱心に目を通していた。スペイン文学よりもフランス文学関係の本をより熱心に読んでいた。いずれにしても、本を読むのは朝でなく、昼寝《シエスタ》のあとの一時間と夜眠るまでの空いた時間を利用していた。授業の準備が終わると、バスルームの開け放した窓に向かって十五分間深呼吸した。そのときは、雄鶏の鳴いている方角の空気が新鮮だからと、いつもそちらを向いて深呼吸をした。次いでファリーナ・ゲーゲンユーバー社製のオーデコロンの匂いで息が詰まりそうな浴室でシャワーを浴び、ひげを刈り込み、口ひげをチックで固めた。ヴェストをつけると、白いリネンのスーツにフェルトの帽子をかぶり、コードバン*のブーツを履いた。彼はコレラが大流行した直後にパリから帰国したのだが、八十一歳になった今もあの頃のような気さくな態度と陽気な性格は失われていなかった。髪の毛は真ん中できれいに分けていて、色こそ金属的な色になっていたものの、髪型は若い頃とまったく変わっていなかった。朝食は家族と一緒にとったが、自分流の食餌療法を行っていた。つまり、胃のためにニガヨモギの花を使ったハーブティーを飲み、心臓にいいニンニクの鱗茎《りんけい》の皮をむいて、丸型のパンと一緒にひとかけずつよく噛んで食べていた。授業が終わるとほとんど毎日、市の奨励事業やカトリック教の活動、社会的、芸術的活動に関する仕事が彼を待ち受けていた。

昼食はたいてい家でとり、その後中庭のテラスで十分ほど昼寝をした。その間、マンゴーの木の下で歌っている女中たちの歌を夢うつつで聞いたり、通りから聞こえてくる物売りの声や入り江から届いてくるガソリン・エンジンの轟音を聞きながらまどろんだ。入り江を行く船の出す排気ガスが、むせ返るように暑い午後に、堕落する運命にある天使のように家中に広がっていった。昼寝のあと、新しく届いた本、特に小説と歴史書を一時間ほどかけて読み、何年も前から町中の人気者になっている家のオウムにフランス語と歌を教えた。四時になると、ピッチャーに入れて氷で冷やしてあるレモネードを飲んで、往診に出かけた。あれほどの高齢だというのに、今だに診療所で患者を診ないで、町の様子がわかってどこへでも歩いて行けるようになって以来ずっと行っている往診をつづけていた。

最初のヨーロッパ留学を終えて帰国すると、博士は家族用幌付き四輪馬車《ランドー》を購入し、それを二頭の金栗毛の馬に引かせた。その馬車が古くなると一頭立ての幌付き馬車に替えた。やがて町から馬車が姿を消しはじめ、その頃になると観光客を乗せたり、埋葬の際に花輪を運ぶときくらいしか使用されなくなった。博士はそうした流行を横目で見ながら馬車を使い続けた。まだ引退しないと言明していたが、博士が呼ばれるのは手の施しようのない患者が出たときだけだった。しかし、この歳になってもまだ声がかかるのは、医者の仕事をしているおかげだと考えていた。博士は患者の顔を見ただけで、どこが悪いかひと目で見抜くことができた。近頃では新薬に対して不信感をつのらせるようになっていたし、外科治療の普及にも眉をひそめていた。《医療の敗北を何よりもよく物語っているのが、メスだ》とよく言ったものだった。博士は、あらゆる薬は毒であり、通常の食品の七十パーセントは死期を早めると、厳しい見方をしていた。《いずれにしても、本当にいい薬を知っているのは、ほんの一握りの医者だけだ》と教室で口癖のように言っていた。若い頃はいろいろな考えに共鳴したが、今では自ら運命論的ヒューマニズムと呼んでいる立場をとっていた。《人は自分の死の主人である。したがって、われわれ医者にできるのは、そのときが来たら、恐怖や苦痛を感じないで死を迎えられるように手助けすることだけだ》。この地方の医学的な伝説になっているこうした過激な発言にもかかわらず、医者として一家を成している昔の教え子たちが、彼の意見を聞きにやってきた。誰もが博士に臨床医としてのすぐれた知見が備わっていると認めていたからだった。いずれにしても、診察料が高いので、一般の人は診察を受けることができなかった。彼に診てもらえるのは、ロス・ビレイエス地区に住んでいる名家の人たちだけだった。

博士は判で押したような毎日を送っていたので、午後、外に出ているときに何か不測の事態が起こったとしても、妻はすぐに連絡を取ることができた。若い頃は家に帰る前に、カフェ・デ・ラ・パロキアに立ち寄ったが、そこで義父の知人やカリブ海から亡命してきた何人かの人を相手にチェスの腕を磨いた。しかし、二十世紀がはじまってからはカフェ・デ・ラ・パロキアに足を向けなくなり、〈社交クラブ〉の後援を取り付けてチェスの全国大会を組織しようとした。ジェレミア・ド・サン・タムールが町にやってきたのはその頃のことだが、当時すでに両脚は萎えており、子供相手の写真家の仕事もまだしていなかった。三カ月もたたないうちに、チェスのことを多少とも知っている人たちの間で、彼の名前が知れ渡るようになった。チェスでは彼にかなうものがいなかったからだった。チェスが抑制できない情熱に変わり、自分の相手が徐々に減りはじめた時期に彼に出会えたのは、博士にとっては奇跡のようなものだった。

ジェレミア・ド・サン・タムールがわれわれの間で知られるようになったのは、博士のおかげだった。ウルビーノ博士は、彼がどのような人間で、どんな仕事をし、勝利の栄光から見放されて両脚の機能を失い、失意のうちにこの町へやってくる原因になった戦争がどのようなものであったかを調べようともせず、無条件の庇護者、あらゆる面における保証人になってやった。ついには、写真館を開くための資金まで提供したが、ジェレミア・ド・サン・タムールははじめて店にやってきた子供たちを、マグネシウムを焚《た》いてびっくりさせて以来、期日どおりに返済を続けて、ついに完済した。

すべてはチェスのおかげだった。最初二人は夕食後、夜の七時からチェスをさしたが、ジェレミアのほうが格段に腕が上だったので、博士はしかるべきハンディをもらった。しかし、だんだんハンディの数が減り、やがて互角の勝負をするようになった。その後、ドン・ガリレオ・ダコンテが町で最初の野外映画館をはじめると、ジェレミア・ド・サン・タムールはもっとも熱心な常連客の一人になった。おかげで、チェスは封切り映画のない夜しかできなくなった。その頃、二人はすっかり打ち解けた仲になっていたので、博士も一緒に映画を見に行くようになったが、妻は同行しなかった。入り組んだストーリーだと、辛抱してついていくのが面倒だったし、加えて女の直感で、ジェレミア・ド・サン・タムールが友人として付き合うにはあまりいい人間ではないと感じ取っていたからだった。

日曜日は平日と違うスケジュールになっていた。大聖堂の荘厳ミサに出席したあと、家に戻るとゆっくり休憩し、中庭のテラスで本を読んだ。安息日なので、よほどの急患でもない限り往診に行くことはなかった。何年も前から断りきれないものをのぞいて、社会的な活動に顔を出さないようにしていた。ペンテコステスのミサがあったあの日は、友人が亡くなり、その一方ですぐれた弟子が医学に従事して二十五年目になるという偶然が奇妙な具合に重なった。彼はジェレミア・ド・サン・タムールの死亡証明書を作成したあと、まっすぐ家に戻らず、好奇心に突き動かされてあることを確かめてみることにした。

馬車に乗り込むと、もう一度例の遺書にざっと目を通し、御者にかつて奴隷が住んでいた地区にある分かりにくい場所へ行くように命じた。いつもと違う指示を受けて御者は戸惑い、間違いではありませんかと尋ねた。いや、間違いじゃないと博士は答えた。住所ははっきり記されていたし、遺書を書いた本人はもちろんそこがどこなのかをよく知っていた。ウルビーノ博士は手紙の一枚目に戻り、知りたくない秘密が次々に明かされていく文面にふたたび引き込まれた。そこに書かれてあることが死を目前にした人間の妄想だと考えたからよかったようなものの、そうでなければ、すでに高齢の博士の人生を変えかねないほどの内容だった。

　朝早くから雲行きがあやしく、曇っているせいで涼しかった。正午まで雨の心配はなかった。御者は近道をしようとコロニアル風の市街地の狭い石畳の道に馬車で乗り入れたので、ペンテコステスの儀式を終えて列を作らずぞろぞろ帰っていく同業者組合や信徒団の人たちを見て馬がおびえないよう、何度も馬車を止めなければならなかった。通りは紙の造花で飾られ、音楽が鳴り響き、生花が撒かれていた。モスリン*のフリルがついた色とりどりのパラソルをさした若い娘たちが、バルコニーからお祭りの様子を眺めていた。大聖堂広場にある解放者シモン・ボリーバル*の像は、アフリカのヤシと電球がとりつけられた新しい街灯の陰になってほとんど見えなかった。そのあたりはミサから帰ろうとする自動車でひどく渋滞していた。中から騒々しい音が聞こえてくるどっしりした構えのカフェ・デ・ラ・パロキアのあたりには馬車を止める場所がなかった。ウルビーノ博士の馬車が唯一の馬車で、町に残っているわずかばかりの馬車の中でもひときわ目立っていた。というのも、エナメルを塗った車体はいつも美しく輝いていたし、金具も塩分で錆びつかないよう青銅製になっていた。車輪と轅《ながえ》は真っ赤な色をしていて、金の縁取りがしてあり、ウィーンのオペラ座の特別興行の夕べを思い起こさせた。見栄っ張りな人たちでさえ、御者には白いシャツを着せているというのに、博士は今でもくすんだ色のビロードのお仕着せにサーカスで使う調教用の鞭を持たせていたが、それを見て口さがない連中は、なんとも時代遅れだし、カリブ海の猛暑の中であんな服装をさせるのは酷というものだとうわさしあった。

　フベナル・ウルビーノ博士は町を異常なまでに愛し、誰よりもよく町のことを知っていたので、あの日曜日のように物騒なかつての奴隷地区に堂々と馬車を乗り入れるといったようなことはめったにしなかった。御者はその地区をぐるぐる回り、あちこちたずねまわってようやく目指す住所を見つけた。ウルビーノ博士は不快な沼沢地とその不気味な静けさ、溺死者が漏らすガスを思わせる異臭を肌で感じた。これまで何度も眠れないまま夜明けを迎えたことがあって、そんなとき中庭のジャスミンの芳香に混じって異臭が寝室まで漂ってきた。その臭いを彼は、今の自分の暮らしとは何の関係もない過去の風のように感じていた。懐かしさに駆られて何度もその臭いを理想化してきた。潮が引いた後に残された食肉処理場のごみをクロコンドルがあさっているぬかるんだ街路を馬車に揺られて進んでいくうちに、その臭いが耐えがたい現実に変わっていった。粗石を積んだお屋敷が建ち並んでいる旧市街とは対照的に、そのあたりの家は変色した材木を使い、屋根はトタン葺《ぶ》きだった。満ち潮になると、スペイン人が作った蓋のない下水溝から水が溢れ出すので、家は杭の上に建てられていた。どこを見ても貧しく惨めたらしかったが、居酒屋からは神もいなければ、貧しい人たちのためのペンテコステスの決まりも知ったことじゃないといわんばかりに、騒々しい音楽が流れてきた。ようやく家を見つけたとき、御者の時代がかった衣装に目を留めた大勢の裸の子供たちが面白がって後を追ってきたので、御者は鞭で追い払った。ウルビーノ博士は秘密の訪問だというので心の準備をしていた。子供っぽい好奇心に駆られてやってきたが、年を考えるとなんとも無謀なことをしたものだという気持になった。しかし、もはや後の祭りだった。

番地のないその家の外見は、ほかのさらに貧しい家となんら変わるところはなかった。ただ、窓にはレースのカーテンがかかり、入り口にはどこかの古い教会からひっぱがしてきた扉がついていた。御者はノッカーを叩き、その家に間違いないことを確かめたあと、博士が馬車から降りるのに手を貸した。玄関の扉が音もなく開き、薄暗い家の中に黒の喪服をつけ、耳に赤いバラをさした中年の女が立っていた。年恰好は四十前といったところだが、金色の冷酷な目をした、黒人と白人の混血のその女には卑屈なところがまったくなかった。ひっつめにした髪の毛が頭蓋骨にぴったり貼りついていたので、まるで鉄の兜をかぶっているように見えた。写真家の仕事場で夢中になってチェスをさしているときに、ウルビーノ博士は何度か彼女を見かけたことがあったし、三日熱にかかったときにキニーネを処方してやったこともあった。最初は誰だか分からなかった。博士が手を差し出すと、彼女はその手を両手で包み込むようにした。挨拶の意味ではなく、彼を家の中に招き入れるためだった。部屋の中はジャングルのように熱気がこもり、目に見えないざわめきが感じ取れた。部屋中ところせましと見事な家具や装飾品が並んでいたが、どれもしっくり収まっていた。ウルビーノ博士は十九世紀の秋のある月曜日に訪れた、パリのモンマルトル街二十六番地にあった骨董商の店を懐かしく思い出した。女は彼の前に座ると、つたないスペイン語でこう言った。

「どうぞお楽になさってください、博士。こんなに早く来られると思っていませんでした」

その言葉を聞いて、ウルビーノ博士は心の中を見透かされたような気持ちになった。彼女の顔をじっと見つめ、喪服と、悲しみながらも威厳を保っているその姿に目を留めた。そのとき、ジェレミア・ド・サン・タムールが最後の手紙で詳しく説明していた内容を彼女は自分よりもよく知っている、だから何もここまで出向いてくることはなかったのだと考えた。事実、そのとおりだった。彼女は二十年近く、恋人に対するように、献身的でしかも従順な愛をもって彼に付き添ってきた。そして、彼が自殺するほんの二、三時間前までそばにいた。眠ったような州都では、行政上の秘密でさえたちまち知れ渡ってしまうが、二人の関係もむろん例外ではなかった。彼らはポルトープランスの療養所で出会ったのだが、彼女はあの町で生まれ育ち、彼の方は亡命の最初の時期をそこで過ごした。一年後、彼女は彼のあとを追って短期滞在の予定でこの町へやってきた。二人で相談したわけではないが、彼女が町に腰を落ち着けるつもりだということは双方とも分かっていた。彼女は週に一度暗室の掃除と片づけをしていたが、あまりものを勘ぐったりしない近所の人たちでさえそうした表面的なことにだまされはしなかった。つまり、ほかの人たちと同じように近所の人たちも、萎えているのはジェレミア・ド・サン・タムールの両脚だけではないと思っていたのだ。ウルビーノ博士も医学的な見地から、おそらくそうに違いないと考えていた。ジェレミア自身が手紙に書いていなければ、妻がいるといわれても信じなかっただろう。いずれにしても、偏見で凝り固まった詮索好きな社会の周縁で過去を断ち切って自由に生きている二人の男女が、なぜ禁じられた愛という不幸な運命を選びとったのか、博士には理解できなかった。彼女はその点についてこう言った。《あの人が望んだことですから》。完全に自分のものにならない男性と秘密を分かち合い、そんな中で何度か一瞬はじけるような幸福感を味わったことを、別に悔やんではいなかった。それどころか、生きていく中でそれこそが模範的なことなのだと学びとったのだ。

前日の夜、彼らは野外映画場へ行った。イタリア系の移民ガリレオ・ダコンテが、十七世紀の修道院の跡地に青天井の映画場を作ってから、少なくとも月に二回はそこへ通っていたが、そんなときはいつも別々にチケットを買い、離れた席に腰を下ろした。映画は前の年に評判になった小説をもとにして作られたものだった。ウルビーノ博士は『西部戦線異状なし』という小説のほうをすでに読んでいて、戦争の野蛮さにやりきれない思いをした。映画が終わったあと、彼らは暗室に戻ったが、彼は昔のことを思い出したのか、心ここにあらずといった感じでぼんやりしていた。彼女は瀕死の重傷者たちが泥の中に転がっているすさまじいシーンに衝撃を受けたせいだろうと考えた。チェスでもすれば気がまぎれるかもしれないと思って、声をかけてみた。彼は彼女を喜ばせようとして、よし、やろうと言った。いつものように白い駒を使ったが、気が乗らないようだった。あと四手でつむと先に読んだのは彼のほうで、その時点であっさり勝負を投げた。ジェレミアと最後にチェスをさしたのはヘロニモ・アルゴーテ将軍だろうと思っていた博士は、話を聞いてはじめて最後の相手が彼女だということに気がついた。

「見事な勝負だったよ」

彼女は、自分が強かったのではなく、ジェレミア・ド・サン・タムールが死ぬことを考えていたせいで、気が乗らなかったからだと説明した。十一時十五分にチェスを途中でやめたときには、外から聞こえていたダンス音楽もやんでいた。彼は、フベナル・ウルビーノ博士に手紙を書きたいので、一人にしてくれないかと言った。博士は自分の知っている中でもっとも立派な人物だ、それに（彼の好きな表現を借りれば）魂の友でもある、もっとも自分たちの共通点といえばたった一つ、チェスが何よりも好きなことで、それもチェスを科学としてではなく、理性の対話と考えている点なんだ。話を聞いて彼女は、ジェレミア・ド・サン・タムールの死の苦しみもいよいよ終わるときがきた、彼にはもう手紙を書き終えるのに必要な時間しか残されていないと感じた。博士はその話を信じることができなかった。

「彼が死ぬと分かっていたんですか」と博士は思わず大声で言った。

知っていただけではありません、と彼女はきっぱり言った。あの人が幸せな気持ちになれるよう手助けをしてきたのと同じ愛情を込めて、死の苦しみに耐えられるようにそばに付き添っていたのです。というのも、最後の十一カ月間は本当に苦しんでいましたから。

「あなたはそんな彼を叱りつけるべきだったんですよ」と博士が言った。

「わたしにはできませんでした」と彼女はうろたえて言った。「あまりにも深くあの人を愛していましたから」

ウルビーノ博士は、彼のことなら何でも知っているつもりでいたが、このような話を、それもこれほど単刀直入に聞かされるとは思っていなかった。今、この瞬間の彼女の姿を記憶にとどめておこうとして、五感をとぎすまして真正面からじっと見詰めた。黒の喪服に身を包み、耳にバラの花をさし、蛇のような目で表情ひとつ変えずに彼を見詰めているその女性は、川の女神の偶像を思い起こさせた。ずっと以前、ハイチ*の浜辺で愛し合ったあと、裸のまま横たわっているときに、ジェレミア・ド・サン・タムールが突然ため息混じりにこう言った。《俺は年をとらないつもりだ》。それを聞いて彼女は、すべてを荒廃させる時間に対して英雄的な戦いを挑むつもりなのだろうと考えた。しかし、彼ははっきりこう言った。六十になったら、どんなことがあっても自分の命を絶つつもりだ、と。

その年の一月二十三日に彼は満六十歳になった。そこで、精霊を信仰しているこの町のもっとも重要な祭りであるペンテコステスの日の前夜を最終期限と決めた。彼女の知る限り、前夜はどのような些細なこともすべてそのための準備に費やされた。二人でよくそのことについて話し合ったが、自分たちの力では押しとどめることのできない奔流のような仮借ない時の流れを嘆いた。

海を愛し、恋を愛し、犬を、彼女を愛していた。その日が近づくにつれて、自らの決断で死を迎えるのではなく、避けがたい運命であるかのような絶望感に取りつかれるようになった。

「昨夜、あの人を一人きりにしたときには、もうこの世の人ではありませんでした」

彼女は犬を連れて行くつもりでいたが、彼は松葉杖のそばでまどろんでいる犬を見て、指先でそっとなでてこう言った。《悪いが、ミスター・ウッドロー・ウィルソンにはあの世まで一緒に来てもらうよ》。手紙を書いている間に、犬を簡易ベッドの脚につないでくれないかと言われ、彼女はそのとおりにした。引っ張ればすぐ解けるような結び方にしておいた。彼を裏切ったのはそれが最初で最後だが、あの犬の冬のように厳しい目を見てその飼い主のことを思い出したいという気持ちからそうしたのだから、許されるだろうと考えた。そこまで彼女が語ったとき、ウルビーノ博士が口をはさんで、犬は紐につながれたままだったと言った。《だったら、逃げようとしなかったんですね》。そう言うと、彼女はうれしそうな顔をした。前の晩、彼は書きかけていた手紙を中断し、最後に彼女のほうを見てこう言った。

「一輪のバラと一緒に私のことを思い出してくれ」

愛する人が亡くなれば、その言葉どおりに思い出してあげるのが一番の供養になるだろうと彼女は考えた。

彼女は真夜中少し過ぎに家に戻った。服を着たままベッドに横になると、次から次にタバコを吸いつづけた。そんなふうにタバコを吸っているうちに、彼が長くて書きづらい手紙を書き終えるだろうと考えたのだ。明け方の三時少し前に、あちこちで犬が吠えはじめた。彼女はコーヒーを入れようとコンロで湯を沸かした。そのあと喪服を着て中庭に出ると、朝一番に咲いたバラの花を切った。話を聞きながらウルビーノ博士は、救いがたいこの女のことは記憶から消し去ろうと考え、その理由も自分なりに納得できるような気がした。つまり、悲しみを平静に受け入れることができるのは原則をもたない人間だけだ、と考えたのだ。

博士が辞去するまでの間に、彼女はさらに詳しく事情を説明した。あの人と約束したので、埋葬には出ませんと言ったが、ウルビーノ博士は手紙の中にはまったく逆のことが書かれてあったはずだと考えた。彼女は涙をこぼしたりしないでしょう、思い出の中に閉じこもってじりじり身を焦がすようにして残された人生を意味もなく過ごすことはないはずです、また生まれついての未亡人なら褒められて当然かもしれませんが、四方を壁に囲まれた部屋で死装束を縫って一生を終えるということもないでしょう。彼女は、手紙に書いてあるとおり家財も含めてすべて自分のものになるジェレミア・ド・サン・タムールの家を、売り払うつもりでいた。そして、これまで幸せに暮らしてきたこの貧者の住む死の穴でひっそり生きていくつもりですと言った。

家に帰る道すがら、〈貧者の住む死の穴〉という言葉がフベナル・ウルビーノ博士の頭から離れなかった。その形容は決して意味のないものではなかった。というのも、あの町、彼のあの町は時間の周縁にあって昔と何一つ変わっていなかった。つまり、今も、思春期の頃に夜の恐怖と孤独な快楽をもたらした燃え上がる不毛の町であり続けているのだ。そこでは、花は酸化し、塩は変質した。今にも枯れそうな月桂樹と腐敗した沼沢地に囲まれてゆっくり老朽化していく以外、この四世紀間何一つ変わったことは起こらなかった。冬になると、あらゆるものを洗い流すどしゃ降りの雨が短時間のうちに降り、トイレから溢れ出した水で通りは胸の悪くなるような臭いのする汚泥に覆われた。夏には、真っ赤なチョークの粉のように目に見えないほど細かくてざらざらした砂が、思いつくかぎりもっとも小さな隙間にまで入り込み、さらに家の屋根を吹き飛ばし、子供を空中に巻き上げる狂った風が吹き荒れるのだ。土曜日には、家畜を連れ、台所道具を持った黒人と白人の混血の人たちが、沼沢地の岸に建っている段ボールとトタンでできた小屋を出て、コロニアル風の地区にある石ころだらけの海岸を占拠して、大騒ぎをやらかした。数年前までは、ひどく年老いたものの中に、真っ赤に焼けた鉄で押された奴隷の烙印が胸のところに残っているものも混じっていた。週末には踊り狂い、蒸留器で作った自家製の酒を浴びるように飲み、イカコ*の茂みで乱交にふけった。日曜日の真夜中になると、大騒ぎの果てに血なまぐさい乱闘騒ぎが持ち上がった。その同じ人たちが平日は、旧市街の広場や狭い通りに入り込んで何でも扱う小さな店や魚のフライの匂いがする市を開いて、死んだような町に活気を、新しい命の息吹をもたらしていた。

スペインの支配から独立し、その後奴隷制度が廃止されたが、そのことによってフベナル・ウルビーノ博士が生まれ育った上流階級の衰退が早まった。かつての名家はがらんどうのようになった砦の中でひっそりと声もなく消えて行った。戦争のときに奇襲をかけたり、カリブの海賊がひそかに上陸するのにちょうどいい敷石を敷いた狭く入り組んだ路地では、雑草がバルコニーから垂れ下がり、手入れの行き届いたお屋敷の堅牢な壁の亀裂を押し広げていた。午後の二時になると、シエスタの薄暗がりの中でピアノの物憂いレッスンの音が響いてくるが、それが生命の唯一の証だった。香をたきこめた涼しい寝室で、女たちは人に言えない感染性の病気を恐れるように陽射しを避け、早朝のミサに行くときでさえ、マンティーリャ*で顔を隠すほどだった。彼女たちは恋をするときも悠長で、しかもめったに心を開かず、しばしば悪い予感におびえたものだった。たそがれ時から夜へと移っていく胸の苦しくなるような時間になると、沼沢地から肉食性の蚊の群れが雲霞《うんか》のように湧き出し、生暖かく物悲しい人糞のかすかな臭いがし、そのせいで人々は心の中で死を確信するのだった。

若い頃、フベナル・ウルビーノはパリの憂鬱の中で、コロニアル風のこの町での生活をいつも理想化していたが、それは記憶の生み出す幻影でしかなかった。十八世紀、町はカリブ海でもっとも繁栄した商業都市だった。それは何よりもアフリカ人奴隷を扱うアメリカ大陸でいちばん大きな市場であるという不名誉な特権によるものだった。加えて、グラナダ新王国の*副王たちはこの町に屋敷を構え、世界に通じる大洋を前に控えたこの町から統治しようとした。遠く離れたところにある凍てつくような首都では、何世紀にもわたって降り続く雨のせいで、現実感覚がおかしくなってしまうのだ。年に何度か、湾内にポトシ、キト、ベラクルスから途方もない財宝を満載した*ガレオン船の船団が集結したが、その頃が栄光に包まれていた時代であった。一七〇八年六月八日金曜日、午後四時、当時の金額にして五千億ペソに上る宝石、貴金属を積み込んで、カディス港に向けて出港したばかりのガレオン船サン・ホセ号が港を出たところでイギリスの艦隊に沈められたが、二世紀経った今もまだ船体は引き上げられていなかった。サンゴの海底には、ブリッジのところで横様になって漂っている艦長の遺体とともにあの財宝が沈んでいると言われ、歴史学者たちは過去の追憶にひたって生きている町の象徴としてつねにあの船に言及したものだった。

湾の対岸にある高級住宅地ラ・マンガ地区に建っているフベナル・ウルビーノ博士の家は別世界のようだった。平屋建ての家は広々として涼しく、外のテラスは*ドーリス式の円柱が立ち並ぶ柱廊になっていて、有毒ガスが発生し、海底に沈没船が眠っている湾をそこから一望することができた。玄関から台所までは白と黒のタイルがチェスボードのように敷き詰めてあったが、あんな風にしたのはウルビーノ博士がチェスに入れ込んでいるからだという人もいた。しかし、彼らはそれが今世紀初めに新興成金の住むあの住宅地を建設した*カタルーニャの職人たちに共通して見られる奇妙な好みだということを忘れていたのだ。建物は天井が非常に高くて、居間は広々としており、通りに面して等身大の窓が六つ切ってあり、大きなステンドグラスが居間とダイニング・ルームを仕切っていた。そして、そこには絡み合ったブドウの蔓と房が描かれ、ブロンズ製の木立のところでは牧神が笛を吹いて乙女を誘惑している絵が描かれていた。応接室の家具をはじめ本物の歩哨が立っているように見える居間の振り子時計にいたるまで、すべてが十九世紀末のイギリスで作られたオリジナルの品ばかりだった。壁にかかっているランプは涙滴形をしたクリスタルで、家中のあちこちに*セーヴル焼きのつぼや花瓶、あるいは雪花石膏《アラバスター》で作った異教的な匂いのする牧歌的な彫像が並んでいた。しかし、ヨーロッパ風の趣味で統一されているのはそのあたりだけで、ほかのところには柳の枝を編んだ安楽椅子の横にウィーン製のロッキングチェアや地方の職人が作った革張りの足載せ台がおいてあった。寝室にはベッドのほかに、絹糸を使ってゴシック体で主人の名前を刺繍し、色とりどりの房飾りをつけたすばらしいハンモックが吊るしてあった。当初、晩餐会用にと考えて作られたスペースがあったが、そこは現在小さな演奏会場になっていて、著名な演奏家がくると、身内だけのコンサートが開かれた。足音を消すために、タイルの上にパリ万国博覧会で買い求めたトルコじゅうたんが敷いてあった。レコード盤を並べた戸棚の横に最新型の蓄音機が置いてあり、片隅にはマニラ製のショールをかけたピアノがあったが、ウルビーノ博士は長年触れたことがなかった。家全体に、大地をしっかり踏みしめて生きている女性のセンスと心配りが感じ取れた。

ウルビーノ博士は老衰であの世へ旅立つまで、書斎を自分の聖域として使うつもりでいたが、細かな心配りの行き届いたその場所はほかのどこよりも重々しい雰囲気をたたえていた。父の遺したクルミ材のデスクと房飾りのついた革張りの安楽椅子のまわりや壁はもちろん、窓の前もガラス戸の入った書棚で埋め尽くされていて、そこには子牛の皮で装丁し、背に金文字が印刷してあるまったく同じ型の本が三千冊、マニアックなまでに整然と並べられていた。港から聞こえてくる騒音や病原菌を運んでくる風にさらされているほかの部屋と違って、書斎は大修道院のような静けさと匂いをたたえていた。カリブ海的な迷信の中で生まれ育ったウルビーノ博士と妻は、吹いてもいない涼しい風を入れるにはドアと窓を開け放ったほうがいいと思い込んでいたので、最初は家を閉め切ると、息苦しく感じた。八月にシエスタをするには、通りから熱風が入ってこないように家を閉め切り、夜にはドアも窓もすべて開け放って外の風を入れるのがローマ式の暑さに対する対処法だったが、夫妻もようやくその方がいいことに気がついた。彼らの家は炎暑の中にあってもラ・マンガ地区でもっとも涼しかった。薄暗い寝室でシエスタをしたあと、午後遅くに柱廊に腰を下ろしてあたりの景色を眺めるのが何よりの楽しみだった。目の前をニューオリンズからやってきた、見るからに重量のある灰色の貨物船や木製の外輪がついた川船が通り過ぎていった。川船は音楽を賑々《にぎにぎ》しく鳴らし、湾内にたまったごみをかき混ぜながら進んでいった。十二月から三月にかけては北風が吹き荒れて、家の屋根を吹き飛ばし、腹をすかせた狼のようにどこか入り込む隙間はないかと一晩中家の周りをうろつくのだが、そんなときも何の不安も感じなかった。夫妻は堅牢な造りのあの家で、誰もがうらやむような暮らしをしていた。

あの日の朝、ウルビーノ博士は十時前に帰宅したが、気分が晴れなかった。二軒の家を訪れたせいで、ペンテコステスのミサに出席できなかっただけでなく、もう十分すぎるほど生きてきたはずの歳になって、自分の人生を変えかねないようなことが起こったためにすっかり動揺していた。ラシデス・オリベーリャ博士の記念昼食会までに一眠りしようと思ったが、召使たちがオウムを捕まえようと大騒ぎしていた。羽を切ろうと籠から出したときに逃げ出して、マンゴーの木のてっぺんに止まったのだ。羽を切ってあるあのオウムには妙な癖があって、ふだんはいくら頼んでもしゃべらないくせに、思ってもみないときに並みの人間以上にはっきりと筋の通った話をした。家族のものは誰一人、幼い頃の子供たちでさえウルビーノ博士から何も教えてもらわなかったのに、あのオウムだけはいろいろなことを教え込まれていた。

オウムは二十年以上あの家で暮らしていたが、それ以前となると何年前から生きているのか知っているものはいなかった。毎日、午後のシエスタが終わると、家の中でもっとも涼しい中庭のテラスにオウムを連れて行って、そこに腰を下ろし、教育的情熱にもとづいて粘り強く教え込み、ついには学者のようにフランス語がしゃべれるまで仕込んだ。その後教育的熱意に任せて、ラテン語のミサのお祈りやマタイによる福音書の章句を教え、さらに加減乗除の四則の初歩を機械的に覚えさせようとしたが、これはうまくいかなかった。晩年に何度かヨーロッパを訪れた博士は、そのときにラッパ形のスピーカーのついた初期の蓄音機と一緒に当時流行の歌やお気に入りのクラシックの作曲家のレコードを大量に買い込んだ。何カ月もの間、毎日何度となくイヴェット・ギルベールとアリスティド・ブリュアンの歌を聞かせた。そのせいで十九世紀のフランス人を魅了したあの二人の歌手の歌をオウムは覚え込んでしまった。イヴェットの歌のときは女性の声音でうたい、アリスティドの歌のときはテノールでうたった。そして最後は下品な高笑いで締めるのだが、それはフランス語でうたうのを聞いたときに女中たちが立てる笑い声をそのまま真似たものだった。あのオウムはいろいろな芸ができると評判になり、おかげで内陸部から川船に乗ってやってきた名士に、時々オウムを見せていただけないかと頼まれることもあった。当時はニューオリンズのバナナ船に乗って大勢の観光客がやってきた。あるときその中にいたイギリス人観光客から、お金ならいくらでも出すから、オウムを譲ってもらえないかと言われたことがあった。共和国大統領ドン・マルコ・フィデル・スアーレスが全閣僚を引き連れて、評判どおりのオウムかどうか確かめにやってきた。それがもっとも大きな栄誉に輝いた日だった。一行は三日間の公式訪問でやってきたので、八月の焼けつくような陽射しの中でもシルクハットとラシャのフロックコートを脱ぐわけにいかず、息も絶え絶えになって午後の三時ごろに到着した。しかし、ウルビーノ博士がなだめ、すかし、脅したにもかかわらず、オウムは絶望的な二時間の間ウンともスンともいわなかったので、一行は来たときと同じように不機嫌な顔をして帰っていった。分別のある妻がよしたほうがいいといった言葉に耳を貸さずに、大統領の一行を招くといってきかなかったせいで、ウルビーノ博士は人前で恥をかく羽目になったのだ。

歴史的な大失態をやらかしたというのに、その後もさまざまな特権を失わなかったところを見ると、あのオウムはやはり特別な存在だったのだろう。オウムと陸ガメをべつにすれば、ほかの生き物は家の中に入れてもらえなかった。陸ガメはふっといなくなって長い間姿を見せないので、どこかへいってしまったのだろうと思っていると、三、四年してひょっこり台所に現れる。しかし、あのカメは生き物というよりもむしろ幸運をもたらす鉱物のお守りのようにみなされていたし、どこをほっつき歩いているのか正確なことはわからなかった。ウルビーノ博士は動物嫌いだったが、そのことを認めようとせず、ありとあらゆる学問的な寓話や哲学的な弁明を並べ立ててそのことを隠そうとした。たいていの人は彼のいうことを聞いて、なるほどと思ったが、妻だけは信じなかった。彼はよく、動物を過度に愛する人間は、ほかの人間に対してこの上もなく残酷になることがある、犬は忠実なのではなく、単に従順なだけだ、猫というのは日和見主義者で裏切り者だ、孔雀は死を象徴する旗だ、コンゴウインコは装飾としても邪魔なだけだ、ウサギは人間の物欲を助長する、サルは人に好き心を植え付ける、*雄鶏は、キリストに三度違うと言わせたのだから、のろわれた生き物だ、と言ったものだった。

　フェルミーナ・ダーサは当時七十二歳になっていた。さすがに歳で昔の雌鹿を思わせる軽やかな足取りは失われていたが、彼女は夫と違って熱帯の花やペットを異常なまでに愛していた。結婚したばかりの頃は夫がすっかり有頂天になっているのにつけ込んで、常識の枠をはるかに越えた数のペットを飼っていた。最初はローマ皇帝の名前をつけた三頭のダルメシアンを飼っていた。九匹の子犬を産んだと思ったら、すでにもう十四の子犬をはらんでいる点から考えても*メッサリーナの名に恥じない雌犬をめぐってこの三頭の犬は激しく争い、互いに噛み合って死んでしまった。その後、鷲のような横顔にファラオのように堂々とした風采のアビシニアン種の猫、斜視のシャム猫、オレンジ色の目のペルシャ猫を飼ったが、これらの猫たちは寝室の中を亡霊のように歩き回り、夜中に騒々しい求愛の鳴き声をあげた。アマゾンから連れてこられたサルも何年か腰を紐で結わえられてマンゴーの木につながれていた。そのサルは悲しみにくれた大司教オブドゥリオ・イ・レイにそっくりで、ひどく純真そうな目をし、手をうまく使って自分の意思を伝えたので、みんなの同情を買った。しかし、女性がそばに来ると、敬意を表して自慰をするという困った癖があったので、フェルミーナ・ダーサはサルを手放した。

家中の廊下に並べられた鳥籠では、グアテマラ産のありとあらゆる種類の小鳥がさえずり、ほかにも危険を察知するイシチドリや黄色の長い脚をした沼アオサギがいた。若い鹿もいたが、この鹿は窓の外から首を伸ばして花瓶に活けてあるベニウチワを食べたものだった。最後の内戦がはじまる前に、ローマ教皇が来られるかもしれないといううわさが流れた。それならというので、グアテマラからゴクラクチョウを取り寄せることにしたが、そのうち教皇来訪のニュースは陰謀をたくらんでいる自由主義者たちを牽制するために政府が流したデマだと分かった。届けられるまでにひどく時間のかかったゴクラクチョウも、返還するときは時間がかからなかった。あるとき、キュラソー*の帆船に乗った海賊から香水をふりかけた六羽のカラスが入った鳥籠を買った。それらのカラスはフェルミーナ・ダーサが少女時代に父親の家で飼っていたのと同じもので、結婚後も飼いたいと思っていたものだった。しかし、たえず羽をばたばたさせ、葬儀の花輪のような匂いが家中にたちこめるので、手放さざるを得なくなった。四メートルもあるアナコンダを飼ったこともあった。夜中に獲物を追う習性のあるアナコンダの吐く息が寝室の暗闇をかき乱したが、思わぬ効果をもたらしもした。つまり、アナコンダの死の息のせいで、コウモリやサラマンダー*はもちろん、雨季になると家に入り込んでくる有害な昆虫まで寄り付かなくなったのだ。当時、フベナル博士はさまざまな職務に追われ、市民のための活動や文化事業に忙殺されていた。博士は動物をどうしても好きになれなかったのだが、妻がカリブ海でもっとも美しい女性としてそれらの動物に囲まれて、この上もなく幸せに暮らしていると考えることで自らを慰めていた。しかし、ある雨の午後、仕事に疲れて帰宅すると、家の中が見るも無残なことになっていたので、現実を直視せざるをえなくなった。客間に立って見渡すと、家中が血の海になっていて、そこに動物の死体が浮かんでいたのだ。椅子によじ登っていた女中たちは、殺戮の恐怖からまださめておらず、呆然としていた。

　実はドイツ産のマスティフ犬の一頭が突然狂犬病の発作に見舞われて狂ったようになり、目の前にいる動物を一匹残らず嚙み殺してしまったのだ。隣家の庭師がひるむことなくその犬に立ち向かい、山刀でずたずたに切り殺した。どれだけの数の動物が嚙まれて、狂犬病に感染したか分からなかったので、フベナル博士は残った動物をすべて殺し、遠く離れた野原で焼却するように命じた。次いで、ミセリコルディア病院に連絡して家の中を徹底的に消毒するように依頼した。生き残ったのは、誰からも忘れられていた幸運をもたらすあの陸ガメだけだった。

　家庭内のことでは結婚後はじめて夫の言葉にしたがったフェルミーナ・ダーサは、以後長い間動物のことを口にしないよう心がけた。*リンネの『自然史』の中の色刷り図版を眺めて心を慰め、それを切り取って額縁に入れると、壁にかけさせた。ある日の明け方、泥棒がバスルームの窓をこじ開けて侵入し、五代前から受け継いできた銀の食器セットを持ち去るという事件が起こった。その事件がなければ、妻のダーサも家の中でまた動物を飼えるかもしれないという期待を抱かなかったにちがいない。ウルビーノ博士は窓枠のところに二重に南京錠をかけ、ドアには内側から鉄製のかんぬきを取り付け、高価な品は金庫にしまいこんだ。さらに、枕の下に回転式連発拳銃《レヴォルヴァー》を忍ばせて眠るという戦時中の習慣をよみがえらせた。気性の激しい犬は、ワクチンをしていようがいまいが、放し飼いだろうが鎖でつなごうが、飼うんじゃない、たとえ泥棒がこの屋敷内のものをすべて持ち去るようなことがあってもまかりならん、と言った。

「この家に口のきけない生き物は一切入れるんじゃない」と博士は言い渡した。

もう一度犬を飼いたい一心であれこれ理由を並べ立てる妻の口を封じようとして博士はそう言ったのだが、深く考えもせずに言ったその言葉がのちに自分の命にかかわるようなことになるとは夢にも思わなかった。一度言い出したらきかないフェルミーナ・ダーサも歳とともに穏やかな性格になっていたが、あのときは夫が何気なく口にした言葉を聞き逃さなかった。泥棒が入って数カ月後のある日、彼女はふたたびキュラソーの帆船まで出かけていき、*パラマリーボの見事なオウムを一羽買い込んだ。オウムは船乗りの使うののしりの言葉しかしゃべれなかったが、その声が人間にそっくりだったので、十二*センターボといういえらく高い値がついていた。

オウムはとても頭がよく、体重も見た目より軽かった。頭部は黄色で、真っ黒な舌をしていたが、それがテレピン油の座薬をさしてもいっこうに人間の言葉を覚えないマングローブ・オウムとの唯一のちがいだった。ウルビーノ博士は妻の奇抜な思いつきに舌を巻き、あっさり兜《かぶと》を脱いだ。オウムの進歩があまりにも早かったので、女中たちは大喜びしていたし、博士も内心驚きながらも面白がっていた。雨の午後は羽がびしょ濡れになるのがうれしいのか、いつになく饒舌になり、家で教えたはずのない古い言い回しの言葉がポンポン飛び出してきた。そこから考えると、あのオウムは見かけよりも歳をとっていたのだろう。博士はオウムを飼うことにまだためらいを感じていたが、ある夜そのためらいが払拭されるような事件が起こった。というのも、泥棒が今度は屋根裏部屋の天窓から侵入しようとしたのだ。オウムは本物のマスティフ犬も顔負けするほど真に迫った声で吠え立て、次にドロボー、ドロボー、ドロボーと連呼した。泥棒の被害にあわなかったのは、オウムが家で教えたわけでもない犬の吠え声と叫び声をあげたおかげだった。以後、オウムの世話はウルビーノ博士がすることになり、マンゴーの木の下に止まり木を作り、水入れと熟れたバナナを入れた容器を置き、軽業師のような遊びができるように空中ブランコを取り付けさせた。十二月から三月までは、夜になると冷え込む上に、北風が吹き荒れるので、外で過ごせたものではなかった。ウルビーノ博士はオウムの持病である鼻疽が人間の正常な呼吸に悪影響を及ぼすのではないかと心配していたが、それでもあえてオウムを寝室に置いた鳥籠に入れ、上から毛布をかけさせた。長年の間翼の羽を切り、放し飼いにしていた。オウムは馬に乗った老人のようなおぼつかない足取りで好きに歩き回っていた。しかし、ある日、調理場の梁のところで面白がって軽業をしているときに、うっかりしてシチュー鍋の中に落ちてしまった。誰か助けてくれ、と船乗りのような叫び声を上げたので、それを聞きつけた料理女が大きなしゃもじですくい上げてやった。全身に大やけどをし、羽がすっかり抜け落ちてしまったが、それでもまだ生きていた。オウムを籠に入れると、教えたことをすべて忘れてしまうと一般に信じられていたが、以後日中もオウムは籠から出してもらえなかった。午後四時の涼しい時間になると、籠から出してもらい、中庭のテラスでウルビーノ博士の授業を受けた。そのときは誰も気づかなかったのだが、オウムの切った羽はすっかりのびていた。だからあの朝羽を切ろうとしたときに、逃げ出してマンゴーの木の上まで飛んでいったのだ。

三時間たってもまだオウムを捕まえることができなかった。女中たちは隣の家の女中の助けを借り、いろいろな手を使って降りてこさせようとしたが、オウムは頑としてその場を動こうとしなかった。木の上で笑い転げながら、《自由党、万歳、自由党、万歳、こんちくしょう》と叫びたてた。以前酒に酔ってすっかりご機嫌になった男たちがこの物騒な言葉を口にしたばかりに、何人も命を落としたことがある。ウルビーノ博士は木の陰に隠れているオウムを見つけることができないまま、スペイン語とフランス語、挙句の果てにはラテン語まで使って呼びかけた。オウムは博士と同じ言語を使い、同じ箇所を強調し、同じ声のトーンで応え返してきたが、木の枝から降りようとしなかった。この分では、オウムを下に降ろすことができないと判断したウルビーノ博士は、消防士を呼ぶように命じたが、博士が最近発見したもっとも新しい遊び道具が市の消防士だった。

火事があると、ほんの少し前までは、近くにいる人たちが自発的にその辺にある左官用のはしごやバケツを持ちだして消火にあたった。しかし、誰も正しい消火法を知らなかったので、ときには火事よりもひどい被害が出ることがあった。前の年に、フベナル・ウルビーノ博士が名誉会長を務めている社会改善協会が集めた募金のおかげで、専門の消防隊が結成され、さらにサイレンと鐘、それに高圧ポンプのホースを二基備えた消防車が配備された。消防隊の人気はたいしたもので、教会の鐘が激しく打ち鳴らされて火事を告げると、子供たちが消火活動を見ることができるようにと学校の授業が休みになった。最初はその程度で終わっていた。しかし、ウルビーノ博士が、ハンブルク滞在中に三日間雪が降り続いた。そのとき地下室に閉じ込められて凍死しそうになっている子供を消防隊員が救出するのを見たことがある、また、ナポリの狭い通りでは、消防隊員が建物の十階のバルコニーから遺体を収めた棺を下ろすのを見たことがあるが、階段がひどく狭く曲がりくねっていて、家族の手では通りまで下ろすことができなかったのだ、と市の上層部に話したおかげで、事情が変化した。ウルビーノ博士の話がもとになって、消防士たちは鍵をこじ開けたり、毒蛇を退治したりするといった、消火活動以外の緊急救助活動を行うようになった。また、医学校でも小さな事故に対処するための応急処置コースを設けた。したがって、博士が並みの人間以上の長所を数多く備えた高名なオウムを木から降ろしてもらいたいと頼むこと自体無理な依頼ではなかった。《向こうには、わたしからの依頼だと言ってくれ》。そう言うと、ウルビーノ博士は寝室へ行って、記念昼食会のために着替えをした。実を言うと、そのとき彼はジェレミア・ド・サン・タムールの手紙が気になっていて、オウムのことを心配するどころではなかったのだ。

フェルミーナ・ダーサはウェストが締まったゆったりした絹のドレスを着、首からは本真珠の長いネックレスを六重にぞろりとかけ、気の張るパーティに出るときにしか使わない繻子《しゆす》のハイヒールを履いていたが、年齢を考えるとひどく思い切った服装だった。いいおばあさんだと言われてもおかしくない女性が、そのような流行の衣装を身につけるのはどうかと思われるが、手足が長く、すらりとした体型で背筋がぴんと伸び、老人性のしみのないしなやかな手をし、鋼《はがね》色の髪を頬のところで斜めにカットした彼女には、その衣装がとてもよく似合った。結婚式のときに撮った写真に比べると、透明なアーモンドのような目と生まれついての高慢さだけは少しも変わっていなかったし、年齢とともに失われていったものを性格で補い、努力でそれ以上のものを身につけていた。鉄のコルセットでウェストを締めつけ、下がったお尻を、布を入れてごまかすといったことはすでに過去のものになっていたので、もう苦しい思いをしなくてもよかった。身体を締め付ける拷問具から解放されて、息をするのも楽になっていたし、七十二歳になったというのに装飾品で飾り立てずに人前に出ることができた。

ウルビーノ博士は妻が化粧台の前に座っているのに気づいた。彼女は扇風機の羽根がゆるやかに回転している下で、フェルト製のスミレの花飾りがついたクロシェ帽*をかぶろうとしていた。広々として輝くように明るい寝室にはピンクの刺繡を施した蚊帳《かや》のかかったイギリス製のベッドが置いてあり、二つの窓は中庭の木々に向かって開け放たれていた。そこから雨の近いことを告げるセミの狂ったような鳴き声がうるさく聞こえてきた。フェルミーナ・ダーサは新婚旅行から戻って以来、夫がバスルームから出てきたらすぐ着ることができるように、時と場所を考えて選んだ服を前日の夜にきちんとそろえて椅子の上に並べておくようにしていた。いつから夫が服を着るのを手伝うようになったのか覚えていなかった。しかし、最終的には彼女が服を着せるようになった。最初は愛情からそうしていたのだが、四、五年前から夫が自分で服を着ることができなくなったので、彼女が着せるようになった。先ごろ金婚式を終えたばかりで、二人は互いに相手なしでは、というか相手のことを考えないでは片時も生きていけないようになっていた。しかし、老いが進むにつれて、彼らは徐々にそのことを意識しなくなった。互いに相手にもたれかかるようにして生きていた。それが愛情によるものか、単にそうするのが楽なだけのことなのか分からなくなっていた。胸に手を当てて考えたことなどなかった。というのも、以前からそうしたことを考えないようにしていたからだった。夫は、足元がおぼつかなくなったり、気分がころころ変わったり、物忘れがひどくなったり、近頃では眠っているときにすすり泣くようになっていた。彼女はそうした変化に気づいていたが、それを老いの明らかな兆候とは考えないで、幼児期への幸せな回帰とみなしていた。だから、彼女は夫を扱いにくい年寄りではなく、老いた子供として扱っていた。おかげで、相手を哀れむという感情から解放されていたわけで、これは見上げた考え方といえた。

　結婚生活を破綻させるような大事件よりも、些細なことが原因で生じる日々の不快な思いを回避するほうがむずかしいということが前もって分かっていたら、二人の生活はまた違ったものになっていただろう。結局二人が学んだのは、何ごとにしてもそうだと分かった時点ではすでに手遅れなのだということだった。夫は毎朝実に楽しそうに目を覚ますが、フェルミーナ・ダーサは長年苦々しい思いでそんな夫に耐えてきた。彼女は朝を迎えるたびに、どうしようもなく不吉な予感に襲われるが、それと向き合いたくなかったので何とか眠りにしがみつこうとした。それなのに夫は、生まれたばかりの赤ん坊のように何の屈託もなく目を覚ました。彼は新しい一日を迎えると、そのたびに一日得をしたような気持ちになっていたのだ。雄鶏の鳴き声とともに起き出す音が聞こえてくる。起きると、最初に意味もなく咳をするが、彼女を起こそうとわざとやっているとしか思えなかった。ぶつぶつつぶやく声が聞こえるのは、彼女を苛立たせようとしてのことなのだ。ベッドのそばにあるはずの部屋履きを手さぐりで探した。それから、やはり手さぐりでバスルームまで行った。そして一時間書斎に閉じこもるのだが、その間彼女はもう一度眠る。やがてまた戻ってきて、明かりをつけないで服を着る音が聞こえる。以前サロン・ゲームをしているときに、あなたは自分をどんな人間だとお考えですかと質問された彼は、《自分は暗闇の中でも服を着ることのできる人間です》と答えた。ベッドの中にいる彼女は、夫はわざとがさがさ音を立てているのだ、こればかりは仕方ないんだという顔をしているが、実は意図的にそうしているのだと考えていた。しかし、そう考えている彼女も眠ったふりをしながら、実は目を覚ましていた。夫がなぜあんなことをするのかははっきりしていた。つまり、自分が不安な思いを抱いているときに妻が起きて、元気に立ち働いてほしいと思っていたのだ。

眠っているとき、彼女はダンスをしているようなポーズをとって額に手を載せるが、その姿がなんとも言えず優雅だった。本人は気持ちよく眠っているつもりでいた。しかし、実を言うとうとうとしているに過ぎなかった。もっともそんな彼女を起こそうものなら、手がつけられないほど荒れ狂った。ウルビーノ博士は、妻がどんなかすかな音も聞き逃さないことに気づいていた。朝の五時に起こされたといってなじる相手がいるのだから、その点だけでも感謝してもらっていいだろうと思っていた。稀に部屋履きがいつもの場所になくて、暗闇の中を手さぐりで探していると、突然妻が眠そうな声で次のように言うことがあった。《昨夜、バスルームでぬいだでしょう》。そのあとすぐに、腹立ちのあまりすっかり目が覚めてしまったというような口調でこう言った。

「この家で何よりもありがたいのは、ゆっくり眠らせてもらえないことね」

そして、ベッドの上で寝返りを打つと、その日最初の勝利を収めたことに満足して明かりをつけた。結局のところそれはいつの時代も変わることのない神話的で底意地の悪い、それゆえに心の慰めになる夫婦間の遊び、飼いならされた愛がもたらす危険な喜びのひとつだった。しかし、そうしたつまらない遊び、つまりバスルームに石鹼がなかったというだけのことで、三十年に及ぶ結婚生活が破綻しかけたことがある。

最初は日常的でごくありふれた出来事がきっかけだった。当時、ウルビーノ博士は人の助けを借りずにシャワーを浴びていたが、浴びたあと寝室に戻り、明かりをつけずに服を着はじめた。

その時間、彼女はいつも目を閉じて静かに呼吸し、神聖なダンスをするように腕を額の上に載せて、胎児のようにまどろんでいる。しかし、いつもそうなのだが、うとうとしているだけで眠ってはいなかったし、夫もそのことに気づいていた。暗闇の中でがさがさ音を立てて糊のきいたリネンの服を着た後、こうつぶやいた。

「この一週間、石鹸を使っていないな」

その言葉で彼女は目を覚ました。バスルームに石鹸を入れておくのを忘れていたことを思い出して、思わずかっとなって八つ当たりしはじめた。彼女自身三日前に石鹸がないことに気がついたが、そのときはシャワーを浴びていたので、あとで入れておこうと考えた。次の日もうっかりして忘れてしまい、三日目も気がつかなかった。しかし、一週間もたってはいなかった。夫があんなことを言うのは、自分に対するあてつけにちがいないが、三日間忘れていたのは弁明のしようがない。その点を突然衝かれたせいで、思わず頭に血が上った。そしていつものように、相手を攻撃することで自分を守ろうとした。

「私は毎日シャワーを使っていますけど」と我を忘れて大声で言った。「石鹸はずっとありましたよ」

妻の戦術を知り尽くしてはいたが、あのときはさすがの彼も我慢できなくなった。仕事を口実に、以後ミセリコルディア病院内にあるインターン用の宿舎で寝泊りするようになった。午後の往診に行く前に着替えをするときだけ家に戻った。夫が戻ってくる音が聞こえると、彼女はさも用があるようなふりをして台所へ行き、馬車馬のひづめの音が通りから聞こえてくるまでそこから動かなかった。三カ月間、夫妻は気まずくなった関係を修復しようとしたが、何をしても事態は悪くなるばかりだった。彼はバスルームに石鹸がなかったことを妻が認めるまで家に帰らないつもりでいたし、妻は妻で、あてつけであんなことを言ったのだと夫が認めるまで家に入れないつもりでいた。

その出来事がきっかけになって、まだ夢から醒め切っていない朝に起こったそれまでの些細なトラブルが次から次へとよみがえってきた。腹立ちがべつの腹立ちを呼び起こし、古傷が口を開いて新しい傷を作り出した。二人は長年夫婦喧嘩を繰り返してきたが、そうして相手に対する恨みがましい感情を養い育ててきたのかと思うと、やりきれない気持ちになった。彼はついに思いあまって、バスルームに石鹸があったかどうかを最終的に判定するのは神の仕事だから、もし必要なら二人で大司教の前に出て、公開告解をしてみたらどうだろうと持ちかけた。それを聞いて、彼女の抑えに抑えてきた感情がついに爆発して、ヒステリックに叫んだ。

「大司教なんて、くそっ食らえ！」

そののしりの言葉は町の土台を揺るがしただけでなく、反論しようのない中傷陰口の種になり、ついには人々が《大司教なんて、くそっ食らえ！》という言い回しを軽喜歌劇《サルスエラ》に出てくるせりふのように使うようになった。自分でも言い過ぎたと感じた彼女は、夫が怒るにちがいないと考えて、先手を打って父の昔の家に一人で引っ越すと言い出した。官公庁に貸してあったその家は、今も彼女の名義になっていた。こけ威しで言ったのではなかった。たとえ大騒ぎが持ち上がっても、引っ越すつもりでいた。しかし、夫がすかさず手を打った。といっても、相手の思い違いを指摘するだけの勇気がなかったので、結局自分から折れて出たのだが、バスルームに石鹸があったと認めたわけではない。そんなことをすれば、真実をゆがめることになるだろう。そうではなく、同じ屋根の下で生活を続けることにしたのだ。しかし、寝室は別々で、口をきくこともなかった。必要があると、食事のときにテーブルの向かい側に座っている相手に、子供を使ってメッセージを伝えたが、そのやり方が実に巧妙だったので、子供たちは両親が口をきかなくなったことに気づかなかった。

書斎にはバスルームがなかった。授業の準備が終わってからシャワーを浴びることにした。そのときは妻を起こさないよう細心の注意を払った。朝の騒音問題は解決した。彼らはバスルームでよく鉢合わせしたが、ベッドに入る前に歯を磨くときは交代で磨くようにした。四カ月後には、妻がバスルームから出てくる前に、彼はダブルベッドに入って本を読み、そのまま寝込んでしまうようになった。彼女は夫が目を覚まして、ベッドから出て行くようにとわざと乱暴にベッドに入った。彼は目を覚ましそうになるのだが、起き上がらずそのままランプを消して、枕の位置を変えた。彼女は夫の肩のあたりを揺さぶって、書斎へ行く時間ですよと言って急《せ》かしたが、祖父母から受け継いだ羽毛布団のベッドで眠るのがあまりにも心地よかった。ついに自分の負けを認めた。

「ここで眠らせてくれ」と彼は言った。「石鹸はたしかにあったよ」

老いの坂を迎えても、二人はあのときのことを忘れることができなかった。半世紀に及ぶ結婚生活の中で直面したもっとも深刻な問題があの諍いだったが、おかげで二人ははじめて自分のほうから折れて出ることを、気持ちを切り替えて新しい生き方をすることを学んだ。彼らはその驚くべき真実を自分でも信じることができなかった。歳をとり、性格も穏やかになっていたが、あのときの傷はまだ完治してはおらず、いつまたそこから血が噴き出してきてもおかしくなかったので、出来るだけ傷には触れないようにしていた。

フェルミーナ・ダーサがはじめて小便の音を聞いた男性は夫だった。新婚旅行でフランスに向かう船のキャビンで、夜にその音を聞いたのだが、あのときは船酔いのせいでひどく気分が悪かった。あのような立派な人物にふさわしくない、馬の小便を思わせる力強い音を聞きながら、自分の身がもつだろうかと不安になった。年齢とともに小便の音は小さくなっていったが、それとともにしばしば昔のことを思い出すようになった。というのも、夫がトイレを使うと、そのたびに便器の縁が濡れるようになったのだが、それがどうしても許せなかった。ウルビーノ博士は、分かる人にはなるほどと思える説明をして妻を説き伏せようとした。お前が言うように毎日便器が汚れるのは、不注意だからではない、あれは生理的な理由によるものだ。これでも若い頃は勢いよくまっすぐ飛んだものだから、学校でビンを置いて放射競技をしたときに優勝したくらいだ。しかし、歳をとるにつれて、勢いがなくなり、斜めに飛んだり、枝分かれするようになった。おしまいにはいくらまっすぐに飛ばそうといきんでも、きまぐれな噴水のように四散してしまうんだよ。《水洗便所というのは、男のことを何も知らない人間が考え出したものだ》と彼はよく言ったものだった。結局、卑屈というよりも屈辱的な行為を毎日行うことで、家庭の平和を乱さないことにした。つまり、トイレを使うたびにトイレット・ペーパーで便器を拭くようにしたのだ。彼女は気づいていたが、バスルームにアンモニア臭が立ち込めるまでは何も言わなかった。臭いがひどくなると、犯罪行為を見つけでもしたように、《まるでウサギ小屋みたいに臭うわね》と言った。老いの坂にさしかかる頃になると、ウルビーノ博士は身体が思うように動かなくなったが、その頃になってようやく最終的な解決法を見つけ出した。つまり、妻と同じように便器に座って用を足すことにしたのだが、おかげで便器は汚れなくなったし、本人も安らかな気持ちになった。

身体が弱りはじめたので、バスルームで転倒したりすれば大事になると考えて、シャワーを浴びるときはひどく用心するようになった。旧市街のお屋敷ではライオンの脚がついた白鑞《しろめ》の浴槽を使っているが、こちらの家は現代風の造りということもあって使っていなかった。衛生上の理由から取り外させたのだ。以前あった浴槽はヨーロッパの人間が使う廃品同然の代物だった。彼らは月の最後の金曜日にしか浴槽を使わないが、中で身体についた垢を落とすので、スープのようにどろりとした液体の中に身体をひたす羽目になった。そこで彼は頑丈な癒瘡木《ゆそうぼく》でばかでかい風呂を作らせ、それを使ってフェルミーナ・ダーサに生まれたばかりの赤ん坊のように入浴させてもらった。葵《あおい》の葉とオレンジの皮を煮立てて作った液体を混ぜた湯に一時間以上つかったが、ハーブの鎮静効果のおかげで、いい香りに包まれて時には眠り込んでしまうこともあった。入浴が終わると、フェルミーナ・ダーサは服を着せ、股のところにタルカム・パウダーをすり込み、熱い湯で皮膚がただれたときは、カカオ・バターをすり込み、オムツをするように愛情を込めてパンツをはかせた。そのあと、靴下、ネクタイ、トパーズのネクタイピンといった具合に、こまめに身支度を整えてやった。子供に奪われていた平穏な時代を取り戻したおかげで、夫婦で迎える朝は静かなものになった。彼女も自分のペースで家事をするようになり、日ごとに睡眠時間が短くなり、七十歳の誕生日を迎える頃には夫よりも早く目を覚ますようになった。

ペンテコステスの日曜日に、ウルビーノ博士はジェレミア・ド・サン・タムールの遺体を覆っていた毛布を持ち上げた。それまで医師として、また信心深い人間として何一つやましいところのない人生を送ってきたが、その自分が気づかずに見過ごしてきたものが、あの日に暴き立てられたように感じた。長年死に慣れ親しみ、死を相手に戦い、いじり回してきたはずなのに、勇気を出して死を真正面から見詰め、死のほうも彼を見詰め返すといった体験は一度もなかったように思われた。死が恐ろしかったのではない。そうではなかった。いつだったか、ある夜、悪夢を見て目を覚ました。彼はつねづね、自分くらいの年齢だといつお迎えが来てもおかしくないと考えていたが、悪夢を見た夜は死が直近の現実のように感じられた。以後、死の恐怖は彼の心の中に住みつき、それと一緒に生き、彼の影にかぶさるもうひとつの影になっていた。それまで想像で作り上げた確信でしかなかったものが、あの夜に実体を備えたものとして博士の目の前に現れてきたのだ。その恐ろしい真実を明らかにするための手段として神慮がジェレミア・ド・サン・タムールを選んだというのは、ありがたいことだった。博士はそれまで彼を、恩寵に浴しているのに、そのことに気づいていない聖人のような人間だと思っていた。しかし、あの手紙によって、彼の正体を、おぞましい過去を、策謀を練り上げる恐るべき能力を知ることになった。そしてそれが分かったとき、博士は何か決定的で、取り返しのつかないことが自分の身に起こったように感じた。

フェルミーナ・ダーサは夫の暗く沈んだ気分に影響されなかった。博士はズボンをはかせてもらい、ワイシャツの沢山のボタンを留めてもらいながら、何とか妻も同じ気分にひたらせようとしたが、うまくいかなかった。彼女はもともと他人のことにあまり興味を持たない性格だったし、自分が気に入ってもいない人間の死となればなおさら興味がもてないのも無理はなかった。彼女は一度も会ったことのないジェレミア・ド・サン・タムールのことをほとんど知らなかった。松葉杖をついた身障者のジェレミアは、アンティル諸島の沢山ある島のひとつで反乱が起こったときに、銃殺隊の前に立たされる羽目になった。そこからうまく逃れた彼は、生計を立てるために子供相手の写真家になり、その後地方いちばんの成功者になった。彼女はトレモリーノスという名前で覚えていたが、実際はカパブランカという名前の男とチェスをして勝利を収めたということくらいしか知らなかった。

「あの男は恐ろしい罪を犯して終身刑を食らったが、カエーナの牢獄から脱獄したんだ」とウルビーノ博士は言った。「なんでも人肉を食ったという話だよ」

そうした秘密を墓場まで持っていくつもりの博士は妻に手紙を渡したが、彼女は読みもせずに折りたたむと、化粧台の引き出しにしまって鍵をかけた。夫が、こちらが思ってもいないことに驚き、年とともにひねくれたものの見方をするようになり、そのイメージからは想像もつかないほど偏狭な考えを抱いているのが分かっていたが、そうしたことにも慣れてしまった。しかし、今回はどう考えても度を過ごしているように思われた。夫はジェレミア・ド・サン・タムールの過去の生き様ではなく、リュックサックひとつでこの町に亡命者としてやってきてからの行跡だけで判断しているように思われた。彼の本当の姿が分かったからといって、なぜあんなに落ち込むのか彼女には理解できなかった。隠し女がいたことは確かだが、苦しい時期にあったあの男はもちろん、ああいった類の男たちの隔世遺伝的といってもおかしくない習性なのだから、騒ぎ立てるほどのことでもないし、彼が自殺を決意すると、幇助するような行動をとったのも、そのこと自体悲しく切ない愛の証なのではないかと考えていた。《もしあなたが彼のように真剣に思いつめて自殺を決意したら、わたしとしてはあの女《ひと》と同じことをせざるをえないでしょうね》と彼女は言った。これまでの半世紀間に何度もあったことだが、単純なウルビーノ博士は妻の言うことが理解できずにいらだった。

「お前はなにも分かっていない」と彼は言った。「彼がどういう人間だったのか、何をしたのかといったことで怒っているんじゃない。長年の間、われわれみんなを欺いてきたことが許せないんだ」

最近涙もろくなっていた博士の目に涙が浮かんでいたが、彼女は気づかないふりをした。

「あれでよかったのよ」と彼女は言った。「あの人がもし本当のことを言っていたら、あなたやあのかわいそうな女性はもちろん、町の人たちもあそこまで彼を愛さなかったでしょう」

彼女はヴェストのボタン穴に懐中時計の鎖を通し、ネクタイを結び、トパーズのネクタイピンでそれを留めた後、フロリダ香水をしみこませたハンカチで涙と涙で濡れたひげを拭いてやった。そして、刺繍入りのハンカチをモクレンの花の形に折って胸のポケットに差した。静まり返った家の中に、振り子時計の鐘の音が十一回響き渡った。

「さあ、急ぎましょう」と夫の腕をとって、言った。「ぐずぐずしていると遅刻しますよ」

ラシデス・オリベーリャ博士の妻、アミンタ・ドゥシャンは、働きものの七人の娘と力をあわせて、銀婚式を祝う昼食会がその年の重要な社会的事件になるよう準備を進めていた。オリベーリャ博士の家は昔造幣局だった建物で、市の中心にあるその辺りには歴史的建造物が建ち並んでいた。しかし、たちの悪い風のように通り過ぎていった*フローレンスの建築家がその建物に手を加えて、本来の魅力を台無しにし、十七世紀の見事な建造物をヴェネチア風の*バシリカに変えてしまった。屋敷には寝室が六つに、客を迎えて食事のできる広々として風通しのいいサロンが二つあったが、市内に住む招待客だけでなく、市外からも選り抜きの名士を招いていたので、部屋数が足りなかった。中庭は大修道院の回廊と同じ造りになっていて、中央には心地よい音を立てている石造りの噴水があり、夕方になると家中に甘い香りを漂わせる*ヘリオトロープの植え込みがあった。しかし、招待した大勢の名士を迎えるには狭すぎた。そこで一家が所有している別荘で昼食会を開くことにした。車で国道を十分ばかり走ったところにある別荘には、広々とした中庭があって、巨大なインディアン・ローレルが植わり、穏やかな流れの川にはスイレンが浮かんでいた。料亭メソン・デ・ドン・サンチョからやってきた男たちが、オリベーリャ夫人の指図を受けて影のない空き地に色とりどりのテントを設営し、ローレルの木の下に低い台を並べて百二十二人分の食器類を置くテーブルを用意し、全員のテーブルにリネンのテーブルクロスをかけ、貴賓席にその日に切ったバラの花を飾った。さらに、演壇も組み立てたが、それには対舞《コントルダンス》と自国風のワルツだけを演奏する木管楽団と、今回の昼食会の主賓になるはずの夫の恩師をびっくりさせようとして、オリベーリャ夫人が依頼しておいた芸術学校の弦楽四重奏団が上ることになっていた。正確に言うと、その日は卒業して二十五年目の日ではなかったが、祝賀パーティに重みを持たせようと考えて、ペンテコステスの日曜日を選んだのだ。

　どうしても必要なのに、時間の関係で用意できなかったというようなことがあってはいけないので、準備は三カ月前から進めていた。黄金の沼《シエナガ・デ・オロ》から雌鶏を生きたまま取り寄せた。そこの鶏は大きさといい、味といい、申し分なかった。それだけでなく植民地時代に砂鉱床の土をついばんでいたせいで、砂嚢《さのう》に純金の粒が入っていることでも有名だった。オリベーリャ夫人は二、三人の娘と召使をつれて大西洋横断航路の豪華客船に乗り込み、夫の業績をたたえるパーティのために世界の最高級品を集めに行った。すべてが予定通りに運んだが、雨季が遅れてやってきた年の六月の日曜日にパーティが開かれることになったという点だけが計算ちがいだった。パーティ当日の朝、荘厳ミサに行こうと家を出たときに、大気が湿気を含んで重いことに気づいて驚き、ひょっとすると雨になるのではないかと不安になった。見ると、厚い雲が低く垂れ込めて、水平線が見えなかった。そうした不吉な兆候はあったものの、ミサのときに顔を合わせた天文台の所長が、気候の変化の激しいこの町の歴史を見ると、冬がどれほど厳しくても、ペンテコステスの日に雨が降ったという記録はありませんよ、と言った。十二時の鐘が鳴ったときには、すでに大勢の招待客が集まっていて、野外で食前酒を飲んでいた。そのとき大きな雷鳴がとどろいて、地面がぐらぐら揺れた。ついで、海から突風が吹き寄せ、テーブルをなぎ倒し、テントを空中高く舞い上げ、空からは篠つくような大雨が降りはじめた。

フベナル・ウルビーノ博士は遅れてやってきた他の招待客と途中で合流し、嵐の吹き荒れる中をやっとの思いで別荘にたどり着いた。彼としてはほかの招待客と同じように、ぬかるんだ中庭の飛び石をつたって建物まで行きたかったのだが、ドン・サンチョの店の男たちに両脇を抱えられてカンバス地の黄色い日よけテントの所まで運ばれるという屈辱的な扱いを受ける羽目になった。風に飛ばされたテーブルは家の中に運び込まれ、寝室にいたるまで所狭しと並べられた。招待客はまるで海難事故にでも遭ったような表情を浮かべていて、それを隠そうともしなかった。横殴りの雨が家の中に吹き込まないよう窓を閉め切ってあったので、まるで船のボイラー室にいるように息苦しかった。テーブルが中庭に並べられていたときは、それぞれのテーブルに招待客の名札が置かれていて、それを見ると、慣例に従って一方に男性客が、もう一方に女性客が座るようになっているのが分かった。しかし、テーブルを家の中に運び込んだせいで、名札がばらばらになってしまった。やむをえない事情から今回限りということで、社会的な決まりを無視してめいめいが空いた席に腰を下ろすことになった。嵐の吹き荒れる中、アミンタ・デ・オリベーリャはあちこち忙しく駆け回っていた。髪の毛は濡れそぼち、豪華な衣装に泥の跳《は》ねがついていたが、逆境にあってもくじけることがないようにと、夫から学んだ不屈の微笑を浮かべて今回の不幸に耐えていた。同じ鋳型で作られた娘たちの助けを借りて、空いた場所に臨時の貴賓席を設け、中央にフベナル・ウルビーノ博士が、その右にオブドゥリオ・イ・レイ大司教が座れるように席を作った。いつものように、フェルミーナ・ダーサは夫の隣に腰を下ろしたが、夫が昼食会の最中に眠り込んだり、襟にスープをこぼしたりしないように目を光らせるためだった。向かい側の席にラシデス・オリベーリャ博士が腰を下ろした。女性的な感じのする五十代のオリベーリャ博士は、年の割には若く見えたし、明るく陽気な性格だったが、医師としての診断は実に的確だった。残りの席は州と市の要職についている役人たち、それに前年度の美人コンテストの女王が占領していた。その女性の腕をとって導き、自分の横に座らせたのは州知事だった。招待客は正装して来るように言われていなかったし、まして別荘での昼食会なのだからその必要もなかったが、女性たちはイヴニング・ドレスに宝石をつけ、男性の招待客も大半はディナー・ジャケットに黒のネクタイといういでたちだった。中には、フロックコートを着ているものもいた。世慣れた人たち、その中にはウルビーノ博士も含まれていたが、彼らだけは平服できていた。それぞれの席に金の唐草模様の入ったフランス語のメニューが置かれていた。

オリベーリャ夫人は、あまりの暑さに招待客が辟易しているのに驚いて、まもなく昼食会がはじまりますので、どうか上着をおとりくださいと言って回ったが、先頭を切って脱ごうとするものはいなかった。大司教はウルビーノ博士に、今回の昼食会は記念すべきものになりそうですねと話しかけた。というのも、独立以来内戦が続いていて、国内では血で血を洗う戦闘が行われてきたが、敵対していた二つの党派が古傷も癒えてはじめて過去の怨みを忘れて同じテーブルにつくことになったのだ。そういう見方は自由派の人たち、とりわけ四十五年間にわたって続いた保守政権のあとに、自分たちが推した大統領を当選させた若い人たちの熱狂振りと重なり合っていた。しかし、ウルビーノ博士はそんな風に考えてはいなかった。彼に言わせれば、自由派の大統領といっても、着ている服が貧乏くさくなっただけで、中身は保守派の大統領となんら変わるところはなかった。けれども、大司教の意見にあえて異を唱える気にはなれなかった。ただ、昼食会に出席しているのは、その思想ではなく、家柄がいいということだけで選ばれた人たちばかりですが、どうやら一寸先が闇といわれる政治の世界や戦争がもたらす恐怖よりも家柄のほうが重いものだと一般には信じられているんでしょうね、と言ってやりたかった。そう考えて、改めて見渡してみると、招かれているのは確かに申し分のない家柄の人たちばかりだった。

激しいにわか雨は降りはじめたときと同じように突然止んで、その後からりと晴れて太陽が顔を出した。しかし、あまりにも激しい嵐だったので、何本かの木が根こぎにされ、川から溢れ出した水が中庭を水浸しにしていた。調理場の方ではもっと大きな被害が出ていた。建物の裏手の空き地に、薪を燃やすためにレンガを積み上げてコンロを作ったのだが、突然の豪雨に見舞われて、料理人たちは鍋を家の中に入れることができなかった。水浸しになった調理場の対応に追われ、手が回らなかったのだ。そこで裏手の回廊に新しく調理場を作ることにした。午後一時には何とか見通しが立つようになったが、サンタ・クラーラ修道院の尼僧たちに頼んであったデザートが十一時に届くはずなのに、まだ届いていなかった。冬がそれほど厳しくない年にはよくあることだが、国道のそばの排水溝から雨水があふれ出している可能性もあった。そうなれば、デザートが昼食会のはじまる二時間前につくことはありえなかった。雲が切れると、すぐに窓が開け放たれた。大気中に硫黄分を含んだ嵐のおかげで大気は澄み切っていた。楽団に柱廊玄関のテラスでワルツを演奏するように伝えられた。しかし、そのせいでいっそう苛立ちがつのることになった。演奏に加えて家の中では料理に使っている銅《あか》なべの騒々しい音が響き渡っていたので、話をするにも大声でわめかなければならなかったのだ。アミンタ・デ・オリベーリャは待ちくたびれて半泣きになりながらも、けなげに微笑を浮かべて料理を出すように命じた。

芸術学校の四重奏団がモーツァルトの『狩り』の最初の小節を演奏する前に型どおりの沈黙があり、次いでコンサートがはじまった。騒々しい話し声が徐々に大きくなり、湯気の立っている大皿を持ったドン・サンチョの店の黒人の従業員が、テーブルの狭い隙間をすり抜けるようにして動き回っていたが、そんな中にあってもウルビーノ博士はプログラムの最後まで音楽に耳を傾けた。年とともに集中力が衰え、近頃ではチェスをしているときに、次に打つ手を忘れてはいけないというので紙に書き留めるようにしていたが、コンサートの場合は音楽を聴きながら人とまじめな会話をすることができた。しかし、オーストリア時代の友人で、オーケストラの指揮者をしていたドイツ人の友人の卓越した名人芸にはとても及ばなかった。その友人は『タンホイザー』を聴きながら、『ドン・ジョヴァンニ』の楽譜を読むことができたのだ。

プログラムの二番目の作品はシューベルトの『死と乙女』だった。思い入れたっぷりのわざとらしい演奏のように思えてならなかった。ナイフとフォークが皿にぶつかる騒々しい音が耳に入ってきたが、それでも何とか音楽を聴きとっていた。そのとき、顔を真っ赤にし、頭を下げて挨拶してきた若者がいるのに気づいた。どこかで会ったような気がするのに、どこでなのか思い出せなかった。そういうことはよくあった。人の名前がとくにそうで、旧知の間柄の人でも名前をど忘れしたし、昔聴いたメロディーもよく忘れた。そのせいで言いようのない不安に襲われて、ある夜など、こうした不安が明け方まで続くなら、いっそ死んだほうがましだと考えた。このときもそれに近い気持ちになったが、突然記憶が救いの神のようによみがえってきて、その若者が去年教えた学生だということに思い当たった。それにしても、選ばれた人しか出席していないこのパーティの席になぜその若者がいるのか不思議でならなかった。オリベーリャ博士が、あの若者は保健相の息子で、法医学の論文を書くためにこちらに来ているんですと説明した。フベナル・ウルビーノ博士は笑みを浮かべて、若者のほうに手を振った。彼は立ち上がると、博士に向かって恭《うやうや》しくお辞儀をした。そのときはもちろん、それ以後も、その若者が朝にジェレミア・ド・サン・タムールの家で会った実習生だということに気がつかなかった。

またひとつ老いに打ち勝ったと考えて気をよくした博士は、透明で流れるような叙情性をたたえたプログラムの最後の曲に身をゆだねたが、音楽とひとつに融け合うことができなかった。演奏の後、フランスから帰国したばかりの若いチェリストから、今演奏したのはガブリエル・フォーレの弦楽四重奏ですと聞かされた。ウルビーノ博士はヨーロッパの新しい動きにはたえず注意を払っていたが、その名前を耳にするのははじめてだった。フェルミーナ・ダーサはふだんから気をつけていたが、とくに人前で博士がもの思いにふけりはじめたときには注意するようにしていたので、そのときもナイフとフォークを下に置くと、夫を現実世界に引き戻すために自分の手を夫の手の上に重ねて、こう言った。《考えごとにふけるのはおよしなさい》。もの思いにふけっていたウルビーノ博士は別世界から妻に微笑みかけた。彼は妻が恐れていたとおりのことを考えていた。つまり、今頃ジェレミア・ド・サン・タムールは、肖像写真に写っている子供たちのとがめるような視線の下で、偽の軍服に偽造の勲章をつけてもらって棺に納まり、会葬者の目にさらされているだろうと考えていたのだ。博士は向き直ると、ジェレミア・ド・サン・タムールが自殺したというニュースを伝えたが、大司教はすでに知っていた。荘厳ミサの後、そのことがひとしきり話題になり、しかもヘロニモ・アルゴーテ将軍が〈カリブ海亡命者連盟〉の名前で、遺体を教会の神聖な墓地に埋葬していただきたいという要望書を大司教宛に提出していたことも分かった。《要望書そのものが礼儀しらずなものだと思えましたよ》と大司教は言った。そのあと穏やかな口調で、自殺の理由をご存知ですかと尋ねた。ウルビーノ博士はその場で思いついた正確な医学用語を用いて、〈老齢恐怖〉でしょうと答えた。近くにいる人と話していたオリベーリャ博士が途中で話を打ち切り、二人の会話に割り込むと、こう言った。《いまだに恋愛以外の理由で自殺する人がいるというのは、嘆かわしいことですね》。愛弟子が自分と同じ考えを抱いていると分かっても、ウルビーノ博士はべつに驚かなかった。

「それだけでなく」と博士は言った。「自殺にシアン化金を使ったんだ」

そう言ったとたんに、あの手紙のせいで生じた不快感よりも、彼に対する哀れみのほうが強くなったような気がして、妻にではなく、音楽のもたらす奇跡として感謝した。博士は時間がゆったり流れていく午後に彼とチェスをさしたが、そのときにあの男の人となりを知り、俗人ではあるが聖人といってもおかしくないほど立派な人間だと思ったと大司教に話した。自分の持っている技術を子供たちの幸せのために活かし、世事全般にわたって稀に見るほど該博な知識を持ち、しかも質素な暮らしをしていた、といった話をした。話しているうちに、突然彼の過去をきれいに忘れて清らかな気持ちになれたので、自分でもびっくりした。市長を捕まえて、肖像写真以外の世界では二度と幸せになることのない、そしてやがては町の未来がその手にゆだねられることになる今の世代の子供たちの映像を保存するために、感光板を資料として町で買い上げてはどうかと提言した。大司教は、戦闘的で教養あるカトリック教徒が自殺した人間を聖人とみなすのはいかがなものですかな、と憤慨したように言ったが、ネガを買い上げるという考えには賛成した。市長が、買い上げるとしたら、誰に話を持っていけばいいんでしょうと尋ねた。ウルビーノ博士は危うく秘密を明かしそうになったが、何とか踏みとどまって秘密の遺産相続人の名前は口に出さなかった。《その件に関しては、私が責任を持って当たります》と言った。五時間前に二度と顔を見たくないと思った女性を裏切らずにすんだと考えて、救われたような気持ちになった。フェルミーナ・ダーサはそのことに気づいて、埋葬に参列するように小声で彼に約束させた。むろん行くとも、何があっても参列するよ、と博士はほっと胸をなでおろしながら言った。

スピーチは簡潔で平明だった。木管楽団はプログラムに載っていない庶民的な音楽を演奏しはじめた。招待客は、ドン・サンチョの店の従業員が中庭にたまった水を抜き取れば、誰かがダンスをはじめるだろうと考えて、テラスのあたりを散歩していた。客間には貴賓席の招待客だけが残っていた。ウルビーノ博士が最後の乾杯だといってグラスに半分入ったブランディーを一気に飲み干したのを見て、拍手喝采した。以前、ウルビーノ博士は特別な料理を食べるときに高級ワインをグラスに一杯飲んだことがあった。そのことを覚えているものはいなかった。その午後は気分がよかったので、思い切って飲むことにした。誘惑に負けたおかげでいいこともあった。本当に久しぶりに歌をうたってみようという気持ちになったのだ。若いチェロ奏者から、わたしが伴奏しますから、ぜひ一曲お願いしますと言われて、その気になった。しかし、そのとき突然一台の新しい車が楽団員たちに泥をはねかけながら中庭のぬかるみの中に突っ込んできた。アヒルの声を思わせるクラクションの音で納屋の前庭にいるアヒルを驚かせた後、柱廊玄関の前で停まった。レースの布で覆われたトレイを両手に下げて、マルコ・アウレリオ・ウルビーノ・ダーサ博士とその妻が笑い転げながら車から降りてきた。同じトレイが車の折りたたみ式の補助席と運転席の横の床に置いてあった。遅ればせながらデザートが届いたのだ。拍手と親しみのこもったからかいの声がかけられた。それが収まると、ウルビーノ・ダーサ博士は急にまじめな顔になって、嵐が吹きはじめる前に、サンタ・クラーラ修道院の尼僧さんからデザートをこちらに届けて欲しいと頼まれたのだが、国道を走っているときに、父の家が火事だと聞かされてあわてて引き返したのだと説明した。息子の話はまだ終わっていなかった。しかし、フベナル・ウルビーノ博士は動転した。妻が横から、消防士を呼んで、オウムを捕まえてもらうように言ったのはあなたでしょうと諭した。アミンタ・デ・オリベーリャが輝くような笑みを浮かべて、コーヒーの後になったけど、テラスにいる方々にデザートを出してくださいと言った。しかし、フベナル・ウルビーノ博士と妻はデザートに手をつけないで辞去した。埋葬の前に神聖なシエスタをしたかったのだが、その時間がほとんどなかったのだ。

シエスタは時間も短く、眠りも浅かった。というのも、帰宅してみると、消防士のせいで火事に遭ったのと変わらないくらい深刻な被害が出ていたのだ。オウムを脅かそうとして高圧ホースで木の葉を落とし、さらに誤った方向に水を噴射したために、主寝室の窓ガラスを突き破って水が飛び込み、家具と壁にかかったその絵でしか見たことのない祖父母たちの肖像画が修復できないほど傷んでしまった。消防車の鐘の音を聞きつけて、火事だと思い込んだ近所の人たちが大勢駆けつけた。日曜日で学校が休みだったからよかったものの、そうでなければもっと大きな混乱が生じていただろう。消防用の機械はしごを使ってもオウムのいるところまで届かなかったので、消防士たちは斧で木の枝を落としはじめた。ちょうどそこにウルビーノ・ダーサ博士が駆けつけた。博士の到着が遅れたら、木は切り倒されていたにちがいない。消防士たちは、木を切り倒してもいいという許可をもらったら、五時以降にもう一度戻ってきますと言い残して引き上げたが、そのときに建物の内部にあるテラスと居間を泥まみれにし、フェルミーナ・ダーサが大切にしていたトルコじゅうたんをぼろぼろにしてしまい、しかもその混乱に乗じてオウムが近所の中庭に飛んでいってしまったのだから、泣き面に蜂とはこのことだった。ウルビーノ博士は木の茂みの間をのぞいてオウムを探した。いろいろな言語で呼びかけたり、口笛を吹いたり歌をうたってみたが、返事はなかった。博士が、オウムは戻ってこないだろうとあきらめて眠ることにしたときには、もう午後の三時になっていた。シエスタの前にトイレへ行ったが、生暖かいアスパラガスのおかげで清められた自分の小便の中に、ほんの一瞬ではあったが秘めやかな庭園の匂いを嗅いだように思った。

シエスタから目覚めたとき、博士は言いようのない悲しみをおぼえた。朝方、友人の遺体を前にして感じた悲しみではなく、目に見えない霧のような悲しみが彼の心をひたしていた。その悲しみを、余命いくばくもない自分にとって、これが最後に残された午後なのだという神聖な告知と受け止めた。五十歳になるまで、自分の内臓の大きさや重さ、その時々の状態を意識したことなどなかった。毎日のシエスタの後、目を閉じて横たわっていると、内臓のひとつひとつが感じ取れ、不眠不休で働いている心臓、沈黙の臓器肝臓、神秘に閉ざされた膵臓の形に至るまで少しずつ感じることができた。さらに、最高齢者といわれている人たちでさえ年下であり、今では伝説化している世代の唯一の生き残りが自分だということに思い当たった。物忘れがはじまったとき、博士は医学校の恩師の一人から聞いた方法を思い出して、実行に移すことにした。《記憶が衰えたら、紙にその代役をさせればいい》。しかし、それも大して役に立たなかった。ポケットに突っ込んである備忘用のメモを見ても、何のために書いたのか思い出せなくなったのだ。メガネをかけているのを忘れて家中探し回ったり、ドアに鍵をかけたのに、また鍵を回したり、本を開いても理論の前提や人物たちの関係がどうなっているのか思い出せなくなって読み続けることができなくなった。しかし、博士を何よりも不安におとしいれたのは、自分の理性を信じられなくなったことだった。避けようのない難船状態の中で、博士は少しずつ正しい判断を下せなくなっているように感じはじめていた。

科学的な根拠に基づかない純粋な経験によってフベナル・ウルビーノ博士は、死病の大半には独特の匂いがあること、中でも老化の匂いが独特のものであることに気づいていた。解剖台の上で切り裂かれた死体からもそれは感じ取れたし、実年齢よりもずっと若く見える年老いた患者や自分の衣服についている汗、それに眠っている妻の穏やかな寝息の中にもその匂いは感じ取れた。もし博士がこのような人間、つまり古風なキリスト教徒でなかったら、おそらく老いて無様な姿をさらす前にあっさりけりをつけるべきだと考えたジェレミア・ド・サン・タムールの考えに同意したことだろう。好きものの部類に入る博士のような人間にとって、性欲が静かに慈悲深く減退して、性的な意味での平穏が訪れたことが唯一の慰めだった。博士は八十一歳になっていたが、まだ頭はぼけていなかった。寝返りをうっただけで、痛みを感じることもなく自分をこの世につなぎとめている細い糸がぷつんと切れてしまうということも知っていた。その糸が切れないように精一杯がんばっていたのは、もし死んで闇の世界に入れば、神に会うことができないのではないかという不安のせいだった。

　フェルミーナ・ダーサは消防士たちに荒らされた寝室を片付けるのに忙しくしていたが、四時前に氷を入れたいつものレモネードを夫のもとに届けさせた。ついでに、埋葬に参列するのだから着替えをするようにと伝えさせた。その日の午後、ウルビーノ博士はアレキシス・カレル*の『人間　この未知なるもの』とアクセル・ムンテ*の『サン・ミケーレ物語』の二冊の本を手元に置いていた。後者の本はまだ開いていなかったので、料理女のディグナ・パルドに寝室に置き忘れた象牙のペーパーナイフを持ってくるように言いつけた。しかし、ペーパーナイフが届けられたときには、すでに封筒をしおり代わりにはさんであった『人間　この未知なるもの』を読みはじめていた。あと少しで読み終えるところだったのだ。軽い頭痛と戦いながらゆっくり読み進んだが、頭が痛いのは最後の乾杯でブランディーをグラスに半分も飲んでしまったせいだろうと考えた。読書に疲れると、レモネードをすすり、氷のかけらを口の中で転がした。靴下ははいていたし、換え襟のついていないワイシャツは着たし、グリーンのストライプの入った伸縮性のサスペンダーは腰の両側に垂れていた。埋葬に参列するために着替えなければならない、というのが腹立たしかった。すぐに読書はやめて、読みかけた本をもう一冊の上に重ねた。柳を編んだ揺り椅子をゆっくり揺らしながら、沼のようになっている中庭のバナナの木の茂みや葉を落とされたマンゴーの木、雨の後に出てくるハネアリ、ふたたび戻ってくることのない午後のきらめきを眺めたりした。彼は以前にパラマリーボのオウムを飼っていて、そのオウムを人間のように愛していたことを忘れていた。そのとき、突然《やんごとなきオウムだぞ》という声が聞こえた。すぐそばで聞こえたので、振り返ると、マンゴーの木のいちばん下の枝にオウムが止まっていた。すぐ

「この恥知らずめ」と博士は叫んだ。

オウムはまったく同じ声でこうやり返した。

「お前のほうがもっと恥知らずだよ、博士」

博士はオウムから目を放さないようにして、しきりに話しかけた。驚かさないようにそろそろブーツを履き、サスペンダーに腕を通すと、段が三段あるテラスで躓かないようにステッキでさぐりながらぬかるんだ中庭に降りた。オウムは逃げなかった。低いところに止まっていた。いつものように銀の握りのところに止まるようにステッキを差し出した。オウムはすっと後ろに下がった。そして、近くの少し高い枝に飛び移った。まだ簡単に届きそうだったし、そこには消防士がやってくる前から家で使っていたはしごがもたせかけてあった。ウルビーノ博士は高さを目測ではかり、はしごを二段登れば捕まえられるだろうと考えた。オウムの気を逸らそうとして、仲間だよといわんばかりに歌をうたいながら一段目に足をかけた。つむじ曲がりのオウムは歌詞を棒読みしながら、横歩きをして博士の手の届かないところまで逃げた。博士は両手ではしごをつかんで難なく二段目に足をかけた。オウムはそこから動こうとせず、歌を全曲うたいはじめた。

博士は三段目、四段目と登っていったが、枝の高さの目測を誤った。左手ではしごにつかまり、右手でオウムを捕まえようとした。年とった女中のディグナ・パルドが急がないと埋葬に間に合いませんよと言いにきたが、そのときはしごに登っている男の姿が目に入った。グリーンのストライプの入った伸縮性のサスペンダーを見て博士だと気がついたが、そうでなければ誰だかわからなかったにちがいない。

「まあ、何てことでしょう」彼女は大声で叫んだ。「そんなことをしたら、自殺行為ですよ」

ウルビーノ博士はオウムの首を捕まえて、《よし、やったぞ《サ・イ・エ》》と言って、ほっとため息をもらした。しかし、足元のはしごが倒れたので、すぐにオウムを離した。一瞬身体が宙に浮いたが、そのときに、ああ、これで聖体拝領も受けず、悔悟する時間もなく、人に別れを告げることもなく、ペンテコステスの日曜日午後四時七分に死んでいくんだな、と考えた。

台所で夕食のスープの味見をしていたフェルミーナ・ダーサの耳に、パニック状態になったディグナ・パルドの叫び声と使用人たちの騒ぎ立てる声、続いて近所の人たちの大騒ぎする声が聞こえてきた。彼女は味見に使っていたスプーンを放り出すと、マンゴーの木の茂みで何があったのかまだ分かっていなかったが、狂ったように叫び声を上げながら、年相応に肉のついた身体で精一杯走った。泥の上に仰向けになって死んだように横たわっている夫の姿を見て、心臓が張り裂けそうになった。博士は妻がやってくるまでの間、死の最後の一撃に耐えた。人々が大騒ぎする中、彼女と別れて一人死んでいくのだと考えて、ふたたび繰り返されることのない悲しみの涙に暮れながら、妻の姿をどうにか認めることができた。博士は妻をじっと見詰めた。彼女はこの半世紀間、夫とともに暮らしてきたが、これまで見たことがないほど強い光で輝いている彼のその目には、悲しみと感謝の思いが込められていた。博士は苦しい息の下からこう言った。

「わたしがお前をどれほど愛していたか、神様だけがご存知だ」

博士の死は無理からぬ理由があったし、記憶に値するものだった。フランスで医学を修めて帰国した後すぐに、最新の非常にドラスティックな方法でこの地方を荒廃させた伝染病コレラの流行を食い止めた。おかげで博士は国内で名を知られるようになった。それ以前にコレラが流行したとき、博士はフランスにいた。そのときは三カ月足らずの間に町の住民の四分の一が亡くなり、その中には名医として知られていた博士の父親も含まれていた。早々と手に入れた名声と相続した財産をもとに、カリブ海地方では長い間最初にして唯一のものだった医学協会を創設し、その終身理事長におさまった。町で最初の水道橋と下水網を整備し、塵芥がラス・アニマス湾に流れ込まないように屋根つきの公設市場を建設した。また、言語アカデミーと歴史アカデミーの会長に就任した。〈エルサレムのローマ・カトリック総司祭〉によって教会に対する貢献が認められて、〈聖体安置所騎士団〉の騎士に叙任され、フランス政府から騎士分団長の位にあたるレジヨン・ドヌール勲章を授与された。市内にある信心会や市民の集いに積極的に参加したが、とりわけ〈愛国評議会〉には情熱を注いだ。政治的なしがらみのない有力な市民によって構成されているこの評議会は、当時としては非常に大胆で進歩主義的なアイデアを出して、地方の政庁と財界に圧力を加えた。彼らのアイデアの中でもっとも記憶に残るものといえば、軽気球による試験飛行である。最初の飛行に際して、一通の手紙をサン・フアン・デ・ラ・シエナガまで届けたが、これは航空便の可能性が考えられるよりもはるか以前に生まれたアイデアだった。〈芸術センター〉も博士のアイデアから生まれたもので、現在も残っているその建物の中に芸術学校が創設された。また、毎年四月に行われる創作詩のコンクール〈花の戯れ〉の後援も長年続けた。

一世紀間修復は不可能だろうと考えられていたコメディア劇場がよみがえったのも、博士のおかげだった。植民地時代以降、そこは鶏の飼育場と闘鶏場として使われていた。それが、大衆を巻き込み、あらゆる階層の市民を動かした劇的な市民キャンペーンの結果、劇場としてふたたび生まれ変わったのだが、誰もが驚くほど大きな運動に盛り上がった。いずれにしても、新しくよみがえったコメディア劇場の柿落《こけら》としの日には、椅子も明かりもまだ入っていなかったので、観客は自分の座る椅子と幕間のときに使う明かりを持参しなければならなかった。ヨーロッパで大きな興行が行われるときの慣習がそのまま持ち込まれたおかげで、ご婦人方はカリブ海の猛暑の中で長いドレスと毛皮のコートをひけらかすことができた。しかし、椅子と明かりを持ち運びしなければならず、そのために召使の入場を認めざるを得なくなった。さらに、果てしなく続くプログラム、その中には早朝ミサの時間まで続くものもあったので、それらに耐え抜くためには食べるものがどうしても必要になった。シーズンは、フランスから来たオペラ座の興行とともにはじまった。その一座の斬新さはオーケストラの中にハープが含まれていたことで、また足の指に宝石をちりばめた指輪をはめ、はだしで歌をうたったトルコ人のソプラノ歌手の非の打ち所のない美声と演劇的才能が忘れがたい栄光として記憶に残った。ヤシ油のランプが数多くたかれたせいで、その煙で第一幕がはじまったとたんに舞台がほとんど見えなくなり、歌手たちも声が出なくなってしまった。しかし、市史の編纂者たちはそうした些細なトラブルには目を向けず、記憶に値することだけを書き残した。おそらくウルビーノ博士が先頭を切ってやったことが非常に強い影響を与えたのだろう。というのも、オペラ熱が市民の中の、通常では考えられないような層にまで広がり、ある世代の子供たちにイソルダやオテロー、アイーダ、ジークフリードといった名前がつけられたのだ。ウルビーノ博士はひそかにイタリアびいきとワグナー派が幕間にステッキを振り回してにらみ合うところまで行けば面白いと考えていたが、そこまでは行かなかった。

一切条件をつけないので公職についてもらえないかという打診がよくあった。フベナル・ウルビーノ博士は頑として首を縦に振らなかった。医者の中には、自分の名声を利用して政治的な役職につこうとするものもいた。博士はそうした手合いを容赦なく批判した。博士は自由主義者とみなされていて、選挙でもいつもその党派の候補者に投票していた。それは信念にもとづいたものではなく、むしろ昔からの習慣でそうしていたにすぎなかった。大司教の乗った馬車が通りかかれば、思わず道路にひざまずく古い家系の最後の生き残りといってもいいタイプの人間だった。彼は自分を、祖国の繁栄のために自由主義者と保守主義者が最終的に和解することを願っている、生まれついての平和主義者だとみなしていた。彼の公的活動は何ものにも縛られていなかったので、どの党派の人間も彼を仲間と考えていなかった。自由主義者たちは、彼を洞窟に住む野蛮なゴート人*と見なしていたし、保守派の連中はフリーメーソンではないかと疑っていた。一方、フリーメーソンのメンバーは、彼は実は法王庁に仕える僧侶なのだが、俗人になりすましているだけだといって毛嫌いしていた。そこまで厳しいことを言わない批判者たちも、いつ終わるとも知れない内戦が続き、国民が血を流しているというのに、彼は創作詩のコンクールにうつつを抜かしている貴族趣味の人間でしかないと考えていた。

彼がとった行動の中で、イメージに合わないように思われるものが二つあった。ひとつは一家が一世紀以上もの間住み続けたカサルドゥエロ侯爵の古い邸宅を捨てて、新興成金の住む地区に新居を構えたことである。もうひとつは、名家の出でもなければ、財産もないごく普通の家庭の美しい女性と結婚したことだが、やたら長い苗字のご婦人方が陰でその女性の悪口を言っていた。しかし、容貌の点でも、性格の面でもとうてい太刀打ちできないと思い知らされて、ご婦人方の陰口はおさまった。ウルビーノ博士はそうしたことや人々が自分について抱いているイメージと現実との間に多くのずれがあることをちゃんとわきまえていたし、まもなく絶えるはずの家系の中で自分が最後の栄光に包まれた人間であることを誰よりもよく知っていた。これといって取り柄のない二人の子供たちの代で家系が絶えるはずだった。息子のマルコ・アウレリオは博士をはじめ一族すべての世代の長男と同じように医者になっていた。たいした業績をあげておらず、五十を過ぎた今も子宝に恵まれていなかった。ニューオリンズ出身の固い銀行員と結婚した娘のオフェリアはすでに更年期にさしかかっていた。生まれたのは女の子ばかりで、男は一人もいなかった。流れていく歴史的時間の中で、一族の血が絶えるというのは寂しいことだし、それ以上に自分が死ねば、フェルミーナ・ダーサが一人で生きていかなければならないということのほうが博士にとっては気がかりだった。

いずれにしても、その悲劇は家族や使用人たちだけでなく、一般市民にも大きな衝撃を与えた。人々はたとえ輝かしい伝説でしかなくてもいいから、一目博士の姿を見たいと思って、通りに顔をのぞかせた。三日間の喪が宣言され、公共の建物には旗が半旗の位置に掲げられ、一族の霊廟の地下にある納骨堂の扉が閉ざされるまでの間、すべての教会の鐘が休みなく打ち鳴らされた。芸術学校の学生たちが遺体からデスマスクをとり、それをもとに等身大の胸像を作ろうとしたが、最後の瞬間に博士の顔に刻みつけられた恐怖の表情を忠実に再現するわけには行かないというので、計画は立ち消えになった。著名な芸術家がヨーロッパに発つためにたまたま町に滞在していた。その芸術家が悲壮なリアリズムを駆使して巨大な絵を描いた。そこにははしごに登り、オウムを捕まえようと手をのばしている最後の瞬間のウルビーノ博士が描かれていた。絵の中の博士は、襟なしのワイシャツとグリーンのストライプの入ったサスペンダーを着けておらず、コレラが流行していた時代の新聞の挿絵に出てくるような山高帽をかぶり、黒いラシャのフロックコートを着ていたが、あの出来事のあったときの真実と食い違っていたのはそうした点だけだった。悲劇から数カ月後に、その絵は展示された。誰もが先を争って絵を見ようとしたために、輸入小物を扱っている店「金の針金」の広い回廊に町中の人間が長蛇の列を作った。その後、亡くなった著名な貴族に敬意を払うべきだと考えた公的、私的機関の壁に飾られた。そして最後に、二度目の葬儀という意味を込めて芸術学校の壁にかけられることになった。何年もたった後に、あの絵は唾棄すべき美学と時代を象徴しているという理由から、大学広場において絵画を学んでいる学生たちの手で壁から引き剝がされ、火をつけて燃やされた。

フェルミーナ・ダーサは未亡人になったが、そのせいで夫が生前心配していたように無力感に襲われて立ち直れなくなるということはなかった。彼女は、どのような主義、主張であれ、そのために遺体が利用されてはならないという確固たる姿勢を崩さなかった。共和国大統領から弔電が届き、地方政庁の議場に遺体を安置するようにとの指示があったが、頑として聞き入れなかった。大司教自らが大聖堂で通夜をしたいと言ってきたときも、丁重に断り、葬礼のミサを行う間だけ遺体を安置するということで了解を取りつけた。あちこちからさまざまな要請が来たために、息子は混乱し、どうしていいか分からなくなったが、フェルミーナ・ダーサは、死者は家族のものであって、ほかの誰のものでもないというこの地方独特の考え方を変えようとしなかった。通夜は家で行い、弔問客には苦いコーヒーと揚げ菓子を出す、そして泣きたい人には心行くまで泣いていただけばいい、という態度でのぞんだ。伝統的な九日間の通夜は行わなかった。埋葬が済むと、ドアは閉ざされて、ごく親しい弔問客以外に開かれることはなかった。

屋敷内で葬儀の準備が進められた。高価な品は厳重に保管され、壁にかかっていた絵が一枚残らずはずされた。むき出しになった壁には跡がくっきり残っていた。屋敷内の椅子だけでは足りなかったので、近所からも椅子を借り、それを居間から寝室まで壁際にずらりと並べた。コンサート用のピアノだけはシーツをかけて部屋の隅に置いてあったが、それ以外の大型家具はすべて片付けられた。屋敷内が急に広くなり、人の話し声が亡霊の声のように響いた。寝室の中央に置かれた父親から相続したデスクの上に、フベナル・ウルビーノ博士の遺体が棺に入れられずに横たわっていた。恐怖の表情を浮かべたまま亡くなった博士は、〈聖体安置所騎士団〉の騎士がつける黒のケープをかけられ、そばに剣が置かれていた。喪服に身を包んだフェルミーナ・ダーサは震えてはいたが、取り乱すことなく落ち着いてお悔やみの言葉を受けながら、翌日の朝十一時までその場からほとんど動かなかった。その時間に、夫は柱廊玄関から運び出されたが、彼女はハンカチを振って見送った。

ディグナ・パルドが中庭であげた叫び声を聞き、ぬかるみに横たわっている年老いた瀕死の夫の姿を目にしてからは、いつもの自制心を取り戻すことができなかった。大きく見開いた夫の目の瞳孔にこれまでにないほど強い光が宿っているのを見て、最初はひょっとすると助かるかもしれないと期待を抱いた。彼女は神にこう祈った。二人の間にはわだかまりもありましたが、わたしはそれを越えて夫を深く愛しておりました、せめてあの世へ旅立つ前に夫にそのことを伝えたいのです。そして、彼女は、二人でもう一度人生を一からやり直し、以前二人がともに口に出して言えなかったことを話し合い、過去においてうまくやれなかったことをやり直して成功させたいというやみがたい思いに駆られた。しかし、非情な死を前にしては屈服するより仕方がなかった。彼女の深い悲しみは世界に対する、また自分自身に対する盲目的な怒りに変わった。おかげで、たった一人で孤独に立ち向かうだけの自制心と勇気を取り戻すことができた。それ以後は気を張りつめていたが、同時に自分の悲しみがこれ見よがしに表に現れるような態度をとらないようにと気を配った。日曜日の夜の十一時に、一瞬、それも無意識のうちに心に秘めた悲しみが顔をのぞかせた。その時間に銅製の取っ手がつき、クッションの入った絹の内張りがしてある司教用の棺が家に運び込まれたが、それには船舶用のワックスの匂いがまだ残っていた。ウルビーノ・ダーサ博士はすぐに棺のふたを閉めるように言いつけた。飾ってある無数の花が耐えがたい暑さの中で異様な匂いを放ちはじめたのだ。彼は、父の首のあたりに最初の紫斑が出てきたのに気づいた。静かな中で誰かが何気なく、《あの歳だと、生きていても半分腐っているようなものだよ》と言う声が聞こえた。棺のふたを閉める前に、フェルミーナ・ダーサは結婚指輪をはずすと、亡くなった夫の指にそれをはめてやり、夫が人前で物思いにふけっているときに我に返らせようといつもそうしていたように、夫の手の上に自分の手を重ねた。

「わたしもすぐそちらに行きますからね」と語りかけた。

大勢の名士たちの陰に隠れていたフロレンティーノ・アリーサはその言葉を聞いて、わき腹に突き刺すような痛みを感じた。最初の弔問客がどっと押し寄せてきたので、フェルミーナ・ダーサは彼に気がつかなかった。しかし、取り込みごとのあったあの夜、彼ほど存在感があり、役に立つ人間はいなかった。人でごった返している台所でコーヒーをたてられるように準備しておいたのは彼だった。近所から借りてきた椅子だけで足りないと分かると、すぐに予備の椅子を手配したし、届けられた花輪が家に入りきらないのを見て、中庭に並べるように指示した。また、二十五周年の記念パーティをしている最中に訃報に接したラシデス・オリベーリャ博士の招待客たちがどっと押しかけてきて、マンゴーの木の下に腰を下ろしてにぎやかにパーティの続きをはじめたが、そこにブランディーを切らさないようにと言いつけた。真夜中頃に逃げ出したオウムが翼を広げ、胸をそらしてダイニング・ルームに現れたが、家のものたちはそれを見て、悔い改めよ、という死者からのメッセージではないかと考えて、恐怖のあまり凍りついたようになった。そのとき間髪をいれずにさっと反応したのは彼だけだった。フロレンティーノ・アリーサはオウムがわけの分からない言葉をわめき散らす前に、首筋をつかむと、馬小屋にあった鳥籠に放り込んだ。万事てきぱきと遺漏なく処理したので、人の家のことなのに出すぎた真似をしてと、眉をひそめるものはいなかった。それどころか、取り込み中の家にとってはなんともありがたい助っ人だと誰もが考えた。

彼は見かけどおり、よく気のつく生真面目な人間だった。骨ばった身体で、背筋がしゃんと伸び、肌の色は褐色で、ひげをきれいに当たっていた。シルバーのフレームに丸いレンズがついたメガネの奥にある目は何かを渇望しているような光を帯びていた。チックで先を固めたロマンティックな口ひげはいささか時代遅れの感じがした。両側にわずかに残った髪の毛をかき上げて、てかてか光った頭の中央に整髪料で貼り付けているのは、完全に禿げ上がる前の最後の抵抗のように思われた。生来の優雅さとゆったりした物腰でたちまち人を惹きつけた。その二つの長所は独身で押し通している人間によく見られるうさんくさい美徳だと考える人もいた。この三月で満七十六歳になった彼は、その歳に見えないよう惜しみなく金を使い、気を張り詰め、細かく気を配っていた。彼は孤独な魂の中で、口にこそ出さなかったが自分はこの世の誰よりも一人の女性を深く愛してきたのだと信じていた。

ウルビーノ博士が亡くなった夜、訃報に接した彼は通夜に出るのにちょうどいい服装、つまり六月の地獄のように暑い季節だというのに、いつもと同じ服装をしていた。黒のウールのスーツにヴェストを着込み、セルロイドのカラーの下に絹紐を蝶結びにし、フェルトの帽子をかぶっていた。また、手に持っていた黒い繻子《しゅす》の雨傘はステッキ代わりにもなった。東の空が白みはじめたとき、彼は通夜の席から二時間ばかり姿を消した。そして、朝日の射す中、ひげをきれいに剃り、ローションの匂いをさせながら、さっぱりした姿で戻ってきた。そのときには、今では埋葬のときか、聖週間の勤行《ごんぎょう》のときにしかつけないようなウールの黒のフロックコートを着、ネクタイ代わりの紐を芸術家のように蝶結びにし、ウィング・カラーをつけ、山高帽をかぶっていた。そのときも雨傘を手にしていたが、いつもの習慣でそうしていただけでなく、十二時前に雨が降り出すにちがいないと分かっていたからだった。彼はウルビーノ・ダーサ博士に、できれば埋葬の時間を早められたほうがいいでしょうと忠告した。フロレンティーノ・アリーサが船主の一族で、彼自身もカリブ河川運輸会社の社長をしているので、当然天気予報には精通しているはずだと考えて、早速手配した。しかし、十一時に埋葬がはじまると通知を受けていた市役所や軍当局、公的、私的団体、軍楽隊と芸術学校の楽団、学校や信徒団などにそのことを伝える時間がなかったために、歴史的な出来事になるはずの埋葬は突然の大雨に見舞われて、参列者が散り散りになってしまった。一家の霊廟は葉の茂みが墓地の壁よりも高くそびえている植民地時代からのセイバ*の木に守られていたが、泥を跳ねかえしながらそこまで行ったものは数人しかいなかった。同じ茂みの下の、敷地外の区画に自殺者のための墓地があった。前日の午後、カリブ海の亡命者たちはジェレミア・ド・サン・タムールをそこに埋葬し、故人の遺志に従ってあの犬も一緒に埋葬した。

博士の埋葬が終わるまでに到着した数人の人たちの中にフロレンティーノ・アリーサも含まれていた。彼は下着までずぶ濡れになって家に戻ったが、長年健康に細心の注意を払い、過剰なまでに用心してきたのに、この分では肺炎にかかるかもしれないと思って不安に襲われた。熱いレモネードをつくってブランディーを落とし、ベッドにもぐりこむと、レモネードでアスピリンを二錠のんだ。そして、身体がもとのように温まるまで毛布に包《くる》まってたっぷり汗をかいた。通夜の席に戻ったときはすっかり元気になっていた。フェルミーナ・ダーサはふたたび家の中を取り仕切っていた。掃除はすでに終わっていて、弔問客を迎えられるようになっていたし、書斎には祭壇が設けられて、喪章で囲まれた額におさめられた亡き夫のパステル画の肖像が置かれていた。八時になると大勢の弔問客が詰めかけ、前日の夜と同じように蒸し暑くなっていた。誰かが、未亡人は日曜日の午後からずっと休んでおられないので、早めに引き取らせてもらったほうがいいだろう、という内容の回状をまわした。

フェルミーナ・ダーサは祭壇のそばで大半の弔問客に別れを告げたが、いつもそうしていたように親しい友人たちのグループだけは玄関のドアの所まで送っていき、自分の手でドアを閉めることにした。最後にほっと一息ついてドアを閉めようとしたとき、人気のない居間の中央に喪服を着たフロレンティーノ・アリーサが立っていることに気がついた。彼を記憶から消し去り、すっかり忘れていたので、初めて会うような新鮮さを覚えて、何となくうれしいような気持ちになった。しかし、よく来てくださいましたねと彼女が礼を言う前に、彼は身体を震わせながらも威厳を失うことなく胸のところに帽子を当てて、心に秘めていた思いを一気に吐き出した。

「フェルミーナ」と彼は言った。「わたしはこの時が来るのを待っていた。もう一度永遠の貞節と変わることのない愛を誓いたいと思っている」

その瞬間、フロレンティーノ・アリーサが精霊の恩寵を受けていると考えられる理由があったからよかったようなものの、そうでなければ、フェルミーナ・ダーサは彼を狂人と見なしたことだろう。彼女はとっさに、埋葬された夫の遺体のぬくもりがまだ消えていないというのに、なんと不敬なことを言うのだろうと思い、ののしりの言葉を口に出しそうになった。しかし、怒りに駆られつつも誇りを失うまいとして思いとどまった。《出て行ってください》と彼女は言った。《あと何年生きられるか知りませんが、二度とこの家の敷居をまたがないでください》。閉めかけていた玄関のドアをもう一度大きく開くと、こう言った。

「そう長生きされないように祈っています」

人気のない通りに消えていく足音を聞きながら、彼女はゆっくりとドアを閉め、かんぬきをおろし、鍵をかけると、自分の運命と一人で向き合った。それまでは自分が十八になるかならないかの歳に引き起こしたドラマティックな事件の大きさと重みをはっきりと意識したことはなかったし、それが死ぬまで自分を追いかけてくるとは夢にも思わなかった。不幸のあった午後以来は夫の死を嘆き、はじめて涙を流したが、彼女が泣くときはいつもそうだがそばに人はいなかった。夫の死を嘆き、自分の孤独と怒りゆえに涙を流した。そして、誰もいない寝室に入ったとき、処女を失って以来ほとんど一人で眠ったことがなかったので、寂しさのあまり泣いた。房飾りのついた部屋履き、枕の下のパジャマ、化粧台の鏡の中の、夫がいなくなったためにできた空白、自分の肌にしみついた夫の匂い、どれもこれも涙の種になった。《愛する人が死ぬときは、身の回りのものもすべて一緒に死ぬべきだ》という漠然とした考えが頭に浮かび、思わず身体が震えた。ベッドに入るのに誰の助けも借りたくなかったし、寝る前に何か食べたいとも思わなかった。悲しみに押しつぶされて、どうか今夜眠っている間にわたしを死なせてください、と神に祈った。そんな思いを抱いて裸足になり、服を着たまま横になると、すぐに眠り込んだ。彼女はなにも考えずに眠ったが、同時に夢の中で、自分はまだ生きている、ベッドの半分は空っぽで、いつものようにベッドの左側で横を向いて寝ているというのに、反対側にもう一人の人間の身体の重みが感じられないのが寂しくてしかたなかった。眠りながら彼女は、これからはもうこんな風に眠ることはできないだろうと考えていた。ベッドの片側で姿勢を変えずにすすり泣きながら眠った。雄鶏がときの声を上げたあとも眠りつづけ、夫のいない朝の不愉快な太陽のせいで目を覚ました。そのときはじめて、死ぬこともなく、夢の中ですすり泣きながらぐっすり眠ったこと、またすすり泣いて眠りながら、亡くなった夫のことよりもフロレンティーノ・アリーサのことを考えていたことに気がついた。

フロレンティーノ・アリーサは長年フェルミーナ・ダーサを愛し続けたが、結局報われることはなかった。五十一年九カ月と四日間、彼女のことを片時も忘れることはなかった。囚人は日付が分からなくなってはいけないというので、牢屋の壁に印をつけるが、彼の場合は、毎日のように彼女のことを思い出させるような出来事があったおかげで、その必要はなかった。最初に彼女に拒絶されてからは、ラス・ベンターナス街にある借家を共同で借りていた母親のトランシト・アリーサのもとで一緒に暮らすことにした。ごく若い頃から小間物屋を営んでいた母親は、そのかたわらシャツや古着で包帯を作り、戦闘で負傷した人たちに売りさばいていた。彼女は一時ドン・ピーオ五世ロアイサと深い仲になった。そのときに生まれたのが彼で、子供は一人しかいなかった。ドン・ピーオ五世ロアイサは〈カリブ河川運輸会社〉を立ち上げた三人兄弟の一人で、彼らは共同でマグダレーナ川に蒸気船を走らせるという新しい事業をはじめた。

彼が十歳のときに、ドン・ピーオ五世ロアイサは亡くなった。陰で息子の面倒を見ていたドン・ピーオは自分の息子として正式に認知しなかったし、子供の行く末のことも考えてやらなかった。そのせいで父親が誰なのか分かっていたにもかかわらず、フロレンティーノ・アリーサは母親の姓を継がざるを得なかった。父の死後、フロレンティーノ・アリーサは学校を中退し、郵便局で見習局員として働くことになった。郵便物の入った袋を開けたり、手紙を分類したり、どこの国から郵便物が届いたのかを人びとに知らせるために、郵便局の入り口にその国の旗を掲げたりした。

ドイツ系の移民ロタリオ・トゥグットは電信技師として働くかたわら、大きな儀式があるときは大聖堂でオルガンを弾き、自宅でも音楽教室を開いていた。彼は頭のいいフロレンティーノ・アリーサに目をかけ、モールス符号や電信装置の使い方を教えたり、バイオリンの手ほどきをしてやったが、フロレンティーノ・アリーサは少し習っただけで、聞き覚えた曲をまるでバイオリニストのように弾けるようになった。新しいダンスがはやると、誰よりもうまく踊れたし、恋の詩はそらで覚えていたし、友人に頼まれるといやな顔をせずに恋人のところまで行って、バイオリンで*セレナーデを弾いてやった。おかげで彼は仲間内でもいちばんの人気者になったが、そんなときにフェルミーナ・ダーサと知り合った。当時から痩せていて、黒い髪の毛を香りのいいポマードで固め、近視のメガネをかけていた彼は、そのせいでひどく頼りなげに見えた。目が悪く、慢性の便秘だったので、死ぬまで浣腸を手放せなかった。スーツは亡くなった父親から譲り受けたもの一着しかなかった。母親のトランシト・アリーサがいつも手入れしていたので、日曜日のたびに下ろしたてのスーツを着ているように見えた。無口で細身の身体をし、いつも黒い服を着ていた。若い娘たちはこっそりくじ引きをして、誰が彼のそばにいられるかを決めていた。彼もそうした遊びを楽しんでいた。そうした遊びは彼がフェルミーナ・ダーサと知り合うまでつづいたが、その時点で子供っぽい遊びの時代は終った。

ある日の午後、ロタリオ・トゥグットが一通の電報を渡し、住所は分からないが受取人がロレンソ・ダーサとなっている電報があるので、届けてくれないかと言った。それが彼女との最初の出会いをもたらした。ロス・エバンへリオス公園の近くの、半ば崩れかけた古い一軒の家で受取人を探しあてた。その家の中庭は修道院の回廊のようになっていて、植木鉢には雑草が生い茂り、石造りの噴水は水が涸れていた。フロレンティーノ・アリーサは通路のアーチの下をはだしで歩いている女中の後につき従いながら、人が住んでいないのか物音ひとつしないなと考えていた。通路にはまだ開いていない引越し荷物や使い残しの石灰、左官用の道具、セメント袋などが積み上げてあった。どうやら全面的に改装するようだった。中庭の奥に仮設の事務所があり、そこにあごひげと縮れたもみ上げがひとつにつながっているひどく太った男がデスクの前に座って昼寝をしていた。ロレンソ・ダーサだった。こちらに来てまだ二年足らずだったし、友達もあまりいなかったので、町には知り合いがほとんどいなかった。

男は不吉な夢の続きを見ているような顔で電報を受け取った。フロレンティーノ・アリーサは職務上、一種同情の念を持って男の生気のない目を、封を切ろうとしているおぼつかない指を、男が感じている強い不安を観察した。通常、名宛人は電報を受取ると、誰か亡くなったのだろうかと考えるものだが、これまで彼はそうした姿をいやというほど目にしてきた。男は読み終えると平静さを取り戻し、ため息をつきながら《いい知らせだ》と言った。そしてフロレンティーノ・アリーサに決まりどおり*五レアル渡しながら、悪い知らせなら、こんなことはしないよとでも言うように安堵したような微笑を浮かべた。両手で彼の手を握り締めて別れを告げた。電報配達人にそこまでする人はめったにいなかった。女中が通りに面した玄関までついてきた。送るというよりも監視しているように思われた。帰りはアーチのある通路を逆方向に進んだ。読み方を練習している女性の声が明るい中庭に響いていたので、人がいることはまちがいなかった。裁縫室の前を通りかかると、椅子をくっつけて座っている中年の女性と少女の姿が窓越しに見えた。二人は、中年の女性がひざの上で広げた本を朗読していた。何とも奇妙な光景で、娘が母親に読み方を教えているように思えたが、彼の思い違いだった。というのも、中年の女性は母親ではなく、叔母で、彼女はその子をまるで実の娘のように可愛がっていた。女の子は窓の向こうを誰が通っているのか気になったのか、勉強を中断せずに顔を上げた。彼女は偶然顔を上げたのだが、その瞬間に半世紀たった後も終わることのない不幸な愛がはじまった。

フロレンティーノ・アリーサはいろいろ調べた。その結果ロレンソ・ダーサに関しては次のようなことが分かった。彼は疫病が流行した直後に、一人娘と独身の妹を連れてサン・フアン・デ・ラ・シエナガから引越してきた。彼が船から降りるところを見た人たちの話では、家具つきの家に住むのに必要なものをすべて持ってきていたので、この町に腰を落ち着けるつもりで越してきたのだろうとうわさされていた。妻は、娘がまだ幼い頃に亡くなった。四十歳になっていたロレンソの妹はエスコラスティカという名前で、サン・フランシスコ会の僧服を着る誓願をたて、それを実行に移そうというときに俗界に戻ったので、家にいるときは腰に苦行の紐を巻いていた。娘は十三歳で、母親と同じフェルミーナという名前だった。

これといった仕事をしているわけでもないのに、裕福な暮らしをしているところを見ると、ロレンソ・ダーサは資産家だったにちがいない。彼はロス・エバンヘリオスの家を即金で買い取ったが、家の修復にはそのときに支払った金貨二百ペソの倍はかかるはずだった。ロレンソの娘は、二世紀前から良家の子女に従順貞淑で立派な妻になるための心得としきたりを教えてきた聖処女示現学院に通っていた。植民地時代から独立して共和国になったばかりの頃は、良家の子女しか受け入れなかった。独立後没落した旧家は新しい時代の現実に対応していかざるを得なくなり、学院も、カトリック教徒の両親の間に生まれた嫡出の娘でなければならないという基本的な条件こそ変更しなかったが、学費さえ払えば家柄にこだわらずすべての子女に対して門を開くことにした。いずれにしても、学費の高い学校であることに変わりなかった。フェルミーナ・ダーサがあの学校で学ぶということは、社会的な地位はともかく、経済的には恵まれた家庭環境にあることを物語っていた。そうしたことが分かったおかげで、フロレンティーノ・アリーサは大いに勇気づけられた。アーモンドのような目をした夢の美少女が自分の手の届くところにいたからだった。しかし、まもなく父親の厳しい監視の目が乗り越えがたい障壁として彼の前に立ちはだかった。グループで、あるいは歳をとった女中に付き添われて学院に通っているほかの女の子たちと違って、フェルミーナ・ダーサのそばにはいつも独身の叔母が付き添っていたし、彼女の行動を見る限り、気晴らしをすることなど許されていないようだった。

フロレンティーノ・アリーサは孤独なハンターとして人知れず行動したが、それは実に子供っぽいものだった。朝の七時から小さな公園のなるべく人目につかないベンチに腰を下ろして、アーモンドの木の下で詩集を読んでいるふりをした。やがて、青いストライプの入った制服に身を包み、ひざまである靴下を履いた高嶺の花といってもいい少女が通りかかる。少女は紐を交差させた男物の短靴を履き、太くひとつにまとめて編んだ髪の毛を背中に垂らしていたが、腰のあたりまで伸びたその髪の先には蝶結びにしたリボンが飾ってあった。生まれつき高慢な感じのする彼女は、背筋をピンと伸ばし、薄くとがった鼻を正面に向けて前方を見詰めたまま脇目もふらずに早足で歩き、本の入ったかばんを胸のところで抱えるようにしていた。雌鹿を思わせる軽やかな足取りは重力の影響をまったく受けていないように思われた。横を、サン・フランシスコ会の茶色の僧服を着、腰に紐を巻きつけた叔母が遅れまいとして必死になって歩いていた。その様子を見るととても近づけそうになかった。平日は行き帰りがあるので一日に四回、日曜日は荘厳ミサの帰りに一度姿を見ることができた。彼にしてみれば少女の姿を眼にするだけで十分だった。そのうち少しずつ彼女を理想化するようになり、ありえない美徳が備わっているとか、これこれの感情を抱いているだろうと空想をたくましくするようになった。二週間もすると、彼女のことしか考えられなくなった。そこで、書記のようなきれいな字で紙の裏表に自分の思いをつづり、それを手渡そうと心に決めた。しかし、どんな風に渡していいか分からず、その紙は何日もポケットに入ったままになっていた。思いはつのる一方で、毎晩ベッドに入る前に何枚もの紙に自分の思いを書き綴ったので、最初の手紙はやがて愛の言葉を連ねた辞書のようになってしまった。それというのも公園で彼女が通るのを待っているときに読んだ何冊もの本を覚えこんでしまい、そこからインスピレーションを得たせいだった。

彼女に手紙を渡すために、示現学院のほかの生徒と友達になることも考えたが、彼女たちの世界はあまりにも遠くかけ離れていた。それに、あれこれ考えているうちに、自分の思いを人に知られてはまずいのではないかと考えるようになった。しかし、調べていくうちに、一家がこの町に着いた数日後に、フェルミーナ・ダーサが土曜日のダンス・パーティに招待された。そのときに父親がぴしゃりと《何ごとにも時期というものがある》と言って、パーティに行くことを許さなかったということが分かった。紙の裏表に文章をつづった手紙はすでに六十枚以上たまっていた。その秘密を胸のうちにしまっておけなくなり、どんなことでも相談できるたった一人の人間である母親に思い切って打ち明けた。トランシト・アリーサは息子が色恋に関してまだ初心だということに気づいて、胸を打たれて涙を流し、自分の経験をもとに恋の手ほどきをしてやろうとした。何よりもまず、叙情的な文章をつづった手紙を渡してはいけない、そんなことをすればお前と同じでまだねんねのあの子をびっくりさせてしまうよ、と言った。最初はまず、うまく自分の気持ちを相手に伝えることだよ、愛の告白などしてあの子をびっくりさせてはいけない、相手にゆっくり考える時間を与えておやり、と言って聞かせた。

「だけど」と彼女は言った。「何をおいてもまず、あの子じゃなくて、叔母さんの関心を引くことだね」

忠告は二つとも賢明な教えではあったが、遅きに失した。実を言うと、フェルミーナ・ダーサは叔母に読み方を教えていたあの日、通路を誰が通っているのだろうかと思ってふっと顔を上げた。そのときにいかにも頼りなげなフロレンティーノ・アリーサの姿が目に入ったのだが、そのとたんにオーラのようなものを感じて強く印象づけられたのだ。夜、食事をしているときに、父親が電報の話をしたので、彼女はフロレンティーノ・アリーサが何をしにやってきたのか、またどういう仕事をしているのか知ることができた。当時の人たちは彼女も含めて、新しく発明された電信機にはどこか魔法めいたものがあると考えていたので、その話を聞いた彼女はいっそう彼に関心を抱くようになった。だから、小さな公園の木の下で本を読んでいるところをはじめて見たときから、フロレンティーノ・アリーサだと気づいていた。叔母から、あの男性は何週間も前からああしてあそこに座っているのよと言われても、べつに不安に襲われたりはしなかった。その後も、日曜日のミサから帰るたびに姿を見かけたので、単なる偶然ならこう何度も顔を合わせるはずはない、と叔母は考えるようになった。《わたしに会うためだったら、あんなに行く先々に姿を現したりはしないはずよ》と言った。叔母のエスコラスティカは無愛想な上に、苦行の僧服をまとっていたが、世情に通じていたし、共犯者になるにはうってつけの性格を備えていて、この二つが彼女のもっともすぐれた美徳になっていた。男性が自分の姪に関心を抱いていると分かって、どうしようもなく心が騒いだ。しかし、フェルミーナ・ダーサはまだ恋愛に関して好奇心らしいものさえ抱いていなかった。フロレンティーノ・アリーサが病気にかかっているように思えて、少し気の毒になっただけだった。しかし、叔母は、男の本性が分かるようになるにはもっと人生経験をつむ必要があるし、わたしたちが通るのを見ようと公園に腰を下ろしているあの男がかかっている病気は恋煩いという病なのよ、と教えた。

愛のない結婚から生まれた孤独な少女にとって、叔母のエスコラスティカは自分を理解し、愛してくれる避難所のような存在だった。母親が亡くなってからは、叔母が母親代わりになって彼女を育ててきたが、ロレンソ・ダーサとの関係で言えば、彼女は娘の叔母というよりも、共犯者に近かった。したがって、フロレンティーノ・アリーサが現れたということは、二人が暇つぶしに考え出した秘密の遊びにまたひとつ新しい気晴らしが増えたということにほかならなかった。二人は、日に四回ロス・エバンヘリオス公園を通るときは、あの内気で目立たないほっそりした歩哨、つまりどんなに暑くても黒いスーツを着て、木の下で本を読んでいるふりをしているあの男のほうをちらっと見たものだった。《あそこにいるわ》と先に見つけたほうが笑いをこらえながら言った。彼は、自分の生活からかけ離れた世界にいる二人の女性が背筋をピンと伸ばし、彼に目もくれずに公園を横切っていくのを眺めた。

「かわいそうに」と叔母が言った。「わたしがそばにいるから近づいてこられないのね。でも、本気であなたのことを思っているなら、いずれ手紙を渡すはずよ」

叔母はあらゆる障害を想定して、禁じられた恋の場合、互いの気持ちを伝え合おうとすれば、どうしても手話を覚える必要があると言った。フェルミーナ・ダーサは思ってもいなかった子供っぽいその遊びをひどく面白がったが、それが何カ月かたつうちに予測もしないところまで発展するとは夢にも思わなかった。そうした遊びがどの時点で切望に変わったのか分からないまま、なんとしても彼に会いたいという気持ちで血が騒ぐようになった。ある夜、ベッドの足元の暗がりに彼が立って自分のほうを見つめている夢を見て、恐ろしさのあまり目を覚ました。叔母の予言が現実のものになるようにと心から願い、お祈りをあげるときも、何が書いてあるか知りたいだけですから、どうか彼が勇気を出して手紙を渡してくれますようにと神に祈った。

その願いは聞き届けられなかった。いや、その逆だった。その頃フロレンティーノ・アリーサは母親に苦しい胸のうちを打ち明け、それを聞いた母親は彼に愛の言葉をつづった七十枚にのぼる文書を渡さないように言って聞かせていたのだ。こうして、フェルミーナ・ダーサはその年の終わりまで待ち続けることになった。十二月の休暇が近づくにつれて、彼女の切望は絶望に変わった。冬休みに入ると三カ月間学校へ行かなくなり、その間会うことはもちろん、彼に自分を見てもらうこともできない、そうならないようにするにはどうすればいいのだろうと思い悩んだ。彼女の悩みはクリスマス・イヴの夜まで解決されなかった。その日の真夜中のミサに出たとき、大勢の人たちに混じって彼が自分のほうをじっと見詰めているような予感に襲われて、彼女は身体を震わせた。不安のあまり心臓が張り裂けそうになった。後ろを振り向こうにも、父親と叔母にはさまれて座っていたし、二人に自分の動揺をさとられたくなかったので、後ろを見るわけにはいかなかった。ミサが終わって人々が動きはじめた混乱の中で彼がすぐそばにいるとはっきり感じられたので、我慢できなくなって、中央の身廊を通って大聖堂を出て行くときに肩越しに振り返ってみた。すると、すぐ目の前に不安で唇をこわばらせ、氷のような目に青黒い顔をした彼がいた。自分があまりにも大胆な行動をとったことに驚いて倒れそうになった彼女は、叔母のエスコラスティカの腕にしがみついた。叔母はレースの*ミトンを通して姪が氷のように冷たい汗をかいていることに気づいて、どんなことがあってもわたしはあなたの味方よと身振りでさりげなく伝えた。花火や大地を揺るがす太鼓がすさまじい音を立て、家々の玄関には色とりどりの明かりがともされ、平和を願う人々のわめく声が響き渡る中、フロレンティーノ・アリーサはあの夜生まれたのは神ではなく、自分なのだという妄想に捕らえられ、涙にかき暮れながら祝祭を眺め、夢遊病者のように明け方まで町をさまよった。

　高揚した気分は翌週も続いた。シエスタの時間に期待するでもなくフェルミーナ・ダーサの家の前を通りかかると、彼女と叔母が玄関のアーモンドの木の下に座っていた。はじめてあの家を訪れたときに裁縫室で目にしたのと同じ情景が目の前にあった、つまり、少女が叔母に読み方を教えていたのだ。その日は制服ではなく、ひだの沢山あるリネンの*チュニックをギリシア風に肩からかけていたので、別人のような感じがしたし、頭にクチナシの花の冠を載せたその姿はまるで王冠をつけた女神のようだった。公園で腰を下ろしたフロレンティーノ・アリーサは、二人が自分を見ていると確信していた。その日は本を読んでいるふりをしないで、本を開いたまま夢の少女をじっと見詰めたが、優しいまなざしは返ってこなかった。

　彼は最初、家の改修工事が長引いているので、たまたまいつもと違い、アーモンドの木の下で勉強しているのだろうと考えた。何日かたつうちに、フェルミーナ・ダーサは冬休みの三カ月間、毎日午後の同じ時間に彼から見えるところに座り続けるにちがいないと確信するようになった。そして、その確信が彼に新たな勇気を与えた。彼女に見られているという感じはしなかったし、自分に興味を抱いたり、嫌っているという気配もなかった。彼女の無関心さの中にこれまでと違った輝きがあり、そのおかげで、まだあきらめることはないのだという気持ちになることができた。一月末のある午後、叔母が突然椅子の上に手芸の道具をおき、アーモンドの木の落ち葉が積もっている玄関に姪をひとり残して姿を消した。意図的に席をはずしてくれたのだと考えたフロレンティーノ・アリーサは、道路を横切ってフェルミーナ・ダーサの前に立った。彼女が目の前にいたので、息遣いとその後死ぬまで彼女の匂いだとかぎ分けられるようになった花の香りを感じることができた。彼は顔を上げて半世紀後に同じ理由からふたたび見せることになる決然とした態度で話しかけた。

「ひとつお願いがあります。どうか手紙を受け取ってください」

　それはフェルミーナ・ダーサが期待していた声と違って、物憂げな物腰からは想像もつかない抑制のきいた、明瞭な声だった。彼女は刺繡から目を放さずに、《父の許しがなければ受け取れません》と答えた。フロレンティーノ・アリーサは温かみのあるその声を聞いて思わず身体を震わせたが、今にも消え入りそうなその声を生涯忘れることができなかった。しかし、彼は毅然とした態度を崩さず、すぐに《では、そうしてください》と言ったあと、その命令口調を和らげようとして哀願するように付け加えた。《これは生死にかかわる問題なのです》。フェルミーナ・ダーサは顔を上げなかったし、刺繡の手も休めなかったが、心を決めて扉を少し開いた。その隙間は全世界が入るほど広かった。

「毎日午後にここへ来て」と彼女は言った。「わたしがべつの椅子に座るまで待っていてください」

フロレンティーノ・アリーサは次の週の月曜日まで彼女の言おうとしたことが理解できなかった。その日も公園のベンチからいつもと同じ光景がくり返されるのを眺めたが、ひとつだけ変わったことがあった。叔母のエスコラスティカが家に入ると、フェルミーナ・ダーサが立ち上がってべつの椅子に座ったのだ。フロックコートの襟に白い椿をつけていたフロレンティーノ・アリーサは、それを見て通りを横切り、彼女の前に立って言った。《ぼくの人生におけるもっとも重要な一瞬、それが今なのです》。フェルミーナ・ダーサは顔を上げて彼のほうを見ようとせず、周りに視線をさまよわせ、眠気を誘うほど強い陽射しの中の、人気のない通りや風に吹かれて渦を巻いている枯葉を見つめていた。

「それをいただきますわ」と彼女は言った。

フロレンティーノ・アリーサは暗記するほど何度も読み返した七十枚の便箋を持っていくつもりでいたが、結局便箋半葉に完璧な貞節と永遠の愛を誓うと書いた明瞭、簡潔な手紙を持っていくことにした。彼はフロックコートの内ポケットから取り出したそれを、困惑のあまり顔を上げて彼のほうを見ようとしない彼女の前に差し出した。彼女は、恐怖のせいでこわばったようになっている彼の手に握られた青い封筒がぶるぶる震えているのに気づいた。彼女の指も震えていたが、相手に気づかれたくなかったので、刺繡用の木枠を持ち上げて、そこに封筒を載せてもらおうとした。そのとき思いがけないことが起こった。アーモンドの木の茂みにいた小鳥が糞をたれ、狙いすましたように刺繡の上に落ちたのだ。フェルミーナ・ダーサは彼に気づかれてはいけないと思って、刺繡用の木枠を椅子の後ろにさっと隠した。そのときはじめて彼女は顔を真っ赤にして彼のほうを見た。フロレンティーノ・アリーサは手紙を持ったまま表情を変えずに言った。《幸運の証です》。彼女は感謝を込めてはじめて微笑みを浮かべると、手紙をさっと奪い取り、二つに折って胴着《ボディス》の下に隠した。彼は襟につけていた椿を差し出したが、彼女は《それは誓いの花ですから》と言って、受け取ろうとしなかった。もう時間がないことに気づいて、彼女はいつもの落ち着いた態度に戻った。

「もうお帰りください」と彼女は言った。「こちらから連絡するまでは、ここに来ないでくださ い」

フロレンティーノ・アリーサは彼女とはじめて口をきいたことを母親に打ち明けなかった。その後急に無口になり、食欲もなく、ベッドで寝返りばかりうって朝まで寝つけない様子を見て、母親は何となく感じ取っていた。最初の手紙を渡して、返事を待つようになってからは、不安と焦燥に加えて下痢と緑色の嘔吐に悩まされるようになった。方向感覚もおかしくなり、突然失神するようになった。母親は息子の状態が恋の病というよりもコレラの症状に似ていたので恐慌をきたした。同種療法*を行っている老人がフロレンティーノ・アリーサの名親になっていたが、トランシト・アリーサは人の囲いものになって以来、何かにつけてその老人に相談を持ちかけていた。老人は病人の症状を見て、びっくりした。まるで重病人のように脈拍が弱く、呼吸は乱れ、冷たい汗をかいていた。診察してみると、熱があるわけでもなければ、どこかが痛むわけでもなかった。ひとつだけはっきりしていたのは早く死にたがっていることだった。本人と母親にあれこれ遠まわしに尋ねていくうちに、恋病の症状がコレラのそれにそっくりだということが分かった。神経を鎮めるために菩提樹の花のハーブティーを処方し、どこか遠いところへ行って、転地療養すればよくなるだろうと勧めた。フロレンティーノ・アリーサが願っていたのはそれとは逆の、恋の殉教者になることだった。

四十代で、誰の世話にもならずに暮らしてきたトランシト・アリーサは、長年貧しさに虐げられてきたせいで、どうすれば幸せをつかむことができるのか分からなくなっていた。彼女は息子の苦悩を自分の苦しみのように感じ、心の底でそれを楽しんでいた。息子が錯乱状態におちいったと思えば、ハーブティーを飲ませ、悪寒に襲われるとウールの毛布でくるんでやった。そんな風に看病しながら、一方で息子が病気になったおかげで、自分が世話してやれると喜んでいた。「まだ若いんだから、せいぜい苦しむといいよ」と彼女は言った。「一生こんな状態が続くわけはないからね」

郵便局ではフロレンティーノ・アリーサが恋病にかかっているとは誰も思っていなかった。すっかりやる気をなくし、ぼんやりしている彼は、郵便物の到着を告げる旗をしょっちゅう取り違えた。先だっての水曜日は、レイランド社の船がリヴァプールから郵便物を積んでやってきたのに、ドイツの国旗を揚げたし、その前はサン・ナゼールからの郵便物を積んだ大西洋汽船社の船が入港したのに、アメリカ合衆国の国旗を揚げた。恋煩いがもとでそうしたミスを犯したのだが、おかげで郵便物の配達に混乱が生じ、あちこちから苦情が届いた。そんな彼をロタリオ・トゥグットが電信課で引き取り、さらに大聖堂へ連れて行って、聖歌隊席でバイオリンを弾かせたからよかったようなものの、そうでなければ首になっていただろう。年齢から考えると、二人は理解しがたい友情で結ばれていた。というのも、祖父と孫ほど歳が離れているのに、仕事の面でうまくいっていただけでなく、しょっちゅう二人で波止場にある居酒屋に足を運んだ。そうした店には人の懐を当てにしている酔っ払いとか、ココナッツ・ライスを添えたボラのフライを食べたいばかりに、〈社交クラブ〉の華やかなパーティを抜け出して正装のままやってきた若い紳士といった、階級意識にとらわれない夜更かし屋たちが大勢集まっていた。ロタリオ・トゥグットは電信課の仕事を終えると、いつもそうした店に足を向けた。そして、明け方までジャマイカ風のパンチを飲み、アンティル諸島の海を*スクーナー船で駆け回っている向こう見ずな男たちと一緒にアコーディオンを弾いたものだった。彼は猪首で、太っており、金色のあごひげをたくわえていた。夜、外出するときにはいつも*赤い色の自由の帽子をかぶっていたが、あれで鈴を下げていたら、サンタ・クロースと見分けがつかなかっただろう。少なくとも週に一回は、彼が〈夜の蝶〉と呼んでいた女たちの誰かと一夜を過ごした。夜の蝶たちは船員を相手に連れ込みホテルであわただしく春をひさいでいた。フロレンティーノ・アリーサと知り合い、弟子ができた喜びを感じながら彼が最初にしたのは、あの天国の秘密を手ほどきすることだった。フロレンティーノ・アリーサのためにこれはと思う夜の蝶を選び、値段やそのほかのことを決めた上で、自分が勘定を持ってやるから遊んでいこうと言った。しかし、フロレンティーノ・アリーサは首を縦に振らなかった。彼はまだ女性を知らなかったが、愛のない行為で童貞を失いたくないと考えていたのだ。

かつてのコロニアル風の邸宅が連れ込みホテルとして使われていた。大理石造りの広いサロンと寝室は段ボールでいくつもの小部屋に仕切られていて、金さえ払えば、そこで遊んでもよし、のぞいてもよしというので段ボールにはピンで穴が明けてあった。その穴からのぞいたばかりに、編み針で目をつぶされたとか、仕切りの向こうに自分の妻がいるのに気づいて仰天したとか、立派な紳士が日ごろの鬱憤を晴らそうと女装して、上陸した水夫長のお相手をつとめたとか、のぞき、のぞかれる人たちにまつわるさまざまなエピソードが話題にのぼったが、フロレンティーノ・アリーサは隣の部屋がのぞけると聞いただけで震え上がった。ロタリオ・トゥグットが、見たり、見られたりするのは、ヨーロッパの王侯貴族の洗練された遊びなのだと説明しても、説き伏せることはできなかった。

肥満した身体からは想像もつかないが、ロタリオ・トゥグットの一物は智天使ケルビムのそれのように小さくて、しかもバラのつぼみのような形をしていた。その短所が逆に幸運をもたらした。というのも、男ずれした夜の蝶たちが先を争って彼と寝たがり、しかも女たちのよがり声が邸宅の控え壁を振動させ、そこに住み着いている亡霊たちを震え上がらせたのだ。あの男は蛇の毒を混ぜた軟膏を使い、それで女たちの腰を燃え上がらせるんだというううわさもあったが、彼は神様からいただいたお道具以外何も使っていないと断言した。そして、笑い転げながら、《穢れない愛だよ》と言ったものだった。フロレンティーノ・アリーサが、彼の言っていたことはおそらく本当なのだろうと思うようになるには長い年月を要した。感情教育を通していろいろなことを学んでいったが、あるとき、同時に三人の女を食い物にして王侯のような暮らしをしている男と知り合った。女たちは明け方、これだけしか稼げなかったと、ひざまずいて許しを請いながら金を差し出すのだ。そして、いちばんの稼ぎ頭が男と寝ることができるのだが、彼女たちはその代償がほしいばかりに毎日懸命になって働いた。フロレンティーノ・アリーサは、恐怖が女たちにそうした恥ずべき行為をさせているのだと思っていた。ところが、若い女の一人がまったく逆のことを口にしたので、彼は呆然となった。

「こういうことって」と女が言った。「愛がないとできないのよ」

ロタリオ・トゥグットがホテルでいちばんの上客になったのは、床上手だからというよりも、むしろ人柄がよかったからだった。フロレンティーノ・アリーサも口数が少なくて目立たなかったので、主人に可愛がられた。つらい苦悩の時期を迎えたときは、いつもあそこのむせ返るように暑い部屋に閉じこもって、詩や、涙腺を刺激する連載ものの通俗小説を読みふけったり、バルコニーに巣をかけた黒いツバメが静かなシエスタの時間にキスをしたり、翼を羽ばたかせるところを夢想したものだった。夕方、気温が下がると、つかの間の愛で一日の憂さを晴らそうと客がやってきて、いろいろなことをしゃべっていくのが、自然に耳に入ってきた。そんな風にしてフロレンティーノ・アリーサは、要職についている常連客や市の幹部が、隣の部屋で人が聞いているとも知らずに、一夜かぎりの愛人を相手に口を滑らせたさまざまな背信行為や重大な秘密を知ることができた。十八世紀にソタベント諸島の北四レグアス*のところで沈められたスペインのガレオン船には五千億ペソを越える純金と宝石が積み込まれていて、いまだに引き上げられていないという話を聞き込んだのもあのホテルの一室でのことだった。その話を聞いてびっくりしたが、それから二、三カ月間はすっかり忘れていた。しかし、恋狂いしていた彼は海中に沈んだ宝物を引き上げて、フェルミーナ・ダーサに浴びるほどの金をもたらしてやりたいと夢見るようになった。

彼は詩の錬金術によってあの少女を理想化していた。何年か後に、少女の実像を思い浮かべようとした。当時の心を引き裂くようなたそがれ時と彼女の姿とがひとつに結びついて、どうしても切り離すことができなかった。不安と焦燥に駆られながら一通目の手紙の返事を待っていた。その間相手にさとられないようこっそり様子をうかがったことがある。そのときのことを思い返しても、アーモンドの花が雨のように降りしきる午後二時のまばゆい光の中に溶け込んだようになって、彼女の姿がはっきり見えなかったし、なぜか季節はいつも四月だった。聖堂内を見渡せる聖歌隊席でバイオリンを弾きながらロタリオ・トゥグットの伴奏をしていたのは、実を言うとマリア賛歌の風が彼女のチュニックを揺らすところを見たいと思ったからなのだ。しかし、羽目をはずして余計なことをしたばかりに、せっかくの楽しみが台無しになってしまった。というのも、あのとき霊的な音楽があまりにも無力に思えたので、気持ちをかき立てようと恋のワルツを演奏したのだ。ロタリオ・トゥグットは彼を聖歌隊から追い出さざるを得なくなった。トランシト・アリーサが中庭の植木鉢で育てていたクチナシの花を食べたいという誘惑に駆られたのもその頃のことだが、おかげで彼は、フェルミーナ・ダーサを味わうことができた。同じ頃に、母親のトランクの中にオーデコロンの一リットル瓶があるのを偶然見つけた。ハンブルク＝アメリカ航路の船に乗っている船員が密輸で持ち込んだそのオーデコロンを飲んでみて、愛する女性の違った味を楽しみたいという欲求に勝てなかったのだ。ひどく口当たりの悪いオーデコロンを明け方まで飲みつづけて、フェルミーナ・ダーサに酔いしれた。最初、波止場の居酒屋に足を向け、そのあと行き場のない恋人たちが慰めあい、愛し合う防波堤から海をじっと眺めたが、やがて気を失ってしまった。

トランシト・アリーサはいたたまれない思いで朝の六時まで息子の帰りを待った。とうとう我慢できなくなって町中の人目につかない場所を探し回り、正午過ぎになって水死体が打ち上げられる湾の大きく湾曲したところで、香水の匂いのする吐瀉物にまみれて転げまわっている息子を発見した。息子の体調が戻る前に、彼女は、そんな風にうじうじ返事がくるのを待っているからいけないのよ、愛の王国は厳しくて、情け容赦のないところだから、勇気のない男は入っていけないの、女が決断力のある男に身をゆだねるのは、人生に立ち向かっていくのに必要な自信を得たいからなのよ、と諭《さと》した。フロレンティーノ・アリーサは行きすぎと言ってもいいくらい忠実にその教えを守った。彼は黒いウールのスーツに、かっちりした造りのフェルトの帽子をかぶり、セルロイドのカラーに叙情的な蝶ネクタイをして家を出たが、その姿を見てトランシト・アリーサは母親としてというよりも一人の女として誇らしげな気持ちになるのを抑えることができず、そんな格好をして、埋葬にでも行くのかい、とからかった。彼は耳まで赤くなりながら、《似たようなものだよ》と答えた。彼女は息子が息もできないほど怖がっているのに気づいたが、決意は揺るぎそうになかった。最後の忠告と祝福を与え、笑い転げながら、うまくいったらオーデコロンの瓶を買っておくから、祝杯をあげようね、と言った。

実を言うと一カ月前、手紙を渡したときに、公園には二度と足を踏み入れないと約束したのだが、何度もその約束を破っていた。彼女に見つからないよう細心の注意を払いながら。一カ月前と何ひとつ変わったところはなかった。木の下での勉強は町がシエスタから目を覚ます午後の二時に終わり、フェルミーナ・ダーサはそのあと叔母と一緒に気温が下がるまで刺繡を続けた。フロレンティーノ・アリーサは、叔母が家の中に入るのを待たずに軍人のような足取りで通りを横切ったおかげで、膝からくずおれそうになるのをこらえることができた。そして彼はフェルミーナ・ダーサではなく、叔母に話しかけた。

「ほんのしばらくでいいですから、お嬢さんと二人きりにしていただけませんか」と彼は切り出した。「大切な話があるんです」

「まあ、図々しい方ね」と叔母が言った。「この子に関することなら、わたしはどんなことでも聞いていい立場にあるんです」

「だったら話さないでおきます」と彼は言った。「ただし、この先何があっても、すべてあなたの責任ですからね」


エスコラスティカ・ダーサは理想の恋人の口からそのような言葉が出てくるとは夢にも思っていなかった。しかも、経験のないことだったので、フロレンティーノ・アリーサが精霊から霊感を受けて話しているように思えて、おびえたように立ち上がった。そのまま刺繍の針を取り替えるために家の中に入っていったので、玄関のアーモンドの木の下に二人きりで取り残された。

実を言うと、フェルミーナ・ダーサは、突然自分の人生の中に冬のツバメのように迷い込んできた無口なこの求愛者のことをほとんど知らなかった。手紙に署名がなければ、名前も分からなかったにちがいない。その名前から調べて、彼が父親のいない母一人、子一人の家庭で育ったこと、母親はまじめで働き者だが、若い頃に一度だけ過ちを犯したことがあり、その証として残された烙印が息子のフロレンティーノ・アリーサだということが分かった。また彼は、彼女が思っていたような電報配達人ではなく、有能で前途有望な電信助手だということも明らかになった。だから、電報をもってきたのは、自分に会うための口実だったのではないだろうか、と考えたとたんに胸が苦しくなった。聖歌隊の楽団員の一人だということも分かった。ミサの間は顔を上げて彼かどうか確かめるだけの勇気はなかったが、ある日曜日に、ほかの楽団員たちが列席者のために演奏しているのに、彼だけは自分のために演奏してくれているような気がした。彼は好みのタイプではなかった。貧しいみなしごのようなメガネをかけ、僧侶のような服装をし、どこか謎めいた雰囲気をたたえていたので、気にかかって仕方がなかった。彼女は気づいていなかったが、気にかかるということは愛の見せるさまざまな顔のひとつだったのだ。

彼女自身、なぜ手紙を受け取ったのか自分でもよく分からなかった。受け取ったことを後悔していたわけではないが、返事を書かなければという思いが徐々に強くなり、それがプレッシャーになって重くのしかかってきた。父の言葉の端々や何気ない目の動き、さりげない身振りの中に自分の秘密を明るみに出すような罠が仕掛けられているのではないかとびくびくしていたので、少しでも気を許すと秘密が漏れてしまうように思え、食事のときもできるだけ口を利かないようにしていた。わがことのように姪を気遣っていた叔母のエスコラスティカにも心を開かなくなった。時間さえあれば用を足すふりをしてバスルームに閉じこもり、五十八語、三百十四文字のどこかに魔術的な文章、秘密の符号が隠してあって、それを通して表面的な内容の奥にもっと深いメッセージがこめられているのではないかと何度も読み返した。はじめて手紙を受け取って、心臓が張り裂けそうになりながらバスルームに駆け込んだとき、彼女はひょっとすると熱っぽい文章が延々とつづられた手紙ではないだろうかと期待して封を破った。しかし、何度読み返してもはじめて読んだときと同じで、語られている決意が彼女を震え上がらせる短い手紙でしかなかった。

最初は返事を出すまでもないだろうと軽く考えていたが、渡された手紙にはっきり返事を待つと書いてあったので、出さないわけにはいかなかった。あれこれ思い悩んでいるうちに、必要以上に、しかも強い関心を抱いてフロレンティーノ・アリーサのことを考えていることに思い当たって、自分でも驚いた。返事を出すまでここに来ないでください、と言っておきながら、そのことも忘れて、どうしてあの人はいつもの時間に公園に姿を見せないのだろうと考えて、胸を痛めた。そんな風にして彼のことばかりあれこれ空想するようになった。いない場所にいるように感じたり、いるはずのないところにいてほしいと願ったり、眠っているときに、暗闇の中から自分をじっと見つめている彼の存在をありありと感じて急に目を覚ましたりした。だから、あの午後、小さな公園の黄色い落ち葉を踏みしめて、決然とした足取りで彼が近づいてくるのを感じたとき、自分の空想が生み出した妄想だろうと考えて、信じることができなかった。しかし、彼がふだんのけだるそうな態度からは考えられない高圧的な口調で手紙の返事をいただけないでしょうかと言ったとき、彼女は動転したが、気持ちを静めると、どう書いていいか分からなかったのだと本当のことを打ち明けて、何とかその場を切り抜けた。フロレンティーノ・アリーサもそれ以上相手を追い詰めるのは恐ろしかった。

「手紙をもらって」と彼は言った。「返事を書かないのは礼儀に反しますよ」

その一言で、出口のない状況からようやく抜け出すことができた。自制心を取り戻したフェルミーナ・ダーサは、返事が遅れたことを詫び、休暇が終わる前に返事を書くと約束した。彼女は約束を守った。二月の最後の金曜日、新学期がはじまる三日前に、叔母のエスコラスティカが電信局を訪れて、配達サービスのリストにも載っていないピエドラス・デ・モレール村に電報を打ちたいのだが、いくらかかるのかと尋ねた。まるではじめて会うような顔をしてフロレンティーノ・アリーサにあれこれ尋ねた彼女は、帰るときにカウンターの上にトカゲの皮で装丁した祈禱書をわざと忘れていった。その中には、金の装飾図柄のついたリネン紙の封筒が入っていた。うれしさのあまり舞い上がったフロレンティーノ・アリーサは、午後の間中バラの花を食べながら手紙を一語、一語、何度も読み返した。読めば読むほど食べるバラの量が増えていき、真夜中ごろになると何度も読み返し、あまりにも沢山のバラを食べたので、母親は子牛にするように彼の頭を抱えて、ヒマシ油を飲ませてやらなければならなかった。

恋狂いの一年だった。二人は毎日相手のことばかり考え、相手の夢を見、手紙を書いては返事がくるのを一日千秋の思いで待ち続けた。恋に狂ったあの春はもちろん、その翌年も、二人は面と向かって話をする機会に恵まれなかった。それどころか、はじめて会ってから彼が自分の変わらぬ決意を彼女に向かってふたたび繰り返すまでに半世紀の時が過ぎ去り、その間、二人きりで会ったことも、自分たちの恋について話し合ったこともなかった。最初の三カ月間は毎日欠かさず手紙をやり取りしたし、一時は日に二度手紙を出すこともあった。叔母のエスコラスティカは自分で火をつけ、あおっておきながら、その火があまりにも大きく燃え上がったのに気づいて、うろたえていた。

恋ひとつできなかった自分の運命に対して仕返しをしたいという思いもあって、叔母は電信局へ最初の手紙を届けたが、それからは街角で偶然出会ったふりをして手紙の受け渡しをするようになった。彼とは短いなんでもない会話を交す勇気さえなかった。最初、姪はまだ若いから一時的な恋の嵐に翻弄されているだけだろうと思っていた。ところが三カ月たって、そうでないことが分かり、今度は姪の激しい恋の炎のせいで自分の人生が危うくなるのではないかと不安になりはじめた。エスコラスティカ・ダーサは兄のお情けにすがって生活していたので、独裁者のような性格の兄の信頼を裏切ったりすれば、絶対に許してもらえないと分かっていたのだ。しかし最後は、若い頃から自分が耐え忍んできたのと同じ救いのない不幸な運命に姪を追い込むわけにはいかないと考え直した。そこで叔母は、子供っぽい方法を用いるように勧めた。いたって単純なもので、家から学校までの通学路のどこかに手紙を隠しておいて、その中に返事がどこにあるかを書いておくのだ。フロレンティーノ・アリーサもその方法をとった。このようにして、その年の後半はエスコラスティカ叔母の良心の葛藤は教会の洗礼所や木の穴、あるいは廃墟になった植民地時代の城砦の壁の裂け目にゆだねられることになった。手紙は雨に濡れたり、泥にまみれたり、運悪く破れることもあったし、ときにはいろいろな原因でどこへ行ったか分からなくなることもあったが、いつも新しい別の方法を考え出してうまく連絡を取り合った。

フロレンティーノ・アリーサは小間物屋の奥の部屋で、ヤシ油のランプから出る有毒な煙を吸いながら毎晩自分の身体のことも顧みずせっせと手紙を書き続けた。当時八十巻近く出ていた国民文庫に収められているお気に入りの詩人の文章の模倣をしているうちに、手紙の量はどんどん増え、内容はますます常軌を逸したものになっていった。最初は苦しみの中に喜びを見出せばいいのよ、と息子を励ましていた母親もさすがに身体が心配になりはじめた。《そんなに根をつめると、脳みそがひからびてしまうよ》と、一番鶏の声を聞きながら寝室から大声で叫んだものだった。《何もそこまですることはないだろう》。彼女はそれほど思いつめた人間に出会ったことがなかった。しかし、彼は母親の言葉に耳を貸そうとしなかった。ときには、フェルミーナ・ダーサが通学路で見つけられるように前もって決めておいた隠し場所に手紙を置き、徹夜明けの眠そうな顔にぼさぼさの髪で電信局へ行くこともあった。一方彼女のほうは、父親から監視され、尼僧たちから意地の悪い目で見張られていて、トイレに隠れたり、授業中にメモをとるふりをして手紙を書いたので、ノート半ページ分を書くのがやっとだった。彼女は手紙の中で自分の心の動揺を語るのではなく、日々の出来事を航海日誌のように淡々と書き綴っていただけだが、時間に追われ、たえずびくびくしていた上に、彼女自身の性格もあってそういうことしか書けなかったのだ。彼が一行、一行血のにじむような思いをして書いていたというのに、彼女のほうは赤々と燃える炭火を消さないようにしながらも、決してそれに手を触れようとしなかったのだから、手紙は言ってみれば気晴らしの一種でしかなかった。彼は自分の狂気の恋が彼女にも伝染するようにと、ピンの先を使って椿の花びらに細密文字で詩を書いて送った。大胆にも自分の髪の毛を一房手紙に同封して送ったのは彼女ではなく、彼のほうだった。ほしいと思っていたお返し、つまりフェルミーナ・ダーサの一房の髪の毛は送られてこなかった。それで少なくとも一歩前進したことは間違いなかった。というのも、それ以後彼女は辞書にはさんで乾燥させた木の葉や蝶の羽、魔法の鳥の羽を送ってくるようになり、彼の誕生日にはサン・ペドロ・クラベール*の僧衣の小さな切れ端を送ってきたが、それは当時彼女くらいの年齢の女生徒にはとても手が出せないほど高い値でひそかに売買されていたものだった。ある夜、だしぬけにバイオリンで演奏するワルツが聞こえてきて、彼女は驚いて目を覚ました。ひとつひとつの音符に、彼女の植物標本からとった花びらに対する、算数を勉強する時間を削って自分に手紙を書いてくれたことに対する、また自然科学のことよりも彼のことを考えてびくびくしながら試験を受けたことに対する感謝の思いが込められていると分かって、彼女は身震いした。フロレンティーノ・アリーサがそこまで無分別なことをするとはどうしても思えなかった。

翌朝の朝食の時間に、ロレンソ・ダーサがいぶかしそうにこう言った。セレナーデの曲はいくらでもあるのに、どうして一曲しか演奏しなかったんだろうな、それに、耳を澄まして聴いていたんだが、どこの家で演奏していたのか分からなかったんだ。エスコラスティカ叔母はそれを聞いても、顔色ひとつ変えなかったので、姪はほっと胸をなでおろした。叔母は、わたしも寝室のカーテンの隙間からのぞいてみたんですけど、男が一人でバイオリンを弾いていました、いずれにしても同じ曲しか弾かないというのは失恋したという証です、ときっぱり言い切った。その日の手紙で、フロレンティーノ・アリーサはセレナーデを弾いたのは自分だと打ち明け、あのワルツは自分が作曲したもので、心の中で君のことを〈王冠をいただいた女神〉と呼んでいる。それがあの曲のタイトルだと書いていた。以後、公園では二度と演奏することはなかった。月夜の晩は決まって寝室にいる彼女が聞いてもびっくりしないような場所を選んで弾くようになった。お気に入りの場所のひとつが陽射しや雨風にさらされているクロコンドルの眠る荒れ果てた丘の上だった。貧者の墓地として使われているその場所で演奏すると、曲がこの世のものとは思えないほど美しく響いた。その後、彼は風の流れが読めるようになり、風に乗って自分の声が彼女のもとに届くような場所でうたうようになった。

その年の八月、半世紀前から国内を荒廃させてきたいくつもの内戦のひとつが新たに勃発し、全土に広がる気配を見せた。政府は戒厳令を敷き、カリブ海沿岸の州に午後六時以降の外出を禁止した。それまでに何度か騒乱があり、軍はあらゆる報復措置を取ったが、恋にうつつを抜かしていたフロレンティーノ・アリーサはそうしたことにまったく気がつかなかった。軍のパトロール隊がある日の明け方、安らかな眠りについている死者たちの世界を恋の歌でかき乱している彼を発見した。近くの海を航行している自由派の船に向かってト音記号で何らかのメッセージを送っているのではないかと疑われて、スパイ罪で告発され、略式裁判で死刑になるところだったが、奇跡的に助かった。

「スパイだなんて、とんでもない」と彼は釈明した。「愛する人にささげる歌をうたっていただけです」

足首を鎖でつながれて守備隊の地下牢に三日間閉じ込められた。しかし、釈放されると、拘留期間が短すぎたので裏切られたような気持ちになった。年老い、それまでに経験してきた数々の内戦が記憶の中で混ざり合うようになってからも、恋の罪で五ポンド*の足鎖をつけられた人間は市内はもちろん、国内を見渡しても自分以外にいないにちがいないと誇らしげに考えた。

狂ったように手紙をやり取りするようになって二年が過ぎようとしていた頃、フロレンティーノ・アリーサは彼女に短い手紙を書いて、正式に結婚を申し込んだ。その前の六カ月間、彼は何度か白い椿を送っていた。しかし彼女は、手紙は書き続けるけれども婚約という重荷を背負いたくない、という思いを込めて返信の封筒の中にその椿を同封した。椿は恋の戯れのように二人の間を行き来していたが、彼が自分の人生を決定づけるような申し出をするとは夢にも思わなかった。正式の申し出が届いたときは、生まれてはじめて死の爪でひっかかれたように感じた。パニックにおちいった彼女はエスコラスティカ叔母に打ち明けた。叔母は、二十年前自分の人生で決断を迫られたときはできなかったのだが、今回は大胆でしかも明晰な判断をくだした。

「はいと答えるのよ」と叔母は言った。「怖くてしかたないでしょうし、後悔するかも知れないけど、いずれにしてもここでノーと言ったら、一生悔やむことになるわ」

叔母からそう言われても、フェルミーナ・ダーサはどう答えていいか分からず、少し考えさせて欲しいと彼に頼んだ。最初は一カ月待ってほしいと言い、次にもう一カ月、さらにもう一カ月と引き延ばした。返事をしないまま四カ月たった時点で、ふたたび白い椿が届いたが、それまでと違って封筒には白い椿だけでなく、これが最終、最後です、という最後通告が入っていた。フロレンティーノ・アリーサが死と向き合ったその日の午後に、ノートの端を引きちぎった紙切れの入った封筒が届いた。そこには鉛筆で一行、こう書いてあった。《分かりました。無理やりナスを食べさせないのでしたら、あなたと結婚します》。

フロレンティーノ・アリーサはそんな返事がくるとは夢にも思っていなかったので、心の準備ができていなかった。しかしトランシト・アリーサは、六カ月前に息子から結婚するつもりだと聞かされたときから、自分たち親子のほかに二家族が住んでいるこの家を丸ごと一軒借り受けるために話し合いを進めていた。十七世紀に建てられた二階建ての建物で、スペインの植民地時代にはタバコの専売公社になっていた。今の所有者は零落していて建物を維持することができなかったので、分割して貸すことにした。通りに面した箇所は昔のタバコの販売所で、奥の敷石を敷いた中庭のタバコ工場と広い馬小屋だった部分は、共同の洗濯場と物干し場として使われていた。手狭ではあったが使い勝手がよくて、傷みもいちばん少ない建物の前の部分をトランシト・アリーサが借りていた。通りに面して大きなドアのついている、以前タバコの販売所になっていた場所が今は小間物屋になっていた。この横の部屋はかつて倉庫として使われていた。トランシト・

アリーサは換気用の天窓しかないその部屋で寝起きしていた。店は間仕切り板で半分に区切られていて、奥の部分が部屋になっていた。テーブルがひとつと椅子が四脚置いてあり、食事をしたり手紙を書いたりするのに使っていた。フロレンティーノ・アリーサは朝まで手紙を書いていないときは、ここにハンモックを吊るして眠った。二人が住むにはちょうどよかったが、家族がもう一人増えるとなると手狭すぎたし、まして相手が聖処女示現学院に通うお嬢さんともなれば、なおさらだった。しかも当時、いくつもの肩書きを持った名家の人たちが、眠っている間に頭の上から天井が落ちてきて下敷きになるのではないか、とひやひやしながらベッドに入っていたというのに、彼女の父親は瓦礫の山になっていた家に手を入れて、新しく建て直したのだ。その一方、トランシト・アリーサは今後五年間、建物を良好な状態に保つという条件で、家主から中庭の回廊の使用許可を取り付けた。

　彼女はそのための資金を用意していた。贅沢さえしなければ小間物屋と止血用の包帯を売って得られる利益だけで、親子二人なら何とかやっていけた。それとは別に、彼女なら口が堅いから高利でもかまわないという、体面をひどく気にかける新たに誕生した貧民層に金を貸して、蓄財していた。女王様のような雰囲気のご婦人方が小うるさい女中や召使を連れずに、小間物屋の大きなドアの前で、豪華な四輪馬車から降り、オランダ・レースやへり飾りを買うふりをして、すすり泣きながら失われた楽園の最後の名残であるきらびやかな装飾品を担保に金を借りていった。トランシト・アリーサは窮状を救う際に相手の名前に傷がつかないように気を配っていたが、そのお蔭でご婦人方は助けてもらったというよりも、むしろ名誉を守られたというので感謝していた。十年足らずの間に、彼女たちが買い戻しては、また涙ながらに担保として手放すことになった宝石がいつの間にか手元に残ったし、そうして稼ぎだしたものを金に換えてベッドの下の素焼きのつぼにしまいこんでいた。そんなときに息子が結婚することにしたと言い出した。そこで財産を勘定してみると、この家を五年間維持することはもちろん、今後も抜け目なく立ち回り、あと少し幸運に恵まれたら、ほしいと思っている十二人の孫たちのために、家を自分が死ぬ前に買い取れるはずだった。一方フロレンティーノ・アリーサは、電信課の課長代理に昇進した。ロタリオ・トゥグットは翌年〈電信・磁気学校〉の校長になる予定だったが、そのときに彼を課長にするつもりでいた。

そんなわけで、二人が結婚しても生活に関してはなんの心配もなかった。ただ、トランシト・アリーサは最終的に二つの点をはっきりさせておく必要があると考えていた。ひとつは、ロレンソ・ダーサが一体どういう人物なのかを調べることだった。そのアクセントから、どこの出身かはすぐに分かったが、彼がどういう人間で、何をして生計を立てているのかははっきりしなかった。もうひとつは、婚約した二人がお互いのことを十分に知り合うには時間がかかるだろうから、婚約期間を延長する必要があり、その間お互いに愛し合っていることが確認できるまで、決して人に話さずに秘密にしておくことだった。彼女は、内戦が終わるまで結婚は待ったほうがいいのではないかと言った。母親の言葉もあったし、本人も内向的な性格だったので、フロレンティーノ・アリーサは秘密を守る点と婚約期間を延長する点については同意したが、独立して半世紀以上も経つというのに、一日として市民が平穏に暮らせた日がなかったことから、内戦が終わることはありえないのではないかと考えていた。

「結婚する頃には、おじいさんとおばあさんになっているよ」と彼は言った。

たまたまその場に居合わせた、同種療法の治療をしている名親が、戦争は結婚の障害にはならないだろうととりなした。彼は、戦争といっても地主に追い立てられた貧乏人が、政府に追い立てられたはだしの兵隊を相手に戦っているだけのことだからな、と言った。「戦闘が行われているのは山の中だよ」と彼は言った。「わしの記憶にまちがいがなければ、町で人が殺されるのは、鉄砲の弾じゃなくて、法令によるものだ」

いずれにしても、婚約に関する細かなことは次の週に二人が交した手紙の中で取り決められた。二年後ということと絶対に口外しないという条件を受け入れた彼女は、クリスマスの休暇で中等教育の課程が修了するので、そのときに正式に申し込んでほしいとフロレンティーノ・アリーサに頼んだ。その時点でもし許しが得られたら、父親の言う条件に合わせて婚儀を調えればいいだろうということになった。その間も、二人は以前と同じように毎日熱心に熱っぽい手紙をやり取りしたが、内容は夫婦間のように気の置けないものになっていった。二人の夢想をかき乱すものは何一つなかった。

フロレンティーノ・アリーサの生活が一変した。報われた恋のおかげで、彼はかつてないほど自信にあふれ、たくましくなった。仕事の面でも有能ぶりを発揮したので、ロタリオ・トゥグットは苦労することなく彼を専従の課長補佐に任命してもらうことができた。その頃になると、〈電信・磁気学校〉の開校はまず無理だと分かったので、このドイツ人は自分が本当に好きなことに余暇を当てることにした。つまり、港へ行ってアコーディオンを弾き、船乗りと一緒にビールのジョッキを傾け、最後は連れ込みホテルにしけこんだ。それから長い時間がたって、フロレンティーノ・アリーサは自分でその手の店を持ち、港で働く夜の蝶たちを使うようになったが、そうなったのも元はといえばロタリオ・トゥグットに快楽の館に連れて行ってもらったせいだということに思い当たった。彼は長年かけて貯め込んだお金を使って少しずつ店を買い取っていったが、彼に代わって店を切り盛りしていたのは、片目で、髪を短く切った痩せた小男だった。心根の優しい男だったので、まさかその男がマネジャーとして力量を発揮するとは誰も思っていなかったが、そつなく店を切り盛りした。頼んでもいないのに、いつでも使えるようにホテルに一室を用意しておきましたと言われたときは、フロレンティーノ・アリーサもこの男はマネジャーとして得がたい人物だと感心した。下腹部がもやもやしたときは、その部屋で処理することができたし、心静かに本を読んだり、ラブ・レターを書くこともできた。ともあれ、婚儀が調うまでに長い時間がかかったが、その間に電信局や家にいるよりもそちらにいる時間のほうが長くなった。母親のトランシト・アリーサと顔を合わせるのは、服を着替えるために家に戻るときくらいのものだった。

彼にとって読書は飽くことのない悪徳に変わった。息子に読み方を教えて以来、母親は子供向けのお話として売っていた北欧系の作家が書いた挿絵入りの本を買い与えていたが、実を言うとそれらの本は年齢に関わりなく読めるこの上もなく残酷で、底意地の悪い内容だった。フロレンティーノ・アリーサは五歳でそこに出てくるお話を覚えて、授業や学校へ行く前の晩に暗誦するようになった。お話にすっかりなじんでしまったが、それでも恐ろしいことに変わりはなかった。それどころか、逆に恐怖心がつのったくらいだった。だから、詩を読むようになって心が安らぐようになった。思春期には、トランシト・アリーサが〈代書人のアーケード〉の古本屋で買い求めた国民文庫全集を発行順にすべて読破したが、そこにはホメロスからマイナーな地方詩人にいたるまであらゆる詩人が含まれていた。どの作品もまったく区別せずに読んだ。手元に届いた本を運命が下す命令のようにして読んでいった。しかし、長年かけて多くの本を読んだというのに、傑作と駄作の区別がつかなかった。ただ、散文と詩を比べると、詩のほうが好きで、とりわけ恋愛詩が気に入っていた。二度読むと、別に覚えようとしなくても暗記することができたし、そうした詩が美しい調べと韻律を備えていて、心を引き裂くような内容であれば、いっそう楽に記憶に留めることができた。

フェルミーナ・ダーサに宛てた最初の手紙はそうした詩をもとにして書いたもので、そこにはスペインのロマン派の詩人たちの長い文章がそのまま手を加えずに使われていた。実生活に追われて、心の悩みよりも現世的な問題に立ち向かわざるを得なくなるまで、そうした状態が続いた。その頃にはまた、お涙頂戴ものの連載恋愛小説や当時流行していたきわめて瀆聖的な散文にも手を出すようになっていた。広場や柱廊玄関で一冊二センターボで売っている地方詩人の分冊売りの詩集を読んで、母親と一緒に涙を流すこともあった。同時にスペイン黄金世紀の精選された詩も暗記していた。それまでは手に入った本を一冊残らず、順番に読破していった。彼女を愛するようになって最初の数年間はひどくつらい思いをしたが、その期間が過ぎて長い年月がたち、彼ももう若いとはいえない年齢になると、ガルニエ兄弟の古典全集『青春の宝』全二十巻を翻訳で最初の一ページから最後のページまで読み切り、さらにもっと読みやすいドン・ビセンテ・ブラスコ・イバニェスが編集、出版した『プロメテウス選書』を読み上げた。

いずれにしても、彼は青春時代を連れ込みホテルで過ごしたが、その間読書と熱情的な手紙を書くことに終始していたわけではなく、愛のない愛の秘儀の手引きもしてもらった。売春宿の毎日は正午過ぎにはじまる。その時間になると、彼が親しくしている夜の蝶たちが生まれたままの姿で起きだしてくる。だから、フロレンティーノ・アリーサが勤め先からやってくる頃、その快楽の館は裸のニンフたちであふれる。彼女たちは当事者本人が口を滑らせてしゃべった市の秘密を声高に話し合っていた。素裸の女たちの多くは過去の傷跡、つまりナイフで刺された腹部の傷跡や星型をした銃弾の跡、愛の証として剃刀《かみそり》でつけられた筋状の傷、藪医者が行った帝王切開の跡などを隠そうともしなかった。中には、若気の過ち、あるいは単なる不注意から生まれた不運の果実とも言うべき小さな子供たちを昼間だけつれてくるものもいた。裸の楽園で違和感を覚えてはいけないというので、中に入ると子供たちはすぐに服を脱がされた。女たちはそれぞれに手料理を作っていたが、そのおかげをいちばんこうむっていたのはフロレンティーノ・アリーサだった。声をかけられると、彼はいちばん美味しいところだけをつまみ食いしていたのだ。パーティは毎日夕方まで続けられた。夕方になると、裸の女たちは歌をうたいながらバスルームへ向かう。そこで石鹼や歯ブラシ、ハサミを貸し借りし、お互いに髪を切りあい、衣装を交換し合い、化粧で悲しげな道化師のような顔を作ったあと、最初の獲物を求めて夜の町へ繰り出していく。その後、売春宿の生活は温かみを欠いた、非人間的なものに変わり、金を払わなければ何もできなくなる。

フェルミーナ・ダーサと出会って以来、フロレンティーノ・アリーサにとってあの店はどこよりも居心地のいい場所になった。そこにいると孤独感にさいなまれずに済んだし、くわえて彼女がそばにいるような気持ちになれた。ホテルには、おそらく彼と同じような理由によるものと思われる、銀色の髪をした優雅な年配の女性が暮らしていた。その女性は裸で奔放な生活を送っている女性たちとは違う暮らしをし、彼女たちから神のように崇められていた。まだ年端もいかない頃に、若いのに世故にたけた男にホテルに連れてこられ、しばらくもてあそばれた後、あっさり捨てられた。そうした過去があったにもかかわらず、いい結婚相手に恵まれた。歳をとり、一人暮らしをするようになると、二人の息子と三人の娘が争うようにして自分たちと一緒に暮らそうと言ってくれたが、若い頃に放埒な毎日を送ったあのホテルが自分にいちばん似合っているように思われた。彼女はホテルの一室で暮らしていたが、その点はフロレンティーノ・アリーサと同じだった。彼女はフロレンティーノ・アリーサのことを、あの人は悦楽の館で暮らしながら、読書を通して心を豊かにしているのだから、今に世界でも有数の賢者になるにちがいないと言っていた。フロレンティーノ・アリーサはそんな彼女に親しみを覚え、一緒に市場へ行って買い物をしたり、おしゃべりをして午後を過ごすようになった。打ち明け話など何ひとつしていないのに、ちゃんと秘密を見抜いている彼女を、ひどく頭のいい女性だと思っていた。

フェルミーナ・ダーサを愛するようになる前から、彼は安直な誘惑に負けないようにしていたが、正式に婚約してからはなおいっそうその傾向が強くなった。フロレンティーノ・アリーサは若い女たちと一緒に暮らし、彼女たちの喜びや悲しみを共有していた。彼はもちろん、彼女たちもそこから先へ進むことはなかった。ある思いがけない出来事が彼の決意のゆるぎなさを証明することになった。ある日の午後六時、若い女たちが客を取るために着替えているときに、床掃除を任されている女が部屋に入ってきた。年はまだ若かったが、老け込み、やつれた感じのする女は輝くような裸体に囲まれた着衣の悔悟者のような感じがした。彼は毎日のようにその女を見かけたが、自分が見られていることに気づいていなかった。彼女はほうきとごみ用のバケツ、それに床に落ちているコンドームを拾い上げるための特殊な雑巾を持ってあちこちの部屋をまわっていた。いつものようにフロレンティーノ・アリーサが本を読んでいる部屋に入ると、いつものように邪魔にならないように細心の注意を払って掃除をした。その女性が急にベッドのそばに近づいてきたかと思うと、暖かくて柔らかい手が彼の下腹部に触れた。その手が下腹部をまさぐり、例の場所に来ると、激しくあえぎながらボタンをはずそうとしているのが感じられた。彼は我慢できなくなるまで本を読んでいるふりをしたが、ついに耐え切れなくなって身体をひねって逃れた。

彼女は一瞬うろたえた。掃除婦として雇われたとき、最初に言われたのが客と寝てはいけないということだったのだ。もっとも彼女は、売春というのはお金のためではなく、見知らぬ人間と寝ることだと考えているタイプの女性だったので、心配はなかった。彼女には子供が二人いた。父親はちがっていたが、ふとした過ちでそうなったのではなく、同じ相手を愛し続けることができなかったのだ。もともと彼女は絶望感に襲われることもなく待ち続けることのできる女性で、男に飢えていたわけではなかった。しかし、あの売春宿で働いているうちに、彼女の美徳が揺らぎはじめた。午後六時に仕事をはじめ、一晩中あちこちの部屋を回ってほうきで掃いたり、コンドームを拾い集めたり、シーツを換えたりしていた。愛の行為の後、男たちは信じられないほどいろいろなものを残していった。嘔吐や涙の跡は理解できなくはなかった。しかし、水入らずの関係を結んだあとには理解を越えたものも残されていた。血だまりや人糞の一部、義眼、金時計、入れ歯、金髪の入ったロケット、それにラブ・レター、ビジネス・レター、お悔やみの手紙などありとあらゆる手紙が残されていたのだ。何人かは忘れたものをとりに戻ってきたが、大半はそのままになっていた。ロタリオ・トゥグットはそれらを大切に保管しておいた。遅かれ早かれ売春宿はつぶれるだろうが、個人の忘れ物が山のようにあれば、それで愛の博物館を開くことができるだろうと考えたのだ。

仕事は厳しく、給料は安かったが、彼女はよく働いた。ただ、すすり泣く声や悲しそうな声、ベッドのバネのきしむ音が彼女の心を騒がせ、血を熱くし、やるせない思いで一杯にした。明け方になれば、通りで最初に見かけた物乞いでも、余計なことを考えたり尋ねたりしないだらしない酔っ払いでもいいから、とにかく一緒に寝たいと考えるようになった。そこに若くて清潔なフロレンティーノ・アリーサのような女気のない男性が現れたのだから、天からの贈り物のように思えたのも無理はなかった。最初に見かけたときから、あの人は自分と同じで愛に飢えていると ひとり決めしていた。しかし、彼のほうはこの女性が男に飢えていることにまったく気づいていなかった。彼はフェルミーナ・ダーサのために童貞を守ってきたし、その気持ちを変えさせるような力も理由もこの世には存在しなかった。

正式に婚約を決める四カ月前までの彼の生活はそのようなものだった。しかしある日、ロレンソ・ダーサが朝の七時に突然電信局に現われて、彼のことを尋ねた。まだ出勤していなかったので、八時十分までベンチで待つことにしたが、その間に見事なオパールのついたずっしり重い金の指輪を一度抜いて、べつの指にはめ替えた。フロレンティーノ・アリーサが来ると、以前電報を配達してもらったときに顔を見ていたので、すぐに彼と分かって、腕をとった。

「若いの、一緒に来てくれんか」とロレンソ・ダーサは言った。「二人で五分ばかり、男同士の話をしたいんでね」

フロレンティーノ・アリーサは死人のように青ざめてついていった。フェルミーナ・ダーサが前もって知らせてやればよかったのだが、その機会も方法もなかった。彼は何も知らされていなかったので、心の準備ができていなかった。実を言うと、先週の土曜日、聖処女示現学院のフランカ・デ・ラ・ルス院長が、宇宙生成論の授業中の教室に蛇のようにこっそり忍び込み、生徒の肩越しに様子をうかがった。そのときにフェルミーナ・ダーサがメモをとるふりをしてラブ・レターを書いていることに気づいた。学院の規則に拠れば、その過ちは放校処分に該当した。突然院長室に呼び出されたロレンソ・ダーサは、あれほど厳しい鉄壁の監視を行っていたのに、どこからか水が漏れ出していたことに思い当たった。生まれつき強固な意志の持ち主である彼女は、手紙を書いたのは悪かったと認めたが、正体の分からない恋人については一切口を割ろうとしなかった。修道会の審判委員会にかけられたが、そこでも相手が誰か言わなかったので、放校処分の決定が下された。父親がそれまで神聖で足を踏み入れることのできなかった寝室を調べてみると、トランクの二重底になったところに過去三年分の手紙の束が、心を込めて書かれた手紙にふさわしく大切に保管してあった。そこにははっきり署名がしてあった。しかし、ロレンソ・ダーサはそのときはもちろんその後も、娘が秘密の恋人について、電信局に勤めていて、バイオリンを弾くのが好きだということ以外何も知らないというのが、どうしても信じられなかった。

妹が裏で一枚嚙んでいるのでなければ、二人があれほど簡単に連絡を取り合えるはずがない、そう考えた彼は妹に釈明の機会すら与えず、有無を言わさずサン・フアン・デ・ラ・シエナガ行きのスクーナーに乗船させた。灰色の顔をし、熱のある骨ばった身体を茶色の僧服に包んだ叔母と玄関先で別れを告げた午後が最後の別れになった。そのときのことがフェルミーナ・ダーサにはいつまでも心の重荷としてのしかかった。あの日、叔母は唯一自分のものであるオールドミスらしいスリーピング・マットとハンカチに包んだ一カ月分の生活費を握り締めて、小雨降る公園の向こうに姿を消した。フェルミーナ・ダーサは父親の圧制から解放されると、すぐにカリブ海地方に人をやって、叔母の消息を知っている人はいないか調べさせた。しかし、いつまでたっても何の情報も得られなかった。三十年近く経ち、長い時間と多くの人の手を経て、ようやく一通の手紙が届いたが、そこにはアグア・デ・ディオスにあるハンセン病療養所で死亡したと書かれてあった。ロレンソ・ダーサはエスコラスティカにひどい仕打ちをしたが、そのことで娘があれほど激しく反発するとは思ってもいなかった。母親のことをほとんど覚えていない彼女にとっては、叔母が母親のようなものだったのだ。彼女は寝室に鍵をかけて閉じこもり、食事はもちろん、水も飲もうとしなかった。父親が脅したり、すかしたり、なだめたりしながら、ようやく寝室のドアを開けさせたとき、中にいたのは傷ついた豹で、もはや十五歳の娘はどこにもいなかった。

彼は何とか娘のご機嫌を取り結ぼうとした。その年では恋愛といっても絵空事でしかない、だから早く手紙を相手に返して、学院に行ってひざまずいて許しを請うようにと説き伏せようとした。さらに、お前を幸せにしてくれるいい相手を、お父さんが必ず見つけてやる、これは誓って本当だと言って聞かせた。しかし、死人に語りかけているのと同じで、何の反応も返ってこなかった。打ちのめされた父親は、月曜日の昼食のときについに我慢できなくなり、脳の血管が切れそうになるのもかまわず、罵詈雑言や冒瀆的な言葉を娘に浴びせかけた。彼女はその間に肉を切るナイフをつかみ、芝居がかった様子もなくそれを首に押し当てた。ナイフを握った娘の目が据わっているのを見て、父親は萎えてしまった。こうなれば、あの忌々しい成り上がりものと男同士で五分ばかり話をせざるを得ないだろうと腹をくくったが、その電信局員とは一度会っているのにまったく覚えていなかったし、腹立たしいことに自分の人生を台無しにしてしまったのだ。いつもの習慣で出かける前に手にした拳銃を、シャツの下に隠すのを忘れなかった。

ロレンソ・ダーサはフロレンティーノ・アリーサの腕をとると、大聖堂広場を抜けてカフェ・デ・ラ・パロキアまで引っ張っていき、テラスに腰を下ろすように言ったそのときも、まだ精神的に立ち直っていなかった。時間が早かったので、ほかに客はいなかった。黒人の太った女が、あちこち欠けてほこりまみれのステンドグラスのある広々としたサロンの床のタイルを掃除していた。椅子はすべて逆さまにして、大理石のテーブルの上に載せてあった。ロレンソ・ダーサはその店で、公設市場で働いているアストゥリアス人を相手にばくちをしたり、樽入りのワインを一緒に飲みながら、自国ではなく、長期にわたって続いている外国の戦争について激しく議論を戦わせていたが、フロレンティーノ・アリーサはそんな彼をよく見かけた。彼女を愛した以上、いつかは父親と話し合わざるを得ないだろうと思っていたので、何度となくそのときのことを思い描いてみた。会うのは運命の定めのようなもので、人間の力で回避するわけにはいかなかった。話し合ったとしても、説得できそうになかった。フェルミーナ・ダーサの手紙に、父親は暴風のように荒々しい気性の人だと書かれていたし、彼自身も、ロレンソ・ダーサがテーブルで賭博をしているのを見かけたとき、大声をあげて笑っているのだが目だけは少しも笑っていないことに気づいた。下品に突き出した腹、断定的なもの言い、オオヤマネコを思わせるほおひげ、ごつごつした手の指にはめられたオパールの指輪、どれをとっても品がないとしか言いようがなかった。最初に見かけたときから気づいていたが、彼の中で唯一かわいげがあるのは、娘と同じように雌鹿のような歩き方をするところだった。椅子に座るように言われたときは、思っていたほどとげとげしい感じはしなかったし、*アニス酒を飲まないかと勧められて、気持ちがほっと安らぐのを覚えた。それまで、フロレンティーノ・アリーサは朝の八時に酒を飲んだことなどなかったが、このときは飲みたくて仕方なかったので、喜んでいただきますと答えた。

事実、ロレンソ・ダーサは五分もかけずに言うべきことを言ったが、その説明はフロレンティーノ・アリーサが戸惑い、おやっと思うほど真実味がこもっていた。妻が亡くなった後、娘を立派な貴婦人に育て上げることだけを目標に生きてきた。満足に読み書きもできないラバを商う商人にとって、その道は長く険しいものだった。それに確かな証拠もないのに、サン・フアン・デ・ラ・シエナガ地方では馬泥棒だといううわさを立てられた。そこまでしゃべって、ラバ商人がよく吸う葉巻に火をつけると、《身体を壊すよりも難儀なのは、悪い評判を立てられることなんだ》とこぼした。しかし、と彼は続けた。自分が財を成した秘密はラバではなく、一夜明けると村々が灰の山に変わり、田畑が荒廃している辛く厳しい戦時下にあっても額に汗し、決断力を持って働いてきたからなんだ。娘は将来のことを考えもせずに、自分を犠牲にしてよくがんばってくれた。頭がよくて、物事をてきぱき処理できる子で、自分が読み書きできるようになると、すぐに父親のわたしに読み方を教えてくれた。十二歳のときには、叔母のエスコラスティカの助けを借りずに家を切り盛りするようになった。《あの子は金のラバなんだ》とため息をつきながら言った。娘が全教科で五の評価を受け、小学校を卒業するときに表彰されたのを見て、娘にかけた夢を実現するにはサン・フアン・デ・ラ・シエナガの世界は狭すぎると考えた。そこで、土地と家畜を売り払い、新たな野心と金貨で七万ペソの金を持ってこの町に引っ越してきたのだ。

過去の栄光にしがみついている廃墟のようなこの町でも、美貌に恵まれ、古風な教育を受けた女性なら、幸せな結婚をして、華やかな人生を歩むことができるだろうと考えた。そんなときに、思いがけずフロレンティーノ・アリーサが現れて、苦労して立てた計画に水を差すことになったのだ。《そこで、こうしてお願いに上がったってわけだ》とロレンソ・ダーサは言った。彼は葉巻の先をアニス酒にひたすと、煙の出ない葉巻を吸いながら、悲しそうにこう言った。

「わしたちの邪魔をせんでくれ」

フロレンティーノ・アリーサはアニス酒をちびちびなめながら、彼の話に耳を傾けていた。フェルミーナ・ダーサの生い立ちから現在にいたるまでの話を夢中になって聞いていたので、自分が何を話せばいいのかまったく考えていなかった。いざしゃべろうとしてふと、何を言っても結局は自分の運命を危うくするだけだということに気がついた。

「お嬢さんに話されたのですか?」と尋ねた。

「それはあんたに関わりのないことだ」とロレンソ・ダーサが言った。

「そんなことはありません」とフロレンティーノ・アリーサは言い返した。「決めるのは彼女でしょう」

「何をばかなことを」とロレンソ・ダーサは言った。「これは男の問題だ、だから男同士で話し合えばいいんだ」

威嚇するような声でそう言ったので、近くのテーブルにいた客が彼らのほうを振りかえった。フロレンティーノ・アリーサは、声はさっきよりも穏やかだったが、自分でも信じられないほど自信にあふれた態度で言った。

「いずれにしても、お嬢さんの考えを聞かせていただかないと、なんとも答えようがありません。もしぼくが勝手に返事をしたりしたら、お嬢さんを裏切ることになりますからね」

それを聞いてロレンソ・ダーサは椅子の背にもたれかかったが、まぶたは赤くなり、涙がにじんでいた。そのとき左目がぐるっと回転し、そのまま外側を向いてしまった。彼はドスのきいた声で言った。

「わしに銃を使わせんでくれ」

フロレンティーノ・アリーサは腹のあたりが冷たくなるのを感じた。しかし、彼も精霊の光を受けているように感じていたので、声は震えなかった。

「撃てばいいでしょう」彼は胸に手を当てていった。「恋のために死ぬ、これほど栄誉なことはありませんからね」

左目が外を向いたままのロレンソ・ダーサはオウムのようにもう片方の目で彼を見た。そして一語一語、吐き出すようにして言った。

「売春婦の息子め！」

その週に、彼はすべてを忘れさせるために娘を旅行に連れ出した。怒りに任せて葉巻を嚙んだせいで口ひげが汚れていたが、気にかける様子もなく娘の寝室に入っていくと、何の説明もせず旅行に出るから荷物をまとめろと言った。彼女がどこへ行くのと尋ねると、彼は《死ににに行くんだ》と答えた。その言葉があまりにも真に迫っていたので、仰天した彼女はこの前のように勇気を出して父親に刃向かおうとした。しかし、父親は銅製の頑丈なバックルのついたベルトをはずすと、それをこぶしに巻きつけてテーブルをガツンとたたき、その音がライフルの銃声のように家中に響き渡った。自分の力と、どういう場合にその力が使えるのかをよくわきまえていたフェルミーナ・ダーサは、二枚のござを重ねた携帯用の寝具とハンモックを用意し、大きなトランク二つに自分の衣装を全部つめたときには、もう二度とここに戻ってくることはないだろうと思っていた。服を着替える前に、バスルームに閉じこもり、引きちぎったトイレット・ペーパーの包装紙にフロレンティーノ・アリーサに宛てた短いお別れの言葉を書いた。その後、剪定《せんてい》用のはさみで首筋のところの編んだ髪を切り、それを金の糸で刺繍したビロードの袋に入れて、手紙と一緒に送った。

とても正気とは思えない旅だった。最初の旅程に当たる十一日間、アンデスのラバ追いの一隊は強い陽射しにあぶられたり、十月の横なぐりの雨に叩かれて意識が朦朧とした状態でラバの背に揺られ、ネバダ山脈の険しい山道を進んだが、その間、断崖の下から立ち上る眠気を誘う蒸気のせいで気力が萎えたようになっていた。三日目に、アブが原因で発狂したラバが乗り手もろとも絶壁から滑落し、ロープで結ばれていたほかのラバも道連れにした。ラバ追いとロープで結ばれた七頭のラバの絶叫が、悲劇のあった後も数時間にわたって断崖に反響し続けたし、フェルミーナ・ダーサの記憶の中でもその絶叫が何年も消えずに残った。彼女の荷物はすべてラバとともに崖の下に落下した。滑落してから恐怖の悲鳴が谷底で消えるまでの永遠に続くかと思えるほど長い間、彼女は亡くなったあわれなラバ追いのことも、ずたずたになった何頭かのラバのことも考えなかった。自分のラバがほかのラバとロープで結ばれていなかったと分かって、自分はなんと不幸だろうと思っただけだった。

ラバに乗って旅をするのは今回が初めてだった。フロレンティーノ・アリーサとはもう二度と会えないし、彼の手紙で心が癒されることもないだろうと思い込んでいたので、旅のもたらす恐怖と数々の不自由な思いがいっそう耐え難いものに思われた。旅に出てからは一度も父親に話しかけなかった。父親のほうも戸惑って、必要なとき以外ほとんど自分から話しかけなかったし、用事のあるときはラバ追いに伝えさせた。運のいいときは、街道で宿を見つけることができた。粗末な料理が出たが、彼女は手をつけようとしなかった。そこでは、汗と小便のすえたような臭いのしみついた帆布を張った簡易ベッドを使うことができた。たいていはインディオの居住地で夜を明かす羽目になった。街道脇に公共の宿泊所が設置されていて、やってきたものは誰でも朝まで泊まれるようになっていた。宿泊所といっても、地面に支柱を打ち込み、ヤシの葉で屋根を葺いただけの簡単な造りだった。フェルミーナ・ダーサは恐怖心で冷や汗をかき、施設を利用する旅行者が音を立てないようにそっと支柱に家畜をつないだり、空いた場所にハンモックを吊るしている気配を感じて、一晩中まんじりともできなかった。

日が暮れて、旅人が集まりはじめた頃の宿泊所は人影もなく、静かだが、夜が明けると、市の立った広場のような賑わいを見せる。沢山のハンモックが段差をつけて吊るされ、山岳地方からやってきたアルアーコ族のインディオが地面に座り込んで眠り、縄でつながれたヤギがうるさく鳴き騒ぎ、大きな籠に入った闘鶏が騒ぎ立て、戦時だというので吠えないよう仕込まれた山犬がうなり声を上げていた。仕事の関係であの地方を長年旅してきたロレンソ・ダーサにとっては、そうしたものは見慣れたものであり、明け方に昔の知人とばったり顔を合わせることも珍しくなかった。娘にとっては絶え間ない拷問のようなものだった。塩漬けにしたナマズの吐き気を催す匂いに、以前の暮らしを懐かしむ気持ちが加わって、極度の食欲不振に陥り、ものが食べられなくなった。彼女が絶望感に襲われて気が狂わなかったのは、フロレンティーノ・アリーサのことを思い出して、心を慰めたおかげだった。ここは疑いもなく忘却の土地だ、と彼女は思った。

戦争がもうひとつの絶え間ない恐怖の種になっていた。旅に出たときから、あちこちに散開している巡視隊に出くわす危険があると聞かされていたので、その連中がどちらの党派に属しているかを見分けて、その場をうまく切り抜ける方法を馬方から教えてもらった。士官に指揮された騎兵の一隊にしばしば遭遇したが、彼らは若い雄牛をつかまえるように縄をかけて街道の真ん中で新兵を徴兵していた。次から次に恐ろしいことが起こるせいでくたびれ果てたフェルミーナ・ダーサは、さし迫っているというよりもむしろ伝説的といってもいい死の恐怖のことを忘れてしまった。しかし、ある夜、どの党派に属しているか分からない巡視隊に一行のうちの二人が拉致されて、居住地から二、三キロ離れたところに植わっているカンパーノの木に吊るされた。その二人は知り合いでもなんでもなかったが、ロレンソ・ダーサは彼らを木から下ろすように言い、自分たちも同じ運命に見舞われないようにと願って、キリスト教徒として手厚く葬った。それですべてが終わったわけではなかった。明け方、一行は強盗に猟銃を突き付けられて目を覚ました。顔に煤を塗り、ぼろぼろの服を着た指揮官がランプでロレンソ・ダーサの顔を照らし、お前は自由派か、それとも保守派か、どちらだと尋ねた。

「どちらでもありません」と彼は答えた。「私はスペインの臣民です」

「運のいいやつらだ」指揮官はそう言うと、手を挙げて敬礼しながら立ち去った。「国王、万歳!」

二日後、彼らは陽気な町バリェドゥパールがある陽光のふりそそぐ明るい平原に降りていった。

中庭では闘鶏が行われ、街角ではアコーディオンが賑やかに演奏され、血統のいい馬に乗った男たちが通りかかり、花火が騒々しい音を立て、鐘がうるさく鳴らされていた。さらに、花火の城が組み立てられているところだった。フェルミーナ・ダーサはそうしたお祭り騒ぎにまったく関心を示さなかった。母親の兄に当たる伯父のリシーマコ・サンチェスの家に泊めてもらうことになっていたが、伯父はその地方でもいちばん血統のいい馬に乗った騒がしい親戚の若者たちを引き連れて国道まで迎えに出て、花火が鳴り響いている中を家まで案内した。家は何度か修復したコロニアル風の教会のそばの、大広場の近くにあった。広々として薄暗い部屋のあるその家は農場の母屋のような感じがしたし、果樹園の向かいにあるそこの廊下に立つと熱したサトウキビ酒の匂いがした。

厩《うまや》まで行って、ラバから降りた。居間は、一度も会ったことのない親戚のものたちであふれていた。フェルミーナ・ダーサはこの世でたった一人の人間しか愛さないと心に誓っていたが、そんな彼女にとって親戚のものたちの大げさな挨拶の言葉が耐えがたいほど苦しかった。お尻が焼けるように熱く、目を開けていられないほどの眠気と下痢に悩まされていた彼女は、静かな場所でひとりきりになって、心ゆくまで泣きたい、とそれだけを願っていた。二歳年上で、フェルミーナ・ダーサと同じように高慢そうな感じのする従姉《いとこ》のイルデブランダ・サンチェスだけが、最初に顔を見たときに、彼女が辛そうにしているのに気づいた。彼女もやはりかなわぬ恋に苦しんでいたのだ。日が暮れると、二人で使うことになっていた寝室にフェルミーナ・ダーサを連れて行った。お尻が潰瘍になったように真っ赤にはれ上がっているのを見て、これでよく我慢できたわね、とびっくりした。イルデブランダは、夫と似たもの夫婦で心根の優しい母親の助けを借りて従妹に湯浴みさせると、ウサギギクのシップで患部を冷やした。そのとき、花火の城が轟音とともに爆発し、家の土台を揺るがした。

真夜中ごろになると訪問客も姿を消し、町のお祭り騒ぎも下火になっていった。従姉のイルデブランダは、これを着るといいわと言って、マダポラン綿のナイト・ガウンを渡し、肌触りのいいシーツに羽枕のあるベッドに寝かせてやった。おかげで、フェルミーナ・ダーサは幸せのあまり一瞬だがパニックにおちいりそうになった。寝室で二人きりになると、イルデブランダはドアに掛け金をかけ、ベッドに敷いてあるござの下から郵政省のマークの入ったマニラ紙の封筒を取り出した。彼女が顔を輝かせ、いいものを見せてあげるわといった表情を浮かべたのを見て、フェルミーナ・ダーサは人をもの思いにふけらせる白いクチナシの香りが記憶によみがえってくるように感じた。そして歯で封蠟をはがすと、十一通の心をかき乱す電報を明け方まで涙でぐしょぐしょに濡らした。

彼は知っていたのだ。ロレンソ・ダーサは旅に出る前に、義理の兄のリシーマコ・サンチェスに電報を打ってそのことを伝え、リシーマコはその地方のあちこちの町や村に散らばって暮らしている遠縁も含めた親族のものに知らせたのだが、それが間違いだった。フロレンティーノ・アリーサはそこから彼女の行く先を探り出しただけでなく、電信局員が作り上げている広範なネットワークを利用して、フェルミーナ・ダーサが最後に立ち寄ることになっていた寒村カボ・デ・ラ・ベーラまで調べ上げた。おかげで、彼女が三カ月間滞在したバリェドゥパールから、最後に訪れたリオアーチャまでの一年半に及ぶ旅の間、彼女とたえず連絡を取り合うことができた。一方、ロレンソ・ダーサは一年半もたったのだから、これで娘もあの男のことを忘れただろうと考えて、家に戻ることにした。長い年月を経て、妻の親族のものたちも以前の偏見を捨てて、彼を身内の一人として温かく迎え入れた。彼らにそんな風にやさしくされたせいで気が緩み、娘に対する監視の目が行き届かなくなっていたことに、本人は気づいていなかったにちがいない。そんなつもりはなかったのだが、妻の実家を訪れたことで結果的には遅ればせながら昔のわだかまりが消えた。フェルミーナ・サンチェスの家族は、彼女が粗野で大言壮語するきらいのある、氏素性の定かでない移民の男と結婚することに猛反対した。当時彼は飼いならされていないラバを売り買いしていたので、常時旅に出ていたし、商売のやり方も荒っぽくて決してきれいなものとは言えなかった。彼が好きになった女性はその地方の典型的な家族、つまり女性は気性が激しく、男性は気が優しいが、こと名誉に関しては異常なまでに敏感で、すぐ銃に手をかけるきらいがあり、そういう家族の中でいちばん可愛がられていた娘だったので、彼としては大きな賭けをするようなものだった。しかし、フェルミーナ・サンチェスは許されぬ恋を貫き通すという盲目的な決意を変えようとせず、家族の反対を押し切って彼と結婚した。ひどく急いでいた上に、心のうちを明かそうとしなかったので、誰もがあれは恋ではなく、まだ若い頃に犯した過ちを聖衣で覆い隠そうとして嫁いだのだろうと考えた。

娘に好きな相手ができたのを頑として認めないというのは、二十五年前に自分が犯した過ちを娘が繰り返しているだけなのに、それを許そうとしないということなのだが、本人はそのことに気づいていなかった。以前、結婚に反対していた妻の兄弟たちは親戚のものを前にして散々愚痴をこぼしたものだった。その義理の兄弟を前に今度は彼が自分の不幸を嘆くことになった。彼が愚痴を並べ立てて時間をつぶしている間、娘のほうは恋のことを考えて楽しく暮らしていた。つまり、彼が義理の兄弟が所有している実り豊かな土地で子牛を去勢したり、ラバを飼いならしているときに、彼女は、いちばんの美人で、親切なイルデブランダに率いられた従姉妹たちのグループと一緒に自由気ままに生きていたのだ。イルデブランダは、二十歳年上で妻も子供もいる男性にかなわぬ思いを寄せていたが、その男性の姿をそっと盗み見するだけで我慢していた。

バリェドゥパールに長く滞在した後、親子は花の咲き乱れている牧場や夢のような台地の広がる山裾を通って旅にでた。どの町を訪れても、最初の町と同じように音楽と騒々しい花火の音に迎えられたし、行く先々に従姉妹がいて、こっそり彼女の力になり、電信局にはきちんと彼からのメッセージが届いていた。まもなくフェルミーナ・ダーサは、バリェドゥパールに着いた午後は特別な午後だったのではなく、もの成りの豊かな地方では毎日のようにお祭りをしていることに気がついた。あの地方を訪れた彼らは、どこへ行っても寝る場所と食事に困ることはなかった。電報が遅れて届くということがしょっちゅうあったので、彼らがいつ到着してもいいように、どこの家もドアを開け放し、ハンモックを吊るし、かまどで肉入りのシチューを煮て待ってくれていたのだ。イルデブランダはバリェドゥパールから従妹のフェルミーナ・ダーサに同行して、入り組んだ関係にある親族たちの住む世界からその起源にあたる場所まで明るく陽気に案内した。フェルミーナ・ダーサは生まれてはじめて自分がどういう人間かを知り、自信をもつようになった。いつも従姉がそばにいて、守っていてくれているように感じ、自由に行動できるのだという思いが胸一杯に広がり、落ち着きと生きる気力を取り戻した。晩年になっても、彼女はあのときの旅行を懐かしく思い出した。時がたつほどに生き生きとした思い出となってよみがえり、さらに油断ならない郷愁がその思い出をいっそう鮮明なものにした。

ある夜、彼女はいつもの散歩から戻ってきたときに、相手の人を愛していなくても、いや嫌っていても、結婚すれば幸せになれるという話を聞かされて、ショックを受けた。従姉妹の一人が、自分の両親とロレンソ・ダーサが話しているのを盗み聞きして、ロレンソ・ダーサが、莫大な遺産を一人で相続することになっているクレオファス・モスコーテに娘を嫁がせるつもりだと言っているのを小耳に挟んだ。その話を聞いたフェルミーナ・ダーサはびっくりした。彼女はクレオファス・モスコーテを知っていた。以前広場で、ミサのときに用いるような豪華な馬衣を着せた非の打ちどころのない馬を後脚で旋回させているのを見たことがあったのだ。乗馬が巧みで優雅なその若い男性は、夢見るようなまつげをしていて、その目で見詰められると石ころでもため息を漏らすほどだった。彼女は彼をフロレンティーノ・アリーサと比べてみた。小さな公園のアーモンドの木の下に座って、詩の本を膝の上で広げていた記憶にあるフロレンティーノ・アリーサは、痩せていて見るからに貧しそうだったが、彼女の気持ちが揺れることはなかった。

その頃、イルデブランダ・サンチェスは女占い師のもとを訪れ、占いが驚くほど当たるといって、有頂天になっていた。父親のもくろみを知ってびっくりしたフェルミーナ・ダーサも占い師のもとを訪れた。カードで占ってもらうと、将来何の障害もなく長く幸せな結婚生活を送れるでしょうという占いが出たので、彼女はほっと胸をなでおろした。自分の愛する人以外と幸せな人生を送れるはずはないと思い込んでいたからだった。その占いを信じて力を得た彼女は、自分の意志を貫くことにした。それまでフロレンティーノ・アリーサと電報で文通してきた内容は、自分の思いや当てにならない約束を連ねただけのものだった。しかし占いを機に方向がはっきり決まり、実際的なものになったし、それまでになく熱がこもるようになった。二人はいつ、どんな風にして会うかを取り決め、そのときは誰にも相談せず、場所ややり方に一切こだわらず顔を合わせたら何がなんでもすぐに結婚することに決めた。フェルミーナ・ダーサはその誓約をきわめて重大なものと考えていたので、父親からフォンセーカの町で行われる成人した人たちのダンスパーティに出席してもいいとはじめて許可をもらった夜、婚約者の同意を得ないでパーティに出るのはよくないと考えた。その夜、フロレンティーノ・アリーサは連れ込みホテルにいて、ロタリオ・トゥグットとカードをしていたところに緊急の電報が入ってきた。

連絡してきたのはフォンセーカの電信技師で、フェルミーナ・ダーサがダンスパーティに出席したいので、許可をもらいたいと言っていると伝えてきた。彼は出席してもいいと答えたが、彼女はそれだけで納得せず、向こうで電信機を使っているのがフロレンティーノ・アリーサだという確かな証拠がほしいと言ってきた。うれしいというよりも半ばあきれて、本人に間違いないことを証明するために次のような文章を書いて送った。《王冠をいただいた女神にかけて誓う、と彼女に伝えてほしい》。フェルミーナ・ダーサはその合言葉で納得し、初めて出席したその大人のダンスパーティが朝の七時まで続いたので、ミサに遅刻しないよう大急ぎで着替えに帰らなければならなかった。その頃には、父親に没収された分よりも沢山の手紙と電報がトランクの底にたまっていた。彼女の物腰も既婚女性のように落ち着いたものになっていた。娘のそうした変化に気づいたロレンソ・ダーサは、あの男から遠く離れたし、時間もたったので、娘もようやく少女らしい夢から覚めたのだろうと考えたが、自分が進めている婚儀については何も言わなかった。叔母のエスコラスティカが追い出されて以来、彼女は父親に対して他人行儀でよそよそしい態度をとっていて、決していいとはいえなかった二人の関係は、傍目には親娘の情愛で結ばれて仲睦まじく暮らしているように見えた。

フロレンティーノ・アリーサが、君のために沈没したガレオン船の宝物を引き上げようと考えている、と手紙で伝えたのはその頃のことだった。彼は本気でそう考えていた。バルバスコをつかった毒流し漁で大量の魚が水面に浮き上がって、海がアルミを敷き詰めたようになっている明るい午後に、その考えがひらめいた。魚を求めて無数の海鳥がうるさく騒ぎ立てていたので、漁師たちは禁止されているあの奇跡の成果を鳥から守るためにオールを振り回していた。魚を麻痺させて動けなくする有毒植物バルバスコを使った漁は植民地時代から禁止されていたが、カリブ海の漁師たちの間ではダイナマイトを使うようになるまでは昼間でも公然と行われていた。フェルミーナ・ダーサが旅に出ている間、漁師たちが麻痺した魚で一杯になった網をカヌーに引き上げるのを突堤から眺めるのが、フロレンティーノ・アリーサの楽しみの一つだった。サメのように泳ぎの達者な子供たちの一団がいて、見物人がいると、彼らに向かってお金を投げてくれれば、海の底から取ってくるよと声をかけるのだが、それを見るのも楽しみの一つだった。彼らは大西洋横断航路の船が入港したときも、船のところまで泳いでいって、乗客に同じことを言った。アメリカやヨーロッパで出版された数多くの旅行記に、驚くほど泳ぎのうまい子供たちに関する記述が出てくる。それがあの少年たちだった。フロレンティーノ・アリーサは以前から、つまり恋をする前から、彼らのことを知っていた。しかし、その子たちならガレオン船の財宝を引き上げることができるかもしれないとは考えもしなかった。その考えが浮かんだのはその日の午後のことだった。そして、次の日曜日からフェルミーナ・ダーサが戻ってくるまでの約一年間、彼はフェルミーナ・ダーサへの想いに加えて、その考えにとりつかれたようになっていた。

河童少年の一人、エウクリデスと十分ばかり話をし、海底を探検してみたら面白いと思うんだが、どうだろうと持ちかけると、彼は大喜びで話に乗ってきた。フロレンティーノ・アリーサは自分の計画の本当の狙いを話さず、その子の潜水能力と操船技術についてあれこれ尋ねた。息をつかずに海底二十メートルまで潜れるかいと尋ねると、エウクリデスは、ああ、できるよと答えた。嵐の中を漁師の使うカヌーを操って、本能だけを頼りに外洋に出られるかいと尋ねると、エウクリデスは、ああ、できるよと答えた。ソタベント多島海のいちばん大きい島から北西十七海里*にあたる場所を正確に特定できるかいと尋ねると、エウクリデスは、ああ、できるよと答えた。夜に船を操る際、星を見て方角を決められるかいと尋ねると、エウクリデスは、ああ、できるよと答えた。漁の手伝いをしたときに漁師からもらうのと同額の日当を出すから、同じようなことをやってくれるかいと尋ねると、エウクリデスは、ああ、いいよ、だけど、日曜日は五レアル上積みしてほしいと答えた。サメから身を守れるかいと尋ねると、エウクリデスは、ああ、できるよ、あいつらを追い払う魔法の方法があるんだと答えた。異端審問所にある拷問器具で拷問されても、秘密を守り通せるかいと尋ねると、エウクリデスは、ああ、できるよと答えた。その子は何を尋ねても、決してノーとは言わなかった。強い信念を持って、ああ、できるよと言うので、この子なら信頼していいだろうと思った。最後に、カヌーの借り賃、オールの借り賃、変に疑われないようにするために漁具を借り受ける費用を計算した。ほかに食べ物や真水の入った首が細くなった瓶、灯油ランプ、獣脂ロウソクの束、緊急の場合に助けを呼ぶための角笛を用意する必要があった。

少年は十二歳くらいで、身のこなしは敏捷で頭の回転がよく、口が達者でのべつ幕なしにしゃべっていた。ウナギを思わせる身体をしていたので、これなら船の舷窓からでも中にもぐりこめそうだった。いつも外気に触れている肌は元の色が分からないほど日焼けしていたが、そのせいで大きな黄色い目がいっそう光り輝いているように見えた。フロレンティーノ・アリーサはすぐに、今回のような大冒険を共にするにはうってつけの少年だと考えて、翌週の日曜日から早速作業をはじめることにした。

彼らは明け方に食料をたっぷり積み込み、意気込んで漁港から船を出した。エウクリデスはいつものように腰布を一枚巻いただけの裸に近い格好をしていた。一方、フロレンティーノ・アリーサはフロックコートに黒い帽子、それにエナメルの靴を履き、詩人のように蝶結びにしたタイを首に巻いていた。島まで行くのに退屈するだろうというので、本を一冊もって行った。第一回目の日曜日から、エウクリデスが潜水だけでなく、操船も堂に入っており、しかも海のことや湾内に沈んでいるいろいろな残骸についても驚くほど詳しいことに気がついた。錆びついた沈没船にまつわる話を信じられないくらい事細かに話してくれたし、ブイのひとつひとつが何年前から浮いているかとか、ゴミの種類を見て、どこから流れてきたか言い当てたし、スペイン人が湾の出入り口を封鎖したときに使った鎖の輪がいくつあったかということまで知っていた。フロレンティーノ・アリーサは、この子に今回の探検の目的を知られてはまずいと考えて、言葉巧みにあれこれ聞き出してみたが、沈んだガレオン船の宝物を引き上げようとしているとは夢にも思っていないようだった。

連れ込みホテルで財宝の話を初めて耳にして以来、フロレンティーノ・アリーサはかつてガレオン船が通っていた航路を可能なかぎり詳しく調べ、そこからサンゴの海底に沈んでいるのがサン・ホセ号一隻だけでないことを突き止めた。サン・ホセ号はティエラ・フィルメ艦隊の旗艦で、パナマのポルトベーリョで開かれた伝説的な市のあと、一七〇八年五月以降にここの港に入港した。パナマでは財宝の一部、つまりペルー産とベラクルス産の銀を荷造り用の箱に三百杯、それにコンタドーラ島で採取し、数をかぞえてある真珠を同じく箱に百十杯積み込んだ。サン・ホセ号はここの港に一カ月も停泊し、人々は昼夜を問わずお祭り騒ぎをしたが、その間にスペイン王国を困窮から救うための財宝、すなわちムーソとソモンドーコのエメラルドが荷造り用の箱に百十六杯、さらに金貨が三千万枚船に積み込まれた。

ティエラ・フィルメ艦隊は十二隻をくだらない大小さまざまな船で編成されていて、武装したフランスの小艦隊とともに船団を組んでここを出港した。しかし、フランスの小艦隊に守られていたにもかかわらず、湾を出たところにあるソタベント多島海で待ち受けていたチャールズ・ウェイジャー指揮官率いるイギリス艦隊の正確な砲撃を浴びて遠征艦隊は壊滅的な打撃を受けた。歴史的な資料だけでは、イギリス人の砲火を浴びて何隻の船が沈み、何隻が逃れたのか不明だが、沈没したのがサン・ホセ号一隻だけでないことは確かだった。したがって、乗組員全員と船尾楼で微動もせずに立っていた司令官とともに海底に沈んだ旗艦にもっとも大量の積荷があったことは間違いなかった。

フロレンティーノ・アリーサは当時の海図を見て、ガレオン船の航路をしっかり頭に叩き込んでいたので、自分では船の沈んだ場所を特定できるつもりでいた。そのあたりのサンゴの海底にはロブスターが眠っていて、手でつかむことができた。風はなく、波も穏やかで水が澄み切っていたせいで、フロレンティーノ・アリーサはその水に自分自身が映し出されているような気持ちになった。一番大きな島から二時間ばかりのところにある潮の流れのない離れた場所に、あの船が沈んでいるはずだった。

正装していたフロレンティーノ・アリーサは地獄の劫火のような灼熱の太陽に辟易しながら、エウクリデスに二十メートル下までもぐって、海底にあるものを何でもいいから持って来るように言いつけた。水が澄んでいたので、船の上から何匹もの青いサメが彼とぶつかることもなく泳ぎまわっている中を、色の違うサメのように少年が潜水していくのが見えた。やがてサンゴの茂みの中に姿を消した。これ以上もう息が続かないだろうと思ったとき、突然背後で少年の声が聞こえた。エウクリデスは岩礁の上に立ち、腰から上が水の上に出ていて、両腕を高く上げていた。彼らはさらに深い場所を求めて北へ進んだ。人間には目もくれないマンタや臆病なイカが泳ぎ、バラの茂みを思わせるサンゴが海底に広がる海の上を進んでいき、エウクリデスが、これ以上探しても無駄だというまで探索を続けた。

「何を探しているのか言ってくれないと、見つけようがないよ」と少年は言った。

それでも、彼は言おうとしなかった。そこで少年は、服を脱いでこの世界の下にあるもうひとつの空、つまり海底のサンゴを見るだけでいいから、一緒に潜ろうと言った。しかし、海は窓から眺めるために神様がお造りになったものだとつねづね言っていたフロレンティーノ・アリーサは、水泳を覚えようとしたことがなかった。しばらくすると、日が暮れ、雲が出はじめた。大気が湿気を含み、冷え込んできて、あっという間にあたりが暗くなったので、灯台の明かりを目指して港に引き返すことにした。湾内に入ろうとしたときに、フランスの大西洋横断航路の船がすぐそばを通り過ぎていった。明かりを煌々とつけた真っ白で巨大なその船は、やわらかく煮込んだシチューとゆでたカリフラワーの航跡を残して航行していた。

　三度の日曜日はいずれも徒労に終わった。もしフロレンティーノ・アリーサが結局エウクリデスに秘密を打ち明けなかったら、日曜日ごとに船を出しても、何の収穫もなかったにちがいない。話を聞いた少年は探索のプランを変更して、フロレンティーノ・アリーサが予測した場所よりも二十海里東に寄ったところにある、ガレオン船の古い航路をたどることにした。それから二カ月足らずのある雨の午後に船を出した。その日エウクリデスは長い間海底にいた。カヌーが潮に流されたが、フロレンティーノ・アリーサがオールの使い方を知らなかったので、少年はカヌーに追いつくのに三十分ほど泳がなければならなかった。ようやくカヌーに乗り込むと、辛抱した甲斐があって勝利を収めたというように口から女性用の貴金属の装身具を取り出した。

　そのときの少年の話があまりにも魅力的だったので、フロレンティーノ・アリーサは泳ぎを覚え、可能な限り深く潜って話が本当かどうか自分の目で確かめてみようと心に誓った。その場所の、わずか十八メートル下には数え切れないほどの古い帆船が沈んでいて、残骸が当たり一面に散らばっているとのことだった。少年は、湾内には難破船の残骸が沢山浮かんでいるが、海底に沈んでいる船はそれらとは比べ物にならないほど状態がいいと言った。それに、今でも帆が完全な形で残っている*カラベラ船が何隻かあるんだ、昔の時間や空気をそのまま封じ込めて沈没したような感じで、たぶん船が沈んだ六月九日午前十一時の陽射しが差しているはずだよ、と説明した。空想をたくましくしすぎたせいで言葉が追いつかず、息をあえがせながら、船尾に金の文字でサン・ホセ号と書いてあったので、あの船だとすぐに分かる、ただ、イギリス人の砲撃を受けていちばん損傷がひどかったけどね、船内に三百年以上生きているはずの大ダコがいて、大砲の筒先から腕を伸ばしていたんだ、大きくなりすぎたから、あのタコを外に出すには船を壊さないといけないよ、と言った。また、水槽のようになっている船首楼に軍服を着た司令官が横向きになって漂っていたよ、宝物のある船倉まで潜っていきたかったんだけど、息が続かなかったんだ、と言った。ほら、これが証拠だよ、そう言って、エメラルドのついたイヤリングと塩分で鎖が錆びついている聖母マリアのメダルを彼に見せた。

フロレンティーノ・アリーサはフェルミーナ・ダーサが戻ってくる少し前に、フォンセーカにいる彼女に宛てて手紙を書いた中で、はじめてあの財宝について触れた。父親のロレンソ・ダーサから何度も話を聞かされていたので、彼女はその沈没船のことはよく知っていた。以前ロレンソ・ダーサは時間と金を惜しまず、ドイツ人の潜水夫を抱えている会社を説得して、何とか共同で海底に沈んでいる財宝を引き上げようとした。何人かの歴史アカデミーの会員が、ガレオン船の伝説は、スペイン王室の財宝をこっそり自分のものにしようとした盗人顔負けのある副王がでっち上げた作り話だと彼を説き伏せなかったならば、いまだにあきらめていなかったにちがいない。いずれにしても、フェルミーナ・ダーサはガレオン船が、フロレンティーノ・アリーサの言うように二十メートルではなく、人の手の届かない二百メートル下の海底に沈んでいることを知っていた。けれども、彼が詩的な妄想におちいりやすいことを知っていたので、今回のガレオン船発見は大成功でしたね、と褒めてやった。しかし、その後も夢物語のような話を事細かに、それも愛の誓いと同様ひどく真剣に手紙に書いているのを見て、恋人は妄想に取りつかれて、頭がおかしくなってしまったのではないかと心配になり、イルデブランダにこのことを打ち明けた。

その頃には、エウクリデスが自分の話が作り話でないことを証明する多くの品を引き上げていたので、もはやサンゴの間に散らばっているイヤリングや指輪を集めること自体に意味はなかった。むしろ、途方もない財宝を積み込んだまま海底に沈んでいる何十隻もの船を引き上げるという一大事業を立ち上げるための資金をどう調達するかが問題だった。そこで、フロレンティーノ・アリーサは今回の発見をさらなる成功に結びつけようと、母親に相談を持ちかけた。彼女は宝飾品の金属部分を噛み、ガラスの宝石を光に透かしてみただけで、人を疑うことを知らない息子を誰かがだまそうとしていることをすぐに見抜いた。エウクリデスは地面にひざまずいて、今回のことでは自分は何一つ後ろめたい真似はしてはいないと誓った。しかし、次の日曜日、漁師のいる港に少年は姿を見せなかったし、以後ぷっつり消息を絶った。

その不運な事件以降、フロレンティーノ・アリーサにとっては大好きな灯台を訪れるのが唯一の楽しみになった。エウクリデスのカヌーで外海に出ていたある夜、突然の嵐に見舞われて、その灯台に逃げ込んだことがあった。それ以来午後になると灯台まで足を伸ばし、灯台守の知っている海と陸にまつわる数しれない驚異についてあれこれ話を聞かせてもらうようになった。そうしてはじまった友情は、世界が大きく変わった後も、変わることなく続いた。電気が通じるまでフロレンティーノ・アリーサは、最初は薪を、次いで石油を使って灯台の明かりをともすやり方を覚えた。さらに明かりの方向を定め、鏡を用いて光を強くする方法も覚えた。時々、灯台守が休むことがあって、そんなときは彼が代わりに灯台の上から夜の海を監視した。そのうち、汽笛の音や水平線に見える灯火の大きさでどの船か分かるようになり、帰港する船があると、灯台の強い光の中でも見分けられるようになった。

昼間は別の楽しみがあったが、とりわけ日曜日がそうだった。旧市街の裕福な人たちの住んでいるロス・ビレイエス地区の海岸には、女性専用のビーチと男性専用のビーチがあって、この二つはモルタルの壁で仕切られていた。灯台から見ると、右が女性用、左が男性用のビーチになっていた。灯台守は望遠鏡を設置して、一センターボ払えば、その望遠鏡で女性用ビーチを覗けるようにしていた。上流階級の若い娘たちは、見られているとも知らずに、大きなフリルのついた水着を着け、サンダルを履き、帽子をかぶって浜辺を闊歩していたが、肌は外出着を着ているときと変わりないほど隠れていた上に、女性らしい魅力も半減していた。母親たちは荘厳ミサに出席するときと同じ服装をし、同じ羽飾りのついた帽子をかぶり、同じ*オーガンザのパラソルをさして、陽射しの照りつける中、海岸に並べられた籐のゆり椅子に腰を下ろして、隣のビーチにいる男たちが水中から娘たちを誘惑しないように眼を光らせていた。実を言うと、望遠鏡をのぞいたところで、街で見かける以上に刺激的なものを眼にすることはできなかった。大勢の人が日曜日になると先を争って望遠鏡に取りついたのは、隣の庭のすっぱい果実を味わってみたいという純粋な楽しみのせいだった。

　フロレンティーノ・アリーサも望遠鏡に取りついた一人だが、楽しみのためというよりもほかにすることがなかったからそうしていたにすぎなかった。しかし、灯台守と親しくなったのは、そうした遊びが余得としてあったからではない。フェルミーナ・ダーサに冷たくされたあと、彼女に代わる女性を求めて熱に浮かされたように女性遍歴を重ねた。そんな彼にとって、この上もなく幸せな時間がもて、何よりの慰めをもたらしてくれる唯一の場所があの島だったので、足繁く通った。島を愛するあまり、彼は何年もかけて母親を、次いで叔父のレオ十二世を説き伏せて、何とか島を買い取るための資金を出してもらおうとした。当時、カリブ海の灯台は個人の所有になっていて、船の大きさに応じて入港料をとることができた。フロレンティーノ・アリーサは、詩人として生きて行く上で、その仕事が唯一、人に恥じることのないものだと考えたのだが、母親と叔父はそんな風に考えなかった。その後、自分の財力で島を買えるようになった頃には、国家が灯台を管理するようになっていた。

彼はいろいろな夢想を抱いたが、すべてが無意味だったわけではない。ガレオン船にまつわる作り話や灯台との思いがけない出会いのおかげで、フェルミーナ・ダーサが遠くに行ってぽっかりあいた心の穴が多少とも埋められたからだった。思ってもいないときに、彼女が戻ってくるというニュースが耳に飛び込んできた。リオアーチャに長く滞在していたロレンソ・ダーサが町に戻ることに決めたのだ。十二月は貿易風のせいで海が荒れるので、時期的には船旅にいちばん向いていない季節だった。そんな中、危険を冒して航海する唯一の船が歴史に名を残しているあのスクーナーだった。逆風をついて出港した船は、明け方にこの町の港に入ってくることになっていた。船は出港した。フェルミーナ・ダーサは胆汁を吐き、居酒屋のトイレを思わせる狭いキャビンの簡易ベッドにベルトで縛られ、死ぬような思いで一夜を明かしたが、狭くて息苦しいキャビン、悪臭、それにむせ返るような暑さのせいで苦しみが倍加した。船があまりひどく揺れるので、ベッドに身体を縛り付けているベルトが切れるのではないかと何度も思った。甲板からは難破したのではないかと思えるような悲鳴が切れ切れに聞こえてきた。隣の簡易ベッドで眠りこけた父親の虎のようないびきのせいで、恐怖心がつのった。彼女は一晩中一睡もできなかった上に、その間一度もフロレンティーノ・アリーサのことを考えなかったが、そんなことはこの四年間で初めてだった。一方彼は、彼女が戻ってくるまでの気の遠くなるほど長い時間を、分刻みで数えながら小間物店の奥の部屋に吊るしたハンモックで悶々としていた。明け方になって風は嘘のように収まり、海が凪いだ。フェルミーナ・ダーサは、錨を下ろす鎖のすさまじい轟音ではっと目を覚まし、あれほど船酔いしていたのにいつの間にかまどろんでいたことに気がついた。彼女はベルトをはずすと、港に集まった人たちの中にフロレンティーノ・アリーサの姿がないだろうかと思って、船窓から外をのぞいた。しかし、目に入ったのは、朝の日差しを浴びて金色に輝いているヤシの木に囲まれた税関の倉庫、そして昨夜スクーナーが出港したはずのリオアーチャ港の、板が腐っている桟橋だった。

その日は、一日中まるで幻覚を見ているようだった。昨日まで暮らしていた家で、すでに別れの挨拶をすませた同じ訪問客を迎え、同じ話をしたが、すでに経験した人生の一コマをもう一度繰り返しているような思いにとらえられてすっかり混乱してしまった。何もかもがまったく同じ繰り返しだったので、フェルミーナ・ダーサはスクーナーでの船旅もやはり同じ繰り返しになるのではと心配になり、不安でたまらなかった。昨夜のことを思い出しただけで、身体が震えるほど恐ろしくなった。家に帰る方法はほかにもあったが、その場合山脈の切り立った崖につけられた道を、二週間ラバの背に揺られて旅しなければならなかったし、今は、来たときと違って危険の度合いが増していた。アンデス地方のカウカ州ではじまった内戦がカリブ海地方にまで飛び火していたのだ。彼女は夜の八時に、前日と同じ顔ぶれの騒々しい親戚のものたちに付き添われ、前日と同じ涙ながらの別れの挨拶をし、キャビンに入りきらないほど大量の最後の贈り物と共に船に乗り込んだ。出港に際して、一族の男たちは空中に一斉射撃してスクーナーに別れを告げたが、ロレンソ・ダーサも甲板からレヴォルヴァーを五発撃ってそれに応えた。フェルミーナ・ダーサの不安はすぐに解消された。一晩中追い風が吹いたし、海は花の香りがして、安全ベルトをつけることもなくぐっすり眠ることができた。彼女はフロレンティーノ・アリーサに再会した夢を見た。夢の中で彼はいつもの見慣れた顔を取り外した。実は仮面だったのだ。その下から現れた本当の顔も前と同じだった。その夢の謎が解けず、彼女は朝早くに目を覚ました。父親は船長専用のバーでブランディー入りの苦いコーヒーを飲んでいたが、目を見るとまだ酔っているようだった。しかし、町へ帰る決意が揺らいでいないことは間違いなかった。

船は港に入っていった。何リーグ*も離れた海上にいても公設市場の悪臭が鼻をついた。無数の帆船が市場のある入り江に停泊している間を、スクーナーは静かに航行していった。明け方から降り続いていた霧雨がまもなくどしゃ降りの雨に変わった。フロレンティーノ・アリーサは電信局のバルコニーから港を見詰めていた。その前をスクーナーが雨で濡れそぼった帆をあげたままラス・アニマス湾に入ってきて、市場の桟橋の前で錨を下ろした。彼は前日の朝十一時まで待ち続けた。その時間にたまたま入った電報で、向かい風が原因でスクーナーの到着が遅れることが分かった。その日は朝の四時からスクーナーが来るのを待っていた。汽艇《ランチ》が激しい吹き降りの雨をついて上陸しようとする数人の船客を岸まで運んでいた。彼はそのランチから目を離さずに待ち続けた。ランチが座礁したために、ほとんどの乗客が途中で降りて、泥水の中を歩いて桟橋にたどり着いた。嵐が収まるのをむなしく待ち続けたが、八時ごろになると黒人の沖仲仕が腰まで水につかってランチの手すりからフェルミーナ・ダーサを抱きとめ、そのまま岸まで運んだ。雨でびしょ濡れになっていたので、フロレンティーノ・アリーサは彼女だと気がつかなかった。

今回の旅で彼女は大きく成長したが、本人は気づいていなかった。閉め切ったままだった家の中に入ると、黒人の女中ガラ・プラシディアの助けを借りてすぐさま大車輪で掃除をはじめて、何とか住めるようにした。女中はそれまで昔の奴隷居住区に住んでいたのだ。ダーサ親子が戻ってきたと聞いてすぐに駆けつけたのだ。フェルミーナ・ダーサはもはや父親に甘やかされ、言いなりになっている一人娘ではなかった。今ではほこりとクモの巣が支配する帝国の所有者であり、女主《おんなあるじ》でもあったが、その帝国を救うには不屈の愛の力を頼むしかなかった。彼女は全世界を動かすことができるほど高揚した気分になっていたので、そのような状態になった帝国を前にしてもひるむことはなかった。家に戻った夜、台所の大きなテーブルでチョコレートを飲み、揚げ菓子を食べているときに、父親がまるで秘蹟でも行うような重々しい口調でこの家のことはすべてお前に任せると言い渡した。

「お前はこれから自分の力で人生を切り開いていくんだ」

満十七歳になっていた彼女は父親の言葉をしっかり受け止めた。少しずつ自由を勝ち取っていくのもすべて恋のためなのだということが分かっていたのだ。悪い夢を見た翌日、バルコニーの窓を開けて、公園に降りしきる物悲しい雨や首の取れた英雄の彫像、それにフロレンティーノ・アリーサがいつも膝の上に詩の本を広げて座っていた大理石のベンチを見たときに、町に戻ってはじめて寂しさを感じた。今では彼のことを永遠に結ばれることのない恋人ではなく、自分と必ず結ばれるはずの夫と考えていた。町を出てから空しく過ぎてしまった時間の重み、生きる辛さ、それに神が命じられるとおりに好きな人を愛するために必要な愛の重さをひしひしと感じていた。そのとき、たとえ雨が降っても公園にやってきていた彼の姿が見当たらず、しかも彼から連絡もなければ、その兆しすらないことに思い当たってびっくりした。ひょっとして死んでしまったのかしらと考えて、言いようのない不安に襲われたが、すぐにその忌まわしい考えを振り払った。というのも、町に帰る日が近づいてからは、狂ったように電報をやり取りしたのに、戻ってからの連絡方法を話し合っておくのを忘れていたことに気づいたのだ。

リオアーチャの電信技師から、逆風のためにそちらの港に着くのが一日遅れたスクーナーに間違いなく彼女が乗船したと知らされるまで、フロレンティーノ・アリーサは彼女がまさか帰ってきているとは思っていなかった。そこで、週末になるとあの家で人の暮らしている気配がないかどうか確かめにいった。月曜日のたそがれ時から、家の中を明かりがあちこち動き回り、九時過ぎにバルコニーに面した寝室で消えるのを窓越しに眺めた。恋をしたばかりのころの夜と同じで、不安のあまり吐き気を覚えて、その夜は一睡もできなかった。一番鶏の鳴き声で目を覚ましたトランシト・アリーサは、息子が中庭に出て行ったきり、真夜中からずっと家に戻っていないことに驚いて、家中探し回ったが、どこにも見当たらなかった。彼は消波ブロックのあたりをさまよい、夜が明け切るまでの間、歓喜の涙に暮れながら風に向かって愛の詩を朗読しつづけた。八時に、カフェ・デ・ラ・パロキアのアーチの下に腰を下ろし、フェルミーナ・ダーサに会ったら、なんと言えばいいだろうかと考えていたせいで、頭がぼんやりしていた。そのとき、心臓が飛び出すのではないかと思えるほどの衝撃を受けた。

彼女だった。買い物籠を持ったガラ・プラシディアをつれて大聖堂広場を横切っていた。彼女が学校の制服を着けずに外を歩いたのはそれがはじめてだった。町を出た頃よりも背が高くなり、より洗練されて落ち着きが出ていて、大人びた美しさが加わっていた。髪の毛を伸ばしていた。まっすぐ背中に下ろすのではなく、左の肩に斜めに垂らしていたが、それだけで子供っぽさがまったく感じられなかった。突然出現した彼女が前方を見詰めたまま広場を通り過ぎるまで、フロレンティーノ・アリーサは金縛りにあったように身体が動かなかった。しかし、彼を金縛りにしたのと同じ抗いがたい力が今度は彼を駆り立て、あとを追わせた。彼女はそのとき大聖堂の角を曲がり、人でごった返している騒々しい商店の建ち並ぶ狭い通りに入っていった。

気づかれないようそっと後をつけながら、世界で一番愛している女性の何気ないしぐさや優雅さ、早熟ぶりを見出していった。彼女がそんな風に自然に振る舞っているのを見るのははじめての経験だった。大勢の人でひしめきあっている中をすいすい軽やかに通り抜けていくのを見て、あっけにとられた。ガラ・プラシディアがあちこちでぶつかったり、買い物籠を引っ掛けたり、見失ってはいけないと駆けたりしているのに、彼女はべつの時間が流れている自分自身の世界の中にでもいるように、人でごった返している通りをすべるように進んでいった。暗闇の中を飛ぶコウモリのように誰にもぶつからなかった。市場へは以前エスコラスティカ叔母とよく一緒に出かけていた。家具や食料品、さらには女物の服に至るまで、すべて父親が買ってくれていたので、あの頃は買うといっても小物だけだった。このように市場ではじめて買い物をするのは、彼女にしてみれば少女時代から思い描いてきたこの上もなく魅力的な冒険だったのだ。

蛇使いが永遠の愛をもたらすシロップを売りつけようと口上を並べ、玄関先に横たわった乞食が生々しい潰瘍を見せながら物乞いをし、偽者のインディオが飼いならしたワニを売りつけようとしたが、彼女は眼もくれなかった。長い距離を当てもなく歩き回りながら、商品をひとつひとつ見て回った。並んでいる品物を心行くまで眺めて楽しむためにたっぷり時間をかけた。店先では必ず足を止めたが、どの店にいっても生きる意欲を掻き立ててくれるような品物に出会うことができた。「金の針金」では大きな櫃《ひつ》に入っている布地にしみこませたベチベル油のかぐわしい香りをかいだり、押し型模様の入った絹をまとったり、櫛を髪にさし、花の絵が描いてある扇子を持ってマドリッドの女性のようなポーズをとって鏡の前に立ち、自分の姿を見て大笑いした。輸入食料品を扱っている店で樽のふたを開けると、塩漬けのニシンが入っていたが、それを見てまだほんの子供だったときにサン・フアン・デ・ラ・シエナガで過ごした北東の風が吹き荒れる夜のことを思い出した。アリカンテ産の腸詰を試食してみると、カンゾウの味がした。それを土曜日の朝食用に二人前買い、さらにタラの切り身とスグリ酒を一瓶買った。香辛料の店で、セージとオレガノの匂いをかぐために、手のひらで葉をもんだ。クローブ、アニス、ショウガ、トシヨウを少々買い込んだ。カイエンペッパーの匂いをかいでくしゃみが止まらなくなり、涙を流しながら笑い転げて店から飛び出した。フランス化粧品の店でロイターの石鹼と安息香水を買ったときに、パリで流行している香水を耳の後ろに少しつけてもらい、タバコを吸ったときの匂い消しにと錠剤をもらった。

彼女は買い物を楽しんでいた。本当に必要なものは迷うことなく買っていた。彼と二人のためにと思って買い物をしていたので、今回が生まれて初めての買い物だとは思えないほど落ち着き払っていた。二人が使うテーブルにかけるクロスにとリネンを十二ヤード*、明け方二人の汗を吸うことになるシーツ用にパーケル*織の布を買った。愛の巣で二人が一緒に楽しめるようにと最高級の品を選んだ。代金の交渉に際しては、愛想はいいが決してへりくだることなく相手と渡り合って、実にうまく値切った。代金は金貨で払った。小売店主はその美しい音色を聞こうと金貨を大理石のカウンターの上に落とした。

フロレンティーノ・アリーサは酔い痴れたようになって彼女の様子をこっそり観察し、息を潜めるようにして後をつけた。時々、女中のさげている籠にぶつかった。そのときはにっこり笑って失礼と言った。一度など、彼女の匂いが鼻をくすぐるほど近くを通り過ぎた。背筋をしゃんと伸ばして昂然と歩いていた彼女は、彼のいることに気づかなかった。際立って美しく、魅力的な彼女が街路の敷き石の上をヒールの音を響かせて歩いているのに、どうしてみんなは自分のように心を奪われないのだろう、スカートのフリルがため息をつくように翻るのを見て、どうして心が騒がないのだろう、揺れ動く髪の毛や軽やかな手の動き、黄金の微笑みを見て、どうしてみんなは彼女に恋しないのだろうと不思議に思った。彼女の身振りや性格の一端をうかがわせる仕草を何一つ見逃さなかったが、魔法が解けてはいけないと思ってもうそれ以上は近づかなかった。けれども、彼女が騒々しい〈代書人のアーケード〉に入っていくのを見て、ひょっとすると長年待ち望んでいた機会を失うかもしれないと不安になった。

フェルミーナ・ダーサも学校の友達と同じように、〈代書人のアーケード〉は危険な場所で、良家の子女が立ち入るべきではないという奇妙な考えを抱いていた。そこは弓形天井《アーケード》のある回廊で、前の狭い広場には貸し馬車やロバに引かせる荷車が並んでおり、商店は大勢の人でごった返している上に、実に騒々しかった。アーケードの名前は植民地時代につけられたもので、当時からそこにはウールのヴェストと取替えできる袖口《カフス》をつけた筆耕たちが店を構えていた。彼らは注文に応じてありとあらゆる文書を安い値段で書いてくれた。告訴状、請願書、宣誓書、祝賀カードや弔問カード、年齢に応じたラブ・レターなどなど何でも引き受けた。もちろん、あの騒がしい市場に悪評がたったのは寡黙な代書人たちのせいではなかった。問題は最近店を出した商人たちで、彼らはヨーロッパから船で密輸した怪しげな商品をこっそり売り捌《さば》いていたのだ。その中には卑猥な葉書や催淫効果のある塗り薬からカタルーニャ製の有名なスキンまで含まれていた。スキンの中にはイグアナのとさかのようなビラビラがついていて、使用中にそのとさかが動くものもあれば、先端に花がついていて、着用したものの気持次第で花弁が開くようになっているものもあった。そうした品物が売り買いされているとも知らずに、フェルミーナ・ダーサは十一時の焼けつくような陽射しを避けようとして、何も考えずにあの通りに飛び込んだ。

靴磨きや小鳥売り、露天の本屋、民間療法士、キャンディー売りが熱っぽく口上を並べ立てていた。大変な喧騒の中にあっても、別嬪《べっぴん》さんにはパイナップル・キャンディー、ハンサムなお兄さんにはココナッツ・キャンディー、可愛いあの子には黒砂糖キャンディーだよ、とわめきたてているキャンディー売りの声がひときわ高く響き渡っていた。しかし、彼女はそうした声にまったく関心を示さず、インクの実演販売をしている文房具売りの店先で足を止めた。マジック・インク、血の色をした真っ赤なインク、弔文を書くのにちょうどいい暗い感じのインク、暗闇の中でも読める蛍光インク、光にかざすと文字が浮かび上がる透明インクなどを売っていた。その種のインクを使ってフロレンティーノ・アリーサを驚かせ、喜ばせるために、ひとつ残らず買おうかと思ったが、いろいろ試した末に金のインクを一瓶買うことにした。次には、大きな広口瓶の向こうに座っているお菓子屋さんに行った。あまりにもうるさくて声が届かなかったので、ガラス越しに指で指し示して、一品それぞれ六個ずつ買うことにした。パンプキン・ケーキを六つ、牛乳のプリンが六つ、セサミ・バーが六本、タピオカのパイが六つ、チョコ・バーが六個、クリーム・ケーキのピオノノが六つ、女王様の一口菓子が六つ、これを六つに、それが六つ、全部、それぞれ六つずつください。彼女はなんとも優雅な手つきで女中の下げている籠の中にそれらのお菓子を入れていった。糖蜜にハエがわっと群がり、絶え間なく喧騒が続き、耐え難いほどの暑さのせいで汗のすえた臭いがしていたが、彼女はまったく意に介さなかった。頭に派手な色の布を巻いた、丸々と太った美しく陽気な黒人の女性が彼女にかかっていた魔法を解くきっかけとなった。肉切り包丁の先に三角形に切ったパイナップルを突き刺して差し出したのだ。彼女はそれを受け取ると、一口でほおばり、人でごった返しているあたりに視線をさまよわせながらパイナップルを味わったが、そのとき思いもよらないことがあってその場に釘付けになった。騒々しいせいで彼女にしか聞こえない背後の、すぐ耳元で、あの声がこうささやくのが聞こえた。

「ここは、冠をいただいた女神が訪れるのにふさわしい場所ではありません」

振り返ると、すぐ目の前に氷のような眼、蒼白の顔、恐怖で引きつった唇が見えた。深夜ミサの人ごみの中ではじめてそばで彼を見たときと変わっていなかったが、あのときと違って心の震えるような愛情ではなく、底知れない失望を感じた。その瞬間、自分がとんでもない思い違いをしていたことに気づき、どうしてこんなにも長い間激しい思いを込めて心の中で恋という怪物を養い育ててきたのだろうと考えて、ぞっとした。そして、こう考えた。《ああ、神様、なんてかわいそうな人なの》。フロレンティーノ・アリーサは微笑みを浮かべると、何か言いながら後を追おうとした。けれども、彼女は振り払うように手をふると、自分の人生から彼を消し去った。

「お願いですから、忘れてください」彼女はそう言った。

父親がシエスタをしている間に、彼女はガラ・プラシディアに短い次のような手紙を届けさせた。《今日、あなたにお会いして、わたしたちのことは所詮幻想でしかないと気がつきました》。

女中は彼から来た電報や詩、押し花にした椿と一緒にその手紙を届けると、彼女が送った手紙と贈り物、つまりエスコラスティカ叔母の祈禱書、葉脈の浮き出した押し花、一センチ平方の大きさに切ったサン・ペドロ・クラベールの僧衣、聖人たちのメダル、学校の制服についている絹のリボンで結んだ十五歳のときの髪の毛の束を返してもらいたいと言った。それからというもの、彼は狂ったように何通もの絶望的な手紙を書き、それを彼女の所に届けてほしいと女中に迫った。厳しく言われていた女中は贈り物を返してもらっただけで、それ以外のものを一切受け取ろうとしなかった。女中から強く言われたために、フロレンティーノ・アリーサはすべてを返却したが、髪の毛だけはたとえ一瞬でもいいから本人が顔を見せない限り返したくないと言った。聞き入れてはもらえなかった。息子が早まったことをするのではないかと不安になったトランシト・アリーサは誇りを捨てて、五分でいいからどうかわたしと会っていただきたいとフェルミーナ・ダーサに頼んだ。フェルミーナ・ダーサは彼女を家の中に招き入れずに、自宅の玄関先で立ったまま短い時間応対したが、自分の考えを変えようとしなかった。二日後、フロレンティーノ・アリーサは母親と激しく口論した末、聖遺物のように彼女の髪の毛を大切にしまってあるガラスのケースを寝室の壁から下ろした。その髪の毛をトランシト・アリーサは、金の糸で刺繡したビロードの袋に入れて彼女に返した。フロレンティーノ・アリーサはその後長い人生を送り、その間に彼女と何度か顔を合わせたが、二人きりで会うことも、二人きりでしゃべることもなかった。彼女が未亡人になった最初の夜に、ふたたび永遠の貞節と永久の愛を誓った。それは五十一年九カ月と四日後のことだった。

二十八歳、独身のフベナル・ウルビーノ博士は、若い女性の憧れの的だった。彼はパリを拠点に長期間ヨーロッパに滞在し、内科と外科の高度な研究を行った後帰国した。祖国の大地を踏みしめてからは、向こうで一分、一秒も無駄にしなかったことを証明するように医師として目を見張るような才能を発揮した。帰国後は以前にも増しておしゃれになっていたし、自分の感情のコントロールもできるようになっていた。こと医学に関しては、同世代の誰よりも厳格で知識があった。同時に流行の音楽に合わせてダンスをさせれば、誰よりもうまかったし、即興でピアノを弾かせても彼の右に出るものはいなかった。こうした魅力や一家が資産家であることから、周りの若い女性たちはこっそりくじを引いて、彼のそばにいられる順番を決めた。彼もそれを楽しんでいた。魅力的な若い男性としての立場を崩さず、一定の距離を置いて女性に接していた。そんな彼もフェルミーナ・ダーサの庶民的な魅力に抗しきれず、ついに陥落した。

博士はよく、あの恋は臨床的誤診の結果生まれたものだと言っていた。彼自身もまさかあのようなことになるとは思っていなかったし、まして当時は医学にかける以外の情熱はすべて町の将来のために注いでいたので、恋どころの騒ぎではなかった。博士は口癖のように、ここは考えるまでもなく世界に二つとない町だと明言していた。パリで暮らしていた頃は、つかの間の恋を楽しむ相手と腕を組んで散歩しながら、焼き栗のどこか懐かしい薫りをかぎ、物憂いアコーディオンの調べに耳を傾け、オープン・テラスで飽きることなくいつまでもキスをしているカップルのいる、黄金色の午後ほど純粋な喜びをもたらしてくれるものはほかにないと考えていた。にもかかわらず、四月のカリブの一瞬となら、そうしたものすべてと取り替えてもいい、これは誓って本当だと、胸に手を当てて言っていた。当時の彼はあまりにも若すぎて、記憶は悪い思い出を消し去って、いい思い出だけをより美しく飾りたてるものであり、その詐術のおかげで人は過去に耐えることができるのだということが分かっていなかった。船の手すりから、コロニアル風の地区のある白い岬や屋根の上でじっと動かずにいるクロコンドル、バルコニーに干してある貧しい人たちの洗濯物をふたたび目にしたとたんに、自分が郷愁の仕掛けた甘い罠にやすやすとかかってしまったのだということに気づいた。

船は、溺れ死んだ動物で海面が覆われている湾内を進んでいた。乗客の大半は悪臭から逃れるためにキャビンに逃げ込んだ。アルパカのスーツにヴェストをつけ、ダスターコートを着た若い医師はタラップを降りていった。若い頃のパスツールを思わせるひげをたくわえ、髪の毛をきちんと分け、青白い顔をしていた。悲しみではなく恐怖心のせいで喉に何か引っかかっているような感じがしたが、それを表情に出さないようにした。人気のない桟橋では、軍服を着ていないはだしの兵士たちが眼を光らせていた。そこで妹たちと母親がごく親しい人たちと一緒に彼を出迎えた。彼らはさりげない風を装っていたが、一様に生気のない暗い顔をして、自分と関わりのない対岸の火事を話題にするように内戦とその危機について話していた。言葉とは裏腹に声がかすかに震え、眼が不安そうに泳いでいた。博士がもっともショックを受けたのは、母親の様子だった。まだ年の若い母親は、以前はその優雅さと社会的影響力によって自信にあふれていたが、今では樟脳の匂いがする未亡人のつける縮緬《クレープ》の服に身を包み、すっかり昔の気力を失っていた。困惑したような表情を浮かべている息子のうちに自分の影を見出したのか、まるで自分を守ろうとするように先手を打って、どうしてそんなに蠟みたいな青い顔をしているのと尋ねた。

「仕方ないんだ、母さん」と彼は言った。「パリで暮らしていると、みんな青い顔になるんだよ」

少しして閉め切った馬車に乗り込み、母親の横に座ったが、中はむせ返るように暑かった。窓を通して仮借ない現実が次々に眼に飛び込んできて、耐え切れなくなった。海は灰で覆われたようになり、昔の公爵邸は大勢の乞食が住みついて倒壊しそうになっていたし、蓋をしていない下水溝から立ち上る悪臭の奥にジャスミンの強い香りを嗅ぎ取ろうとしたが、できなかった。国を出たときに比べると、以前よりもすべてが矮小になり、貧乏くさく、陰気な感じがした。ゴミ溜めのようになっている通りを腹をすかせたネズミが走り回っていたので、馬がおびえて足を止めるほどだった。港からロス・ビレイエス地区の中心にある自宅までの長い道のりを馬車で走ったが、懐かしい思い出になるものなど何一つ見出せなかった。打ちのめされた彼は、母親に顔を見られないように横を向いて、声を立てずに泣き出した。

カサルドゥエロ侯爵の旧邸宅は、ウルビーノ・デ・ラ・カーリェ家が所有する歴史的建造物だったが、そこもやはり地区全体が難破したようになっている中で昂然とそびえているわけではなかった。フベナル・ウルビーノ博士は真っ暗な玄関から一歩中に入ったとたんに、そのことに気づいて胸が張り裂けそうになった。邸内の庭園の噴水はほこりにまみれ、花をつけない灌木と雑草が生い茂る中をイグアナが歩き回っていた。銅製の手すりのついた広々とした階段はメイン・

ルームに通じていたが、そこに敷き詰められた大理石の板石の多くは欠けたり、割れたりしていた。名医というよりも献身的な医師であった父親は、六年前、町に壊滅的な打撃を与えたアジア・コレラが流行したときに亡くなっていた。父親と共にこの屋敷の魂まで失われてしまったようだった。死ぬまで喪に服することになるだろうと考えてすっかり暗い気持ちになっていた母親のドーニャ・ブランカは、亡くなった夫が行っていた有名な抒情詩の夕べの集まりと室内コンサートに替えて、九日間の夕方のお祈りをするようになった。博士の妹たちは生まれつき上品で陽気なところがあったが、いまでは修道院に足しげく通うようになっていた。

帰国した日、フベナル・ウルビーノ博士はあたりが真っ暗で物音ひとつしないのが不安でならず、一晩中まんじりともしなかった。精霊に三度ロザリオの祈りを上げ、破滅をもたらす不幸と災厄を避け、夜の闇に潜む恐怖を払うために覚えているかぎりのお祈りを上げたが、その間中まるで計ったように一時間毎に閉め切っていないドアからイシチドリが入り込んで、鳴き声をあげた。近くのディビーナ・パストーラ精神病院に入っている狂女たちがわけの分からない金切り声を上げ、水がめからぽたぽた落ちる耳障りな水滴の音が屋敷中に響き渡り、どこからか寝室に迷い込んできた脚の長いイシチドリの足音が耳についた上に、生まれつき暗闇恐怖症で、家人が眠っている広壮な邸宅の中を亡くなった父親の亡霊がさまよっているような気がして、寝つけなかった。朝の五時に、イシチドリが近所の鶏と一緒になって鳴き声を立てた。それを聞いて、フベナル・ウルビーノ博士は瓦礫の山と化した祖国にはもう一日たりともいたくないと思い、身も心も神の御心にゆだねようと考えた。しかし、家族の愛情に包まれ、日曜日毎に遠出をし、彼の心を射止めようとする同じ階層の独身女性たちにちやほやされているうちに、最初の不快な印象が徐々に薄れていった。十月のむせ返るような暑さや耐え難い悪臭、友人たちの青臭い考え、それじゃあ、明日また会いましょう、博士、あまりくよくよしないでください、といった言葉にも少しずつ慣れ、ついには習慣の魔力に負けた。そのうち、これでいいんだというあきらめに似た気持ちを抱くようになった。神が自分に下され、それに対して責任を持たなければならない物悲しく、息苦しい世界、それが自分に課された世界なのだと言い聞かせた。

彼は真っ先に父親の診療所を使うことにした。そこに頑丈で重厚なイギリス製の家具を置いたが、使われている材木が凍てつくような明け方にため息のような音を漏らしたものだった。副王時代の科学や実用に適さない医学に関する論文を屋根裏部屋にしまいこみ、代わりにガラス扉のついた書棚にフランスの新しい医学論文を並べた。医者が死神と裸の女性患者を奪い合っている一枚の画を除いて、多色石版画をすべてはずし、ゴシック体で印刷されたヒポクラテスの誓詞も取り外した。そこに、一枚しかない父親の医師免許と一緒に、ヨーロッパのあちこちの医学校で最優秀の成績で取得したさまざまな免許を飾った。

彼はミセリコルディア病院に新しいやり方を取り入れようとしたが、若々しい情熱にまかせて考えていたほど改革は簡単ではなかった。というのも、旧態依然たる病院では、ポットに水を張り、その中にベッドの脚を入れて病気が這い登ってこられないようにするとか、無菌状態の本質的条件は優雅さであるという抜きがたい考えがあって、手術室では正装し、セーム皮の手袋をつけなければならないといった隔世遺伝的な迷信がいまだに支配していた。帰国したばかりの医師が、糖が含まれているかどうか確かめるために患者の尿を舐めたり、シャルコ*やトゥルーソ*の言葉をごく親しい同僚のように引用し、ワクチンは死をもたらす危険があると言う一方で、新たに考え出された信頼の置けない座薬を推奨したりしたが、ほかの医師たちはそんな彼を白眼視していた。革新的な精神を持ち、公共心にマニアックなまでにこだわり、いつの時代もふざけるのが好きな人物に事欠かないこの土地でテンポの遅いユーモア感覚を持ち合わせていたせいで、彼はことあるごとに人と衝突した。そうした特質は本来なら彼のもっともすぐれた美徳なのだが、ここでは年長の同僚の怒りを買い、若い連中からは陰で馬鹿にされる要因になった。

彼は市の下水設備が現状のままでは危険だと、ひどく気にかけていた。スペイン人が作った下水溝は巨大なネズミの巣になっていたが、そこをふさいで、代わりに外部から侵入できない閉鎖された下水溝を新たに建設し、さらにこれまでのように汚水を市場の入り江に垂れ流しにするのではなく、遠くはなれたところに流れ込むようにしなければならない、と市の上層部に訴えた。設備の整ったコロニアル風の屋敷には、汚物をためるタンクのついたトイレがあったが、沼沢地のそばにひしめきあっている掘っ立て小屋に住む、市の人口の三分の二に当たる人たちは野外で用を足していた。太陽の熱でからからに乾燥した汚物は、ほこりになって十二月のさわやかなそよ風によって舞い上がり、クリスマスだといって浮かれ騒いでいる人たちの体内に入っていくのだ。フベナル・ウルビーノ博士は、何とか貧しい人たちも自分たちでトイレが作れるように指導する講座を義務づけようと市議会に働きかけた。それまで塵芥はマングローブの林の中に投棄されていたために、腐敗した沼地に変わっていた。そうならないよう、塵芥を少なくとも週に二回回収して、空き地で焼却するように提案したが、聞き入れてもらえなかった。

彼は飲料水にも死の危険が潜んでいると考えていた。しかし、水道橋を建設するのは夢物語でしかなかった。そうした事業を推進するだけの力を備えた人たちの家には、地下に水槽があって、厚い層をなしているアオコの下には何年分もの雨水がたまっていたのだ。当時の家具類の中で最も大切にされていたのは彫刻を施した木製の水桶で、その水桶に取り付けられた石造りのフィルターから昼夜を問わず中の水が水がめに滴り落ちるようになっていた。水をくみ出すアルミ製の容器から直接水を飲まないように、容器には道化の王がかぶる冠のようなぎざぎざが付けられていた。陶器の暗い色のかめにたまった水は透き通っていて、冷たく、飲むと森の味がした。フベナル・ウルビーノ博士はあの浄化装置は信用ならないと考えていた。いくら用心しても、水がめの底は水生の虫の巣になっていると分かっていたからだった。幼い頃、神秘的な驚きを持ってゆっくり時間をかけてそうした虫を観察したことがあった。当時の人たちは、水生の虫は、たまり水が沈殿したところに棲みつき、若い娘に誘いをかけ、思いが届かないと、とんでもない仕返しをする超自然的な生き物アニーメが棲んでいると信じていたが、彼もやはりそう思い込んでいた。子供の頃に、ラサラ・コンデの家でとんでもない騒ぎが持ち上がったことがあった。学校の女教員が大胆にもアニーメにつれなくしたのだが、おかげで三日三晩窓に石を投げられたために、通りにはガラスの破片が飛び散り、石ころの山ができているのを博士は実際に目にした。水生の虫がボウフラだというのはずっと後になって分かったのだが、そうと知ってもあの事件のことを忘れることができなかった。あれ以来、ボウフラだけでなくほかの悪意に満ちたさまざまなアニーメが、われわれの作った純真で疑うことを知らない石のフィルターをやすやすと通り抜けていることに気がついたからだった。

長きにわたって、水槽の水は陰嚢《いんのう》ヘルニアの原因になるという大変栄誉ある称号を与えられていた。町に住む男たちの多くは恥ずかしがるどころか、愛国者のような傲慢な態度でヘルニアをひけらかしていた。小学校に通っている頃、フベナル・ウルビーノは午後のむせ返るように暑い時間に、脱腸患者が家の戸口に腰を下ろし、まるで眠っている子供のように大きく膨れ上がった陰嚢を股の間に抱え込み、うちわで風を送っているのを見て背筋の寒くなるような思いをしたものだった。ヘルニアは嵐の夜に気味の悪い鳥のような鳴き声を上げ、近くでクロコンドルの羽を燃やすと、耐え難い痛みを覚えて身をよじると言われていた。ヘルニアにかかった人たちはそうした困った点があるにもかかわらず、愚痴ひとつこぼさなかった。ぶらぶらしている巨大な陰嚢は何よりも男性としての名誉ある勲章のようなものだったのだ。ヨーロッパから帰国したフベナル・ウルビーノ博士は、人々のそうした思い込みには科学的な根拠がまったくないことに気づいていた。その迷信があまりにも深く人々の心に根づいていたので、水槽の水にミネラル分を加えたりすれば、名誉ある脱腸をもたらす力が失われるのではないかと心配して、多くの人が反対の声を上げた。

フベナル・ウルビーノ博士が懸念していたのは汚染された水だけではなかった。アンティル諸島の帆船が係留されているラス・アニマス湾の前に広大な空き地があり、公設市場が作られていたが、ここの衛生状態も気がかりでならなかった。当時の著名な旅行家が、あそこは世界中の多種多様な品物が並んでいる市場のひとつだと書いている。確かに品数も多く、量も豊富で、人でにぎわってはいたが、おそらくもっとも危険な市場でもあった。そのあたりは潮の干満によって打ち寄せられた塵芥が堆積し、ゴミためのようになっていたし、下水溝から湾内に流れ出した汚物も潮に運ばれて打ち上げられた。近くに食肉処理場があり、昼夜の別なく血だまりの中に浮かんでいる切り落とされた家畜の頭部や腐敗した内臓、そのほかのゴミも湾内に投棄されていた。

クロコンドルやネズミ、犬が先を争ってそれらを奪い合い、掛け小屋の軒からは鹿の肉やソタベント産の去勢した鶏の味のいい肉が吊るされ、アルホーナから運ばれた春野菜が地面に敷いた筵《むしろ》の上に並べられていた。フベナル・ウルビーノ博士はそのあたりをもっと衛生的にしたいと思っていた。食肉処理場をよそに移し、食べるのがためらわれるほど美しく清潔な感じのする食料品が並んでいたバルセローナの旧市街にあった市場のようにステンドグラスのドームのある屋根つきの市場を建設したいと考えていた。名士として知られる友人たちの中でもおっとりした人たちでさえ、彼の熱望が実現不可能だと考えて、同情していたほどだった。もっとも、彼らはそういう人間だったのだ。自分たちの出自を誇り、市の歴史的な美点をあげつらい、歴史的な遺産やヒロイズム、その美しさをほめたたえることで人生を送ってきた。しかし彼らは、歳月がそうしたものを蝕《むしば》んでしまったことに気づいていなかった。それにひきかえ、フベナル・ウルビーノ博士は町を愛していたが、真実の眼で現状を見るだけの冷静さを備えていた。

「過去四百年にわたってこの町を消し去ろうとしてきたのに、いまだに成功していないんだよ」と彼はよく言ったものだった。「それなのに、高貴な町に作り変えることなんてできるわけがないよ」

以前、人びとは町の改革に取り掛かろうとしたことがある。ちょうどそのときに伝染病のコレラが流行し、最初の犠牲者が市場の水溜りにばたばた倒れていった。それにつづく十一週間で、史上例を見ないほどの多くの死者が出た。最初、町の名士の遺体は教会の敷石の下の、大司教や大聖堂参事会員が埋葬されている特別な場所のそばに安置され、それほど裕福でない人たちは修道院の中庭に埋葬された。貧しい人たちは、浜風の吹き付ける丘の上にある植民地時代に作られた墓地に埋められたが、そこは水の涸れた運河で町から切り離されていて、運河にかかったモルタルの橋には先見の明のある市長の命令で《ここに入るものはすべての希望を捨てよ》《＊ラッシャーテ・オニ・スペランツァ・ヴォイ・ケントラーテ》という文字の刻まれた銘板が飾ってあった。コレラが流行しはじめた最初の二週間で墓地に死体が収まりきらなくなり、今では名前も分からなくなったかつての町の名士たちの古い遺骨の多くが共同納骨堂に移し替えられたが、それでも遺体を収容できなくなった。地下墓地を密封しなかったために、大聖堂の中の空気が薄くなり、三年後、つまりフェルミーナ・ダーサがはじめて深夜のミサでフロレンティーノ・アリーサを見かけるまで、大聖堂の扉は開かれなかった。三週目には、サンタ・クラーラ修道院の回廊も死体で一杯になり、ポプラ並木まであふれ出したので、修道院の農園を墓地として使わざるを得なくなったが、そこは倍の広さがあった。その農園に大急ぎで深い穴を掘り、遺体を棺に納めず三層に積み重ねて埋葬した。しかし、死体を埋めた土がスポンジのようになり、踏みしめると吐き気を催させる菌に汚染された血がにじみ出してきた。そこで、町から五キロほどはなれた、子牛の飼育をしている〈神の手〉牧場に新たに墓地を作ったが、後にそこは〈一般人墓地《セメンテリオ・ウニベルサル》〉として使われるようになった。

　コレラ宣言が出てから、守備隊が詰めている砦では昼夜を問わず十五分ごとに大砲の音が響くようになった。火薬が大気を浄化するという迷信が市民の間に広まっていたからだった。貧しい上に住民の数も多い黒人層がもっとも大きな打撃を受けたが、実のところコレラは肌の色や家柄に関わりなくその牙をむいた。はじまったときと同じように、突然流行が収まった。どれほど被害が出たのか見当もつかなかったが、確かめるすべがなかったからではなく、自分の不幸に関して語らないことが美徳であるという考えがわれわれの中に抜きがたくあるせいだった。

フベナルの父マルコ・アウレリオ・ウルビーノ博士はあの不幸な時代における市民の英雄であり、もっとも著名なコレラの犠牲者でもあった。公的な決定によって博士が市民の衛生対策を考え、指揮をとることになった。しかし、陣頭に立って指揮していた関係で、あらゆる問題に関わらざるを得なくなり、疫病の最盛期には市の最高責任者としての責務を負わざるを得なくなった。数年後、フベナル・ウルビーノ博士は当時の記録を調べてみたが、それによると父のとった対策は科学的というよりもキリスト教的な慈愛にもとづいたもので、いろいろな意味で合理的とは言えず、結果的には疫病の流行を助長することになった。人生経験を積むと、だんだん父親が自分の息子のように思えてくるものだが、フベナル・ウルビーノ博士も父親をそういう目で眺めて、同情の念を抱くようになり、数々の過ちを犯しながらも孤軍奮闘していた父のそばにいてやれなかったことをそのときはじめて悔やんだ。一方で、父の美点、つまり自己犠牲と献身ぶり、とりわけ一人の人間としての勇敢さには胸を打たれた。町が災厄から立ち直ったときに、数々の名誉称号を受け、それほど栄誉あるようには思えないほかの戦いで勲功を挙げた多くの名士たちと共に、父の名前が後世に伝えられることになったのは当然のことと思われた。

父親は自分の栄光を目にすることなく死んでいった。それまでは患者を診察し、あわれに思っていたのだが、ひとたび自分が助かる見込みのない病魔に冒されたと分かると、無益な戦いを放棄し、まわりの人に感染させないように人との接触を一切断《た》った。ミセリコルディア病院の作業室に閉じこもり、同僚の呼びかける声や身内のものの哀願に耳を貸すこともなければ、廊下の床にひしめき合って死を待っている疫病患者のもたらす恐怖にも動揺することはなかった。妻と子供たちに宛てて一通の手紙をしたためたが、愛情とこの世に生まれてきたことを感謝する思いの込められたその手紙の中で、自分が人生をどれほど大切にし、愛してきたかを綿々とつづっていた。便箋二十枚になぐり書きされた手紙の字体の乱れが病気の進行を如実に物語っていた。最後の力を振り絞って書かれたサインを見るまでもなく、それが博士の手になるものであることはひと目で分かった。故人の遺志に従って、灰になった遺体は共同墓地に埋められ、彼を愛していた人たちは誰一人その遺骸を目にしなかった。

父の死後三日たって、フベナル・ウルビーノ博士がパリで友人たちと会食しているときに電報が届いた。博士は父の死を悼んでシャンパンで乾杯すると、「父は善良な人間だったよ」と言った。その後、彼は人前で涙を見せまいとして現実を直視しなかった自分の若さを恥じた。三週間後に父の最後の手紙の写しが届き、彼は真実を知って打ちのめされた。この世でほかの誰よりも早く出会い、彼を養い育て、教育をつけ、三十二年間にわたって母親とベッドを共にして交わってきた男性が、その姿を突然余す所なく彼の前にさらけ出したのだ。しかし、あの手紙以前は、生まれついての純朴で控えめな性格から、父親はありのままの自分を見せることはなかった。それまで、フベナル・ウルビーノ博士と家族のものは、死というのはほかの人たち、ほかの両親や兄弟、よその夫婦に訪れる不幸であって、自分たちとは無縁なものだと思っていた。一家はゆったり時間の流れる人生を送っていて、老いの訪れもほとんど感じ取れず、病気になったり、死んだりするものはいなかった。時間の流れる中で徐々に姿を消していき、過ぎ去った時代の思い出、影に変わって、忘却の淵に沈んでいくものだと思っていた。父の死を伝える電報よりも、父が書いた最後の手紙によって、死が自分にも訪れるのだと思い知らされた。父を通して子供心に死を予感したことがあったが、それは九歳か十一歳の頃のはるか昔の思い出の中に刻み付けられていた。あれはある雨の午後のことで、その日二人は父の事務室にいた。彼は色のついたチョークで床の板石にツバメとひまわりの絵を描いていて、父親はヴェストのボタンをはずし、ワイシャツの袖をリスト・バンドで留め、窓から入る光で本を読んでいた。父親は突然本を読むのをやめて、先に銀製の手のついた孫の手で背中をかきはじめた。痒い所に手が届かなかったので、父は彼に爪でかいてくれないかと頼んだ。彼は自分が痒くもないのに、人の背中をかくというのは妙な感じだなと思いながら父親の背中をかいた。終わると、父親が肩越しに後ろを振り返り、悲しそうな笑みを浮かべた。

「今ここでお父さんが死んだら」と言った。「お前がわたしの年になる頃には、ほとんど覚えていないだろうな」

父親は何気なくそう言ったのだが、涼しくて薄暗い事務室の中を死の天使が一瞬ふわりと漂い、羽根を残して窓から出て行った。しかし、少年はその羽根を眼にしなかった。それから二十年以上の年月がたち、フベナル・ウルビーノ博士はあの午後の父親の年齢に近づきつつあった。自分が父親にそっくりだということに気づいていたが、同時に父と同様いずれは死ぬ運命にあるのだというぞっとするような予感も感じていた。

博士にとって、コレラは一種の強迫観念になっていた。コレラについては関連科目の授業で基本的なことを学びはしたが、それ以上の知識はほとんどなかった。ほんの三十年前に、パリを含むフランス国内でコレラが原因で十四万人以上の死者が出たというのは信じがたいことだった。父の死後、彼は亡き父の死を悼み、悔悟の念に駆られたようにコレラのさまざまな症状について学びうるかぎりのことをすべて学び、当代最高の疫学者で防疫線の発案者でもあるアドリアン・

プルースト教授の弟子になったが、この学者は偉大な小説家の父に当たる。したがって、帰国の途に就き、船の上から市場の悪臭をかぎ、下水道の中をネズミが走り回り、通りの水溜りで子供たちが裸で転げまわっているのを見て、疫病の流行という不幸な出来事が起こったのも無理はないし、また同じ不幸がいつ繰り返されても不思議ではないと思った。

それから一年もたたないうちに、ミセリコルディア病院に勤めている教え子たちが全身に奇妙な紫斑の出ている患者がいるので診てほしいと言ってきた。ドアからちらっと見ただけで、フベナル・ウルビーノ博士は敵の正体を見抜いた。幸いなことに、三日前にキュラソーからスクーナーでやってきた患者は、診察を受けるために自分で病院を訪れたのだが、どうやらほかに感染者はいないように思われた。いずれにしても、フベナル・ウルビーノ博士は同僚に感染しないよう注意を促し、当局には近隣の港に通達を出して、感染者を出したスクーナーの所在を突き止め、検疫するように伝えた。また、町の軍司令官は戒厳令を敷き、空気を浄化するために十五分ごとに大砲を撃つと言ったが、それはなんとかなだめた。

「火薬は自由主義者たちが攻撃してくるまで取っておきましょう」と博士は上機嫌で言った。

「今はもう中世じゃありませんから」

患者は四日目に粒々のある白い吐瀉物《としやぶつ》で喉を詰まらせて亡くなった。それから何週間かは、常時警戒態勢を敷いて注意していたにもかかわらず、新たな患者は出なかった。しばらくして、《商業日報》に市内の別々の場所で子供が二人コレラで死亡したという記事が載った。そのうちの一人は普通の赤痢だと判明したが、もう一人の五歳の女の子はどうやらコレラで死んだように思われた。両親と三人の兄弟は検疫のために一人一人個別に隔離され、地区全体が厳しい監視体制下に置かれた。兄弟の一人がコレラにかかったがすぐによくなり、もう危険はないだろうという判断が下されて、家族全員が家に戻された。それから三カ月の間にさらに十一人の患者が確認され、五カ月目には驚くほど大勢のコレラ患者が発生した。その年の終わりには伝染病の危険は回避されたという判断が下された。伝染病宣言も効果はあったが、フベナル・ウルビーノ博士のとった厳格な防疫措置のおかげであのような奇跡が起こったのだということを疑うものは一人もいなかった。それ以来、二十世紀の中ごろまで、コレラはこの町だけでなく、カリブ海沿岸のほぼ全域とラ・マグダレーナ盆地において単なる風土病でしかなくなり、二度と伝染病として猛威を振るうことはなかった。このような危機のおかげで、フベナル・ウルビーノ博士の警告が公的機関によってより真剣に受け止められることになった。医学校ではコレラと黄熱病が必須の講座になり、すぐに下水道に蓋が設置され、塵芥の山から遠く離れたところに市場が建設されることに決まった。しかし、フベナル・ウルビーノ博士は勝利宣言をしようとか、自分に課せられた社会的使命をまっとうしようという気持ちにはなれなかった。当時彼は羽をもがれた鳥のように戸惑い、困惑していたのだ。稲妻のように彼を打ちのめしたフェルミーナ・ダーサへの愛となら、すべてを取り替えてもいい、それ以外のすべてを忘れ去ってもいいと思っていたのだ。

たしかにあれは臨床的誤診が生み出した結果だった。友人の医師が、十八歳の女性患者にコレラの前兆が見られるのではないかと思って、フベナル・ウルビーノ博士に診断を仰いだ。それまでコレラ患者はすべて周縁地区で発生しており、そのほとんどが黒人層だった。したがって、疫病がついに旧市街の聖域にまで及んだのかと驚いて、博士は早速午後に駆けつけた。そこで彼は、それほど不愉快でないまたべつの驚きも発見した。ロス・エバンヘリオス公園のアーモンドの木陰にあるその家は、外から見るとコロニアル風の地区にあるほかの家と同じように今にも倒壊しそうな感じがしたが、中は美しく整然としていて、べつの時代から差してくるおやっと思うような光に包まれていた。玄関から一歩中に入ると、石灰を塗ったばかりの真っ白なセビーリャ風の四角い中庭があり、オレンジの木が花をつけ、床には壁と同じタイルが敷き詰めてあった。どこかから絶え間なく水の流れる音が聞こえ、軒蛇腹からカーネーションの花鉢が下がり、アーケードには奇妙な鳥の入った鳥籠が置いてあった。中でも奇妙だったのは、非常に大きな鳥籠に入っている三羽のカラスで、羽をばたつかせると、香水のような香りが中庭全体に広がった。匂いで見知らぬ人間が侵入してきたのが分かったのか、屋敷のどこかに鎖でつながれている犬たちが突然狂ったように吠え立てたが、女性の声でぴたっと鳴きやんだ。犬を叱りつける声に驚いた猫があちこちから飛び出してきて、花の陰に隠れた。すると、あたりが急に透明な静寂に包まれ、小鳥のさえずりと石の間を流れる水の音を通して、寂しい海の吐息が聞こえてきた。

ここには間違いなく神がおられる、そう確信したフベナル・ウルビーノ博士は身体が震えるような喜びを感じながら、このような家が疫病に侵されるはずはないと考えた。ガラ・プラシディアの後について、アーケードのある廊下を進んでいった。そのときに、フロレンティーノ・アリーサがはじめてフェルミーナ・ダーサを見かけた裁縫室の前を通りかかったが、あの頃中庭にはまだ瓦礫が積み上げられていた。博士は新しい大理石を敷き詰めた階段を登って二階へいき、患者のいる寝室の前で、お入りください、と言われるのを待った。しかし、ガラ・プラシディアがふたたび外に出てきて、次のように言った。

「お父様が家におられないので、部屋に入っていただくわけにはいかないと、お嬢様が申しておられます」

女中に言われたとおり、午後五時にもう一度診察に訪れると、ロレンソ・ダーサが自ら玄関の扉を開け、娘の寝室まで案内した。彼は腕を組み、部屋の薄暗い片隅に腰を下ろすと、医師が診察している間、荒い息遣いを何とか抑えようとしていた。医師と患者のどちらがおどおどしていたのか正確なことはわからない。医師は遠慮がちに触診し、絹の下着をつけた患者のほうは処女らしく身体を硬くしていた。どちらも相手の目を見ないようにしていた。医師は感情を抑えた声で質問し、彼女は震える声で答えていたが、二人とも薄暗い片隅に座っている男のことが気になっていた。最後に、フベナル・ウルビーノ博士はベッドに腰をかけるように言い、この上もなく慎重に寝室着を腰のところまで開いた。まだ幼い感じのする乳首のついた汚れない見事な乳房が薄暗い寝室の中で一瞬閃光のようにきらめいた。彼女はあわてて両腕で乳房を覆った。医師は、彼女のほうを見ないようにしてさりげなく腕を開かせ、最初は乳房に、次いで背中に直接耳を当てて診察した。

フベナル・ウルビーノ博士はつねづね、死を迎えるまで共に暮らすことになった女性と知り合ったときは、別に胸騒ぎを覚えなかったと言っていた。彼女のレースの縁取りをしたブルーの下着や熱に浮かされたような眼、肩まで垂らした長い髪の毛のことは覚えていたが、コロニアル風の地区が疫病に侵されたのではないかと心配で、患者に疫病の症状が現れているかどうかを調べることに気をとられていて、思春期の女性の花のような美しさに眼を留めるどころではなかった。彼女の態度はもっとはっきりしたものだった。つまり、今回の疫病騒ぎで有名になったけれども、あの若い医者は自分以外の誰も愛せない気取り屋さんだと考えていた。医師は、食べ物が原因で腸炎を起こしただけですから、三日間家で安静にしていればよくなるでしょう、と診断を下した。ロレンソ・ダーサは娘がコレラでなかったと分かってほっと胸をなでおろし、馬車の所までフベナル・ウルビーノ博士を送っていくと、金持ちを相手にしている医者でもびっくりするほどの法外な金額を金貨で支払い、大仰なほど丁重に医師を見送った。彼はウルビーノという輝かしい名家の名前にすっかり惚れこんでしまい、そのことを隠そうとしなかったばかりか、できれば日を改めて、気楽に話せる場を設けて会いたいものだと考えた。

本来なら、診察は終わりのはずだった。ところが、フベナル・ウルビーノ博士は次の火曜日、呼ばれてもいないし、前もって連絡したわけでもないのに、午後の三時というおかしな時間にふたたびあの家を訪れた。フェルミーナ・ダーサは裁縫室で、二人の友達と一緒に油絵のレッスンを受けていたが、その窓のところに、染みひとつない白の燕尾服に白のシルクハットをかぶった博士が現れて、そばに来るように合図した。彼女はカンバスの木枠を椅子の上において、裾飾りのついたスカートを引きずらないようにくるぶしまで持ち上げて、爪立って窓のところまでいった。頭に冠形髪飾り《ティアラ》を載せていたが、そこに付けられた小さな宝石が額を飾っていた。その光輝く宝石は彼女の捕えがたい色の眼と同じ色をしており、全身から若々しいオーラを発散していた。家で絵のレッスンを受けているだけなのに、パーティにでも行くような服装をしているのに医師は目を留めた。窓の外から脈を取り、舌を出すように言うと、アルミ製の圧舌子を使って喉を調べ、下まぶたの裏を調べたが、そのたびに、よし、よし、というようにうなずいていた。博士は前回ほどおどおどしていなかった。けれども、彼女のほうは、医師が何か変わったことがあったら連絡してください、そうでなければもうこちらにはうかがいませんからと言っていたのに、なぜ突然やってきて診察するのか分からず、どぎまぎしていた。いや、それどころか、彼女は二度と彼の顔を見たくないと思っていた。診察が終わると、医師はいろいろな器具や薬ビンの詰まっている往診鞄に圧舌子をしまいこみ、それを閉じた。

「咲いたばかりのバラのように健康です」と彼は言った。

「ありがとうございます」

「神に感謝なさることです」そう言うと、彼は聖トマスの言葉を誤って引用した。「すべてよきものは、それがどこから来るにせよ、精霊に由来するものなのです。ところで、音楽は好きですか？」

彼はさりげなく魅力的な微笑を浮かべてそう尋ねたが、彼女は相手が何を言おうとしているのか理解できなかった。

「どうしてそういう質問をなさるんですか？」と彼女が尋ねた。

「音楽は健康にとって不可欠なものだからです」

彼は本気でそう信じていたのだ。その後しばらくして、そして生涯にわたって彼女は、誰かと親しくなりたいと思ったときに彼が持ち出す魔法の言葉が音楽だということを知ることになった。けれども、あのときは悪ふざけで言っているとしか思えなかった。その上、彼らが窓のところで話し合っている間、二人の女友達が絵を描くふりをしながら、くすくす笑い、カンバスの木枠で顔を隠したのを見て、フェルミーナ・ダーサは我慢できなくなった。思わずかっとなって、彼女は窓を乱暴に閉めた。レースのカーテンを前にして一人取り残された医師は、正面玄関に向かおうとしたが方角が分からなくなり、混乱して香水をつけたカラスの入っている鳥籠にぶつかった。

驚いたカラスがうるさく鳴き騒ぎ、羽をばたつかせたので、医師の服に女物の香水の匂いが染みついた。そのとき、ロレンソ・ダーサの声が雷鳴のように響き、医師はその場に釘付けになった。

「先生、そこでお待ちになってください」

彼は上の階からすべてを見ていた。はれぼったい青白い顔をし、シャツの前ボタンを留めながら階段を降りてきたが、満足に眠れなかったせいで、もみ上げが縮れたままになっていた。医師は自分の狼狽ぶりを気取られまいとしてこう言った。

「お嬢さんに、バラのように健康だと申し上げたんです」

「バラにはちがいないんですが」とロレンソ・ダーサが言った。「何しろトゲが多いものですからね」

彼は挨拶もせずウルビーノ博士のそばを通り過ぎると、裁縫室の二枚扉の窓を押し開けて、大声でこうわめいた。

「出てきて、先生に謝るんだ」

医師は何とか彼をなだめて丸く収めようとしたが、ロレンソ・ダーサは耳を貸そうとしなかった。彼は《早くするんだ》と強く言った。彼女はごめんね、と哀願するような目で女友達のほうをそっと見た後、父親に向かって、陽射しが入ってはいけないと思って窓を閉めただけで、別に失礼なことをしたわけじゃありませんと弁解した。ウルビーノ博士も、にこやかにその通りですと言おうとしたが、ロレンソ・ダーサはこちらに来るんだと言った。フェルミーナ・ダーサは怒りで真っ青になりながら窓のところまで来ると、右足を前に踏み出し、指先でスカートをつまんで持ち上げながら、医師に向かって芝居がかったポーズで深々とお辞儀をした。

「心からお詫び申し上げます」と彼女は言った。

フベナル・ウルビーノ博士もにこやかに笑いながら彼女の真似をして、騎士のように大仰な身振りでシルクハットをとって挨拶したが、彼女からは期待していたような優しい微笑みは返ってこなかった。ロレンソ・ダーサはお詫びのしるしにコーヒーでもいかがですかと言って、事務室に誘った。医師は、なんとも思っていないことを分かってもらいたかったので、喜んでその申し出を受け入れた。

実を言うと、フベナル・ウルビーノ博士は絶食しているとき以外はコーヒーを口にしなかった。お酒も、儀礼的な食事会のときにワインを一杯飲むくらいで、ふだんは口にしなかった。それなのに、あのときはロレンソ・ダーサがすすめたコーヒーを飲んだだけでなく、アニス酒にも口をつけた。つづいて、コーヒーと一緒にアニス酒をもう一杯飲んだ。まだ往診するところがあったのに、もう一杯、もう一杯と杯を重ねた。最初のうちは、ロレンソ・ダーサが娘に代わってあれこれ弁解するのに耳を傾けていた。父親によると、娘は頭がよくて、まじめな性格なので、玉の輿《こし》に乗ってどんな立派な家に嫁いでもおかしくないのだが、ラバのように頑固なところがあって手を焼いているとのことだった。二杯目を飲んだところで、中庭の奥からフェルミーナ・ダーサの声が聞こえてきたように思った。彼は空想をたくましくして、彼女が夜の闇に包まれはじめた家の中で忙しく立ち働いているところを想像した。廊下の明かりをつけ、寝室で殺虫剤を燻《くす》べ、かまどにかけてあるスープ鍋の蓋をとる。その夜、父親と二人で飲むスープだが、二人きりでテーブルにつくと、眼を伏せたまま、まだ怒りがおさまっていないことを見せつけるようにスープには口をつけない。ついに父親が折れて、今日の午後はしかりつけて悪かったと謝る、といったところを思い浮かべた。

女性心理に詳しいウルビーノ博士は、自分がこの家を出て行くまでフェルミーナ・ダーサは顔を見せないだろうと思っていた。ただ、先程あのような仕打ちを受けたせいで、腹がたって気持ちが収まらなかったので、わざとぐずぐずして腰を上げようとしなかった。かなり酔っていたロレンソ・ダーサは自分がしゃべるのに夢中になっていて、彼が聞いていないことに気づいていないようだった。のべつ幕なしにしゃべり続け、火の消えた葉巻を嚙み、激しく咳き込み、カッと痰を吐き、回転椅子の上でもぞもぞ身体を動かして楽なように座りなおしたが、そのときに椅子のバネがさかりのついた動物のようなうめき声を上げた。博士が一杯飲む間に、彼は三杯飲んでいたが、お互いの顔が見えなくなったのに気づいて、ようやく話をやめて、ランプに灯を入れるために立ち上がった。フベナル・ウルビーノ博士はランプの光に照らされた彼の顔を真正面から見詰めた。片方の目が魚の目のように寄っており、口から出る言葉が唇の動きと合っていないことに気づき、どうやら酒を飲みすぎて、酔ったらしいと考えた。そこで椅子から立ち上がった。身体がまるで自分のそれではなく、椅子に座っている別の人間の身体のような奇妙な感覚にとらえられた。博士は気を張って、意識をなくさないようにつとめた。

ロレンソ・ダーサに導かれて事務室を出たときは、すでに七時をまわっていた。空には満月が出ていた。アニス酒のせいで、中庭は水槽の底のようにゆらめいていた。咲いたばかりのオレンジの花のむせ返るような薫りに包まれて、布で覆われた鳥籠は眠っている幽霊を思わせた。裁縫室の窓は開け放たれ、テーブルの上には明かりのついたランプが置いてあった。描きかけの絵がまるで見せびらかすようにイーゼルの上に載っていた。《ここにいない君は、いったいどこにいるの？》と、ウルビーノ博士は通り際に言った。フェルミーナ・ダーサは寝室のベッドにうつぶせて、腹立ちのあまり泣きじゃくりながら、父親がやってきたら午後の屈辱の仕返しをしようと待ち受けていたので、その言葉を聞かなかった、というか、聞くことができなかった。医師はひょっとすると彼女に別れの挨拶ができるかもしれないと期待していた。父親はそのことに一切触れなかった。医師は、彼女の汚れない脈拍、猫のような舌、柔らかい扁桃腺を思い出して、やるせない気持ちになった。彼女は二度と会ってはくれないだろうし、こちらが会おうとしても相手にはしてくれないだろうと考えて、がっくり力を落とした。ロレンソ・ダーサが玄関にいくと、シーツで覆われた籠の中のカラスが目を覚まして、気味の悪い鳴き声を上げた。《こいつらに目玉をくりぬかれるがいい》と、彼女のことを考えていた医師が大声で言った。ロレンソ・ダーサが後ろを振り返って、今、なんとおっしゃったんですと尋ねた。

「いや、今のはわたしじゃなくて、アニス酒が言わせたんです」と彼は答えた。

ロレンソ・ダーサは馬車のところまで彼を送っていきながら、二度目の診察料を金貨で支払おうとしたが、彼は受け取ろうとしなかった。まだ診なければならない患者が二人いたので、彼はその家へ行くよう御者に指示を与え、自力で馬車に乗り込んだ。しかし、敷石を敷いた通りを馬車に揺られていくうちに気分が悪くなり、御者に道を変えるように命じた。馬車に取り付けてある鏡に自分の顔を映して見ると、そこに映っている自分がまだフェルミーナ・ダーサのことを考えていることに気づいた。彼は肩をすくめた。最後におくびを出すと、がくんと頭を落として眠り込んでしまった。うとうとしているときに、弔いの鐘の音が聞こえはじめた。最初に大聖堂の鐘が、次いですべての教会の鐘が次から次に鳴り出し、最後にはサン・フリアン病院の花鉢が割れる音まで聞こえてきた。

「くそっ」彼は夢うつつでつぶやいた。「死んだ人間はもう助けようがない」

母親と妹たちは広々としたダイニング・ルームの来客用テーブルに就き、夕食代わりにミルク・コーヒーと揚げ菓子を食べていた。そのとき、憔悴した顔をし、カラスの羽についていた安香水の匂いをぷんぷんさせながら彼がドアのところに現れた。となりの教会の大きな鐘の立てる音が、広壮な屋敷の静寂を破って鳴り響いていた。母親が、いったいどこへ行っていたの、ハライース・デ・ラ・ベーラ侯爵の最後のお孫さんに当たるイグナシオ・マリーア将軍が脳溢血で倒れ、診てもらいたいというので探し回っていたの、教会の鐘の音はあなたを呼び戻すためだったのよ、と言った。フベナル・ウルビーノ博士はドアの枠にしがみついて母親の話に耳を傾けていた。実のところ何も聞いていなかった。そのあと、寝室に戻ろうと後ろを向いたが、そのままうつぶせに倒れこんで、アニス酒を戻した。

「まあ、なんてことかしら」と母親がびっくりして叫んだ。「こんなに酔って帰ったことなど一度もないのよ、きっと何かあったのね」

しかし、その後さらに奇妙なことが起こった。市はイグナシオ・マリーア将軍の喪に服していたが、それがあけるとすぐに著名なピアニスト、ロメオ・ルシッチを招いて、演奏会を開いた。ピアニストがモーツァルトの一連のソナタを演奏した日に、終演後、フベナル・ウルビーノ博士はラバに引かせた荷車で音楽学校のピアノを運ばせ、一世を風靡《ふうび》したセレナーデをピアニストに弾いてもらいフェルミーナ・ダーサに聞かせることにした。彼女はセレナーデがはじまるとすぐに目を覚ました。バルコニーのレースのカーテン越しにのぞいて見るまでもなく、セレナーデを演奏するというようなおかしなことを考えついたのが誰かはすぐに見当がついた。若い女の子の中には、気に入らない求婚者が来ると腹を立てて室内用便器の中身を相手の男の頭の上からぶちまけるという子もいたが、自分にそれだけの勇気がないことが残念でならなかった。ところが、ロレンソ・ダーサは演奏中に急いで服を着替え、終わるとコンサート時のまま正装していたフベナル・ウルビーノ博士とピアニストを客間に招きいれ、上等のブランディーを出して、セレナーデの礼を言った。

父親は何とかして娘のご機嫌をとろうとした。しかし、フェルミーナ・ダーサはすぐに見抜いた。セレナーデのあった次の日に、さりげなくこう言った。《お前がウルビーノ・デ・ラ・カーリェ家の人間に言い寄られていると知ったら、母さんはどう思うだろうな》。すると彼女は、《棺の中でもう一度死ぬわ》とそっけなく言い返した。一緒に絵を習っている女友達から聞いた話では、父親のロレンソ・ダーサはフベナル・ウルビーノ博士の計らいで〈社交クラブ〉の昼食会に招かれた。それがもとで博士はクラブの規則を踏みにじったというので厳しく叱責されたとのことだった。そのときはじめて、父親はこれまで何度も〈社交クラブ〉の入会を申請したけれども、投票のたびに数多くの黒いボールが出たために、ついに申請できなくなったという話を聞いた。しかし、ロレンソ・ダーサはそうした恥辱にまったく動じることなく、あれこれ知恵を絞ってフベナル・ウルビーノと偶然顔を合わせるチャンスを作ろうとした。彼は気づいていなかったが、実はフベナル・ウルビーノも彼と顔を合わせる機会をもちたいとあれこれ考えていたのだ。二人は時々あの事務室で何時間も話しこんだ。ただ、医師と顔を合わせたくないと思っていたフェルミーナ・ダーサは、家事を一人で取り仕切っていたので、家の中の時間は静止したままになっていた。カフェ・デ・ラ・パロキアが二人にとってはこの上ない中継点になった。その店でフベナル・ウルビーノはロレンソ・ダーサからチェスの手ほどきを受けた。熱中するあまり、それがやがて生涯にわたって彼を苦しめることになる癒しがたい中毒になった。

ピアノの独奏でセレナーデが演奏されてから何日もたっていないある夜、ロレンソ・ダーサは封蠟をした娘宛ての手紙が玄関にあるのに気づいた。その封蠟には、J.U.C.という頭文字が読み取れた。彼はフェルミーナの寝室の前を通るときに、ドアの下からそっとその手紙をすべり込ませた。まさか父親が求婚者の手紙を自分のところに届けたとは考えられなかったので、彼女はなぜ手紙がそこにあるのか理解できなかった。どうしていいか分からず、彼女はその手紙をナイト・テーブルの上に置いた。手紙は何日間か開かれないまま放置されていた。ある雨の午後フェルミーナ・ダーサは、フベナル・ウルビーノが自分の喉を検診した圧舌子を贈り物にしようと家にやってきた夢を見た。夢に出てきた圧舌子はアルミ製ではなく、べつの夢に出てきて美味しく食べた、大好きな金属でできていた。そこで、彼女はそれを二つに割って、小さいほうを彼に差し出した。

目が覚めると、彼女は手紙を開いてみた。内容は簡単明瞭で、フベナル・ウルビーノは、お父様にあなたのもとを訪れてもいいという許可を得たいのですが、お許し願えるでしょうか、とだけ尋ねていた。その簡潔さとまじめさに打たれて、彼女が何日ものあいだ心の中でかきたてきた怒りがあっという間に消え去った。その手紙をトランクの底の、今は使っていない貴重品箱の中にしまいこんだ。けれども、そこには以前フロレンティーノ・アリーサからもらった、香水をしみこませた手紙をしまっておいたことを思い出して、恥ずかしさで顔を赤らめながら箱から取り出して、別の場所にしまいこんだ。そのときふと、手紙を受け取っていないふりをするほうがきっと慎み深く見えるだろうと考えて、ランプの火で手紙を燃やし、封蠟のしずくが炎の上で青い泡になって燃え尽きていくのを見詰めた。《かわいそうな人》と彼女はため息をつきながら言った。そのとき、一年と少しの間に、この言葉を口にしたのはこれで二度目だということに気づき、一瞬フロレンティーノ・アリーサのことを考えたが、今ではもう遠い存在になっていることに気づいて驚いた。かわいそうな人。

十月、最後の雨と一緒にさらに三通の手紙が届いた。最初の手紙にはフラヴィニー僧院のスミレ菓子の箱が添えられていた。二通目まではフベナル・ウルビーノ博士の御者によって家の玄関先でわたされた。そのとき博士は馬車の窓からガラ・プラシディアに挨拶した。ひとつには手紙は自分が書いたものであるということを伝えたかったのと、さらに間違いなく渡しましたよ、と言おうとしたのだ。また、二通ともあの頭文字の入った封蠟で封がしてあり、フェルミーナ・ダーサがよく知っている医者らしい読みにくい文字で書かれてあった。それらの手紙にはどれも同じ恭順の気持ちが込められていた。礼儀正しさの中にフロレンティーノ・アリーサの控えめな手紙には見られなかった激しい思いが込められはじめていた。フェルミーナ・ダーサは二週間の間を置いて届けられたそれらの手紙を受け取るとすぐに読んだ。やはり燃やそうとした。自分でもなぜだか分からなかったが、考えを変えた。しかし、返事を書こうとは決して思わなかった。

十月に入ってからの三通目の手紙は玄関ドアの下から差し込まれていたもので、それまでの手紙とはまったく違うものだった。字がひどく稚拙だったことから考えて、おそらく左手で書いたのだろう。自分を中傷する内容だと分かるまで、フェルミーナ・ダーサはそのことに気がつかなかった。手紙の主は、フェルミーナ・ダーサが媚薬を使ってフベナル・ウルビーノ博士をたぶらかしたと思い込んでいて、悪意に満ちた結論を導き出していた。フェルミーナ・ダーサがもし玉の輿に乗ってこの町でいちばん魅力的な男性と結婚しようとするのであれば、天下に恥をさらすことになるでしょう、という脅迫で結んでいた。

彼女はいわれのない中傷の的にされたが、復讐しようとは思わなかった。それどころか、できれば匿名の手紙を書いた張本人を見つけ出して、精一杯きちんとした説明をして相手に過ちを認めさせたいと考えていた。フベナル・ウルビーノから言い寄られても、自分はどんなことがあってもなびくことはないと確信していたからだった。その後、さらに十月の三通目の手紙と同じく差出人不明の、悪意に満ちた手紙が二通届いた。それら三通の手紙は同じ人間が書いたとは思えなかった。彼女はあるたくらみの犠牲者になっているか、あるいは秘められた恋という誤った解釈が思いのほか広くひろまっていたのだろう。フベナル・ウルビーノの単純な軽率さが今回のような結果を生んだのではないかと考えて、彼女は不安に襲われた。彼は一見紳士然としているが、外見とは裏腹な人間で、往診先で口を滑らせて、実際はそうではないのにほかの男性と同じように、女性を征服したと自慢げに吹聴しているかもしれないと考えた。手紙を書いて、あなたのせいで名誉を傷つけられたとなじろうかとも考えた。そんなことをすれば相手の思う壺にはまるだけだと思って、控えることにした。裁縫室で一緒に絵を習っている女友達にも聞いてみたが、ピアノの独奏でセレナーデを演奏させたことについては、好意的なうわさしか聞いていないという返事が返ってきた。彼女は怒りと屈辱にまみれていた。しかし、どうすることもできなかった。最初のうちは、目に見えない敵を見つけ出して、過ちを認めさせたいと思っていたが、今ではもし見つけたら剪定《せんてい》ばさみで突き刺してやろうと心に決めていた。彼女はひょっとすると慰めになるようなことが見つかるかもしれないと思って、匿名の手紙の細部や表現についてあれこれ考えて夜はまんじりともしなかった。しかし、慰めになるようなものが見つかるはずはなかった。フェルミーナ・ダーサはもともとウルビーノ・デ・ラ・カーリェ家の内情がどうなっているか知らなかった。それに、悪意のない相手ならともかく、悪意を抱いている相手には手のうちようがないと感じた。

その頃、手紙も添えずに送りつけられた真っ黒な人形のせいで、血も凍るような恐怖を体験してからは、苦々しい思いでいっそう強く、そう確信するようになった。あのようなものを送ってくるのが誰か、すぐに見当がついた。おそらくフベナル・ウルビーノ博士にちがいなかった。人形のタグを見ると、マルティニック島で購入したものだと分かった。素敵な衣装をつけていて、ウェーブのかかった髪の毛を金の糸で留め、寝かせると目を閉じた。フェルミーナ・ダーサは人形がすっかり気に入ってしまったので、何の疑いも抱かず受け取り、昼間は自分の枕の上に寝かせた。そして、一緒に寝るようになった。しばらくたったある日、ひどく疲れる夢を見たあと、ふと見ると人形が大きくなっていることに気がついた。届けられたときに着ていたきれいな服から太ももがはみ出し、足が大きくなって靴が裂けていた。フェルミーナ・ダーサはアフリカの呪いについていろいろ聞かされていたが、こんなに気味の悪い話は聞いたことがなかった。フベナル・ウルビーノのような人がすることとは考えられなかった。たしかに彼女の推測どおり、人形はあの御者ではなく、それまで見かけたことのない通りがかりのエビ売りが届けたものだった。いったい誰がこんなことをしたのだろうと考えて、フェルミーナ・ダーサはふと、ぞっとするほど暗い性格のフロレンティーノ・アリーサを思い浮かべた。これまでの経験から彼ではないという結論に達した。結局真相は明らかにならなかった。その後彼女は結婚し、子供ももうけ、自分は運命によって選ばれた人間、つまりこの世で一番幸せな人間だと考えるようになったが、そうなってからでもあのときのことを思い出すと、身の毛のよだつような恐怖を覚えた。

聖処女示現学院の院長フランカ・デ・ラ・ルス修道女に仲介の労をとってもらうというのが、ウルビーノ博士が最後に思いついた方策だった。修道女としては修道会がアメリカ大陸に創設されて以来ずっと庇護を受けてきた一族の人間からの依頼を、むげに断るわけにもいかなかった。朝の九時に見習い尼僧を伴って出向いたが、フェルミーナ・ダーサがシャワーを浴びているところだったので、終わるまで鳥の入っている籠を見ながら三十分ばかり時間をつぶした。フランカ・デ・ラ・ルス修道女は金属的なアクセントでしゃべる男みたいな感じのするドイツ人女性で、子供っぽい熱情とは裏腹に人を威圧するような目でにらみつける癖があった。フェルミーナ・ダーサはこの世で誰よりも彼女を憎んでおり、彼女とかかわりのあるもの一切を嫌っていた。うわべだけの信心面《づら》を思い浮かべただけで、おなかの中をサソリが這い回るような不快感を覚えた。バスルームの戸口からその姿を見ただけで、学校で受けた体罰や眠くてたまらなかった毎日のミサ、試験の恐怖、見習い尼僧たちの目にあまるお追従《ついしょう》振り、精神の貧困さがもたらすゆがんだ生活がよみがえってきた。ところが、フランカ・デ・ラ・ルス修道女のほうは、心からうれしそうな顔をして彼女に挨拶した。しばらく見ないうちにすっかり大人っぽくなられたので、びっくりしました、家の内向きはきちんとしておられるし、お庭も趣味がよくて、火鉢にオレンジの花を並べているのも素敵ですよ、と言った。修道女は見習い尼僧にそこで待つように言い、うっかりしてカラスに目をつつかれてはいけないので鳥籠のそばに近寄らないようにして、フェルミーナ・ダーサと二人きりで話せる場所を捜した。そうと気づいて彼女は、部屋に入るように言った。

会談はぎすぎすした雰囲気で、短時間のうちに終わった。フランカ・デ・ラ・ルス修道女は余計な前置きをせずに、フェルミーナ・ダーサに特別枠の復学を考えてみてはどうですかと切り出した。放校処分になった理由については修道院の記録に残っていないし、覚えている人もいないので、単位をとって中等教育修了書を手に入れることができますよ、と言った。フェルミーナ・ダーサは戸惑いながら、なぜそんなことをおっしゃるのですかと尋ねた。

「この上もなく立派な方からの依頼です。その方は、あなたが幸せになることだけを願っておられるのです」と尼僧が言った。「どなたかお分かりですね？」

それで納得がいった。ただ、自分はたった一通の罪のない手紙のせいで人生を変えられてしまったが、変えた張本人である女性がどういう理由から恋の取り持ち役をしているのか理解できなかった。しかし、それを口にするのはためらわれた。ただ彼女は、ええ、存じ上げています、ですがあの方は何の権利があってわたしの人生に口をさしはさまれるのでしょう、と尋ねた。

「あの方は、あなたの許しを得て五分ばかりお話ししたいと言っておられるのですが」と尼僧は言った。「その点についてはお父様も同意されているはずです」

今回の尼僧の訪問に父親が一枚嚙んでいると知って、フェルミーナ・ダーサはいっそう怒りをつのらせた。

「あの方とは、病気になったときに二度お会いしていますが」と彼女は言った。「今はもうよくなっているので、お会いする理由はありません」

「多少ともわきまえのある女性なら、あの方が神の下された贈り物のような男性だということは理解できるはずですよ」と尼僧は言った。

尼僧はさらに続けて、彼のさまざまな美徳、信仰の深さ、病気に苦しんでいる人たちへの献身的な奉仕といった美点を並べ立てた。しゃべりながら、袖口から象牙にキリストの像が刻まれた金のロザリオを取り出すと、それをフェルミーナ・ダーサの目の前で振り回した。シエナ*の金銀細工師によって作られ、クレメンテ四世によって祝福を受けたそのロザリオは、百年以上昔から尼僧の家に伝わる先祖伝来の家宝だった。

「これはあなたのものですよ」と尼僧は言った。

フェルミーナ・ダーサは血が逆流するような怒りを覚えて、思わず言った。

「愛は罪深いものだとお考えのあなたが、なぜこのようなことをなさるのか理解に苦しみますわ」

フランカ・デ・ラ・ルス修道女は聞こえない振りをしたが、怒りで目の色が変わっていた。それでもまだ、彼女の目の前でロザリオを振り回した。

「わたしの言うことを聞いておいたほうがいいですよ」と彼女は言った。「わたしでだめなら、大司教様がおいでになりますが、そうなるとこうはいきませんからね」

「お越しいただいて結構ですわ」とフェルミーナ・ダーサは言い返した。

フランカ・デ・ラ・ルス修道女は金のロザリオを袖口に隠した。その後、もう一方の袖口から使い古して丸くなったハンカチを取り出し、手で握り締めると、哀れむような微笑を浮かべて遠くからフェルミーナをじっと見詰めた。

「かわいそうに」とため息まじりに言った。「まだ、あの男性のことが忘れられないのね」

フェルミーナ・ダーサは瞬きひとつせず尼僧の目を見詰めながら、口の中でののしりの言葉をつぶやいた。黙ったままののしりの言葉を心の中でつぶやき、尼僧の顔をひたとにらみつけたが、尼僧がたまりかねて目に涙を浮かべたのを見て、言いようのない喜びを覚えた。フランカ・デ・ラ・ルス修道女は丸まったハンカチで涙を拭くと、椅子から立ち上がった。

「お父様のおっしゃるとおり、あなたはラバのように頑固ね」と言った。

大司教は来なかった。イルデブランダ・サンチェスが従妹とクリスマスを過ごそうとやってきたために、親子の生活が一変したのだが、彼女がもし来なかったら、それ以上博士から言い寄られることもなかっただろう。フェルミーナ・ダーサは朝の五時にリオアーチャからスクーナーでやってきた彼女を出迎えた。船酔いで弱っている大勢の乗客の中にあって、下船してきた彼女だけが輝くように美しく、女らしくなっていたし、夜の海が荒れたせいでまだ興奮しているように思われた。滞在中に食べるものに困らないよう、彼女は生きた七面鳥の入った籠を下げ、肥沃な土地で取れる果物をどっさり持って船から下りてきた。父親のリシーマコ・サンチェスは、クリスマスのパーティに音楽家が必要なら、最高の連中を手配できるので、言ってもらいたい、また、近々花火を箱一杯送るつもりでいると約束していた。さらに、三月まで娘を迎えにいけないと伝えてきたが、おかげで楽しく過ごす時間をたっぷり持つことができるはずだった。

従姉妹たちはすぐにふざけはじめた。町に着いた最初の日から裸になると、水槽の水を使って一緒に水遊びをはじめた。互いの身体に石鹸をつけあい、シラミの卵をとり、お尻やまだ硬い乳房を比べ合ったり、互いの身体を鏡に映して、この前比べっこをして以来無情な時間のせいでこれまでにどれほど変化したか調べた。イルデブランダは身体が大きくてがっしりしており、肌は金色に輝いていたが、体毛が黒人と同じで金属タワシのように短く縮れていた。一方フェルミーナ・ダーサの裸体は全体に青白く、すらりとしていて、肌はしっとりとし、体毛は薄かった。ガラ・プラシディアは寝室に同じベッドを二つ用意した。しかし、彼女たちは時々同じベッドにもぐりこみ、明かりを消して朝までおしゃべりをした。イルデブランダがトランクの内張りの奥にこっそり隠して持ってきた追いはぎが吸うような葉巻を吸うこともあったが、そのときはあとで寝室に残った強い臭いを消すためにアルメニア紙を燃やさなければならなかった。フェルミーナ・ダーサがはじめてタバコを吸ったのはバリェドゥパールでのことだが、その後フォンセーカやリオアーチャへ行ってからも吸い続けた。リオアーチャでは十人の従姉妹たちと部屋に閉じこもり、男性の話をしたり、こっそりタバコを吸ったりしたものだった。男たちは夜、戦場でタバコを吸うとき、敵に見つからないよう火のついたほうを口の中に入れて吸っていた。そんな風にタバコを逆にして吸うことも覚えた。けれども、一人で吸ったことは一度もなかった。イルデブランダと一緒にいるときは毎晩寝る前にタバコを吸っていた。それが習慣になってしまって、結婚し、子供ができてからも、隠れてこっそり吸うようになった。見つからないように吸っていたのは、女性が人前でタバコを吸うのは下品だと考えていたし、いかにも罪深い行為をしているような喜びが得られるからだった。

両親はかなわぬ恋をあきらめさせようとしてイルデブランダを旅に出したのだが、本人には、フェルミーナがいい伴侶を見つけられるよう手助けをしてやりなさいと言いきかせていた。イルデブランダは、以前従妹がそうだったように、離れて暮らしても好きな相手のことを忘れたりはしないだろうと思って両親の言いつけに従った。フォンセーカの電信局員には、こっそり誰にも知られないよう伝言を送ってくれるように頼んでおいた。だから、フェルミーナ・ダーサがフロレンティーノ・アリーサを嫌っていると知って、彼女は苦い失望感を味わった。それに、イルデブランダは、愛とは全体がひとつのものであり、誰かの身に何か起これば、全世界のすべての愛に影響を及ぼすと考えていた。彼女は従妹の気持ちが分かっても、自分の考えを変えようとしなかった。フロレンティーノ・アリーサと親しくなろうとして、一人で電信局へ出かけていったが、フェルミーナ・ダーサは従姉のとった無謀な行動に仰天した。

　フェルミーナ・ダーサを通して自分なりに思い描いていたイメージとあまりにもかけ離れていたので、本人だとは分からないところだった。ひと目見たときは、虐待された犬のように貧相なこんな局員に従妹がどうして熱を上げたのか理解に苦しんだ。服装は落ちぶれたラビ*のようだし、もったいぶった態度は人の心をひきつけるように見えなかった。しかし、彼女は最初に受けた印象をすぐに撤回することになった。というのも、フロレンティーノ・アリーサは彼女がどこの誰だかわからないのに（彼女のことは結局分からずじまいだったのだが）、何も言わずいろいろ親切にしてくれた。彼のようにこちらの気持ちを分かってくれる人間はめったにいなかった。身分を証明するような書類の提出を求めなかったし、住所も訊き出そうとしなかった。彼女の悩みを実に簡単に処理してくれた。つまり、水曜日の午後に電信局に顔を出しさえすればいい、そうすれば返事を手渡してくれるというのだ。また、イルデブランダが書いて持っていったメッセージに目を通して、よろしければ少し手直ししましょうか、と言ってくれたので、彼女はお願いしますと答えた。フロレンティーノ・アリーサは行間に訂正した文を書き入れ、それを消して、また書き直した。そのせいで、余白が埋まってしまったので、結局その紙を破り捨てて、まったく別の文章を書いてくれたが、彼女には心を打つ文章のように思われた。電信局を出たとき、イルデブランダは泣きそうになっていた。

「陰気な感じで、ハンサムじゃないけど」と彼女はフェルミーナ・ダーサに言った。「心に愛が一杯詰まっているって感じね」

従妹が一人ぼっちだというのが、イルデブランダは気になって仕方がなかった。二十歳なのに、まるでオールドミスみたいよ、と言った。イルデブランダは大勢の家族が散り散りに暮らしていて、どの家に何人いて、今日は誰がどこで食事をとるか分からないといった生活に慣れていたので、自分と同じ年頃の娘が僧院にいるようにひっそり一人で暮らしているというのが不思議でならないと言ったが、言われてみればたしかにその通りだった。朝六時に目を覚まして、寝室の明かりを消すまでの間、彼女はひたすら時間をつぶすことだけを考えていた。毎日の生活は外側から押し付けられたものだった。最後の一番鶏の鳴き声と共にまず牛乳屋が家の玄関のドアをノックして彼女を起こす。続いて、海藻の上に活けの鯛が並んでいる箱を持った魚売りの女やマリーア・ラ・バーハの野菜とサン・ハシントの果物を持ったでっぷり太った青物売りの女がドアをノックする。その後も、物乞い、宝くじ売りの少女、愛徳修道会の尼僧、うわさ好きの刃物研ぎ、瓶を買い取る人、壊れた金製品を買い取る人、古新聞紙の回収人、カードを使ったり、手相を見たり、コーヒーの飲み残し、手洗い鉢の水を見て運勢を占いますという偽のジプシー女などが一日中ひっきりなしにドアをノックする。ガラ・プラシディアが玄関のドアを開けたり閉めたりして、結構よ、また別の日に来てちょうだいと言ったり、バルコニーからいらだたしげに大声を上げて、必要なものは買いそろえてあるから、仕事の邪魔をしないでもらえないかしらとわめきたてているうちに一週間があっという間に過ぎていった。彼女はエスコラスティカ叔母の代役をつとめていたが、その仕事振りは熱心で細やかな心配りが見られたので、フェルミーナは彼女を叔母のように思って、愛するようになった。彼女には女中気質が染みついていた。暇があると、仕事部屋へ行って、真っ白な服にアイロンがけをし、きれいに仕上げると、ラヴェンダーと一緒にタンスにしまいこんだ。洗濯したものだけでなく、着古して色のあせた衣類があれば、それにもアイロンをかけて、折りたたんだ。十四年前に亡くなったフェルミーナ・ダーサの母親フェルミーナ・サンチェスの衣服も大切にしていた。しかし、物事を決めるのはフェルミーナ・ダーサの仕事だった。何を食べ、何を買い、その場その場に応じて何をするのかを決めるのは彼女だったが、実を言うとあの家の生活では決めなければならないことなど何ひとつなかった。鳥籠の掃除をし、鳥に餌を与え、ほうっておいてもいい花に水をやれば、後は何もすることがなかった。放校処分を受けてからは、たいていシエスタをすると、そのまま次の日まで目を覚まさなかった。絵画の授業は暇つぶしに格好の遊びだったのだ。

エスコラスティカ叔母が家を追い出されて以来、親子の関係は冷え切っていたが、お互い邪魔にならないように一緒に暮らしていく術は心得ていた。彼女が目を覚ますと、父親は仕事に出かけていて、家にいなかった。儀礼的な昼食には必ずといっていいほど顔を出したが、カフェ・デ・ラ・パロキアのアペリティフとガリシア風のオードブルでおなかが一杯になるので、たいてい手をつけなかった。夕食もとらなかった。料理をひとつの皿に盛り、別の皿でふたをしてテーブルの上に置いておいた。それは次の日の朝温めなおして食べると分かっていた。週に一度生活費を過不足のないよう計算して娘に渡すと、彼女はそれで上手にやりくりした。不意の出費があってお金が必要な場合は、父親に言うと気前よく出してくれた。もっと切り詰めろとか、領収書を求めたりはしなかったが、彼女のほうは異端審問所の法廷に呼び出されても突っ込まれることがないほど収支決済を明瞭にしていた。父親は自分がどういう仕事をし、現在どういう状況にあるのかといったことは一切話さなかったし、たとえ父親が一緒でも良家の娘が足を踏み入れるところではない港の事務所には連れて行かなかった。戦時下ではあったが、それほど切迫した状況ではなかったので、夜間の外出は十時まで公に許されていた。父親はその十時を過ぎないと帰ってこなかった。カフェ・デ・ラ・パロキアに腰を据えて、いろいろなゲームを楽しんでいた。室内ゲームなら何でも上手だったし、教えるのもうまかった。朝、目を覚ますとまずアニス酒を一杯引っ掛け、火の消えた葉巻をくわえ、時間を置いて一日中ちびちび酒を飲んでいた。酔っぱらって家に戻り、娘を起こすというようなことは一度もなかった。ある夜、フェルミーナの耳に父親が部屋に入ってくる音が聞こえた。階段にコサック兵士のような足音が響き、二階の廊下をあえぎながら歩いている息遣いが聞こえ、寝室のドアを手のひらで叩く音がした。彼女はドアを開けたが、生まれてはじめて父親が酔っ払い、もつれた舌でこう言うのを聞いてびっくりした。

「破産だ、もうお手上げだ」

父親はそれだけ言うと、二度とくり返さなかった。父の言ったことが本当かどうかを証明するような出来事は何一つ起こらなかった。その夜以降フェルミーナ・ダーサは、自分はこの世で一人ぼっちだと考えるようになった。彼女は社会から忘れ去られた場所で生きていた。昔の学校友達は彼女にとって近づくことのできない別世界の住人であり、不名誉な放校処分を受けてからはいっそう遠い存在になっていた。近くに住む人たちは彼女が聖処女示現学院の制服を着ているときからのことは知っているが、それ以前のことは何も知らないので、近所づきあいといったようなものもなかった。父親は商人や沖仲仕の世界、あるいはカフェ・デ・ラ・パロキアという公の避難所に集まる戦争亡命者たちといった孤独な男たちの世界に生きていた。前の年に絵の勉強をはじめたおかげで、こもりきりで息の詰まりそうな生活に多少とも外からの風が吹き込むようになった。先生が何人か一緒に教えるほうがいいと、ほかの生徒もあの裁縫室に呼んだのだ。やってくる女の子たちは生活環境も社会的条件もそれぞれにちがっていた。彼女たちはフェルミーナ・ダーサにとっては押し付けられた友達で、授業のあるときだけの付き合いでしかなかった。イルデブランダは、家を開放し外の風を入れて、父親お抱えの音楽家を招き、仕掛け花火や花火のやぐらを持ってきてカーニバルのお祭りでもすれば、その勢いでカビが生えたようになっている従妹の心にも風が吹き込むだろうと考えた。すぐに無理だということが分かった。理由は単純で、招待する客がいなかったのだ。

いずれにしても、前向きに生きるようにとフェルミーナ・ダーサの背中を押したのは従姉だった。午後、絵画教室が終わると、イルデブランダは市内を案内してもらった。フェルミーナ・ダーサは、エスコラスティカ叔母と毎日歩いた道やフロレンティーノ・アリーサが本を読んでいるふりをして彼女を待ち受けていた小さな公園のベンチ、彼が後をつけてきた狭い通り、手紙を隠した場所、かつて異端審問所があったが、その後改築されて聖処女示現学院に生まれ変わった（彼女はその建物を心底憎んでいたが）忌まわしい宮殿などを案内した。また、貧しい人たちの墓地がある丘にも登った。その丘でフロレンティーノ・アリーサはベッドに入っている彼女に届くよう、風の流れを読んでバイオリンを弾いたものだった。そこに立つと、歴史的な町、崩落した天井と崩れた城壁、雑草に覆われた要塞の残骸、湾内に点在する島々、沼沢地の周りに立っている貧しい掘っ立て小屋、それに広大なカリブ海を一望することができた。

クリスマス・イヴの夜、二人は大聖堂で行われた真夜中のミサに出席した。フェルミーナはフロレンティーノ・アリーサが心を込めて演奏する音楽がいちばんよく聞こえる場所に座ると、今夜と同じイヴの夜にはじめて彼のおびえたような目を間近に見た正確な位置を従姉に教えてやった。そのあと、思い切って〈代書人のアーケード〉まで足を伸ばし、お菓子を買ったり、高級な紙を売っている店を冷やかしたりした。フェルミーナ・ダーサは従姉に自分の恋が幻でしかないことに突然気づいた場所を教えてやった。家から学校までの一歩一歩や町の一つ一つの場所、過去数年間の一瞬一瞬はフロレンティーノ・アリーサの優しさのおかげで意味あるものになっていたのだが、彼女自身は気づいていなかった。イルデブランダがそのことを指摘したとき、フェルミーナ・ダーサとしては、よかれ悪しかれフロレンティーノ・アリーサが自分の人生において唯一の事件だということを認めたくなかったので、従姉の言葉に耳を貸そうとしなかった。

その頃ベルギー人の写真家が町にやってきて、〈代書人のアーケード〉の端にスタジオを構えた。多少ともお金のある人はどっと押しかけていって、肖像写真を撮ってもらった。フェルミーナとイルデブランダも真っ先に写真を撮ってもらおうと出かけて行った。フェルミーナ・サンチェスのクローゼットを引っかきまわし、華やかな服やパラソル、パーティ用の靴、帽子などを二人で分け合い、半世紀前の淑女のような衣装をまとった。ガラ・プラシディアは二人にコルセットを着けてやり、ワイヤーの骨が入ったフープスカートの着こなし方、手袋のつけ方、高いヒールのついたブーツのボタンの留め方を教えてやった。イルデブランダはつばが大きく、背中にまでかかるほど長いオストリッチの羽のついた帽子を選んだ。フェルミーナは色を塗った石膏の果物とクリノリンの花を飾りにつけたもっと新しい帽子を選び取った。そのあと、鏡に映る自分たちの姿を見て、銀板写真に写っている祖母にそっくりだと言って互いにからかいあい、生涯の記念になる写真を撮ろうと、うれしそうに笑い転げながら出かけていった。ガラ・プラシディア家のバルコニーから、パラソルをさし、高いヒールの靴を履いているせいで危なっかしい足取りで公園を横切り、まるで子供が歩行器に乗っているような格好でフープスカートをはいて歩いている二人の様子を眺め、無事肖像写真が撮れますようにと神に祈った。

当時パナマでボクシングのチャンピオンになったベニー・センテーノの写真を撮っているところだったので、ベルギー人のスタジオの前は大勢の人でごった返していた。彼はボクシングのトランクス姿でグローブをつけ、頭に王冠を載せていたが、写真を撮るのは一苦労だった。というのも、ファイティング・ポーズをとり、呼吸を止めて一分間じっとしていなければならないのだが、彼がガードを固めると、群集が歓呼の声を上げるので、ついみんなを喜ばせたくなって、パンチを繰り出してしまうのだ。彼女たちに順番が回ってきたとき、急に空模様が怪しくなり、今にも雨が降り出しそうになった。彼女たちは顔にでんぷん粉を塗ってもらい、雪花石膏《アラバスター》の柱に自然なポーズでもたれかかったが、長い時間そのままの姿勢を保ち続けなければならなかった。そうして、永遠に残る肖像写真が出来上がった。百歳近くまで生きたイルデブランダはフローレス・デ・マリーア農場で亡くなったが、そのとき寝室のクローゼットの中の、香水の香りのするシーツの間に鍵をかけてしまってある写真が見つかった。そこに押し花にしたパンジーと一緒にはさんであった手紙は、長い年月がたったせいで判読できなくなっていた。フェルミーナ・ダーサは長年の間家族のアルバムの第一ページにその写真を挟んでおいた。しかし、いつ、どうしてだか分からないが、なくなってしまった。そして、一連の信じがたい偶然のおかげでその写真はフロレンティーノ・アリーサの手に入ったのだが、そのとき二人はすでに六十歳を越えていた。

フェルミーナとイルデブランダがベルギー人のスタジオを出ると、〈代書人のアーケード〉の前の広場はバルコニーまで人であふれていた。彼女たちはでんぷん粉をつけて顔を白くし、唇をチョコレート色に塗っていたし、衣装も時代遅れのおかしなものをつけていることをすっかり忘れていたのだ。町の人たちはそんな二人をからかい、冷やかした。群衆の嘲笑から逃れようとして二人が通りの端のほうに身を寄せたとき、金栗毛の馬に引かせた幌付き四輪馬車《ランドー》が人々をかき分けるようにして進んできた。嘲笑する声がぴたっとおさまり、彼女たちを憎んでいる連中は散り散りになって姿を消した。馬車のステップに乗っている男性はサテンの山高帽をかぶり、錦織のヴェストをつけていたが、挙措は落ち着いていたし、目には優しい光がたたえられ、人を威圧するような雰囲気があり、イルデブランダははじめて彼の姿を目にしたときのことを一生忘れなかった。

それまで一度も会ったことがないのに、ひと目で誰だか分かった。先月のある午後、カサルドゥエロ侯爵の屋敷の前を通りかかったとき、玄関先に金色の馬をつないだランドーがとまっているのを見て、フェルミーナ・ダーサはその前を通ろうとしなかった。そのときに彼のことをさりげなく、さも興味なさそうに話したことがあった。馬車の所有者が誰かを話し、なぜ自分がその人を嫌っているのか説明した。彼から求愛されているということは一言も口にしなかった。イルデブランダはその話を忘れていた。まるでおとぎ話から飛び出してきたように馬車のドアの前に立ち、片足を地面に置き、もう一方の足をステップにかけている姿を見て、すぐに誰なのか分かった。ただ、従妹がなぜ彼を嫌っているのか理解できなかった。

「お命じくだされば、どこへでもお連れしますので」とフベナル・ウルビーノ博士は二人に言った。「どうか馬車にお乗りください」

フェルミーナ・ダーサは断ろうとしたのに、イルデブランダが申し出を受け入れてしまった。フベナル・ウルビーノ博士は馬車から降りると、彼女の身体に触れないように指先をつかって馬車に乗る手助けをした。フェルミーナも仕方なく彼女の後に続いて馬車に乗り込んだ。恥ずかしさで顔を真っ赤にしていた。

家はそこから三ブロックしか離れていなかった。彼女たちは初め気づいていなかったが、たどり着くまでに三十分以上かかったところを見ると、ウルビーノ博士は前もって御者にその点を言い含めておいたにちがいない。二人は馬車の進行方向を向いて座り、彼は進行方向に背を向け、彼女たちと向き合う形で腰を下ろした。フェルミーナは窓の外を眺めて、もの思いにふけっていた。一方、イルデブランダははしゃいでいたが、それを見てウルビーノ博士はうれしそうにしていた。馬車が動きはじめたとたんに、シートに張ってある革のぬくもりのある匂いが鼻をくすぐり、クッションの入った内張りが心地よく感じられたので、イルデブランダはここで暮らしてもいいくらいですねと言った。すぐに二人は大声で笑いはじめ、旧知の間柄のように軽口を叩き出した。そして、ひとつひとつのシラブルの後に意味のないシラブルを挿入する言葉遊びをして楽しんだ。二人とも、フェルミーナは聴いていないだろうと思っている振りをしていたが、彼女はちゃんと聴いていて、実のところ気になって仕方ないことも分かっていたので、わざとその遊びを続けたのだ。しばらくの間大笑いしたが、その後イルデブランダが、ブーツがまるで拷問みたいに足を締めつけるとこぼした。

「それなら簡単です」とウルビーノ博士は言った。「どちらが先に脱げるか競争しましょう」

そう言ってすぐに靴の紐をほどきはじめたので、イルデブランダはその挑戦を受けて立つことにした。ただ、コルセットの骨が邪魔になって前かがみになるのがひどく苦しかった。ウルビーノ博士がわざとゆっくり靴の紐をほどいてくれたので、彼女は池の中からブーツを釣り上げでもしたように、勝ち誇ったような笑い声を上げながらスカートの下からブーツを引っ張り出した。そのとき、二人はそろってフェルミーナのほうを見たが、真っ赤な夕焼け空を背景にニシコウライウグイスを思わせる凛として美しい彼女の横顔が何時《いつ》になくくっきりと浮かび上がっていた。彼女は三つの理由から怒り狂っていた。つまり、自分が不当な扱いを受けていること、イルデブランダのとっている奔放な行動、それに馬車が家に着くのを遅らせようとして意味もなく同じところをぐるぐる回っていることの三つだった。しかし、イルデブランダは糸の切れた凧のようになっていた。

「今気がついたんですが」と彼女は言った。「苦しかったのは靴じゃなくて、ワイヤーの骨のせいだったんです」

ウルビーノ博士は彼女がフープスカートのことを言っているんだと気づいて、すかさずこう言った。《簡単です、脱いでしまえばいいんです》。手品師のような鮮やかな手つきでポケットからさっとハンカチを取り出すと、それで目隠しをした。

「これで見えませんから」と彼は言った。

目隠しをしたせいで、円く刈り込んだ黒いあごひげと先のとがった口ひげに囲まれた清らかな唇がくっきりと浮かび上がった。それを見てパニックに襲われそうになった彼女はあわててフェルミーナのほうを見た。フェルミーナは怒っていなかった。それどころか、ひょっとしてイルデブランダがスカートを脱いでしまうのではないかと思って、不安におびえていた。イルデブランダは真顔になると、身振りで《どうしよう?》と問いかけた。フェルミーナ・ダーサも同じ身振りで、このまままっすぐ家に帰らないのなら、走っている馬車から飛び降りると伝えた。

「まだですか」と医者が尋ねた。

「もういいですわ」とイルデブランダが答えた。

目隠しをとって彼女の顔を見たフベナル・ウルビーノ博士は、先ほどと雰囲気が違っているのに気づいて、ああ、もう遊びは終わった、それもまずい終わり方をしたと考えた。博士が合図すると、馬車はくるりと向きを変えて、ロス・エバンヘリオス公園に入っていったが、ちょうど点灯夫が街灯に火を入れようとしているところだった。町中の教会が夕方のお告げの鐘を鳴らしはじめた。イルデブランダは従妹を怒らせてしまって少しまずかったかなと思いながら急いで馬車から降りると、おざなりに医者の手を握って別れを告げた。フェルミーナもその真似をしたあと、繻子《しゅす》の手袋をつけた手を引こうとすると、ウルビーノ博士が彼女の薬指を強く握った。

「返事をお待ちしています」と彼は言った。

フェルミーナは強く手を引いたが、そのせいで手袋だけが博士の手に残った。彼女はそれを取り戻そうとしなかった。家に帰ると、食事もせずにベッドに入った。イルデブランダは台所でガラ・プラシディアと一緒に食事をすませたあと、何事もなかったかのように寝室に入っていき、その日の午後のことを持ち前のウィットに富んだしゃべり方で話題にした。彼女は、ウルビーノ博士って、品があるのに、ちっとももったいぶったところがなくて素敵だわ、と手放しで褒め称えた。そして、話の中でこう正直に打ち明けた。フベナル・ウルビーノ博士は目隠しをしたでしょう、あのときピンク色の唇の間からきれいな歯並の真っ白な歯が覗いていたけど、あれを見て口づけをして、食べてしまいたいと思ったわ。フェルミーナ・ダーサは逆らう気持ちになれず、もうおしゃべりはおしまいにしましょうというように寝返りを打って壁のほうを向いたが、その顔には本当にうれしそうな笑みが浮かんでいた。

「あなたって、ほんとに品がないわね」と彼女は言った。

夢の中にフベナル・ウルビーノ博士が出てきて、一晩中熟睡できなかった。夢の中の博士は、笑ったり、歌をうたったり、目隠しをして歯の間から硫黄の火花を噴き出したり、昨日とは違う馬車で貧しい人たちの墓地に向かいながらわけの分からない言葉遊びをして彼女をからかったりした。疲れきって目を覚ました。夜明けにはまだ時間があった。起きてはいたが目をつむったまま、自分に残された長い人生のことを考えた。そのあと、イルデブランダがシャワーを浴びている間に、大急ぎで手紙を書き、大急ぎでそれを折りたたみ、大急ぎで封筒に入れ、イルデブランダがシャワー・ルームから出てくる前に、ガラ・プラシディアにフベナル・ウルビーノ博士のところに届けるように言いつけた。用件だけを伝えるいかにも彼女らしい手紙で、そこには、分かりました、博士、父とお話しください、とだけ書かれてあった。

フェルミーナ・ダーサが、ヨーロッパで教育を受け、異例の若さで名医という評判をとり、家柄もよければ財産もある医者と結婚することになったと知って、フロレンティーノ・アリーサは立ち直れないほど打ちのめされた。息子が言葉だけでなく食欲までなくし、毎晩泣き明かしているのに気づいて、トランシト・アリーサは恋人のようにかいがいしく世話をし、精一杯慰め力づけたが、おかげで一週間後にはどうにか食事だけはとれるようになった。その後、三人兄弟の中でただひとり生き残っていたドン・レオ十二世ロアイサのもとを訪れて、理由を打ち明けずに、甥っ子に何でもいいから船会社の仕事を回してもらえないだろうか、何なら、郵便も電報も届かなければこの腐敗した町のうわさを伝える人もいない、マグダレーナ川のジャングルに埋もれた港でもいいから仕事をみつけてやってほしいと頼み込んだ。以前、息子を私生児として扱わないでほしいと注文をつけた兄嫁を快く思っていなかったドン・レオ十二世ロアイサは、船会社で甥っ子の面倒を見ようとしなかった。その代わりに、町から二十日以上かかる、ラス・ベンターナス街から標高にして三千メートル上にあるビーリャ・デ・レイバという眠ったような町に電信技師の仕事を見つけてやった。

　フロレンティーノ・アリーサは癒しの旅に出たときのことをあまり覚えていなかった。あの頃に起こったことはすべてそうだが、不幸という曇りガラスを通して見るせいか何もかもがぼんやりしていた。新しい勤務先を通知する電報を受け取ったときも、真剣に考えなかった。しかし、ロタリオ・トゥグットが今回の仕事をすれば、行政面で輝かしい未来が待ち受けていると、いかにもドイツ人らしい理屈を並べて説得した。彼は、《電報は未来の仕事だよ》と言った。トゥグットは、ウサギの皮を内側に張った手袋と草原地帯《ステップ》で着用する帽子、それに凍てつくように寒いバイエルンで使っていたフラシ天*の襟がついたオーバーコートを贈り物として渡した。叔父のレオ十二世は長兄が使っていたウールのスーツ二着に防水した長靴を贈り、次の便の船室が使用できる船のチケットを渡した。トランシト・アリーサは息子が父親よりも痩せていたし、あのドイツ人に比べてはるかに背が低かったので、服をつづめてやり、荒れ果てた土地の厳しい気候に耐えられるようウールの靴下と上下そろいの下着を買い与えた。フロレンティーノ・アリーサは悲しみのあまり五感が麻痺したようになっていた。死んだ本人が自分の立派な葬儀の準備がすすめられているのを眺めるように、母親が旅の支度をしてくれているのをぼんやり見つめていた。町を出て行くことは誰にも言わなかった。鉄のような沈黙を守って誰にも別れを告げなかった。母親にだけは苦しい胸のうちを打ち明けた。旅立つ前の晩に彼は命を落としかねないほど思い切った行動に出た。死を覚悟した上での狂気の行動だった。真夜中に晴れ着を着ると、フェルミーナ・ダーサのバルコニーの下へ行き、彼女のために作曲した、二人しか知らない愛のワルツをたった一人で演奏したのだ。それは報われない二人の恋の象徴ともいうべき曲だった。歌詞を口ずさみ、バイオリンを涙でぬらしながら演奏したその曲には強い霊感がこもっていたので、最初の小節で路上にいた犬たちが吠えはじめ、やがて町中の犬がそれにあわせて吠え立てた。しかし、音楽のもつ魔力のおかげで犬の吠え声も徐々に収まり、ワルツの演奏が終わると、あたりは信じられないような静寂に包まれた。バルコニーの扉は開かなかったし、通りにも人影は見受けられなかった。いつもならセレナーデが聞こえると、小遣いになるというので夜警が角灯を下げて駆けつけてくるのだが、その姿もなかった。ワルツを演奏したことで、フロレンティーノ・アリーサは憑き物が落ちたように気が楽になった。バイオリンをケースにしまい、人気のない通りを振り返ることもなく遠ざかって行ったときにはもう、明日町を出て行くのだとは考えず、何年も前に二度と戻って来ないと決意を固めて町を出ていたような気持ちになっていた。

カリブ河川運輸会社には同じ型の船が三隻あり、そのうちの一隻は創設者の名にちなんでピーオ五世ロアイサ号と名づけられていた。幅が広く平べったい鉄製の船体の上に木造二階建ての家がのっかり、それが水の上に浮かんでいるような感じの船で、起伏の激しい川底の上をうまく航行できるように喫水は最大で五フィート*しかなかった。最も古い汽船は、オハイオとミシシッピーを航行していた伝説的な船をモデルにして十九世紀の中ごろに建造されたもので、船の両側に取り付けられた外輪を薪のボイラーで動かすようになっていた。そうした型の船と同じように、カリブ河川運輸会社の船も下甲板は水面とほぼ同じ高さにあり、そこに蒸気機関と調理室、それに鶏小屋を思わせる広い寝室があり、乗組員は高さを変えて交錯するような形でハンモックを吊るしていた。上甲板には、操舵室、船長と士官用の船室、リクリエーション・ルームと食堂があり、著名な船客は少なくとも一度はその食堂に招かれて夕食をとり、カード遊びをすることになっていた。中甲板には、通路の両側に一等船客用の船室が六室並んでいたが、その通路が共同の食堂として使われていた。船首には川に向かって開かれた広い客室があり、周りは鉄柱で支えられた彫刻を施した木製の手すりで囲まれていた。一般の船客は夜になるとその客室にハンモックを吊るした。ただ、古い型の船と違って船腹の両側に外輪がついていない代わりに、船尾の一般船客用の息の詰まりそうなトイレの真下に巨大な外輪が垂直に取り付けられていた。はじめて船旅をする人はほとんど本能的に乗船するとすぐに船内を見て回る。しかし、七月のある日曜日の朝七時に乗り込んだフロレンティーノ・アリーサは船内を見ようとしなかった。たそがれ時に、船はカラマールの集落のそばを通りかかった。そのとき彼は新しい現実と向き合っていた。用を足そうと船尾へ行くと、トイレの窓から火山を思わせるすさまじい轟音と共に泡と蒸気を吹き上げながら、巨大な外輪の板がぐるぐる回転しているのが目に入った。

彼はそれまで一度も旅行をしたことがなかった。ブリキのトランクを提げていたが、中には荒れ果てた土地で着る衣服や、月々分冊で買い自分の手でボール紙をつかって表紙をつけた挿絵入りの通俗小説、ぼろぼろになるまで何度も読み返したおかげで、暗記してしまった愛の詩を集めた本が詰まっていた。バイオリンは不幸な思い出とあまりにも強く結びついているので置いていくことにした。母親は、携帯用の寝具はみんなが使っているし、とても便利だからと無理やりもたせた。枕、シーツ、白鑞《しろめ》の尿瓶《しびん》、それに手編みの蚊帳がセットになったもので、それらをひとまとめにして筵《むしろ》でくるみ、緊急のときはハンモックを吊るすのに使える麻のロープ二本で縛ってあった。フロレンティーノ・アリーサは船室には簡易ベッドがあるからいらないと言って、持っていくのを嫌がったが、最初の夜に早くも母親の心配りに感謝することになった。というのも、いざ出港というときに、一部の隙もなく正装した乗客が乗り込んできたのだ。その人物は明け方ヨーロッパから船で着いたばかりで、州知事自らが付き添っていた。妻と娘、お仕着せを着た執事を連れてこのまま休まずに旅を続けたいと言い、どうにか階段を通るほど大きな、金色の金具のついたトランクを七つ持ち込んだ。船長はキュラソー出身の大男だったが、その船長が新大陸生まれの乗客の愛国心に訴えて、飛び込みの船客を気持ちよく乗せてやってほしいと頼んだ。フロレンティーノ・アリーサを捕まえると、スペイン語とキュラソー語の混じった言葉で、正装した人物はイギリスからやってきた新しい全権大使で、これから共和国の首都に向けて発つところだと説明し、さらに、イギリスは新大陸の国々が独立する際に、大いに尽力してくれたのだから、著名な一家が自分の家にいる以上にここで気持ちよく過ごせるよう、われわれが多少の犠牲を払うのは当然のことだ、と説得したおかげで、フロレンティーノ・アリーサは自分の船室を明け渡す羽目になった。

最初のうちはべつに後悔しなかった。一年のあの時期、川は水量が多くて、最初の二晩船は何のトラブルもなく進んだ。午後の五時に夕食をとり、その後乗組員がズックを張った折りたたみ式の簡易ベッドを乗客に配った。めいめいが思い思いの場所でベッドを広げ、その上に寝具を置いて蚊帳を吊った。ハンモックを持っているものはサロンに吊るし、何も持っていないものは食堂のテーブルの上でテーブルクロスに包《くる》まって仮眠したが、テーブルクロスが取り替えられたのは航海中二度だけだった。フロレンティーノ・アリーサは夜の間ほとんど眠らなかった。心地よい川風の中からフェルミーナ・ダーサの声が聞こえてくるような気がしたし、彼女のことを思い返して無聊《ぶりよう》を慰め、暗闇の中を巨大な動物のように突き進んでいく船の息遣いの中に彼女の歌声が聞こえてきたが、そうこうしているうちに水平線がピンク色に染まり、あっという間に人気のない牧草地と靄《もや》に包まれた沼沢地に強い陽射しがカッと照りつけた。旅に出るようすすめてくれた母親に改めて感謝したいような気持ちになり、元気が出てきて、これなら彼女のことを忘れて生きていけそうだと思った。

三日間は順調に進んだが、それが過ぎると思わぬところに砂州があったり、油断できない急な流れがあったりして、航行は困難になった。川の水はにごり、両岸から大木の茂るうっそうとしたジャングルが迫ってきて、川幅はどんどん狭くなっていった。ところどころにわら葺の小屋があり、そばには船のボイラーにくべる薪が積み上げてあった。オウムが金切り声を上げ、船から見えないサルがうるさく騒ぎ立てていたせいで、真昼の暑さがいっそう耐え難いものになった。夜になると眠るために船を係留しなければならなかったが、とたんに生きるという単純なことがこの上もなく辛いものに思えはじめた。つまり、暑さと蚊に加えて、船首の手すりに干してある細切りにした塩漬け肉の悪臭が船客を悩ましたのだ。乗客、とりわけヨーロッパ人はほとんどが悪臭の立ち込める船室から飛び出して、夜の間甲板をうろうろ歩き回り、絶え間なく噴きだす汗を拭きながら、そのタオルで襲ってくる害虫を追い払っていたが、夜が明けるとくたくたに疲れ、身体中虫刺されの跡ができていた。

当時自由派と保守派が対立していて時々内戦を起こしていた。その年にもたまたま戦闘があった。船長は船内の秩序と乗客の安全を守るべく非常に厳しい措置を取った。砂州で日向ぼっこをしているワニを銃で撃つというのがあの頃の旅行の大きな楽しみの一つだった。妙な誤解を招いたり、相手を挑発するようなことがあってはいけないので、その遊びを禁止した。その後、何人かの乗客が議論を戦わせているうちに敵対する二つのグループに分かれた。船長はそうと知って、目的地に着いたら必ず返却すると約束した上で全員の武器を没収した。イギリスの全権大使は乗船した次の日、ジャガーを撃とうと精密なカービン銃と二連発式のライフル銃を持ち、狩猟用の衣服に着替えて現われた。大使に対しても船長は毅然とした態度を崩さなかった。テネリーフェ港で疫病を意味する黄色い旗を掲げた船と行き違った。そこを出港してからはさらに厳しい措置を取るようになった。こちらから信号を送ったのにその船が答え返してこなかったので、あの警戒旗に関して何も情報を得ることができなかった。しかし、その日出会ったジャマイカまで家畜を運ぶ船から、あの旗を掲げていた船にはコレラ患者が二人乗っており、これから航行する予定の上流部ではその疫病のせいで大きな被害が出ているという情報を得た。そのために、これから寄港する港はもちろん、薪を積み込むために立ち寄る人のいない場所でも、船から下りることは禁止された。以後、目的地の港につくまで六日かかったが、その間乗客は監獄にいるような生活を強いられた。乗客の間でオランダ製のポルノ写真の載った絵葉書の束が手から手へと回され、彼らは罪深い楽しみにふけったが、写真の出所が分からなかった。川船の旅に慣れている人たちは一人残らずそれが船長の伝説的なコレクションの一部だということを知っていた。しかし、先に望みのないそんな気晴らしもしょせんは倦怠感を助長したに過ぎなかった。

フロレンティーノ・アリーサは母親を悲しませ、友人たちを激怒させた例の鉱物的な辛抱強さで辛い旅を耐え抜いた。彼は誰とも口をきかなかった。手すりの前に腰を下ろし、蝶々を一飲みにしようとしているのか、口を大きく開けて砂州の上でじっと動かずに日向ぼっこをしているワニを眺めたり、何かにおびえて突然沼地から飛び立つサギの群れや、大きな乳房で子供に乳を与え、女性の泣き声のような声を出して乗客をびっくりさせるマナティー*を見ているうちに時間がいつしか過ぎていった。一日のうちに三人の水死体を見たこともあった。緑色に変色して膨れ上がった死体の上にはクロコンドルが何羽か乗っていた。最初男の水死体が二つ流れてきた。その一つには首がなかった。その後二、三歳の小さな女の子の死体が流れてきた。その子のクラゲのような髪の毛は船のたてる波のせいでゆらゆら揺れていた。水死体がコレラ、あるいは戦争の犠牲者なのかどうか彼にはわからなかった。いや、誰にも分からなかった。胸の悪くなるような悪臭のせいで、記憶の中にあるフェルミーナ・ダーサの思い出が汚されたように思えた。

彼はいつもそうだった。幸、不幸を問わず何か事件があると、決まって彼女と何らかの形で結び付けてしまうのだ。夜になると、船が係留され、乗客のほとんどが所在なげに甲板の上を歩き回る。そんなとき彼は、食堂のカーバイド・ランプだけが一晩中灯されている下で、すでに暗記している挿し絵入りの通俗小説を読み返した。ドラマティックな物語は何度となく読み返していたのですっかり覚えていたが、架空の人物を実在の知人たちに置き換えたとたんに、物語はその魔術的な力を回復した。そして、結ばれることのない恋人の役どころは自分とフェルミーナ・ダーサのために大切にとっておいた。本を読まない夜は、苦悩に満ちた手紙を書き、そのあと引き裂いて、彼女の住むあたりへと絶えることなく流れていく川の水に託した。ときには気弱な王子、あるいは恋の戦士になり、またときには忘れ去られて苦しみもだえる恋人になったりしてもっとも辛い時間をやり過ごしているうちに、朝のそよ風が吹きはじめ、彼は手すりのところのラウンジ・チェアでうとうとまどろんだ。

ある夜、いつもより早めに読書を中断して、もの思いにふけりながらトイレに向かった。人気のない食堂を歩いていると、突然一枚のドアが開き、鷹のような手で袖口をつかまれて船室に引きずりこまれた。暗闇の中で年齢不詳の裸の女の肉体が感じ取れた。じっとり汗をかき、激しく息をあえがせた女は簡易ベッドの上に彼を仰向けに押し倒すと、ベルトを緩め、ズボンのボタンをはずし、彼の上に馬乗りになって身体を激しく動かしはじめ、いともあっさり彼の童貞を奪ってしまった。二人はエビのすむ塩水湖のような匂いのする底なしの深淵の中で果てた。女は息をあえがせながら彼の上でほんのしばらく横になり、暗闇の中に姿を消した。

「さあ、もう行って。あったことをすべて忘れるのよ」と女は言った。「何もなかったの、いいわね」

襲撃が実にすばやかったし、手並みも鮮やかだったところを見ると、退屈のあまり発作的にしたのではなく、時間をかけて、細部まで計画を練り上げていたにちがいない。そう考えると彼はついうれしくなって、喜びのあまり自分でも信じることも、受け入れることもできないような考えを抱くようになった。つまり、フェルミーナ・ダーサとの幻の恋が地上的な熱情という形をとって現れたのがこの事件だったのだと考えはじめた。そこで彼は、鮮やかな手並みで自分を犯した相手を見つけ出そう、そうすれば女の雌豹のような本能の力で自分の不幸が癒されるかもしれないと思った。しかし、見つけ出すことは出来なかった。それどころか、考えれば考えるほど、真実から遠ざかっていくように思えた。

彼が襲われたのは一番奥の部屋だったが、内扉で隣の部屋とつながっていた。二つの部屋にはベッドが四つあり、家族用の船室になっていた。その二室を使っていたのは二人の若い女に、かなりの年だが中々色っぽい女、それに乳飲み子が一人の四人連れだった。バランコ・デ・ローバの船着場でモンポックス市から運ばれてきた荷物を積み込み、乗客をのせるのだが、彼女たちはその船着場から乗り込んできた。けれども、その港は気まぐれな川の水量しだいで寄港できないこともあるので、船の航路からは外れていた。フロレンティーノ・アリーサがその四人連れに注目したのは、彼女たちが眠っている子供を鳥籠に入れて運んでいたからだった。

彼女たちは大西洋横断航路の船客のように着飾っていた。絹のスカートの下に詰め物をして腰のあたりを膨らませ、レースのヴェールをかけ、クリノリンの花をあしらったつば広の帽子をかぶっていた。若い二人の女性は一日に何度も衣装を替えた。そのせいでほかの乗客が暑さでふうふう言っているのに、あの二人だけはいつも春のような雰囲気に包まれていた。三人の女性はパラソルと鳥の羽の扇子を実に巧みに操っていた。当時のモンポックスの女性の例に洩れず何を考えているか分からなかった。おそらく同じ家族だったのだろうが、どういう関係なのかフロレンティーノ・アリーサには見当もつかなかった。最初、いちばん年長の女性が後の二人の母親ではないかと考えた。ただ、それにしては若すぎるし、彼女だけがほかの二人と違って半喪服をつけていた。あの中の一人が、ほかのものがすぐそばのベッドで眠っているときに、あれほどまでに大胆な行動をとるとは考えられなかった。だとすれば、偶然そういうチャンスが訪れたか、あるいはお互いに示し合わせて船室に一人きりになれるようにしたと考えるのがもっとも理にかなっていた。彼が観察していると、時々ひとりが赤ん坊の世話をしている間に、後の二人が遅くまで涼んでいた。しかし、ひどく蒸し暑い夜には、眠っている赤ん坊をガーゼにくるみ、籐を編んで作った鳥籠に入れて、三人そろって外に出てくることもあった。

はっきりした決め手はなかったが、自分を襲ったのが三人の中のいちばん年長の女だという可能性を真っ先に捨てた。次に、いちばん美人で物怖じしない最年少の女をリストからはずした。三人を観察しているうちに、これといった理由もなく、つかの間の愛の相手が子供を鳥籠に入れている母親であればいいのにと思うようになった。そう考えているうちにだんだん深みにはまり、フェルミーナ・ダーサのことを忘れてあの女のことばかり考えるようになった。彼女は子育てに懸命になっていたが、彼はべつに気にもしなかった。年齢は二十五歳を越えておらず、体つきはすらりとしていて、金色の肌をしていた。まぶたをポルトガル風に化粧していたせいで、近づきがたい感じがした。目に入れても痛くないほど子供を可愛がっていた。あんな風に大事にしてもらえるなら、どんな男でも満足したにちがいない。朝食が終わってから夜寝るまで、彼女は広いサロンで子供の世話をしていた。その間あとの二人はダイヤモンドゲームをしていた。子供が寝つくと、籐の鳥籠に入れて、手すりの近くの涼しい場所を選んで天井から吊るした。しかし、子供が眠っている間も絶えず気にかけていて、恋の歌を口ずさみながら籠を揺らしていた。彼女の思いは辛い旅を離れてどこか遠くをさまよっていた。フロレンティーノ・アリーサは、ああいうことがあった以上、遅かれ早かれ態度に出るはずだと考えていた。バチスト布*のブラウスの上からかけているロケットのゆれ具合から彼女の呼吸の乱れを読み取ろうと目を凝らし、本を読んでいる振りをしながら、こっそり様子をうかがい、彼女の正面に座れるよう図々しく食堂の席を替えたりした。しかし、彼女が例の事件の共犯者であるというわずかな手がかりさえつかめなかった。分かったことはたった一つ、年下の連れの女が彼女の名前を呼んだので、苗字がロサルバだということだけだった。

八日目に船は両岸に大理石の絶壁がそびえる流れの急な難所をどうにか通り抜け、昼食前にナーレ港に停泊した。新たにはじまった内戦の被害がもっとも大きい地方のひとつアンティオキア州の内陸部へ行くには、その港で下船しなければならなかった。港にはヤシの葉で作った小屋が六軒ばかり建っていて、トタン屋根の木造の倉庫がひとつあった。叛徒の群れが船を襲って略奪するという情報が入ったので、はだしで満足な装備を持っていない兵隊たちのグループが何組かパトロールしていた。家並みの向こうに天にも届きそうなほど高い岩山がそびえ、その断崖に馬一頭がやっと通れるくらいの狭い道がついていた。船内にいるものは一晩中まんじりともしなかったが、さいわい夜襲をかけられることはなかった。一夜明けると、港には日曜市が立っていて、荷役用の家畜の間でインディオたちがアイボリーナット*のお守りや媚薬を売っていた。そこから六日間、馬やロバでひたすら山を登り続けると、ランの花が咲き乱れる中央山脈にたどり着くことができるのだ。

フロレンティーノ・アリーサは、黒人たちが積荷を担いで船から下ろすのを眺めて時間をつぶした。目の前で、中国の陶器を梱包してある箱やエンビガードの独身女性たちに届けるグランド・ピアノが陸揚げされていた。その港で下船する乗客の中にロサルバの一行が含まれていたが、気づいたときはすでに手遅れだった。彼女たちがアマゾンで着用するブーツをはき、熱帯地方で使う派手な色のパラソルをさし、馬に横座りして遠ざかっていくのが見えた。そのことに気づいて、今までどうしてもできなかった大胆な行動に出た。手をふってロサルバに別れを告げたのだ。三人の女も同じように手をふって親しげに答え返してきた。それを見てもっと早く思い切った行動に出るべきだったと後悔した。彼女たちはトランクや帽子ケース、子供を入れた鳥籠を背に積んだロバを従えて、倉庫の向こうに姿を消した。それからしばらくして、断崖の縁につけられた道をアリの行列のように登っていくのが見えた。それきり二度と会うことはなかった。とたんに、自分はこの世で一人ぼっちなのだという思いに囚われ、身を潜めていたフェルミーナ・ダーサの思い出が急によみがえってきて、彼は打ちのめされたようになった。

彼女はまもなく盛大な式を挙げて結婚するはずだった。そんな彼女をこの上もなく愛し、永遠に愛し続けるはずの男が彼女のために死ぬこともできないのだ。涙にかきくれていたせいでそれまで隠れていた嫉妬心が、突然むくむくと頭をもたげはじめた。フェルミーナ・ダーサがもし、自分の社会的地位をひけらかすためのお飾りとして彼女を妻に迎えようとしている男の前で愛と服従を誓うようなことがあれば、そのときは聖なる裁きの閃光によって彼女の命を絶っていただきたい、と神に祈った。ほかの誰でもない、自分だけの花嫁が、死の露にぬれそぼったオレンジの花に包まれて大聖堂の敷石の上に仰向けに横たわり、主祭壇の前の十四人の司教の遺体が収められている床の大理石の上にヴェールが泡のように流れるところを想像して、彼は陶然と酔いしれた。空想の復讐が終わったとたんに、自分が救いがたい人間のように思えて後悔した。そのとき、フェルミーナ・ダーサが生き生きと、しかし遠い存在として何事もなかったかのように立ち上がるのが見えたが、ことほどさように彼の空想の世界にはつねに彼女が登場してくるのだった。もう一度眠ることはできなかった。時々、テーブルに就いて目の前にあるものをつまんだが、そのときはフェルミーナ・ダーサが同じテーブルに就いているように思っていたか、逆に彼女のせいで絶食したくなどないという気持ちが働いていたせいだった。結婚式のパーティで酔っているとき、あるいは蜜月の燃えるような夜に、一瞬、せめて一瞬だけでも、笑いものになり、辱められ、捨てられた恋人の亡霊がフェルミーナ・ダーサの心の中に現れて、幸せな思いに浸っている彼女の心に暗い影を落とすはずだと考えては、時々心を慰めた。

船旅の最終目的地であるカラコリー港に到着する前日の夜、船長が、乗組員によって編成された木管楽団に演奏させ、操舵室から色とりどりの花火をあげて慣例になっているお別れパーティをしようと言い出した。イギリスの全権大使は、実に見上げた自制心を発揮して長い冒険旅行を耐え抜いた。動物をライフルで殺してはいけないと言われたので、その姿をカメラに収めた。また、毎晩の夕食会には必ず正装して食堂に現れた。しかし、最後のパーティの日、彼はマックタヴィッシュ一族のタータンチェックの服を着て現れると、みんなを楽しませようとバグパイプで演奏し、希望者には自国のダンスを教えてやったが、夜明け前に引きずられるようにして船室に連れ戻された。フロレンティーノ・アリーサは苦しさに耐え切れなくなって騒々しく騒ぎ立てる声が聞こえない甲板のいちばん奥まった所にいくと、芯まで冷え切った体を暖めようとロタリオ・トゥグットのオーバーを頭からかぶった。彼は朝の五時に目を覚ましたが、死刑囚が刑の執行される日に夜明けを迎えたような気持ちだった。その日は一日中ずっとフェルミーナ・ダーサの結婚式の様子を逐一思い浮かべていた。その後自宅に戻った彼は、自分が日付を間違えていて、実際の結婚式は彼が空想していたのとはまったく違っていたことを教えられたが、その頃には自分の妄想を笑い飛ばすだけの余裕があった。

しかし、いずれにしても受難の土曜日だった。今度は高熱を発したのだ。そんな中で彼は、今この瞬間に式を挙げたばかりの二人は隠しドアからこっそり抜け出して、甘い初夜を迎えようとしているのだ、と考えた。彼が熱のせいでがたがた震えているのに気づいた人が、あわてて船長に報告した。船長はひょっとしてコレラではないかと考えて、パーティ会場を抜け出し、船医をつれて駆けつけた。医者は念のために彼を隔離室に入れ、臭化カリウムで船室を殺菌した。しかし、翌日カラコリーの岩山が見えるところまで来た頃には、熱が下がり、高揚した気分になっていた。鎮静剤のおかげで気持ちが落ち着いているときに、電信技師としての輝かしい未来などどうでもいい、このまま同じ船で懐かしいラス・ベンターナス街へ戻るんだ、と決心したからだった。

ヴィクトリア女王の大使に部屋を明け渡したのだから、お返しにもと来たところに連れ戻してほしいと頼むのはそう難しいことではなかった。船長もやはり電信は未来の科学だからといって彼を説き伏せようとした。それがいかに重要かは、現在船に設置するためのシステムが考えられているところからも分かるはずだと言った。彼は頑として耳を貸そうとしなかった。結局、船長は彼を連れて帰ることにしたが、部屋を明け渡してもらった負い目があったからではなく、彼がカリブ河川運輸会社に太いパイプを持っていたからだった。

下りの船旅は六日もかからなかった。フロレンティーノ・アリーサはメルセーデス礁湖に入ったとたんに、ふたたび自分の家に戻ったような気持ちになった。船のたてる波のせいで漁師の乗ったカヌーが大きく揺れて、その明かりが水面でゆらめいているのが見えた。船がエル・ニーニョ・ペルディードの入り江に停泊したときは、夜になっていた。スペイン統治時代の古い水路が浚渫《しゅんせつ》されて使えるようになるまでは、そこが川船の最終寄港地になっていた。乗客は朝の六時まで待って、一本マストの小型船に乗り換えて目的地まで行くのだが、その船は別料金になっていた。しかし、フロレンティーノ・アリーサは一刻も早く家に帰りたかったので、それよりも前に顔見知りの郵便局員が操縦する郵便船に乗せてもらった。船から降りる前に、彼は象徴的な行為を行った。寝具一式の入った包みを海に投げ捨てたのだ。包みが、姿の見えない漁師たちが使っている松明《たいまつ》の間を抜けて、礁湖から外洋へと姿を消すのを目で追いながら、もう使うこともないだろう、フェルミーナ・ダーサのいる町から二度と出て行くことはないのだから、あの包みの世話にはならないはずだと考えた。

明け方の湾内は波が穏やかだった。海上を漂う霧の上に、朝日を浴びて金色に輝く大聖堂の丸屋根や家の屋根の上に作られた鳩小屋がのぞいていた。そうしたものを目印に、カサルドゥエロ侯爵邸のバルコニーはあのあたりだろうと見当をつけた。そこに彼を不幸のどん底に陥れた女性が満ち足りた夫の肩にもたれかかってまどろんでいるにちがいない、そう考えるといても立ってもいられない気持ちになったが、彼女をとがめる気にはなれなかった。それどころか、逆にそうした苦しみの中に喜びを見出していた。郵便船が停泊している無数の帆船の間をすり抜けていく頃になると、陽射しが強くなりはじめた。公設市場のさまざまな匂いが湾内のヘドロの臭いと混ざり合って、言いようのない悪臭を立てていた。リオアーチャからスクーナーが着いたところで、港湾労務者たちが腰まで水につかって船べりから乗客を受け止めると、岸まで運んで行った。フロレンティーノ・アリーサは郵便船から真っ先に陸に降り立った。もはや湾内の悪臭に悩まされることはなかった。町中にフェルミーナ・ダーサの匂いがたちこめ、あらゆるものに彼女の匂いが感じとれた。

電信局には戻らなかった。彼が興味を持っていたのは恋愛小説と母親が今も買い続けている大衆文学全集だけのようだった。ハンモックに寝そべって、暗記するほど何度も読み返した。バイオリンについては何も尋ねなかった。親しい友人たちと連絡を取り、ビリヤードをしたり、大聖堂広場のアーケードの下にあるカフェ・テラスで話し込んだりしたが、土曜日のダンス・パーティには出かけていかなかった。彼女のいないダンス・パーティなど考えられなかったのだ。

旅行を中止して町に戻った日の朝に、フェルミーナ・ダーサは新婚旅行でヨーロッパに行っていると教えられた。動揺した彼は、永遠にと言わないまでも、長期間向こうで暮らすつもりにちがいないと思い込んでしまった。とたんに、ひょっとすると彼女のことを忘れることができるかもしれないと期待するようになった。ほかの思い出が薄れていくにつれて、ロサルバのことが思い出され、彼女のことばかり考えるようになった。口ひげを生やし、ワックスで固めるようになったのはその頃のことで、生涯剃ることはなかった。彼の生き方も変化し、別の人を愛すればいいのだと考えるようになってからは、思いも寄らない道を歩むようになった。フェルミーナ・ダーサの匂いは徐々に薄れ弱まっていき、最後は白いクチナシの花の中に残るだけになった。

何から手をつけていいか分からず、毎日ぶらぶらしていた。当時は内戦の最中で、町は反乱軍のリカルド・ガイタン・オベーソ将軍によって包囲されていた。有名なナサレット未亡人の家が砲撃されて、恐怖におびえた未亡人が彼の家に転がり込んできた。トランシト・アリーサはその機を逃さず、自分の部屋では狭すぎると言って、未亡人を息子の部屋に送り込んだ。実を言うと、彼女としては、前の恋で生きる気力をなくした息子が新しい恋で元気になってくれればと期待していたのだ。フロレンティーノ・アリーサは船室でロサルバに童貞を奪われた以外、女性と愛し合ったことがなかった。緊急の場合だから、未亡人がベッドで眠り、自分がハンモックを使うのは別に不自然だとは思わなかった。しかし、未亡人は彼を自分のものにしようと決めていた。フロレンティーノ・アリーサはどうしていいか分からずベッドに横になっていたが、そのベッドの端に腰を下ろした彼女は、三年前に夫を亡くして以来、癒しようのない悲しみを味わっているのだと彼に訴えた。そう言いながら、未亡人の証である喪服を脱ぐとぽんと放り投げ、結婚指輪まではずした。ビーズの縁飾りのついたタフタ*のブラウスを脱ぎ、部屋の隅にある安楽椅子に放り投げた。次いで胴着《ボディス》を肩越しにベッドの向こう側に放り投げると、ひだ飾りのついたロング・スカート、繻子《しゆす》のガーター・ベルト、喪服用の絹のストッキングを脱ぎ捨てて床一面に撒き散らしたおかげで、部屋中が喪服の残骸で一杯になった。彼女はさも楽しそうに、たっぷり時間をかけて身につけたものを脱いでいった。町全体を揺るがしている攻撃軍の砲撃が彼女のひとつひとつの動作に対する祝砲のように鳴り響いていた。フロレンティーノ・アリーサはコルセットの留め具をはずしてやろうとした。その前に彼女は鮮やかな手つきでさっとはずした。五年に及ぶ結婚生活で貞潔を守り通した彼女は、愛の行為に関しては誰の助けも借りずに、その準備段階からすべての手順を一人でやれるようになっていたのだ。最後に、レースのパンティーをまるで水泳選手のような身のこなしで脱ぎ捨てて、素っ裸になった。

彼女は二十八歳で、子供を三人産んでいた。裸になると男性が思わず見とれるほど見事な、独身女性を思わせる体型を保っていた。フロレンティーノ・アリーサは、彼女が喪服の下に若い雌馬のような激しい感情を秘めているのが不思議でならなかった。結婚しているときは、はしたない女だと思われたくなかったのでできなかったのだが、このときは激しい熱情に駆られて彼を裸に剝くと、五年間貞操を守り、その後も鉄の喪に服して守り続けた禁欲生活を一気に捨て去り、取り乱し、子供のように無邪気にむしゃぶりついていった。その夜以前、というか母親のおなかから飛び出した恩寵のとき以来、彼女は夫以外の男性とベッドを共にしたことは一度もなかった。

自責の念に駆られて取り乱すというようなことはなかった。逆に、屋根の上を砲弾が飛び交っていて寝つけなかったので、朝までずっと亡き夫の長所を並べたて、自分よりも先に死んだのは許せないが、それ以外不実なことは何一つしなかったと褒め称えた。夫は今三インチの釘を十二本打った棺に納められて、地下二メートルのところに埋葬されている、これでもう本当に自分のものになったのだと思うと救われたような気持ちになると付け加えた。

「わたしは幸せなの」と彼女は言った。「だってそうでしょう、あの人が家にいなくても、今どこにいるか分かるんですものね」

グレーの花柄のブラウスを着るといった中途半端な時期を経ず、彼女はあの夜一気に喪服を脱ぎ捨てた。その生活は愛の歌に満ち溢れ、着る服はコンゴウインコや蝶の図柄をあしらった派手なものになった。そして、求めるものがいれば、惜しみなくその肉体を与えた。六十三日間に及ぶ包囲戦の後、ガイタン・オベーソ将軍の軍隊は敗走した。彼女は砲撃で破壊された家を改装し、嵐の日には荒れ狂う波が打ち寄せる消波ブロックの上に美しいテラスを作らせた。そこを彼女は愛の巣と名づけた。別にアイロニーを込めてそう呼んでいたわけではない。その場所に彼女は好きなときに、好きなように自分好みの男性を迎え、願いを聞いてもらっているのは自分のほうだからと、お金を受け取ろうとしなかった。ごく稀に受け取るのは、金製品以外の贈り物に限られていた。そのやり方が実にスマートだったので、未亡人にあるまじき行為だといって決定的な証拠を突きつけ、彼女をなじるような人間は現れなかった。一度だけスキャンダルを起こしかけたことがある。ダンテ・デ・ルーナ大司教は毒キノコを誤ってではなく、そうと知った上で食べたために死んだのだ、というのも彼女が、聖職者の身でありながらこれ以上自分にしつこく付きまとうようなら、何もかもばらしてしまうと脅したせいだ、といううわさが流れたのだ。ことの真相については誰も彼女に尋ねようとしなかった。彼女もそれについては何も語らなかったし、生き方も変わらなかった。彼女自身は笑い転げながら、わたしはこの地方でいちばん自由な女なのと言っていた。

たまにフロレンティーノ・アリーサと会う機会があると、彼女はどんなに忙しくても必ず出かけていった。別に愛したいとか、愛されたいと思っていたわけではなかったが、恋愛にまつわるお決まりのトラブルのない、恋に似たものを求めていたことは間違いない。ときには彼のほうから彼女の家に出向くことがあり、そんなときは海に突き出したテラスの上で塩辛い波しぶきを浴びながら、水平線に目をやり、世界が夜明けの光に包まれていくのを眺めた。連れ込みホテルののぞき穴からほかの男女が愛し合うところを覗き見してきた彼は、そこで覚えた愛の技巧と、放蕩三昧の生活を送っていたロタリオ・トゥグットに教えられた理論的な知識を彼女に教え込もうとした。また、彼は自分たちが愛し合っているところを人に見てもらおうとか、ありきたりの正常位ではなく、海上自転車とか、網焼きチキン、あるいは八つ裂きの天使といった体位に変えてみようと提案した。一度など、ハンモックの上で変わった体位を考え出そうとして危うく首の骨を折りそうになったこともあった。いくら教えても無駄だった。彼女は物怖じしない生徒ではあったが、何らかの方向を目指して性行為をする才能をまったく持ち合わせていなかったのだ。ベッドの上でおとなしくじっとしているのがどれほど魅力的かを説いても、彼女は理解しなかったし、インスピレーションのかけらもなかった。突然場違いな所でオルガスムスに達するし、それもうわべだけのものでしかなかった。つまり、なんとも味気ないセックスだったのだ。フロレンティーノ・アリーサは長い間、彼女には自分以外に男はいないだろうと思い込んでいた。彼女も彼の勘違いを面白がっていた。運悪く彼女は寝言でうっかり口を滑らせてしまった。寝言の断片を集めていくうちに、彼女の夢の航海日誌が浮かび上がってきて、秘められた彼女の私生活の中にある数々の島が現れてきたのだ。そこから、彼女が結婚を望んでいないことや自分を堕落させてくれた彼にひどく感謝しているということが分かった。彼女はよくこう言ったものだった。

「わたしを娼婦に変えてくれたあなたを崇拝しているわ」

見方を変えれば、たしかに彼女の言うことには一理あった。フロレンティーノ・アリーサは、普通に結婚して純潔を守るというのは、本来の純潔や、未亡人の禁欲生活よりも有害で始末に悪い、また、愛を持続させるのに役立つのなら、ベッドの上でどのようなことをしても決して不道徳にはならないのだと教えた。さらに、人はわずかばかりの塵で作られてこの地上に送り出された。その塵を自分のためであれ、人のためであれ、あるいは自分の意思であれ、強制されたものであれ、何かのために役立てなければ、永遠に失われてしまうだろうと教え込んだ。そうした教えが彼女の生きるよりどころになった。それらの言葉を文字通りに受け止めた。そこが彼女の美点だった。フロレンティーノ・アリーサは彼女のことを誰よりもよく知っているつもりでいた。ひどく子供っぽくて、ベッドに入ってからも夫をなくした悲しみを訴えつづける女性が、なぜ男たちにあれほどちやほやされるのか理解できなかった。考えうる、そして誰からも反論されない理由はひとつしかなかった。つまり、ベッドの上の格闘技ではまったくうかがえないあふれんばかりの優しさが、ナサレット未亡人には秘められていたのだ。彼女は徐々に自分の活動領域を広げていき、彼は彼で、傷つきぼろぼろになった人の心のうちに自分の昔の悲しみを癒してくれるものを見出すようになった。だんだん顔を合わすことがなくなり、いつの間にかお互いに相手のことを忘れてしまった。

フロレンティーノ・アリーサがベッドで愛を交わしたのは彼女がはじめてだった。女性もできたので、これで息子も落ち着いてくれるだろうと期待していた母親の思いとは裏腹に、以後二人はそれぞれに自分の人生を歩みはじめた。フロレンティーノ・アリーサは口数が少なく、痩せていた上に、一昔前の老人のような服装をしていたが、そういう人間からは想像もつかないような口説きの技術を身につけていた。彼には強みが二つあった。ひとつは、どんな人ごみの中でも自分を待ち受けている女性をひと目で見抜くことができた。そういう相手を見つけても、拒絶されるのは屈辱的で、耐えがたいことだったので、用心の上にも用心をして相手に近づいていった。女性なら彼をひと目見ただけで、愛に飢えていることが分かる、というのがもうひとつの強みだった。棒で殴られた犬のようにおどおどして街をうろついている物乞いを思わせる彼の姿を見ると、たいていの女性は情にほだされて、何かを求めたり、期待することもなく、この人に優しくしてあげて心の安らぎが得られれば、それでいいと思ってしまうのだ。二つしかない武器を使って彼は歴史的な戦闘をはじめた。人には絶対明かさなかったが、〈彼女たち〉という、彼の数あるノートの中でもひときわ目立つタイトルをつけたノートに暗号を使って、公証人のように遺漏のない記録を残していた。最初の記録は言うまでもなくナサレット未亡人に関するものだった。それから五十年後に、フェルミーナ・ダーサは結婚の宣誓から解放されることになるのだが、そのときノートは二十五冊ほどたまり、愛の記録にとどめられていない無数のつかの間の恋を別にして、しばらく続いた六百二十二人にのぼる女性との関係が記録されていた。

ナサレット未亡人との半年間に及ぶ常軌を逸した恋が終わったあと、フロレンティーノ・アリーサはこれでようやくフェルミーナ・ダーサのせいで味わった苦しみを克服することができたと確信した。ただ単にそう思っただけでなく、彼女が新婚旅行で海外に滞在していた約二年の間に、トランシト・アリーサに何度もその話をした。ようやく彼女の呪縛から完全に解放されたと思い込んでいたが、宿命的なある日曜日に、何の前触れもなく突然彼女が目の前に現れた。荘厳ミサを終え、夫と腕を組んで教会から出てくるところを、新しい取り巻き連がまわりを囲んで、好奇心に満ちたまなざしを向け、お世辞を並べ立てていた。以前、名もない成り上がりものの娘だといって彼女を軽蔑し、馬鹿にしていた名家のご婦人方が、今ではあなたはわたしたちのお仲間なのよと言わんばかりの態度で擦り寄り、彼女は彼女でその魅力でご婦人方を魅了していた。フェルミーナ・ダーサは申し分のない人妻になりきっていたので、フロレンティーノ・アリーサは最初彼女だと分からなかった。まるで別人のようになっていた。態度は年配の婦人のように落ち着いていたし、ヒールの高い靴を履き、ヴェールと東洋の色鮮やかな鳥の羽飾りのついた帽子をかぶった彼女は、高貴な身分の夫人であるかのようにひときわ目立ち、自信にあふれていた。これまでになく若々しく、美しかった。もはや手の届かない人になっていた。それは絹のチュニックの下のおなかの辺りのふくらみを見ても分かった。すでに妊娠六カ月になっていたのだ。彼にとって何よりもショックだったのは、彼女と夫が誰もがうらやむような夫婦になっていたことで、二人はさまざまな障害が待ち受けている現実世界の上を軽やかに遊泳しているように思われた。フロレンティーノ・アリーサは嫉妬や怒りを感じるどころか、自分がどうしようもなく軽蔑すべき人間になってしまったように感じた。貧しくて醜く、下劣な人間に思え、彼女だけでなく地上のどんな女性にも値しない人間になってしまったように思った。

彼女はすでに帰国していた。帰国に際して、自分がそれまでとまったく違う人生を歩みはじめたことを後悔したりはしなかった。最初の数年間は多少苦労したが、それを乗り越えてからは二度と後悔することはなかった。彼女は無邪気なところを残したまま結婚した。これは褒められてしかるべきだった。彼女が子供っぽい無邪気さを失いはじめたのは、従姉のイルデブランダの住む地方を旅してからのことだった。バリェドゥパールで、雄鶏がなぜ雌鳥の後を追いかけるのかがようやく理解できるようになったし、ロバが野蛮な儀式を行うように交合するのを見、子牛が生まれるところを目にした。また、従姉妹たちが、一族のどのカップルが今もセックスをしているのか、一つ屋根の下で暮らしてはいるが、どのカップルがいつから、どういう理由で愛し合わなくなったのかといったことをあけすけにしゃべっているのを耳にした。彼女が自慰をはじめるようになったのはその頃のことで、本能がすでに知っていることを行為を通して改めて発見したような奇妙な思いにとらえられた。最初はベッドで行っていたが、そのときはほかの人に気取られないよう必死になって息を殺した。その後、バスルームの床に大の字に寝そべり、髪を振り乱して思う存分行為にふけった。ラバ追いの吸うタバコの味を覚えたのもその頃のことだった。行為の後はいつも自責の念に駆られた。そういう思いが払拭できたのは結婚後のことだった。従姉妹たちは、一日に何回オルガスムスに達し、そのときの体位がどうだったとか、どういう感じだったかを恥ずかしがりもせずしゃべっていたが、彼女は決して話に加わらなかった。そうした加入礼の儀式を行っていたにもかかわらず、彼女は処女を失うのは血の儀式だと思い込んでいた。

二人の結婚披露パーティは十九世紀末におけるもっとも盛大なパーティのひとつに数えられるが、彼女にとっては恐怖の幕開けでしかなかった。彼女が当代稀な優雅でハンサムな男性と結婚することになったというので、社会的なスキャンダルになっていた。彼女はそんなことよりもハネムーンのほうがはるかに気がかりだった。大聖堂で結婚予告が行われてから、彼女のもとに頻々として匿名の手紙が届くようになり、その中には死を予告した脅迫文も含まれていた。しかし、自分はまもなく犯されるのだという恐怖心があまりにも強かったので、匿名の手紙を気にかける余裕などなかった。意図的にそうしたわけではないが、歴史の中で馬鹿にされ続けてきて、既成事実を前にするとうなだれて受け入れるのが習い性になっている階級の人たちを相手にするには、それがもっとも賢明な方法だった。それまで彼女と敵対していた人たちも、結婚式の日が近づき、もはや避けられないと分かると、味方につくようになった。リウマチに悩まされ、怨念を抱いた病弱で青白い顔をした女性たちの態度が変わりはじめたので、彼女もそうした変化に気づいていた。ある日、これ以上策を弄しても無駄だと分かったのか、女性たちは前もって連絡もせず、自分の家にでも帰るようにロス・エバンヘリオス公園を横切り、料理のレシピと結婚祝いの品を届けた。トランシト・アリーサはあの世界のことをよく知っていたが、今回は骨身にこたえるほどの苦しみを味わうことになった。彼女の客は大きなパーティのある前日の夜になると決まって姿を現し、追加の利子を払うから地中に埋めてあるカメを掘り出して、質入してある宝石を二十四時間だけ貸してほしいと頼みに来るのだ。いくつもあるカメがすっかり空になってしまった。そういうことは近年ないことだった。長い苗字の名家のご婦人方は薄暗い至聖所から這い出し、世紀末に行われるもっとも華やかな結婚式に出席するために、質入してあった自分の宝石を身につけ、きらびやかな衣装をまとった。錦上花を添える形でラファエル・ヌーニェス博士が名親をつとめた。その後出版された何冊かの新しい事典によると、共和国大統領を三度務めた博士は哲学者にして詩人であり、国家の歌詞の作者でもあった。フェルミーナ・ダーサは父親と腕を組んで大聖堂の中央祭壇の前まで進んだ。正装しているせいかその日の父親はなんとなく威厳ありげに見えた。*聖三位一体の日の午前十一時に、彼女は大聖堂の中央祭壇の前で三人の司教が執り行うミサのときに結婚の永遠の誓いを立てたが、フロレンティーノ・アリーサのことを哀れとも気の毒だとも思わなかった。一方、本人の勘ちがいではあったが、その同じ時間に彼女に恋焦がれていたフロレンティーノ・アリーサは、彼女のことを忘れようと旅に出て、船の上で熱に浮かされてうわごとを口にしていたのだ。式の間だけでなく、パーティのときも、彼女の顔には鉛白で固めたようなこわばった笑みが浮かんでいた。感情のこもっていないその笑みを見て、あれは勝利に酔いしれ、人を馬鹿にしている笑いだと言うものもいたが、実を言うと結婚式を終えたばかりの処女なら誰もが抱く恐怖をごまかすための笑いだった。

状況が思いもよらない形で変化した上に、夫の理解もあって、最初の三日間は幸運にも苦痛のない夜を迎えることができた。運がいいとしか言いようがなかった。大西洋汽船会社の船が三日前に、カリブ海の悪天候のせいで航路を変更せざるを得なくなり、出港を二十四時間早めると突然連絡してきた。おかげで、半年前から結婚式の翌日にラ・ロシェルに向けて出港する船に乗り込むことになっていたのが、急に予定が変わって当日の夜に乗船することになった。パーティの日は、煌々と明かりに照らされた船上で船客のためにウィーンのオーケストラがヨハン・シュトラウスの最新のワルツをはじめて演奏し、真夜中過ぎにパーティが終わったので、招待客は誰もが、今夜出港することになったのは、みんなをびっくりさせるための気のきいた趣向の一つだろうと思っていた。シャンパン漬けになった招待客の中には、このままパリまでパーティを続けて行きたいので、空いた船室があるかどうか調べてくれとボーイに頼むものもいたが、我慢強い奥さんたちが怒りもせずそんな夫を引きずるようにして船から降ろした。最後に船から降りた人たちは、ぼろぼろに裂けたフロックコートを着たロレンソ・ダーサが港の酒場の前の路上にぺったり座り込んでいる姿を見かけた。彼は死者を悼むアラブ人のように手放しでおいおい泣いていた。その足の下を汚水がちょろちょろ流れていたが、まるで彼の涙が流れているように思われた。

海が荒れた最初の夜はもちろん、海が凪いだあとも、いや、長く続いた結婚生活を通じて、夫がフェルミーナ・ダーサの恐れていたような暴力的な行為に及んだことはただの一度もなかった。

船は大きかったし、船室は豪華な飾りつけがしてあった。リオアーチャからスクーナーで町に戻ってきたときと同じように彼女は船酔いのひどい苦しみを味わう羽目になった。夫は一睡もせずに彼女のそばについて力づけた。卓越した名医として知られる彼も、船酔いが相手ではそれくらいのことしかできなかった。しかし、三日目、船がグアイラの港を出た後、嵐が収まった。二人は長い時間を一緒に過ごし、いろいろな話をしていたので、すっかり打ち解けていた。四日目の夜は、穏やかな生活に戻っていたが、そのときに若い妻がベッドに入る前にお祈りをあげないことに気づいて、フベナル・ウルビーノ博士はびっくりした。彼女は正直に打ち明けた。実を言うと、表裏のある尼僧たちの世界を知ってからは、儀礼的なものに反発を感じるようになったのです。ですが、言葉に出さずに信仰を守っていくやり方を学んだので、信仰心は今も揺らいでいません。そして彼女はこう付け加えた。《わたしは神様と直接お話をしたいのです》。それを聞いて彼は納得し、以後二人はそれぞれ自分なりの方法で同じ信仰を実践することになった。二人の婚約期間は短かった。当時としてはかなり異例で、ウルビーノ博士は毎日夕方には彼女の家を訪れたのに、お目付け役がついていなかったのだ。もっとも彼女はたとえ彼に迫られたとしても、司教の祝福を受けるまでは指一本触れさせなかっただろうし、彼のほうもそんな考えを持っていなかった。海が凪いだ最初の夜に、彼ははじめて彼女を愛撫した。そのとき二人はすでにベッドに入っていたが、まだ服を着ていた。とても優しく愛撫したので、彼女はきっとナイトドレスに着替えてほしいということだろうと考えた。バスルームに入って着替えをした。その前に部屋の明かりをすべて消した。下着になって戻るときに、ドアの下の隙間を布でふさぎ、真っ暗な中をベッドに戻った。そのときに、明るい声でこう言った。

「この後どうすればいいんでしょう、博士。見知らぬ男性とベッドを共にするのはこれがはじめてなんです」

フベナル・ウルビーノ博士は彼女がおどおどした小動物のようにベッドに滑り込んでくるのを感じた。できるだけ遠く身体を離そうとした。ベッドが狭いので、どうしても身体が触れ合った。彼女の手をつかむと、恐怖のせいで冷たく冷え切り、こわばっていた。彼は指を絡ませると、ささやくような声で以前の船旅の話をしてやった。バスルームへ行ってベッドに戻ってくるまでの間に、夫が服を脱いだのに気づいて、彼女はふたたび緊張で身体をこわばらせた。裸の夫を前にして、次のステップへ進むという恐怖がよみがえってきたのだ。ウルビーノ博士は次へ進むまえに、ゆっくり時間をかけて話をしたので、彼女の身体の緊張が少しずつ解けて行った。彼女に、パリのことやパリでの愛、通りやバスの中、熱風が吹き付け、花の鉢が飾ってあり、夏の物憂いアコーディオンの曲が聞こえてくるカフェ・テラスでキスをしているカップル、あるいはセーヌ川の桟橋で誰にも邪魔されずに立ったまま愛し合っている恋人たちの話をした。暗闇の中でそんな話をしながら、指の腹で彼女の首筋を愛撫し、腕の絹のような産毛や敏感な腹部を愛撫してやった。緊張が解けたように思われたので、彼ははじめてナイトドレスを脱がそうとしたが、いかにも彼女らしく衝動的に彼の手を抑えると、こう言った。《自分でできます》。そう言ってナイトドレスを脱ぎ捨てると、棒のように身体を硬くした。闇の中に彼女の真っ白な身体が浮かび上がったが、それがなければ、ウルビーノ博士は彼女がどこかに消えてしまったと思ったにちがいない。

しばらくして、ふたたび彼女の手を握った。今はもうこわばっておらず、暖かかった。露をふいているようにじっとり汗ばんでいた。二人は黙ったままじっとしていた。彼は次のステップへ移る機会をうかがい、彼女は相手の出方が分からないまま待ち続けていた。その間も、激しい息遣いとともに闇がいっそう大きく広がっていくように感じられた。彼は突然彼女の手を放すと、大きく一歩を踏み出した。舌で人差し指の先を濡らし、無防備な乳首をそっと撫でた。彼女は神経に直接触れられたように感じ、全身に強い電流が走った。髪のつけ根まで真っ赤になったが、部屋を真っ暗にしておいたおかげで彼に見られなくてよかったと胸をなでおろした。《落ち着いて》と彼はひどく穏やかな声で言った。《以前診察したことがあるから、よく分かっている》。

「あのときのことは忘れていませんわ」と彼女が言った。「でも、まだ怒っていますからね」

その言葉を聞いて、ようやくいちばんの難所を越えたなと感じた。ふたたび彼女の大きくて柔らかな手をつかむと、まずさらさらした手の甲からはじめて、敏感で長い指、透き通った爪、そして運命線の現れている汗ばんだ掌を不安そうなキスで埋め尽くした。気づかないうちに彼女の手が彼の胸の辺りに来ていたが、そのとき何か分からないものにぶつかった。すると、彼が《そこは肩甲骨だよ》と言った。彼女は彼の胸毛を愛撫し、もじゃもじゃ生えている毛を引き抜こうとするように五本の指でつかんだ。《もっと強く》と彼は言った。彼女は毛が抜けない程度に強く引っ張った。そのあと彼女の手は暗闇の中で行き場を失っている彼の手をまさぐった。しかし彼は指を絡めようとせず、彼女の手首をつかむと、眼に見えない力で自分の身体に沿ってある方向に導いた。突然彼女は、肉体という形をもってはいないが、怒張し、固くなったむき出しの動物の燃えるような喘ぎを感じた。彼が想像していたのとはちがい、いや、彼女自身が空想していたのとも違って、手を引っ込めなかったし、彼に導かれた場所でじっとしてもいなかった。身も心も聖母にゆだねると、自分のばかばかしい思い付きがおかしくて吹き出しそうになるのを、歯を噛み締めて必死になってこらえた。そして、たけり狂っている敵を指でまさぐり、その大きさや力強さ、雁首の張り具合を確かめた。敵の固い決意にひるみはしたけれども、いかにも孤独な感じがして、哀れみを覚えた。相手が性行為に慣れている夫だからよかったようなものの、そうでなければ彼女が興味深げにつぶさに調べているのを愛撫と勘違いしたかもしれない。彼女はあれこれしつこく尋ねたが、彼は目が回りそうになるのを必死にこらえながら、丁寧に答えてやった。やがて彼女は子供がくずかごにものを捨てるように、興味なげにそれを投げ出した。

「これがどういうものなのかずっと分からなかったんです」と彼女が言った。

彼はいちいちその場所に彼女の手を導きながら、教師のように生真面目に説明してやり、彼女は彼女で模範的な生徒らしくおとなしく言いなりになっていた。頃合を見て彼は、明かりをつけたほうが説明しやすいんだがね、と言った。明かりをつけようとしたが、彼女はその手を押しとどめて、こう言った。《手を使ったほうが分かりいいんです》。実を言うと明かりをつけたかったのだが、人から命じられるのでなく、自分からそうしたかったのだ。実際彼女自身が明かりをつけた。明かりの下で、彼女はシーツに包《くる》まって胎児のような姿勢をとっていた。しかし、あの興味の対象である生き物をためらうことなくつかむと、右を向けたり、裏返したりして調べていたが、単に科学的な興味以上のものを抱きはじめたように思われた。最後にこう言った。《なんだか変な形ね、女性のものより醜いわ》。彼は、たしかにその通りだと言い、醜いだけでなくほかにもいろいろと不便なことがあると言って、こう付け加えた。《これは長男と同じなんだ。これのために一生働き続け、あらゆる物を犠牲にし、挙句の果てに結局これの言いなりになるんだからね》。彼女は、これはなんの役に立つの、あれはどうなのと次々に質問を浴びせながら、つぶさに調べ続けた。そして、もうこれでいいだろうと思ったところで、両手でその重さを測り、それほど重いものでないと分かると、軽蔑したようにふたたびポイッと投げ出した。

「それに、余計なものがいっぱいくっついていますわ」と言った。

それを聞いて彼は戸惑った。彼の学位論文のタイトルが、『人体の器官を単純化した場合の効用について』というものだったからだ。人類が若い頃なら必要だったかもしれないが、現代にあっては役に立たないか、重複している機能が沢山ついていて、人体は今ではもう古びたものになっているように思われる。人体はもっと単純であっていいし、そうなれば病気にかかる率も低くなるはずだ。さらに、論文の結びでこう書いた。《もちろん人間は神によって創造されたものであるが、いずれにしても理論的な用語によって明確にしておくことが望ましい》。それを聞いて、彼女はごく自然に、本当に楽しそうに笑ったが、彼はその機を逃さず彼女を抱きしめると、はじめてその口にキスをした。彼女もそれに応え返したので、彼は頰や鼻、まぶたといったところに軽くキスをしながら、シーツの下に手を滑り込ませ、日本人女性のそれを思わせる、円く盛り上がり毛の薄い恥部を愛撫した。彼女はその手を払いのけようとせず、さらに先へ進むのではないかと思って、身構えた。

「医学の授業はもう終わりにしましょう」と彼女が言った。

「そうだね」と彼が答えた。「次は愛の授業にしよう」

そう言うとシーツをはがした。彼女は抵抗するどころか脚でシーツを勢いよくベッドの端に押しやった。身体が耐え難いほど熱くなっていたのだ。彼女の身体はしなやかで柔らかな曲線を描いていた。服を着ているときよりもはるかに緊張しているようだった。その身体は世界中のどの女性とも違う野生動物を思わせる独特の匂いがした。明るい光の下で無防備な姿になっているのに気づいて、突然顔がカッと熱くなった。そんなところを見られまいとして、彼の首にしがみつくと、息が止まるほど激しく強いキスをした。

彼女を愛していないことは自分でもよく分かっていた。彼女と結婚したのは、その高慢なところや生真面目さ、性格的な強さに惹かれてのことだが、彼自身の虚栄心もいく分かはあった。彼女のキスを受けているうちに、この女性となら本当の愛をはぐくむことができるだろうと確信するようになった。はじめてのその夜、二人は明け方までいろいろなことを話し合った。二人とも自分たちがはぐくむことになる愛についてはは触れなかったし、生涯触れることはなかった。長い結婚生活を送る間、二人は滅多に過ちを犯すことはなかった。

明け方になって二人はようやく眠りについた。彼女はまだ処女のままだった。ずっと処女だったわけではない。実際、次の日の夜、彼がカリブ海の星空の下でウィンナ・ワルツの踊り方を教え、そのあとバスルームへ行って船室に戻ると、彼女がベッドで裸になって待っていた。そのときは彼女がイニシアティヴをとり、恐怖や苦痛を感じることなく、外洋を航海する冒険者のように楽しそうに身を任せ、あとには名誉のバラのような血のしみがシーツに残されていた。二人は奇跡的と言ってもいいくらいうまくやってのけた。そのあとも夜となく昼となく愛し合い、回数を重ねるごとに上手になっていき、ラ・ロシェルについた頃には昔からの恋人のように互いに理解し合えるようになっていた。

ヨーロッパに長期間滞在した彼らは、パリに拠点を置いて近隣の国々への小旅行を楽しんだ。

その頃は毎日愛し合っていたが、冬の日曜日は昼食前までベッドの中で睦みあって、何回もセックスをした。彼はセックスが強かった上に、経験豊かだった。一方、彼女は人にあれこれ指示されるのがきらいだったので、二人はベッドの上で対等の関係を結ぶようになった。三カ月間熱に浮かされたように愛し合った。そのうち二人のうちのどちらかに問題があって、子供ができないことに気づいた。彼らは、以前彼がインターンをしていたサルペトゥリエール病院で厳しい検査を受けた。懸命に努力したが、実りはなかった。しかし、医学的な措置をしていないのに、まったく予期していないときに奇跡が起こった。帰国して家に戻ったとき、フェルミーナはすでに妊娠六カ月になっていたのだ。彼女は自分が世界で一番幸せだと思った。待ち望んでいた子供はすでにみずがめ座の星の下で無事つつがなく生まれ、コレラで亡くなった祖父をしのんでその名前が付けられた。

二人を別人のようにしたのがヨーロッパなのか、愛なのかは、この二つのことが同時に起こったので知るすべはなかった。彼らは本当に人が変わったようになった。二人が帰国して二週間後のあの不幸な日曜日に、フロレンティーノ・アリーサは彼らがミサを終えて出てくるところを目にして、人違いではないかと思ったが、それと同じ思いをほかの人たちも抱いた。新しい流行をたっぷり仕込み、新たな人生観を抱いて帰国した夫妻には、その時点ですでに人の上に立つ心構えができていた。彼は文学と音楽、とりわけ医学に関する最新の情報を手に入れていた。現実世界との接点を失わないよう《ル・フィガロ紙》の年間予約購読を申し込み、さらに詩に関する情報が得られるよう《両世界評論《ルヴュー・デ・ドゥー・モンド》》も年間予約購読していた。さらに、パリの書店主に頼んで向こうから本を送ってもらうことにした。もっとも人気のある作家アナトール・フランスとピエール・ロチをはじめ、いちばんのお気に入りの作家レミィ・ド・グールモンとポール・ブールジェの本を送るように頼んでおいた。ただ、*ドレフュス裁判で勇敢な働きをしたエミール・ゾラだけは、どうしても好きになれなかった。書店主はまた、リコルディのカタログの中からもっとも魅力的な楽譜、特に室内音楽の楽譜を郵送すると約束してくれた。それがあればあの町のコンサートを最初に後援した父親の衣鉢《いはつ》を継ぐことができるはずだった。

流行につねに背を向けていたフェルミーナ・ダーサは、有名ブランドの品物には目もくれず、いろいろな時代の衣服をトランクに六杯ばかり買い込んだ。オートクチュール界の偉大な暴君ウォルトのコレクションが発表されるというので真冬にチュイルリーまで足を伸ばしたことはある。気管支炎にかかって五日間ベッドを暖める羽目になった。ラフェリエールのほうがおとなしくて気取りがないように思えたが、賢明な彼女は古着屋で自分がいちばん気に入った服を買い込んだ。夫はびっくりして、それは死んだ人たちの服じゃないかと言った。靴も同様で、名前は知られているが派手なフェリーの靴よりも、ブランド物ではないイタリア製の靴の方が気に入っていたので、それらをどっさり買い込んだ。また、地獄の炎のように赤いデュピュイのパラソルを一つ買った。これは新聞の社交欄を担当している些細なことにも大騒ぎする記者たちにさんざん書き立てられた。帽子はマダム・ルブーのものをひとつだけ買った。ほかに造花のサクランボや目に付くかぎりのフェルト製の花、オストリッチの羽、孔雀の冠毛、アジアの雄鶏の尾羽、キジの剥製、さらには飛んでいる姿や鳴き声を上げている姿、あるいは死に瀕している格好のまま剥製にされたハチドリやそのほか珍しい無数の鳥の剥製を買った。それらは以後二十年間、同じ帽子でないように見せるための装飾として使われることになった。また、世界中のさまざまな国で作られた扇子を買い集め、時と場所に応じて使い分けた。春風が運んでくる灰のせいで買い物ができなくなる前に、バザール・ド・ラ・シャリテにある香水店で無数にある香水の中から人の心を乱すような品を選んだ。しかし、それをつけると別の人間になってしまったような気がしたので、二度と使うことはなかった。彼女は、女性をより美しく見せるための最新のコスメティック・ケースを持ち帰った。パーティの席でそれを使ったのは彼女が最初で、当時は人前で化粧直しをするのは品のないことだと考えられていた。

彼らはまた、忘れることのできない三つの思い出を持ち帰った。ひとつは、どこよりも先にパリで上演された『ホフマン物語』を見たことで、ふたつにはヴェネチアのサン・マルコ広場でゴンドラが一艘残らず炎上する恐ろしい火事を目撃した思い出だが、たまたま宿泊していたホテルの窓からその火事を眺めて、胸を痛めた。三つ目は、一月に初雪が降った日に、オスカー・ワイルドをちらっと見かけたことだった。そうした思い出をはじめいろいろな記憶とともに帰国したが、フベナル・ウルビーノ博士にとってひとつ心残りだったのは、パリで医学生として過ごした独身時代の思い出を妻と共有できないことだった。その思い出はヴィクトル・ユゴーにまつわるもので、彼は当時、作品以外でも熱狂的な人気を集めていた。というのも、ある人の言によれば、実際にはそう言うのを聞いた人は誰もいないのだが、われわれの憲法は人間ではなく、天使の国のためにある、と彼が言ったというのだ。以来、ユゴーは特別な崇拝の対象になり、フランスを訪れるわれわれ同国人の大半は、何とかして彼に会いたいと思うようになった。フベナル・ウルビーノを含む六人ほどの学生は、エイロー大通りにあるユゴーの屋敷の前で警備にあたったり、彼が必ず行くというううわさのカフェで待ち受けたが、ついに現れなかった。彼らは思い切って、

〈リオネグロ憲法〉の天使たちという名前で、私的な会見を文書で申し込んだが、返事はなかった。ある日、ルクセンブルク公園の前を偶然通りかかったときに、若い女性に腕をとってもらって上院から出てくるユゴーを見かけた。ひどく老い込み、歩くのもおぼつかないようだった。あごひげと髪の毛は肖像画で見るような輝きを失っており、オーバーも太った人が着るそれのようにぶかぶかだった。彼はせっかくの思い出を汚したくなかったので、自分のほうから挨拶しなかった。現実とは思えないような出会いを持てただけで十分だったし、その思い出は終生消えることはなかった。結婚してふたたびパリを訪れたときは正式に会見を申し込める身分になっていたが、ヴィクトル・ユゴーはすでに亡くなっていた。

雪の降ったある午後、フベナルとフェルミーナは、カプシーヌ大通りの小さな書店の前で寒さをものともせず大勢の人たちが集まっているのを見て、どうしたんだろうと思ったら、店の中にオスカー・ワイルドがいたのだ。その思い出を共有していることが二人にとってはせめてもの慰めだった。ついにワイルドが店から出てきた。実に優雅な服装をしていたが、本人がそのことを意識しすぎているきらいがあった。人々は本にサインをもらおうと、わっと周りを囲んだ。ウルビーノ博士はその様子を見ようと足を止めた。衝動的なところのある妻は、本がなかったので、それに代わる唯一のもの、つまり丈が長く、つるつるしていて柔らかい、新妻の肌と同じ色をしたカモシカの皮の美しい手袋にサインをしてもらおうと大通りを渡りかけた。ああいう洗練された男性なら、自分のそうした行為を理解してくれるだろうと思ったのだ。しかし、夫はきっぱりだめだと言った。自分が止めているのも聞かずに、もしそんなことをすれば、恥ずかしさのあまりぼくはとても生きていけないだろう。

「君がこの通りをわたって」と彼は言った。「戻ってきたら、ぼくは死体になっていると思うよ」

彼女にはもともとそういうところがあった。結婚して一年とたたないうちに、サン・フアン・デ・ラ・シエナガの未開地で暮らしていた子供時代のように、世界中どこへ行っても、まるでそこが自分の生まれ故郷であるかのように自由奔放に振る舞うようになった。彼女は見ず知らずの他人とでも気軽に口をきき、そんな妻を見て夫は戸惑いをおぼえた。彼女はまた、スペイン語でどこの誰とでも意思を通じ合わせることができた。《言葉というのは何かを売ろうとすれば、覚えなければいけないけど》と彼女はからかうように笑いながら言った。《何かを買う場合は、何を言っても通じるものなのよ》。彼女ほど短い時間で、しかも楽しそうにパリの日常生活になじんでいった女性も珍しくて、しとしとと雨が降り続いていたにもかかわらず、記憶にあるパリを愛するようになった。しかし、帰国したときは、いろいろなことを経験したせいで頭がぼんやりし、旅の疲れも出ていたし、おなかが大きくなっていたので眠くて仕方なかった。だから、船が港に着いたとき真っ先に、ヨーロッパはどうだった、素敵だったでしょうと尋ねられて、幸せな思いで長い時間をすごした経験をカリブ風の短い言葉であっさりこう言った。

「もっと騒々しいだけよ」

フロレンティーノ・アリーサが大聖堂の中庭でフェルミーナ・ダーサを見かけたとき、彼女はすでに六カ月の身重で、新妻として堂々とした奥様振りを発揮していた。彼はその日、いずれ名をあげ、財を蓄えて彼女にふさわしい人間になろうと心に固く決めた。彼女には夫がいた。それが障害になるとは考えなかった。まるで自分の一存でどうにでもなるかのように、フベナル・ウルビーノ博士はいずれ死ぬと決め付けていたのだ。いつ、どういう形でかは分からないが、死は避けようもなく襲ってくるはずだと考えて、焦ったり、激しい感情に駆られることなく、いつまでも待つ覚悟を決めた。

そのための第一歩を踏み出した。前もって連絡もせず、重役会議の議長でカリブ河川運輸会社の総支配人をしている叔父のレオ十二世のいる事務所を訪れて、どんなことでも言いつけどおりにしますから仕事をくださいと申し出た。せっかくビーリャ・デ・レイバで電信技師といういい仕事を見つけてやったのに、彼があっさり蹴ったことで叔父はまだ機嫌を損ねていた。一方で、人間というのは母親の胎内から生まれ出てから死ぬまでまったく変わらないということはないので、人生の中で何度も生まれ変わるものだと信じてもいた。それに、未亡人だった兄嫁が前の年に亡くなっていた。彼女は激しい怨念を抱いてはいたものの、結局後継ぎになる息子を残さなかった。そんなわけで、彼はいっこうに腰の座らない甥っ子に仕事を与えることにしたのだ。

いかにもドン・レオ十二世ロアイサらしい決断だった。彼は冷酷非情な商人の仮面をつけていたが、その下にはとんでもないことを思いつく狂人が一人棲みついていた。その狂人がグアイラ砂漠でレモネードの湧き出す泉を掘り当てようとしたり、厳粛な葬式のときに哀切きわまりない声で『この暗き墓場で《イン・クエスタ・トンバ・オスクーラ》』をうたって、参列者に涙を絞らせたりしたのだ。髪の毛はカールしていて、牧神のような厚い唇をしていた。あれで竪琴を持ち、月桂樹の冠をかぶったら、キリスト教説話に出てくる放火魔のネロに生き写しだったにちがいない。水に浮かんでいること自体運命の単なる気まぐれとしか思えないオンボロ船の管理と、日ごとに危機的状況が増していく中で河川運輸事業が抱えるさまざまな問題に頭を悩ませていたが、空いた時間を見つけては叙情的な歌のレパートリーを増やしていった。葬儀のときに歌をうたうのが彼にとっては何よりの楽しみだった。彼はガレー船の奴隷のようなすさまじい声をしていて、正規の教育を受けていなかったが音域は驚くほど広かった。エンリーコ・カルーソ*はその声で花瓶を粉々に砕くことができるという話を耳にして以来、何年もの間花瓶を砕こうと思っていろいろ試み、時には窓ガラスに向かって声を張り上げたこともあった。友人たちは世界各地を旅したときに、繊細な花瓶を見つけると持ち帰り、長年の夢をかなえてやろうと思って彼のために特別にパーティを開いてやったが、花瓶は割れなかった。雷鳴のようなその声には、カルーソがガラスの花瓶を砕いたように人の心を引き裂くなんともいえない優しさが秘められていて、そのため葬儀のときにはとても重宝がられた。一度だけやらせてもらえなかったことがある。ルイジアナの葬式のときに歌われる、美しくて感動的な『ホェン・ウェイク・アップ・イン・グローリー』をうたってみたら面白いだろうと考えたのだ。しかし、ルター派のあのような歌を教会の中に持ち込むのはいかがなものでしょうと、主任司祭に止められた。

　こうしてオペラのアンコールとナポリのセレナーデを聞く一方で、創造的な才能と不屈の企業家精神を発揮して、彼は河川運輸事業の全盛時代に業界の大立者にのし上がった。亡くなった兄弟と同様彼も無一物から出発した。そして、彼ら兄弟は全員が私生児、それもついに認知されなかった私生児という傷を持っていたにもかかわらず、望んでいた地位を手に入れた。彼らは当時《勘定台《カウンター》の貴族》と呼ばれていたグループの出世頭で、〈商業クラブ〉を神聖な拠点にして活動していた。フロレンティーノの叔父のレオ十二世は自分と風貌の似ているローマの皇帝に勝るとも劣らないような暮らしができるほどの資産を手に入れた。しかし暮らしぶりは質素で、小さな家に住んでいた。そのせいで、誤って吝嗇家《りんしょくか》だといううわさを立てられ、そのうわさはいつまでも消えなかった。彼の唯一の贅沢はもっと質素なものだった。仕事場から二レグアスはなれた海辺に別荘をもっていた。そこにはスツールが六脚と、素焼きのカメ、それにハンモックが一張りあるだけで、日曜日にはその上に寝転がってもの思いにふけった。大金持ちのあなたがどうしてこんな暮らしをしているんです、と尋ねられたときの返事がふるっていた。

「わたしは金持ちじゃない」と答えた。「金のある貧乏人なんだが、この二つはまったく別物だよ」

　彼の奇妙な生き方を、誰かがあるとき演説の中で褒め称えたことがあるが、そういう生き方をしてきたからこそ、それ以前はもちろん、以後も誰一人気づかなかった甥の気質をひと目で見抜くことができたのだ。二十七年間を無駄に過ごしてきた甥が、陰気な顔で事務所に現れて、仕事をもらえないかと言ってきた日から、叔父はどんなにタフな男でも音を上げる軍隊式の厳しい試練を課した。しかし、彼は逃げ出さなかった。甥の精神的な強靭さは、生きていく必要性から生まれたものでもなければ、獣のように一切に無関心だった父親譲りの性格でもなく、この世であれあの世であれ、どのような逆境に直面しようとも決してうち砕かれることのない愛を貫き通したいという野心から来ていることを、レオ十二世は見抜いていた。

彼のために設けられたように思われる重役会議の書記に任命された最初の数年間がいちばん辛かった。昔、レオ十二世に音楽を教えたことのあるロタリオ・トゥグットが、彼は大変な読書家だ、といってもすぐれた文学書よりも下らない本ばかり飽きもせず読んでいるだけだが、その点を考えて何かものを書く仕事をさせればいいんじゃないかと忠告していたのだ。叔父のレオ十二世は、ロタリオ・トゥグットが甥のことを、歌はどうしようもなく下手だが、その歌を聴いて墓石でさえ涙を流すほどだと評したのに感心して、読んでいるのが下らない本だという点についてはあまり気に留めなかった。叔父は気にしていなかったが、彼があのドイツ人が言うとおり読書家だったことは間違いない。だからこそフロレンティーノ・アリーサはどんな文章でも情熱を込めて書き、そのせいで正式の文書までがラブ・レターのようになってしまった。そうならないよう懸命になって努力したが、船荷証券を作成しても自然と韻を踏んでしまうし、型どおりの商業文を書いても抒情的な香りがして、著しく重みを欠いたものになった。ある日、叔父がとても自分の名前でサインする気になれない通信文の束を抱えて事務所に姿を現すと、彼に自らの魂を救済する最後のチャンスを与えた。

「ビジネス・レター一枚書けないようなら、桟橋でゴミ拾いでもするんだな」

フロレンティーノ・アリーサは、よし、それならやってやると心に誓った。以前売れっ子の詩人の文章を手本にして懸命になって真似をしたように、今回は公証人の書いた文書ファイルから手本を選んで真似をし、現実的で単純な商業的散文を身につけようと努力した。その頃はまた、空いた時間に〈代書人のアーケード〉へ行って、無筆の恋人たちのために香水をふりかけた便箋に文章を書いてやった。税関に提出する報告書では愛の言葉を使えないので、そちらでストレスを発散していたのだ。六カ月間、彼なりにいろいろ努力したが、ついに美文というしぶとい白鳥を絞め殺すことができなかった。叔父のレオ十二世から二度目の叱責を受けて、彼もついに敗北を認めた。それでもまだ高慢な態度を崩さなかった。

「ぼくは恋にしか興味がないんです」と彼は言った。

「川船が動かなければ、恋だの、何だのと言っておられんだろう」

単なる脅しではなく、本当に桟橋でゴミ拾いをさせられる羽目になったときに叔父が、まじめに勤めれば、お前にふさわしい地位につけるまで階段を一歩一歩上っていけるようにしてやると約束した。そして、実際にそうなった。仕事がどれほど辛く、屈辱的なものであっても、彼はくじけなかったし、給料が安いからとすねたりもしなかった。また、上司が横柄な態度をとっても、顔色ひとつ変えなかったが、そのあたりはいかにも彼らしかった。だからといって、彼が邪気のない人間だったわけではない。彼とかかわりのある人間は誰もが、弱々しげな外見の背後に隠された、どんな無謀なことでもやりかねないゆるぎない決意を思い知らされることになった。叔父のレオ十二世は、甥っ子はいずれ会社の秘密を隅から隅まで知ることになるはずだし、またそうなってもらいたいと願っていた。三十年の間にさまざまな仕事をし、あらゆる試練に粘り強く、かつ真剣に取り組み、耐えぬいたおかげで、彼は叔父の願っていたとおりの人間になった。驚嘆すべき力を発揮してどんな仕事でもこなす一方で、多分に詩作に似たところのある会社経営という縦糸の一本一本をつぶさに研究した。ただ、彼がもっとも強く望んでいた名誉の勲章、つまり普通のビジネス・レターだけはどうしても書けなかった。彼の父親は死ぬ間際まで、詩人ほど実際的な感覚に恵まれている人間はいないし、石工よりも粘り強く、経営者よりも頭がよくて、無謀なところがあると繰り返し言っていた。本人は意識していなかったし、父親がそんなことを言っていたとは知らなかったが、その言葉が間違いでなかったことを彼自身が人生の中で証明していくことになった。レオ十二世は気持ちに余裕のあるときは決まって彼の父親の話を持ち出し、いつもそう言っていた。叔父の話から受けた印象では、父親は実業家というよりもむしろ夢想家といった感じがした。

叔父によれば、ピーオ五世ロアイサは事務所を仕事のためというよりも自分の楽しみのために使っていたとのことで、日曜日になると決まって入港する船を迎えるとか、出港する船を見送らなければならないとかを口実に家を空けた。さらに、倉庫の中庭に廃棄処分されたボイラーを置き、妻が勘ぐってやって来るようなことがあれば、汽笛を鳴らすように命じておいた。レオ十二世はあれこれ考えた末に、むせ返るように暑い日曜日の午後に、ドアがちゃんと閉まっていない事務所のデスクの上でフロレンティーノ・アリーサが仕込まれたにちがいないと考えるようになった。その間、妻は決して港から出て行くことのない船の汽笛の音に耳を澄ましていたのだ。彼女が夫の不倫に気づいたときはすでに手遅れで、夫はもはやこの世にいなかった。彼女はその後長い間生きつづけたが、自分に子供ができなかったことを悔やみながら、一方で私生児であるフロレンティーノ・アリーサが永遠に呪われるようにと神に祈った。

フロレンティーノ・アリーサは父親のイメージに戸惑いを覚えた。母親の話によると、偉大な人物ではあったが実業家には向いていなかったとのことだった。父が最後まで河川の運輸事業に携わったのは、兄がその事業の先駆者であるドイツ人の提督ヨハン・B・エルベルスの側近であり協力者であったからにほかならない。料理人をしていた彼らの母親がいろいろな男性と関係を持ったおかげで、兄弟は全員が父親の違う私生児だった。聖人暦からでたらめに選んだローマ教皇の名前のあとに母親の姓をつけたものが彼ら兄弟の名前になっていた。レオ十二世だけが例外で、この名前は彼が生まれたときのローマ教皇の名前だった。フロレンティーノというのは兄弟全員の母方の祖父の名前で、つまりはローマ教皇の全世代を飛び越えてトランシト・アリーサの息子にその名前が受け継がれたのだ。

フロレンティーノは、父親がトランシト・アリーサから霊感を受けたものを含む愛の詩を書きとめた一冊のノートをずっと大切にしていたが、表と裏の表紙には壊れたハートの絵が描いてあった。二つのことに驚かされた。ひとつは、彼が教本にある沢山の字体の中からいちばん気に入ったものを選び、それを手本にして字の練習をしたにもかかわらず、自分の字体が父親のそれにそっくりだということに気づいて、びっくりしたこと。もうひとつは、てっきり自分の独創で書いたものだと思い込んでいた〈愛ゆえの死ならいいが、別の死を迎えるかもしれないというのが唯一の気がかりだ〉という文章を発見したことだった。これは父親が、彼が生まれるずっと以前にあるノートに書きとめた文章だったのだ。

父親の写真は二枚だけ残っていた。ひとつはごく若い頃にサンタ・フェ*で撮ったもので、写真に写っている父親は、彼がはじめて写真を目にしたときと同じ年齢だった。オーバーコートを着た姿はぬいぐるみの熊にそっくりで、その格好でゲートルだけを残して破壊された銅像の台座の上に寝そべっていた。横で船長の帽子をかぶって立っているのが叔父のレオ十二世だった。もう一枚の写真は戦友たちと撮ったものだが、何度も戦争があったので、どの戦争のときか分からなかった。銃身のひどく長いライフルを持ち、口ひげを生やした写真からは硝煙の匂いが立ち昇ってくるように思われた。彼はほかの兄弟たちと同じように自由主義者でフリーメーソンだったにもかかわらず、息子を神学校に入学させたいと思っていた。人から父親似だとよく言われた。しかし、フロレンティーノ・アリーサはピンと来なかった。ただ、叔父のレオ十二世の言葉によると、ピーオ五世も抒情的な文書を書くといってよく叱られていたとのことだった。いずれにしても、写真の父親は彼と似ていなかったし、記憶にある父親とも違っていた。母親は愛情ゆえに夫のイメージを歪曲してしまう。その母親の語る父親のイメージともかけ離れていた。叔父のレオ十二世は、残酷なウィットをこめて父親の話をしたが、それとも違っていた。ずっと後になって、鏡の前で髪をとかしているときに、父親に似ていることに気づいた。人は老いを感じはじめると、自分が父親に似ていることに気づくのだということに、彼はそのとき思い当たった。

ラス・ベンターナス街で暮らしていた頃の父親のことは覚えていなかった。トランシト・アリーサと恋仲になったばかりの頃、一時期あそこで寝起きしていたようだが、彼が生まれてからは寄りつかなくなった。長年の間、洗礼証明書が唯一有効な身分証明書になっていた。サント・トリビオ教区にあるフロレンティーノ・アリーサの洗礼証明書を見ると、トランシト・アリーサという名前の独身の私生児から生まれた庶子であるとしか書かれていなかった。そこには父親の名前は記されていなかった。父親は死ぬまでこっそり息子の面倒を見つづけた。フロレンティーノ・アリーサは私生児だったために、神学校に入学できなかった一方で、独身女性の一人息子であるという理由から、もっとも血なまぐさい戦闘が行われていた時期に兵役をまぬかれた。

毎週金曜日、学校の授業が終わると、彼はカリブ河川運輸会社の事務所の前に腰を下ろして、何度も読み返したせいでページが外れている動物の挿絵の入った本をぱらぱら繰っていた。後にトランシト・アリーサが息子のために仕立て直すことになるフロックコートを着た、祭壇の福音伝道者聖ヨハネにそっくりの父親が彼のほうを見ずに事務所に入っていったが、父親が出てくるまで何時間も待たなければならなかった。父は事務所から出てくると、御者やほかの人に見つからないようこっそり一週間分の生活費を渡した。そんなときも二人は口をきかなかった。父親がしゃべろうとしなかっただけでなく、彼も父親が怖かったのだ。ある日、いつもよりずっと長い時間待たされたあと、父親が金を渡すときに、こう言った。

「さあ、これをもって帰るんだ。もう二度とここには来るんじゃないぞ」

それっきり父親と会うことはなかった。その後分かったことだが、父親よりも十歳年下の弟レオ十二世が代わりにトランシト・アリーサのもとに金を届けていた。また、腹痛を起こしたピーオ五世が、ちゃんと手当てをしなかったために急死し、急なことで遺書らしいものはなかったし、一人息子、路上生活を送っている息子のために養育費を残してやることもできなかった。そんな中、トランシト・アリーサの面倒を見たのもやはりレオ十二世だった。

カリブ河川運輸会社の書記をしている頃も、フェルミーナ・ダーサへの思いを断ち切ることができず、ものを書くときはいつも彼女のことを考えてしまうので、文章が叙情的になるというのがフロレンティーノ・アリーサの抱えている一番の悩みだった。その後、ほかの仕事に回されたが、彼女に対するあふれんばかりの思いをどう処理していいか分からなかった。そこで〈代書人のアーケード〉で無筆の恋人たちのために無料でラブ・レターを書くことにして、仕事帰りに立ち寄った。フロックコートをゆっくり脱ぎ、椅子の背もたれにかけると、ワイシャツの袖が汚れないよう袖カバーをし、文章を考えるときに邪魔にならないようヴェストのボタンをはずした。時には、失意の恋人たちを元気づけるために、夜遅くまで恋狂いしたような手紙を書くこともあった。時々、息子のことで悩みを抱えている貧しい母親や年金の支払いをしつこく要求する退役軍人、あるいは何かを盗まれて、政府に不満をぶつけようとする人がやってくることもあった。しかし、いくらがんばっても、そうした人たちが喜ぶような手紙を書くことはできなかった。彼が書ける唯一説得力のある手紙はラブ・レターしかなかったのだ。新しい客がやってきても、その白目の部分を見ただけでどういう悩みを抱えているか分かるので、自分からは何も尋ねなかった。いつもフェルミーナ・ダーサのことを、彼女のことだけを考えて文章を書くという決して変わることのないやり方で、恋人たちの抑えがたい思いをひたすら文章につづり続けた。一カ月目が終わる頃には、はやる気持ちで次々にやってくる恋人たちに対応できなくなったので、予約制を取らざるを得なくなった。

その頃のもっとも楽しい思い出は、まだ少女といってもおかしくない年頃の内気な女の子にまつわるものだった。その女の子が受け取ったばかりの、答え返さずにはいられない手紙に返事を書いてもらえないかと震えながら頼みに来たのだ。フロレンティーノ・アリーサはその手紙を見て、自分が前日の午後に書いたものだということに気がついた。女の子が受けた感動と年齢にふさわしい文体を使い、彼女が書いたように見える字で返事を書いてやった。お客さんの性格に応じて、どんな風にでも字体を変えることができたのだ。フェルミーナ・ダーサとその頼りなげな少女とを重ねあわせ、彼女がもし手紙を送ってきた人に返事を出すとしたら、どんな風に書くだろうかと想像しながら返事を書いてやった。その二日後にはまた、最初の手紙のときに使った字体、文体、それに愛情を思い返しながら返事を書くことになり、おかげで自分自身を相手に熱に浮かされたような手紙をやり取りする羽目になった。一カ月もしないうちに、男の方が手紙で結婚の申し込みをし、彼女が返事でそれを受け入れ、二人が別々にお礼を言いに来た。二人は結婚することになったのだ。

ひとり目の子供が生まれたとき、夫婦で話しあっていて、ひょんなことから自分たちのために手紙を書いてくれたのが同じ代書人だということが分かった。彼らはそのときはじめて二人そろってアーケードへ行き、フロレンティーノ・アリーサに名親になってもらえないだろうかと頼んだ。彼は自分の夢が正夢になったと大喜びし、自由になるわずかな時間をやりくりして『恋人たちの手引き』を書き上げた。当時アーケードでは二十センターボで手引書を売っていて、町の人たちの半分はそれをそらで覚えていた。フロレンティーノ・アリーサが書いたのはその手引書よりも詩的で、文例もはるかに多かった。フェルミーナ・ダーサと自分が直面するかもしれない状況をいろいろ思い浮かべ、想定しうるあらゆる状況に対応した用例、文例をできる限り並べた。手紙の数は最終的に千通ほどになり、コバルビアス*の辞書のように三巻本になるはずだった。しかし、どの出版社も本にしたいというと二の足を踏んだので、結局家の屋根裏部屋にほかの書類と一緒に押し込められることになった。トランシト・アリーサがそんなばかばかしい本を出版するために素焼きのカメを掘り出して、せっかく溜め込んだ貯金をはたくのはごめんだときっぱり言ったからだった。後に、フロレンティーノ・アリーサはそれを出版するだけの財産を手に入れたが、悲しいことにその頃にはラブ・レターなど書く人間はいなくなっていた。

カリブ河川運輸会社で働きはじめた頃、彼は〈代書人のアーケード〉で金をもらわずに手紙の代書をしていた。当時から友人たちは、彼がだんだん遠ざかって行き、もう自分たちのところには戻ってこないだろうと確信するようになった。そして、その通りになった。川を下って戻ってきたときは、フェルミーナ・ダーサとの悲しい思い出が薄らぐかもしれないからと何人かの友人たちと会い、一緒にビリヤードをしたり、ダンス・パーティに出かけたりした。ひょっとしていい女の子に出会えるのではとあちこち顔を出したり、以前の自分に戻れる可能性のあることは何でもやってみた。その後、叔父のレオ十二世の下で働くようになってからは、同僚と〈商業クラブ〉でドミノをするようになった。彼が運輸会社の話しかせず、そのときも名前でなく、頭文字でC.F.C.と言うのを聞いて、同僚たちも彼を仲間だと認めるようになった。食事の仕方まで変わった。それまで食事に関しては無関心で、不規則だったのが、時間通り規則正しく食べるようになり、これは死ぬまで変わらなかった。朝食時に大きなカップ一杯のブラックコーヒーを飲み、昼食は白米と一緒に炊いた魚の切り身を食べ、ベッドに入る前にチーズひとかけと一緒にミルクコーヒーを飲んだ。時と場所を選ばずしょっちゅうブラックコーヒーを飲んでいたが、その量は一日にデミタスのカップで三十杯にのぼった。まるで原油のようにどろりとしたコーヒーで、魔法瓶をいつも手元において自分で淹れるようにしていた。彼は失恋で死ぬほどの苦しみを味わったが、ああいうことがあったからといって人が変わってしまったわけではないと見せかけるために必死になって努力をした。しかし、もはや以前の彼ではなくなっていた。

事実、彼は以前の自分に戻ることができなかった。フェルミーナ・ダーサを取り戻したいというのが、彼の人生の唯一の目的だった。遅かれ早かれ必ずそうなると確信していたので、トランシト・アリーサに、いつ何時奇跡が起こって彼女を迎えなければならなくなるか分からないので、家の改装を続けるようにせっついた。トランシト・アリーサは、『恋人たちの手引き』を出版したいと言ったときと違ってひどく乗り気になり、家を即金で買い取ると、全面的に改装することにした。以前寝室だった部屋を応接室に変え、二階に夫婦の寝室と生まれてくる子供たちのための寝室を一つずつ作ったが、二部屋とも明るくて広々としていた。以前タバコ工場があったところを庭園にして、さまざまな種類のバラを植えた。明け方の暇な時間にフロレンティーノ・アリーサが手入れをした。これまで暮らしを支えてくれたことに感謝を込めて、小間物屋のあった場所には手を加えなかった。フロレンティーノ・アリーサが寝起きしていた店の奥の部屋も手を入れず、以前どおりハンモックを吊るし、本も乱雑に積み上げたままで何ひとつ変えなかった。彼は二階の夫婦の寝室になるはずの部屋へ逃げていった。そこは家の中でいちばん広くて風通しがよかった。屋内テラスがあり、夜、浜風になぶられながらバラ園のかぐわしい香りをかぐのが何よりの楽しみだった。しかし、フロレンティーノ・アリーサはトラピスト修道会の厳格な生活にも十分耐えられるタイプの人間でもあった。生石灰を塗った壁はざらざらしていて飾りらしいものは何ひとつなかったし、家具といっても囚人が使うようなベッドが一つに、ロウソクを立てた空き瓶が載せてあるだけのナイト・テーブル、古い衣装ダンス、それに洗面器と大きな受け皿が置いてある洗面台があるだけだった。

仕事がちょうど三年ばかり続いた頃に河川の運輸業と貿易が絶頂期を迎え、町の経済は一時的ではあったが活気づいた。同じような状況のもとで植民地時代にこの町は大きく成長し、以後二世紀以上にわたってアメリカ大陸の玄関口として繁栄した。トランシト・アリーサに治癒の見込みのない病気の最初の兆候が現れはじめたのは、その頃のことだった。小間物屋にやってくる常連客もだんだん年をとり、顔色が悪く、影も薄くなりはじめた。人生の半分をその人たちと接してきたというのに、彼女は人違いをしたり、預かりものを取り違えたりするようになった。彼女のような商売をしている場合、自分の名誉はもちろん、顧客の名誉も守らなければならないので、契約書といったものはなく、口約束だけで取引が行われていた。だから、事態は深刻で笑いごとですまなかった。最初は耳が遠くなったのだろうと思われていたが、まもなく記憶が怪しくなりはじめたと分かったので、質屋の仕事をやめることにした。素焼きのカメに入っている宝石類を売り払っただけで、店をたたみ家具を買えるくらいの金になった。ほかにまだ、町でもっとも貴重な古い宝石類が沢山手元に残ったが、預けた当人たちはもはやそれを質受けするだけの金がなかった。

当時、フロレンティーノ・アリーサは片付けなければならない仕事を山のように抱えていた。しかし、多忙がもとで気力が萎え、夜の狩人の仕事がおろそかになるようなことはなかった。ナサレット未亡人と常軌を逸した関係を持ってからは行きずりの恋を楽しむようになり、何年もの間夜になると親にはぐれた小鳥を狩りに出かけたが、そうすることでフェルミーナ・ダーサを失った悲しみを忘れることができるかもしれないと思っていた。しかし、やがて女性とその場かぎりの関係を持つことが、心の傷を癒すためなのか、単なる肉体的な悪徳なのか自分でも分からなくなった頃から徐々に、連れ込みホテルへ足を向けなくなった。ひとつには、ほかのことに興味を抱くようになったせいもあるが、もうひとつは、以前童貞だった頃は店のみんなに仲間のように思われていたのが、今では事情が変わり、自分が女連れで店へ行くところを見られたくないという気持ちが働くようになった。三度ばかり必要に迫られてあのホテルを利用したときは、彼が生まれる以前によく使われた安直な手を用いた。つまり、誰かに見つかるのが危ぶまれる女性に男の服を着せて、さあ、これから飲み明かすぞというふりをしてホテルに入って行くのだ。しかし、そのうちの少なくとも二回は、彼と連れらしい友人が酒場ではなく、部屋に上がっていったということに気づいたものがいて、悪くなりかけていたフロレンティーノ・アリーサの評判が地に落ちてしまった。以後、彼はあのホテルに足を向けなくなった。ごく稀に訪れることがあっても、それは失地を回復するためではなく、度を過ごした愛のために生じた疲れを癒すためだった。

どうしてもやめることができなかった。午後五時に退社すると、家禽《かきん》を狙うタカのように町を徘徊しはじめた。最初は、夜がもたらしてくれるものだけで満足していた。公園でお手伝いの女を口説いたり、市場の黒人女や海岸をうろついている田舎出の気取った娘、あるいはニューオリンズから船でやってきたアメリカ人女性に狙いをつけた。日が暮れると町の住民の半分が足を向ける突堤へ彼女たちを導き、できるだけ先端のほうへ、時には立ち入りが禁止されている場所まで連れて行った。しばしば人の家の暗い玄関先に急いで飛び込み、門の陰でどうにかこうにかことを済ますこともあった。

灯台が彼にとってこの上ない避難所になった。老いの坂にさしかかり、何もかもが安定した頃に、彼はあの灯台のことを懐かしく思い返した。あそこが、とりわけ夜になると幸せだと実感できる格好の場所だったのだ。あの頃の恋の思い出が、点滅する灯台の明かりのようによみがえってきたものだった。灯台の下の、断崖に波が激しく打ち寄せる場所に小屋が建っていたが、そこで愛し合うとまるで難破船に乗っているような気持ちになって、いっそう激しく燃えたものだった。しかし、フロレンティーノ・アリーサは夜遅くの灯台のほうが好きだった。というのも、町の全景や海に照り映える漁《いさ》り火、さらには遠くの沼沢地まで望むことができるのだ。

女性の肉体的特徴と性愛に対する適応性の関係についての、どちらかといえばひどく単純な彼の理論が生まれてきたのはこの頃のことである。彼は肉感的な女性をあまり買っていなかった。この手の女性はワニを生のままとって食いかねないように見えて、その実ベッドの上ではむしろおとなしいのだ。逆のタイプが彼の好みだった。通りですれ違っても、男性が振り返りもしない痩せたおたまじゃくしのような女性に惹かれた。服を脱ぐと身体まで消えてしまいそうな感じで、ことをはじめたとたんに骨が軋み音を立てて痛々しく思えるのだが、そういう女性に限って往々、俺は絶倫だと吹聴している男をもよれよれにしかねないのだ。彼は、『恋人たちの手引き』の実践に役立つ付録にしようと考えて、経験不足ではあったがこうした観察をメモしておいた。しかし、その付録も手引書と同じ運命に見舞われることになった。その後経験豊かなアウセンシア・サンタンデールにさんざんもてあそばれ、逆立ちさせられたり、上になったり、下になったりさせられたものだから、彼の作り上げた見事な理論が粉々にうち砕かれ、目が覚めたようになった。彼女は愛のために必要なことをひとつだけ教えた。すなわち、誰も人生を教えることはできない、ということだった。

アウセンシア・サンタンデールは二十年間ごく普通の結婚生活を送り、子供を三人もうけた。

子供たちはそれぞれに結婚して、孫も生まれていた。だから、わたしはこの町でも最高のベッドに寝ているおばあちゃんなのよ、と自慢していた。ただ、彼女が夫を見捨てたのか夫が彼女を捨てたのか、あるいは夫が以前からの愛人と一緒に暮らすようになったときに、二人がお互いに相手を見限ったのかはいまだにはっきりしない。自由の身になったと感じた彼女は、それまで夜になるとしばしば裏口から招き入れていた川船の船長ロセンド・デ・ラ・ロサを白昼堂々と正面玄関で出迎えるようになった。船長は、深く考えもせずフロレンティーノ・アリーサを彼女のところへ連れて行った。

お昼を向こうで一緒に食べようと誘ったのだ。そのときに、自家製の強い酒が入った細口の大瓶と豪勢なシチューを作るのに必要な材料を提げていった。そのシチューを作るには、庭を走り回っている雌鳥と骨の柔らかい肉、ゴミ溜めをあさっている豚、それに川沿いにある村でとれる豆類と野菜が必要だった。しかし、フロレンティーノ・アリーサは最初に訪れたときから、すばらしい料理や豊満な女主人ではなく、家の美しさに強く惹かれた。海に面して大きな窓が四つ切ってあり、旧市街が一望できる採光も風通しもいいその家がすっかり気に入ったのだ。家には、ロセンド・デ・ラ・ロサが航海に出るたびに持ち帰ったありとあらゆる種類の見事な手工芸品が所狭しと並んでいた。一見雑然としているようで、その実ちゃんと計算されて並べられていて、そういったところにも彼は魅せられた。海に面したテラスには、リング状の止まり木にマレーシア産のオウムが一羽とまっていた。信じがたいほど白い羽をしたそのオウムが止まり木の上で静かにもの思いにふけっている姿を見ると、こちらまで何か考えさせられる。それは、フロレンティーノ・アリーサがそれまでに見た中でもっとも美しいオウムだった。

ロセンド・デ・ラ・ロサ船長は招待した客が感激しているのを見てすっかりご機嫌になり、ひとつひとつの品物の来歴をこと細かに語って聞かせる間も、休みなくちびちび飲み続けた。彼は全身が鉄筋コンクリートでできているような感じで、図体が大きく、頭を除いて全身が毛むくじゃらで、ペンキ職人が使うブラシのようなひげを蓄え、一度聞いたら忘れられない巻揚げ機《キャプスタン》のような声をしていたが、びっくりするほど礼儀正しかった。しかし、その鯨飲ぶりを見ていると、とても身体がもちそうになかった。食事をする頃には、持ってきた細口の大瓶に入っていた酒は半分空になっていて、テーブルについたとたんにビルがゆっくり倒壊するようにグラスと酒瓶の上に倒れこんだ。アウセンシア・サンタンデールはフロレンティーノ・アリーサの助けを借りて、浜に打ち上げられた鯨のようにぐったりしている船長の身体をベッドまで運び、眠りこけている彼の服を脱がせた。そのとき、星回りに感謝しなければならないような考えが二人の頭にひらめいた。別に申し合わせたわけでも、ほのめかしたり、進んでそうしようと言ったわけでもないのに、二人は隣の部屋で服を脱ぎはじめた。それから七年以上もの間、船長が航海に出ると、二人は服を脱ぎ捨てるようになったが見つかる気遣いはなかった。申し分のない船長だった彼は、港に着くと、たとえ明け方であっても必ず汽笛を鳴らす習慣があったのだ。最初は妻と九人の子供たちのために時間をかけて三度汽笛を鳴らし、そのあと愛人のために短く物悲しい汽笛を二度鳴らした。

アウセンシア・サンタンデールは五十近い歳で、さすがに年齢は争えなかったが、愛を味気ないものにしかねない技巧的な知識や科学的な理論とはまったくかかわりのない独特の愛の本能を備えていた。航海予定表を見れば、いつ彼女のもとを訪れたらいいかわかるので、フロレンティーノ・アリーサは昼夜を問わず好きな時間にふらりと立ち寄った。彼女はいつでも迎えてくれた。七歳まで育ててくれた母親と同じように頭にオーガンザのリボンをつけただけで、あとは素裸という格好でドアを開けた。服を着た男性が家の中にいると縁起が悪いと信じていたので、家に入れる前に必ず服を脱がせた。そのせいでロセンド・デ・ラ・ロサ船長とよく悶着を起こしていた。船長は裸でタバコを吸うとよくないことが起こるという迷信を信じていたので、口から離したことのないキューバ葉巻を吸い終えてからでないと、ことに及ぼうとしなかったのだ。一方、フロレンティーノ・アリーサは裸になることにまったく抵抗を覚えなかったので、彼女は挨拶もそこそこにドアを閉めると、うれしそうに彼を裸に剝きはじめた。帽子やメガネはそのままで、キスをし、歯と歯がぶつかりそうなキスを返されるとそれに応えながら、下から上へとボタンをはずしていった。まず、ズボンの前ボタンをひとつずつはずし、はずすたびにキスをする。ついで、ベルトのバックルをはずし、最後にヴェストとワイシャツのボタンをはずし、生きた魚の腹を割くように彼を裸にした。それからリビングルームに座らせると、ブーツを脱がせ、ズボンのすその折返しをつかんでズボン下と一緒にくるぶしのところまで引き下ろした。仕上げにふくらはぎのところにある靴下止めをはずして、靴下を脱がした。フロレンティーノ・アリーサはその時点でキスをしたりされたりするのをやめて、一点の狂いもなく執り行われる儀式にふさわしい唯一のことをした。つまり、ヴェストのボタン穴から懐中時計をはずし、メガネをとると、帰るときに忘れないようにその二つをブーツに入れた。よその家で裸になるときは、いつもそうするように心がけていたのだ。

裸になったとたんに、彼女が襲いかかってきた。彼を裸に剝いたソファの上のこともあれば、稀にベッドまで行くこともあった。上になると、彼を思うように扱いながら自分の中に閉じこもっていった。目を閉じて内側の完全な闇の中に入り込むと、前進したり、後退したり、あるいは眼に見えない方向を修正したりしながら、より強い刺激の得られる道を模索しつつ、溢れ出す愛液の中でおぼれることなく別の道を捜しつづけた。そして、彼女にしか分からない生まれ故郷の隠語をアブの羽音のような声でつぶやきながら、あの何かが闇の中のどこにあるかを問いかけ、答え返していたが、その何かを知っているのは彼女だけであり、彼女一人がそれを求めていたのだ。そして相手にお構いなく絶頂に達すると、世界全体を揺るがすような歓喜の叫び声を上げながら奈落の底へと転落していった。フロレンティーノ・アリーサも二人分の汗にまみれながら果てはしたが、満たされない思いで、結局自分は快楽の道具でしかなかったのではないだろうかという思いに捕らえられた。《あなたの男性遍歴を物語るカードに、僕という一枚が加えられたということなんだな》と言うと、彼女は誰にも束縛されない自由な雌として高らかに笑いながらこう言った。《いいえ、ちがうわ、カードが一枚減ったってことなのよ》。浅ましい欲望ですべてを味わいつくしたのは、結局彼女のほうなのだ。自尊心が目覚めると、彼は二度とここには戻ってこないと心に固く誓って家を出た。ところが、しばらくして真夜中にふと目を覚ますと、ぞっとするような孤独感にさいなまれた。アウセンシア・サンタンデールのひとりよがりの愛を思い出し、彼女の人となりもよく心得ていたのに、彼が嫌悪しつつも求めている喜びをもたらすその甘い罠から逃れることはできなかった。

知り合って二年後のある日曜日、彼が訪れると、彼女は服を脱がす代わりに、キスしやすいように最初に彼のメガネをとった。フロレンティーノ・アリーサは、ああ、ようやく自分を愛してくれるようになったのだと思った。あの家はまるで自分の家のように居心地がよくて気に入っていたが、いつも二時間以上長居したことがなかったし、泊まったこともなかった。あの家で食事をしたのも、正式に招かれた最初の一度だけだった。その頃、彼は一輪のバラを唯一の手土産にしてたった一つの目的のために彼女のもとを訪れ、今度いつ来るとも言わずに帰っていった。しかしあの日曜日、彼女はその方がキスしやすいということもあって真っ先に彼のメガネをとった。そして、ゆっくり愛し合ったあと、二人は船長の大きなベッドで眠り、裸のまま午後をそこで過ごした。シエスタから目を覚ましたときに、オウムがその美しい姿からは想像もつかない耳障りな金切り声をあげていたのがフロレンティーノ・アリーサの記憶に残っている。むせ返るように暑い部屋の中は透明な沈黙に包まれ、寝室の窓からはたそがれ時の太陽を背にした旧市街の全景や金色に輝いているドーム、さらにはジャマイカまで続いている海が真っ赤に燃え上がっているのが見えた。アウセンシア・サンタンデールは静かに休んでいる理性のない生き物のほうに大胆に手を伸ばしたが、彼はその手を払いのけると、こう言った。《今はだめだ。誰かに見られているような気がするんだ》。彼女は幸せそうな笑い声を立てたが、そのせいでオウムがふたたびけたたましい鳴き声をあげた。《ヨナの妻だって、そんな言い訳には耳を貸さないわよ》。彼女もヨナの妻と同じ考えだったが、彼の言い訳を聞き入れてやった。その後行為には及ばなかったが、長い間睦みあった。午後の五時、太陽はまだ高いところにあった。彼女はいつものように頭にオーガンザのリボンをつけただけで裸のままでベッドから飛び出すと、飲み物を捜しに台所へ行った。しかし寝室から一歩踏み出したとたんに、恐怖のあまり叫び声をあげた。

彼女は自分の目が信じられなかった。家の中に残っていたのは、天井から下がっている電灯だけだった。製作者のサインが入った家具類、インドの絨毯、彫像、ゴブラン織りの壁掛け、宝石をちりばめた貴金属製の無数の装身具、それまであの家を市内でもいちばんくつろげる最高の隠れ家にしていたすべてのものが、あの神聖なオウムまでもが姿を消していた。愛し合っている二人の邪魔をしないよう、泥棒が海に面したテラスから一切合財運び出したのだ。あとにはがらんとした客間だけが残され、四つの窓は開け放たれたままになっていた。奥の壁には《お二人がよろしくやっておられる間に、いただいて帰ります》とペンキで書きなぐってあった。アウセンシア・サンタンデールは窃盗にあったのに、訴えようとしないどころか盗品を扱う故買商のところへも行かず、不幸な事件を話題にすることさえ許さなかったが、ロセンド・デ・ラ・ロサにはその辺のところがよく理解できなかった。

フロレンティーノ・アリーサはその後も盗難にあったあの家に通い続けた。今では、家具といっても台所にあったのを泥棒が盗み忘れた革張りのスツールが三脚と彼らが寝ていた寝室においてあったものだけだった。しかし以前ほど足繁く通うことはなくなった。彼女が推測し、口にも出して言ったように家の中が荒れ果ててしまったからではなく、二十世紀はじめにラバに引かせる乗合路線馬車が新たに市内を走るようになったせいだった。目新しくて素敵な鳥の巣のようなその馬車には、はぐれた小鳥たちが大勢乗っていたのだ。彼は一日四回、つまり会社へ行くときに二回、家に帰るときに二回利用した。ときには本当に本を読んでいることもあったが、たいていは読む振りをしながら小当たりに当たって、後で女の子とデートする約束を取りつけた。そのあと、叔父のレオ十二世が、大統領のラファエル・ヌーニェスのラバと同じ金色の馬衣をつけた灰色の二頭のラバが引く馬車を好きに使っていいと言ってくれたが、ラバの乗合馬車を使っていた頃が鷹狩でいちばん成果の上がった時代だったと、懐かしく思い返すことになった。玄関先に馬車を待たせておいて、ひそかな恋を楽しむことなどできるわけがないのだから、彼がそう考えたのも無理はなかった。そこでふだんは馬車を家に隠しておいて、土ぼこりの上にわだちが残らないように徒歩で鷹狩に出かけていくことにした。後に彼は、やせ細り、傷だらけのラバの引く古い乗合馬車を懐かしく思い出すことになったが、あの馬車に乗ってまわりを見回しただけで、獲物がどこにいるかたちまち見抜くことができた。心の和むような思い出が数多くあったが、名前すら覚えていない寄る辺ない小鳥にまつわるひとつの思い出だけはどうしても忘れることができなかった。夜の数時間を一緒に過ごしただけだったが、人々が無邪気に騒ぎ立てるカーニバルの頃になると、彼女のことが思い出されて決まって悲しい思いにとらえられた。

人々が大騒ぎしている喧騒の中にあっても、彼女だけが平然としていたので、妙に気になった。年は二十歳になるかならないくらいで、病人の扮装をしているのならともかく、そうでなければカーニバルを楽しむ気持ちなどまったくないように見受けられた。明るい色のまっすぐな髪の毛が、自然に肩まで長く伸び、ありふれたリネンのチュニックを着ていた。装飾品は一切つけていなかった。通りでは音楽がうるさく鳴り響き、乗合馬車が通りかかると、乗客に向かってライス・パウダーを投げつけたり、*アニリン染料をかけたりした。きちがいじみた騒ぎの続く三日間、ラバは真っ白にコーンスターチを塗られ、頭には花飾りのついた帽子を載せられた。そうした騒ぎを利用して、フロレンティーノ・アリーサがアイスクリームを一緒に食べないかと誘ったのは、彼女が相手ならそれが精一杯だろうと考えたからだった。彼女は別に驚いた様子もなく、こう言った。《いいんですか。でも、言っておきますけど、わたしは頭がおかしいんですよ》。予測もしなかったその返事を聞いて彼は大笑いし、アイスクリーム店のバルコニーから山車《だし》のパレードを見ることにした。彼はケープ*を借りて羽織ると、二人で税関広場のダンスの輪の中に飛び込んでいった。彼らは誕生したばかりのカップルのように一緒に楽しんだ。というのも、それまで冷ややかな顔をしていた彼女が、突然人が変わったように夜の喧騒の中に溶け込んでいったのだ。彼女はまるでプロのダンサーのように踊りがうまくて、想像力豊かで大胆な行動を取って浮かれ騒いだ。彼女は魅力的ではあったが、まわりのものを荒廃させるような雰囲気があった。

「あなたは分かってないでしょうけど、わたしに近づくとろくなことがないわよ」カーニバルの熱気に包まれて笑い転げながら彼女はそう言った。「わたしは精神病院から抜け出してきたの」

あの夜、フロレンティーノ・アリーサはまだ失恋の苦い味を知らなかった思春期の無邪気なばか騒ぎをした頃に戻ったような気持ちになった。しかし、経験というよりもむしろ人から聞いた話で、そんな安直な幸せが長く続かないことは分かっていた。カーニバルの時は恒例で見事な扮装をした人たちに賞が与えられるが、それが終わったら夜明け前に灯台へ行って、夜明けの景観を見ようと誘った。彼女は大喜びして、ぜひ行きたいと答えたが、その前に誰が賞をもらうか見たいと言った。

フロレンティーノ・アリーサはその後もずっと、あのとき命拾いしたのは、すぐに灯台へ行かなかったおかげだと思っていた。女の子が灯台へ行きましょうと合図してきたとき、突然ディビーナ・パストーラ精神病院の二人のいかつい守衛と一人の看護婦が彼女に飛びかかっていった。彼女は午後の三時に病院から逃げ出し、それ以降病院関係者だけでなく、警官たちも血眼になって探し回っていた。彼女はカーニバルでダンスを踊りたくなったので、庭師から奪った山刀で守衛の一人の首を切り落とし、あとの二人に深手を負わせた。その彼女がまさか通りでダンスをしているとは誰も思わなかった。どこかの家に潜んでいるのだろうと考えて、彼らは天水桶の中まで調べた。

彼女を連れ戻すのは大事《おおごと》だった。胴着《ボディス》の下にしのばせてあった園芸用のハサミを振り回して暴れたので、大の大人が六人がかりで拘束服を着せなければならなかった。税関広場に集まった群衆はその血なまぐさい逮捕劇をカーニバルの余興の一つと思い込み、大喜びして拍手したり、口笛を吹いたりした。フロレンティーノ・アリーサはこの事件のためにひどく傷つき、灰の水曜日*以後、ディビーナ・パストーラ街をうろつくようになった。窓からありとあらゆる罵りの言葉や甘い言葉をわめきたてる女の入院患者に向かって、チョコレートの箱を見せびらかしたが、そうすればひょっとすると鉄格子の間から彼女が顔をのぞかせるかもしれないと思ったからだった。しかし二度と彼女を見かけることはなかった。数カ月後、ラバの乗合馬車から降りたとき、父親に手を引かれた小さな女の子が、彼が持っているイギリス製のチョコレートがひとつほしいとねだった。父親は女の子をしかりつけ、フロレンティーノ・アリーサに謝った。これをあげたら辛く悲しい思い出から解放されるだろうと思って、女の子に箱ごと渡すと、父親の肩を叩いてこう言った。

「これを渡すつもりでいた相手との恋が終わってしまったんです」

フロレンティーノ・アリーサがレオーナ・カッシアーニと出会ったのも乗合馬車の中だった。まるで運命があの事件に対する償いをつけてくれたような出来事だった。彼も彼女も気づいていなかったし、愛を交わすこともなかった。彼女こそ彼の人生における本当の女性だった。家に帰ろうとして五時の乗合馬車に乗った。彼女を見る前からそこにいることが何となく感じられた。彼女に見詰められて、彼はまるで指で触れられたように感じた。顔を上げて、彼女を見た。向かい側の席の端に座っていたが、ほかの乗客に囲まれているのに、ひときわ目立っていた。彼女は目を逸らさなかった。それどころか、恥ずかしがりもせず彼のほうをじっと見つめていたので、相手の考えはすぐに読み取れた。若い黒人の美女で、娼婦だとすぐに分かった。金を払って愛し合うのはもっとも軽蔑すべきことで、するべきではないと考えていたので、彼女のような女性を相手にしたことはなかった。

フロレンティーノ・アリーサは路面馬車の終点であるロス・コーチェス広場で降りると、母親が六時に待っていたので、大急ぎで迷路のように入り組んだ商店街に飛び込んだ。人ごみを掻き分けて反対側に出たが、商売女らしいヒールの音があとを追ってきた。彼女だということは分かっていた。念のために後ろを振り返ってみた。彼女は版画に出てくる奴隷女にそっくりの衣装を身につけていた。フリルのついたスカートをはき、歩道に水溜りがあると、ダンスでもするように裾を持ち上げて飛び越えた。両肩がむき出しになるほど襟ぐりが大きく開いた服を着、首には色とりどりの玉がついたネックレスを何重にも巻き、白いターバンをつけていた。その手の女は連れ込みホテルでいやというほど見てきた。たいてい夕方の六時ごろに朝食をとり、路上強盗が通りで最初に見かけた通行人の首にナイフを突きつけて、金と命、どっちが大事だ、と迫るようにセックスを使うしか能のない女たちだった。ひとつ確かめてやろうと思って、フロレンティーノ・アリーサは行き先を変えて、狭くて人気のないエル・カンディレッホ街に入った。女はどんどん近づいてきた。そこで彼は足を止め、後ろを振り向くと、雨傘に体重をかけて女の行く手を阻んだ。彼女と向き合う形になった。

「君は勘違いしているよ」と彼は言った。「ぼくにはその気がないんだ」

「あるわ」と彼女が言った。「顔にそう書いてあるもの」

フロレンティーノ・アリーサは子供の頃、かかりつけの医者で名親でもあった人が慢性的な便秘に関して次のように言ったのを思い出した。《世の中は通じのいい人間と悪い人間の二種類に分けられる》。この考えをもとに、医師は人間の性格に関する理論を作り上げて、それを占星術以上に正確だと思い込んでいた。しかし、フロレンティーノ・アリーサは年齢とともに経験をつんでいく中で、べつの理論を考え出した。《人間はセックスをする人間とそうでない人間の二種類に分けられる》。彼は後者、つまり正道から少しでも外れるのは異常なことだと考えていて、誰かと愛し合うと、まるで自分が愛を発明したかのように自慢げに吹聴するタイプの人間を頭から信じていなかった。それにひきかえセックスの好きなタイプは、目的のためにだけ生きている。それだけで十分だと考えていて、慎重に構えなければどのような目に遭うか分からないということを知っているので、墓石のように口を閉ざして何も語ろうとしない。女性との関係を手柄顔して語ることもなければ、人を信じたりもしない。まわりからインポテンツだの不感症だのと言われても、素知らぬ顔をしている。フロレンティーノ・アリーサの場合は気の弱い同性愛者だとまで言われた。そうした勘違いが自分たちの身を守ってくれるので、逆に喜んでいた。彼らは秘密結社のようなもので、そのメンバーは共通の言語を使わなくても、世界中どこにいても顔を見ただけで仲間だということが分かった。だから、その女性が、わたしも同じ仲間の一人なの、自分でもそのことに気づいているけど、あなたも気がついているはずよ、と答え返してきたときもフロレンティーノ・アリーサはべつに驚かなかったのだ。

　彼は一世一代の大失態をやらかしたが、そのせいで死ぬまで毎日のようにあのときのことを思い返すことになった。彼女が求めていたのは、恋ではなかったし、ましてや金で買える恋などではなかった。そうではなく、何でもいい、どんな仕事でもいいし、給料についても一切不平を言わないから、カリブ河川運輸会社で働かせてほしいと言った。フロレンティーノ・アリーサは彼女に失礼なことをしたと申し訳なく思い、人事課の課長のところへ彼女を連れて行った。課長は庶務課のいちばん下っ端の仕事を回してやったが、彼女は三年間つつましく、まじめに勤め上げた。

　カリブ《C.》河川《F.》運輸会社《C.》の事務所は会社の創設時から川岸の桟橋の前にあって、湾の対岸にある大西洋横断航路の船が着く港からも、アニマス湾にある市場の船着場からも独立していた。切妻式のトタン屋根の木造の建物で、正面に支柱で支えられた横長のバルコニーがついていた。建物の四方に金網を張った窓が切ってあり、そこからだとまるで壁にかけた絵を見るように船着場の船をすべて見渡すことができた。会社を創設したドイツ人がそれを建てたときは、屋根に赤いペンキを塗り、板壁には真っ白なペンキを塗ってあったせいで、建物自体が川船のような感じがした。その後全体に青いペンキが塗られた。フロレンティーノ・アリーサが入社して働くようになった頃にはそれも剝げ落ちて、ほこりっぽい物置のようになっていたし、屋根のトタンも錆びついてあちこちに新しいブリキを貼って補修した跡が見えた。建物の後方の、六角形の網目の金網をめぐらした中庭にはそれよりも新しい大きな倉庫が二つ並んでいた。その奥の悪臭を放つ汚水のたまった閉鎖された水路には、半世紀間川を航行していた船の残骸が朽ちるがままになっていた。

シモン・ボリーバルに名前をつけてもらった、煙突が一本しかない初期の船から、電動式ファンのついた比較的新しいものまで、さまざまな船が放置してあった。大半は部品がほかの船に使えるというので解体されていた。ペンキを塗って水に浮かべてやれば、イグアナをびっくりさせることも、懐かしい思いを抱かせる黄色の大きな花をつけた木の茂みを揺らすこともなく航行しそうに思えるほど状態のいい船も沢山あった。

建物の二階は管理部になっていた。町の建築家ではなく造船技師が作ったそこの事務室は、狭いが設備が整っていて働きやすかった。叔父のレオ十二世は通路の突き当たりで一般社員と同じように執務しており、部屋はほかの事務室とまったく同じ造りだった。一つだけ違っていたのは、朝になるとデスクの上に香りのいい花を活けたガラスの花瓶が置かれることだった。下の階には粗末なベンチの並んでいる待合室と、乗船券を発行したり荷物を取り扱ったりするカウンターがあって、そこが船客用の受付になっていた。一番奥が、仕事の性格があいまいなところから庶務課と名づけられた雑然とした部署で、他の部署で解決できない問題がすべて持ち込まれ、放置されたままになっていた。レオーナ・カッシアーニは学童用の小さな机に座り、船積みされるのを待っているトウモロコシの梱包や未処理の書類の山に囲まれていた。叔父のレオ十二世は庶務課を何とか機能させるいいアイデアはないかと思い、自ら足を運んで様子を見に行った。三時間にわたってその部屋にいる全課員にいろいろなことを尋ねたり、あれこれ知恵を絞ったり、具体的なことを問いただしたりしたが、山積している問題を解決するどころか、逆に手に負えない問題が次々新たに出てきて、がっくり肩を落として自分の部屋に戻った。

次の日、フロレンティーノ・アリーサが会社に行くと、この文書に目を通して、失礼に当たらないとお考えでしたら、叔父様にもお見せくださいと書かれた紙と一緒にメモが机の上に置いてあった。前日の午後、叔父が視察したとき、彼女だけが一言もしゃべらなかった。彼女は、自分はお情けで雇ってもらったのだからと考えて、遠慮して何も言わなかったのだ。しかし、メモを見て、彼女は決して手を抜いて仕事をしているのではなく、あの部署における自分の立場を考えて何も言わなかったのだということが分かった。メモの内容は驚くほど単純なものだった。叔父のレオ十二世は庶務課を徹底的に改変しようとしていたのだが、レオーナ・カッシアーニは、庶務課は事実上機能していないという単純な考え方に立って、まったく違った考えをもっていた。つまり、ほかの部署が、取るに足らないけれども面倒な問題があると、厄介払いをしようとして庶務課に持ち込んでくる、要するに庶務課はゴミ箱代わりに使われているだけだ、だから結論として、庶務課をなくし、問題を元の部署に突き戻して、そちらで解決してもらうしかないと結んでいた。

叔父のレオ十二世はレオーナ・カッシアーニがどういった人間かまったく知らなかったし、前日の午後の会議にそんな社員がいたかどうかも記憶になかった。メモに目を通すと、すぐ彼女を事務室に呼び、ドアを閉めて二時間ばかり話し合った。どういう人物か知りたいときにいつも彼が用いるやり方なのだが、すべての問題について大雑把に話し合った。メモは明快で常識的な内容だったし、解決策も実際に望んでいた通りの結果をもたらした。叔父のレオ十二世にとってはそんなことはどうでもいいことで、重要なのは彼女だったのだ。彼が何よりも心を惹かれたのは、彼女が小学校を終えたあと通ったのは夫人帽子製造学校だけだということだった。さらに、彼女は先生につかず自宅で速習方式の英語を学んでいた。それに、三カ月前から夜間のタイピスト養成コースに通っていたが、タイピストというのはかつて電信技師がそうであり、さらにその前は蒸気エンジンがそうであったように、非常に将来性のある仕事だった。

話し合い以後、レオ十二世は自分の名前を女性形にしたレオーナの名が気に入り、彼女をその名前で呼ぶようになり、ずっとその名で呼び続けた。レオーナ・カッシアーニが言ったとおり、何かとトラブルを起こすあの部署を廃止し、問題が生じた当の部署にそれをつき返して解決させることにした。そして、名前もなければ特に決まった仕事もない職を彼女のために作ってやったが、要するに彼女は彼の私設秘書になった。不名誉にも庶務課が廃止されたその午後、叔父のレオ十二世はフロレンティーノ・アリーサに、いったいどこでレオーナ・カッシアーニを見つけてきたんだと尋ねたので、彼は正直に答えた。

「だったら、また乗合馬車に乗って、ああいう女の子を見つけて引っ張ってくるんだ」と叔父は言った。「ああいう子があと二、三人いたら、お前のガレオン船を浮上させることができるはずだ」

フロレンティーノ・アリーサは叔父のレオ十二世らしいいつもの冗談だろうと思って取り合わなかったが、次の日、半年前から使うようにと回してもらっていた馬車がなくなっていたので、これは乗合馬車に乗って隠れた才能の持ち主を探せということだなと思った。一方、最初の三年間慎重に構え、巧みに自分の考えを押し隠してきたレオーナ・カッシアーニはその頃から自分の考えをはっきり口に出すようになった。次の三年間で会社をコントロールするようになり、その後の四年間で総務部のトップに上り詰めるところまでいった。それはフロレンティーノ・アリーサよりも一ランク下の地位に当たるというので、彼女は固辞した。それまで彼女はずっと彼の命令で動いてきたし、今後もそうしたいと言っていた。しかし、実情は違っていた。フロレンティーノ・アリーサ自身は気づいていなかったが、彼女の命令で動いていたのは彼のほうだったのだ。重役会議には隠れた敵がいて、彼をはめようといろいろな罠を仕掛けていた。彼女に指示されたとおり動いて、うまくかいくぐってきただけのことだったのだ。

レオーナ・カッシアーニは秘密を操作することにかけては悪魔も顔負けするような才能を発揮したし、ここぞというときは必ずその場に居合わせた。行動的で口が堅く、頭が切れたが、根は優しかった。必要なときは心を鬼にして容赦なく鉄槌を振るうこともあった。けれども、自分のためにそうした才能を使うことはなかった。フロレンティーノ・アリーサが自分の持てる力を考慮せずにしたいと思っていることを実現させるためなら、どれほど犠牲を払っても、場合によっては血を見るようなことがあっても力を尽くした。要するに、彼が階段を上っていけるように障害物を取り除くこと、それだけを彼女は願っていたのだ。彼女には権力に対する抑えようのない志向が備わっていたので、自分の力でどこまででも登り詰めただろうが、彼女を突き動かしていたのは純粋な感謝の気持ちだった。彼女の決意は揺るぎないものだったので、フロレンティーノ・アリーサはいつの間にか彼女の仕組んだ策謀に巻き込まれることになった。不幸な出来事があって、彼女が自分の行く手をさえぎろうとしていると思い込んだ彼は、彼女を抑え込もうとした。彼女はそんな彼にこう言って聞かせた。

「勘違いしないでください。あなたがそうおっしゃるのなら、いつでも手を引きますけど、その前にもう一度よく考えてみてください」

フロレンティーノ・アリーサはそういうふうに考えてみたことが一度もなかった。彼女に言われて初めて自分なりに精一杯考えた末に、武器を捨てて降伏した。フロレンティーノ・アリーサは絶えず危機的状況にある会社内で決してきれいとはいえない戦いを行い、あきもせず鷹狩に精を出して不幸な目に遭い、しかもフェルミーナ・ダーサの姿が日ごとに薄れていった。そんな中彼は、汚穢と愛にまみれながら熱に浮かされたように戦い続けているあの勇猛果敢な黒人女性の魅力的な姿を前にして片時も心の休まる間がなかった。あの午後、彼女とはじめて出会ったとき、水商売の女にちがいないと勘違いしたが、実際にそうであったほうがよかったのかもしれないと、心ひそかに思うこともあった。それなら、自分自身の主義主張を通して問題を処理しただろうし、金塊を渡してでも彼女と寝たにちがいなかった。レオーナ・カッシアーニはあの午後、乗合馬車で出会った頃とまったく変わっておらず、気性の激しい逃亡奴隷のような服装をし、頭に狂ったようなターバンを巻き、下げ飾りのついたイアリングに動物の骨で作ったブレスレットをし、ネックレスを何重にもかけ、十本の指に模造宝石の指輪をしていた。それはまさに町を行く雌ライオン《レオーナ》といった感じだった。あれから長い年月がたっていたが、見かけはほとんど変わっていなかった。輝くような中年期を迎え、女の魅力がいっそう増して、アフリカ人女性特有の引き締まった身体がますます男心をそそった。フロレンティーノ・アリーサは最初に大失態をやらかした罪滅ぼしだと考えて、この十年間彼女を口説いたことはなかったし、彼女もそうしたことに関わりなく何かにつけて彼を補佐してきた。

　フロレンティーノ・アリーサは母親が亡くなってからはしばしば夜遅くまで仕事をするようになったが、ある夜仕事が遅くなって帰ろうとしたときに、ふと見るとレオーナ・カッシアーニの部屋の明かりがついていた。ノックもせずにドアを開けると、彼女は一人で仕事をしていた。机に向かって真剣な顔で夢中になって仕事をしていたが、新しいメガネをかけていたせいで学者のような感じがした。フロレンティーノ・アリーサはこの建物にいるのは自分たちだけだと考えて、うれしさとも不安ともつかない気持ちに襲われた。桟橋には人気がなく、町は寝静まり、真っ暗な海は永遠の夜の闇に包まれていて、船の物悲しい汽笛の音が聞こえてきたが、その船が着くまでにはまだ一時間以上あるはずだった。フロレンティーノ・アリーサは以前狭いエル・カンディレッホ街で彼女の行く手を阻んだように、雨傘に体重をかけたが、今回は膝ががくがくしているのを気づかれまいとしてそうしていたのだ。

「いとしいライオンさん、ひとつ訊きたいんだが」と彼は言った。「いつになったらこういった状況から抜け出せるんだい？」

彼女は動揺した様子もなく落ち着いてメガネをとると、ぱっとあたりが明るくなるような笑みを浮かべた。それまで彼女は一度も彼に親しく口をきいたことがなかった。

「あら、フロレンティーノ・アリーサ」と彼女は言った。「十年間ここに腰を下ろして、あなたからそう言われるのを待っていたのよ」

しかし、すでに手遅れだった。チャンスは彼女が乗っていたラバの乗合馬車の中で訪れ、その後も彼女が今座っている椅子の上でずっと時が来るのを待ち続けていたが、もはやそれは過去のものになってしまった。彼のためにひそかに策をめぐらせ、彼のために決してきれいとは言えない仕事にも手を染めてきたせいで、人生の辛酸を舐め、彼よりも二十歳ばかり老け込んでしまった。彼をとても愛していたので、欺きたくはなかった。これからもずっと愛しつづけたいと考えて、彼女はいささか荒っぽいやり方に出た。

「無理ね」と彼女は言った。「子供はいないけど、きっと自分の子供と寝るような気持ちになると思うの」

それが彼女の本音ではないはずだという思いが、フロレンティーノ・アリーサの心にトゲのように突き刺さった。女性が無理だとか、いやだと言っても、通常そこには最後の決断を下す前にもうひと押ししてほしいという気持ちがこめられているが、彼女の場合は事情が違う。彼としては、一度ならともかく、二度間違いをしでかしたくはなかった。彼は潔く、身についているとは言いがたい優雅な態度であっさり引き下がった。その夜以後、二人の間にわだかまっていた影がきれいさっぱり消え去った。一緒に寝なくても女性と親しくなれるのだということを、フロレンティーノ・アリーサはようやく悟った。

レオーナ・カッシアーニにだけはフェルミーナ・ダーサとの秘密を打ち明けておきたいと思った。あの秘密はほんの数人の人間しか知らなかったが、秘密自体が押しとどめようのない力で人々の記憶から消えて行きつつあった。そのうちの三人は墓場まで秘密を持っていった。彼の母親は死ぬずっと以前に記憶をなくしていたし、ガラ・プラシディアは娘といってもおかしくない年頃の娘につかえて、老衰で亡くなった。彼が生まれてはじめて受け取ったラブ・レターを祈禱書に隠して届けてくれた忘れがたいエスコラスティカ・ダーサは、あれから長い年月がたっているので生きているはずはなかった。現在生きているかどうかも分からないロレンソ・ダーサは、娘が放校処分にならないようにフランカ・デ・ラ・ルス修道尼に秘密を打ち明けたはずだが、そのことがうわさになって広まったとは考えられない。ほかに、イルデブランダ・サンチェスの住んでいる遠い土地で働いている十一人の電信技師がいたが、彼らは二人のフルネームと正確な住所を知っていた。またイルデブランダ・サンチェスとその取り巻きの勝気な従姉妹たちも秘密を共有していた。

本来ならフベナル・ウルビーノ博士も数の中に入れなければならないのだが、フロレンティーノ・アリーサはそこまで考えが及ばなかった。結婚当初、イルデブランダ・サンチェスはよく新婚家庭へ遊びにいき、そのとき博士に秘密を打ち明けた。べつの話題のときにさりげなく伝えたので、右の耳から入って左の耳から抜けていったにちがいない、と彼女は思っていた。実を言うと博士はまったく聞いていなかった。イルデブランダはフロレンティーノ・アリーサのことを世に隠れた詩人の一人で、ひょっとすると詩人として認められて、《花の戯れ》賞を受賞するかもしれないと言ったが、ウルビーノ博士は誰のことなのか思い出せなかった。説明するまでもなかったのだが、彼女は善意から、結婚前のフェルミーナ・ダーサにとってたった一人の恋人なんですと言った。恋といっても無邪気で、つかの間のものでしかなく、どちらかといえばいじらしい恋だったと、懸命になって説明した。ウルビーノ博士は彼女のほうを見ずに言った。《あの男が詩人だとは知らなかったな》。ほかのことと一緒にそのことも彼はすぐに忘れてしまった。仕事柄その方が道徳にかなうと考えて、いろいろなことをつとめて忘れるようにしていたのだ。

あの秘密を知っているのは、母親を除けば全員がフェルミーナ・ダーサの生きている世界の人間だということに、フロレンティーノ・アリーサは気がついた。彼の世界では自分ひとりしか知らなかった。それが重圧となってのしかかり、誰かに打ち明けたいという気持ちに何度も襲われたが、信頼できる人間がまわりにいなかった。唯一レオーナ・カッシアーニにだけは打ち明けられそうな気がした。しかし、いつ、どういう形で切り出せばいいのか分からなかった。そんなことをあれこれ考えているうち、夏のむせ返るように暑い午後、フベナル・ウルビーノ博士がC.F.C.の急な階段をのぼってきた。階段を一段のぼるごとに一息ついて、午後三時の暑さに耐えていたが、フロレンティーノ・アリーサの事務室に現れたときは、ズボンまで汗にまみれ、息をあえがせていた。彼は苦しそうに言った。《この分だと、きっとサイクロンが来るよ》。博士は叔父のレオ十二世に会うためによくやってくるので、フロレンティーノ・アリーサは博士と何度も顔を合わせていたが、この望まざる客の来訪が自分の人生と何らかのかかわりがあるとはっきり感じたのはそのときがはじめてだった。

当時はフベナル・ウルビーノ博士もやはり苦しい時期を乗り切ったところだった。しかし、芸術を奨励するための寄付金集めに精を出していて、帽子を手にまるで物乞いのように一軒一軒家を回っていた。叔父のレオ十二世も熱心で気前のいい協力者の一人だった。博士が訪れたときは、ちょうどいつものようにデスクの前の回転椅子で十分間のシエスタをはじめたばかりだった。フロレンティーノ・アリーサは叔父のレオ十二世の隣の部屋を使っていた。そこは控え室のようなものだったので、フベナル・ウルビーノ博士にここでお待ち願えますかと言った。

それまで何度か顔を合わせたことがあったが、二人きりで話をしたのはそれがはじめてだった。フロレンティーノ・アリーサは劣等感にさいなまれ、またしても吐き気を覚えた。あの十分間は永遠に続くように思われた。その間に三度席を立って、叔父がいつもよりも早く目を覚まさないだろうかと様子を見に行き、魔法瓶の湯を使っていつものブラックコーヒーを入れた。ウルビーノ博士は、わたしは結構ですと言ったあと、《コーヒーは身体に毒ですよ》と付け加えた。そして、相手にお構いなく次から次へと話題を変えていろいろな話をした。フロレンティーノ・アリーサは、博士の生まれ持った高貴さや流暢で正確な言葉遣い、かすかな樟脳の匂い、人間的な魅力、軽薄なことを言っても、彼が口にすると、それだけでいかにも重要なことのように思われる気さくで優雅な態度に耐えられなかった。医師が突然話題を変えて、出し抜けに尋ねた。

「音楽はお好きですか？」

まったく予測もしない質問だった。実を言うと、フロレンティーノ・アリーサは町でコンサートやオペラが上演されると欠かさず足を運んでいたが、博士が相手では批評めいたことを言ったり、博識をひけらかすことはできそうになかった。彼は大衆的な音楽が大好きで、とりわけセンティメンタルなワルツがお気に入りだった。考えてみると、若い頃に作った曲やひそかに書いた詩はたしかにワルツと似通ったところがあった。そういう曲はほんの少し聴いただけで、何日でも夜になるとメロディーが頭の中を駆け巡って、どうしても消し去ることができなかった。しかし、いかにも音楽に詳しそうな博士からまじめに尋ねられた質問の答えとしては、あまりにも不真面目な感じがして、口に出せなかった。

「ぼくはガルデル*が好きなんです」

ウルビーノ博士はうなずいてこう言った。《分かります、人気のある歌手ですからね》。その後、いつものことだが、公的な援助を受けずに実現しようとしている新しいさまざまな計画を夢中になって数えたてはじめた。さらに、前世紀にはすばらしい興行を見ることができたのに、現在呼びよせることのできる興行はこちらの気持ちが萎えるくらいお粗末なものですからねと言った。博士は何とかコルトー＝チボー＝カザルス・トリオ*をコメディア劇場に呼ぼうとして、この一年間懸命になって前売りチケットを売りさばいていた。もっとも市の関係者はその三人がどういう役者か知らなかったし、一方で今月上演されるラモン・カラルト一座の探偵ドラマやドン・マノーロ・デ・ラ・プレサ一座のオペレッタとサルスエラ、舞台の上で一瞬にして扮装を変える見事な早変わりと物まねを見せるサンタネーラス一家、*もとフォリー・ベルジェールのダンサーだったという触れ込みのダニーズ・ダルテーヌ、さらには闘牛と素手で格闘する気味の悪いバスクの狂人ウルスス、こうした興行はチケットがすでに完売していた。しかし、話はそれだけではなかった。われわれが半世紀間にわたって経験した九度の内乱、もっとも同じ戦争だったのだから、数え方でひとつの内乱とみなすこともできるが、ともかくそれを終えてようやく平和な暮らしが戻ってきたというのに、ヨーロッパ人はまたしても野蛮な戦争をするという悪いお手本を示しているのだから、ばかばかしいにもほどがある。博士の魅力的な話の中で、フロレンティーノ・アリーサがいちばん興味を惹かれたのは《花の戯れ》賞が復活するかもしれないという話だった。これはフベナル・ウルビーノ博士が過去において行ったもっとも長続きし、よく知られた活動のひとつだった。毎年行われるあのコンクールは国内だけでなく、カリブ海のほかの国々の有名な詩人たちも関心を寄せるようになっていた。実は彼も熱心に応募していた。思わずそのことを口に出しそうになったが、何とかこらえた。

　二人が話をはじめるとすぐに、むせ返るように熱かった大気が急に冷たくなり、四方から吹きつける突風がドアと窓を激しく叩き、事務所の建物が漂流している帆船のように基礎からぎしぎしきしみはじめた。フベナル・ウルビーノ博士はあまり気にならないようだった。六月の狂ったようなサイクロンの話をしたあと、突然何の脈絡もなく自分の妻の話をはじめた。妻はもっとも熱心な協力者であるだけでなく、自分の活動の魂のような存在だと言ったあと、《妻がいなければ、わたしは何もできないでしょうね》と付け加えた。フロレンティーノ・アリーサは感情を表に出さずに軽くうなずいた。声で自分が動揺していることを悟られるのではないかと思い、一言もしゃべらなかった。しかし、少し話を聞いただけで、いくつものエネルギーを消耗する仕事を抱えながら、フベナル・ウルビーノ博士が自分と同じように妻を崇拝するだけの余裕があることに気がついた。そうと分かって彼は呆然となった。思ったように返事を返すことができなかった。感情が先に立ってしまい、つい娼婦が考えそうな意地の悪い考えを抱いたからだった。つまり、自分とそれまでずっと仇敵のように思ってきたこの男は同一の運命の犠牲者であり、共通の情熱に振り回されているに過ぎない。言い換えれば、自分たちは同じくびきにつながれた二頭の家畜なのだ。フロレンティーノ・アリーサは二十七年間の長きにわたってひたすら待ち続けた。そのときはじめて自分が幸せになるためには、敬服すべきこの男に死んでもらうしかないと考えて、突き刺すような耐えがたい痛みを覚えた。

サイクロンはあっという間に通り過ぎた。その強い北西の風は沼沢地のそばの地区を破壊し、町の半分を荒廃させた。レオ十二世から過分の寄付を受け取り、今回も大喜びしたフベナル・ウルビーノ博士は、嵐が完全に収まるのを待たずにフロレンティーノ・アリーサが差し出した雨傘をひょいとつかむと、馬車のところまで歩いていった。フロレンティーノ・アリーサは自分の傘を貸したことを気にしてはいなかった。それどころか、雨傘が誰のものか分かったら、フェルミーナ・ダーサはどう考えるだろうと思って、うれしくなった。思いがけずウルビーノ博士と話す機会を持ち、気持ちの整理がまだついていないときに、レオーナ・カッシアーニが事務所に入ってきた。心の中のわだかまりを打ち明けるのは今しかない、ここは迷わず秘密を打ち明けるべきだと考えた彼は、フベナル・ウルビーノ博士のことをどう思う、と切り出した。彼女はほとんど何も考えずに言った。《いろいろなことを、あまりにも沢山のことをしているわね、でも、あの人が何を考えているのか誰も知らないと思うの》。そのあと、黒人女性特有の大きくて鋭い歯で鉛筆の尻の消しゴムをがりがりかじりながら考え込み、最後に肩をすくめると、投げやりな口調で言った。

「たぶん、いろいろなことをしているのはそのせいね。つまり、何も考えないためなのよ」

フロレンティーノ・アリーサは彼の話を続けようとしてこう言った。

「とても辛いんだが、彼には死んでもらわなければならないんだ」

「誰だっていずれ死ぬわ」

「それはそうだが」と彼は言った。「彼にはほかの誰よりも死ななきゃいけない理由があるんだよ」

彼女は彼の言っていることが理解できず、もう一度肩をすくめると何も言わずに事務室から出て行った。フロレンティーノ・アリーサは、将来ひょっとすると幸せな思いでフェルミーナ・ダーサと一緒にベッドに入ることになるかもしれないが、そのときは、秘密を打ち明けることのできるたった一人の人がいたけど、その人にさえ自分たちの恋の秘密を明かさなかったと言おう、と心に決めた。よそう、レオーナ・カッシアーニにも打ち明けないでおこう。実を言うと彼はこのとき、人生の半分を通して大切に秘密をしまいこんできた箱を彼女のために開けたくないという気持ちが働いていたのではなく、箱を開ける鍵をなくしてしまったことに気がついた。

午後は、それ以上に心を騒がせる話が話題に上った。彼は若いころのことをよく覚えていた。

とりわけ《花の戯れ》賞のことは鮮明に覚えていた。毎年、四月十五日になると、アンティル諸島一帯ではその賞のことが大きな話題になった。彼はつねに主人公の一人だったが、決まって隠れた主人公のままで終わった。最初のコンクールから応募していた彼の名前が表に出ることはなかった。別に気にしてはいなかった。賞が欲しくて応募していたのではない。賞は彼にとって添えものでしかなかった。というのも、はじめての授賞式でフェルミーナ・ダーサが封蠟をした封筒を開いて、第一次審査を通過した人たちの名前を読み上げて以後、名前を読み上げるのは彼女の仕事になった。

　フロレンティーノ・アリーサは薄暗い平土間の特別席に身を潜めていたが、胸のボタン穴に差してある切ったばかりの椿の花が激しい息遣いのせいで揺れていた。はじめてのコンクールの夜、旧国民劇場の舞台の上に立ったフェルミーナ・ダーサは、彼の目の前で封蠟をした三通の封筒を開こうとしていた。彼がもし《金の蘭》を受賞したと分かったら、彼女はいったいどう思うだろうと考えた。彼の字だということはひと目で分かるはずだし、そうと分かったとたんに、小さな公園のアーモンドの木の下で刺繍していた午後のことや手紙に忍ばせておいたしおれたクチナシの花の香り、風の吹きすさぶ明け方に王冠を戴いた女神をうたった秘められたワルツなどの思い出がよみがえってくるはずだった。そうはならなかった。残念なことに、国中の詩人がいちばん欲しがっている《金の蘭》賞は中国人の移民に与えられたのだ。決定がおかしいと言って、人々は騒ぎ立て、まじめに審査したのかという声が上がった。その決定は間違っていなかった。審査員たちは十四行詩《ソネット》がすぐれているので、満場一致で選んだのだ。

　誰一人、賞を受けた中国人があの詩を書いたとは思っていなかった。前世紀末にパナマで大西洋と太平洋を結ぶ鉄道が敷設されたが、そのときに黄熱病がはやって大勢の犠牲者が出た。その中国人は疫病から逃れるためにほかの中国人と一緒にやってきて、この国に住みついた。彼らはこの国で中国語を使って生活し、中国語を使いながら繁殖していった。誰が誰だか見分けがつかないほど顔立ちがよく似ていた。最初は十人足らずで、中には妻や子供、食用の犬を連れているものもいた。その後税関の目をかいくぐって予想もしなかったほど大勢の中国人が流れ込んできたせいで、わずか数年のうちに港のそばのスラム街の四本の通りは人であふれかえるようになった。そうした若者たちの中には、いったいいつ年をとったのだろうと不思議に思えるほど短い期間に堂々とした家長にのし上がったものもいた。人々は直感的に彼らを二種類に、つまり悪い中国人といい中国人に分類した。悪い中国人は港の近くのうら寂れた中華レストランにたむろして王侯貴族のような贅沢な食事を取ったり、ひまわりを添えたネズミの肉を食べているときに急死したりした。中華レストランを隠れ蓑に、彼らは白人女性を奴隷として売買したり、ありとあらゆるものを売っているのではないかという疑惑がもたれていた。一方、いい中国人は洗濯屋をしていて、神聖な知識の継承者である彼らは、ワイシャツを新品以上にきれいに洗い、カラーとカフスを作りたての聖餅のように真っ白に仕上げた。こうした善良な中国人の一人が、すぐれた詩を書く七十二人の競争相手に打ち勝って《花の戯れ》賞を受賞したのだ。

フェルミーナ・ダーサが困惑しながらその名前を読み上げたが、なんという名前なのか理解したものは一人もいなかった。名前が異様だったせいではなく、誰一人中国人の名前を聞いたことがなかったので、聞き取れなかったのだ。しかしあれこれ考える必要はなかった。名前を呼ばれたとたんに、受賞した中国人が、家に早く帰ることのできたときに中国人がよく見せる天上的な微笑を浮かべて平土間の奥の席から姿を現したからだった。彼は自分が受賞すると確信していたので、賞をもらうために春の儀式のときにつける黄色の絹のローブをまとっていた。彼は十八金の《金の蘭》を受け取ると、裏工作があったにちがいないと考えた観衆が罵声を浴びせる中、幸せそうにそれにキスをした。彼はまったく動じなかった。舞台の中央で、われわれのものほどドラマティックではない神意を伝える使徒のように顔色ひとつ変えずに待っていた。場内が静かになるとすぐに受賞した詩を朗読しはじめた。しかし、誰一人理解できなかった。ふたたび罵声が飛んだ。そのときフェルミーナ・ダーサが暗示に満ちたハスキーな声で穏やかにその詩を朗読した。とたんに驚嘆の声があがった。もっとも純粋な高踏派《パルナシアン》の流れを汲む完璧な詩だった。そこにはべつのすぐれた詩人が手を加えたと思われる霊感の息吹が感じ取れた。偉大な詩人の誰かが《花の戯れ》賞をからかってやろうとしてこのようないたずらを思いつき、中国人は死ぬまで秘密を守ると約束して話に乗ったのだとでも考えないかぎり説明がつかなかった。わが国の伝統ある新聞《商業日報》は、カリブ海における中国人の古い歴史と文化的影響に関する、該博ではあるがどちらかといえば未消化なエッセイを通して市の名誉を守る一方、《花の戯れ》賞には誰でも参加する権利があると訴えた。そのエッセイの筆者は、あのソネットを書いたのは自分だという中国人の言葉を鵜呑みにしており、それは「すべての中国人は詩人である」というエッセイのタイトルからも読み取ることができた。あの事件の裏に仕掛け人がいたとしても、彼らはその秘密を墓場まで持っていって、そこで朽ち果ててしまった。受賞した中国人も、東洋人が通常亡くなる年齢に達すると、真相を告白することなくあの世へ旅立ち、《金の蘭》と一緒に埋葬されたものの、詩人として認められたいという生涯唯一の願いはかなえられず、怨念を抱いたまま棺に納められた。彼の死を機に、《花の戯れ》賞にまつわる忘れられた事件がふたたび新聞で取り上げられ、金の豊穣の角を持った肉感的な少女を描いた近代派風の装飾画と一緒にソネットが掲載された。詩の守護神たちはその機会を利用して真相を究明しようとしたが、若い世代の人たちから見ればひどくできのわるい詩に思えたので、そのソネットは死んだ中国人によって書かれたにちがいないという結論を出した。

フロレンティーノ・アリーサの記憶の中では、あのスキャンダルと、隣の席に座っていた見知らぬ太った女とがひとつに結びついていた。式がはじまったとき、女のほうにちらっと目をやったきり、その後ひょっとすると受賞するかもしれないという期待感で胸が高鳴って、女のことは忘れてしまった。真珠母貝色の真っ白な肌や太って幸せな女がよくつける香水の匂い、造花のモクレンを飾ったソプラノ歌手のように堂々とした胸に目を惹かれた。ぴっちりした黒のビロードの衣装をつけ、不安気で熱っぽいその目も衣装と同じ黒い色をし、ジプシー風の櫛でぴんと張った髪の毛はさらに深い黒味を帯びていた。下げ飾りのついたイヤリングに同じデザインのネックレスをつけ、何本かの指にはピカピカ光る鋲のような形をした指輪をはめ、右の頰にはペンシルでホクロを描いていた。最後に拍手が鳴り響き、場内が騒然としているときに、女が心から痛ましそうに彼のほうを見た。

「辛いお気持ちはよく分かりますわ」と言った。

同情されて当然だったとはいえ、フロレンティーノ・アリーサがびっくりしたのはそのことではなく、見ず知らずの他人に自分の秘密を見抜かれたことだった。彼女は言った。《封筒が開かれているとき、あなたの胸に飾った花が大きく揺れていたのを見て、気がついたんです》。彼女は手にもったフラシ天のモクレンを見せると、正直に言った。

「だから、自分のをはずしたんです」

彼が受賞しなかったので彼女は泣きそうになったが、フロレンティーノ・アリーサは夜の狩人の本能で彼女の気分を変えてやった。

「どこかへ行って、一緒に泣きましょう」と彼は言った。

彼女の家まで送っていった。ドアの前に着いたときはもう真夜中近くで、通りには人影がなかった。あなたは十年以上公的な行事に顔を出して、切抜きや写真をアルバムにとってあるとおっしゃっていましたね、ブランディーでも飲みながらそれを見せていただけませんかと水を向けた。あの頃にしても古臭い手だった。国民劇場から帰る道すがらアルバムの話を持ち出したのは彼女のほうだったので、彼としても下心だけでそう言ったわけではなかった。居間に入って真っ先に気づいたのは、ひとつしかないベッドルームのドアが開けはなしてあって、大きくて豪華なベッドに錦織のベッドカバーがかかり、頭板がブロンズ製の木の葉模様になっていることだった。それを見て彼は戸惑った。彼女もそのことに気づいたのだろう、あわてて居間を突っ切ると寝室のドアを閉めた。そのあと、猫が眠っていた花柄のクレトン*更紗のソファに腰をかけるようにすすめ、コーヒー・テーブルの上にアルバムのコレクションをおいた。フロレンティーノ・アリーサはアルバムを見るよりも次はどう攻めたものだろうと考えながらゆっくりアルバムを繰った。ふと顔を上げると、彼女の目が涙で潤んでいるのに気がついた。泣きたいときは、思いっきり泣いたほうがすっきりしますよと忠告し、さらにボディスを緩めたほうがいいでしょうと言った。ボディスは長い紐を十文字掛けにして固く締めてあったので、彼は急いで緩めるのを手伝ってやった。最後までほどくまでもなく、内側の肉の圧力で自然にほどけ、巨大な胸が思い切り息を吸い込んだ。

フロレンティーノ・アリーサははじめてのときだと、たとえ触れなば落ちんという状態にあっても思い切った行動に出られなかったので、指先で首筋の辺りをそっと撫でた。彼女は泣き止みはしなかったけれども、甘やかされた子供のような声を上げて身をよじった。それを見て、彼は指先でそっと触れたときのように、同じ場所に軽くキスをした。二度目のキスは必要なかった。彼女が欲望に燃えた熱い身体を彼のほうに振り向けたのだ。二人は抱き合ったまま床に転がり落ちた。そのせいでソファの上にいた猫が目を覚まし、ギャーッと鳴き声をあげて二人に飛びかかってきた。彼らはまるで年若いカップルのようにあえぎながら互いに身体をまさぐりあい、汗まみれになりながらばらばらになったアルバムの上を転げまわって具合のいい体位をとろうとしたが、無様な格好で愛し合うよりも怒り狂った猫の爪による攻撃を避けるほうが先決だった。しかしその夜以降、二人は引っかき傷から血を流しながら数年間愛し合うことになった。

彼女を愛しはじめたと気づいたとき、相手はすでに女ざかりの年齢で、彼は三十前だった。名前はサラ・ノリエーガといい、若い頃貧しい人たちの愛をうたった詩の本を書いて、あるコンクールで賞をとり、一時期騒がれたこともあったが本として出版されることはなかった。公立学校で礼儀作法と公民を教えていて、その給料で古いゲッセマネ地区の雑多な人たちが住んでいる恋人たちの路地《エル・パサーヘ・デ・ロス・ノビオス》に家を借りて住んでいた。その場限りの愛人が何人かいた。周りにいる同世代の男性はたとえ一緒に寝たとしても、その相手と結婚することなどありえなかったので、彼女は結婚をあきらめていた。十八歳のとき、文字通り狂ったように愛した婚約者がいた。その最初の恋人が結婚式の一週間前に婚約を破棄したために、彼女はもてあそばれただけに終わり、以後二度と結婚しようと思わなくなった。当時そういう女性は、お古と呼ばれていた。はかなくも残酷なそういう経験をしたからといって、彼女は人生に背を向けることはなかった。それどころか、結婚しようがしまいが、神がいようがいまいが、法律があろうがなかろうが、ベッドに男性がいなければ生きていても仕方ないという、驚くべき確信を抱くようになった。フロレンティーノ・アリーサが何よりも気に入ったのは、彼女が赤ちゃんのおしゃぶりを吸わないと絶頂に達することができないということだった。二人で市場へ行き、そこにあるありとあらゆるサイズ、形、色のおしゃぶりを買い集めた。サラ・ノリエーガは絶頂に達しそうになると、ベッドの頭板のところに吊るしてあるおしゃぶりを手さぐりで探したものだった。

彼と同様彼女も何ものにも縛られていなかったし、おそらく二人の仲が世間に知れても別に気にしなかっただろうが、フロレンティーノ・アリーサは最初から自分たちの関係は秘めた情事だと考えていた。彼はいつも夜遅くに裏口からこっそり忍び込み、夜が明ける少し前にそっと家を抜け出した。あそこのように人が大勢住んでいる集合住宅では、いくらごまかしているつもりでも住民がちゃんと知っていることは彼らにも分かっていた。しかし、所詮形式的なものでしかないとしても、フロレンティーノ・アリーサは生涯どの女性に対しても同じように接していた。彼は、彼女だけでなく、ほかの女性に対しても一度も過ちを犯さなかったし、信頼を裏切るようなこともしなかった。誇張でなく、たった一度でも身に危険が及ぶような痕跡や証拠になるような文書を残したりすれば、命を失いかねないと考えていた。事実、彼はつねにフェルミーナ・ダーサの永遠の夫、不実ではあるが決して別れることのない夫として行動し、裏切られたという不快な思いを抱かせずに、その束縛から逃れようと戦い続けていたのだ。

彼のような秘密主義が誤解を生むのは仕方のないことだった。トランシト・アリーサは、愛によってはらまれ、愛のために育てられた息子がどのような愛にも心を動かされなくなったのは、若い頃の最初のつまずきが原因だと思い込んだまま死んでいった。しかし、彼のごく近しい人たちで、隠しごとの好きな彼の性格やいわくありげな服装、奇妙なローションへの偏愛振りを知っているあまり好意的でない多くの人たちは、彼は愛ではなく、女性に心を動かされないのだと考えていた。フロレンティーノ・アリーサはそのことを知っていながら、訂正しようとしなかった。サラ・ノリエーガもそんなことを気にしていなかった。彼女は彼が愛した数え切れないほど多くの女性、彼を愛することなく彼を喜ばせ、彼のおかげで喜びを得た多くの女性と同じように、彼をあるがままの人間として、つまりその場限りの男性として受け入れたのだ。

いちばん静かな日曜日の朝方がとりわけ多かったが、時間かまわず彼女の家に姿を見せるようになった。彼が現れると、彼女はすべてを投げ出し、つねに彼のために用意してある装飾過剰のベッドで、自分の全身を使って懸命になって彼を喜ばせようとした。そこにはおざなりの儀礼的なセックスにならないようにという気持ちが込められていた。結婚歴のない独身女性の彼女がどうしてそこまで男性を喜ばせる術を心得ているのか、またどうしてすべすべした身体のネズミイルカが水中を泳ぐようにベッドの上でのびのびと軽やかにその身体を動かすことができるのか、フロレンティーノ・アリーサには理解できなかった。彼女は、何よりも愛が自然に教えてくれるのよと言って、彼の質問をはぐらかした。《生まれつき身体が知っているか、いつまでたっても覚えないかのどちらかよ》と彼女はよく言ったものだった。ひょっとすると見かけ以上に男遍歴をしているのかも知れないと考えて、フロレンティーノ・アリーサは身もだえするような嫉妬を覚えることがあった。しかし彼女はもちろん、ほかのすべての女性に対しても愛しているのは君だけだよと言っていた手前、その言葉を鵜呑みにするより仕方なかった。ほかにも気になることはあって、中でもベッドにたけり狂った猫が入り込んでくるのにはうんざりさせられた。サラ・ノリエーガは愛し合っているときに爪で引っかかれて怪我をしてはいけないというので、猫の爪を切っておいた。

ベッドの中でくたくたに疲れ切るまで睦みあい、果てたあとのけだるさの中で詩を作るのが彼女の楽しみでもあった。彼女は通りで二センターボで売っている小冊子に載せられた流行の感傷的な詩を驚くほどよく覚えていたが、一方で四六時中大声で朗読するためにお気に入りの詩を壁に押しピンで留めていた。つづり字法の授業で使っている教科書のように、礼儀作法と公民の教科書も十一音節の二行連句の詩形に変えたものの、正式な使用は認められなかった。彼女は詩を朗読したいという気持ちがあまりにも強くて、愛し合っているときでさえ時々大声で詩を朗読するので、そんなときフロレンティーノ・アリーサは赤ん坊を泣き止ませようとするように、無理やり彼女の口におしゃぶりを押し込んだ。

二人の関係が熟してきた頃、フロレンティーノ・アリーサは、乱れたベッドのそれと日曜日の穏やかな午後のそれの、いったいどちらが本当の愛なのだろうか疑問に思ったが、サラ・ノリエーガは二人が裸になってすることはすべて愛なのだという単純明快な理論で彼を安心させた。《腰から上の愛と腰から下の愛、というわけなの》と言った。分断された愛というのはなかなか気のきいた愛の定義だというので、二人で力をあわせて詩を書いた。誰一人これほど独創的な詩を書いたものはいないはずだと確信して、彼女は第五回の《花の戯れ》賞に応募した。しかしまたしても選に漏れた。

フロレンティーノ・アリーサが家まで送っていく間、彼女は荒れ狂っていた。自分でも理由は分からなかったようだが、ともかく自分を敵視しているフェルミーナ・ダーサが裏で工作して、あの詩が選ばれないように画策したのだと思い込んでいた。フロレンティーノ・アリーサは彼女の言うことを聞いていなかった。彼は授賞式のときから暗い気分になっていた。フェルミーナ・ダーサとは長い間会っていなかった。あの夜、ひと目見て以前とすっかり変わってしまったことに気がついた。彼女はもうすっかり母親になり切っていた。息子が小学校に上がっていたのだから当然のことで、驚くことでもなかった。しかし、それまで気がつかなかったが、あの夜の彼女は腰のあたりに肉がつき、歩き方もせかせかしていたし、受賞者の名前を読み上げる声も変だったので、以前よりも老け込んだとはっきり感じとれた。

記憶を確かめるために、サラ・ノリエーガが食事を作っている間、《花の戯れ》賞の授賞式の様子を写したアルバムをふたたび繰ってみた。雑誌のカラー写真やアーケードでみやげ物として売っている黄ばんだ絵葉書を見ているうちに、自分が送ってきた偽りの人生を亡霊よろしくもう一度見直しているような気持ちに襲われた。それまでは、世界は変化していくし習慣や流行も変わっていくが、彼女だけは違うという幻想にしがみついて生きてきた。しかしあの夜はじめて、フェルミーナ・ダーサの上にも着実に時間が通り過ぎている、自分が何もせずに座して待っている間に、自分自身の人生も過ぎ去っているのだということを実感として感じた。それまでサラ・ノリエーガに彼女のことを打ち明けたことはなかった。彼女の名前を出しただけで唇まで真っ青になることが分かっていたからだった。しかしあの夜、けだるい日曜日の夕方と同じようにアルバムを繰っているときに、サラ・ノリエーガが何気なく核心をつく一言を言ったので、彼は血の凍るような思いをした。

「この女は娼婦よ」

そばを通りざま、仮面舞踏会で黒豹に変装したフェルミーナ・ダーサの写真を見てそう言ったのだが、それだけでフロレンティーノ・アリーサは誰のことかすぐに分かった。動揺しているのを悟られまいとして、慎重に言葉を選びながら彼女を弁護した。自分はフェルミーナ・ダーサを遠くから見かけたことがあるだけだし、型どおりの挨拶をするくらいのもので、私生活のことは一切知らない、けれども彼女が何もないところから出発しながら、自分の長所を活かしてあそこまで上りつめたというのは、やはりすばらしい女性ということなんだよ、と。

「お金が目的で愛してもいない男性と結婚するなんて」と、サラ・ノリエーガは彼の言葉をさえぎるようにして言った。「最低の娼婦でもやらないわ」

ここまで手厳しくはなかったが母親も、やはり失恋の痛手をこうむった息子を慰めようとして、フェルミーナ・ダーサを道徳的に厳しく批判したことがある。サラ・ノリエーガの痛烈な言葉を聞いて狼狽した彼は、なんと答え返していいか分からず、話題を変えようとした。しかしサラ・ノリエーガは、フェルミーナ・ダーサに対する怒りを思う存分ぶちまけるまで攻撃の手を休めようとしなかった。自分でも説明のつかない直感によって、フロレンティーノ・アリーサが受賞しないように画策した張本人はフェルミーナ・ダーサにちがいないと思い込んでいたが、そう考える根拠はどこにもなかった。彼女たちは知り合いどころか、顔を合わせたこともなく、しかもフエルミーナ・ダーサはコンクールの内部事情を知っているにしても、賞の決定にはまったく関わっていなかった。サラ・ノリエーガは《わたしたち女は直感でわかるのよ》、そう決めつけるように言うと、話を打ち切った。

それ以来、フロレンティーノ・アリーサはサラ・ノリエーガを今までと違った目で見るようになった。彼女の上にも年月が影を落としていた。荒々しいセックスも今では味気ないものになり、行為の最中にすすり泣くようになったし、昔の悲しみがまぶたに暗い影を落とすようになった。花で言えば、もう盛りを過ぎていた。その上、受賞できなかったせいで、腹立ちのあまりブランディーをがぶ飲みするようになった。夜の態度も以前と違ってきた。二人で温めなおしたココナッツ・ライスを食べていたときのこと、彼女は賞を逃したあの詩を書く際にそれぞれがどれくらい貢献したかを数え立て、もし受賞していたら《金の蘭》の花弁をどちらが何枚もらえたかを計算しようとした。複雑な裏のあるビザンチン風のコンクールに二人が応募したのはそのときがはじめてではなかったのに、選に漏れたことを口実にいやみを言いはじめた。彼らは些細なことで口論するようになり、ほぼ五年にわたってつづいた上下に分断された愛の怨恨がついに表面化するようになった。

十二時十分前に、サラ・ノリエーガが椅子に登って振り子時計のねじを巻き、時間を合わせたのは、もう帰る時間だと伝えようとしたにちがいない。フロレンティーノ・アリーサはそのことに気づいて、一刻も早く愛のない自分たちの関係に終止符を打つべきだと考えた。どの女性にもそうしてきたように、関係を断つ場合は自分のほうからイニシアティヴをとろうと機会をうかがった。サラ・ノリエーガの方からベッドに入ろうと言い出し、彼がそれを拒む形で二人の関係が終わるようにしたかったので、そうなりますようにと神に祈った。ねじを巻き終えた彼女に、自分の横に座るように言ったが、彼女は来客用の安楽椅子に腰をおろして、距離をとった。以前は愛し合う前に、彼がブランディー・グラスに人差し指をひたして差し出すと、その指を吸うのが好きだったので、同じことをしたが彼女は顔を背けた。

「いらないわ」と彼女が言った。「人を待っているの」

フェルミーナ・ダーサに捨てられてから、フロレンティーノ・アリーサは最終的な決断を保留するようになった。そこまで気まずい状況になっていなければ、彼はサラ・ノリエーガにもっとしつこく迫っていただろう。というのも、一度ある男性と寝た女性は、その男性から優しくされ、ベッドに入ろうと言われると必ずそのとおりにするはずなので、あの夜ももし彼のほうから言い寄っていれば、ベッドの中で睦み合っていたにちがいない。そう確信していたからこそ、彼はどんなことにも耐え、どう考えてもきれいとはいえない恋の駆け引きも大目に見てきたのだし、女から生まれた女に最終決断をさせるようなことをしてはいけないと考えていたのだ。しかしあの夜はひどい屈辱感を覚えていたので、一気にブランディーを飲み干すと、それまでの怨みつらみをぶちまけたあと、ものも言わずに出て行った。以後、彼らは二度と顔を合わせることはなかった。

あの五年間にフロレンティーノ・アリーサが関係を持ったのはサラ・ノリエーガ一人ではなかったが、彼女との関係がもっとも安定していて、長く続いた。彼女といると、とりわけベッドの中では幸せな気分になった。それでもフェルミーナ・ダーサの代わりにはならなかった。だから、夜になると孤独な狩人としての仕事に精を出すようになり、できる限りの時間とエネルギーをそのために割いた。しかし、サラ・ノリエーガのおかげで、一時的にせよ何かにあぶりたてられるような焦燥感が奇跡的に和らいだことも事実だった。以前は、何か仕事をしていてもフェルミーナ・ダーサに会いたいという気持ちが頭をもたげると中断して、彼女がいそうなところ、ふつうなら考え付かないような通りや、いるはずのないとんでもない場所をあてどなく捜しまわったり、さまよい歩いたものだが、今では少なくとも彼女の顔を見なくても生きていけるようになった。しかし、サラ・ノリエーガと別れてからは、それまで眠っていたやるせない思いが目覚め、ふたたびあの小さな公園で本を読んでいた午後を思い返すようになった。今回はそこにフベナル・ウルビーノ博士に早く死んでもらわなければならないという気持ちが加わっていた。

以前から、自分を幸せにしてくれるかどうかに関わりなく、未亡人を幸せにしなければならない、それが自分の運命だと考えていた。それどころか、彼はそのための心の準備さえしていた。孤独な狩人としての仕事に精を出したせいで多くの未亡人と知り合ったが、おかげでフロレンティーノ・アリーサは、この世には幸せな未亡人が掃いて捨てるほどいることに気がついた。何人もの未亡人が、夫の遺体を前にして悲しみのあまり取り乱し、夫がいなければこの先自分は生きていけないから、どうか夫と一緒に棺に入れて生きたまま埋葬して欲しい、と懇願するのを目にしてきた。ところが、そんな彼女たちも新しい現実になじんでくると、ふたたび活力を取り戻して灰の中からよみがえってくるのだ。がらんとした広い家で日陰の寄生植物のような暮らしをしているうちに、未亡人たちは女中とすっかり親しくなり、枕を抱いて寝るようになるが、長年不毛な囚われ人の生活を送ってきたせいでほかに何もすることがなかった。有り余った時間をつぶすために、以前は忙しくてほうってあった亡くなった夫の衣服のボタン付けをしたり、いつでも着ることができるように硬いカフスとカラーのついたワイシャツに何度もアイロンがけをしたりした。バスルームに夫用の石鹸を置き、ベッドにはイニシアルの入った枕カバーを並べ、生前はいつもそうだったように、死後も何も言わずに突然戻ってこないとも限らないというので、夫が座っていた場所に料理皿と食器類をそろえておいた。孤独なミサを行っているうちに彼女たちは、名前だけでなくアイデンティティまで捨てたのだから、これからは自分の好きに生きていいのだと、少しずつ考えるようになった。その代わりに安心感が失われることになったが、考えてみればそれも新婦の時代に抱いた数々の幻想のひとつでしかなかった。狂ったように愛し、相手もおそらくは愛してくれたはずの男性が結局は重荷になり、最後に息を引き取るまでまるで子供のようにお乳を飲ませ、汚れたオムツを替え、朝になると現実と向き合うのがいやだと言って、家の外に出て行きたがらないのを母親よろしくうまく言いくるめて出してやらなければならない、そのようなことを経験上知っているのは彼女たちだけだった。しかし、夫が彼女たちにはげまされて外の世界に出て行ってしまうと、家に取り残された彼女たちはひょっとすると夫はもう帰ってこないのではないだろうかという不安にさいなまれた。それが彼女たちの人生だった。愛がもしあるとすれば、それとはべつのもの、べつの人生だったのだ。

心安らぐ怠惰な一人暮らしをしているうちに、未亡人たちは人から後ろ指をさされない生活をするには、肉体の命じるがままに生きていけばいいのだということに思い当たる。おなかがすいたときだけ食事をし、嘘偽りなく人を愛し、義理でセックスをするのがいやさにタヌキ寝入りを決め込む必要もなくぐっすり眠り、シーツの半分を、部屋の空気の半分を、夜の半分を夫に奪われることもなくひとりでベッドを占領し、飽きるまで自分の夢にひたって、たった一人で目を覚ますのだ。フロレンティーノ・アリーサはひめやかな狩人として夜明けを迎えたときに、朝五時のミサを終えて帰っていく未亡人たちをよく見かけた。彼女たちは黒い服に身を包み、その肩には宿命のカラスが止まっていた。夜明けのうす闇の中にたたずんでいる彼の姿を見かけると、彼女たちは通りをわたって反対側の歩道に移った。そして、小鳥を思わせるためらいがちで小さな歩幅で歩いていったが、それというのも男性のそばを通るだけでも名誉が汚されると考えていたからだった。しかし彼は、物悲しげな未亡人のうちに、ほかのどんな女性にも見られない幸せの種子が秘められていると確信していた。

ナサレット未亡人以後、大勢の未亡人と付き合ってきたおかげで、彼女たちが夫の死後どれほど幸せに暮らしているかを知ることができた。それまで彼にとって単なる幻想でしかなかったものが、彼女たちと付き合ったおかげでその手でしっかりつかむことのできる可能性に変わったのだ。フェルミーナ・ダーサが同じような未亡人にならないという証拠はどこにもなかった。亡くなった夫に申し訳ないと思ったりせず、あるがままのフロレンティーノ・アリーサを受け入れる心の準備ができ、彼とともに新しい幸せを見出して、これまでよりも二倍幸せになろうと心に誓うが、その背後には生活の一瞬、一瞬を奇跡に変える日常的な愛と、死が免疫の働きをして、あらゆる種類の汚れから守ってくれる彼女だけの愛が秘められているのだ。

フェルミーナ・ダーサは、思わぬ災厄は別として、先行きに何の心配もない世界に生きていた。そんな彼女が自分の身勝手な空想からどれほどかけ離れたところにいるか多少でも分かっていたら、彼もおそらくはあそこまで熱を入れて空想をたくましくしなかっただろう。あの頃は、金持ちになるといいことも沢山あったが損をすることも多々あった。それでも、ほとんどの人は永遠の命を得る可能性が手に入るように思って、なんとしても金持ちになりたいと願ったものだった。フェルミーナ・ダーサは一瞬のひらめきで分別ある判断を下し、フロレンティーノ・アリーサを拒絶したが、そのとたんに彼を哀れに思うようになった。しかし、自分の決断が間違っていたとはただの一度も思ったことはなかった。あのときは、理性が何を根拠にあのような先見の明のある判断を下したのか理解できなかった。何年も後に、老いの坂にさしかかった頃に、フロレンティーノ・アリーサに関する何気ない会話の中で思いがけずその理由が明らかになった。彼はもっともいい時期にカリブ河川運輸会社の後継者になるだろうとうわさされていた。誰もが彼とは何度も会っていたし、取引をしたこともあると言っていたのに、いざ記憶の糸を手繰ろうとすると、どんな人物だったか誰も思い出せなかった。その話を聞いて、フェルミーナ・ダーサははじめて無意識のうちに彼を拒んだ理由が飲み込めた。《人間というよりも、影のような感じの人なの》と彼女は言った。確かに、彼は誰も知らないある人物の影のような感じがした。彼と対照的な性格のフベナル・ウルビーノ博士から言い寄られて、はい、と答えないで頑張っているときも、彼女は罪の意識をもたらす亡霊にさいなまれつづけ、その亡霊にだけはどうしても耐えられなかった。亡霊が近づいてきたと分かっただけで、彼女はパニック状態におちいり、誰かが彼のことは気にしなくていいと言ってくれなければ、自分の感情をコントロールすることができなかった。幼い頃、台所で皿が割れたり、誰かが倒れたり、ドアで自分の指を挟んだりすると、うろたえてそばにいる大人のほうに向き直り、あわてて《あなたが悪いのよ》と言ったものだった。誰が悪いとか、自分は悪くないと言いたいのではなく、とにかくどこかに責任を押し付けたかったのだ。

亡霊は目障りな上に、家の平穏をひどく乱すことに気づいたウルビーノ博士は、それが現れたと分かると、急いで妻に、《気にしなくていい、元はといえばぼくが悪いんだ》と言った。彼は妻が突然思ってもいない決断を下すことを何よりも恐れていたからだが、そうした決断はつねに罪の意識から生じてくるものなのだ。フロレンティーノ・アリーサを捨てたせいで生じた精神的な動揺は、慰めの言葉くらいでは消せなかった。フェルミーナ・ダーサは結婚してからの数カ月間、朝になるとバルコニーを開いた。そして、人気のない公園からこちらをじっと見つめていた孤独な亡霊がいないのを寂しく思い、彼がいつもその下に座っていた木や、そこに座って彼女のことを考えながら本を読んだり、苦悩したりしていたあまり目立たないベンチを眺め、最後に《かわいそうな人ね》とため息混じりにつぶやきながら窓を閉めたものだった。今となっては過去を取り戻すことなどできないのは分かっていても、思っていたほどしつこく言い寄ってこなかったことで裏切られたような気持ちになり、ときにはついに届くことのなかった手紙をいまさらながら受け取りたいと思った。彼女はフベナル・ウルビーノと結婚するかどうかの決断を下さなければならなくなったときに、ひどい精神的危機に見舞われた。フロレンティーノ・アリーサを明白な理由もなく切り捨て、その後ウルビーノを選んだ際も、実はこれといったはっきりした理由があったわけではなかった。彼女はあの二人をそれほど深く愛していたわけではなかった。おまけに、フベナル・ウルビーノのことはほとんど知らなかった。彼の手紙はもう一人の男性のものほど熱情的でなかったし、自分の決意を伝える文面も心を動かすほど感動的なものではなかった。フベナル・ウルビーノの求婚の手紙は愛の言葉でつづられていなかった。彼のようなカトリックの闘士にしてはおかしな話だが、手紙で安心感や規律、幸福、具体的な数値をあげて、それを約束すると書いていた。その総計が彼にとっては愛に似たもの、愛に近いものだったのだ。しかし、そうしたものは愛ではなかった。その疑念が彼女の混乱をいっそう大きくした。彼女もまた生きていく上でもっとも大切なものが愛だとは考えていなかったからだった。

いずれにしても、父親のロレンソ・ダーサが娘の相手にと熱望していた理想の男性にフベナル・ウルビーノ博士があまりにもぴったりだったのが、博士を好きになれなかった大きな理由だった。現実はそうでなかったのだが、彼女には父親が知恵を絞って作り上げた人物としか思えなかった。呼びもしないのに博士が二度目の診察に訪れたとき、フェルミーナ・ダーサはそう確信した。従姉のイルデブランダと話をしているうちに、彼女はますます混乱するようになった。イルデブランダもやはりかなわぬ恋の犠牲者だった。ロレンソ・ダーサはおそらく、娘の気持ちがウルビーノ博士に傾くように協力してくれると思って呼び寄せたのだろうが、イルデブランダはそんなこととも知らずにフロレンティーノ・アリーサと自分を重ね合わせるようになった。従姉はフロレンティーノ・アリーサに会うために電信局まで出かけていった。フェルミーナ・ダーサもあのとき一緒についていきたいと思っていた。その気持ちを必死になって抑えた。もう一度彼と会って、自分の疑問をぶつけたいと思っていたのだ。二人きりで会い、自分が衝動的な決断を下したばかりに、父親の思う壺にはまって抜きさしならない状況に追い込まれないよう、じっくり話し合って本音を聞きだしたいと思っていた。しかし、最後の最後になって彼女はウルビーノを選んだ。あのとき彼女は、求婚者の男性的な美しさや伝説的な富、若くして勝ち得た栄光、現実に備わっている多くの長所といったものを一切考慮しなかった。ただ、このチャンスを逃してはいけないという焦りと、二十一歳を期に運命の声に従おうと心ひそかに決めていたせいで、気持ちが大きく揺れ動いたのだ。その瞬間に神と人間の法に定められているとおりに決断し、それを死ぬまで守り抜くことになった。もはや気持ちが揺れ動くことはなかった。彼女は理性が命じるもっとも正しいこと、つまり涙ひとつこぼさずスポンジでフロレンティーノ・アリーサの思い出をぬぐい去り、完全に消し去ったのだ。記憶の中で彼が占めていた場所はひなげしの咲き乱れる牧草地に変わった。彼女は最後にいつもより大きなため息をつきながら、《かわいそうな人ね》とつぶやいたが、それがすべてだった。

新婚旅行から戻ったとたんにもっとも恐れていた疑念が頭をもたげはじめた。トランクを開け、家具の梱包を解き、カサルドゥエロ侯爵の旧邸宅の女主人になるために持ってきた十一個の箱を開いたとたんに、自分はとんでもない家の囚われ人になった、しかもいっそう悪いことに夫は人が変わったようになってしまったと気づいて、ふっと気が遠くなり、このまま死んでしまうのではないかとさえ思った。その状態から抜け出すのに六年かかった。不機嫌この上ない姑《しゅうとめ》のドーニャ・ブランカと、精神的に成長が止まってしまっている小姑たちのせいで絶望感に襲われたあの歳月が彼女にとっていちばん辛い時期だった。小姑たちは僧院にこそ行かなかったが、僧院にいるのと同じで家の中で生きながら朽ち果てていた。

ウルビーノ博士は一族の血筋を何よりも重く考えていた。だから、神の英知と妻の計り知れない適応力が事態を何とか丸く収めてくれるだろうと信じて、妻の懇願に耳を貸そうとしなかった。以前母親は人生を心から楽しんでいて、暗い気持ちになっている人たちにさえ生きる意欲を与えたものだが、その母親が精神的に荒廃してしまったことが博士にとっては悩みの種だった。かつての母親は美しく知的で、彼らの生きる世界にあってはきわめてまれな人間的な感受性にも恵まれていた。だからこそ、四十年にわたって楽園のような社交界の魂であり肉体であり続けたのだ。

未亡人になったせいで、まるで別人のように不愉快な女になり、ぶくぶく太って意地が悪くなり、すべての人を敵視するようになった。夫が、彼女の言う黒ん坊どもの集団のために命を落としたことに対する恨みつらみが、彼女の心を壊してしまったとしか考えられなかった。彼女自身は、同じ犠牲になるのなら、わたしのために犠牲になって生き続けてくれればいいのにと考えたのだ。いずれにしても、フェルミーナ・ダーサの幸せな結婚生活は新婚旅行の間しか続かなかった。本来なら決定的な破局が訪れる前に助けてくれるはずのたった一人の人が、母親の権威を前にして恐怖のあまり指一本動かせなくなっていた。自分を死の罠にはめたのは、知恵の後《おく》れた小姑でもなければ半ば狂っている姑でもなく、夫自身なのだということにフェルミーナ・ダーサはようやく思い当たった。彼女は自分が結婚した相手が医者としての権威が備わっているだけでなく、世俗的な意味でも魅力的な人間ではあるが、その背後に隠されているのがどうしようもない腰抜け、つまり苗字の重みで虚勢を張っているだけの張子の虎でしかないことに気がついた。もはや手遅れだった。

彼女は生まれたばかりの赤ん坊に逃避した。身が二つになり、自分とはべつの何かから解放されてほっとした気持ちになった。産婆から脂肪と血にまみれ、首にへその緒が巻きついた赤裸の赤ん坊を見せられたときは、おなかを痛めて産み落としたはずなのに何の愛情も感じられず、自分でもびっくりした。孤独な邸宅で赤ん坊と肌を接して暮らし、互いに相手のことが分かるようになってはじめて、子供というのは自分が生んだから可愛いのではなく、一緒に暮らして育てていくうちに愛情が湧いてくるのだということに気がつき、言いようのない喜びを覚えた。あの不幸な家では、子供以外のどんなものにも、どんな人間にも耐えられなかった。孤独感、墓地のような庭園、窓のない大きな寝室でいたずらに過ぎ去っていく時間、そうしたもののせいで精神的に落ち込んでしまった。隣の精神病院にいる女の患者たちの叫びたてる声が耳について、夜がいつまでも終わらないように思え、頭がおかしくなりそうになった。あの家では、毎日彼女が晩餐用のテーブルに刺繡入りのテーブルクロスをかけ、銀製の食器と葬儀用の燭台を並べる、すると亡霊のような五人の女たちが席についてミルク・コーヒーと揚げパンで夕食を済ませるという習慣があったが、彼女はそれが恥ずかしくて仕方なかった。たそがれ時のロザリオの祈りやお上品ぶったテーブル・マナーもひどく腹立たしかった。また、食器の扱いが悪いとか、大またで音を立てずに歩くのは街の女の歩き方だとか、まるでサーカス芸人のような服装をしているとかいったように、何かにつけていびられた。挙句の果てに、夫に対する態度がなっていないとか、お乳をやるときにマンティーリャで胸を隠さないのは田舎もののすることだとまで言われた。あるとき、午後五時のお茶会を開いて、来ていただいた方に最近イギリスではやっているやり方にならって豪華なクッキーと食用《エディブル》フラワーの砂糖漬けを出そうと思い、はじめて招待状を出したが、ドーニャ・ブランカは、我が家では熟成したチーズにチョコレートを添え、キャッサバのパンを出すのが決まりで、汗を出して熱を下げる薬湯を飲ませるようなことはさせませんと言って反対された。夢にまで難癖をつけられた。ある朝フェルミーナ・ダーサが、昨夜は、屋敷内の広間で裸の見知らぬ男が灰をつかんでばら撒いている夢を見たんです、と話したところ、ドーニャ・ブランカがぴしゃりと言った。

「品位のある女性はそんな夢を見たりしません」

つねに人の家で暮らしているような居心地の悪さを感じていた。それに加えてさらに大きな不幸が降りかかってきた。ひとつは、ほとんど毎日形を変えてナス料理を作らなければいけないことだった。ドーニャ・ブランカは亡き夫をしのぶ意味が込められていると言って、頑として変えさせようとしなかった。フェルミーナ・ダーサは一切口をつけなかった。色があまりにも毒々しいために食わず嫌いではあったが、幼い頃から彼女はナスが大きらいだったのだ。ただ、それくらいでことが済むのなら、まだましだと考えざるを得なかった。五歳の頃、食事のときにナスが大きらいだと言ったのだが、それを聞きとがめた父親がなべに六人分のナスを料理して無理やり食べさせた。どろどろに溶けたナスをわっと戻し、お仕置きにヒマシ油を大匙一杯飲ませられたので、死ぬような思いを味わった。ナスのいやな味と毒を口に入れたという恐怖心とで、まるで下剤を飲んだようにひどい下痢をした。ナスとヒマシ油が記憶の中でひとつに結びつき、カサルドゥエロ侯爵邸でのぞっとするような昼食のときは、以前父親がしつけようとして飲ませたヒマシ油のせいで身体が凍りつくような嘔吐に襲われたが、そうならないよう料理から目を逸らさなければならなかった。

もうひとつの不幸はハープだった。ある日、ドーニャ・ブランカがいかにもわざとらしく言った。《ピアノも弾けないようなら、品のいい婦人とはいえないと思いますよ》。これはいわば一種の命令のようなもので、さすがの息子も反対した。大人になってからは感謝するようになったが、幼年時代のいちばん楽しい時期をガレー船のようなピアノ教室で過ごした苦い経験が忘れられなかったのだ。二十五歳という年齢で、しかもああいう性格の妻がそのような責め苦に耐えている姿はとても想像できなかった。しかし母親からは、天使の楽器だからというまことに子供っぽい理由で、ピアノはやめてハープにしなさいという答えしか引き出せなかった。かくて、純金製のような感じのする、金の音色を出す見事なハープがウィーンから運ばれてきた。これは後に市の博物館のもっとも貴重な収蔵品になるが、その後の火事で博物館のほかの収蔵品とともにすべて灰になってしまった。フェルミーナ・ダーサは破局という決定的な事態を避けるために、最後に残された犠牲的精神を発揮して贅沢な責め苦を受けることにした。そのためにモンポックス市から呼ばれた選り抜きの先生についてハープを習いはじめた。二週間後に先生が突然亡くなった。そこで神学校でいちばん上手な先生について数年間習うことになったが、その先生の墓掘人夫のような口臭が気になって、分散和音《アルペッジオ》がうまく弾けなかった。

おとなしく言いなりになっていることに、彼女は自分でも驚いていた。内心ではもちろんのこと、愛し合う前に声を殺して夫をなじっているときも、ハープの練習を容認していたわけではなかったが、自分で思っていたよりも早く新しい世界の因習と偏見の網目に絡めとられてしまった。最初は、自由に批判してやるつもりで、《風が吹けば、扇子はいらなくなるわ》という言葉を呪文のように唱えていた。しかしその後、勝ち取った特権を失いたくないし、人前で恥をかいたり、馬鹿にされたくないと考えるようになり、お祈りの中で飽きもせず自分の死を願っているドーニャ・ブランカを神様も哀れに思われるだろうと考えて、屈辱に耐える覚悟を決めた。

ウルビーノ博士はもっともらしい理屈を並べて自分の優柔不断さをごまかそうとしたが、その理屈が教会の考えに対立するものだとは思いもしなかった。妻とのいさかいの原因は家の重苦しい空気ではなく、結婚生活の本質そのものに根ざしていると考えていた。つまり、彼に言わせれば、結婚生活というのは神の無限の恩寵によってのみ存在しうる不条理な発明なのである。論理的に考えれば、互いにこれといった強い絆で結ばれてもいなければ、性格や教養だけでなく性までも異なる、他人といってもおかしくない二人の人間が突然一つ屋根の下で暮らし、ベッドをともにし、ひょっとしたらまったく違う道を歩むはずだった人生をともに分かち合うことなのだが、博士の考えはそれとも対立するものだった。彼はよく、《結婚生活で生じる問題というのは、毎晩愛し合ったあとにいったん解決されるけれども、毎朝、朝食の前にまたしても頭をもたげてくるものだ》と言っていた。彼らの場合、夫婦間のトラブルは対立する二つの階級が原因で生じているし、しかも住んでいる町そのものが、いまだに副王領時代に回帰することを夢見ているような地区であるだけに、いっそう始末に悪いと考えていた。愛があるかどうかは別として、もし二人を結び付けているものがあるとすれば、それは愛のように気まぐれで当てにならないものであった。結婚した時点では、二人の間に愛は存在しなかった。二人してそれを築きあげようとしたとたんに、運命が彼らを現実に直面させたのだ。

彼女がハープを習いはじめたのはその頃だった。以前なら、ヨーロッパで暮らしていた頃の名残で多少愛情が残っていたので、彼がシャワーを浴びているバスルームにたまたま入っていくようなことがあると、たとえ夫婦喧嘩や毒ナス騒ぎがあったり、心を病んでいる小姑やその生みの親である母親がいたとしても、彼のほうから石鹼で洗ってくれないかと頼んだものだった。夫からそう頼まれると、彼女も嫌だとは言えなかった。二人はヨーロッパ時代のことを思い出してつい気持ちが動き、何も言わずに抱き合うと、ついにはかぐわしい石鹼の泡にまみれながら床の上で激しく絡み合ったものだが、今ではそんなこともなくなった。洗濯場で女中たちが《もう子供は産まれないわね、だって肝心なことをしていないいんだもの》とうわさしているのが聞こえてきた。たまに、狂ったようなパーティから戻ってきて、部屋のドアを閉めたとたんに昔のことを思い出し、若い頃に戻ったような高揚した気分になって五分ばかりは新婚時代のように何もかも忘れて愛し合うことはあった。

しかし、そんなことはめったになかった。ベッドに入る時間になると、決まってどちらかがひどく疲れていた。彼女はバスルームに居座り、香水をしみこませた紙でタバコを巻くと、一人でそれを吸いながら、若い頃のように誰にも束縛されずに自分の身体をもてあそんで自慰にふけった。いつも今日は頭が痛いとか、暑すぎると言ったり、眠った振りをしたりしたが、メンスを口実にすることもあった。いや、決まってメンスだと言っていた。それがあまりたびたび続いたので、ウルビーノ博士は授業のときに、結婚して十年たつと、女性は週に三回メンスになるといって、自分の鬱憤晴らしをしたものだった。

悪いことは重なるもので、遅かれ早かれ避けようもなく起こるはずのことが、よりによって一番悪い年に起こり、彼らは現実に向き合わざるをえなくなった。これまで何をしているのか分からなかった妻の父親の怪しげな仕事の実態が明らかになったのだ。州知事はフベナル・ウルビーノを執務室に呼び、義理の父親がやっている詐欺行為について説明し、次のように結んだ。《要するに、あの男は神の法であれ、人間の法であれ、すべてを踏みにじっているんだ》。重大な詐欺の中には娘婿の名前を利用したものもあったので、知事としては博士とその妻に伝えておく必要があると考えたのだ。自分の名声はまだ傷ついていないのだから、なんとしても守らなくてはと考えたフベナル・ウルビーノ博士は、自分の名前を最大限に活用して間に立ち、名誉にかけて誓うからと言って、何とかスキャンダルをもみ消した。こうしてロレンソ・ダーサはすぐ次の船で国外へ出て行き、二度とこの地に戻ってくることはなかった。人は郷愁に駆られると、時々小旅行をして祖国の土を踏むことがあるが、彼も郷愁に駆られたふりをして祖国に戻った。以前から、祖国の船がここの港に着くと、水槽に積み込んでいる自分の生まれ故郷の村の泉の水を飲みたいばかりにわざわざ船に乗り込むほどだった。だから、郷愁に駆られたという見せ掛けの口実の背後に、多少とも本心が隠されていたことも事実だった。国を出て行くときも彼は、頑強に自分は無実だと言い張り、政治的な陰謀にはめられただけだと娘婿に訴えた。結婚してからはフェルミーナ・ダーサと呼ぶようになった娘のために涙を流し、孫のことを思い、この土地と別れる辛さに涙をこぼしながら国を出て行った。この国で彼は自由の身になり、金持ちになり、怪しげな商売をして得た金をもとにして娘を上流夫人に仕立て上げたのだ。年をとり、病に侵されて国を去ったが、彼にはめられた連中が思っていたよりもはるかに長生きした。父が死んだという通知が届いたとき、フェルミーナ・ダーサは思わずほっとため息を漏らした。余計なことを聞かれたくなかったので彼女は喪に服さなかった。何カ月もの間、理由も分からなければ人にぶつけることもできない憤りにかられて、バスルームに閉じこもると、泣きながらタバコをふかした。あれは父親のために泣いていたのだ。

不運に魅入られたようなあの時期が、表向き二人がもっとも幸せそうに見えたというのはなんとも皮肉な話だった。まわりの人たちは彼らを自分たちとは違う、新しい物が好きな人間、つまり伝統的な秩序を犯す人間だと考えて中々受け入れようとしなかった。そんな彼らの内に秘めた敵意を完全に打ち砕いたのがその頃だった。フェルミーナ・ダーサにとってはさほど難しいことではなかった。世俗的な生活がどういうものか分かるまでは不安で仕方なかった。結局のところそれは昔からの約束事や無意味な儀礼、決まりきった言葉で作り上げられたシステムでしかなく、人々は社会の中で互いに殺しあうことがないように、そのシステムをもてあそんでいたにすぎないのだ。田舎くさい軽薄さが支配するあの楽園を支配していたのは、未知のものに対する恐怖だった。彼女はそれを単純にこんな風に要約した。《公的な生活の場合、恐怖をいかにして克服するかが問題なんだけど、結婚生活の場合は、倦怠感をいかにして克服するかが問題なのよ》。結婚式の日、汗にまみれた男たちや不安げな顔をした女たちは、無数の花の香りや輝くようなワルツ、外の世界から送り込まれてきたまぶしいまでのあの脅威をどう払いのけていいか分からないまま彼女を見つめていた。そのせいで〈社交クラブ〉の広々としたサロンは息の詰まりそうな雰囲気に包まれていたが、そんな中をウェディング・ドレスの恐ろしく長い裾を引きずりながら入場したときに、彼女はまるで啓示を受けでもしたように気づいた。当時、彼女はまだ二十一歳になったばかりだった。それまで学校へ行く以外はほとんど家から外に出たことがなかった。それでも、周りを見回しただけで、自分を敵視している人たちが憎悪に燃えているのではなく、恐怖のあまり固まったようになっていることに気づいた。いつものようにその連中をおびえさせる代わりに、彼女はやさしく接して自分をよく知ってもらうことにした。どのような人間も結局のところ、彼女が心の中でこうあってほしいと思っていたとおりの人間だった。町自体がそうで、いい町とか悪い町といったものは存在せず、彼女が心の中で作り上げたとおりの町でしかないのだ。ただ、パリだけはべつで、雨がいつまでもしとしと降り続き、商人は愛想が悪いし、御者は大げさなまでに下品だった。それでも記憶にあるあの町は世界でもっとも美しい町だった。実際にそうであるとか、そうでないといった問題ではなく、人生で一番幸せだった時期に対する郷愁と結びついていたからにほかならない。一方、ウルビーノ博士は敵と同じ武器を用いて戦った。その使い方がより知的だったし、しかも意図して重々しい用い方をした。市民パレード、《花の戯れ》賞、芸術的なイヴェント、チャリティー富くじ、愛国的行事、気球による初飛行、こうしたものはあの二人がいなければ実現しなかった。彼らはあらゆることに関わっていた。すべての行事を立ち上げ、先頭に立って働いた。みんなからあの二人ほど幸せな人間はいないし、あれほど仲のいい夫婦も珍しいと思われていた時期に、不幸が相次いで起こっていたとは誰一人考えもしなかった。

父親の残した家がフェルミーナ・ダーサにとって格好の隠れ家になり、自宅で息が詰まりそうになると逃避した。人目がないときは、こっそりロス・エバンヘリオス公園へ行き、新しくできた友達とおしゃべりをしたり、学校時代のクラスメートや絵画教室の友人たちと旧交を温め合ったりした。彼女にしてみれば不倫に代わる無邪気な遊びだった。幼い頃の思い出にひたりながら、すでに母親になってはいたが独身女性のような平穏な時間を過ごした。香水をつけたカラスを新たに買い求めたり、野良猫を拾ってきてガラ・プラシディアに預けたりした。ガラ・プラシディアは年老い、リウマチで多少手足が不自由になっていたが、あの家をもとのようにする気力までは失っていなかった。フロレンティーノ・アリーサがはじめて彼女を見かけ、フベナル・ウルビーノ博士が彼女の気持ちを確かめようと舌を出させて調べたあの裁縫室も使えるようにした。裁縫室は彼女の至聖所になった。冬のある午後、嵐になりそうだったのでバルコニーを閉めようとしたとき、公園のアーモンドの木の下のベンチにいるフロレンティーノ・アリーサが目に入った。身体に合うよう寸をつめた父親のスーツを着、膝の上で本を広げた姿は、その頃何度か偶然見かけた彼ではなく、記憶に残っている昔の姿のままだった。この幻は死の予兆かもしれないと考えて不安になり、彼を哀れに思った。ひょっとすると彼と暮らしていたら幸せになっていたかもしれない、彼がわたしのことを思って家を改築したように、自分も彼のために愛情を込めてこの家を改築したが、ここで一緒に暮らしていたら、幸せを手に入れることができたかもしれないと思った。そんなことを思うほど不幸な境遇にあるのかと考えて、空想をたくましくした自分が怖くなった。彼女は最後の気力を振り絞って、今度こそ逃げたりしないで真正面から話し合ってくださいと夫に頼んだ。最後は口論になり、楽園が失われたことを嘆いて、怒りのあまり一緒に泣いた。そのうちときを告げる鶏の鳴き声が聞こえ、邸宅のレースのカーテンの間から光がのぞき、陽射しが差しはじめた。彼はしゃべりすぎて頭がボーッとし、一睡もできなかったせいで疲れ切っていた。思う存分泣いたので、気持ちに張りが出た。そこで、ブーツの紐を締めベルトを締め、男として締めるべきところをすべて締めたあと、彼女にこう言った。よく分かった、これから二人でヨーロッパへ行って、失くした愛を探すことにするよ、明日から早速はじめて、この先もずっと捜し続けよう。彼の決意は揺るがなかった。一家の財産をすべてにわたって管理しているテソーロ銀行と話をして、以前からありとあらゆる種類の事業や投資、虎の子の長期債券などに分散してあった膨大な財産を直ちに処分することにした。彼自身、財産が世間でうわさされているほど途方もないものでないことは分かっていた。お金の心配をしなくていい程度しかなかったのだ。そうしたものすべてを刻印の入った金に換えて、少しずつ外国の銀行に送り、最終的には無情な祖国には自分と妻の死に場所さえなくなってしまった。

　フロレンティーノ・アリーサは、彼女が願っていたのとは違う人間として生きていた。彼女が夫や息子とともに金色の馬に引かせたランドー型の馬車で港に乗りつけたとき、彼はフランスの大西洋横断航路の船が発着する埠頭にいた。あの家族は公的な行事で何度も見かけたときと同じ一部の隙もない身なりをしていた。夫妻が連れている息子は、こういう大人になるだろうなと思えるようにしつけられていたが、実際その通りの人間になった。フベナル・ウルビーノは陽気に帽子を振って彼に挨拶し、《これからフランダース地方を征服してくるよ》と言った。フェルミーナ・ダーサが軽く会釈したので、フロレンティーノ・アリーサも帽子を取って少し頭を下げた。早くも頭が禿げていたが、同情するようなそぶりを見せずに彼をじっと見詰めた。この人はやはり見かけどおりの人だわ、ほんとうに影の薄い人ね。

当時、フロレンティーノ・アリーサもあまり幸せとはいえなかった。日中の仕事はきつかったし、ひめやかな狩人としての仕事にもいいかげんうんざりしていた上に、これといって何も変わったところのない毎日を送っていた。加えて、トランシト・アリーサが末期の危機的状況にあったのだ。彼女は記憶を失っていた、というか頭の中がほとんど白紙に近い状態になっていた。近頃では、時々彼のほうを振り返り、いつもの肘掛け椅子で本を読んでいる彼を見て、びっくりしたように尋ねた。《で、あなたはどなたの息子さん？》。彼はいつも本当のことを言ったが、彼女はすぐに彼の言葉をさえぎるようにして言った。

「ひとつ教えていただきたいんだけど、わたしは誰なの？」

母親はひどく太り、今では身体を動かすこともままならなかった。美々しく着飾り、一番鶏の声で目を覚ましてから次の日の明け方までほんの二、三時間眠るだけで、商品の並んでいないがらんとした小間物屋の店先に腰を下ろしていた。頭に花輪を載せ、口紅を塗り、顔と腕におしろいをつけ、相手かまわずそばにいる人に自分は誰かと尋ねた。近所の人たちは彼女がいつも同じ答えを期待していると分かっていたので、《あなたはゴキブリのマルティーネスよ》と答えた。童話に出てくるその人物だと言われると、彼女はようやく納得した。相変わらず身体をゆらゆら揺らしながら、ピンク色の羽根を扇子代わりにしてあおぎ、一からまた同じことをはじめた。つまり、造花の冠を頭に載せ、まぶたに麝香をつけ、口に紅をさし、顔に厚くおしろいをはたくのだ。そして、そばにいる人に《これでどうかしら?》と尋ねた。近所の人から母親が道化の女王のように思われていると知り、ある夜フロレンティーノ・アリーサは以前小間物屋だった店のカウンターと引き出しのついたタンスを取り外し、通りに面したドアを閉め切り、母から《ゴキブリのマルティーネス》の寝室の様子を聞いていたので、そのとおりに改装したが、おかげで二度と自分が誰なのと尋ねなくなった。

叔父のレオ十二世の勧めで母親の世話をしてくれる年配の女性を見つけてきたが、この女性も起きているのか眠っているのかよく分からない有様で、彼女自身も自分が誰なのか分かっていないのではないかと思えることが時々あった。フロレンティーノ・アリーサは会社から戻ると、母親が眠るまで家から出ないことにした。以後、〈商業クラブ〉でドミノをすることも、それまで足繁く通っていた数人の昔の女友達の家に足を向けることもなくなった。オリンピア・スレータのせいでぞっとするほど恐ろしい体験をしてから、彼の心の中で何かが大きく変化してしまったのだ。

あれは衝撃的な体験だった。足がすくわれそうになるほど強い吹き降りの十月の嵐の最中に、フロレンティーノ・アリーサは叔父のレオ十二世を馬車で家まで送っての帰りがけ、花嫁が着るようなオーガンザのひだ飾りのついた衣装を着た、小柄で身軽そうな若い女性を馬車の中から見かけた。目の前で彼女の傘が風に吹き飛ばされ、それを捕まえようと走り回っていた。傘は結局海へ飛ばされてしまった。そんな彼女を馬車に乗せてやり、いつもと違う道を通って家まで送り届けた。彼女の家は海に面して建っている古い隠者の庵を改築したもので、通りからでも中庭に鳩小屋が沢山並んでいるのが見えた。彼女は馬車の中で、市場で雑貨を扱っている人と結婚してまだ一年にもならないと話したが、その男なら会社の船からありとあらゆる安物の商品の入った箱を下ろしているのを何度も見かけたことがあった。川船に乗るとき母親が生まれたばかりの赤ん坊を入れて運ぶのに使う柳の枝を編んだ籠に、鳩を入れて一緒に下ろしていたのを思い出した。オリンピア・スレータは蜂を思わせる女性だった。お尻が上のほうについていて、胸が小さかっただけでなく、全体に蜂のような感じがした。髪の毛は銅線のようで、そばかすがあり、人並よりも離れている丸い目と目は生き生きとしていて、きれいな声は知的で面白いことを話すためにのみ使われているような感じがした。彼女は魅力的というよりも可愛い感じの女性だった。夫と夫の父親、それにほかの家族のものと一緒に暮らしているとのことだった。家まで送り届けるとすぐに、彼は彼女のことを忘れてしまった。

数日後、フロレンティーノ・アリーサは彼女の夫を港で見かけた。荷物を下ろすのではなく積み込んでいるところだったが、船が港を出たとたんに、フロレンティーノ・アリーサの耳に悪魔のささやき声が聞こえてきた。その午後、叔父のレオ十二世を家まで送り届け、偶然通りかかったような顔をしてオリンピア・スレータの家の前を通った。垣根越しにのぞくと、彼女が餌をやっているところで、鳩が大騒ぎしていた。馬車から垣根越しに、大声で呼びかけた。《鳩は一羽いくらですか?》。彼だと気づいて、明るい声で答え返してきた。《売り物じゃないんです》。そこで彼は尋ねた。《じゃあどうすれば手に入るんです?》。彼女は鳩に餌をやりながら答えた。《大雨のときに迷っているのを見かけたら、鳩小屋まで持ってきてください》。その夜、フロレンティーノ・アリーサは先日のお礼にとオリンピア・スレータからもらった贈り物の伝書鳩を持って家に帰った。その脚には金属製の足輪がついていた。

次の日の夕食のときに、鳩の世話をしていたあの美しい女性は贈り物にしたはずの鳩が戻ってきているのに気づいて、たぶん向こうから逃げ出したのだろうと考えた。しかし、鳩を捕まえて調べてみると、足輪に小さな紙が巻きつけてあり、そこに愛の言葉が書きつけてあった。フロレンティーノ・アリーサが文字で書いた証拠を残したのはそれがはじめてだったが、証拠を残すようなことをしたのはそれが最後ではなかった。次の日の水曜日に彼が家に入ろうとすると、通りにいた子供があの鳩の入っている籠を彼に渡しながら、鳩を飼っている奥さんからこれを渡すように言われたんですと説明し、お願いですからこの鳩は籠の中にしっかり閉じ込めておいて、二度と飛ばさないでください、今度飛んできたらお返ししませんから、と言っておられましたと伝えた。どう理解していいか分からなかった。ひょっとすると鳩が途中で手紙をなくしたのか、あるいはあの鳩飼い女が手紙を読んでいないふりをしているのか、それとももう一度鳩を飛ばすようにという意味なのか分からなかった。しかし最後のケースだったら、彼女は鳩に返事を持たせたはずだった。

ああでもないこうでもないとさんざん考えた末、土曜日の朝にフロレンティーノ・アリーサはサインを入れていない手紙をつけてもう一度鳩を飛ばした。今回は次の日まで待つ必要はなかった。その日の午後、この前と同じ少年がべつの籠に入れたあの鳩を届けにやってきた。少年は、またこの鳩を飛ばされたので、もう一度お返しします、先日きちんと理由を説明してお返ししたのに、残念ながらまた同じことをしなければなりません、はっきり申し上げておきますが、次回は鳩をお返しいたしませんのでという伝言を託されていた。この日、トランシト・アリーサはその鳩をおもちゃにして夜遅くまで遊んでいた。籠から取り出して抱きしめ、寝るように子守唄をうたってやった。フロレンティーノ・アリーサはそのとき、銀製の足輪に紙がはさんであるのに気づいた。たった一行《匿名の手紙は受け取りません》と書いてあった。彼ははじめての恋の冒険がうまく行ったようにわくわくしながらその紙に目を通したが、おかげでその夜は心が騒いでほとんど眠れなかった。翌日は朝早く起きて、会社へ行く前にラブ・レターをしたため、自分の名前を書き入れて、鳩にもたせて飛ばした。足輪には自宅の庭でつんだ、香りがよくて、みずみずしい真っ赤なバラを添えた。

事はそう簡単にはいかなかった。三カ月間言い寄り続けたが、あの美しい鳩飼い女からは《わたしはその種の女ではありません》という返事しか返ってこなかった。彼のメッセージは受け取っていたし、彼がいかにも偶然のように見せかけて設定した待ち合わせの場所には必ずやって来た。しょせん彼は見ず知らずの人間でしかなかった。つまり、決して顔を見せない愛人、愛に飢えているのに報われることのない愛人、何も与えないのにすべてを求める愛人、彼女が他の男と親しくなるのを許さない愛人だった。熱い思いをつづった手紙や女心をくすぐる贈り物をし、鳩飼い女の家の周りを無謀にもうろつきながら（夫が商用で旅に出たり、市場へ行っていないときも二度ばかりうろついたことがあった）、待ち伏せしている狩人のように通りで突然彼女の前に姿を現すことがあった。初恋に敗れて以来、彼がキューピッドの矢で胸を射抜かれたのはそれが最初で最後だった。

はじめて出会ってから六カ月たって、ようやくドックでペンキを塗り直している川船のキャビンで二人きりになることができた。鳩飼い女のオリンピア・スレータははしゃいで明るく陽気に愛を楽しみ、事が終わってからも愛し合った後の余韻を楽しもうと何時間も裸のまま過ごした。キャビンは設備がすべて取り払われてがらんとしていた。塗装もやりかけたまま放置してあったので、テレピン油の匂いがしたが、その匂いが幸せな午後のいい思い出になるように思われた。フロレンティーノ・アリーサは突然奇妙なインスピレーションに駆られて、キャビンのベッドから手の届くところにあった赤いペンキの缶のふたを開け、人差し指をつけると、美しい鳩飼い女の恥部に南を指している血の色の矢印を描き、おなかに《この子猫はぼくのもの》という言葉を書き付けた。その夜、オリンピア・スレータはおなかに文字が書いてあることを忘れて夫の前で裸になった。夫は何も言わず、静かにバスルームへ行くと、彼女が寝巻きに着替えている間にひげそり用の剃刀を取ってきて、彼女の首をザクリと切った。

逃亡した夫が逮捕されて、新聞記者に妻を殺した理由とその方法を話すまでにはかなりの日数がかかったが、フロレンティーノ・アリーサは報道されるまで事件のことを何も知らなかった。彼女に宛てた手紙にサインをしたせいで、何年もの間不安が消えなかった。船会社と取引があった関係で自分のことをよく知っているあの妻殺しの犯人はいったい何年牢に入るのだろうかと計算してみた。彼は剃刀で喉を掻き切られたり、町中のスキャンダルになるのが怖かったのではなく、フェルミーナ・ダーサに自分が不実な人間だと思われるのが恐ろしかったのだ。その頃のことだが、トランシト・アリーサの介護をしている女性が季節外れの激しいにわか雨にあって市場からの帰りがいつもより遅くなった。彼女が家に戻ってみると、母親はすでに死んでいた。いつものように厚化粧をし、頭に花を飾ったまま揺り椅子に腰を下ろしていた。目は生き生きしていたし、口元には意地悪そうな微笑が浮かんでいたので、トランシト・アリーサが死んでいることに気づいたのは二時間後のことだった。亡くなる少し前に彼女はベッドの下に埋めてある壺の中の金や宝石類を、これはキャラメルみたいに食べられるんだよといって近所の子供たちに分け与えていた。その中のいちばん高価な宝石のいくつかは結局取り戻せなかった。フロレンティーノ・アリーサは、以前〈神の手〉牧場と呼ばれていたが今は〈コレラ墓地〉の名で親しまれている墓地に母親を埋葬し、墓所にバラを植えた。

何度か墓地を訪れているうちに、フロレンティーノ・アリーサは母親の墓の近くにオリンピア・スレータが埋葬されていることに気がついた。地下納骨堂のセメントがまだ乾いていないときに、指で名前と日付を書いたのだろうが、それを見て夫が残酷な悪ふざけのつもりでやったにちがいないと考えて、背筋の寒くなる思いがした。バラの木が花をつけると、誰もいないときを見計らって、彼女の墓にバラを一輪供えた。その後、母親のバラの木から枝をとって挿し木をした。二本のバラの木はあっという間に大きくなったので、茂りすぎないよう剪定ばさみと園芸用の道具を持っていかなければならなくなった。しかし、バラは彼の手に負えなかった。二、三年たつと、二本のバラの木は墓石の間でうっそうと生い茂り、疫病患者の墓地として知られていたあの墓地は〈バラ墓地〉と呼ばれるようになった。民衆以上に現実感覚の乏しい市長が出てきて、一晩でバラの木を引き抜き、入り口のアーチの下に共和国の紋章が入った〈共同墓地〉という標識をぶら下げた。

母親が死んだせいで、フロレンティーノ・アリーサは狂気に駆られたように熱心に自分の責務を果たすようになった。会社で仕事をし、厳密に順番を決めて昔馴染みの愛人のもとを訪れ、〈商業クラブ〉でドミノをし、恋愛をテーマにした同じような本を読み、日曜日には必ず墓地を訪れた。そんな風に毎日決まりきった生活をしているうちに歳月が澱《おり》のようにたまっていった。彼はそのことに不安を覚えつつも、気づかないふりをしていたので、意識のうえでは年を感じることはなかった。しかし十二月のある日曜日、墓地のバラが剪定ばさみくらいでは手に負えなくなったときに、最近敷設したばかりの電線の上にツバメが止まっているのが目にはいった。そのとき突然、母親の死から長い年月がたち、オリンピア・スレータが殺されてから長い年月がたち、フェルミーナ・ダーサが、分かりました、あなたを永遠に愛しますと書いた手紙を送ってきたはるか昔の午後からどれほど長い時間がたったのかに思い当たった。それまでは、ほかの人は年老いていくが自分はべつだと思って行動してきた。つい先週、彼の代書した手紙のおかげで結婚した数多くのカップルの一組と偶然道で出会ったのだが、その夫婦の長男で、自分が名親になってやった子供の顔を見て誰だかわからなかった。大声で《驚きましたね、すっかり大人になられましたね》とお決まりの言葉を口にして、自分の困惑ぶりを悟られまいとした。身体が最初の危険信号を送ってくるようになったあとも、彼は生活を変えようとしなかった。一見病弱な人によくあることだが、ひ弱そうに見えて、実はいたって丈夫だったのだ。トランシト・アリーサは《うちの息子の病気はたった一つ、コレラなのよ》と口癖のように言っていた。彼女が恋とコレラを混同していたことは言うまでもないが、記憶が怪しくなるずっと以前からそんな風に取り違えていた。実は、息子が隠していたので気づかなかっただけで、彼は六回淋病にかかっていた。もっとも医者に言わせると、六回ではなく一回かかっただけで、いくら治療しても治りきらず、何度もぶり返しただけだとのことだった。それ以外にリンパ腺腫にかかっていたし、ウィルス性のイボが四つあり、湿疹性の皮膚病に六回かかったことがあった。しかし、こうしたものは、彼はもちろん男性はみんな、病気ではなく名誉の勲章のように思っていた。

四十歳になったとたんに、身体のあちこちにはっきりしない痛みを感じはじめたので、医者に診てもらいに行った。いろいろな検査をしたあと、医者から《年のせいですね》と言われた。それからは検査後、家に戻るときは決まって、年齢のことなど何も気にすることはないと自分に言い聞かせた。彼にとって過去を示すものといえばフェルミーナ・ダーサとのつかの間の恋だけで、彼女とかかわりのあることだけをもとに過ぎ去った自分の人生を計算してきたからだった。あのとき電線に止まっているツバメを見て、彼はもっとも古い記憶から自分の過去を手繰り寄せた。振り返ってみると、行きずりの恋を楽しみ、会社で要職につくために数え切れないほどの難局を乗り越え、何が何でもフェルミーナ・ダーサが自分のものになり、自分が彼女のものになるんだという揺るぎない決意をさせるようなさまざまな出来事があった。そうしたことを考えて、はじめて彼は自分の上にも人生が過ぎ去っていったことに気づいた。とたんに身体全体が冷たくなって震えはじめ、目の前が真っ暗になった。園芸用の道具を投げ出すと、はじめて老いを感じたショックに耐え切れず、思わず墓地の壁にもたれかかった。

「何てことだ」と彼は青い顔をしてつぶやいた。「あれからもう三十年も経ったのか」

たしかにその通りだった。むろんフェルミーナ・ダーサの上にも三十年の時が流れていたが、彼女にとってはその時期が人生の中で最も楽しく、心の弾む時代だった。カサルドゥエロ邸で過ごしたぞっとするような日々は記憶の片隅に追いやられていた。今では、運命を自分の思うがままにできる女主人としてラ・マンガ地区の新しい家で暮らしていたが、夫はもう一度生まれ変わってもやはり世界中の男性の中から選び出すにちがいないほどすばらしい伴侶だったし、息子は一族の伝統を受け継いで医学校で学んでおり、娘はときに戸惑いを覚えるほど自分によく似ていて、同じくらいの年齢になれば瓜二つの女性になるにちがいないように思われた。毎日おびえて暮らすのがいやさに、二度と戻るまいと心に誓って旅立ったあの不幸な旅行から戻ったあともヨーロッパには三度ばかり旅行した。

神様は誰かの祈りを聞き届けてくださったのだろう。フェルミーナ・ダーサとフベナル・ウルビーノがパリに二年間滞在して、瓦礫の中から失われた愛の名残を探し出そうとしはじめたちょうどそのとき、真夜中に一通の電報で起こされた。そこには、ドーニャ・ブランカ・デ・ウルビーノが危篤だと書かれてあった。後を追いかけるようにしてもう一通電報が届き、フジン、シス、と書かれていた。夫妻は急遽帰国した。フェルミーナ・ダーサは身体の線がはっきり出ないようゆったりした黒のチュニックを着て船から降りた。彼女はおなかが大きかったのだ。それが元で、悪意がこもっているというよりも悪ふざけといったほうがいいざれ歌が作られ、その年いっぱい大流行した。《美、美、美人はパリで何をした。あれではらぼてならぬ、パリぼてだ》。なんとも下品な歌詞だったが、フベナル・ウルビーノ博士は別に気にしていないんだというところを見せようとして〈社交クラブ〉のパーティではその歌をうたってくれるように頼んだものだった。

カサルドゥエロ侯爵が実在の人物かどうか、その紋章がどういうものであったか正確なことは何一つ分からなかった。しかし、いずれにしてもその貴族の屋敷は最初適正な価格で市の財務局に売り渡され、ついでオランダ人の研究者がコロンブスの墓、と伝えられる五番目の墓だったが、その本当の墓があることを証明しようとして発掘を行っている最中に、中央政府に高い金額で転売された。ウルビーノ博士の妹たちは誓願を立てずにサレジオ会の修道院で隠遁生活を送ることになった。夫妻はラ・マンガ地区の別荘ができるまでの間、フェルミーナ・ダーサの父親が残した古い屋敷で暮らした。やがて自信にあふれた足取りで新しい家に入った彼女は、あれこれ指示を与え、新婚旅行のときに買い求めたイギリス製の家具や、今回の夫との和解の旅で買い足した家具を並べ、引っ越したその日から自らアンティル諸島を航行しているスクーナーまで足を運んで買い求めた、ありとあらゆる種類のエキゾチックな動物で家を一杯にしはじめた。夫は自分のもとに戻ってきたし、息子は立派に育ち、帰国後四カ月たって生まれたオフェリアという名前の娘もいた。ウルビーノ博士のほうは、新婚旅行のときのように完全な形で妻を自分のものにすることができないと気づいた。彼がのぞんでいた愛は、その一部がもっとも大切な時間とともに子供たちに分かち与えられていたからだった。しかし彼は、その残りの愛をもらって生き、幸せだと感じることを学んだ。ある晩餐会の日に、フェルミーナ・ダーサにも素材が分からないとても美味しい料理が出されたおかげで、思いもかけない形で二人の和解が完全なものになった。彼女は料理をおいしそうに食べ、とても気に入ったのでもう一皿持ってくるように言った。さらにもう一皿食べたかったのだが、はしたないと思われてはいけないので我慢した。そのときはじめて、疑いもなくおいしいと思って食べたふた皿分たっぷりの料理がナスのピューレ*だということに気づいた。彼女は潔く負けを認めた。それ以後、ラ・マンガの別荘ではカサルドゥエロ邸と同じように頻繁にさまざまな形で調理されたナス料理が出るようになった。誰もが喜んで食べたので、フベナル・ウルビーノ博士は晩年暇なときによく、もう一人娘ができていたら、この家で誰もが大好きだったナス《ベレンヘーナ》の名前を取って、ベレンヘーナ・ウルビーノとつけたかったんだよと言ったものだった。

フェルミーナ・ダーサは公的な生活よりも、プライヴェートな生活のほうが移ろいやすくて、予測のつかないものだと思っていた。人と付き合う場合、子供と大人をどう区別して対処したらいいかが分からなかったが、結局自分の考えをはっきり口に出して言う子供のほうが付き合いやすいと考えるようになった。女として成熟した年齢になり、くだらない幻想を抱かなくなってはじめて、自分は若い頃ロス・エバンヘリオス公園で夢見たような人間ではなく、口にするのがためらわれるような、贅沢な暮らしの奴隷になっている人間だと冷静に考えた。社交界では誰からも愛され、いちばん楽しんでいたが、それゆえにまたもっとも恐れられてもいた。こと家事に関しては一切の妥協を認めず、ちょっとしたミスも許さなかった。彼女はつねに夫から与えられた人生を生きていると感じていた。巨大な幸福の帝国の絶対君主として君臨していたが、それは夫によって、夫のためにのみ築かれた帝国だった。夫が何よりも、世界中の誰よりも自分を愛してくれていることは分かっていたが、彼は彼自身のために彼女を愛していたのだ。彼女は聖なる奉仕者だったのだ。

毎日毎日休みなく料理を作らなければならないというのが、悩みの種だった。時間がくればむろん出さなければならないその料理は、完璧でなければならないし、こちらから尋ねたりせずに夫の食べたいものをちゃんと出さなければならなかった。家庭内のさまざまな儀式のひとつとしてたまに尋ねることもあったが、彼は新聞から顔を上げようともせず、《何でもいいよ》と答えた。およそ亭主関白とは縁遠い人間だったので、穏やかな口調で本心からそう言っていた。しかし、いざ食事ということになると、何でもいいというわけには行かないので、彼が食べたいと思っているものを好みに合わせて作る必要があった。牛肉は牛肉の味がしないように、魚は魚の味がしないように、豚肉は疥癬の味がしないように、鶏は羽の味がしないように調理しなければならなかった。アスパラガスは、彼が用を足したときにいい薫りがして気分がよくなるように、季節外れでどれほど値が張ってもどこかで手に入れなければならなかった。それもこれも彼が悪いのではなく、人生が悪いのだ、と彼女は考えていたが、人生の仮借ない主人公が彼であることは間違いなかった。ほんの少しでもおかしいなと思ったら、テーブルの上の料理を横にどけてこう言った。《この料理には愛がこもっていない》。そういう感覚には驚くほど鋭いインスピレーションが備わっていた。あるとき、カモミールのハーブティーを一口飲むとそれをつき返して、一言言った。《何だこれは、窓の味がするぞ》。彼女と女中たちは煮立てた窓など飲んだことがなかったので、それを聞いてびっくりした。しかし、いったいどういうことだろうと思ってそのハーブティーを飲み、たしかに窓の味がすると分かって納得した。

床に落ちたものは拾わない、明かりは消さない、ドアは閉めないという点では完璧な夫だった。朝、まだ薄暗い中で上着のボタンがとれているのに気づくと、《妻が二人いれば、一人を愛して、もう一人にボタン付けをしてもらうんだが》とつぶやいているのが彼女の耳に聞こえてきた。毎日コーヒーを一口のみ、湯気の立っているスープに口をつけると、決まってすさまじい叫び声をあげたが、今では誰も驚かなくなっていた。そのあと怒りをぶちまけるように、《わたしがこの家からいなくなったら、いつもいつも口にやけどするので、うんざりして出て行ったと思ってくれ》と言った。彼は、自分が下剤をかけて食事のとれない日を選んで、わざといつもと違う、見るからにおいしそうな昼食を作っていると言って、よくこぼしたものだった。妻が意地悪をしてそうしていると思い込んでいた夫は、彼女と一緒にでなければ下剤を飲まなくなった。

夫が自分の気持ちを理解してくれないのでうんざりした彼女は、誕生日にちょっと風変わりな贈り物をしてほしい、その日一日家事をしてもらいたいと頼んだ。彼は面白がって提案を受け入れ、明け方から家事を取り仕切った。豪華な朝食を作ったが、妻が目玉焼きとミルクコーヒーは口にしないということを忘れていた。その後、八人の招待客を招いてある誕生祝いの昼食会の準備をするためにあれこれ指示を与え、家の中を片付けはじめた。妻よりも上手にやれるところを見せようとがんばりすぎたせいで、正午前には早くも敗北を認めて白旗を掲げたが、別に恥じているように見えなかった。最初から、どこに何があるのか、とりわけ台所のどこに何があるのか分からなかったので、何を探すにもそこらじゅうをひっくりかえさなければならなかった。女中たちは見て見ぬふりをしていたが、彼女たちもゲームを楽しんでいたのだ。十時になっても、昼食に関しては何も決まっていなかった。家の掃除や寝室の片づけが終わっていないだけでなく、トイレの清掃もまだだったし、バスルームにトイレット・ペーパーを用意したり、シーツを替えたり、御者に子供たちを迎えにいくように言うのを忘れていた。召使に関しても、誰がどういう仕事をしているのか分からず、料理女に寝室を片付けさせ、部屋係の女中に料理を作るように言いつけた。招待客がまもなくやってくる十一時になっても、家の中では混乱が続いていたので、フェルミーナ・ダーサが笑いをこらえながら指揮を執ることにした。本当なら勝ち誇ったような笑みを浮かべてもよかったのだが、夫が家の中ではまったく役に立たないと分かって気の毒になった。傷ついた夫はいつもの負け惜しみでこう言った。《わたしの代わりにお前が患者の治療に当たっていたら、もっとひどいことになっていたよ》。彼にとってだけでなく、ほかのものにとっても、あれはいい教訓になった。そんな風に何年も暮らしていくうちに、二人はさまざまな形で、結局はこんな風にして暮らしていくしかないし、こんな風にして愛し合うしかないのだという至極もっともな結論に達した。この世界で愛ほど難しいものはなかった。

充実した新しい生活を送る中で、フェルミーナ・ダーサは公的な場で何度かフロレンティーノ・アリーサを見かけたが、会社での彼の地位が上昇するにつれて会う機会も多くなった。そのうち、会っても別に身構えることもなくなり、ほかのことに気をとられて何度か挨拶するのを忘れたことさえあった。仕事の話がでたときは、C.F.C.で慎重ではあるが一歩一歩着実に階段をのぼっていく彼のことがいつも話題になるので、うわさはしょっちゅう耳にした。マナーは上品になり、内気な性格は逆に何らかの理由があって人と距離をとりたがっているのだろうと見なされ、ゆっくりと年齢を重ねるにしたがって体重も増え、それが落ち着いた雰囲気をかもし出していた。頭は禿げかかっていたが、そのせいでかえって落ち着きが出たように思われた。ただ、黒い服装だけは時の流れと流行に逆らって変えようとしなかった。時代遅れのフロックコートを着、奇妙な帽子をかぶり、母親の小間物屋においてあった詩人がつけるような紐タイを結び、陰気な雨傘を手に持っていた。フェルミーナ・ダーサはいつしか彼を以前と違った目で見るようになり、もはや彼はロス・エバンヘリオス公園に腰を下ろし、強風に吹かれて枯葉が舞い上がる中で彼女のことを思ってため息をついていた、物憂げな若者とはべつの人間だと思うようになった。いずれにしても、彼のことは気になっていたし、罪の意識が薄らいでいくにつれて彼のことでいい話を聞くといつもうれしいような気持ちになった。

しかし、彼のことが記憶から完全に消えたと思った頃に、思ってもみないところで郷愁が生み出す亡霊となってふたたび姿を現した。老いの坂にさしかかった頃には、雨の前に鳴り響く雷鳴を耳にすると、決まってこれまでの人生で何かとり返しのつかないことをしでかしたような気持ちに襲われた。十月に入ると毎日午後の三時に、必ずといっていいほどビリャヌエバ山脈のほうから岩を転がすようなごろごろという雷鳴がひとつだけ鳴り響く。それを聞くとまだ完全に癒えていない傷口が開き、あの頃のことを年とともにごく最近の出来事のように思い出すようになった。新しい出来事は二、三日もすると記憶の中でごちゃごちゃになってしまうのに、今では語り草になっている従姉のイルデブランダが住んでいた地方を旅したときの思い出は、郷愁の意地の悪い作用で鮮やかに、まるで昨日のことのように生き生きとよみがえってきた。山間の町マナウレのことやそこの一本しかない緑に包まれたまっすぐな通り、縁起のいい小鳥たち、幽霊屋敷のことなどが思い出された。その幽霊屋敷でずっと以前にペトラ・モラーレスがある人に恋焦がれて死んだが、そのベッドで眠っているときに彼女の涸れることのない涙でナイトガウンがびっしょり濡れて目を覚ましたことがあった。その後二度と味わうことのできなかったあの頃のグアバ*の味や豪雨かと思えるような雨を告げる激しい雷鳴、騒々しい従姉妹たちと一緒に散歩に出かけ、電信局が近づいてくるにつれて心臓が飛び出しそうになるのを歯を食いしばってこらえたサン・フアン・デル・セサルのトパーズのような午後のことをはっきり覚えていた。思春期の頃の辛い思い出やバルコニーから見える人気のない公園の風景、むせ返るように暑い夜に漂っていた女預言者を思わせるクチナシの香り。運命を決定づける決断を下した父親の家は、二月の午後に目にしたぞっとするような老婦人の肖像画に耐え切れなくなり安い値段で手放した。あの頃の記憶を手繰り寄せると、どこを見てもフロレンティーノ・アリーサの影が落ちていた。しかし、自己分析をするだけの冷静さが備わっていたので、あれが恋や後悔にまつわる追憶ではなく、思い出しただけで涙が頰をつたう悲しみのイメージだということはよく分かっていた。多くの女性がフロレンティーノ・アリーサを見て気の毒に思い、つい心を許して彼の犠牲になったわけだが、彼女も自分では気づかずに危うくそうなるところだった。

彼女は夫にしがみついたが、夫もまた彼女を必要としていた。彼女よりも十年早く老いを迎え、ひとりで不安におびえていた上に、男だというのに彼女よりも精神的に脆いところがあったのだ。いつの間にか彼らは互いに相手のことがよく理解できるようになっていたので、結婚して三十年もたたないうちに二人は文字通り一心同体になっていた。何も言わなくても相手の考えていることが分かったし、奇妙な偶然で相手が言おうとしていることを先に人前で言ってしまうといったこともあって、しばしば不愉快な思いをした。毎日ちょっとした誤解があったり、一瞬相手に憎しみを感じたり、お互いに不潔だと思ったりしたが、二人でそうした局面を乗り切り、ときには夫婦の秘めやかな営みの中で信じがたい栄光の瞬間を手に入れたこともあった。あの頃、彼らは急ぐこともなければ、度を過ごすこともなく深く愛し合っていた。それまで数々の苦難に立ち向かって信じがたい勝利を収めてきたことは自分なりによく分かっていたし、そのことに感謝もしていた。人生は彼らのためにべつの死の試練を用意していたが、もはやその必要はなかった。彼らはすでに彼岸の人になっていたのだ。

新しい世紀を迎えるために、斬新なプログラムを組んで公的な祝典がとり行われた。中でもフベナル・ウルビーノ博士が粘り強くイニシアティヴをとって実現した、軽気球による最初の飛行がもっとも記憶に値するものだった。国旗をデザインしたタフタ製の巨大な軽気球が上昇していくところをひと目見ようと、市民の約半数がアルセナル海岸に集まった。その軽気球で、北東方向に直線にして三十レグアス離れたところにあるサン・フアン・デ・ラ・シエナガまで最初の航空便を届けることになっていた。パリ万国博で軽気球の飛行を目にして感銘をうけたフベナル・ウルビーノ博士と妻が、最初に柳の枝を編んだ吊り籠に乗り込み、操縦技師と六人の著名な招待客が後につづいた。一行はサン・フアン・デ・ラ・シエナガ市の職員に届ける州知事の手紙をたずさえていたが、そこには、これは空輸される第一通目の書簡であると永遠に記録されるであろうと書かれてあった。〈商業日報〉の新聞記者が、ひょっとすると今回の冒険で命を落とされるかもしれませんが、最後に何か言い残しておきたいことはありませんかと尋ねた。博士はほとんど何も考えずに次のように答えたが、それがもとでいろいろと悪口を叩かれる羽目になった。

「わたしの考えでは」と彼は言った。「われわれをのぞく全世界の人びとにとって、十九世紀は過去のものになりました」

国歌を斉唱している無邪気な群衆の間から軽気球がゆっくり上昇しはじめた。人ごみの中にいる人が、この冒険は女性には向いていない、ましてフェルミーナ・ダーサくらいの年齢の女性にとってはなおさらだと言うのを聞いて、フロレンティーノ・アリーサもなるほどと思った。しかし、実のところそれほど危険な旅ではなかった。というか、少なくとも不安をおぼえるほど危険なものではなかった。軽気球は信じがたいほど青く澄んだ空の下を静かに飛行して無事目的地に到着した。一行は穏やかな追い風を受けて、最初雪を頂いた山々の裾野を、ついで広漠と広がる大沼沢地《シエナガ・グランデ》の上を低空で飛行した。

神のように天上から下を見下ろすと、カルタヘーナ・デ・インディアスの由緒ある英雄的な町の廃墟が見えた。そこは三世紀にわたってイギリス人の攻撃と海賊の暴虐に耐えぬいてきたが、猛威をふるうコレラには勝てず、住民によって見捨てられた世界一美しい町だった。城壁は無傷で、通りにはキイチゴが生い茂り、要塞は三色スミレに覆い尽くされ、金の祭壇のある大理石の宮殿には甲冑《かつちゆう》姿のまま疫病によって腐り果てた歴代の副王たちが眠っていた。

彼らは狂ったように派手な色のペンキを塗ったラス・トローハス・デ・カタ―カの湖上住居の上を通過したが、下には食用イグアナ飼育場やホウセンカやアストロメリアの吊り鉢が飾ってある湖上庭園が見えた。羽根飾りのついた帽子をかぶった美しい女性が軽気球の吊り籠から衣服の包みや咳止めシロップのびん、食べものなどを施しものとして投げ落とすと、大勢の裸の子供たちが喚声をあげながら窓や家の屋根、あるいは驚くほど巧みにあやつっていたカヌーから水に飛び込み、ニシンダマシのようなみごとな泳ぎっぷりで水中にもぐって、投下されたものをとりにいった。

彼らは暗い大洋を思わせるバナナ農場の上を飛行した。そこの静寂が死をもたらす蒸気のように彼らのところまで立ちのぼってきた。そのとき、フェルミーナ・ダーサはふと、三歳、あるいは四歳の頃のことを思い出した。母親に手を引かれ、女性たちに囲まれてうす暗い茂みの中を散歩していた幼い彼女には、同じモスリンの服を着、白いパラソルにヴェールのついた帽子をかぶった女性たちも母親も、少女のような感じがした。それまで望遠鏡で地上の様子を観察していた軽気球の操縦士がぽつりと言った。《死体のようですね》。そしてフベナル・ウルビーノ博士に望遠鏡を渡した。博士が畑の間の牛車や鉄道の線路の柵、水の涸れた灌漑用の水路などを眺望したところ、あたり一面に死体が転がっていた。大沼沢地《シエナガ・グランデ》の町々にもコレラの被害が出ているんですね、と誰かが言った。ウルビーノ博士は望遠鏡を目から離さずに言った。

「だとすると、非常に特殊なコレラでしょうね。どの死体にも、首筋のところに止《とど》めの一撃の跡が見えますからね」

間もなく一行は泡立っている海の上に出た。むせ返るように暑い海岸に無事着陸したが、あちこちにひび割れの見える硝石の地面は焼けつくように熱かった。ありふれた雨傘だけで強い陽射しを避けている市の職員が居並び、小学生たちが国歌の演奏に合わせて小旗をふり、美人コンテストの女王たちが金色の厚紙で作った王冠を頭にのせ、しおれた花を手にもって待ち受けており、そばでは裕福なガイラの町の、当時カリブ海一と言われていたブラスバンドが演奏していた。フェルミーナ・ダーサは自分のいちばん古い記憶を確かめたくなって生まれ故郷の町を訪れたいと言った。しかし、疫病の危険があるからと許可されなかった。フベナル・ウルビーノ博士は歴史的な書簡を手渡した。書簡はその後ほかの書類にまぎれこんで、紛失してしまった。一行は延々とつづく演説のせいで息が詰まりそうになった。操縦技師が軽気球をもう一度上昇させることができなかったので、彼らは結局、沼沢地が海とつながるところにあるプエブロ・ビエホまでラバの背に揺られて行くことにした。フェルミーナ・ダーサは幼い頃、母親と一緒に何頭かの牛にひかせた荷車に乗ってそのあたりを通った記憶があった。大きくなってから父親に何度かその話をしたが、父親は最後まで、お前がそんなことを覚えているはずがないと言いつづけた。

「あのときの旅行のことは今でもよく覚えているし、たしかにお前の言うとおりだ」と父は言った。「しかし、あれはお前が生まれる少なくとも五年前のことだよ」

軽気球で飛んだ人たちは、ひと晩中ひどい嵐に見舞われたせいで憔悴し、三日後に元の港に帰ってきたが、町の英雄として迎えられた。出迎えた群衆の中にはもちろんフロレンティーノ・アリーサもいた。彼はフェルミーナ・ダーサの顔に嵐の恐怖がまだ残っていることに気がついた。しかし、その日の午後、彼女の夫が後援している自転車の展示会にふたたび現われたときは、疲労の色はまったくうかがえなかった。彼女が乗っていた初期の奇妙な二輪車は前輪がひどく大きく、その上に座るようになっていて、後輪はこれで車体が支えられるのだろうかと思えるほど小さくて、サーカスで使う小道具のような感じがした。彼女は赤い縁どりのついたニッカーボッカーをはいていた。そのせいで年配の婦人方は眉をひそめ、男たちは戸惑ったような表情を浮かべたが、自転車を見事に乗りこなしているのを見て、みんなは舌を巻いた。

長い年月の間には、いろいろな出来事があった。ふとしたことでフロレンティーノ・アリーサの脳裏に過去のイメージが一瞬よみがえってくることがあるが、それもたちまち消え去って、あとには物悲しさだけが残された。しかし、そうした出来事は言ってみれば彼の人生の節目のようなもので、それらが自分自身にではなく、会うたびにフェルミーナ・ダーサから感じとれる微妙な変化を彼女にもたらしている残酷な時の作用を計る目安になっていた。

ある夜、彼はコロニアル風高級レストランのメソン・デ・ドン・サンチョへ行った。もともと小鳥のように少食な彼は、一人で軽い食事をとるときはいつも片隅の離れた席に座ることにしていた。その日もやはりそこに腰を下ろした。すると、奥の大きな鏡にフェルミーナ・ダーサの姿が映っているのが突然目に入った。彼女は夫と二組のカップルと一緒にテーブルについていた。彼のいるところからだと、鏡に映っているまぶしいほど美しいその姿をはっきり見ることができた。彼女はまったく無防備で、時々花火のような笑い声をあげながら上品に会話をリードしていた。大きな涙の滴型のシャンデリアの下にいる彼女はこれまでにないほど輝くばかりに美しかった。アリスは鏡を通りぬけてふたたび戻ってきたのだ。

フロレンティーノ・アリーサは息をひそめて心行くまで観察した。彼女が食事をし、ワインにほんの少し口をつけ、今で四代目になる店の主人ドン・サンチョを相手に軽口を叩くところをじっと見つめて、ぽつんと離れたテーブルからつかの間彼女とともに生きた。一時間以上、誰にも見られず彼女の私生活の禁じられた領域を散策した。彼女が友人たちと連れ立って店を出て行くまで、時間潰しにコーヒーをさらに四杯飲んだ。彼らがそばを通ったので、友人たちの香水の香りにまじって彼女の匂いを嗅ぐことができた。

その夜からほぼ一年間にわたって彼はレストランの主人を相手に、お金でも恩典でも、あなたがこれまでに手に入れたいと思っていたものでもいい、ともかくどんなものでも差し上げるから、代わりにあの鏡をゆずってもらえないかと粘り強く交渉をつづけた。そう簡単には行かなかった。

ドン・サンチョ老人はウィーンの指物師が作った鏡の枠は、以前マリー・アントワネットが所有していたが今は行方が分からなくなった枠と一対になっていて、世界に二つとない宝物だと信じていたからだった。やっとのことで譲ってもらうと、フロレンティーノ・アリーサはさっそくそれを家の壁にかけた。枠組みの美しさに惚れこんだからではなく、そこに愛する人の姿が二時間ほど映し出されたというだけのことで、そうしたのだ。

彼がフェルミーナ・ダーサと出会うとき、彼女はたいてい夫と腕を組み、ぴったり息の合ったところを見せて、シャム猫を思わせる驚くほどしなやかな足取りで自分たちの世界の中を歩きまわっていた。彼にあいさつするときだけ、二人の呼吸が少し乱れた。フベナル・ウルビーノ博士は熱っぽい親愛感をこめて彼の手を握り、ときには肩をぽんと叩くこともあった。一方、彼女の方は儀礼的で冷ややかな態度を崩さず、独身時代のことを思い出させるような素振りは少しも見せなかった。二人はまったく違う世界に生きていた。彼の方は何とか距離を縮めようとするのだが、彼女は逆に遠ざかろうとしていた。長い年月が経ってようやく彼は、あのように冷淡な態度をとるのは強い不安から身を守ろうとしてのことだと考えるようになった。町の造船所で建造された最初の淡水用船の進水式の日に、ふとそう思ったのだ。その日は、フロレンティーノ・アリーサが筆頭取締役としてはじめて公式の場で叔父のレオ十二世を紹介するなど、いくつかの偶然が重なったせいで進水式はいっそう厳粛なものになったし、市の名士連も一人残らず集まっていた。

フロレンティーノ・アリーサは、塗ったばかりのペンキと溶けたチャン*の匂いがする船の大広間で招待客の相手をしていた。そのとき、突然埠頭の方で割れるような拍手が鳴り響き、楽隊が凱旋マーチを演奏しはじめた。いつも夢に出てくる美しい女性が夫と腕を組んで近づいてくるのを見て、身体が震えはじめた。昔から彼女の姿を見ると、身体が震えるのだが、彼は何とか震えを抑えた。成熟し、輝くばかりに美しい女性になった彼女は、窓から投げられる紙テープや花びらを浴びながら、パレード用の礼装をつけた儀仗兵の間を通って昔の女王のように昂然と胸を張って歩いていた。二人は手を振って拍手にこたえていたが、ヒールの高い靴をはじめ、フォックス・テールのえり巻き、さらにはベル型の帽子にいたるまで豪華な金色で統一していたので、群衆の中でひと際目立っていた。

　フロレンティーノ・アリーサは町の要職についている人たちとともに船橋で二人を出迎えた。まわりでは音楽と花火の音がうるさく鳴り響いていた。汽笛が三度鳴らされ、そのせいで埠頭は蒸気に包まれた。フベナル・ウルビーノは出迎えの人たちにいかにも彼らしい気さくな態度であいさつした。彼にあいさつされると、つい誰もが自分だけに特別な好意を抱いているのだと思ってしまうのだ。最初、礼装用の制服に身を固めた船長にあいさつし、ついで大司教、そのあと妻を同伴している州知事、こちらも妻を同伴している市長、そして最近赴任してきたばかりのアンデス地方出身の軍司令官にあいさつした。市の要人たちにつづいてフロレンティーノ・アリーサもあいさつを受けたが、黒い服を着た彼は著名人の陰に隠れてほとんど目立たなかった。フェルミーナは軍司令官にあいさつしたあと、フロレンティーノ・アリーサが差し出した手を前にしてためらっているように見えた。司令官は彼らを紹介しようとして、彼女に向かってお知り合いですかと尋ねた。彼女ははいとも、いいえとも答えず儀礼的なほほえみを浮かべてフロレンティーノ・アリーサと握手した。そういうことは過去に二度あったし、その後も何度かあった。フロレンティーノ・アリーサは彼女がそうした態度をとるのは性格のせいにちがいないと考えていた。

しかし、その日の午後、あれこれ空想をたくましくして、彼女があそこまで冷ややかな態度をとるのは、恋のせいで味わった苦しみを隠したいからにちがいないという結論に達した。

そう考えたとたんに若い頃の激しい感情がよみがえってきた。かつて、ロス・エバンヘリオス公園を訪れたときと同じ熱い思いを抱いてふたたびフェルミーナ・ダーサの別荘のまわりをうろつくようになった。しかし今回は彼女に見られることを計算に入れていたのではなく、彼女がまだこの世界に生きつづけていることを確認したかっただけのことだった。ただ、いやでも人目についた。ラ・マンガ地区は半ば砂漠のような島の中にあり、緑色の水をたたえた水路によって歴史的な旧市街と分かたれており、植民地時代、そのあたりは恋人たちが密会を楽しんだイカコの茂みに覆い尽くされていた。近年、スペイン人が建設した石造りの古い橋がこわされて、新たに敷設されたラバの乗り合い馬車のために電灯のついたレンガ造りの橋が架けられていた。当初、ラ・マンガ地区の住民は計画段階では想定されていなかった拷問に耐えなければならなくなった。市が建設した最初の発電所の近くで眠る羽目になったのだが、発電所の震動で四六時中地面が地震のように揺れたのだ。フベナル・ウルビーノ博士は邪魔にならない場所に発電所を移転させようとして全力を尽くしたが、うまく行かなかった。博士が神の御心と深い関係にあることはよく知られていた。その神意が思わぬ形でいい方向に作用した。ある夜、発電所のボイラーがすさまじい音を立てて爆発し、新しく建てられた家々の上を飛び越して町の中心部まで飛んで行き、サン・フリアン看護騎士修道会の古い僧院の大回廊を破壊した。古い僧院はすでに崩れていて、その年のはじめに無住になっていた。夜の早い時間に町の刑務所から逃走し、礼拝堂に隠れていた四人の囚人が飛んできたボイラーの下敷きになって死亡した。

町はずれの静かなあの地区は愛の美しい伝統に彩られていた。しかし、高級住宅地に変貌してからは人目を避ける恋人たちも足を向けなくなった。通りは夏になるとほこりが舞い上がり、冬はぬかるみ、一年を通じてほとんど人影がなかったし、まばらに建っているお屋敷は庭に生い茂る木々の陰に隠れてほとんど見えなかった。昔の邸宅には人目を忍ぶ恋人たちの気持ちを萎えさせるために作られたような張り出しバルコニーがあった。今はそれに代わってモザイクのテラスが作られていた。ただ、幸いなことに、当時は改装された一頭立ての軽四輪馬車を雇って午後にあのあたりを散策するのがちょっとしたブームになっていた。馬車は最後に丘の上に登っていく。そこからだと切なくて胸が苦しくなるような十月の黄昏《たそがれ》が灯台から見るよりもよく見えた。神学生たちの浜で獲物が近づくのをじっとうかがっているサメや、木曜日に着く巨大な白い大西洋横断航路の船を目にすることができた。湾内の水路を進む船は手を伸ばせば届きそうなほど近く見えた。フロレンティーノ・アリーサは会社での激務を終えると、いつも軽四輪馬車に乗ることにしていた。暑い季節には馬車の屋根をたたむのが決まりになっていたが、彼は屋根をたたませなかった。いつも一人で乗り込むと人目を避けて座席に隠れるようにして座り、御者に勘ぐられないように思ってもみない道を通るよう指示した。散策の目的はバナナの茂みとうっそうと生い茂るマンゴーの木の間に半ば隠れているピンク色の大理石のパルテノンを見ることだったが、その邸宅はルイジアナの綿花農場の邸宅を模したものだった。フェルミーナ・ダーサの子供たちは五時少し前に帰ってくる。子供たちが自家用馬車で戻ってくると、そのあとフベナル・ウルビーノ博士がその馬車でいつもの往診に出かけていくというのが日課になっていた。フロレンティーノ・アリーサは一年近く見張りをつづけたが、ひと目見たいと思っていた彼女の姿をついに目にすることができなかった。

　ある午後、六月最初の激しい雨が降る中、彼は無理を言って一人で馬車に乗ったが、馬がぬかるみに足をとられて、どっと倒れた。それがちょうどフェルミーナ・ダーサの家の前だと分かって彼はパニック状態におちいり、騒ぎ立てれば妙に勘ぐられるかもしれないというのに、泣きそうになって御者にこう言った。

「おい、ここはだめだ、頼む」と彼は大声でわめいた。「どこかよそへやってくれ」

　客の声に驚きあわてた御者は、馬具から切り離さずに馬を立ち上がらせようとしたために車軸が折れてしまった。フロレンティーノ・アリーサはやっとのことで馬車から這い出すと、通りかかった馬車に乗せてもらって家に帰ろうと思い、それまでの間恥をしのんで吹き降りの雨の中で待つことにした。馬車が通るのを待っていると、ウルビーノ家の女中が雨に濡れそぼっている彼を見つけ、膝まで水につかりながら雨傘をもってきて、テラスで雨宿りするように言ってくれた。フロレンティーノ・アリーサは半狂乱になりながらもまるで夢のような幸運だと思ったが、同時にこんな姿をフェルミーナ・ダーサに見られるくらいなら死んだ方がましだと考えた。

　旧市街に住んでいた頃、フベナル・ウルビーノと家族のものは日曜日の朝八時のミサに出席するために徒歩で大聖堂まで通っていた。宗教的というよりもむしろ世俗的な儀式だった。その後引っ越してからも、何年かは馬車で通っていた。公園のヤシの木の下で友人たちとおしゃべりをしていて遅れることがよくあった。しかし、ラ・マンガ地区にプライベート・ビーチと墓地のある神学校の寺院が建設されてからは、大きな儀式のあるときしか大聖堂に足を向けなくなった。そのことに気がつかなかったフロレンティーノ・アリーサは、しばらくの間日曜日になるとカフェ・デ・ラ・パロキアのテラスに腰をおろして、三回あるミサを終えて出てくる人たちを見張った。そのうちどうもおかしいと思って、ほんの数年前まで大勢の人が通っていた新しい教会に足を向けた。そこで彼は、八月に四回あった日曜日の朝八時ちょうどに、子供たちと一緒にいるフベナル・ウルビーノ博士を見かけたが、フェルミーナ・ダーサの姿は見当たらなかった。ある日曜日には隣接する新しい墓地を訪れた。そこではラ・マンガ地区に住む人たちが次々に立派な霊廟を建設していた。セイバの木陰にゴシック風のステンドグラスと大理石の天使像のあるひときわ壮麗な霊廟があり、それを目にしたとたんに心臓が飛び出しそうになった。墓石には家族全員の名前が金文字で刻まれていた。その中にはもちろんフェルミーナ・ダーサ・デ・ウルビーノ・デ・ラ・カーリェの名前もあった。そして夫の名前の下に続けて、《死後も共に主の手の中で》という碑文が刻まれていた。

フェルミーナ・ダーサはその年の残りは、市の行事や社会的なイベントはもちろん、夫とともに主賓として出席して華やぎを添えていた降誕祭の儀式にも出なかった。中でもオペラ・シーズンのはじまりを告げる初日の公演に姿を見せなかったことがフロレンティーノ・アリーサには気になって仕方なかった。幕間のときに彼は、実名を挙げずに彼女のうわさをしている人たちの話を盗み聞きした。先の六月の真夜中に、パナマに向けて出港するクナール社の遠洋定期船に乗り込むのを見かけたものがいるが、そのとき彼女は恥ずべき病気のせいで憔悴した顔を見られまいとして黒いヴェールをかけていたとのことだった。あれほど身分の高い女性がかかるのはいったいどんな病気なんだいと誰かが尋ねると、救いようのないほど暗い返事がかえってきた。

「立派な婦人がかかるといえば、結核しかないだろう」

フロレンティーノ・アリーサは、この土地の裕福な人たちは長期の治療を要する病気にかかるか、あるいは急死することが多い。たいてい大きな祝祭の前夜で、それがもとでお祭りが中止になることがよくあるという話を何度も耳にした。あるいは、長期療養を要する恐ろしい病気にかかってこの世から姿を消していく人もいる。そういうときはひそひそ話でうわさが広まった。パナマで隔離された生活を送るというのは、裕福な人たちにとっては避けがたい苦行のようなものだった。彼らは再臨派*の病院で神の御心に身をゆだねた。病院というのは先史時代を思わせる豪雨の中にかすんでいる、ダリエン地方の白くて巨大な倉庫のような建物で、そこに入院している患者は自分に残されたわずかばかりの命があとどれくらい続くのか知らなかった。孤独な病室にいると漂ってくる石炭酸剤の匂いが、病気を癒すためなのか、死者が出たので使用されているのか分からなかった。病気が癒えた人たちは豪華な快気祝いの品をもって戻ってくると、気前よく配ったが、その顔には生きながらえて申し訳ないというような暗い表情が浮かんでいた。中には腹部に靴職人が使うような麻糸で縫合した、ぞっとするような傷をつけて戻ってくるものもいて、そういった人たちは客が来ると、シャツをまくり上げて傷跡を見せ、歓喜の中で窒息死した人たちの傷跡と比べたものだった。そして、残された日々、クロロフォルムのせいで目の前に現われた天使の話をくり返し話して聞かせた。しかし、戻ってこなかった人たちが何を見たのかは誰にも分からなかった。中でもいちばん悲惨だったのは結核病棟に送り込まれた人たちで、彼らは病気の苦しみよりも雨のせいで気が滅入ってあの世へ旅立っていった。

フェルミーナ・ダーサがもし病気にかかっているとしたらどんな病気だろうかとあれこれ考えたが、答は見つからなかった。フロレンティーノ・アリーサはどれほど辛いものであっても真実を知りたかったので、出来るかぎり調べたがついに本当のことは分からなかった。不思議なことに、いくら尋ねてまわっても、うわさが本当だという確証は得られなかった。彼の会社が所有する川船の世界では、どのような隠しごとや秘密も人に知られてしまうのだが、黒いヴェールをした女性に関しては何も分からなかった。あの町ではどんな秘密も洩れてしまうし、多くのことが実際に起こる前にうわさになって広まるというのに、彼女に関しては誰に訊いても、何も分からなかった。とりわけ裕福な人たちに関するうわさは広まりやすい。しかし、フェルミーナ・ダーサが姿を消したことについては、何ひとつ分からなかった。フロレンティーノ・アリーサはラ・マンガ地区をうろつき、信仰心もないのに神学校の聖堂で営まれるミサに出席し、いつもなら興味のない市の行事にも顔を出した。いたずらに時間が過ぎていくだけでうわさの真相は少しも明らかにならなかった。ウルビーノ家では、母親がいないということ以外、何も変わったことはなかった。

いろいろ調べていくうちに、知らなかったことやべつに知ろうと思っていなかった情報も手に入った。そんな中にはロレンソ・ダーサが生まれ故郷のカンタブリア地方の村で亡くなったというものもあった。カフェ・デ・ラ・パロキアでは大勢の人たちがわいわいがやがや言いながらチエスを戦わせていた。何年もの間ロレンソ・ダーサがつねにそこにいたことを思い出した。しゃべりすぎて声が嗄れ、流砂の上にいるような不安定な老年を迎えていたのが災いしてぶくぶく太り、性格がとげとげしくなっていた。一緒にアニス酒を飲んだ前世紀の不愉快な朝食のときから、口をきいたことがなかった。ロレンソ・ダーサは苦労してようやく娘を玉の輿に載せ、それを心の支えに暮らしていた。そうなってからもフロレンティーノ・アリーサは、自分があの男を憎んでいるように、相手も自分に対して恨みがましい思いを抱いているにちがいないと思っていた。しかし、フェルミーナ・ダーサの健康状態について正確な情報を得ようと心に決めていたので、父親から直接話を聞き出そうと、カフェ・デ・ラ・パロキアにふたたび足を向けた。当時、あの店ではジェレミア・ド・サン・タムールが四十二人を相手にチェスをさすという歴史的なトーナメントが行われていた。そこで彼はロレンソ・ダーサの死を知らされたのだが、あの男が死んだと聞いてほっと胸を撫で下ろした。もっとも、その喜びの代償として真実を知らないまま生きていかなければならないということもよく分かっていた。結局のところ、彼女は不治の病におかされた患者が入院する病院にいるといううわさを信じるしかなかったし、《病弱な女は死なない》というよく知られた諺を心の支えにするしかなかった。すっかり気落ちした彼は、万が一フェルミーナ・ダーサが死ぬようなことがあれば、捜しに行かなくてもその知らせが耳に入ってくるだろうと自分に言い聞かせた。

彼女が亡くなったという知らせが届くことはなかった。フェルミーナ・ダーサはフローレス・デ・マリーア村から半レグア離れたところにある、世界から忘れられて暮らしている従姉のイルデブランダ・サンチェスの農場で、病気ひとつせず元気に暮らしていたのだ。彼女は夫と話し合って、べつに騒ぎ立てることもなく家を出ていった。二人は長年安定した結婚生活を送ってきたが、今回はじめて深刻な危機に見舞われ、まるで思春期の少年少女のように感情をこじらせてしまった。子供はすくすく育って立派に成人し、安らかな老年を迎えられる未来は目の前にあり、これでもう思いがけない不幸に見舞われる心配もないだろうと穏やかな気持ちで中年を迎えたときに、突然思いがけない事態が生じた。二人にとって予測もしないことだったので、カリブ海でよく見られるように大声でわめき立て、涙を流し、仲介の労をとってくれる人を見つけ出して問題を解決する代わりに、ヨーロッパの人たちの知恵を借りることにした。しかし、結局はどっちつかずの状態におちいり、中途半端なまま子供のようにいがみ合うことになった。最終的に彼女は家を出ていくことにした。なぜ、なんのために出ていくのかはっきりしないまま怒りにまかせて行動を起こしたが、夫の方は罪の意識に駆られていたせいで妻を説得することができなかった。

フェルミーナ・ダーサが黒いマンティーリャで顔を隠し、真夜中にこっそり船に乗り込んだことはまちがいない。しかし、乗り込んだのはパナマに向かうクナール社の遠洋定期便ではなく、彼女が生まれ、少女時代まで暮らしたサン・フアン・デ・ラ・シエナガの町に向かう小型の定期便で、年をとるにつれてあの町がどうしようもないほど恋しくなったのだ。夫の意見や当時の習慣に逆らって、彼女は召使たちと一緒に育った十五歳になる名付け子一人だけを連れていった。乗る船の船長と港の役人には自分が旅する旨を伝えておいた。家を出て行く決意を固めると、子供たちには三カ月ほどイルデブランダおばさんのところへ行ってくるだけだから心配しなくていいのよと伝えた。実を言うと家には二度と戻るまいと心に決めていた。フベナル・ウルビーノ博士は一度言い出したらきかない妻の性格をよく知っていたし、心を痛めていたこともあって、これは自分の犯した重い罪に対して神が下された罰だと考えて、あえて異を唱えなかった。船の明かりが見えなくなる前に、二人はともに自分は弱い人間だと思って後悔した。

夫妻は子供たちのことや家庭内のことで形式的な手紙のやりとりはしたけれども、互いに誇り高いことが災いしてよりをもどせないまま二年近い年月が経った。二年目には子供たちがフローレス・デ・マリーアで休暇を過ごしに来たが、フェルミーナ・ダーサはうわべだけはそこでの生活に満足しているようなふりをしていた。少なくともフベナル・ウルビーノが息子の手紙から読み取った結論はそうだった。その頃、リオアーチャの司教が金の刺繡を施した馬衣に天蓋をのせた有名な白いラバに揺られてあの地方を巡回していた。司教のあとには、遠くから来た巡礼者やアコーディオン弾き、食べものや魔除けを売る行商人がぞろぞろつき従っていた。彼女のいる農場は三日間、身障者や不治の病にかかった人たちであふれかえった。実を言うと、人々は学識ある説教や全免償*が目的でやってきたのではなく、司教に隠れてこっそり奇蹟を起こすといううわさのあるラバに助けてもらおうと思っていたのだ。司教は平《ひら》の司祭だった頃からウルビーノ・デ・ラ・カーリェ家にしょっちゅう出入りしていた。彼はイルデブランダの農場で昼食をとろうと考えて、昼に市を抜け出した。昼食後、世間話に花を咲かせ、そのあとフェルミーナ・ダーサを少し離れたところへ連れていって、告解をするように言った。彼女は穏やかな口調で悔悟することなど何ひとつありませんときっぱり言った。そのつもりはなかった、というか意図的にそうするつもりはなかったが、自分の返事が主人の耳に入るにちがいないと確信していた。

その後、フベナル・ウルビーノ博士はいく分シニカルな口調で、二年もの間あのように辛い思いをしたのも、もとはと言えば自分が悪いのではなく、妻のおかしな癖に原因があったんだとよく言ったものだった。彼女は、一見汚れていないようでも家族のものが脱いだ服と自分の服を、一度匂いを嗅いでから洗濯するかどうかを決めるという癖があった。幼い頃からそうしていたので、結婚式の夜に夫がびっくりしたような顔をするまではべつにおかしなことだとは思わなかった。夫は、彼女が少なくとも一日に三回バスルームに閉じこもってタバコを吸っていることも知っていたが、気にしていなかった。彼と同じ階級の女性たちがしょっちゅうグループで部屋に閉じこもって男性の話をしたり、タバコを吸ったり、ときには強い酒を二リットルばかり飲んでレンガ職人のように酔い潰れて床で寝ることもあったからだった。しかし、その辺にある衣服の匂いを手当たり次第に嗅いでまわるというのは、品がない上に、身体にも悪いように思われた。彼女がそう言うと、議論をしたくないときはいつもそうなのだが、彼女は冗談として聞き流した。神様が顔の上にコウライウグイスのような敏感な鼻をつけて下さったのは単なるお飾りではないんです、とやり返した。ある朝、彼女が買い物に出かけている間に、女中たちが三歳になる息子が家中どこを捜しても見つからないといって大騒ぎをしていた。みんながパニックにおちいっているところに戻ってきた彼女は、猟犬のように家の中をくるくる二、三度歩きまわると、押入れの中で眠り込んでいる息子を見つけたが、まさかそんなところに隠れているとは誰も思わなかった。夫がびっくりしてどうやって見つけたんだと尋ねると、彼女はこう答えた。

「ウンコの匂いよ」

彼女の嗅覚は洗濯ものや迷子になった子供を見つけるのに役立っていただけではなかった。彼女にとっては、嗅覚が人生、とくに社会生活のすべての面における指針になっていた。フベナル・ウルビーノは結婚生活の中で、とりわけ結婚したばかりの頃にそのことに気づいた。三百年にわたって成上がりものを見下してきた世界に飛び込んでいった彼女は、ナイフのように鋭い刃のついたサンゴの森の中を誰とも衝突せずに泳いでいた。それができたのは、彼女の驚くべき本能によるものだった。そうした恐るべき能力は石の中核のように何千年も変わることなく生き続けてきた知恵にその起源があった。ある不運な日曜日のミサの前に、不幸にも彼女の能力が発揮された。その日、フェルミーナ・ダーサはいつものように夫が前の日の午後に着用した服の匂いを嗅ぎ、夫とは違う男性とベッドに入っているような妙な気持ちに襲われた。

最初に上着とヴェストの匂いを嗅ぎながら懐中時計の鎖をはずし、ペンシルケースと財布、それにポケットの中のわずかばかりの小銭をとり出して、ドレッサーの上に並べた。次いで、ネクタイピン、カフスボタン、それに取り換えのできるカラーの金ボタンをはずしながら縁縫いしてあるワイシャツの匂いを嗅ぎ、そのあと十一本の鍵がついているキーホルダーと真珠母貝の握りのついた小刀をとり出しながらズボンの匂いを嗅ぎ、最後に肌着や靴下、イニシアルを金の糸で刺繡してあるリネンのハンカチの匂いを嗅いだ。もはや疑う余地はなかった。夫とは長年一緒に暮らしてきたが、身のまわりのものにはそれまで一度も嗅いだことのない匂いがしみついていた。何の匂いかは分からなかったが花や香水ではなく、人間の体臭であることはまちがいなかった。彼女は何も言わなかったし、毎日の生活の中でその匂いを嗅ぐことは二度となかった。それからは洗う時期がきたかどうかを確かめるためではなく、内臓をむしばむような不安に駆られながら匂いを嗅ぐようになった。

毎日決まりきった生活を送っている夫が、どこであの匂いをつけてきたのか見当もつかなかった。午前の授業と昼食との間ということはあり得なかった。まともな女性ならその時間帯に大急ぎで愛し合うとは考えられなかったからだ。家の掃除をし、ベッドを片づけ、市場へ買い物に行き、昼食の用意をしなければならないのに、男性を迎えられるはずはなかったし、子供の一人が学校で石を投げられて頭に怪我をし、授業が終わる前に帰ってくるかもしれないという心配もあった。そんな中で、片づけも終わっていないベッドの上で裸になって男性を、それも医者を迎えるということは万にひとつもあり得なかった。彼女はまた、フベナル・ウルビーノ博士が夜しか、それもできれば真っ暗な中でしか愛の営みをしない、ぎりぎり妥協しても朝食の前、朝いちばんの小鳥の声を聞きながらでないと愛し合わないことを知っていた。彼に言わせると、それ以後の時間だと服を脱いだり着たりしなければならないのが面倒だったのだ。したがって、匂いがしみつくとしたら、往診のときか、夜にチェスをさすとか映画を見に行くと嘘をついて外出したとき以外に考えられなかった。チェスや映画となると調べるのが厄介だった。友人たちとちがってフェルミーナ・ダーサはあまりにも誇り高かったので、夫の行動をこっそり見張ったり、人に頼んで監視してもらうことができなかったのだ。不倫をするのなら往診のときがいちばんやりやすかったはずで、こちらは調べるのも簡単だった。フベナル・ウルビーノ博士は、患者一人ひとりの詳細な記録をつけていただけではなく、初診から、最後に十字の印をつけ魂の平安を祈る言葉を書きつけて、あの世へ送り出す間の診療報酬にいたるまで几帳面に書き留めていたのだ。

フェルミーナ・ダーサは数日間夫の服の匂いを嗅いだが匂いはしなかった。ところが、三週間後、まったく予測もしないときに突然あの匂いがふたたびしたのだ。今回はいつになく強かったし、それが何日も続いた。しかも奇妙なことに、そのうちの一日は日曜日で、家族でパーティを開いたので彼女は片時も夫のそばを離れなかった。いつもの習慣にないことだし、できればしたくなかったのだが、ある午後彼女は夫の事務室に入り込んだ。ふだんならけっしてしないことをしている自分がまるで別人のように思われた。ここ数カ月間夫が書き留めた読みづらい往診メモを、ベンガラの名品である拡大鏡をつかって読み解いた。クレオソートの匂いがし、名前も知らない動物の皮で装丁した本や小学生の彫った下手な版画、羊皮紙の名誉称号証書、長い年月をかけて集めた天体観測儀や精巧な造りのナイフなどが所せましと並んでいる事務所に一人で足を踏み入れたのは、それがはじめてだった。その秘められた至聖所は夫のプライベートな生活が保持されている唯一の場所であり、愛と関わりがなかったので、彼女は近づこうとしなかった。何度かちょっとした用事があって入ったことはあったが、つねに夫がそばにいた。一人で事務所に入るのは気がひけた。夫のいない隙に、探しものをするというのは後ろめたい気がしてならなかった。しかし、思い切って部屋に踏み込んだ。事実を知りたかったのだ。もし見つかったらと思うと、恐ろしくて仕方なかった。一方でどうしても見つけ出したいという思いに駆られてもいた。彼女はもともと誇り高くて、高潔な女性だった。しかし、あのときは激しい感情を抑えることができなかった。拷問を受けているような苦しみを味わいつつ、抵抗しようのない力に突き動かされていたのだ。

はっきりしたことは何も分からなかった。共通の友人をのぞいて患者はすべて夫の支配領域に属していて、顔ではなく痛みによって、目の色や頑なに心を閉じていることではなく、肝臓の大きさや舌苔、尿中の血液、夜、熱に浮かされて見る幻覚といったもので区別されていた。彼らは夫を信じ、夫のおかげで生きていると思っていたが、実際は夫のために生きている人たちだった。彼らは最終的に診断書の下の余白に《心安らかに眠られんことを。神が戸口で待っておられる》と夫自らの手で書き込まれる運命にあった。フェルミーナ・ダーサは二時間ばかり捜しまわった末、誘惑に負けて恥ずかしいことをしたという思いを抱きながら空しく部屋を後にした。

想像力を働かせているうちに、彼女は夫の変化に気づきはじめた。何となく自分を避け、食卓でもベッドでも何も求めなくなり、怒りっぽくなったし、皮肉っぽい返事をするようになった。家にいるときも以前のような落ち着きがなくなり、檻に閉じ込められたライオンのように苛立つようになった。結婚して以来はじめてのことだが、夫の帰りが遅くなると目を光らせ、分単位で遅れを計算するようになった。さらに、夫から本当のことを聞き出そうとして嘘までつくようになったが、そうした矛盾した行動が自分自身をひどく傷つけることになった。ある夜、幽霊を見たように思い、ぎくりとして目を覚ました。暗闇の中で夫が憎しみのこもった目で自分をじっと見つめていたのだ。若い頃に経験したのと同じような恐怖に駆られた。あのときはベッドの足もとに立っているフロレンティーノ・アリーサの姿が見えたのだが、あの幻の男性の目には憎悪でなく愛情がこもっていた。それに、今回の場合は単なる幻覚ではなかった。夫が明け方の二時に目を覚まして、ベッドの上で上体を起こして眠っている彼女を見つめていたのだ。どうしてそんなことをするのと尋ねると、何もしていないという返事だった。そして、ふたたび枕の上に頭をのせると、こう言った。

「夢でも見ていたんだろう」

その頃、似たような出来事が次々に起こり、フェルミーナ・ダーサはどれが現実でどれが夢なのか分からなくなった。とりわけ、夫にああ言われて以来、このままでは頭がおかしくなるにちがいないと考えて、目の前が真暗になった。あるときふと、夫がキリスト聖体《コルプス・クリスティ》の祝日の木曜日だけでなく、それに続く何回かの日曜日にも聖体拝領を受けていないことに気づいた。その年はまた、時間を見つけてゆっくり休養をとることもしなかった。彼女はどうしていつもの習慣をそこまで変えてしまったの、そんなことだと心の安らぎが得られないわよと言ったが、はかばかしい返事はなかった。彼は八歳のときに最初の聖体拝領を受けて以来、聖体の祝日には毎年欠かさず受けていた。だから今回の出来事は決定的な意味をもっていた。そこから彼女は、夫は重大な罪を犯している、しかも聴罪師のもとに行かないということは、まだその罪深い行いをつづけるつもりでいるということだと考えた。愛とはまったく逆のことで自分がここまで苦しむことになるとは夢にも思わなかった。しかし、現実はそうだったのだ。このままでは自分は死んでしまう、そうならないためには、自分の内臓をむしばんでいる毒蛇の巣を焼き払うしかないと決意した。そして、それを実行に移した。ある午後、夫がシエスタのあと日課として本を読んでいる間、彼女はテラスで靴下をつくろった。突然、手を休めると眼鏡を額のところまでもち上げて、穏やかな口調でこう呼びかけた。

「博士」

彼は、当時誰もが読んでいた小説*『ペンギンの島《リール・デ・パングワン》』を夢中になって読みふけっていたので、その世界から抜け出せないまま《うん《ウィ》》と答えた。彼女はもう一度呼びかけた。

「こちらを見て」

彼は顔を上げたが、読書用の眼鏡をかけていたので、彼女の顔がかすんでよく見えなかった。しかし、眼鏡をはずして彼女の刺すような鋭い視線を目にするまでもなかった。

「どうしたんだい？」と彼は尋ねた。

「自分の胸にお訊きになったら？」と彼女が言った。

それ以上何も言わず、ふたたび眼鏡をおろすと靴下のつくろいを続けた。フベナル・ウルビーノ博士は、長い間苦しい思いをしてきたが、それももう終わりだと考えた。いつかはこういう時がきて、心臓が止まるほど大きな衝撃が襲ってくるだろうと思っていたのに、意外にも穏やかな打撃ですんだ。いずれ起こるはずのことが予測していたよりも早く起こったので、彼はほっと胸を撫でおろした。バルバラ・リンチ嬢の亡霊がとうとう家の中まで入ってきたのだ。

四カ月前、彼女がミセリコルディア病院の外来で診察を受けているときに、フベナル・ウルビーノ博士は彼女を見かけた。その瞬間、自分の運命に何か決定的なことが起こったと感じた。背が高くてエレガントな、すらりとした白人と黒人の混血女性で、糖蜜と同じ色の肌はとろけそうな感じがした。白い水玉模様の入った真赤なドレスを着、同じ素材で作ったつば広の帽子を目深にかぶっていた。患者に囲まれた彼女はひどくセクシーな感じで、ひときわ目立っていた。フベナル・ウルビーノ博士は外来患者を診ることはないが、時間があるとそちらに立ち寄り、上級生たちに正確な診断は薬にまさると言って聞かせていた。だからあの日も、教え子たちに悟られないようさりげなく、不意にやってきたあの混血女性の診断に立ち会った。彼女のほうをほとんど見なかったが、住所と名前をしっかり頭に叩き込んだ。その日の午後、最後の診断が終わると、診察室で覚え込んだ住所に馬車を向かわせた。目的地に着くと、彼女はテラスで涼んでいた。

トタン屋根まで黄色のペンキを塗り、窓に黄色の麻布を張り、玄関のポーチにカーネーションとシダの花鉢を吊るし、マラ・クリアンサの沼地に木の支柱を打ち込んで建てられたその家は、典型的なアンティル諸島風の造りだった。軒先に吊るした鳥籠ではオレンジジムクドリモドキがさえずっていた。通りをはさんだ向い側に小学校があり、そこから生徒たちの一団が飛び出してきたので、御者は馬がおびえないよう手綱を強く引かなければならなかった。運のいいことに、バルバラ・リンチ嬢が博士だということに気がついた。昔からの知り合いのようにあいさつし、子供たちがいなくなるまでの間コーヒーでもお飲みになりませんかと声をかけてきた。ふつうなら断るのだが、彼は喜んで招きに応じると、彼女が自分のことを話すのに耳を傾けた。その日の朝に心を惹かれたたった一人の人間が彼女であり、それから数カ月間ずっと彼女にだけ心を惹かれつづけることになった。結婚したばかりの頃に、友人の一人が妻の前で、そのうち自分ではどうにもならない情熱に駆り立てられて、平穏無事な結婚生活に破綻をきたすことがあるものだよ、と忠告してくれたことがあった。自分がどういう人間かよく分かっていたし、モラルの面でも過ちを犯さない自信があったので、心配することはないと笑い飛ばしたのだが、それがこういう事態になったのだ。

神学で博士号をとったバルバラ・リンチ嬢はジョナサン・B・リンチ師の一人娘だった。プロテスタントの牧師だったリンチ師は瘦せた黒人で、ラバで沼沢地にあるひどく貧しい集落を回って、フベナル・ウルビーノ博士が自分の信じている神と区別するために小文字で書くようにしている多くの神々の一人の言葉を説いていた。スペイン語は上手だったが、構文法《シンタックス》におかしなところがあり、その言いまちがいが逆に彼の説教をいっそう魅力的なものにしていた。彼女はこの十二月で二十八歳になるが、少し前に父の弟子にあたる別の牧師と離婚したばかりだった。二年間不幸な結婚生活を送ったせいで、二度と同じ失敗をくり返したくないと考えていた。《今ではもうオレンジジムクドリモドキしか愛せないんです》と彼女は言った。フベナル・ウルビーノ博士はあまりにも真面目だったので、その言葉の裏に隠された意味が読み取れなかった。それどころか、こんなにことがうまく運ぶのは神が仕掛けられた罠で、あとで高い代償を払う羽目になるのではないだろうかと考えた。しかしすぐに、自分は混乱しているので、こうした神学的なばかな考えに取り憑かれたのだと思い直して、その考えをふり払った。

帰り際に、朝の診察に関してさりげなく自分の所見を述べたが、患者というのは病気の話をするのが何よりも好きだと分かっていたからだった。彼女も熱をこめて自分の病気の話をしたので、それなら、明日、四時にもう一度来て、詳しく診察してあげますと約束した。それを聞いて彼女はびっくりした。彼ほどの医者になると、とても自分のようなものは診てもらえないと分かっていたからだが、そんな彼女を安心させようとして《われわれ医者は、貧しい人たちの代りにお金持ちから診察料をもらっていますからね》と言った。そのあと、ポケットに入っていた手帳に「バルバラ・リンチ嬢。マラ・クリアンサの沼沢地。土曜日、午後四時」と書き留めた。数カ月後にフェルミーナ・ダーサがその覚え書を目にすることになったときは、こまかな症状、治療、病気の進行に関する記述もつけ加えられていた。名前を見て、彼女はおやっと思った。ニューオリンズから果物を運んでくる船に乗っていた自堕落な芸術家の一人のような気がしたが、住所を見て、ジャマイカから来た黒人女性にちがいないと思い、深く考えもせず、夫好みの女性ではないだろうと決めつけた。

フベナル・ウルビーノ博士は土曜日の約束した時間よりも十分早く先方に着いた。リンチ嬢の方はまだ着換えをすませていなかった。パリ時代に口頭試問を受けたことがあるが、そのときと同じくらい緊張していた。薄いスリップ一枚でカンバス地のベッドに横たわったリンチ嬢は息をのむほど美しかった。身体全体の造りが大きくて、圧倒的な存在感が備わっていた。セイレーンのような太腿、じっくり時間をかけて焼き上げた肌、どきっとするほど豊かな胸、透明な歯茎の上に並んでいる美しい歯、全身から立ちのぼる健康な人間特有の香り。フェルミーナ・ダーサが夫の衣服から嗅ぎとったのがその香りだった。彼女は体調を崩して外来診療を訪れたのだが、自分ではユーモアたっぷりに《よじれ結腸》だと言っていた。ウルビーノ博士はその症状をあまり軽く見てはいけないと考えていた。触診をはじめた手には、注意力よりも下心の方が強くこもっていた。触診をしているうちに自分が医者だということを忘れ、このすばらしい女性が外見だけでなく、内臓の方も美しいことに気づいてびっくりした。彼はもはやカリブ海沿岸一の名医としてではなく、本能の導くがままになっているあわれな神の子として陶然と酔い痴れて彼女の身体をまさぐっていた。禁欲的な名医として診療をしている中で、一度だけ似たようなことがあって、あのときは大恥をかいた。女性患者が腹を立てて彼の手を払いのけると、ベッドの上に座り、《医者なのですから何をしてもいいんでしょうけど、これはやりすぎです》と言ったのだ。しかし、リンチ嬢は彼の手に身をゆだねていた。そして、医者がもはや治療のことなど考えていないと分かった時点でこう言った。

「そこまでするのは倫理的に見て、許されないんじゃないかと思っていましたわ」

彼は池に飛び込みでもしたように汗みずくになっていて、タオルで手と顔を拭《ぬぐ》った。

「倫理的に見れば、われわれ医師は石仏《いしぼとけ》ということになるでしょうね」

彼女は感謝の気持ちをこめて手を差し出した。

「こういうことをすべきではないという意味で言ったんではないんです」と彼女が言った。「あなたのような立派な方に目をかけていただくだけでも、わたしのような哀れな黒人にとってはとても大きな意味をもっていますもの」

「わたしは片時も君のことを忘れたことはないんだ」と彼は言った。

哀れなほど声をふるわせてそう告白した。しかし彼女は、寝室の中がパッと明るくなるような笑い声をあげて気まずい雰囲気を消し去った。

「病院でお会いした瞬間から分かっていましたわ、博士」と彼女は言った。「わたしは黒人ですけど、そこまでばかではありません」

しかし、ことはそう簡単には運ばなかった。リンチ嬢は自分の名に傷がつくことを恐れていた。身に危険がおよばずに愛されたいと願っていた上に、自分はそうされて当然だという自負心も抱いていた。ウルビーノ博士の手に身をまかせたけれども、たとえ一人でいるときでも聖域とも言える自分の部屋にはけっして招き入れなかった。触診と聴診をするかぎり、医師としてのモラルをどこまで逸脱しても何も言わなかったが、そこから先へは進ませてもらえなかったし、衣服を脱ぎ捨てることもなかった。一方、餌に食いついてしまった彼は放すに放せなくなり、毎日のように彼女のもとに通いつづけた。実際的な理由から、リンチ嬢との関係をそれ以上続けていくことは不可能だったのだが、そこで踏み止まるには人間的に弱すぎたし、同時にそこから先へ進むにも押しが弱すぎて何もできなかった。それが彼の限界だった。

リンチ師の生活は不規則だった。ラバの背中の一方に聖書と福音伝道のパンフレットの詰まった袋をかけ、不意に家を出ていくと、思ってもいないときにふらりと戻ってくるのだ。向かいにある小学校も頭痛の種だった。生徒たちが窓の外を見ながら教科書を朗読するので、朝の六時からドアと窓を開け放してある向かいの家は否応なく彼らの目にさらされたからだ。オレンジムクドリモドキが生徒の朗読している教科書を覚えるようにとリンチ嬢が軒先に鳥籠を吊るし、頭に派手なターバンを巻いて家事をしながらカリブ海の女性らしい輝くような声で一緒になって朗読し、そのあとポーチに腰をおろして午後の賛美歌を英語で歌う様子を、生徒たちは窓から眺めていた。

子供たちのいない時間を選ぶ必要があり、選択肢はふたつしかなかった。ひとつは十二時から二時までの昼食の時間だが、この時間帯は博士も昼食をとらなければならなかった。もうひとつは子供たちが家に帰っていく午後の終わりで、のぞましいのは後者の方だが、ただその頃にはすでに往診が終わっていて、家で夕食をとる時間が迫っていた。三つ目のより深刻な問題は馬車で、立場上乗らないわけにはいかなかった。馬車を使わないわけにいかないのに、困ったことにあの馬車は町中の人に知られている上に、玄関先に停めざるを得なかった。〈社交クラブ〉の友人たちのように御者を抱きこんでしまえばよかったのだが、そういうことはふだんからやりつけていなかった。毎日のようにリンチ嬢のもとに往診に行くせいで馬車が目立って仕方なかった。お仕着せをつけたお雇いの御者が、馬車を長時間玄関先に停めておくと人目に立つので、あとでもう一度お迎えに上がった方がいいんじゃないでしょうかと言った。ウルビーノ博士にしては珍しく感情を高ぶらせて、切って捨てるように言った。

「君とは長い付き合いだが、言うべきでないことを言ったのはこれがはじめてだ。今のは聞かなかったことにしよう」

解決法は見つからなかった。ああいう町では、医者の馬車が玄関先に停まっていると、家に病人がいるということで、こればかりは隠しようがなかった。時々、それほど歩かなくてもいい距離にいるときは、彼の方から歩いて行くと言ったり貸馬車を使うこともあったが、あれこれ勘ぐられたり、悪意にみちたうわさを流されるのがこわかったからだった。そうした小手先のごまかしがいつまでも通用するわけがなかった。薬局で処理される処方箋を見れば一目瞭然だったのだ。そこでウルビーノ博士は、患者には病名を知らずに心安らかに死んでいく神聖な権利があり、それを守らなければならないという理屈をつけて、正規の薬のほかに不必要な薬も処方してごまかした。また、リンチ嬢の家の前に馬車を停めていることに関してももっともらしい理由をつけた。しかし、いつまでもそれで押し通せるはずはなかった。彼としては死ぬまであそこに通い続けたかったのだが、そうなるとなおさら馬車の処置がやっかいになった。

世界は地獄に変わった。最初の狂ったような欲望が満たされると、彼らはともに自分たちが危険な状況に置かれていることに気づいたし、フベナル・ウルビーノ博士にはスキャンダルに立ち向かっていくだけの勇気がなかった。熱に浮かされたようになったときは、どんなことでも約束したが、それが過ぎ去ると、また今度にしようと言って、何もかも先延ばしにした。そのくせ、一緒にいたいという気持ちが強くなるにつれて、彼女を失うことになるのではないかという不安も大きくなっていった。だから、二人の逢引きはだんだんとあわただしいものになり、しかも困難になっていった。彼はもうほかのことを考えられなくなっていた。耐えがたい思いで午後になるのを待ったが、おかげで他の仕事をすべて忘れてしまい、彼女のことしか考えられない状態におちいった。しかし、馬車がマラ・クリアンサの沼地に近づいていくにつれて、神様、どうか思いがけない事態が生じてあの家に立ち寄らなくてもいいようになりますようにと祈った。苦しさのあまり、ときには角を曲がったところで、テラスで本を読んでいるリンチ師の綿毛のような頭が見えると、ほっと胸を撫でおろすこともあった。彼の娘は部屋で近所の子供たちを集めて、福音書を朗読しながらキリスト教の教義を問答形式で教えていた。そういうときは運命に逆らおうとせず幸せな気持ちで家に戻ったが、そのあと毎日午後の五時に近くなると襲ってくる激しい焦燥感に一日中悩まされることになった。

馬車は目立ちすぎたし、三カ月目の終わり頃になると笑いものになったので、ゆっくり愛し合うどころの騒ぎではなくなった。リンチ嬢は、愛人が不安そうな表情で家に入ってくるのを見ると、ものも言わずに寝室に駆け込んだ。彼がくると分かっている日は、色とりどりの花飾りを裾にあしらったジャマイカの美しいフレアスカートをはくようにしていた。そして、彼を不安にさせないために余計な手間をとらせない方がいいだろうと考えて、下には何もつけていなかった。彼を喜ばせようと彼女がそこまでしているというのに、彼はそうした心配りにまったく気づいていなかった。びっしょり汗をかき、息をあえがせながら彼女のあとを追い、騒々しい音を立ててステッキや往診鞄、パナマ帽といったものを床に投げ捨てると、ズボンを膝の下までおろし、邪魔にならないよう上着のボタンをとめたままで、ヴェストの金鎖もはずさず、靴もぬがずにあわてふためいて用を済ませたが、喜びを味わったら一刻も早く帰ろうと、そればかり考えていた。彼女の方は、さあ孤独な快楽にひたろうとしているというのに、彼は生死の境をさまようほど激しく愛し合ったかのように疲れ切って、ズボンの前ボタンをとめはじめた。実を言うと、彼は単に肉体的な愛の営みをしただけのことだったのだ。しかし彼なりの法則がそこにはあった。通常の往診で血管注射をする時間だけあの家にいたのだ。そのあと彼は自分の弱さを恥じ、こんなことなら死んだほうがましだと考えながら家に戻った。どうして自分はフェルミーナ・ダーサに、さあお仕置きです、ズボンをおろして、その熱い火鉢の上に座りなさいと言ってくれるように頼めないのだろうかと自分をなじった。彼は夕食をとらなくなり、お祈りにも心がこもらなくなった。妻が寝る前に家のなかをきちんと片付けておこうと忙しく立ち働いている間、彼はベッドの中でシエスタのときに読みかけた本を読んでいるふりをした。眠くなって船を漕ぎはじめると、リンチ嬢のマングローブの林の中に、彼にとっては死の床とも言えるあの花園の中に少しずつのめり込んでいった。そうなると、明日の午後五時五分前のことしか考えられなかった。往診を待っている彼女は、ジャマイカの狂女がつけるようなスカートをはいていて、その下には黒い毛に覆われた黒い丘があった。まさに、地獄の環だった。

数年前から身体がひどく重く感じられ、さまざまな兆候が出はじめた。そうした兆候は昔、教科書で読んだことがあったし、高齢者を診察しているときにも何度か出会ったことがあった。これといった病歴もないのに、突然医学書に載っているとおりの兆候群がひとつ残らず現われるが、そのうち嘘のように消えてしまうのだ。以前、*ラ・サルペトゥリエールで小児医学の講義をしていた先生が、勉強するなら小児科がいちばんだ、なにしろ子供の場合、本当の病気にかかってはじめて症状が出るからね、子供たちは大人の言葉できちんと説明できないから、病気になると具体的な症状を通じて医者に訴えるんだよ、と教えてくれたことがあった。一定の年齢を越えて大人になると、病気にかかってもいないのにさまざまな症状が出ることもあれば、もっと深刻な場合は、症状こそ軽いが実は重い病気にかかっているということもある。彼は患者にその場しのぎの緩和剤を与えて様子を見、老いの中で持病と付き合うように指導した。自分と同年齢の経験豊かな医師が、病気でもないのに病気だと勘違いして不安に襲われることがあるのが、フベナル・ウルビーノ博士にはどうしても理解できなかった。もっと深刻なのは、病気にかかっているはずなのに、医学的な偏見によって病気ではないと自分に言い聞かせるケースである。四十歳になった頃、教室で冗談まじりにこう言ったことがある。《わたしにとって唯一必要なものは、わたしのことを理解してくれる人です》。自分がリンチ嬢の迷路の中に入り込んで出られなくなったと気づいた時点で、あの言葉は冗談でなくなった。

これまで高齢の患者を診てきたが、その人たちの実際の、あるいは想像上のあらゆる症状が彼の体内に蓄積されていた。肝臓の形がはっきり感じとれるので、手で触れなくてもどれくらいの大きさか言い当てることができたし、腎臓がまどろんでいる猫のようにうなり声をあげたり、血液が血管の中を勢いよく流れる音を聞くこともできた。時々、陸に上がった魚のように息苦しくなって明け方目を覚ますこともあった。心臓の具合もおかしくなっていて、一瞬鼓動が止まる。学校で行なう軍隊式行進のように心臓が一拍止まり、それが一度、二度と続き、そのあと偉大な神のおかげで最後に元に戻るのが分かった。患者がそうなったときは気休めの治療を施すが、自分がそうなると恐怖で目の前が真っ暗になった。五十八歳になった今でも彼が本当に必要としていたのは自分のことを分かってくれる人だった。そこで彼は誰よりも自分を愛してくれていて、自分がこの世でいちばん愛しているフェルミーナ・ダーサに救いを求めた。さいわい妻とはちょうど和解したところだった。

例のことがあったのは、妻から、こちらを見て、と言われて午後の読書を中断したあとだが、そのときはじめて自分が地獄の環にはまり込んでいることが知れてしまったと感じた。フェルミーナ・ダーサが嗅覚だけで真実をさぐり当てたとは思えなかったので、どうして知ったのかは分からなかった。いずれにしても、あの町は隠しごとのできない土地だった。家庭にはじめて電話が設置された直後に、仲のよさそうな夫婦が何組か電話による告げ口がもとで別れるという事件があった。その話を聞いて恐れをなした多くの家庭では電話を解約したり、何年もの間使わずに放置した。ウルビーノ博士は、自尊心の高い妻が電話による匿名の告げ口に耳を貸すはずはないと思っていたし、自分の名前を言って密告するようなばかな人間もいないだろうと思っていた。ただ、昔のやり方をされるのではという不安はあった。誰かがドアの下の隙間から紙をそっと差し入れるというやり口だったが、この方法を用いると、差出人と対象になっている相手の匿名性が保たれる上に、彼のように由緒ある家系の人間の場合は、神の摂理で定められたことと何か形而上学的な関わりがあるように思えるという意味で、なかなか効果的な方法だった。

彼は嫉妬とはおよそ無縁な生活を送ってきた。三十年以上平穏無事な結婚生活をしてきたが、その間何度となく、自分はスウェーデンのマッチと同じで、自分の箱の中でしか燃えないんだと自慢気に吹聴していたし、あの時点までは確かにその通りだった。しかし、毅然としている分、プライドが高くて性格もきつい妻のような女性が、夫の浮気を知ったらどういう反応を示すかという点については見当もつかなかった。彼女から顔を見てと言われ、その通りにしたあと、入り組んではいるが快いアルカ島の物語にのめりこんでいるふりをしたのもそこに原因があった。本を読むふりをしながら、これからどうしようとそればかり考えていた。フェルミーナ・ダーサの方はそれ以上何も言わなかった。靴下のつくろいを終え、裁縫道具をくしゃくしゃと丸めて裁縫箱にしまうと、台所で夕食の指示を与え、寝室に引きこもってしまった。

彼は午後の五時になってもリンチ嬢の家には行かないと心に決めていた。永遠の愛を誓い、好きなときにいつでも訪れることができるようにこっそり家を借りてやるという夢のような話をし、死ぬまで急ぐことなく幸せになろう、と愛の炎に身を焼きながらいろいろなことを口走ったが、そうした約束はすべて反故《ほご》になった。彼女が受け取ったのはエメラルドのティアラひとつだった。御者が何も言わずに届けたのだが、伝言もなければ手書きのメモもなかった。それどころか、御者に緊急の薬だと思わせるために、箱は薬局で使う紙で包装してあった。彼は以後、二度と彼女と顔を合わせることはなかった。苦悩の末に英雄的な決断を下し、心に受けた深い傷を癒すためにトイレに閉じこもって氷の涙にかきくれたことを知っているのは神様だけだった。五時に彼女のもとへ行く代わりに、聴罪師に罪を告白して深く悔悟し、次の日曜日に聖体拝領を受けた。心が引き裂かれるような苦しみを味わったおかげで魂の平安を得ることができた。

リンチ嬢と別れた夜、彼はベッドに入るために服を脱ぎ捨てる間、フェルミーナ・ダーサに向かって、近頃は明け方になると目が覚めて眠れないとか、突然刺すような痛みに襲われるとか、夕方になると泣きたいような気持ちになるといった老いの苦しみをくどくど並べ立てた。それらの兆候はすべて秘めた恋から来るものだった。本当のことを話さずに苦しみに耐えるためには誰かに愚痴をこぼすしかなかった。それに、結局のところそれも家庭内の愛の儀式の中では容認されていたのだ。夫の脱ぎ捨てた服を受け取りながら愚痴を聞いていた彼女は、夫の方を見ようともしなければ、口をきこうともしなかった。べつに怒ったような表情を浮かべるでもなく受け取った衣服の匂いを嗅ぎ、くるくると丸めると、洗濯物を入れる柳の枝を編んだ籠の中に放り込んでいった。あの匂いはしなかった。しかし明日になればまた匂うかもしれないので、そのこと自体はべつにどうでもよかった。寝室にしつらえられた祭壇の前にひざまずいてお祈りをあげる前に、彼は悲しげに溜息をついて身体の不調を訴えるのをやめて、真剣な顔でこう言った。《わたしはもう長くないように思うんだ》。彼女はまばたきもせずにこう答え返した。

「そのほうがいいんじゃありません、そうなればお互いにもっと安らかな気持ちになれますわ」

何年か前に、重い病気にかかって危篤状態におちいったことがあって、そのときに彼はひょっとするとこのまま死ぬかもしれないよと言った。あのときも今と同じ取りつく島のない返事が戻ってきた。ウルビーノ博士は、あれは女性本来の酷薄さが言わせたので、そういう法則があるからこそ地球も太陽のまわりを回ることができるのだと考えたが、彼女が自分のまわりに怒りの防壁をはりめぐらせるのは、実は恐怖を押し隠すためだということに気づいていなかった。彼女は何よりも夫に先立たれることを恐れていたのだ。

しかし、あの夜彼女は心の底から夫の死を願ったし、それが通じたのか夫の顔におびえたような表情が浮かんだ。そのあと、聞かれまいとして枕を嚙みながらゆっくりすすり泣いている声が彼の耳に届いてきた。肉体的、あるいは精神的な苦痛を受けても、彼女がそう簡単に泣く女性ではないと分かっていたので、彼はひどく戸惑った。彼女が泣くのは抑えられない怒りに駆られたときで、とりわけ自分が悪いのではないかと不安になると激しく泣いた。そういうときは泣いている自分が許せなくて、泣けば泣くほど怒りがこみ上げてくるのだ。彼女を慰めるのは、手負いの虎をなだめるようなもので、危険きわまりなかった。だからといって、君を泣かせる原因になったものは今日の午後取り除いたよ、完全に取り除いて、もう記憶にも残っていないんだと言うわけにもいかなかった。

数分間、疲労に負けて眠り込んだ。目を覚ますと、彼女はベッドのそばの小さな明かりをつけ、目は開けていたが泣いてはいなかった。彼が眠っている間に、何か決定的なことが起こったのだ。長い年月をかけて、澱のように積もり積もったさまざまな感情が嫉妬の炎でかき立てられて表に現れ、一瞬にして彼女を老い込ませた。あっという間に皺が増え、唇は色が褪せ、髪に白いものが混じりはじめた。ショックを受けた彼はおそるおそる、もう二時をまわっているから眠ったほうがいいよと声をかけた。彼女は夫の方を見ないで話しかけ、その声には怒りがこもっておらず、むしろ穏やかな感じさえした。

「相手が誰なのか教えてもらえるでしょうね」

彼はすべてを打ち明けた。妻はすべてを知っているが細部を確かめたくて言っているのだろう、そう思い込んでいたので、話していくうちに気持ちが楽になった。言うまでもなく彼の思い違いだった。彼女は夫の話を聞きながらふたたび泣きはじめたが、先ほどのように声を押し殺してすすり泣くのではなく、大粒の塩辛い涙が頰をつたって流れ落ちていた。熱い涙がナイトガウンを焼き焦がし、彼女の人生を台無しにしていった。すがるような思いでそれだけはしないでほしいと思っていたことを彼はやってしまったのだ。男なら、どこまでも否定し、誹謗中傷に対しては怒りをあらわにし、人の名誉を平気で踏みにじる低俗な社会に対して大声を張り上げてちがうと言うべきなのだ。万がいち不貞を働いたという否定しようのない証拠をつきつけられても、平然としているべきなのだ。そのあと夫から、実は今日の午後、聴罪師のもとを訪れたのだという話を聞かされて、彼女は怒りで目の前が真っ暗になった。女学校時代から、教会関係者というのは神の教える美徳とはおよそ無縁な生活をしていると確信していた。二人の間で意見が食い違っていたのはそこだけで、これまでは何とかその点で角を突き合わすことがないようお互いに気をつけていた。しかし、夫が聴罪師に自分のプライバシーをそこまで打ち明けたとなると、夫ひとりの問題でなくなり、彼女も巻き込まれるだろうし、さらにことが大きくなるはずだった。

「アーケードで客を集めている蛇使いにしゃべったようなものですわ」と彼女は言った。

彼女にとっては致命傷になった。夫が悔悟し終えるまでに、彼女はうわさ話の種にされて大恥をかくにちがいなかった。恥ずかしいとか腹が立つといったことや臆面もなく浮気をしたといったことよりも、今回のことがもとで自分が味わう屈辱感の方がはるかに耐えがたかった。おまけに、相手は黒人女なのだ。そう言うと、夫はあわてて、《混血だよ》と訂正した。相手が黒人だろうが混血だろうが同じだった。彼女は決めつけるようにこう言った。

「同じじゃありませんか。今になって分かったんですけど、あれは黒人の匂いだったのね」

その出来事があったのは月曜日だった。金曜日の夜七時、フェルミーナ・ダーサはトランクひとつを持ち、名付け子の女の子を連れてサン・フアン・デ・ラ・シエナガ行きの定期船に乗り込んだが、自分のことや夫のことであれこれ尋ねられるのが煩わしかったので、顔をマンティーリャで隠していた。夫婦で話し合ってフベナル・ウルビーノ博士は港へは行かなかった。二人は三日間くたくたに疲れ切るまで話し合い、彼女がフローレス・デ・マリーアにある従姉のイルデブランダ・サンチェスの農場へ行き、そこでゆっくり時間をかけて最終的な判断を下すということで折り合いがついた。子供たちには理由を言っていなかったが、母親が前々から行きたがっていた旅行が何度ものびのびになっていたので、それなら今回行けばいいと言ってくれた。ウルビーノ博士は心を許せない仲間のものたちに悪意に満ちた勘繰りをされないようあらかじめ手を打っておいた。それが功を奏して、フロレンティーノ・アリーサは姿を消したフェルミーナ・ダーサの足取りがつかめなかったのだが、実を言うと足取りといったようなものはなかったので、探り出しようがなかったのだ。博士は妻の怒りがおさまればすぐに戻ってくるだろうと思っていた。彼女は自分の怒りがおさまることはないだろうと確信していた。

間もなく怒りではなく、郷愁のせいであのような思い切った決断を下したのだということに思い当たった。新婚旅行から戻ってからも、十日間船旅に耐えなければならないというのに、彼女は何度かヨーロッパを訪れ、たっぷり時間をとって幸せな時間を満喫した。世界のいろいろな国を知り、自分とは違う生き方やものの考え方を学んだ。しかし、失敗に終わった軽気球による飛行のあとは二度とサン・フアン・デ・ラ・シエナガを訪れることはなかった。従姉のイルデブランダの住む地方に戻るということは、彼女にしてみれば遅すぎるきらいはあるものの償いの旅でもあった。結婚生活に破綻を来たしたから向こうへ行こうと考えたわけではなかった。思春期に暮らした土地に帰るのだと考えただけで、自分の不幸が癒されるような気持ちになったのだ。

名付け子をつれてサン・フアン・デ・ラ・シエナガで下船すると、精一杯目立たないようにして町を眺めた。すっかり変わったと聞かされていたが、彼女には以前と同じに思えた。民政と軍の双方を統括している司令官が彼女の来訪を知らされていて、サン・ペドロ・アレハンドリーノ行きの列車が出るまでの間、公用の軽四輪馬車で町を案内しましょうと言ってくれた。解放者シモン・ボリーバルが死ぬときに使ったベッドが子供のそれのように小さいという話を聞いていたので、自分の目で確かめるためにあの町を訪れたいと思っていた。フェルミーナ・ダーサは馬車に乗って自分が生まれ育ったサン・フアン・デ・ラ・シエナガの町を案内してもらった。午後二時のシエスタの時間だったので町は眠り込んでいた。彼女はふたたび通りを目にした。そこは緑藻に覆われた水たまりのある海岸のような感じがした。柱廊玄関に紋章入りの盾を刻み、窓にブロンズのブラインドのついているポルトガル人たちの邸宅を目にした。その薄暗いサロンでは、厳しい反復練習をさせられている子供の弾く自信なげでもの悲しいピアノの音が響いていた。その曲は結婚したばかりの彼女の母親が裕福な家庭の女の子たちに教えていたのと同じものだった。

木が一本もなく、人影ひとつ見えない、焼けるように熱い硝石の広場や馬が立ったまま眠っている葬儀用の幌がついた馬車の列、サン・ペドロ・アレハンドリーノ行きの黄色い列車を眺めた。大教会の角のところには、緑色の石を使ったアーケードの通路と修道院を思わせるどっしりした扉のある、町中でいちばん大きくて立派な屋敷が建っていた。彼女が思い出すこともできなくなった何年も後になってアルバロ*が生まれることになる寝室の窓が見えた。そのときに、半ばあきらめつつ今も八方手を尽くして探しつづけているエスコラスティカ叔母のことを考え、叔母のことを考えているうちに詩人のような服装で小さな公園のアーモンドの木の下で詩の本を読んでいたフロレンティーノ・アリーサのことを思い出した。不愉快な女学校時代のことを思い返したときは、どういうわけか彼のことをほとんど考えなかった。何度そのあたりをぐるぐるまわっても、昔家族が住んでいた家を見つけることができなかった。ここだと思った場所は、豚小屋に変わっていたのだ。そこの角を曲がると売春宿の建ち並ぶ通りがあり、世界中から集まった売春婦たちが玄関先でシエスタをしながら、郵便物が届かないだろうかと待っていた。そこはもう昔の町ではなかった。

馬車に乗るとすぐにフェルミーナ・ダーサはマンティーリャで顔を半ば覆った。知り合いがいなかったので顔を見られる心配はないのだが、駅から墓地までのいたるところに陽射しを浴びて膨張している死体が目に入ったのだ。民政と軍の総括司令官が《コレラです》と説明した。ふくれ上がった死体の口のところに白い凝塊があったので、すぐにそれと分かった。軽気球で飛行したときのようにうなじに止《とど》めの一撃のあとが見られなかった。

「そうなんです」と司令官が言った。「神様もやり方を変更されるんですね」

サン・フアン・デ・ラ・シエナガからサン・ペドロ・アレハンドリーノの旧農場まではわずか九レグアスしか離れていなかった。黄色い列車はそこまで行くのに丸一日かかった。機関士がいつも利用している客とすっかり仲良しになっていて、乗客が脚がだるくなったと言うとバナナ農場のゴルフ場を散歩させたり、山から勢いよく流れ落ちてくる冷たく透き通った川で素っ裸で水浴させてやったり、お腹がすいたと言えば牧草地で放し飼いになっている牛の乳をしぼるようにと、しょっちゅう列車を停めたのだ。向こうに着いたときは疲れ切っていたせいで、死ぬ直前の解放者がハンモックを吊るした堂々とした*タマリンドの木を眺めたり、解放者の死の床になったベッドがうわさどおり、あれほどの栄光に包まれた人物どころか日足らずの赤ん坊を寝かせるにしても小さすぎるサイズだということを確かめる余裕さえなかった。しかし事情通らしい観光客が、あの遺品は本物ではない、祖国の父はベッドではなく床《ゆか》の上で死を迎えたのだと説明してくれた。家を出てから見聞きしたことにショックを受け、すっかり落ち込んでしまったフェルミーナ・ダーサは、ずっとあこがれてきたように以前の旅行の思い出にひたることはもちろん、懐かしい町々に立ち寄ることも断念した。思い出の町々と自分自身を失望感から守ろうとしたのだ。失意の旅にならないよう迂回したが、そのとき、アコーディオンを演奏しているのか戦闘で撃ち合っているのか分からない、銃声のような音が聞こえてきた。町を避けるわけにいかないときは、昔の思い出が台無しにならないようマンティーリャで顔を隠した。

　過去から逃れようと必死になって旅を続け、ある夜ついに従姉のイルデブランダの農場にたどり着いた。戸口で自分が来るのを待っているイルデブランダの姿を見たとたんに、失神しそうになった。まるで真実の鏡に映る自分の姿を見たような気持ちになったからだった。うるさく騒いでいる子供たちに囲まれた彼女は年をとり、太っていた。子供たちは、先に希望をもてないまま愛しつづけていた男性ではなく、彼女がその男性に対する意趣返しに結婚した退役軍人との間に出来たのだが、退役軍人はそんな彼女を狂わんばかりに愛していた。肉体的にはすっかり年をとっていたけれども、昔と少しも変わっていなかった。田舎で数日間過ごし、楽しい思い出にひたっているうちにフェルミーナ・ダーサはショックから立ち直った。しかし、日曜日のミサに出かけていくとき以外は農場から外に出なかった。ミサに行くときは、昔の気ままな仲間たちの孫をすばらしい馬に乗せた。若い頃の母親のように美しくて、きれいに着飾った娘たちは牛車の上に立ち峡谷の奥にある準聖堂区教会まで合唱しながら行った。そのときはじめて以前の旅行で訪れなかったフローレス・デ・マリーア村に立ち寄った。きっと好きになれないだろうと思っていた村を、実際に訪れてみてすっかり気に入った。ただ、彼女にとっても村にとっても残念なことに、あとで思い返してみると、そのとき訪れた村ではなく、訪れる前に思い描いていた村のことしかよみがえってこなかった。

リオアーチャの司教から報告を受けたフベナル・ウルビーノ博士は、妻を迎えに行く決意を固めた。彼は妻が帰ってこないのは戻りたくないからではなく、拳を振り上げたものの、どうおろしていいか分からないからだと考えた。イルデブランダと何度も手紙をやりとりしているうちに、今では妻がこちらを懐かしがって、家のことばかり考えていると分かったので、前もって連絡を入れずに向こうへ行くことにした。フェルミーナ・ダーサは朝の十一時になると台所に立ち、ナス料理を用意する。すると間もなく、男たちの叫び声や馬のいななく声、空に向かって撃つ銃声が聞こえ、そのあと玄関先に大きな靴音が響き、男の声が聞こえてくる。

「招待されて行くよりも時間どおり着くほうがずっといいものだね」

彼女はうれしさのあまり死ぬのではないかと思った。何も考えずにあわてて手を洗うと、《ありがとうございます、神様、ほんとうにありがとうございます。神様、あなたはいい方ですわ》とつぶやいた。昼食に誰がくるのか知らされないままナス料理を作ったが、おかげでシャワーを浴びる間もなかった。こんなに醜いおばあさんになり、強い陽射しのせいで肌も荒れてしまったけど、こんなわたしを見たら、わざわざ来るんじゃなかったとあの人は後悔するにちがいないわと考えた。しかし、彼女は急いでエプロンで手を拭き、精一杯おめかしをすると、幼い頃から気持ちがひどく動揺したときはいつでもそうしていたように誇らしげな態度をとった。雌鹿のようなしなやかな足取りで来客を出迎えたときも、背筋をぴんと伸ばし、輝くような目をし、昂然と胸を張っていた。その実、心の中では、ああ、これで家に帰れるとほっと胸を撫でおろし、運命に感謝していた。しかし、来客が思っていたほど簡単にことは運ばなかった。彼女は一緒に帰れることを喜ぶ一方、口には出さなかったが、自分の人生を台無しにしたあの苦しみに対する償いをつけさせようと心に決めていた。

フェルミーナ・ダーサ失踪事件から二年ほど経った頃に、偶然がもたらした思いも寄らない出来事があった。トランシト・アリーサがもし生きていたらきっと神様のいたずらだと言ったにちがいない。フロレンティーノ・アリーサは映画の発明にはとくに感銘を受けなかったが、詩人のガブリエレ・ダヌンツィオが対話の個所を書いたというので評判になった『カリビア』の華やかな初演の日に、レオーナ・カッシアーニに口説き落とされて、むりやり連れていかれた。ドン・ガリレオ・ダコンテの野外の広々とした中庭では、スクリーン上でくり広げられる無声映画の恋愛ドラマよりも、すばらしい星空の方が観客の心を惹きつけることもあった。あの夜は選ばれた観客であふれていた。レオーナ・カッシアーニは波瀾に富んだストーリーを追いながらはらはらどきどきしていた。フロレンティーノ・アリーサは退屈な物語のように思え、船を漕いでいた。すると背後で、彼の思っていることを代弁するような女性の声が聞こえてきた。

「こんなにだらだら長いと、悲しむどころじゃないわ」

当時、この国ではまだ無声映画にピアノの伴奏がつかなかったので、暗闇の中にその声だけが響き渡り、その女性はあわてて口をつぐんだ。そして、暗い観客席では映写機のシャーッという雨のような音だけが響いていた。フロレンティーノ・アリーサが神の名を口にするのはもっと過酷な状況に置かれたときだけだが、あのときは心から神に感謝した。鈍い金属音を思わせるハスキーなあの声が地下三十六メートルのところから聞こえてきても、彼はすぐに聞き分けたにちがいない。枯葉の舞い上がる人気のない公園で、《もうお帰りください。こちらから連絡するまでは、ここに来ないでください》と彼女が言うのを聞いたあの午後以来、その声はずっと心の奥底に秘められていたのだ。彼女がいつも一緒にいる夫とともに自分のうしろの席に座っているのが分かり、規則正しい熱い吐息を感じとることができた。健康な彼女の吐く息で浄化された空気を胸いっぱい吸い込んだ。ここ数カ月間打ちのめされたような気持ちで思い描いていたのとちがって、彼女が死病に侵されていないことがはっきり感じとれた。最初の子供を宿してお腹をミネルヴァ風のチュニックで隠している、輝くばかりに美しくて幸せそうな彼女の姿がふたたび目の前に浮かんできた。スクリーン上では歴史的な大災厄がくり広げられていたが、彼はそれには目もくれず前を向いたまま彼女の姿を目の前にいるかのように思い描いた。心の奥深いところからよみがえってきた香ばしいアーモンド香水の香りに陶然となりながら、映画に出てくる女性たちが、自分たち二人が現実世界の中で味わったような恋の苦しみを経験しないで済むにはどうすればいいのかについて、彼女の意見を訊いてみたい気持ちに襲われた。映画が終わる直前に、それまで自分が心から愛している人のそばにこんなに長くいたのははじめてだということに気づいて、胸のふるえるような喜びを感じた。

明かりがつくと、他の観客が席を立つのを待った。そのあとゆっくり立ち上がり、上映中はいつも外すことにしているヴェストのボタンをとめながらさりげなくうしろを振り返った。四人の男女はとにもかくにもあいさつをせざるを得ないほど近いところにいたが、中の一人はできればしたくないと思っていた。フベナル・ウルビーノは顔見知りのレオーナ・カッシアーニにまずあいさつし、そのあといつものように品よくフロレンティーノ・アリーサと握手した。フェルミーナ・ダーサは二人に向かって社交的な上辺だけのほほえみを浮かべた。それまで二人とは何度も会ったことがあり、顔見知りで、改めて紹介されるまでもなかったので、お座なりのほほえみを浮かべたのだ。レオーナ・カッシアーニはそれに対して混血の女性らしい優雅な態度で応えた。一方、フロレンティーノ・アリーサは彼女と会ってどぎまぎしてしまい、どうしていいか分からなかった。

彼女は別人のようになっていた。その顔には流行している恐ろしい病気はもちろん、他の病気にかかっているような兆候も見られなかったし、元気な頃のようなすらりとした体型を保っていた。しかし、この二年の間に苦労したせいか十歳ばかり老け込んだように思われた。ショートカットにして、耳の横で鳥の翼のようにカーブさせている髪型はよく似合っていたが、髪の毛の色は蜂蜜色ではなくアルミニュウムのような色に変わっていたし、おばあさんが掛ける眼鏡の奥の、槍の穂先のような形をした美しい目は以前の輝きを半ば失っていた。フロレンティーノ・アリーサは彼女が夫の腕につかまって、映画場を出ていく大勢の人たちと一緒に立ち去っていくのを眺めながら、彼女が貧しい人たちの着けるマンティーリャと部屋で使うスリッパをはいているのに気づいてびっくりした。しかし何よりもショックを受けたのは、夫に腕をとってもらい、安全な場所を教えてもらっているのに、目測を誤って出口の段差のところで倒れそうになったのを見たときだった。

人は年をとると足もとがおぼつかなくなるが、フロレンティーノ・アリーサもそれが気がかりでならなかった。若い頃、公園で詩集を読んでいるときに、助け合いながら通りを横切っていく老人のカップルを見かけると、読書を中断してその様子を眺めたもので、自分も年をとれば、否応なくああなるんだという教訓を得た。あの夜、映画場で見かけたフベナル・ウルビーノ博士くらいの年齢になると、初老の男性は二度目の青春を迎えて男盛りになる。白髪が顔をのぞかせてどっしり落ち着いた感じがし、とりわけ若い女性には知的で魅力的に見える。一方、妻の方はすっかり老い込み、自分の影にもつまずきかねず、夫の腕につかまって歩かなければならなくなる。ところが何年か経つと、惨めにも夫の方が肉体的にも精神的にも老いの坂を転げ落ちていくことになる。その頃になると妻はすっかり元気になり、ボランティアで盲人の世話をするように夫の腕をとり、階段は二段じゃなくて三段ですから気をつけて、通りの真ん中に水溜りがありますよ、歩道にあるのは乞食の死体ですからね、と男としての誇りを傷つけないよう耳もとでそっとささやくことになる。そして、人生最期の川の浅瀬を渡るように夫がよろよろ通りを横切るのを助けてやるのだ。フロレンティーノ・アリーサは何度も鏡に映る自分の姿を眺めた。彼は、彼女に腕をとってもらわなければならない屈辱的な日が来ることを死以上に恐れていた。もしその日が来れば、もしそうなれば、フェルミーナ・ダーサのことは諦めざるを得ないだろうと思っていた。

彼女と出会って目が覚めたようになった。馬車を使わず、徒歩でレオーナ・カッシアーニを家まで送ったが、旧市街の玉石の上を歩く二人の足音が馬の蹄鉄のように響いた。開け放したバルコニーからかすかな話し声が切れ切れに聞こえ、奇妙な音響効果のせいで寝室で睦み合う声や歓喜のすすり泣きが増幅されて耳に飛び込んでくる一方で、眠っているような狭い通りからむせ返るようなジャスミンの芳香が漂ってきた。フェルミーナ・ダーサに対する自分の秘めた恋を、レオーナ・カッシアーニに打ち明けたくなったが、またしても懸命になってこらえた。彼らは古くからの恋人のように気の置けない会話を楽しみ、のんびりした足取りで一緒に歩いていた。彼女は『カリビア』が魅力的だったと考え、彼の方は自分の不幸について考えていた。税関広場のバルコニーでうたっている男の歌が辺り一帯に響き渡っていた。《僕は打ち寄せる大波を越えて……》。ロス・サントス・デ・ピエドラ通りに着き、別れを告げるときに、フロレンティーノ・アリーサはブランディーを一杯飲ませてもらえないかなとレオーナ・カッシアーニに言った。似たような状況で以前にも一度そう言ったことがあった。十年前、はじめてそう言ったとき、《この時間に部屋に上がったら、永遠に帰れないわよ》と脅されて彼は断念した。今回は、たとえ約束を破る結果になるにしても、彼女の部屋に上がるつもりでいた。レオーナ・カッシアーニは何も言わず彼を部屋に招いてくれた。

流産に終わった愛の聖域に思いがけず踏み込むことになった。彼女の両親はすでに亡くなっていて、たった一人の兄弟はキュラソーで成功していたので、彼女は以前家族と住んでいた家に一人で暮らしていた。数年前までは彼女を愛人にするという望みを捨てていなかった。その頃、フロレンティーノ・アリーサは彼女の両親の同意を得た上で、日曜日毎に彼女のもとを訪れた。ときには夜遅くまで居座ることがあったし、家に飾るようにとさまざまな贈り物をしたので、いつの間にか自分の家のように思えてきた。しかし、この夜映画を見たあと家の中に入ってみて、応接間が記憶にあったのと様変わりしているように思えた。家具の位置は変わり、壁にかかっていた多色石版画もべつのものに取り換えられているのを見て、ここまで徹底して変えたのは、自分という人間がこの世に存在しなかったという確信を深めようとしてのことにちがいないと彼は考えた。猫も彼のことを覚えていなかった。猫が牙をむいたので、びっくりしてこう言った。《猫までわたしのことを覚えていないよ》。彼女は背中を向けたままブランディーをグラスに注ぎながら、気にしないでいいわ、猫は人間を覚えないから、と言った。

ソファに身を寄せ合うようにして座り、くつろいだ気分になって二人は自分たちにまつわることやラバの市電で知り合う以前のことを話し合った。彼らの人生は隣り合ったオフィスの中で過ぎ去っていき、これまで毎日の仕事以外の話をしたことがなかった。しゃべりながら、フロレンティーノ・アリーサは彼女の太腿に手を置いて、したたかな誘惑者らしくやさしく愛撫しはじめた。彼女は好きにさせていたが、まったく動揺した様子を見せなかった。彼がさらに先へ進もうとしたときにはじめて図々しいその手と掌にキスをした。

「お行儀よくしなさい」と彼女は言った。「ずっと以前に気づいていたんだけど、あなたはわたしの探し求めているタイプじゃないのよ」

若い頃、彼女は顔も見ていないのだが、逞しくて女の扱いに慣れた男に消波ブロックの上で押し倒され、衣服を剝ぎとられ、一瞬のうちに目のくらむような愛を経験したことがあった。石ころの上に横たわり、全身擦り傷だらけになりながら、このまま男の腕に抱かれて死ねたらどんなにいいだろうと考えた。男の顔も見ていないし、声も聞かなかったが、愛されたときに彼の形状とサイズ、そのやり方を覚えていたので、大勢の男たちの中から見分ける自信があった。それ以来、話を聞いてくれる人がいると、誰彼なしにこう言ったものだった。《十月十五日の夜十一時半頃に、通りを歩いていた哀れな黒人女をひっさらって、「溺死人の消波ブロック」で犯したという、身体が大きくて逞しい男性に会ったら、その女はこれこれのところにいると伝えてほしいの》。彼女は口癖のようにそう言っていた。もう数え切れないほど多くの人にその話をしたので、男が見つかる可能性はなかった。フロレンティーノ・アリーサも、夜に船を送り出して別れを告げたのと同じくらい何度もその話を聞かされた。明け方の二時になった頃には、二人ともブランディーを三杯ばかり飲んでいた。自分が彼女の待ち望んでいた男性でないと分かって、彼はうれしくなった。

「たいしたものだよ」と帰り際に彼は言った。「わたしたちはちゃんと目ざす獲物を仕止めたんだからね」

あの夜はそれだけで終わらなかった。以前、フェルミーナ・ダーサが結核病棟に入ったという悪意に満ちたうわさを聞いたとき、彼女は間もなく死ぬ、夫よりも先に死ぬかもしれないというばかげた妄想に取りつかれて眠れなくなった。しかし、彼女が映画場から出ていくときによろめいたのを見て、突然、先に死ぬのは彼女ではなく自分の方なのだという絶望的な思いにとらえられた。その予感は、現実にもとづいているだけに何とも恐ろしい予感だった。自分の背後には淡い期待を抱いて待ち続けた長い歳月があり、前方には眠れないまま夜明けを迎え、起きて用を足しても、小便がほんの少ししか出ず、夕方になると毎日このまま死んでしまうのではないかといったことから生じる想像上の病気が島々のように浮かんでいる暗い未来の海が広がっていた。以前は毎日の瞬間、瞬間が自分の仲間であり、盟約をとり交わした共犯者だったのに、今ではそれが彼を陥れようとしはじめていた。数年前までは、思わぬことで窮地に立たされるのではないかという不安におののきながら危険な密会の場所に駆けつけた。しかし家に入ろうとすると、彼がやって来たことが知れないように鍵穴と蝶番に油を差してあるといったことがよくあった。ところが今では、もし自分がベッドの上で死ぬようなことがあれば、家庭的な人妻に取り返しのつかない不幸をもたらすことになると考えて、いまさらながら後悔するようになった。だから、自分がこの世で誰よりも深く愛し、恋から醒めることなくある世紀から次の世紀にわたってじっと待ち続けた女性に手をとってもらって、月面を思わせる墓地と風に揺れているヒナゲシの花壇が並んでいる通りをぬけて、死の待つ彼岸に無事たどり着こうと思っていたのに、彼女にはもうその時間が残されていないのだ、と考えたのもむりはなかった。

当時の基準に照らし合わせると、フロレンティーノ・アリーサはすでに老年にさしかかっていた。五十六歳になっていたが、どこも悪いところはなく、人を愛してきたおかげで自分なりによく生きてきたと思っていた。しかし、当時の人たちは、年齢よりも若く見えたり、自分ではまだ若いと思っていても、ことさら若く見せたいというような愚かな考えを抱くことはなかった。まして、前世紀に女性にふられたのが原因で、いまだに人知れず泣いているというようなことは、恥ずかしくてとても言えたものではなかった。当時は若い人間として生き続けるのがむずかしい時代だった。年齢にふさわしい服装というのが決まっていて、しかも青春時代が終わるとすぐに年寄りじみた服装をしなければならないし、それが墓に入るまで続くのだ。年齢がどうこうではなく、その方が威厳があって、重々しく見えると考えられていた。若い人たちは祖父と同じような服装をし、どっしり落ち着いて見えるというので若い頃から眼鏡をかけ、三十代になると格好をつけるためにステッキを持ち歩いた。女性の場合、年齢は二種類しかなかった。ひとつは結婚適齢期で、これは二十二歳を越えることはなかった。それを過ぎると永遠の独身生活が待っていて、行かず後家と呼ばれた。もうひとつは既婚女性、母親、未亡人、祖母の年齢で、こちらは計算法がちがっていて、それまで生きてきた年数ではなく、死ぬまであと何年残されているかで年が数えられた。

どういうわけか、フロレンティーノ・アリーサは幼い頃から年寄りくさい人間と思われてきた。それを承知の上で、老いが仕掛ける罠にあえて挑んだのだが、最初は必要に迫られてのことだった。トランシト・アリーサは彼の父親がくず籠に捨てることにした服を譲り受け、縫い目からほどいて仕立て直した。おかげでフロックコートは席につくと裾が床に垂れたし、聖職者がかぶるような帽子は内側に綿をつめてサイズを小さくしても、すっぽり耳まで隠れた。彼はその格好で学校に通った。その上、五歳の頃から近視の眼鏡をかけていたし、髪の毛は母親と同じ馬の剛毛のように硬くてゴワゴワしたインディオの髪の毛にそっくりだったので、一見しただけではどこの国の人間か見当もつかなかった。ただ幸いなことに、相次ぐ内乱のせいで政治が混乱していたこともあって、学校の規則も以前ほど厳しくはなかったし、公立の学校に通っている生徒たちの出身や家庭環境もてんでんばらばらだった。まだ子供っぽさを残している子供たちがバリケードの硝煙の匂いをぷんぷんさせ、終わりなき戦いの中で銃を突きつけて奪った反乱軍将校の記章や制服を身につけ、これ見よがしにベルトに銃を差して通学していた。休み時間にささいなことで銃をふり回したり、試験で悪い成績をつけたといって先生を脅すこともあった。ラ・サーリェ学院の三年生で民兵の退役大佐だった生徒のひとりが、学院の学事長をしていたフアン・エレミータ修道士を銃で撃ち殺すという事件があったが、理由はその修道士が、教理問答の授業で神は保守党の正規党員だと言ったというものだった。

零落した名家の子供たちはひと昔前の王子様のような服装で学校に通っていたし、ひどく貧しい子供たちの中にははだしで通学しているものもいた。いろいろなところから奇妙な格好をした子供たちが集まっていたが、そんな中にあってもフロレンティーノ・アリーサの服装はひと際目だっていた。しかし、あまり注目されることはなかった。ただ、その頃に道を歩いていて、大声で言われた次の言葉が彼にとってはショックだった。《貧乏人と醜男にできることと言えば、かなわぬそら頼みだけだ》。いずれにしても必要上やむを得ず身につけたあの衣服がそれ以来、そしてまた残された生涯を通じて、狷介《けんかい》で暗い性格の彼にはいちばんよく似合っていた。C・F・C・ではじめて要職についたとき、彼は父親と同じスタイルの服を仕立てさせた。記憶にある父親はひどく年寄りくさい感じがしたが、実を言うとキリストと同じ三十三歳という敬うべき年齢で亡くなっていた。そんなわけで、フロレンティーノ・アリーサはいつも実際よりもずっと老けて見られていた。ほんの一時期付き合っていたブリヒダ・スレータは口が悪く、どんなことでも歯に衣をきせずにずけずけしゃべる癖があった。その彼女がはじめて会った日から、あなたは服を脱いで裸になったほうがいいわ、そうすると二十歳は若く見えるものと言ったものだった。しかし、彼の個人的な好みからして他の服装はできなかった。それに、当時は二十歳になると、若く見せるには洋服ダンスから半ズボンと水兵さんの帽子をもう一度ひっぱり出してかぶるしかなかったので、若造りの服装などできるはずもなかった。彼も当時の老いに対する考え方にとらわれていたから、フェルミーナ・ダーサが映画場の出口でよろめいたのを見てショックを受け、愛を得るための過酷な戦いにおいても、結局は呪うべき死が勝利を収めることになるだろうと考えたのもむりはなかった。

彼がそれまで全力を尽くして戦いながら、ついに勝利を収めることのできなかった大いなる戦闘がある。それは禿げとの戦いだった。櫛にはじめて頭髪がからみついているのを見たときから、禿げる心配のない人には想像もつかない地獄のような責め苦が自分を待ち受けていることに気づいて、長年の間抵抗しつづけた。ありとあらゆるポマードやローションを試し、どのような信仰にもすがりつき、自分の頭髪をじわじわ後退させていく荒廃を防ぐためにいかなる犠牲もいとわなかった。また、ブリストル暦に載っている農事に関する情報もすべて暗記した。髪の毛の成長と収穫のサイクルは密接に関係していると人から教えられたからだった。それまでずっと通っていた理髪店は店主が見事な禿げ頭だったので行くのをやめ、月が満ちはじめるときしか髪を刈らないという、新しく町にやって来たよそ者の理髪店に足を向けるようになった。新しい床屋のおかげで髪の毛が増えはじめたが、その床屋が何人もの初心な娘を犯した強姦魔で、アンティル諸島のあちこちの警察から指名手配されていることが判明し、床屋は鎖で縛られて連行された。

フロレンティーノ・アリーサはカリブ盆地の新聞で目にした毛生え薬の宣伝をすべて切り抜い

ていた。その中には、一枚はつるつるに禿げ上がり、もう一枚はライオンのように毛がふさふさしている同一人物の二枚の写真も含まれていたが、これはつまり効能絶大の薬の使用前と使用後というわけだった。彼は六年間に百七十二種類の薬を試し、さらに瓶のラベルに書いてある補助的な方法も試みたが、そうした苦労の末に手に入れたものといえば、頭皮にできたかゆくて悪臭を放つ湿疹だけで、マルティニック島の治療師はその湿疹が暗闇の中で燐光を放つところから北極白癬と呼んでいた。最後には、公設市場で売っているインディオのありとあらゆる薬草や〈代書人のアーケード〉に並んでいる魔法の特効薬、さらには東洋の水薬にまで手を出した。どれを試してもだめだと分かったときには、頭頂がきれいに禿げ上がっていた。一九〇〇年、千日戦争*で国内において おびただしく血が流されているときに、人毛を使って注文のかつらを作るイタリア人が町に立ち寄ったことがある。目が飛び出るほど高かった上に、かつらを作ったイタリア人は、三カ月間は保証するが、それ以後は一切責任をもたないと言っていたにもかかわらず、経済的に余裕のある禿げ頭たちは先を争って買い求めた。フロレンティーノ・アリーサも真っ先に飛びついた一人だった。かつらは地毛とまったく変わらない感じで、気分の変化に応じてかつらの毛が逆立つのではないかと思えるほどだった。しかし、死んだ人の髪の毛を頭に載せているかと思うとどうも落ち着かなかった。頭髪がどんどん抜けていったおかげで白髪を気にせずに済んだのが唯一の慰めだった。ある日、川の船着場にいた幸せな酔っ払いが、彼が事務所から出てくるのを見て、いつになく激しい感情をこめて彼を抱きしめると、港湾労務者たちがげらげら笑っている前で帽子をぬがせ、頭にチュッとキスをした。

「みごとな禿げっぷりだ」と大声で叫んだ。

その夜、四十八歳になっていた彼は、こめかみと首筋のあたりにわずかに残っていた毛を切り、完全な禿頭としての運命を受け入れることにした。かくして彼は毎朝シャワーを浴びる前に、あごだけでなく短い生ぶ毛が生えはじめている顔の上の方にも石鹸の泡を塗り、床屋の剃刀でまるで赤ん坊のお尻のようにつるつるに剃り上げた。それまでは、禿げ頭を人前にさらすのは裸体をさらすのと同じで品のないことだと思えたので、事務所にいるときも帽子をとらなかった。自分は禿げ頭だと認めた時点で、それまで頭が禿げているのは男らしさの現われだという話を聞いても、禿げた男の単なる妄想でしかないとばかにしていたのに、掌を返したようにまったくだと思うようになった。その後、頭の右側の髪の毛を長く伸ばして左の方へ流すようになり、以後もその形を変えなかった。それでも彼は葬儀のときにかぶる陰気くさい帽子をかぶり、土地の言葉でタルタリータと呼ばれていたむぎわら帽がはやったときも、頑としてその帽子をかぶりつづけた。

歯の方は自然に抜け落ちたのではなく、ありふれた感染症を根本的に治療してやると言って、健康な歯まで一本残らず抜いてしまった巡回歯科医の荒っぽいやり方のせいでなくなってしまった。奥歯がずきずき痛むのに、ペダル式のドリルが怖くて歯医者に行くのをぎりぎりまで我慢した。隣の部屋で誰かがひと晩中辛そうにウンウン唸っているのを聞いて、記憶の奥でほとんど消えそうになっていた息子と、息子の恋の苦しみのことを突如思い出して不安になった母親は、どのあたりに恋の痛みがあるのか確かめようと思って息子に口を開けるように言い、口内を見ると膿瘍ができていた。

叔父のレオ十二世はフランシス・アドナイ医師に診てもらうように言った。乗馬用のズボンにゲートルを巻いたその医者は、職長が持つような鞍袋に歯科道具一式を詰め、川船であちこち巡回していた。彼は歯科医というよりも川沿いの町々を訪れて回る恐怖のセールスマンといった感じがした。歯科医は彼の口の中をのぞき込んで、健康な歯も含めてすべて抜いてしまおう、そうすれば二度と歯痛に悩まされなくて済むからな、とフロレンティーノ・アリーサに宣告した。禿げるのとちがって、あの荒っぽい治療法に関しては、たしかに口の中が血まみれになるという恐怖はあったものの、それを別にすればまったく不安をおぼえなかった。入れ歯にもべつに抵抗はなかった。ひとつには、幼い頃市の立つ日に手品師が口から上あごと下あごをはずしてテーブルに置くと、それが勝手にしゃべり出すという手品を見たことが懐かしく思い出されたこともあったし、もうひとつは幼い頃から恋の苦しみと変わらないくらい辛くて情けない思いをしてきた歯痛の苦しみから解放されるということが救いと感じられたからだった。禿げはじめたときは、老いという敵に闇討ちにあったような気がしたが、抜歯の場合はそんな気持ちにならなかった。加硫加工したゴムのせいで口の中が苦くなったけれども、整形したように笑みが浮かび、表情が明るくなったと信じ切っていた。だからこそ彼は、アドナイ博士の熱く焼けたヤットコに抵抗なく身を委ね、荷物を運ぶロバのようにストイックに回復するまでじっと辛抱したのだ。

叔父のレオ十二世は、自分がその荒療治を受けでもしたくらいにこと細かにそのときの話を聞き出した。マグダレーナ川をはじめて航行したときにちょっとした事件があって、入れ歯には特別な思い入れがあったが、そこには*ベル・カント唱法に対するマニアックなまでのこだわりも働いていた。ある満月の夜、船がガマーラ港の近くまで来たときに、わたしがブリッジの手すりから*ナポリのロマンスをうたってジャングル中の生き物の目を覚ますことができるかどうか、ひとつ賭けをしてみないかとドイツ人の測量技師に言った。もう少しで彼は賭けに負けるところだった。川は夜の闇に包まれていたが、沼地ではサギが羽ばたき、大鰐《カイマン》が尻尾を振って水音を立て、ニシンダマシが怯えて陸にポンポン飛び上がった。しかし、歌声が最高潮に達し、このまま力みつづけると血管が切れるかもしれないと不安になって最後に息をついだとたんに、入れ歯が口からぽんと飛び出して、水中にぶくぶく沈んでいった。

間に合わせの入れ歯を作るのに三日かかり、その間船はテネリフェ港で待機することになった。入れ歯は申し分のない出来だった。しかし、帰りの船の中で叔父のレオ十二世は、前の入れ歯をどうして失くしたかを船長に説明しようとして、ジャングルのむせ返るように熱い大気を胸いっぱい吸い込み、精一杯高い声を出して、日向ぼっこをしながら船が通過するのをまばたきもせずじっと見つめているカイマンをびっくりさせてやろうと、息の続くかぎり声をはり上げたとき、またしても新しい入れ歯を川の中に落としてしまった。以来、予備の入れ歯を家のあちこちやデスクの引き出し、会社の所有する船の三隻にひとつといったように、いたるところに置くようになった。さらに、外で食事をするときは、咳止めドロップのケースに予備の入れ歯を入れ、それをポケットにしのばせて持ち歩くようになった。ピクニックで昼食の時間にカリカリに揚げたブタの皮を食べようとしたときに、入れ歯が折れたこともあったのだ。甥がそういう目に遭わないよう、叔父のレオ十二世はアドナイ歯科医に入れ歯を二つ作るように言った。ひとつはふだん事務所で使うもので、安い素材で作られており、もうひとつは本物の歯らしく見えるようにと前の方の臼歯に金を少し詰めてある日曜祝日用のものだった。お祭りの鐘が騒々しく鳴り響くシュロの聖日*に、フロレンティーノ・アリーサは新しい人間として外に出たが、にっこり笑うと、まるで生まれ変わって別人になったような感じがした。

ちょうどその頃に母親が亡くなり、フロレンティーノ・アリーサはあの家でひとり暮らしをはじめることになった。ラス・ベンターナス街という名のとおり沢山の窓《ベンターナ》があり、カーテンの向こうから多くの目が外の様子をうかがっていたが、通りにはほとんど人通りがなく、彼のようなやり方で恋を楽しむにはうってつけの家だった。しかしそこを改装したのはフェルミーナ・ダーサを、彼女だけを幸せにするためだった。だからこそフロレンティーノ・アリーサは他の女性を引っ張り込んであの家を汚したくないと考えて、もっとも実り豊かな時期にみすみす何度もチャンスを逃したのだ。さいわいC.F.C.内で昇進していくにつれて、新しい特典、内密の恩恵を受けられるようになった。何よりもありがたかったのは、夜警をうまく抱き込んで夜や日曜祝日に事務所を好きに使えるようになったことだった。筆頭取締役になった頃のこと、ある日曜日に家事をしてもらっている若い女性とあわただしく愛を楽しんでいた。彼がデスクの前の椅子に腰をかけ、女の子がその上にまたがっていたのだが、その最中に突然ドアが開いた。叔父のレオ十二世が部屋をまちがえたふりをして中をのぞき込み、眼鏡の上から恐怖のあまりひきつったようになっている彼の顔を見つめた。《これは、これは》と別に驚いた様子もなく彼は言った。《おやじさんと同じだな》。そしてドアを閉める前にあらぬ方を見ながらこう言った。

「お嬢さん、どうか気にせず続けて下さい。名誉にかけて誓いますが、あなたの顔は見ておりませんので」

以後二度と、そのことは話題にのぼらなかった。ただ、翌週フロレンティーノ・アリーサはまったく仕事ができなかった。月曜日に電気工がわっと押しかけてきて、彼の事務所の天井に扇風機をとりつけた。錠前屋が突然入ってきて、まるで戦争のように大騒ぎしながら中から鍵をかけられるように錠前をとりつけた。大工たちが来て、何も言わずにメジャーを使ってあちこち計り、室内装飾屋が壁の色と合うかどうか調べるために花柄をプリントした壁紙のサンプルをもってきた。翌週にはドアからではむりだというので、窓からけばけばしい花模様のとてつもなく大きな長椅子を運び入れた。彼らはとんでもない時間に、何らかの意図があるとしか見えないほどの図々しさで作業をしたが、文句を言うと決まって《上の方から言われてますんで》という返事だった。あんな風にお節介を焼いたのは、彼が道をはずれた恋をしているのを心配した叔父の親切心から出たものなのか、行き過ぎた彼の行動をたしなめようとしてのことなのか、フロレンティーノ・アリーサには分からなかった。叔父のレオ十二世がなぜあのようなことをしたのか尋ねるわけには行かなかった。しかし、叔父は叔父で、甥がふつうの男とはちがった性癖があるらしいといううわさを耳にして、心配していた。そんなことでは自分の跡継ぎにしようにも問題が生じてくるにちがいないと考えて、女性関係で頑張るようにと、わざとあのようなことをしたのだ。

兄とちがって、レオ十二世ロアイサは六十年におよぶ揺るぎない結婚生活を送り、日曜日に仕事をしたことがないとつねづね自慢していた。息子が四人と娘が一人いた。子供たちを自分の帝国の後継者にしようと準備を進めていたが、人生というのはままならないもので、小説ではよくある話ながら、実人生ではまさかと思うような偶然の不幸が重なった。四人の息子は会社での地位が上がっていくにつれて次々に亡くなり、河川事業にまったく向いていない娘は、地上五十メートルのところにある窓からハドソン河を航行する船を眺めながら死んでいくほうがいいと言った。そうした不幸が相次いだせいで、あんなことになったのも元はといえば、見るからに陰険そうで吸血鬼のような雨傘を下げているフロレンティーノ・アリーサが呪いをかけたからだ、といううわさを信じるものも大勢いた。医者から言われて、叔父はしぶしぶ引退することにした。フロレンティーノ・アリーサはそのために日曜日の恋の楽しみを自ら進んで犠牲にすることにした。この町で使用された最初の自動車の一台に乗って、叔父のお供をして田舎の別荘まで足を伸ばした。車のクランク・ハンドルの反動があまりにも強すぎて、最初の運転手は腕を脱臼したほどだった。二人は長時間話し込んだ。老人は町から遠く離れたその別荘で、絹糸で自分の名前が刺繡してあるハンモックに海に背を向けて横たわっていた。そこは昔奴隷たちが働いていた農場で、午後にはツルニチニチソウの咲くテラスから雪をいただいた山々を見ることができた。フロレンティーノ・アリーサと叔父が話すことと言えば、河川運輸のことだけだった。ゆっくりと時間が過ぎていく午後もずっとその話を続けていた。そんな中、死が目に見えない客としていつ訪れてきても不思議ではなかった。当時、叔父のレオ十二世が気にかけていたのは、河川運輸事業がヨーロッパの企業と手を結んでいる内陸部の企業家たちの手に渡るのではないかということだった。《この事業はこれまでずっと海岸地方の人間がやってきたものだ》と叔父は言った。《もし内陸部の人間の手に渡るようなことがあれば、連中はまたしてもドイツ人の手に委ねるはずだよ》。彼の懸念は政治的な信念と結びついており、場ちがいなときでもよくそういう言葉をくり返したものだった。

「わしは間もなく百歳になる。これまで宇宙にある星の位置を含めてすべてのものが変化するのをこの目で見てきた。しかし、この国ではいまだに変化したものを何ひとつ見たことがない」と言った。「ここでは新しい憲法、新しい法律、新しい戦争が三カ月毎に生まれているが、われわれは今も植民地時代と少しも変わってはおらん」

フリーメーソンだった兄弟たちは諸悪の根源は連邦制の失敗にあると言ったものだが、叔父はそれとは逆にこんな見解を述べた。《千日戦争は二十三年前の一八七六年戦争で敗北していたんだよ》。フロレンティーノ・アリーサは政治にはまったく無関心だったので、日毎に回数が多くなる叔父の政治談議を波の音のように聞き流していた。しかし、こと社会的な問題になると、彼は手厳しい意見を述べた。叔父は反対していたが、彼自身は、河川運輸事業が衰退し、危機に瀕している会社を救うには、国会決議でカリブ河川運輸会社に与えられた九十九年と一日の川船独占権を自然な形で放棄するしかないと考えていた。叔父はそれに対して、《わしと同名のレオーナにそんな益体もないアナーキスト的な考えを吹き込まれたんだろう》と言っていた。その指摘は半分しか当たっていなかった。フロレンティーノ・アリーサはドイツ人の准将ヨハン・B・エルベルスの経験から学んでそう考えるようになったのだが、エルベルスはとてつもない個人的な野心を抱いたために、高貴な自らの才能を生かすことができなかったのだ。一方叔父は、エルベルスが手に入れた特権ではなく、同時に引き受けることにした実現不可能な約定によって失敗したのだと考えていた。その約定によって国内の運輸交通網に関して全責任を負う羽目になった。船が航行できるように河川を維持管理し、港を作り、幹線道路にアクセスできるように道路を整備し、輸送手段を整えるという仕事をすべて引き受けることになったのだ。その上、エルベルス本人の言うところでは、シモン・ボリーバル大統領の悪意に満ちた反対も深刻な障害になった。

共同経営者の大半は二人の論争を夫婦喧嘩のようなもので、どちらにもそれぞれに言い分があると思っていた。叔父のレオ十二世は年のせいでたしかに頑固になってはいたが、夢想家ぶりは若い頃とあまり変わっていなかった。というか、叔父にしてみれば、独占権というのは、世界中の強大な敵を相手にまわして、誰の助けも借りずに兄弟が力を合わせ、英雄的で歴史的な戦いを勝ちぬいた勝利のトロフィーであり、手放すというのはみすみすそれをゴミ箱に捨てるようなものだと思えたのだ。だからこそまわりの人たちも、彼が既得権を手放そうとしないのもむりはない、それが法的に失効するまでは手をつけるべきではないと考えたのだ。ところが、フロレンティーノ・アリーサがその日の午後、農場でああでもない、こうでもないと話し合い、ここはやはり叔父のレオ十二世の言う通りにしようと考えたとき、突然叔父が百年間の特権を放棄してもいいと言い出した。ただし、名誉に関わることなのでひとつ条件をつけさせてくれ、権利を放棄するのは自分が死んでからにしてもらいたいと言った。

それを機に叔父は第一線から身を引いた。以後、二度と仕事の話をすることはなかった。相談をかけられても耳を貸そうとしなかった。みごとにカールした堂々とした頭髪は抜け落ちなかったし、頭脳の明晰さも失われなかったが、同情されるのがいやだったので、めったに人と会うことはなかった。テラスに置いたウィーン風のロッキング・チェアに座り、それをゆっくり揺らしながら万年雪をいただいた山々を眺めているうちに日が過ぎていった。そばでは女中たちがさめないようにブラックコーヒーの入ったポットを暖め、ホウ酸水の入ったグラスに入れ歯を二つ落としておいた。それは来客のあったときに叔父がつけるためのものだった。めったに友人とも会わなかったし、話をするといっても河川運輸事業をはじめる以前の遠い昔の話ばかりだった。ひとつ新しい話題が出来た。それはフロレンティーノ・アリーサの結婚話だった。何度か彼をつかまえてその話をした。

「わしがあと五十歳若かったら」と、いつも同じ言い方をした。「わしと同名のレオーナと結婚するんだがな。嫁さんにするにはあんないい子はいないよ」

最後の土壇場で結婚話を持ち出されたために、フロレンティーノ・アリーサはこれまで自分が苦労してきたことがすべて水の泡になるのではないかと考えて絶望感に襲われた。フェルミーナ・ダーサをあきらめるくらいなら、何もかも捨てて身を引き、死んだ方がましだと考えた。さいわい叔父のレオ十二世はしつこく言わなかった。九十二歳の誕生日を迎えると、甥をたったひとりの後継者として認めた。

六カ月後、共同経営者全員の合意を得て、フロレンティーノ・アリーサは重役会議の議長と会社の総支配人に任命された。彼が要職に就いた日、第一線から身を引いたライオン《レオ》はシャンパンで乾杯したあと、椅子に腰をおろしたままひと言しゃべらせてもらいたいと言って、即興で挽歌《エレジー》のような短いスピーチを行った。彼は、自分の人生の始まりと終わりは二つの幸運な出来事によって彩られております、最初の出来事は、不幸にも死出の旅に立とうとしていた解放者によってトゥルバーコの町で抱き上げてもらったことであり、もうひとつは、運命のもたらすさまざまな障害があったにもかかわらず、誇るに足る立派な後継者を得られたことであります、と言った。そして最後に、重苦しい雰囲気にならないようにと、こう締めくくった。

「これまで大勢の方々の埋葬の席で歌をうたってきたのですが、自分のときにうたえないというのが、たったひとつの心残りです」

叔父は、最後にトスカの『人生よさらば』のアリアをうたった。お気に入りの無伴奏《アカペラ》でうたったが、その声はまだしっかりしていた。フロレンティーノ・アリーサは深い感動をおぼえた。謝辞をのべるときにほんの少し声がふるえただけで、ほかの人にはほとんど気づかれなかった。彼はそれまで懸命になって会社のために働き、知恵を絞ってきたおかげで、頂点までのぼりつめた。そんな彼を支えてきたのが、実を言うとフェルミーナ・ダーサの影のもとで生きながらえ、健康を保ちながら自分の運命をまっとうするのだという決意だったのだ。

レオーナ・カッシアーニがパーティを開いてくれたあの夜、彼の記憶によみがえってきたのはフェルミーナ・ダーサだけではなかった。すべての女たちが記憶の奥から姿を現してきた。その中にはバラの木を植えてやった墓地で彼のことを思いながら眠っているものもいれば、月明かり*の下で金の角を光らせている夫と同じ枕で眠っている女たちもいた。不安に襲われると、彼はきまってたった一人の女性をのぞいて、すべての女たちが自分のそばにいてくれたらと思ったものだった。それまでに困難な時期に遭遇したり、辛い思いをしたことが何度もあった。そんなときも、長い年月の間に知り合った数多くの女性たちとの絆を、それがどれほど弱いものであっても断ち切らないようにし、彼女たちの人生の軌跡をたどりつづけた。

あの夜は、最初の女性で、彼の童貞を奪うという名誉の勲章を手にしたロサルバのことを思い出した。彼女のことを思うと、今もあの数日のように胸が痛んだ。目を閉じると、モスリンの服を着、長い絹のリボンがついた帽子をかぶり、船のデッキで赤ん坊の入った籠を揺らしていた彼女の姿が目に浮かんだ。それまでの長い人生の中で彼は何度となく彼女を捜しに行こうと思い立った。住んでいる場所も、名字も、捜している女性が本当に彼女なのかどうかも分からなかったが、ランの咲き乱れる場所のどこかで彼女を見つけ出せるはずだと確信していた。しかし、いざ捜しに行こうとすると、土壇場になってどうしようもない支障が生じたり、突然気持ちが萎えたりして、旅行が延期になり、船のタラップを踏むことができなかった。そこにはいつもフェルミーナ・ダーサの影が落ちていた。

ナサレット未亡人のことを思い出した。彼女はラス・ベンターナス街にある母親の家を一緒に汚した唯一の女性だった。もっとも彼女を家に引き入れたのは母親だったし、ベッドでは実に不器用だった。フェルミーナ・ダーサの代わりに彼にあふれんばかりの愛情を注いでくれたたった一人の女性だったので、他の誰よりも理解のある態度を示した。しかし、やさしさでは人後に落ちなかったものの、野良猫根性が身に染みついていたので、彼らはそれぞれ浮気をする羽目になった。しかし、《不実だが、忠誠心はある》という三銃士のことばをモットーにしていたので、約三十年間間欠的に愛人関係を結ぶことになった。彼女はフロレンティーノ・アリーサが最後まで責任をとった唯一の女性だった。彼女が亡くなり、生活保護者として埋葬されると知った彼は、自ら埋葬費を出して、たった一人で埋葬に立ち会った。

自分が愛したほかの未亡人たちのことも思い出した。生き残っている中でいちばん年上のプルデンシア・ピトレは、二度夫と死に別れているところから、〈二人後家〉の名で知られていた。アレリャーノの未亡人でもう一人のプルデンシアは情が深く、彼の帰りを遅らせようとして服のボタンをひきちぎり、そのあと縫い直したものだった。スーニガの未亡人ホセファは彼に恋狂いし、他の女にとられるくらいなら、たとえ自分のものにならなくてもいいと考えて、剪定ばさみで彼のペニスを切り落とそうとした。

つかの間の恋ではあったが、誰よりも深く愛したアンヘレス・アルファーロのことも記憶によみがえってきた。彼女は六カ月間の予定で音楽学校に弦楽器の指導に来ていた。生まれたままの姿で彼女の借りていた家の屋根の上で月の出る夜を彼とともに過ごした。そのときはチェロでこの上もなく美しい組曲を演奏した。その音は彼女の金色の太腿の間で人間の語りかける声に変わった。月のある最初の夜から、二人は未経験な若い恋人らしく心も張り裂けんばかりに激しく若々しい愛に身をゆだねた。しかし、アンヘレス・アルファーロは忘却の旗をかかげた大西洋横断航路の船に乗り、あとに柔らかなセックスとチェロを残して、来たときと同じように突然帰って行った。月明かりに照らされた屋根の上には、お別れの印に白いハンカチだけが残されていたが、それは《花の戯れ》賞の詩にうたわれているように、水平線の上を一羽ぽつんと悲しげに飛んでいる鳩を思わせた。彼女のおかげでフロレンティーノ・アリーサは、自分では気づかずに何度となく経験してきた痛みを改めて思い知ることになった。つまり、人は同時に何人もの人と、それも誰一人裏切ることなく、同じ苦しみを味わいつつ愛することができるという教えを学んだのだ。桟橋には人が大勢いたが、その中で孤独な思いにとらわれていた彼は激しい怒りに駆られてこうつぶやいた。《人の心には売春宿以上に沢山の部屋があるんだ》。別れの悲しさに耐え切れず彼は涙を流していた。しかし、船が水平線の向こうに姿を消したとたんに、フェルミーナ・ダーサの思い出が彼の全身を包んだ。

アンドレア・バロンのことも思い出した。先週彼女の家の前を通りかかったが、バスルームの窓にオレンジ色の明かりがついていたので、先客がいて中に入れないと分かった。アンドレア・バロンは、激しく狂ったような愛の営みをするときはささいなことにこだわらないので、先客が男性なのか女性なのかは分からなかった。いずれにしても、彼の名簿の中では今でも身体を売って生計を立てている唯一の女性だった。しかし、彼女は間に人を介さず気ままに客をとっていた。若い頃は、〈万人の聖女〉という源氏名で、知る人ぞ知る高級娼婦として浮き名を馳せた。州知事や提督が彼女に入れ上げ、本人が思っているほど著名ではない軍人や文学者が彼女の肩にもたれて涙を流したこともあった。中には本当の著名人もいた。ラファエル・レイエス大統領が市を来訪した際に、訪問先が二カ所あった。その間のわずか三十分という時間を盗んで彼女に会い、そこで働いたことなどないのに財務省に対して格段の貢献があったので終身年金を与えると約束したのだ。彼女は自分の肉体を通して与えうるかぎりの喜びを人びとにもたらした。彼女のしていることはけっして褒められたものではないというのは周知のことだが、決定的な証拠をつきつけて彼女を非難するものは一人もいなかった。彼女と関係をもった名士連はそうしたスキャンダルが表沙汰になれば、彼女よりも自分たちの方が失うものが大きいと分かっていたので、自分を守るために彼女を擁護したのだ。フロレンティーノ・アリーサは彼女のおかげで、金を払わないという自らの神聖な原則を踏みにじるようになったし、彼女は彼女でたとえ亭主であっても代金はいただくという原則を破る羽目になった。二人で一回につき一ペソという気持ちばかりの金額を取り決めたが、むろん彼女は受け取らなかったし、彼も手渡したりはしなかった。その分のお金を小豚の貯金箱に入れておき、貯まると〈代書人のアーケード〉へ行って海外から輸入した小物を買い込んだ。浣腸は便秘症だった彼が買い込んだ小物の一つで、彼女はそれを見て別の使い方を思いつき、彼を説き伏せて一緒に使うことにした。狂った午後に愛し合うとき、さらに別の愛を作り出すために互いにそれを差し合ったのだ。

　危険をおかして大勢の女性と密会を重ねたが、そんな中で苦いあと味を残した女性が、心の歪んだサラ・ノリエーガ一人だけだというのは幸運なことだと思った。彼女はディビーナ・パストーラ精神病院で生涯を終えた。老人ならではの卑猥で下品な詩を朗誦したために、ほかの患者に悪影響をおよぼすというので独居房に入れられた。C・F・C・社の全権を担うようになってからは、フェルミーナ・ダーサの代わりになる女性を捜そうにも時間がとれなかったし、気力の方も衰えはじめた。それまでに関係をもった女性のもとに通うのが徐々にルーティン化していった。彼女たちが相手をしてくれて、自分の体力がつづく間は死ぬまでそうした関係を保ちつづけるつもりでいた。フベナル・ウルビーノが亡くなったペンテコステスの日曜日には、女性はたった一人、十四歳になったばかりの女の子しかいなくなっていたが、その女の子はそれまでに知り合ったどの女性にもないものを備えていたので、彼は恋狂いしたようになった。

名前をアメリカ・ビクーニャといった。家族のものは遠縁にあたるフロレンティーノ・アリーサを身元引受人にして、二年前に彼女を漁村のプエルト・パードレから彼のもとに送り出した。中等教育を受けるための政府奨学金と寝ござ、それにおもちゃのようなブリキのトランクを持ってこの町にやってきたが、金髪を三つ編みにし、白いブーツをはいて船から降りてくる彼女の姿をひと目見て、彼はいずれこの子とは日曜日に一緒にシエスタを楽しむことになるだろうと考えた。歯に歯列矯正器をつけ、小学生らしく膝にすり傷のある彼女はまだほんのねんねだったが、ちらっと見ただけですぐに一人前の魅力的な女性になると分かった。一年間じっくり時間をかけ、土曜日にはサーカスにつれていき、日曜日には公園でアイスクリームを買ってやり、夕方になると自分の子供のように楽しく遊んでやり、彼女の信頼と愛情を勝ちとると、優しい祖父のような顔をして巧みに秘密の連れ込み宿へ連れていった。彼女にとってはあっという間の出来事だったが、天国の門は開かれた。彼女は一気に花開き、幸せに酔い痴れて地獄の辺土をふわふわ漂っていた。それが勉強にいい刺激を与えて、週末に外出できるように教室ではいつもいちばん前の席に座った。平穏な老年を迎えた彼にとって、彼女は心安らぐ一隅のようなものだった。長年計算ずくの恋をしてきた彼にしてみれば、淡白ではあるが無邪気な彼女と一緒にいると、後ろめたい気持ちになりはしても、青春をもう一度味わい直しているような気持ちになった。

二人の考えがうまく合致した。彼女は少女として、つまり何ごとにも動じない敬うべき老人の手引きで人生がどういうものかを学んでいる女の子として行動し、彼の方は自分がいちばん恐れていたもの、つまり年老いた恋人という役どころを引き受けることになった。年齢、学校の制服、三つ編みにした髪、飛び跳ねるような歩き方、さらには高慢で気まぐれな性格までフェルミーナ・ダーサにそっくりだったが、この二人を重ね合わせて見ることはなかった。恋乞食といってもおかしくない彼のような人間にとって、あの少女をフェルミーナ・ダーサに見立てるというのは心そそる誘惑ではあった。しかし、そうした考えをきっぱり切り捨てた。あるがままの彼女が好きだったし、老いの坂にさしかかったたそがれ時の激しい喜びをもって彼女を愛するようになった。まちがえても妊娠させてはいけないと思って、用心の上にも用心を重ねた唯一の女性が彼女だった。六回ほど会うと、あとは日曜日の午後にシエスタをするほかにすることがなくなった。

彼女を寄宿学校から連れ出せるのは彼しかいなかったので、C.F.C.社所有の六気筒車のハドソンで彼女を迎えに行き、午後の陽射しがないときは時々幌をおろして海岸をドライブした。彼は暗い色の帽子をかぶり、制服制帽姿の彼女は風に吹き飛ばされないよう両手で帽子を押さえて、キャッキャッと笑ったものだった。中には、用もないのに身元引受人と一緒に外出しないほうがいいとか、彼が口をつけたものは食べないようにとか、老いが伝染するから息がかかるほど顔を近づけないほうがいいと言うものもいたが、彼女はそんな忠告をまったく意に介さなかった。

二人は、人がどう思おうが素知らぬ顔をしていた。自分たちが血縁関係にあることは周知のことだったし、年齢が極端に開いていたので妙な勘繰りをされることがなかったからだった。

二人はペンテコステスの日曜日、午後四時にシエスタを共にしていた。そのとき弔鐘が鳴りはじめた。フロレンティーノ・アリーサは仰天して心臓が飛び出しそうになったのをなんとか抑えた。彼の若い頃は、弔鐘を鳴らす費用は葬儀代に含まれていて、貧しい人たちはそうした荘厳な儀式を行うことができなかった。しかし、十九世紀末から二十世紀にかけての最後の戦争のあと、保守政権は植民地時代の習慣をより強固な形で復活させたために、葬儀がひどく高くつくようになり、裕福な人たちしか葬儀が営めなくなった。ダンテ・デ・ルーナ大司教が逝去したとき、この地方のすべての鐘が九日九夜休みなく打ち鳴らされた。そのせいで民衆がひどい苦しみを味わったので、次の大司教は葬儀の際に弔鐘を鳴らすことを禁止し、ごく著名な人にのみ許可することにした。だから、ペンテコステスの日曜日、午後四時に大聖堂で弔鐘が鳴らされるのを聞いたとたんに、フロレンティーノ・アリーサは失われた青春時代の亡霊がよみがえってきたような思いにとらえられた。それが長い間ひたすら待ち望んでいた弔鐘だとは夢にも思わなかった。六カ月の身重のフェルミーナ・ダーサが荘厳ミサを終えて出てくるところを見かけたあの日曜日からいったい何年たったことだろう。

「これは只事じゃない」と彼は薄闇の中で言った。「きっと偉い人が亡くなったんで、大聖堂の鐘が鳴っているんだ」

素裸になっていたアメリカ・ビクーニャがようやく目を覚ました。

「ペンテコステスだからよ」と彼女は言った。

フロレンティーノ・アリーサは教会の行事のことをよく知らなかったし、電信機について教えてくれたあるドイツ人（このドイツ人がその後どうなったかは分からなかった）と一緒に聖歌隊でバイオリンを弾いた以外、ミサに出たことがなかった。しかし、ペンテコステスの日だからといって鐘が鳴らされるはずがないのは知っていた。ただ町が喪に服していることはまちがいなかったし、それは彼にも分かった。今朝、カリブ海亡命者代表団が彼のもとを訪れて、明け方ジェレミア・ド・サン・タムールが写真のスタジオで亡くなったと伝えた。フロレンティーノ・アリーサはそんなに親しくなかったが、他の亡命者とは親しくしていて、公的な行事、とりわけ葬儀にはよく招かれた。しかし、ジェレミア・ド・サン・タムールは戦闘的な不信仰者で、頑固なアナキストとして知られ、おまけに自分で自分の命を断ったのだから、彼のために弔鐘が鳴らされることはあり得なかった。

「ちがうよ」と彼は言った。「こんな風に弔鐘を鳴らしてもらえるのは知事以上の地位にある人だけだ」

そんざいにおろしたブラインドのせいで、アメリカ・ビクーニャの青白い身体に縞模様の影が落ちていたが、彼女はまだ死について考えるような年ではなかった。昼食のあと二人は愛し合い、シエスタのあと扇風機の下で裸のまま横になっていたのだが、扇風機の音を通して焼けたトタン屋根の上を歩きまわっているクロコンドルの足音が聞こえてきた。フロレンティーノ・アリーサはこれまでの長い人生の中で出会った多くの女性たちを愛したように彼女を愛した。しかし、この子が高校を出る頃には自分はもうこの世にいないだろうと思うと、ほかの誰よりも彼女があわれに思えた。

ペンキを何度も重ね塗りした板貼りの壁のその部屋は船室のような感じがした。電動式の扇風機がついているものの、焼けつくように熱いトタン屋根のせいで、午後四時の川船の船室にいるよりもずっと暑く感じられた。そこはふつうの寝室ではなく、フロレンティーノ・アリーサがC.F.C.社の事務所の裏手に作らせた陸の上の船室だった。老いらくの恋を楽しむための格好の隠れ家を、という意図と目的だけで作るように命じたのだ。ふだんは港湾労務者のわめき声や港のクレーンの音、桟橋に停泊している船の汽笛の音がうるさくてとても眠れたものではなかったが、少女にとっては日曜日の楽園だった。

ペンテコステスの日は、晩鐘の五分前までに寄宿学校に帰らなければならなかった。それまで一緒にいるつもりでいた。しかし、弔鐘を聞いてフロレンティーノ・アリーサは、ジェレミア・ド・サン・タムールの埋葬に出席する約束をしていたことを思い出し、いつもより早めに服を着た。その前に、いつものように愛し合う前にほどいてやった三つ編みの髪の毛をもう一度編み、テーブルに座らせると、彼女がどうしてもうまく結べない靴の紐を結んでやった。機嫌よく服を着る手伝いをしてやった。彼女もそれが義務であるかのようにおとなしく従った。二人ははじめて出会ったときから年齢差のことをまったく気にせず、お互いに何でも話し合っていたので、隠しごとなど何ひとつない仲のいい夫婦のような関係にあった。

休日だったので事務所は閉まっていて薄暗かったし、人気のない港にはボイラーに火の入っていない船が一隻だけ停泊していた。むせ返るように暑かったので、おそらく今年最初の雨が降るはずだったが、空気が澄み切っている上に、日曜日だったせいで港が静まり返っていて、気候の穏やかな季節のような感じがした。外に出た方が船室のような薄暗い部屋にいるよりも世界が生々しく感じられ、誰のために鳴らされているかは分からない弔鐘がいっそうもの悲しく響いた。フロレンティーノ・アリーサと少女は、かつてスペイン人が黒人奴隷の港として使っていた〈硝石の中庭〉に降りた。そこには奴隷貿易をしていた時代に使用されていた鉄の重りや足かせが錆びついたまま転がっていた。車は倉庫の陰で待っていた。彼らが座席に腰をおろすまで運転手はハンドルにもたれて眠りこけていた。車は網目が六角形の金網に囲まれた倉庫のうしろを通り、裸に近い男たちが球戯を楽しんでいるアニマス湾の市場跡の広い敷地を通りぬけて、熱気のなか砂煙をあげて港をあとにした。フロレンティーノ・アリーサは弔鐘がジェレミア・ド・サン・タムールの死を悼んで鳴らされているはずはないと思っていた。あまりにしつこく鳴らされるので妙に気になった。運転手の肩に手をかけると、その耳もとでいったい誰の死を悼んで鐘が鳴らされているんだと大声で尋ねた。

「何とか言いましたね、ほら、あごひげを生やした医者がいたでしょう。あの方が亡くなったんですよ」と運転手が答えた。

運転手が誰のことを言っているのかすぐに分かった。しかし、死んだときの様子を聞いたとたんに、淡い期待は消え去った。信じることができなかったのだ。これ以上はないというほど博士に似つかわしい死に様だったし、どう考えてもほかの死に方は思い浮かばなかった。あり得ない話に思えたが、博士にまちがいなかった。最高齢の名医で、さまざまな功績によって町中の人に知られている人物が、オウムをつかまえようとしてマンゴーの木から落ち、背骨を砕いて亡くなったのだ。

フェルミーナ・ダーサが結婚して以来、フロレンティーノ・アリーサはいつかこの知らせを耳にすることになるだろうと思い、その期待にすがって生きてきた。いざその時がくると、眠れない夜に何度となく空想したように勝利感に酔い痴れることはなかった。逆に、あの弔鐘が自分の死を悼んで鳴らされたとしても不思議ではないのだと空想して、恐怖にうちのめされた。アメリカ・ビクーニャは舗装していない石ころだらけの道を大きく揺れながら走っている車の座席で、横にいる彼が真っ青な顔をしているのに気づいてびっくりして、どうしたんですか、と尋ねた。フロレンティーノ・アリーサは氷のように冷たい手で彼女の手を握った。

「そうだな」と彼は言った。「すべてを話そうとすれば、あと五十年くらい長生きしなければいけないだろうな」

彼はジェレミア・ド・サン・タムールの埋葬のことをすっかり忘れていた。次の土曜日にまた迎えにくるからと大急ぎで約束すると、寄宿学校の校門の前で少女をおろし、運転手にフベナル・ウルビーノ博士の家へ行くように命じた。近くの通りは車と貸馬車でごった返していて、家の前には大勢の野次馬がつめかけていた。ラシデス・オリベーリャ博士に招かれた客たちは、パーティの最中に訃報を聞いて大急ぎで駆けつけた。家の中は身動きできないほど大勢の人でひしめき合っていた。フロレンティーノ・アリーサは人ごみをかき分けて主寝室まで行くと、背伸びして戸口をふさいでいる人たちの頭越しに中をのぞいた。博士の話をはじめて耳にしたときから、死の屈辱にまみれているその姿をひと目見たいと思っていたが、目の前にある夫婦のベッドにフベナル・ウルビーノは思い描いていた通りの姿で横たわっていた。そしてそばには、パーティ用の正装をしているせいで新婚ほやほやの祖母のような感じのするフェルミーナ・ダーサが、うちしおれた姿でぼんやり立っていた。

若い頃、無謀な恋に命を賭けたフロレンティーノ・アリーサは、以来ずっとこの日がくるのを待ちのぞみ、こと細かにそのときの様子を思い描いてきた。手段をあまり顧慮せずに名声と富を手に入れ、健康を気づかい、同年配の連中からは男らしくないと思われるのも気にせず地味な服装で通してきたが、それもこれもすべて彼女のためだった。片時も彼女のことを忘れず、ひたすら思いつづけた彼のような人間は、この世界に二人といなかった。博士が亡くなったことでとうとう自分にもチャンスがめぐってきたと考えた彼は、フェルミーナ・ダーサが未亡人になった最初の夜に、勇気を出して永遠の貞節と永遠《とわ》の愛の誓いをくり返そうと心に決め、行動に移した。

心の中では、時と場所をわきまえない思慮を欠いた行動をとってしまったという反省の気持ちもあったが、これを逃がすと二度とチャンスが訪れてこないのではという不安もあった。これまで何度となく思い描いてきたように、できればもっと穏やかな形でそうしたかったのだが、運命がほかの道を選ばせてくれなかった。自分と同じようにひどく動揺している彼女を一人残していくのが辛くて、後ろ髪を引かれるような思いで喪に服している家をあとにした。このような悲しい夜を迎えることは自分たちの運命の中に書き込まれていたのだと感じていたので、何ものも彼があした行動をとることを押しとどめることができなかったにちがいない。

それからの二週間は、満足に眠れなかった。自分のいない今、フェルミーナ・ダーサは何をしているのだろう、何を考えているのだろう、自分があんなことを言ったので不安に駆られているだろうか、この先どうやって生きていくのだろうといったさまざまな思いが頭の中をぐるぐるまわって絶望感にとらえられた。ひどい便秘になり、お腹が太鼓のようにふくれ上がった。心地よい浣腸ではなく緩下剤を用いざるを得なかった。若い頃から老人性の病気に悩まされていたので、同世代の人間よりはそうした苦痛に強かったが、今回はそれらが一気に襲ってきた。一週間ぶりにオフィスに顔を出した彼がひどく憔悴して青い顔をしているのを見て、レオーナ・カッシアーニはびっくりした。また不眠症になっただけだから心配しなくていい、彼女を安心させようとしてそう言った。心が傷ついていたせいで思わず本当のことを口にしそうになるのを、唇を噛んでこらえた。雨が降りつづいて陽射しのある日がなかったので、ゆっくりものを考えることができなかった。さらに、足が地につかないような感じの一週間が過ぎ去った。その間、食が細り、寝つきが悪くなってものごとに集中することができなかった。出口のない状況から抜け出す道を指し示してくれるような隠れた印はないかと必死になって捜した。しかし、金曜日からはこれといった理由もないのに平穏な気持ちになった。彼はそれを、もはや何も変わったことは起こらない、これまでの人生でしてきたことはすべて徒労だった、ここですべてが終わって、もう先がないのだということの予兆だと考えた。しかし、月曜日、ラス・ベンターナス街の家に帰ると、玄関先の水たまりに一通の手紙が浮かんでいるのに気づいた。濡れた封筒を見て、彼女の美しい字だとすぐに分かった。その字体は長い人生の中でさまざまな有為転変を経験してきたというのに少しも変わっていなかった。彼は夜に漂っているしおれたクチナシの花の香りを嗅いだような気持ちに襲われた。最初のショックからさめたとたんに、彼の心が、これこそ半世紀以上の間不安におののきながらひたすら待ちつづけてきた手紙にちがいないと告げていたからだった。

フェルミーナ・ダーサは盲目的な怒りに駆られてあの手紙を書いた。まさかそれをフロレンティーノ・アリーサがラブ・レターとして受けとるとは夢にも思わなかった。彼女はその手紙に精一杯怒りをこめて、残酷この上ない言葉や、相手を傷つけるだけでなく、ひどく一方的なののしりの言葉を書きつけた。自分が受けた恥辱の大きさに比べればそれでもまだもの足りないくらいだった。彼女にしてみれば、怒りをこめた最後の悪魔祓いの儀式だった。そうすることで寡婦という新しい状況と何とか折り合いをつけようとしたのだ。もう一度昔の自分に戻り、半世紀間夫に尽くすことであきらめてきたものを取り返そうと思った。夫に仕えることでたしかに幸せを手に入れることができたが、死なれてはじめて、自分というものがないことに気がついた。あの家は一夜にしてだだっ広くてさみしい他人の家に変わり、彼女はそこに住みついた亡霊のようにさまよい歩きながら、本当に死んでしまったのは亡くなった夫と一人残された自分のどちらだろうと考えてやり切れない気持ちになった。夫は大洋の真ん中に自分を一人残してあの世へ旅立っていった。そんな夫に対する恨みがましい思いを捨て去ることができなかった。何もかもが彼女の涙を誘った。枕の下のパジャマ、彼女がつねづね患者がはくスリッパみたいねと言っていた部屋ばき、ベッドに入ろうと髪に櫛を入れているときに鏡に映っていた着換えをしている夫の姿、死後も長い間彼女の肌に染みついていた夫の体臭といったものがそれだった。家事をしているときにふと手を休め、ああ、そうだ、あの人に言い忘れていたことがあったと思ったところで気づき、額を叩くこともよくあった。夫にしか答えられないありふれた日常的な疑問がしょっちゅう頭に浮かんできた。いつだったか、彼女には考えられないような話をしてくれたこともあった。脚を切断されたのに、そのない方の脚が痛んだり、痙攣したり、かゆくなることがあるんだよ。彼女はいないはずの夫がそばにいるように感じ、改めて自分が夫を亡くして一人ぽっちになったと感じた。

未亡人として最初の朝を迎え、いつものように眠りつづけようと目をつむったまま寝心地のいい姿勢をとるために寝返りをうったときに、夫が自分を残して死んでしまったことに気がついた。彼女はそのときようやく、夫がはじめて家以外のところで夜を迎えたことに思い当たった。テーブルについたときもショックを受けた。彼女は一人きりになっていた。そのせいではなく、もはやこの世にいない人と一緒にテーブルについているような奇妙な思いにとらえられたのだ。しばらくして娘のオフェリアが夫と三人の娘と一緒にニューオリンズからやってきた。そのときもテーブルで食事をしていた。いつものテーブルではなく、間に合わせの小ぶりなテーブルを廊下に置いて、そこで食事をとった。それまでは決まった時間に食事をとっていなかった。お腹がすくと好きな時間に台所へ行き、鍋にフォークを突っ込んで、オーブンの前に立ったまま皿にも盛らずにそのまま食べた。食べながら下働きの女中たちとおしゃべりをしたが、くつろいだ気持ちで話ができるのは彼女たちだけだった。しかし、亡くなった夫の影が執拗にまつわりついてきて、どうしてもふり払うことができなかった。どこへ行っても、どこを通りかかっても、何をしていても、夫のことを思い出させるものがそこここにあった。亡き夫を悼むのは褒められて当然のことだが、一方で悲しみの中にひたりきらないためにできるだけのことをしようと考えてもいた。そこで彼女は思い切って、亡き夫を偲ばせるものをひとつ残らず捨ててしまおうと心に決めた。夫を亡くしたあと生き続けていくにはそれしか方法がなかった。

言ってみれば、それは焼却の儀式だった。事務室にあった本を息子がもち帰ってくれたので、そこを結婚以来もてなかった裁縫室として使うことにした。一方、娘はニューオリンズの骨董オークションに出すのにちょうどいいからと、いくつかの家具と沢山の品をもって帰った。おかげで、胸のつかえがおりたようになった。一方で新婚時代に買った品物が今では骨董蒐集家の垂涎の的になったかと思うと、なんとなく寂しいような気持ちになった。女中たちや近所の人、このところずっとそばについていてくれている親しい友人たちがものも言わずに目を丸くしている中、彼女は屋敷の裏の空地で焚き火をさせると、夫を思い出させるもののすべてを火の中に投げ入れた。十九世紀末から夫が市内を歩くときに着けていた非常に高価でエレガントなスーツや上品な靴、写真よりも本人によく似ている帽子、亡くなる直前に使っていたシエスタ用の揺り椅子といった彼女の生活と切り離すことができないほど深く結びついて、今では自分の一部になっている数多くの物を燃やした。彼女は、夫が生きていれば必ず賛成してくれるだろうと確信し、少しも迷うことなく火の中に投げ入れた。夫は生前、できれば火葬にしてほしい、ヒマラヤ杉の板で作った真っ暗な棺の中に入るのだけはいやだ、とよく言っていた。もちろん、宗教的な見地からは許されなかった。彼はひょっとしたらと思って、大司教に火葬の話を持ちかけたことがあるが、きっぱり拒否された。実現されるはずのない夢でしかなかった。というのも、教会は墓地をカトリック教とは違う宗教を信じている人のために使うのは認めたものの、墓地内に火葬場を作ることは容認しなかったし、火葬のことを言ったのはフベナル・ウルビーノ一人だけだった。フェルミーナ・ダーサは夫が密閉された棺をひどく恐れていたのを、今でも覚えていた。夫が亡くなった直後の混乱の中でそれを思い出した彼女は、棺に光が入るよう少し隙間をあけてやってほしいと大工に頼んだ。

いずれにしてもあれは無意味な大殺戮だった。フェルミーナ・ダーサはすぐに、火で焼こうが、時間が経とうが、夫の思い出はそう簡単に消えるものではないと思い知らされた。さらに困ったことに、衣服を火葬にしたあとも、夫の愛すべきところだけでなく、困った癖、つまり明け方起き出して騒々しい音を立てることまでが懐かしく思い出された。そうした思い出のおかげで、マングローヴ林のような悲しみの森から抜け出すことができた。彼女はまず最初、夫はまだ死んではいないと思い定めて生き続けていこうと固く心に決めた。夫がいないせいで毎朝なかなか目が覚めないことは分かっていたが、徐々に慣れてくるはずだった。

事実、三週間後には夜明けの光とともに目が覚めるようになった。しかし、だんだんと光が強くなり、あたりが明るくなるにつれて、自分の人生には呪わしい亡霊が棲みついていて、片時も安らかな気持ちにさせてくれないと思うようになった。それはロス・エバンへリオス公園で彼女を待ち伏せしていたあわれな亡霊ではなかった。その亡霊なら老年になってから彼女は穏やかな気持ちで思い出すことができた。そうではなく、死刑執行人のようなフロックコートを着、胸のところに帽子を押し当てたぞっとするほど気味の悪い亡霊で、この亡霊の思いやりのない愚かしい行動にすっかり動揺してしまい、頭から離れなくなってしまったのだ。十八歳のときに求愛を拒んだことで彼の中に憎悪の種子が生まれ、時間とともに大きく育ってきたのだ、と彼女は思い込んでいた。自分はあの人に憎まれている、そう考えてこれまで生きてきた。亡霊がそばにいるだけで憎しみが感じとれるように思えた。彼の姿を見ただけで、動揺し、気持ちがひどく乱れた。彼に対してはどうしても自然に振る舞うことができなかった。彼がふたたび愛の告白をしたとき、亡くなった夫への献花で家の中にはまだ花の香りが満ちていた。そのため、あの非礼な行動が自分に陰険な復讐をするための最初の一歩としか思えなかったのだ。

彼のことが頭から離れず、苛立ちがつのった。埋葬を済ませた翌日、目が覚めたとたんに彼のことを考えてしまい、このときは気持ちを奮い立たせて何とかふり払った。しかし、しょっちゅう怒りがこみ上げてきた。やがて、忘れようとすると、かえって思い出してしまうことに気がついた。郷愁に駆られた彼女は思い切って、現実離れした恋を育んだ夢のような時代を思い出してみようと考えたが、そんなことをしたのははじめてだった。あの頃の小さな公園、枝が折れたアーモンドの木、彼が恋心を抱いて座っていたベンチといったものを正確に思い出そうとした。何もかもがすっかり変わってしまっていた。落ち葉がじゅうたんのように厚くつもっていた木々は抜かれ、首のとれた英雄の彫像は取り外され、代わりに名前も日付も入っておらず、なぜ設置されたのかを示す由来書きもない正装用軍服を着けたべつの軍人の彫像が立っていて、その仰々しい台座の中にはこの地区用の変電器が収められていた。以前彼女が住んでいた家は何年も前に売却され、地方政庁の手で取り壊されていた。あの頃のフロレンティーノ・アリーサを思い浮かべることはむずかしかった。しかし、雨に濡れそぼっていた無口な若者が、今の老いさらばえたあわれな老人と同一人物だとはどうしても思えなかった。その老人が突然目の前に現われて、悲しみにくれている彼女の気持ちを汲もうともせず、侮辱しているとしか思えない言葉を口にして深く傷つけた。それを思うと息もできないほど激しい怒りに駆られた。

フェルミーナ・ダーサがリンチ嬢のせいで受けた心の傷を癒すために、フローレス・デ・マリーア農場に滞在したあとしばらくして、従姉のイルデブランダ・サンチェスが何度か遊びにきた。年をとり、すっかり太っていたが、長男に付き添われてやってきた彼女は幸せそうにしていた。息子は父親と同じように陸軍大佐になっていた。サン・フアン・デ・ラ・シエナガのバナナ農場における労務者虐殺事件の際に恥ずべき行動をとったというので父親からうとまれていた。彼女たちが顔を合わせると知り合った頃の話が出て、そのおしゃべりであっという間に時間が過ぎていった。最後に会いに来たときは、いつになく昔のことを懐かしがり、ひどく老い込んだように思われた。思い出話をしようとして、彼女は昔撮った古風な貴婦人の衣装をつけた肖像写真をもってきた。その写真はまだ若かったフベナル・ウルビーノが気まぐれなフェルミーナ・ダーサに結婚を決意させた午後に、ベルギー人の写真家が撮ったものだった。フェルミーナ・ダーサはその写真を紛失していたし、イルデブランダの持ってきた写真も被写体の姿はほとんど消えかけていた。それでも二人は靄がかかったようにぼやけている写真に写った自分たちを見つけ出した。そこには二度と戻ってこない青春時代の二人の若くて美しい姿が写っていた。

イルデブランダはフロレンティーノ・アリーサの運命と自分のそれとをいつも重ね合わせていたので、会うと必ず彼のことを話題にした。はじめて電報を打った日に親切にしてもらった彼のことは今でもよく覚えていた。忘れ去られる定めにあるあわれな小鳥のような彼のことが頭から離れなかったのだ。一方、フェルミーナは何度もフロレンティーノ・アリーサと顔を合わせていた。むろん口をきいたことはなかった。ただ、彼が自分の初恋の人だとはどうしても思えなかった。町で多少とも名の知れた人のうわさは遅かれ早かれ必ず耳に入ってくるが、彼も例外ではなかった。結婚しないのは人とちがった好みがあるからだと言われていた。彼女はそうしたうわさ話に耳を貸そうとしなかった。もともとうわさ話には興味がなかったし、ひとかどの人物なら必ずといっていいほど似たようなことを言われると分かっていたからだった。それよりも、フロレンティーノ・アリーサが神秘的な服装をし、珍しいローションをつけていることや、誰からもうしろ指をさされることなく一気に出世コースをのぼりつめた今も、どこか謎めいた雰囲気をたたえていることが不思議でならなかった。彼が自分の初恋の人だというのがいまだに信じられなかったし、イルデブランダが溜息まじりに《かわいそうに、きっと苦しんできたんでしょうね》とつぶやくのを聞くと、びっくりしたものだった。というのも、ずっと以前から彼を見てもべつに何とも思わなかったからだった。消えた影のような存在でしかなかったのだ。

彼女がフローレス・デ・マリーアから戻ってきた頃、夜に一度野外映画場で出会《でくわ》したことがある。そのとき彼女の心の中で奇妙なことが起こった。彼がある女性、それも黒人女性と一緒にいたことは驚きでも何でもなかった。それよりも彼が今も若さを保っているばかりか、以前とは違って、さも自信ありげに振舞っていることにびっくりした。変わったのは実を言うと彼ではなく彼女の方で、リンチ嬢が突然自分の私生活に踏み込んできて、心をかき乱されたあとなので、彼がそんな風に見えたのだというところまでは考えが及ばなかった。以来、二十年以上もの間それまでよりも共感的な目で彼を見るようになった。夫の通夜の日に彼が姿を見せたのも理解できるように思えたし、言ってみればそれは許しと忘却の行為であり、憎しみが消えたことを物語っているという風に彼女は考えた。だから、まさかあそこで彼が芝居がかった態度で愛の告白をくり返すとは予想もしていなかった。しかも、フロレンティーノ・アリーサも彼女も、この先そう長く生きられそうもない年齢に達していた。

最初にショックを受けたときに感じた抑えようのない怒りは、夫を象徴的な形で荼毘《だび》に付したあともそのまま消えずに残り、さらにふくれ上がって枝分かれし、制御できなくなった。さらに困ったことに、亡くなった夫の記憶をそっとしまい込んでいた記憶の隙間が徐々に、押し止《とど》めようのない力でフロレンティーノ・アリーサの記憶を埋葬してあったヒナゲシの草原によって埋め尽くされていったのだ。いつの間にか彼のことを考えてしまった。考えれば考えるほど腹立ちがつのり、腹立ちがつのればつのるほど彼のことを考えるという悪循環におちいり、自分でも気持ちの整理がつかなくなった。そこで彼女は亡くなった夫のデスクの前に腰をおろすと、便箋三枚におよそ理性的とは言いがたいののしり言葉と品のない挑発的な文章を書きつづった。おかげで、自分の長い人生の中でもっとも恥ずかしいことを意識的にやってのけたと考えて、逆に気持ちが楽になった。

それから何週間かはフロレンティーノ・アリーサも地獄のような苦しみを味わった。フェルミーナ・ダーサにもう一度愛の告白をした夜、彼は午後に降った豪雨のせいで荒廃した通りをあてどなくさまよった。その間ずっと、半世紀以上もの間追い求めてきた虎をついに仕留めたものの、さてその毛皮をどうしたものかと考えて不安でいたたまれない気持ちになっていた。町には非常事態宣言が布告されていた。あちこちの家では半裸姿の男女が洪水の被害にあっていない家財を守ろうと必死になって立ち働いていた。町中の人が見舞われている災厄を目にして、自分の今の状況と関わりがあるような気がした。しかし、大気は穏やかで、カリブ海の星々もいつもの場所で静かに輝いていた。人の話し声が途絶えたときに、突然フロレンティーノ・アリーサの耳に男の歌声が聞こえてきた。もう何年も前に、レオーナ・カッシアーニと二人で歩いているときに、同じ時間、同じ街角で《涙にかきくれて橋から戻ってきた》というその歌を聞いたことがあったのだ。あの夜耳にした歌は、死を暗示しているように思われた。

頭に造花を飾った道化の女王のようなトランシト・アリーサがそばにいて、分別のある言葉をかけてくれたらと、あのときほど強く願ったことはなかった。危機に直面すると、いつも女性の庇護を必要とした彼が、そう思ったのも無理はなかった。誰か相手をしてくれる女性はいないかと思いながら寄宿学校のそばを通りかかったとき、一列に長く並んでいる窓の中の、アメリカ・ビクーニャの部屋の窓に明かりがついているのが見えた。祖父のような顔をして彼女を連れ出したい誘惑に駆られた。明け方の二時で、まだ産着にくるまってぬくぬくと眠っているはずだった。そんな彼女を揺りかごからむりやり起こしたりすれば、きっとむずかるにちがいない、そういう真似をするのは狂気の沙汰だと考えて、あきらめた。

レオーナ・カッシアーニは市の反対側で気楽な一人暮らしを楽しんでいた。彼女なら朝の二時、三時、どんな時間、どんな状況にあっても、頼めばやさしく迎えてくれるはずだった。これまでにも不眠症の苦しさに耐え切れずあの家のドアをノックしたことがあったが、彼女はあまりにも頭がよかったし、互いに深く愛し合っていたので、その膝の上で泣くとなれば今度こそ理由を説明しなければならなくなるだろうと考えた。人気のない通りを夢遊病者のように歩きながらあれこれ考えた末に、こうなれば〈二人後家〉のプルデンシア・ピトレのところへ行くしかないという結論に達した。二人は前の世紀に知り合ったのだが、目が悪くなり、すっかり老い込んでから彼女は、こんな姿を見られたくないと言って会おうとしなくなった。フロレンティーノ・アリーサは彼女のことを思い出すと、すぐラス・ベンターナス街の家にとって返し、買い物袋にポートワイン二本とピクルスの瓶を入れて、彼女がまだ以前の家で暮らしているのか、独り身なのか、まだ生きているのかどうかも分からないまま会いにいった。もう若くもなかったのに自分では若いと思い込んでいた頃にしたように、彼はドアを引っ掻いて来訪を知らせた。プルデンシア・ピトレはその合図を忘れておらず、何も言わずにドアを開けてくれた。通りは真っ暗だった。彼は黒いウールのスーツを着、固い帽子をかぶり、腕からはコウモリ傘をぶら下げていたので、その姿は見えにくかった。ただでさえ目を悪くしていた彼女には、真昼間の明るい光の下でなければ彼の姿は見えなかったにちがいない。街灯の光が眼鏡のフレームにあたって反射するのを見て彼だと気づいた。彼は両手が血にまみれたままの姿で訪れた殺人者のような感じがした。

「あわれなみなし児のための避難所ですよ」と彼女は言った。

何か言わなければと思って彼女が思いついた台詞《せりふ》だった。彼は最後に会ってから彼女がひどく老け込んでしまったのにびっくりしたが、彼女もそう思っているのが分かった。しばらくして最初のショックから立ち直れば、互いに長い歳月がもたらした老いも気にならなくなり、知り合ったときのようにお互いまだ若いと思うようになるはずだと考えて、心を慰めた。

「まるで葬儀に参列するみたいね」と彼女は言った。

たしかにその通りだった。彼女もやはり朝の十一時から窓際に陣取って、デ・ルーナ大司教の葬儀以来もっとも盛大で華やかな葬列が通るのを眺めた。大地を揺るがす大砲の音や耳ざわりな軍楽隊の演奏、前日からすべての教会の鐘が鳴らされていたが、それにまじって聞こえてくるてんでんばらばらの葬送歌によってシエスタの夢が破られた。また、バルコニーから、パレード用の正装をした騎兵隊やさまざまな修道会、神学校、中は見えないが市の要人をのせた車体の長い黒のリムジン、歴史的ないわれのある大砲をのせていた砲架車にのせられ、国旗で覆われている黄色い棺を目にした。そして最後に、花がしおれないように覆いをはずしてある花輪を載せた古い軽四輪馬車の列が続いた。正午を少し過ぎた頃に、葬列はプルデンシア・ピトレの家の前を通り過ぎたが、その直後に豪雨が降りはじめたために葬列は散り散りになった。

「何だか茶番みたいね」と彼女が言った。

「いや、人の死は茶番じゃない」そう言ったあと、悲しそうにこうつけ加えた。「とくにわれわれくらいの年になるとね」

彼らは海に向かって開かれたテラスに座っていた。空の半分を占めるほど大きな暈《かさ》のかかった月が出ていて、水平線を航行する船の色とりどりの明かりを眺めて、嵐のあとのかぐわしく心地よい風を楽しんでいた。ポートワインを飲みながら、プルデンシア・ピトレが台所で切ってきたパンにピクルスをのせて食べた。彼女が子供の出来ないまま未亡人になってから、何度となくこうした夜を迎えたものだった。フロレンティーノ・アリーサが知り合った頃の彼女は、そばにいてくれるならどんな男性でもいい、何なら時間借りで借りた相手でもいいからそばにいてほしいと願ったものだった。それにしては思ったよりもはるかに真剣なつき合いが長くつづいた。

決して口には出さなかったが、彼ともう一度結婚ができるなら、悪魔に魂を売り渡してもいいと思っていた。金にこまかかったし、ばかではないかと思えるほど年寄りじみた服装をし、異常なまでに整理整頓にこだわり、人にはいろいろ注文をつけるのに、自分からは何も与えようとしないといった欠点はあるにせよ、世界中の誰よりも愛に飢えているという意味では、伴侶として彼ほど望ましい人間はいなかった。ただ、彼の愛はある一線を越えることがなかったので、しっかりつかまえることができなかった。フェルミーナ・ダーサのために誰にも縛られないようにしようと心に決めていて、それが彼の引いた一線だった。彼はプルデンシア・ピトレを出張セールスマンと再婚させるために奔走したが、再婚後も二人の関係は長くつづいた。彼女の夫は三カ月間家にいて、後の三カ月間はセールスで家を空け、その夫との間に娘が一人と息子が四人生まれていた。彼女が誓って本当だと言ったところでは、そのうちの一人はフロレンティーノ・アリーサの子供だった。

二人は時間を気にせずいろいろな話をした。というのも、若い頃も眠れない夜をいつもそんな風にして過ごしたし、まして年をとった今は眠れない夜はおしゃべりくらいしかすることがなかったのだ。ワインをグラスに二杯以上飲んだことがなかったフロレンティーノ・アリーサが、このときは息もつかずに三杯飲み干した。ひどく汗をかいているのを見て、〈二人後家〉は上着、ヴェスト、ズボン、よかったらみんな脱いだら、お互いこれまで裸同士のつき合いをしてきたんだから、と言った。彼は、そちらがそうするのなら脱いでもいいよ、と言った。彼女はいやがった。いつだったか彼女は洋服ダンスの鏡に映る自分の裸を眺めたことがあり、そのときに彼だけでなく、他の誰にも裸を見せないでおこうと心に決めた。ポートワインを四杯飲んでもまだ心の動揺をしずめることができなかったフロレンティーノ・アリーサは、しきりに昔話をした。昔の楽しかった思い出をくどくどしゃべりつづけることで、気持ちの整理ができる秘められた道を見つけ出そうとしていた。心の中にわだかまっているものを吐き出したくて仕方なかったのだ。水平線上に夜明けの光がのぞきはじめたのを見て、彼は遠回しにさりげなくこう尋ねた。《未亡人のあんたが今の年齢で誰かから結婚を申し込まれたら、どうするね？》。彼女はお婆さんらしく顔を皺だらけにして笑うと、こう切り返した。

「ウルビーノ未亡人のことを言っているんだね？」

女性というのは質問そのものよりも裏の意味を勘繰るもので、プルデンシア・ピトレはとりわけそのきらいがあるのに、フロレンティーノ・アリーサはついうっかりそのことを忘れていた。図星を指されて周章狼狽した彼は、あわてて言い逃れしようとした。《いや、あんたのことを言っているんだよ》。彼女はふたたび笑いながら、《わたしをごまかそうとしてもだめよ、そういう冗談は天国にいるおっかさんに言うといいよ》と言った。そのあと、長年顔を見せなかったのに、突然明け方の三時に人を叩き起こして、ポートワインを飲み、ピクルスをのせたパンを食べようと思ってやってきたんだと言うようなおかしな人間はいやしないんだから、本当のことを言っておしまいよと彼に迫った。《そういうことをするのは、一緒に泣いてくれる人を捜しているときくらいのものだよ》と彼女は言った。フロレンティーノ・アリーサは引き下がらざるを得なかった。

「いや、ちがうんだ」と彼は弁解した。「こういう夜は歌でもうたえばいいんじゃないかと思ってね」

「だったらうたいましょう」と彼女が言った。

彼女は《ラモーナ、君なしでは生きていけない》という流行歌をとてもいい声でうたいはじめた。月の裏側でも見抜いてしまう彼女の眼力に恐れをなした彼は、禁じられた遊びをやめて、引き上げることにした。外に出ると、六月の花の終わりを迎えたダリアの芳香が漂っていたせいで、別の町を訪れたような気持ちになった。そのあと、五時のミサを終えた喪服姿の未亡人たちがぞろぞろ歩いている、若い頃によく通った街路に入り込んだ。歩道を変えたのは彼女たちではなく彼の方だった。こらえ切れなくなって思わずこぼした涙を見られたくなかったのだ。自分では真夜中からこらえていた涙だと思っていた。それとは別の涙で、五十一年九カ月と四日間こらえにこらえてきた涙だった。

彼は時間の感覚を失くしてしまい、気がついたときは自分がどこにいるか分からなかった。目の前にまぶしく輝く大きな窓があった。庭で女中たちとボール遊びをしているアメリカ・ビクーニャの声で現実に引き戻されたが、実際は母親のベッドで横になっていた。その寝室は手をいれずに以前のままにしてあって、時々寂しくて不安になったときはここのベッドで眠るようにしていた。ベッドの前に、メソン・デ・ドン・サンチョから買い取った大きな鏡が据えつけてあり、眼が覚めて中をのぞくと、奥にフェルミーナ・ダーサの姿が映っているのが見えた。その日は土曜日だったので、運転手が寄宿学校にアメリカ・ビクーニャを迎えに行って、家まで連れてくることになっていた。フェルミーナ・ダーサのひどく怒った顔が夢に出てきて寝つけない、そんな夢を見ているうちにいつしか眠り込んでしまったことに気づいた。さて、これからどうしたものだろうと考えながらシャワーを浴び、いちばんいい服をゆっくり着、香水を振り、先のとがった白い口髭にワックスをつけると外に出た。二階の通路から、ボールを投げ上げては優雅に受け止めている制服姿の美しい少女の姿が目に入った。それまでは土曜日毎にその姿に、震えるような喜びを感じたものだが、その朝は心が動かなかった。彼女に車に乗るように言った。その前に《今日はお遊びはやめよう》と言わずもがなのことを言った。彼女をアメリカーナ・アイスクリーム店に連れていった。その時間は平天井に取りつけられた大きな羽根のついた扇風機の下でアイスクリームを食べている子供連れの家族でひしめき合っていた。アメリカ・ビクーニャは巨大なグラスに入った色のちがうアイスクリームが何段にも積み重なっている品を注文した。彼女のお気に入りのその品は一種のオーラのようなものがあって、店でもいちばん人気があった。フロレンティーノ・アリーサはブラックコーヒーを飲みながら、黙って彼女をじっと見つめていた。彼女はグラスの底まで届くひどく長い柄のついたスプーンでアイスクリームを食べていた。彼女をじっと見つめたまま、彼はだしぬけにこう言った。

「結婚することになったんだ」

彼女はスプーンをもったまま疑わしそうに彼の顔をじっと見つめた。すぐに立ち直ってほほえみを浮かべた。

「嘘よ」と言った。「年をとった人は結婚なんてしないもの」

その午後、執拗に雨が降りつづく中、公園で人形劇を見、防波堤のところにある魚のフライの屋台でお昼を食べ、最近やってきたサーカスで檻に入った猛獣を見、アーケードで寄宿学校へもって帰るいろいろなお菓子を買い込み、そのあと晩鐘の鳴る時間に彼女を学校まで送り届けた。その間、彼が愛人ではなくて後見人だということを彼女にも理解させようとして車の屋根を下げて何度も市内を行き来した。日曜日には、学校の友達と一緒にドライブを楽しむようにと車をまわしてやった。会いたいと思わなかった。先週頃から二人の年齢差がひどく気になりはじめたのていた。

だ。その夜、彼はフェルミーナ・ダーサに釈明の手紙を書こうと心に決め、まだあきらめたわけではないと伝えるつもりでいた。しかし、手紙を書くのは翌日まで延ばすことにした。心の中でさまざまな葛藤のあった三週間後の月曜日、雨に濡れそぼって家に帰ると、彼女から手紙が届いていた。

夜の八時になっていた。若い二人の女中はベッドで休んでいたが、廊下の明かりがついていたので、フロレンティーノ・アリーサは何とか寝室にたどり着いた。ダイニング・ルームに味気ないまずい夕食が用意されているのは分かっていた。このところあまり食欲がない食事をしていなかった。手紙のせいで心が騒ぎ、多少あった食欲までが消え失せてしまったのだ。手が震えていたので、寝室の明かりをつけるのに苦労した。雨に濡れた手紙をベッドの上に置くと、ナイトテーブルの明かりをつけ、気持ちを静めるときにいつもするように、いかにも平静なふりをして濡れた上着を脱ぎ、椅子の背もたれにかけた。ヴェストを脱ぐと、丁寧に折りたたんで上着の上に載せ、絹の黒い紐タイをとり、今では誰も使っていないセルロイドのカラーをはずし、息がしやすいようベルトをゆるめ、最後に帽子をとって窓のそばに置いて乾した。突然、手紙をどこに置いたのか思い出せなくなって身体が震えた。ひどく動揺し、手紙をベッドの上に置いたのを忘れてしまい、見つかったときは自分でもびっくりした。手紙を開く前に、自分の名前が書いてあるインクがにじまないように気をつけて、ハンカチでそっと封筒を拭った。そのときふと、この秘密を知っているのは二人ではなく、最低三人いるということに気がついた。ウルビーノの未亡人が、夫の死後三週間もしないうちに自分とはちがう世界に生きている人間に宛てて手紙を書き、しかも通常郵便ではまどろっこしいからと人に託し、その上手渡すのではなく、匿名の手紙のようにドアの下からすべり込ませるように言いつけたのだから、届けるように言われた当人もきっと怪訝に思ったにちがいない。封を切るまでもなかった。雨に濡れたせいで糊がはがれていたのだ。中の手紙は無事だった。手紙は便箋で三枚あり、びっしり文字が書き込まれていた。挨拶の言葉はなかったし、サインは結婚後の名前のイニシアルになっていた。

彼はベッドに腰をかけると、急いでざっと目を通した。内容よりも文章そのものに戸惑いをおぼえた。二枚目の便箋を読みはじめる前に、思った通りののしり言葉を書き連ねた手紙だということが分かった。それを開いたままベッドライトの下に置くと、靴と靴下を脱ぎ、ドアのそばのスイッチを押して、天井の明かりを消した。そして、セーム革製の口髭カバーをつけ、ズボンとワイシャツ姿のままベッドに横になると、本を読むときに背もたれ代わりにしている二つ重ねにした大きな枕の上に頭をのせた。そして手紙にもう一度目を通した。今回は言葉の裏に隠されている意味を見落とさないよう一語一語丁寧に読んでいった。そのあとさらに四回読み返した。おしまいには文章がすっかり頭に入ってしまい、書かれた文字が意味を失いはじめた。最後に、手紙を封筒に戻さず、そのままナイトテーブルの引き出しにしまうと、仰向けのまま首のうしろで手を組んだ。その姿勢で四時間ほど、以前彼女の姿を映したことのある鏡を見つめつづけた。その間、まるで死体のようにまばたきもしなければ、ほとんど息もしなかった。真夜中に台所へ行き、原油のようにドロリとした濃いコーヒーを立てて、魔法瓶に入れると寝室にもち帰った。ナイトテーブルの上にいつも用意してあるホウ酸水の入ったコップに入れ歯を落とし、大理石の彫像のように横たわった姿勢に戻った。時々コーヒーをひと口すするために姿勢を変えることはあったものの、女中が朝の六時にコーヒーの入ったべつの魔法瓶をもってくるまで姿勢を変えなかった。

その時間になると、今後どうことを運べばいいかについて考えがまとまっていた。あの罵詈雑言で傷ついたりしなかったし、フェルミーナ・ダーサの性格を考えれば、もっときついものであってもおかしくない支離滅裂な非難の言葉を正してやろうとか、彼女が怒っている理由もそれほど深刻なものではないと伝えようとも思わなかった。彼にしてみれば、あの手紙のおかげで、返事をする格好の口実ができたというだけでよかったのだ。それどころか、ああいう手紙をもらった以上、返事を書かないわけにはいかなかった。人生が巡りめぐって、ようやく彼の望んでいた地点にたどり着いたのだ。あとはすべて彼の問題だった。それまで五十年以上自分だけの地獄を生きてきたが、この先もまだ数々の厳しい試練が待ち受けているはずだった。ただし、今度こそ最後の試練になるはずだから、以前よりも強い熱意と苦悩、それに愛情でそれらに立ち向かう覚悟ができていた。

フェルミーナ・ダーサの手紙が届いた五日後、彼が事務所に入っていったとたんに、雨の音を思わせるタイプライターの音が突然ぱたっと止んで、あたりが奇妙な静けさに包まれ、その中を自分がふわふわ漂っているような感覚に襲われた。それは平穏な静けさだった。タイプライターの音がふたたび聞こえはじめると、フロレンティーノ・アリーサはレオーナ・カッシアーニの部屋をのぞき、個人用のタイプライターの前に座っている彼女をじっと見つめた。タイプライターは彼女の指の働きでまるで生きもののように動いていた。彼女は誰かに見られていると感じて、明るく、人をぞくりとさせるような笑みを浮かべてドアの方を振り返った。段落の終わりまでタイプライターを叩く手を休めなかった。

「愛しのレオーナ、ひとつ聞きたいことがあるんだ」とフロレンティーノ・アリーサは切り出した。「もし君がその機械で書いたラブ・レターを受け取ったら、どんな風に感じる？」

めったなことで驚かない彼女の顔に、真底驚いたような表情が浮かんだ。

「何ですって？」と彼女は大きな声で言った。「そんなことは一度も考えたことがありませんわ」

事実、そんなことを考えたこともなかったので、彼女としてはそう答えるより仕方がなかった。フロレンティーノ・アリーサもそれまで考えもしなかったのだが、そのときに、ここはひとつ大きな賭けに出てみようと決心した。彼は社員たちにからかわれながら会社のタイプライターを一台家にもち帰った。変わったことがあるとはしゃぐ癖のあるレオーナ・カッシアーニが、《年取ったオウムはいくら仕込んでも、しゃべるようにならないものよ》と言って、自分が家まで行って教えてやると言い張った。しかし、彼はロタリオ・トゥグットからバイオリンを習ったときもそうだったが、正式の方法で学ぶのを嫌がった。ロタリオ・トゥグットは楽譜を見ながらバイオリンを弾くように言った。そのときに何とか弾けるようになるのに最低一年、プロのオーケストラで演奏できるようになるのに五年、うまく弾けるようになるには死ぬまで毎日六時間練習しないとだめだと彼を脅した。しかし、母親に頼んで盲人の使っていたバイオリンを買ってもらい、ロタリオ・トゥグットから教えられた五つの基本原則だけを頼りに、一年もしないうちに大胆にも合唱隊でバイオリンを弾き、貧しい人たちの墓地で弾いたセレナーデを風に乗せてフェルミーナ・ダーサのところまで送ったものだった。二十歳のときにああしてバイオリンのようなむずかしい楽器を弾けるようになったのだから、一本の指でも扱えるタイプライター程度なら、七十六歳になった今でも何とかなるはずだと考えた。

こうして練習をはじめた。キーボードの文字を覚え込むのに三日間、ものを考えながらタイプライターで文章を書けるようになるのに一週間、そしてタイプミスのない最初の手紙を書き上げるのにさらに三日間かかり、その間に何百枚もの紙をくず籠に捨てた。手紙の冒頭に、〈拝啓《セニョーラ》〉と重々しい挨拶の言葉を置き、若い頃に香水をしみ込ませた手紙を書いたときのように、結びに自分のイニシアルをサインして入れた。夫を亡くしたばかりの未亡人に手紙を送る場合に必要不可欠な黒い枠の入った封筒を使い、郵便で送りつけた。ただし、封筒の裏に自分の名前を書き入れなかった。

手紙は便箋で六枚あった。以前の手紙とは似ても似つかないものだった。恋をしはじめたばかりの頃の語調や文体、修辞的な表現はまったく見られず、クチナシの香水の匂いがしたら何ともおかしな感じがするほど筋が通り、よく練られた文章で書かれていた。ある意味でその手紙は、彼がついに書くことのできなかったビジネス・レターにもっとも近いものだった。何年かすると、機械を使って私信を書くのは非礼なことだと言われるようになったが、当時タイプライターはまだ事務所にいる生きもののように思われていて、それを私用に飼い馴らして使うことは礼儀作法に反するとは考えられていなかった。それどころか、むしろ大胆に新しいものに挑戦しているように見なされていた。フェルミーナ・ダーサは少なくともそう考えていた。フロレンティーノ・アリーサに送った二通目の手紙で、彼女は、鉄製のペンよりも進化している文字を書く機械を使うことができず、乱筆ご免くださいと手紙の書き出しで弁解したのだ。

フロレンティーノ・アリーサは、彼女が書いたあのぞっとするような手紙には触れなかった。昔の恋、いや過去のことには一切言及せず、すべてを白紙に戻して、一から以前とちがうやり方で口説こうとした。その手紙は、男女の関係に関する自分の考えと経験をもとにして書いた多岐にわたる人生論のようなもので、以前『恋人たちの手引き』の補遺として書こうと考えたものだった。ただ、今回はそれが昔の恋の記録にならないように文体に工夫を凝らし、老人の回想という重々しいスタイルに変えた。そこに落ち着くまでに以前のスタイルで草稿を沢山書いた。それらは冷静になるととても読めたものではなかったので、火をつけて燃やした。誰もがやるちょっとした不注意や、あるいは昔のことを懐かしんで、下手に筆をすべらせたら、過去の不快な思い出を目覚めさせることになりかねなかった。彼女が思い切って封を開けて読んでくれるまでに百通の手紙が突き返されるかもしれない。それでも書かないよりはましだと考えた。これが最後の戦いになると思い、細部にいたるまでこと細かに作戦を練り上げた。完璧な人生を無事つつがなく送ってきた女性の中に新たな好奇心、新たな秘密、新たな希望を目覚めさせるにはこれまでとちがった方法を用いなければならない。あの階級の人たち特有の偏見を捨てさせる必要があり、そうさせるだけのとんでもない夢を見させる必要があったのだ。彼女はもともとあの階級の人間ではなかったが、今ではあの階級を代表する人物になっていた。恋とは何かを手に入れるための手段ではなく、恩寵の状態にほかならず、それが一にして十であり、目的だということを教えてやらなければならなかった。

すぐに返事がくると期待してはいなかった。彼にしてみれば、送り返されないだけでよかったのだ。それ以後の手紙も送り返されることはなかった。日が経つにつれて、焦燥感がつのりはじめた。手紙が送り返されないまま日が過ぎていくにつれて、ひょっとすると返事が届くのではないかという期待感が高まっていったからだ。指がタイプライターに慣れてくるとともに、手紙を書く回数がふえはじめた。最初は週に一通だったのが、そのうち二通になり、最後には毎日一通ずつ書くようになった。局員が各国の旗を掲げていた頃に比べると、郵便事情が非常によくなったので彼は喜んでいた。毎日同じ人に宛てた手紙をもって郵便局に顔を出さなくてよかったし、誰にしゃべるか分からない人に手紙を託して届けてもらう必要もなかったからだった。今なら社員に頼んで一カ月分ずつ買ってきてもらった切手を貼って、旧市街の三カ所に設置してある郵便ポストのどれかに投函するだけでよかった。間もなくそれらが日々の生活の儀式になった。眠れない夜に手紙を書き、次の日会社へ行く途中で運転手に言って街角にあるポストの前に車を停めてもらい、手紙を投函した。雨の朝に一度だけ投函してもらったことがある。それ以外は自分でポストに入れた。時々、不自然に思われないよう念のために一通ではなく、何通かの手紙を一緒にもっていた。運転手はむろん気づいていなかった。一通以外はすべてフロレンティーノ・アリーサが自分に宛てて送ったもので、中には白紙が入っていた。アメリカ・ビクーニャの両親には月末になると手紙を書き、彼女の素行や精神状態、健康、さらには勉強の進み具合について自分の印象を報告したが、個人的に書く手紙はそれだけだった。

最初の月から手紙に番号をふり、それらの手紙がある種の連続性を備えていることにフェルミーナ・ダーサが気づかないかもしれないと考えて、新聞の連載小説のように冒頭に前の手紙の要約をつけるようにした。また、毎日手紙を書くようになってからは、黒い枠の入った封筒の代わりに横長の白い封筒を使うようになった。そのせいで手紙が私信ではなく商用の手紙のような感じがした。手紙を書きはじめてからは、たったひとつ自分が思いついた今までとはちがうこの方法を用いても、結局は時間のむだだったとはっきり分かるまでは、どんな試練にも耐え抜いて辛抱強く待とうと心に決めた。若い頃のように返事がくるまで悶々として苦しむのではなく、ものを考えはしたが、老人特有の石のような頑なさで返事を待った。さいわい会社の方は順風満帆だったので、仕事の面で苦労することはなかった。それに、いずれフェルミーナ・ダーサは孤独な未亡人暮らしのさみしさに耐え切れなくなって、跳ね橋を降ろして自分を迎え入れてくれるはずだ。そのときになってもまだ自分は元気で、男性としての能力も失われていないにちがいないと確信していた。

　その間もいつもの生活を続けた。色よい返事が返ってくるはずだと予見して、彼女がここで住むようになったら、この家の女主人として暮らせるようにと、買い取ってから二度目の改装をはじめた。また、以前に約束したとおり、プルデンシア・ピトレのところにも時々顔を出した。一人暮らしのさみしさに耐え切れない夜だけでなく、真昼間、ドアを開け放しているときでも、老いさらばえた彼女を愛していると伝えようとして出向いていたのだ。バスルームの明かりが消えるのを待ってアンドレア・バロンの家を訪れることもあった。そのときは、気持ちさえあれば身体の方はついてくる、というそれまで誰からも反論されたことのないもうひとつの迷信に従って規則的に性行為をつづけるために、ベッドで彼女と狂ったように愛し合おうと努めた。

　彼にとって、アメリカ・ビクーニャとの関係が唯一頭痛の種だった。土曜日の朝十時に寄宿学校へ彼女を迎えに行くように運転手に言いつけたが、週末を彼女とどう過ごしていいか分からなかった。彼女のことをかまわなくなったのはそれがはじめてだった。その変わりように彼女はむくれていた。女中たちに頼んで、午後の部の映画や児童公園で催されるコンサート、チャリティー・バザーに連れていってもらったり、学校友達と一緒に日曜日を楽しく過ごせるように手はずを整えたりした。実を言うと、事務所の裏にある秘密の楽園に連れていってからは何かといえばそこへ行きたがるので、何とか気を逸らそうとしたのだ。新たな幻想にひたっていたせいで、彼は三日もあれば女性は成熟した女になるという事実に気づかなかった。三日どころか、彼女がプエルト・パードレから機帆船に乗ってやってきてから、もう三年が経っていた。彼は何とか変化の衝撃をやわらげようとしたが、彼女にとってはあまりにも大きな変化だったし、しかもその理由が呑み込めなかった。アイスクリーム店へ行ったときに、彼はポロリと本音をもらして結婚するつもりだと言った。それを聞いて彼女はショックのあまりパニック状態におちいった。すぐにそんなばかなことはあり得ないと考え直して忘れてしまった。しかし間もなく彼女は、六十歳年上どころか、年下の子供のように訳の分からない言い訳をしている彼を見て、どうやら本気で結婚を考えているらしいと思うようになった。

ある土曜日の午後、フロレンティーノ・アリーサは彼女が彼の寝室でタイプライターを叩いているのに気がついた。タイプライターの授業をとっていたので、手つきはなかなかよかった。機械で用紙の半分以上タイプを打っていた。ところどころ彼女の精神状態をうかがわせるような文章が入っていた。フロレンティーノ・アリーサは肩越しに何を書いているのかと思ってのぞき込んだ。男の体温や切れ切れの息づかい、彼の枕と同じ服の匂いを嗅いで、彼女の心は騒いだ。この町に来た頃はまだほんのねんねだったので、彼は赤ちゃんごっこをして服を一枚ずつ脱がしていった。さあ、この靴はクマさんにあげようね、次にシュミーズはワンちゃんにあげて、花柄のパンティはウサちゃんにあげよう、そしてパパが大切にしている子猫ちゃんにキスしてあげるよ。それが今ではすっかり一人前の女性に成長し、自分からリードしたがるようになった。彼女は右手の指一本でタイプライターを叩きながら、左手で彼の脚に触り、太腿のあたりをまさぐってその部分に触れた。そこが敏感に反応し、大きくなり、身もだえしはじめるのを感じた。老人の息づかいが乱れて激しくなった。彼女は彼を知り尽くしていた。そこまでくれば自制心を失い、理性がどこかへ行ってしまい、思うように扱えるし、行くところまで行かなければ収まりがつかないのだ。通りを歩いているあわれな盲人の手引きをするように、ベッドまで手を引いて導いてやり、悪意のこもったやさしさで彼を料理しはじめた。好みの量の塩と胡椒をふりかけ、ニンニクひとかけ、みじん切りにしたタマネギをまぜ、レモン汁をしぼり、ローレルの葉を一枚加える、大皿で味をなじませている間に、オーブンがいい温度に温まった。家には誰もいなかった。女中たちは外出していたし、改築にかかっているタイル職人と大工は土曜日なので仕事をしていなかった。世界は二人だけのものだった。しかし、恍惚となって深淵に落ちる前に彼は我に返り、彼女の手を払うと上体を起こし、ふるえる声でこう言った。

「うっかりしていたが、スキンがないんだ」

彼女はベッドで仰向けになったまま長い間考え込んでいた。門限の一時間前に寄宿学校に戻ったが、そのときはもう泣く気にもなれなかった。その間、彼女は自分の人生を台なしにした、どこに隠れているか分からないノウサギをつかまえてやろうと、嗅覚を働かせ、爪を研いだ。ところが、フロレンティーノ・アリーサの方はまたしても男ならではの虫のいい思い違いをした。つまり、彼女は自分の思いどおりにならないと分かって、彼のことをすっぱり忘れる気になったのだと考えたのだ。

彼は自分だけの世界に入り込んでいた。フェルミーナ・ダーサから音沙汰のないまま六カ月が過ぎた頃、以前とはちがう不眠の荒涼とした砂漠に迷い込み、明け方までベッドで寝返りをうつようになった。彼女は最初の手紙をふつうの手紙だろうと思って封を切る、そして以前に何度となく目にしたイニシアルが書き込まれているのを見て、破り捨てようともしないでゴミ焼却炉に投げ入れる、そんな風に彼は空想した。そのあとの手紙は封筒を見るだけで、封も切らずに焼却炉に投げ込まれるだろう。そのうち時間が尽きて、連載エッセイ風の手紙を書くことができなくなるのだ。半年間毎日のように手紙が届けば、どんな女性でもいったいどんな色のインクを使って書いているのだろうと好奇心を抱くはずだ。たった一人だけそういう好奇心を起こさない女性がいる、それが彼女だった。フロレンティーノ・アリーサは、年老いた人間の時間は奔流のように流れるのではなく、底の抜けた貯水タンクのようなもので、そこから記憶がどんどん漏れ出してしまうのだと感じていた。ラ・マンガ地区にある彼女の邸宅のまわりを何日もうろつきまわったあと、若い頃のあのやり方では喪に服して閉ざされている門を開けることはできないのだと気づいた。ある朝、電話帳である番号をさがしているときに、偶然彼女の家の電話番号を見つけ、ダイヤルをまわしてみた。何度も電話のベルが鳴り、とうとう《はい、どなたです？》という彼女の生真面目でハスキーな声を聞くことができた。彼は黙って受話器をおろしたが、あの近づきがたい声と自分とを隔てている距離の大きさに気持ちが萎えてしまったのだ。

その頃にレオーナ・カッシアーニは誕生パーティを開いて、彼を含む友人を何人か家に招いた。彼はうっかりしてチキンにかけたソースを服の上にこぼした。彼女はナプキンの先をグラスの水にひたして襟の汚れを拭きとり、それ以上汚さないようナプキンをよだれ掛けがわりに巻いてやったが、そのせいで年老いた赤ん坊のようになった。食事中に涙が出るのか、何度も眼鏡をはずしてレンズを拭いているのに気がついた。デザートの時間にコーヒーカップをもったまま眠り込んでしまったので、起こさないようにそっとカップをとってやった。彼は目を覚ますと、恥ずかしそうに《いや、目が疲れたので休めていただけだよ》と弁解した。その夜、レオーナ・カッシアーニはあの人も急に老い込んでしまったわねと考えながらベッドにもぐり込んだ。

フベナル・ウルビーノの一回忌に大聖堂で追悼ミサを行うことになり、家族のものはあちこちに招待状を送った。その頃はまだフロレンティーノ・アリーサのもとに彼女からの返事が届いていなかった。そのせいもあって彼は、招待状は来ていないが思い切ってミサに出ようと心に決めた。追悼ミサは故人を偲ぶ儀式というよりも仰々しいイベントのようなものだった。最前列の何列かは世襲で、しかも終身使用が認められている信徒席で、背もたれにはその人たちの名前を刻んだ銅製のネームプレートがとりつけてあった。フロレンティーノ・アリーサは、フェルミーナ・ダーサが近くを通ればいやでも目につく場所をとろうと、最初の招待客にまじって大聖堂にもぐり込んだ。最前列の信徒席のうしろにある中央身廊の席がいちばんいいように思えた。すでに大勢の人が詰めかけていて席が見つからず、貧しい親戚の人たちが座っている身廊の席しか空いていなかった。そこに座っていると、フェルミーナ・ダーサが息子に腕をとられて入ってくるのが見えた。手首まである長袖の黒いビロードの服を着ていて、装飾品は一切つけておらず、司教の着ける法衣のように首から足先までボタンがついていた。他の未亡人や未亡人のような服装にあこがれている多くの女性たちはヴェールのついた帽子をかぶっていたが、彼女はカスティーリャ製のレースで作ったスカーフを着けていた。ヴェールで隠していない彼女の顔は雪花石膏《アラバスター》のように輝き、丸くぱっちりした目は中央身廊の巨大なシャンデリアの下で生き生きとした光を放っていた。背筋をぴんと伸ばし、自信にあふれ昂然と歩いている彼女は息子よりも若く見えた。席から立ち上がったフロレンティーノ・アリーサは、彼女と自分を隔てているのはわずか七歩という距離ではない、自分たちはまったくちがう世界に生きているのだと感じて軽いめまいをおぼえ、それがおさまるまですぐ前の信徒席の背もたれに指をついて身体を支えた。

フェルミーナ・ダーサは儀式の間、主祭壇前の家族用の信徒席でずっと立ち続けていたが、オペラを観劇しているときのような優雅な態度を崩さなかった。しかし、儀式が終わったあと、慣例を破るような行動に出た。当時のしきたりに従えば、その場に立ったまま参列者のお悔やみを受けなければならない。彼女はそれこそ自分の生き方にふさわしい行動に出て、参列者の間に割って入ると、一人ひとりに謝辞をのべた。次々にあいさつしていくうちに、貧しい親戚のものが座っている席まできた。彼女は最後に、知り合いでまだあいさつしていない人はいないかと思ってまわりを見回した。そのとき、フロレンティーノ・アリーサは超自然的な風の力で自分自身の外へ放り出されたような気持ちに襲われた。彼女が自分の方を見ていたのだ。フェルミーナ・ダーサはいつものように自信にあふれた態度で取り巻き連のそばから離れて彼の方に手を差し出し、やさしいほほえみを浮かべてこう言った。

「よく来てくださいましたわね」

彼女は手紙を受けとっていただけでなく、興味深く読んでいたのだ。そして、そこには、彼女がこの先生き続けていく上で必要な、真摯で思慮に富んだ言葉が書き連ねてあった。一通目の手紙が届いたとき、彼女は娘と食堂のテーブルで朝食をとっていた。タイプライターで書いてあるのに興味を惹かれて開いてみた。彼のイニシアルがサインしてあるのを見て思わず顔を赤らめた。

すぐに素知らぬ顔をして前掛けのポケットにしまい込んだ。そして、《市役所からの弔辞よ》と説明した。娘はびっくりしたように《あら、もう届いていたんじゃなかったの?》と言った。彼女は動揺したところを見せず、《また別のものなの》と答え返した。娘からうるさく尋ねられるのがいやだったので、あとで燃やすつもりでいたが、少し読んでみたいという誘惑に勝てなかった。あの罵詈雑言を連ねた手紙を出したとたんに反省しはじめていたこともあって、きっとあれへの反論だろうと思っていた。形式ばった書き出しと最初のパラグラフに目を通して、世界の何かが変化したように感じた。ひどく困惑して寝室に閉じこもると、燃やす前に心を落ち着けてもう一度読むことにした。結局息もつかずに三回読み返すことになった。

手紙には人生、愛、老年、死に関する見解がのべられていたが、そのような考えはこれまで何度となく彼女の頭上を夜鳥のように羽ばたきながら通過していった。しかし、つかもうとして手を伸ばすと、羽だけを残して消え失せてしまうのだ。自分の思いが、できれば言葉にしたいと思っていたとおりに単純明快に語られていた。改めて夫のいないことが悔やまれた。生前、日々の出来事を寝物語に話したように、こういったことについても語り合えたのにと考えたのだ。その手紙を通して、若い頃の熱に浮かされたような手紙やこれまで見せてきた陰気な態度からは想像もつかない、明晰な考えをもった未知のフロレンティーノ・アリーサが彼女の前に姿を現した。エスコラスティカ叔母が生きていたら、手紙を読んで精霊から霊感を受けた文章だと言ったにちがいない。そう考えたとたんに、はじめて彼と会ったときのような不安をおぼえた。この手紙には、二度と通夜の日のような非礼な行動はとらない、それどころか過去のことをすべて水に流したいという気高い態度がはっきり現われていると確信して、彼女はほっと胸を撫でおろした。

その後届いた手紙に目を通して、彼女はいっそう安心した。以前にも増して興味をそそられて読み終えると、すべてを焼却した。焼やしているうちに罪の意識に駆られ、それをどうしても振り払うことができなかった。その頃から番号をふった手紙が届きはじめたので、捨てるにしのびないと思っていた彼女にとっては、とっておくのに格好の口実ができた。いずれにしても、当初は自分のためにとっておくのではなく、機会をみてフロレンティーノ・アリーサに返却するつもりでいた。これほど有益なことが書いてある手紙が失われてしまうのはもったいない気がしたのだ。ただ、時間がどんどん過ぎていき、丸一年の間三、四日毎に手紙が一通ずつ届いたので、頭を抱えてしまった。怒っていると思われないように返却するにはどうしていいか分からなかったし、手紙を書いて事情を説明するというのは彼女の誇りが許さなかった。

一年で未亡人としての生活に慣れた。夫の思い出はきれいに浄化されて、日々のちょっとした行為や心に浮かんでくるとりとめのない思いの中に、夫の思い出が顔を出すということもなくなった。夫が自分を見守り、そっと導いてくれているような気がした。時々どうしてもそばにいてほしいと思うことがあるが、そんなときは亡霊ではなく、生身の人間として姿を現した。夫はまだ生きていて、そばにいてくれている、そう考えただけで励まされた。しかも、今では男性特有の気まぐれに悩まされたり、家長として口うるさく言われることもなかったし、場ちがいなところでお決まりの儀礼的なキスをして、愛している証を求めたり、向こうから愛しているよとやさしい言葉をかけてきて、うんざりするような思いをさせられることもなかった。今では生前よりも夫がよく理解できるようになっていた。夫が自分の愛を伝えようと躍起になっていたことや、公的な場で彼女がさも支えであるかのように（結局そうはならなかったのだが）どっしり落ち着いていてほしいと彼が思っていた気持ちがよく理解できた。夫が存命中のある日、彼女は思わずかっとなって《あなたはわたしがどれほど不幸か分かってないのよ》と喚きたてたことがあった。いかにも彼らしく、動じた風もなく眼鏡をはずすと、子供のような目に透明な涙をいっぱいため、彼女の顔をその涙で濡らしながら、重みのある知恵深い言葉をかけた。《立派な夫婦にとって何よりも大切なことは、幸せではなく、安定だということをつねに忘れてはいけないよ》。その言葉を聞いたときは、つまらないことを言って、と思った。未亡人になって一人暮らしをはじめてみると、結婚したおかげで、二人がともに多くの幸せな時間をもてたことに改めて気がついた。

フェルミーナ・ダーサは世界中をあちこち旅行し、目新しいものが見つかると何でも買い込んだ。彼女は子供っぽい衝動に駆られてものをほしがったが、夫は楽しそうにもっともらしい理屈をつけて彼女の後押しをした。それらはもとの世界、ローマやパリ、ロンドン、あるいはチャールストンが騒々しく演奏される中で高層ビルが次々に建設されていたニューヨークのショーウィンドーにあってこそ美しくて実用的なものであり、豚の皮をカリカリに揚げたおやつをかじりながらシュトラウスのワルツを聴き、影に入っても気温が四十度を下らないところで詩のコンクールが行われる土地に持ち込まれたとたんに、生彩を失うのは仕方のないことだった。彼女は旅行に出ると、派手な装飾を施し、鍵と角のところに銅製の金具がついている、ぴかぴかに磨き上げた金属製のとてつもなく大きくて棺のようなトランク六つを縦にして持ち帰った。世界中の最新流行の品の所有者にして女主《おんなあるじ》だったが、それらの価値は金の重みで計るのではなく、地元の社交界のある人がちらっと一瞥をくれるだけでどこかに姿を消した。そのために、他の誰かにちらっと見てもらうために彼女はいろいろなものを買い込んでいたのだ。老いの坂にさしかかるずっと以前から、自分が人から軽薄な人間だと思われていることはよく分かっていた。ウルビーノ博士は、どうせ場所を空けても、すぐまたほかのもので埋め尽くされると分かっていたので、そんなことをしてもむだだよと彼女をからかった。しかし、実のところこれ以上ものを置くにも場所がなかったし、どこを見てもドアノブにかけたシャツや台所の戸棚に詰めこんである冬のヨーロッパを訪れたときに着るコートといった、実用的でないものばかりが目についた。ある朝、彼女は元気よく起き出すと、衣装ダンスを壊し、トランクの中味をぶちまけ、屋根裏部屋を取りこわし、目ざわりな衣服の山や流行しているときに使う機会のなかった帽子、皇后が戴冠式のときに履いたのをヨーロッパの職人が模倣して作った靴などを相手に仮借ない戦いをしかけた。その靴は、黒人の女たちが市場で買って部屋履きとして使っているのと実は同じものだったので、名家の女性たちはばかにして履かなかったのだ。午前中、屋内テラスは足の踏み場もないほど散らかり、家中にナフタリンの鼻を刺す臭いが立ちこめて、息をするのも苦しいほどだった。しかし、その騒ぎも数時間でおさまった。結局彼女は床に投げ捨てられた絹織物や余りものの金襴《ブロケード》、金銀モールの切れ端、シルバー・フォックスの尻尾などがもったいないように思えて、燃やすことができなくなったのだ。

「満足に食事もできない人がいるのに」と彼女は言った。「こうしたものを燃やすなんて罪深いことだわ」

こうしてその日の焼却は延期され、その後も焼却というと決まって延期になった。いろいろな品物は結局置き場所が変わっただけのことで、特権的な場所から不用品をしまう物置に模様変えした古い畜舎に移された。一方、そうして空いた場所は、夫の予言どおり、つかの間人目に触れただけで、あとは焼却されるまで戸棚の奥で眠る運命にあるさまざまな品で埋め尽くされ、ついにはあふれだすようになった。《何の役にも立たないけど、捨てるわけにもいかないものを、どう処分するか考えなくてはいけないわね》とよく言ったものだった。事実、そうした品々が生活空間に侵入し、人間を押しのけ、追いつめていき、そのすさまじい勢いに恐れをなしたフェルミーナ・ダーサは、品物を人目につかないところにしまい込んだ。彼女は自分で思っているほど整理整頓が上手ではなかった。そう見えるようにいかにも彼女らしい荒っぽいやり方、散らかっているものを隠すというやり方をしていたにすぎなかった。フベナル・ウルビーノが亡くなった日、通夜をする場所を空けるために、書斎の半分を片付け、そこにあったものを寝室に運び込んだ。

死がこの家を通り過ぎていったおかげで、難問の解決法が見つかった。フェルミーナ・ダーサは夫の衣服を燃やしたとき、手が震えなかったことに気がついた。これなら出来ると考えて、一定期間をおいてたき火をし、そこに新しいものも古いものもお構いなく投げ入れた。裕福な人たちはそれを見てうらやましく思い、食べるのにも困っている貧しい人たちは腹立たしい思いを抱いていた。彼女はまったく頓着しなかった。さらに、あの不幸な事件の記憶を消し去るためにマンゴーの木を根元から切るように言い、オウムは生きたまま新しくできた市の博物館に寄贈した。こうしてはじめて、広くて住み心地のいい、ようやく自分のものになった家で、それまで夢見てきたようにのんびり暮らすことができた。

娘のオフェリアは三カ月間彼女に付き添い、そのあとニューオリンズに帰って行った。息子は日曜日毎に家族連れでやってきて、一緒に昼食をとったし、平日も時間があると顔を出した。フェルミーナ・ダーサが親しく付き合っていた女友達も、喪があけると遊びにやってきた。何も植わっていない中庭の前で一緒にカード遊びをしたり、新しい料理に挑戦したり、彼女が顔を出さなくなってからも変わりなく変化しつづけている、飽くことを知らない世界の秘められた生活に関する情報も入ってきた。中でも、貴族階級に属している昔風の女性ルクレシア・デル・レアル・デル・オビスポとは以前から仲良くしていた。フベナル・ウルビーノが亡くなってからはいっそう親密の度合いを増した。ルクレシア・デル・レアルは関節炎で身体が硬直していて、不摂生をしたのが祟ったのね、とこぼしていた。その彼女がしょっちゅう顔を見せては、市で立案されている公的な計画や一般市民の企画などを話題にして相談をもちかけた。おかげで、自分を守ってくれていた夫の力によってでなく、自分自身が社会に役立っているのだという実感を得ることができた。同時に、そのときほど自分が夫と一体化していると感じたことはなかった。これまでずっと呼ばれてきた独身時代の名前が消えて、ウルビーノの未亡人と呼ばれるようになったからだった。

信じられないことに、夫の一回忌が近づいてくるにつれて、フェルミーナ・ダーサは静かで心地よい、影の世界に入っていくような気持ちにとらえられた。その数カ月間、フロレンティーノ・アリーサが手紙に書いて送ってきた思慮に富んだ言葉のおかげでどれほど大きな安らぎを得ることができたかということに気づかなかった。彼の言葉を自分の体験に照らし合わせてはじめて、彼女は自分自身の人生を理解し、安らかな気持ちで老後の人生設計を思い描くことができた。追悼ミサで彼に出会えたというのは神の配慮によってもたらされたこの上ないチャンスであり、その機を利用して彼女はフロレンティーノ・アリーサに、自分もまた励ましの手紙のおかげで過去を忘れる心構えができたと伝えることができた。

二日後に、それまでとはちがう手紙が届いた。リネン紙に手書きで書かれた手紙が入っていて、封筒の裏には差出人の名前がフルネームではっきり書いてあった。昔もらったのと同じ飾り文字で、叙情的な文章になっていた。大聖堂で丁重なあいさつをしてもらったことへの謝意が簡潔にのべられていた。その手紙を読んだあと二、三日は昔のことを思い出して心が騒いだが、べつにやましいとは思わなかったので、ルクレシア・デル・レアル・デル・オビスポをつかまえて、さりげなく川船の会社を経営しているフロレンティーノ・アリーサってどんな人か知らない、と尋ねた。ルクレシアは、知っているわよと言って、《さまよえる夢魔って感じの人ね》と答えた。彼女は、あの人ならいい相手がいくらでも見つかるのに女性を知らない、しかも夜、桟橋をうろついて男の子を見つけると秘密の事務所に連れ込んでいるとうわさされている、とくり返し言った。フェルミーナ・ダーサはそうしたうわさのことは前々から知っていたが、信じもしなかったし、気にも留めなかった。ただ、ルクレシア・デル・レアル・デル・オビスポがさも自信ありげにくり返しその話をするのを聞いているうちに、そう話す当の彼女もまた一時期妙な趣味があるとうわさされていたのを思い出して、ここはことをはっきりさせておくべきだという止むに止まれない気持ちに襲われた。実はフロレンティーノ・アリーサのことは自分が幼かったころから知っているのだと打ち明けた。また、彼の母親はラス・ベンターナス街で小間物屋をしていて、内戦のときには古いシャツやシーツを買い取り、それを使って包帯を作って売っていたという話をした。そのあと、確信をもってこう結んだ。《彼は人格的にも立派だし、よく出来た人よ》。ルクレシアは彼女の勢いに押されて、前言をひっこめた。《そう言えば、わたしもいろいろなうわさを立てられているものね》。フェルミーナ・ダーサは、べつに不思議だとも思わず、自分の人生において影のような存在でしかなかった男性を懸命になって弁護した。その後も彼のことを考えつづけた。とりわけ届いた郵便物の中に彼からの手紙が入っていないときがそうだった。音信のないまま二週間が過ぎたある日、下働きをしている若い女の子がシエスタをしている彼女を起こし、びっくりしたようにこうささやいた。

「奥様。ドン・フロレンティーノが来ておられますが」

彼はそこに来ていた。フェルミーナ・ダーサはパニックにおちいった。まず考えたのは、今日はだめです、日を改めてもっといい時間に来ていただかないと、今はお客様を迎えるような気分でもないし、話すこともありませんので、と伝えさせようと思った。すぐに気を取り直して、あの方を居間にお通しして、お客様を迎えられるよう身づくろいをする間、コーヒーを出してちょうだい、と言いつけた。フロレンティーノ・アリーサは午後三時の強い陽射しにじりじり焼かれながら通りに面したドアの前に立っていた。断られてもいいという心構えができていた。それらしい口実をつけて追い返されるだろうが、その覚悟ができていたので、動揺することはなかった。中に入るように言われて、彼は震え上がった。涼しい居間に入った。奇蹟のようなその出来事について考える余裕はなかった。突然下腹が張って痛み出したのだ。息が苦しくなって椅子に座り込んだとき、ラブ・レターを渡すときに鳥の糞がその上に落ちてきたいまわしい思い出がよみがえってきた。最初の悪寒がおさまるまでの間、薄暗い部屋の中でじっと動かずにいた。どんな苦しみにも耐える覚悟を決めてはいたが、これではあまりにもひどすぎると思った。

自分の身体のことはよく分かっていた。もともと便秘症の彼は、長い人生の中で三度か四度、腹具合が悪くなって二進《にっち》も三進《さっち》も行かなくなったことがあり、その三、四回の経験から、そうなればもう白旗を揚げるしかないと分かっていた。ほかにも何度か同じように切迫した状況に追い込まれたことがあり、それらの経験から、ふだん冗談めかしてよく口にする《神の存在は信じていないが、神はやはり恐ろしい》という言葉のもつ重みを改めて噛みしめることになった。神の存在を疑っている余裕などなかった。覚えているお祈りがあれば、何でもいいから唱えてみようと思ったが、何も浮かんでこなかった。子供の頃、遊び友達の一人がパチンコで狙った小鳥を落とす呪文を教えてくれた。《当たれ、当たれ、当たらなくてもうらみっこなし》。新品のパチンコをもってはじめて山に入ったときに、その呪文を唱えて、みごとに小鳥を撃ち落としたのを思い出した。ひどく戸惑い、混乱した状態で、それと今回のことがひょっとすると何か関連があるかもしれないと考えて、お祈りを唱えるように心をこめて呪文をくり返した。効果は現われなかった。腸がまるでスプリングのバネのようによじれ、耐え切れなくなって椅子から立ち上がった。お腹の中をガスがまわり、痛みがだんだんひどくなってきたので、思わずうめき声を洩らした。全身から冷たい汗がふき出した。コーヒーを運んできた女中が死人のような彼の顔を見て、びっくりした。彼は《暑さのせいなんです》と溜息をつきながら言った。女中は彼の気持ちを推し量って窓を開けた。午後の陽射しがまともに彼の顔にあたったので、もう一度窓を閉めた。もうこれ以上は耐えられないと思ったときに、フェルミーナ・ダーサが現われた。部屋の中が薄暗かったので、その姿はほとんど見えなかった。彼女も彼のただならない様子を見てびっくりした。

「上着をお脱ぎになって下さい」と彼女は言った。

　腸がよじれ、ひどい苦しみを味わっていたが、それよりもお腹がごろごろ鳴っているのを聞かれるほうが辛かった。なんとかその苦しい一瞬をやり過ごすと、いや、お構いなく、いつお会いできるか、それを聞きたくて立ち寄っただけですので、と言った。彼女はその場に立ったまま怪訝そうな顔をして、《もう会いに来ておられるじゃありませんか》と言った。そして、あちらの方が涼しいですからと、中庭に面したテラスに誘った。彼は蚊の鳴くような声で誘いを断った。彼女にはまるで悲しみのあまりささやいているようにしか聞こえなかった。

「明日にしていただけると、ありがたいのですが」と彼は言った。

彼女は、明日は木曜日で、ルクレシア・デル・レアル・デル・オビスポがいつも遊びに来る日だということを思い出して、有無を言わさずこう言った。《それでは、明後日の五時にしましょう》。フロレンティーノ・アリーサは礼を言うと、帽子を手に持ち大急ぎで別れを告げると、コーヒーに口もつけず立ち去った。彼女は何がどうなっているのか理解できないまま居間の真中に呆然と立ち尽くし、車のエンジン音が通りの向こうに消えていくのを聞いていた。車の後部座席に乗り込んだフロレンティーノ・アリーサはできるだけ楽な姿勢をとり、目を閉じ、全身の力を抜いてあとは運を天にまかせた。まるでもう一度生まれ変わったような気持ちになっていた。長年彼に仕えてきて、何ごとにも驚かなくなっていた運転手は、表情ひとつ変えなかった。しかし、家の玄関に着いて車のドアを開けるときに、こう言った。

「大丈夫ですか、ドン・フローロ、まるでコレラ患者のような顔をしておられますよ」

あれは一種の持病だったのだ。二日後フロレンティーノ・アリーサは女中に導かれて家の薄暗い居間を通り、中庭のテラスに向かいながら、金曜日の午後五時ちょうどでよかったと神に感謝した。フェルミーナ・ダーサは中庭の二人掛け用の小さなテーブルの前に座っていた。お茶、チョコレート、それともコーヒーになさいますかと彼女が尋ねた。彼は火傷するほど熱くて濃いコーヒーを頼み、彼女は女中に《わたしはいつものをいただくわ》と言った。《いつもの》というのは東洋のお茶を何種類かブレンドした濃いお茶で、シエスタのあと目覚しに飲んでいるものだった。彼女はティーポットのお茶を飲み干し、彼はコーヒーポットを空にした。その間にいろいろな話をしたが、本当に興味ある話題ではなく、二人がともに触れたくないと思っている話題を避けるためにおしゃべりをしているに過ぎなかったので、話は途切れがちになった。家はまだ物故した博士の名義になっていたし、墓地に飾る花の匂いが家中にたちこめていた。そんな屋敷のチェッカーボードのようなテラスに座った二人にとって青春時代はあまりにも遠すぎたので、何を話していいか分からず、当惑し、おびえていた。こんなに近い距離で向き合い、ゆっくり落ち着いてお互いの顔を見つめ合うのはこの半世紀間に一度もなかった。お互い目の前にいるのは、つかの間の過去の思い出を別にすれば、何ひとつ共有するものを持たない、死を間近にひかえた老人であり、今の二人にとって若い頃の自分たちは孫といってもおかしくない年頃の人間だった。この人はようやく自分の夢がかなわぬ夢だと悟ったのねと彼女は考え、そのことで先の非礼な行動を許してもいいような気持ちになった。

気まずい沈黙が続いたり、不愉快な話題に踏み込んだりしないように、彼女は川船について分かりきったことを尋ねた。彼が船会社の社長をしているのに、ずっと以前に一度しか船旅をしたことがなく、しかもそれが仕事と関わりのないものだと知って、まさかと思った。なぜ船旅をしたのか、彼女はその理由を知らなかったが、もし尋ねられたら彼は喜んで何もかも話したことだろう。彼女も川船に乗ったことがなかった。夫はアンデス地方の空気を嫌っていて、それをごまかすために高地は心臓によくないとか、肺炎にかかるかもしれないとか、あそこの人間はどうも信用ならない、あるいは中央集権制というのは不公平だ、などともっともらしい理屈をつけていた。夫妻は世界の半分ばかりを旅行で回ったが、自国のことは知らなかった。今ではユンカース水上飛行機があり、それが乗組員二人と乗客六人、それに郵便袋を積んで、マグダレーナ盆地の町々をアルミ製のバッタのように飛びまわっていた。フロレンティーノ・アリーサは、《あれは空飛ぶ棺桶のようなものですね》と言った。彼女は軽気球による最初の飛行に加わったが、べつに怖いとは思わなかった。しかし、自分があのような危険なことをしたというのが、今では信じられなかった。《あの頃とはちがうんですね》と言った。彼女としては、変わったのは飛行の方法ではなく、自分自身なのだと言いたかったのだ。

時々飛行機の爆音にびっくりさせられた。解放者シモン・ボリーバルの死後百年祭だというので、飛行機がひどく低いところでアクロバット飛行をしていたのだ。そのうちの巨大なクロコンドルを思わせる真黒な機体の一機が、ラ・マンガ地区の家々の屋根をかすめて飛んだときに、近くの木に翼がぶつかり、電線にひっかかった。そうなってもまだフェルミーナ・ダーサは飛行機が飛んでいるとは思っていなかった。近年マンサニーリョ湾では、警察のランチが小さな漁船や年々増えつつあるレジャー・ボートを追い払った隙に水上飛行機が着水するようになっていたが、好奇心に駆られて見に行くこともなかった。チャールズ・リンドバーグ*が親善飛行でやってきたときに、彼女は高齢者だったこともあってバラの花束を手渡す役をひき受けさせられた。そのときも、しわだらけのブリキ板でできていて、しかも二人の整備士がうしろから押してやらないと飛び立つことのできないあのような機械が、ハンサムで背が高く、金髪の男性を乗せてどうやって離陸できるのか理解できなかった。それよりも少し大きいだけの飛行機が八人もの人間を乗せて飛ぶというのも、やはり彼女の理解を越えていた。それにひきかえ、川船の方は海の船のように大きく揺れることはない、ただ、砂洲があったり、盗賊に襲われるという、より深刻な問題があると聞かされていた。

フロレンティーノ・アリーサは、それは昔の話ですよ、今の船にはダンス・ホールもありますし、船室はホテルのように豪華で広々としていて、各船室にトイレと扇風機がついています、それに先の内戦以後、武装集団に襲われるということもなくなりましたと説明した。企業戦争で勝利を収めたこともあり、誇らしげな顔をして、さらに続けた。こうした進歩はすべて自分が押し進めてきた船舶事業の自由化のおかげで、これが競争原理を刺激したのです。以前は一社が独占していたのですが、現在は三社が競い合って、ともに成功しています。ただ、航空会社が急速に伸びてきているのが、われわれにとって大きな脅威です。彼女はそう語った彼を元気づけようとして言った。自然に反するあのような乗り物に乗る頭のおかしな人はそうそういませんわ、ですから船がなくなるなんてことは決してありません。最後に、フロレンティーノ・アリーサは郵便事業をとり上げて、最近は郵便物の輸送と配達がとてもよくなりましたねと言い、手紙の話に話題をもっていこうとしたが、彼女は乗ってこなかった。

しかし、しばらくすると自然にチャンスが訪れた。まったくべつの話をしているところへ、女中がやってきて先ほど届いたという一通の手紙を手渡した。それは近年電報配達のシステムを使って届けるようになった、市街地特別郵便で配達されたものだった。彼女は眼鏡をさがしたが、いつものように見つからなかった。フロレンティーノ・アリーサは平然とした態度を崩さなかった。

「読む必要はありませんよ」と彼は言った。「その手紙はわたしが送ったものですから」

そのとおりだった。前々日、この家を訪問した際にやらかした大失態を恥じて、ひどく落ち込んでいるときに書いた手紙だった。その中で彼は、前もって許しも乞わず突然訪れた非礼を詫び、二度とそちらの敷居をまたぐことはありませんと書いた。深く考えもせずポストに投函してしまい、あとでしまったと思ったときはもう手遅れだった。しかし彼はくだくだしい説明はいらないだろうと考えて、フェルミーナ・ダーサに手紙を読まないでほしいと頼んだ。

「もちろんですわ」と彼女は言った。「手紙というのは書いた方のものですものね」

彼は思い切ってさらに一歩踏み込んで言った。

「そうなんです。ですから、読み終えたら返却すべきでしょうね」

彼女はその言葉を聞き流して、彼に手紙を渡しながら《読ませていただけないのが残念ですわ、これまでの手紙はとても勉強になったんですのよ》と言った。期待をはるかに越えたうれしい言葉をさらりと口にしたのを聞いて、彼は思わず深く息を吸った。《いや、うれしいお言葉ですね》。しかし、彼女が話題を変えたので、手紙の話に引き戻すことができなかった。

六時を過ぎて、家の明かりがともされる頃に、彼は別れを告げた。以前よりも自信をもつことができたが、甘い期待を抱くのは禁物だった。二十歳の頃のフェルミーナ・ダーサの気まぐれな性格や予測のつかない反応をまだ忘れてはいなかった。彼女がその頃とはちがった人間になったと考える理由は見当たらなかった。だから彼は、誠心誠意へり下った態度で、また寄せていただいてもよろしいでしょうかと尋ねたのだが、その返事にまたしてもびっくりさせられた。

「いつでもお越し下さい」と彼女は言った。「たいてい一人でいますから」

四日後の火曜日に、前もって連絡せずにふたたび彼女のもとを訪れた。彼女はお茶が出るのも待ちきれない様子で、彼の手紙がどれほど心の支えになったかと説明しはじめた。彼は、厳密に言えば、あれは手紙ではなく、書きたいと思っていた本からの抜粋なんですと説明した。そうじゃないかと思っていましたわ、ですからもっといい形で使えるようお返しした方がいいかなと思ったんですけど、失礼にあたらないように返すにはどうしたらいいか分からなかったんですと言った。さらに続けて、苦しいときもあったんですが、あの手紙に支えられて助かりましたと言った。彼女が感謝と愛情をこめ、熱っぽくそう言ったので、フロレンティーノ・アリーサは一歩前に進むどころか、死の跳躍を試みた。

「以前はもっと親しみのこもった文章でしたけどね」と彼は言った。

以前というのは禁句だった。彼女は過去のぞっとするような天使が通り過ぎるのを感じ、その話題を避けようとした。しかし彼はひるむことなくさらに一歩踏み込んだ。《つまり、以前わたしたちが取り交わした手紙のことです》。彼女は不快感をおぼえたが、懸命になって顔に出さないようにした。しかし彼は気がつき、ここから先は慎重に行かなければと考えた。もっともそこでヘマをやらかしたおかげで、年をとってピリピリしたところはなくなったが、彼女の短気な性格が今も変わっていないことはすぐに見てとれた。

「つまり」と彼は説明した。「今の手紙は以前のものとはちがうということなんです」

「何もかも変わってしまいましたものね」と彼女が言った。

「わたしは変わっていませんよ」と彼は言った。「あなたはいかがです？」

彼女は二杯目のお茶が入ったティーカップをもったまま途中で手を止めると、苛酷な歳月を生き抜いてきた女性ならではの厳しくとがめるような目で睨みつけた。

「先日七十二歳になったんですの」と彼女は言った。「ですから、そういうことはもう考えもしませんわ」

フロレンティーノ・アリーサは心臓をひと突きされたように思った。できればすばやく的確な言葉を返したかったのだが、年齢が重くのしかかってきて、うまく答え返すことができなかった。短い会話でこれほど疲れた経験は今までになかった。心臓が痛くなり、鼓動が血管の中で金属のような音を立てていた。急に自分がみじめで役立たずの老人になったように思え、泣きたいような気持ちになって、口がきけなかった。いやな予感に満ちた沈黙の中で、二人は二杯目のお茶を飲み干した。そのとき、彼女が沈黙を破り、女中に手紙をしまってあるフォルダーをもってくるように言った。彼はもう少しで、カーボン紙で写しをとってありますから、その手紙はとっておいて下さいと言いかけた。用心して写しまでとっているのかと思われるのがいやだったので、何も言わなかった。そこで別れを告げる前に、次の火曜日の同じ時間にまたおうかがいしてもよろしいでしょうかと探りを入れた。彼女はそこまで相手の言いなりになっていいのだろうかと迷った。

「そんな風に何度もお出でになっても意味がないんじゃありませんこと」と言った。

「意味がないとは思えませんが」と彼は言った。

こうして次の火曜日の五時にまたしてもあの家を訪れた。その後は毎週火曜日になると、前もって連絡を入れずに訪れるようになった。二カ月目が終わる頃には、毎週の訪問が二人にとって一種の慣例になっていた。フロレンティーノ・アリーサはお茶受けにとイギリス製のクッキーやマロン・グラッセ、ギリシア産のオリーブの実、大西洋横断航路の船が常備してサロンで食べるという小さなお菓子をもっていった。ある火曜日、彼は半世紀以上も前にベルギー人の写真家が撮った彼女とイルデブランダの肖像写真の複製をもっていった。それは〈代書人のアーケード〉で催された絵はがきの競売会で十五センティモで手に入れたものだった。それはどういう経路をたどってそれが売りに出されたのかまったく理解できなかった。フェルミーナ・ダーサも同じだったが、絵はがきが自分の手に入ったことを愛の奇蹟と考えていた。ある朝フロレンティーノ・アリーサは、庭でバラの剪定をしているときに、ふと思いついて次の訪問の際にバラの花をもっていくことにした。相手が最近夫を亡くした未亡人だけに、花言葉が問題だった。赤いバラは燃えるような情熱を象徴しているので、喪に服している女性に届けたりすれば失礼にあたる、黄色いバラは幸運の花と言われることもあるが、一般には嫉妬を表わしている。以前、トルコの黒いバラの話を耳にしたことがあった。それがいちばんふさわしい。しかし、気候が合わないので、家の中庭で栽培することができなかった。あれこれ迷った末に、思い切って白いバラをもっていくことにした。これといった花言葉のない、面白味のない沈黙のバラで、彼はあまり好きでなかったが、ほかにしようがなかった。結局、フェルミーナ・ダーサが勘繰って何らかの意味を読みとってくれるかも知れないと思い、トゲを切り落とした。

彼女はバラの花を贈り物として素直に受けとってくれたので、火曜日のお決まりの訪問が以前よりもずっと実りあるものになった。そのせいで彼が白いバラをもっていくと、前もってティー・テーブルの中央に水の入った花瓶が用意されているようになった。ある火曜日、彼はバラを活けるときに、さりげなくこう言った。

「わたしたちの若い頃はバラではなく、クチナシをもっていったものですね」
「そうですね」と彼女が言った。「でも、あなたも御存知のようにその意味がちがっていましたわ」

いつもそうだった。彼が一歩踏み出そうとすると、彼女が行く手を遮るのだ。しかし今回は、すかさず返事をかえしてきた。顔が赤くなったのを悟られまいとして横を向いたのに気づいて、フロレンティーノ・アリーサは狙いが当たったことに気がついた。若い頃のように顔が真っ赤になった。自分の意思でそれをコントロールできなかったせいで彼女はひどく苛立った。フロレンティーノ・アリーサは用心してもっとあたりさわりのない話題へ話をもっていった。その気遣いがあまりにも見え透いていたので、彼女は気づかれたと知り、いっそう怒りをつのらせた。何とも気まずい火曜日だった。彼女はもう少しで二度とこの家の敷居をまたがないで下さいと言いそうになった。年も年だし、お互いに立場もあるというのに、若い恋人同士みたいにむくれるのはおかしいと思い、ばかばかしくて吹き出しそうになった。次の火曜日、フロレンティーノ・アリーサが花瓶にバラを活けているときに、彼女は自分の心の中をのぞき込み、先週の怒りが跡形もなく消えているのに気づいてほっとした。

しばらくすると、ウルビーノ・ダーサ博士夫妻が近くを通りかかったような顔をして、時々姿を見せてはカード遊びをするようになった。家族がそうして集まったところに彼が訪れると、何となく気まずい雰囲気になった。フロレンティーノ・アリーサはカード・ゲームの仕方を知らなかったので、フェルミーナ・ダーサが教えてやった。そして、二人の連名で次の火曜日に勝負をしませんかとウルビーノ・ダーサ夫妻に挑戦状を送った。実に楽しい集まりになった。すぐに彼の訪問は正式に認められ、カードをするときはそれぞれが何かを持ち寄ることになった。ウルビーノ・ダーサ博士と妻はケーキ作りにかけては右に出るものがいなかった。夫妻は毎回ちがう独創的なケーキを作り、フロレンティーノ・アリーサはヨーロッパから来る船で見つけた珍しいお菓子を持参し、フェルミーナ・ダーサは毎回知恵を絞ってみんながびっくりするようなものを用意した。トーナメントは毎月第三火曜日に行われた。お金は賭けなかった。賭けに負けた場合は次回に何か特別なものをもってくる決まりになっていた。

ウルビーノ・ダーサ博士は世評どおりの人だった。医者としては二流で、態度に落ち着きがなく、うれしいことや腹立たしいことがあるとすぐ表情に出る上に、何でもないことで顔を赤らめるので、精神的に脆いところがあるのではないかと思われた。フロレンティーノ・アリーサはひょっとして人から《あれは好人物だ》と言われているのではないだろうかと心配していたが、やはりそのとおりの人物だった。一方、彼の妻は頭の回転が早く、庶民的なウィットに富み、言うことがいちいち的を射ていた。そのせいで優雅さに人間味が加わっていた。カード遊びの相手としては最高のカップルで、愛に飢えていたフロレンティーノ・アリーサは家族の一員になったような気持ちになって、この上もなく満ち足りた気持ちになった。

ある夜、一緒に帰ることになったときに、ウルビーノ・ダーサ博士が彼を昼食に誘い、《明日の十二時半ちょうどに、〈社交クラブ〉に来ていただけませんか》と言った。そこでは身体によくないワインとともにすばらしい料理が給仕された。いろいろとうるさい〈社交クラブ〉入会条件の中でも、重要な条件のひとつが、庶子でないこと、というものだった。この条件のせいで叔父のレオ十二世はひどく不愉快な思いをさせられたし、フロレンティーノ・アリーサ自身も、会社の共同経営者のひとりに招待されて、〈社交クラブ〉ですでにテーブルについていたのに、出ていくように言われ、大恥をかかされたことがあった。その共同経営者はフロレンティーノ・アリーサのおかげで河川海運事業がおちいっていた難局を切り抜けることができたので、お礼の意味で連れていったのだが、別のところで食事をするより仕方なかった。

「われわれが規約を作ったんだから、それを守る義務があるんだよ」と共同経営者は言った。

そういうことがあったにもかかわらず、フロレンティーノ・アリーサは危険をおかしてウルビーノ・ダーサ博士と一緒に入っていった。特別丁重に迎えられたが、著名な招待客が記名する金の名簿にサインするようには言われなかった。二人きりでとる昼食は長く続かず、穏やかに会話が進んだ。前日の午後、明日昼食を一緒にと誘われてから、フロレンティーノ・アリーサは不安な思いを抱いていた。食前酒《アペリティフ》のポートワインを飲む頃にはその不安は消えていた。ウルビーノ・ダーサ博士は母親を話題にした。話を聞いているうちに、彼女が息子に自分の話をしていることが分かった。しかも驚いたことに、嘘までついて自分のことをいいように言ってくれていたのだ。わたしたちは幼い頃からの友達で、サン・フアン・デ・ラ・シエナガからこの町にやってきたときから一緒に遊んでいたし、読書の手引きをしてくれたのもあの人なの、だから昔からあの人にはお世話になっているのよと息子に話していた。さらに彼女は、学校帰りにトランシト・アリーサの小間物屋に立ち寄り、そこで何時間も美しい刺繡をして過ごしたけれど、あの人は刺繡の先生として有名だったの、その後フロレンティーノ・アリーサとはあまり顔を合わすことがなくなったけれど、喧嘩別れしたからではなくて、お互い別々の人生を歩むことになったからなのよと説明していたのだ。

本題に入る前に、ウルビーノ・ダーサ博士は老年に関する私見をのべた。老人が足手まといにならなければ、世界はもっと急速に進歩するはずだと考えている彼はこう言った。《人類は、戦場にいる部隊と同じで、もっとも足の遅いものに歩調を合わせて進んでいるんです》。彼の思い描いている未来社会は今よりも人間的であり、それゆえに文明化している。人々は自分の身のまわりの世話ができなくなると、周辺の町に隔離されて、老いがもたらす恥辱や苦しみ、ぞっとするような孤独を避けることになるだろうというのだ。彼によれば、医学的には、六十歳が分岐点になるとのことだった。慈善がそこまで進むまでは老人ホームに頼らざるを得ないでしょうね。当然、世代の違いによる諍いもあるでしょうが、それを乗り越えて、互いに励まし合い、好悪、悪習、悲しみを分かち合うことになるでしょう。そして、《年をとると、同じような人たちと一緒にいるほうが、年齢を感じないものなのです》と結んだ。ウルビーノ・ダーサ博士は、未亡人になって寂しい毎日を送っている母の良き話し相手になってくれていることをフロレンティーノ・アリーサに感謝し、あなた方二人にとってもいいことですし、周囲の誰もが喜んでいるので、今度ともどうかよろしくお願いします、ただ母は年なものですから、気分が変わりやすいので、その点は辛抱してお付き合い下さいと言った。フロレンティーノ・アリーサは彼と二人で話をしてよかったと思った。《ご安心下さい》と彼は言った。《わたしはお母様よりも四歳年上ですが、これは今だけでなく、あなたがお生まれになるよりもずっと以前から変わっていませんので》。そのあと、ふと皮肉をこめて当てこすりを言いたくなった。

「将来、あなたのおっしゃるような社会になり」と彼は言った。「お墓参りをされることがあれば、お昼ご飯の代わりにオランダカイウ[*]をお母様とわたしのためにお持ちいただけるといいのですが」

ウルビーノ・ダーサ博士はそう言われるまで、自分が未来社会の話をしたときに不適切な表現を用いたことに気づいていなかった。そうと分かってあわてて弁解しはじめたが、泥沼に入り込んで、抜け出せなくなった。フロレンティーノ・アリーサはそんな彼を泥沼から救い出してやった。避けるわけにはいかない社会的なしきたりに従って、ウルビーノ・ダーサ博士ともう一度こんな風にして会い、お母様を妻として迎えたいと申し込むときがくると分かっていたので、彼は輝くばかりに明るい顔をしていた。昼食会そのものも楽しかった。それだけでなく自分が正式に結婚を申し込めば、あっさり受け入れてもらえるし、喜んでもらえると分かったので、大いに力づけられた。フェルミーナ・ダーサの同意を取りつけるとしたら、この次に会うときがいちばんいいように思われた。それどころか、今回の歴史的な会見でいろいろと話をしたので、形式ばった申し込みは必要ないようにさえ思われた。

フロレンティーノ・アリーサは若い頃から、階段の登り降りにはとくに注意を払っていた。最初の何でもない転倒から老いがはじまり、二度目の転倒とともに死が訪れるとずっと思い続けてきたのだ。事務所の階段は急な上に幅が狭かったので、どこよりも危険に思われた。足を引きずらないよう心がけて歩くようになるずっと以前から、階段の段をしっかり見つめ、両手で手すりにつかまって階段を登っていた。もっと安全な階段に取り替えたらどうですと何度も言われたが、そうすると自分の老いを認めたことになるような気がして、来月そうしようと言って、ずっと引き延ばしてきた。年をとるにつれて、階段を登るのに時間がかかるようになった。弁解がましく言っていたように、登るのが辛くなったからではなく、以前にもまして用心するようになったせいだった。ウルビーノ・ダーサ博士と昼食をとったとき、アペリティフとしてポートワインを、また食事中に赤ワインをグラスに半分飲んだし、会話も弾んだ。そのあと事務所に戻り、若い頃のようにダンスのステップを踏みながら階段の三段目に足をかけようとしたときに、左の足首をひねり、仰向けざまに倒れた。それで死ななかったのは奇蹟としか言いようがなかった。倒れる瞬間も意識ははっきりしていて、こんなことで死ぬわけがない、たった一人の女性を長い間愛しつづけた二人の男が、一年と間をおかずに同じような死に方をするというようなことは、人生の摂理から考えてもあり得ない、そう考えるだけの余裕があった。たしかに彼の思ったとおりだった。彼は足首からふくらはぎまで石膏《ギプス》をつけられ、ベッドで安静にするように言われた。気分の方は転倒する前よりも高揚していた。医者から六十日間安静にしているように言われたときは、自分がそのような不幸な目にあったとは信じられなかった。

「それはないですよ、先生」と彼は訴えるように言った。「わたしにとって二カ月というのは、先生の十年にあたるんですよ」

何度か両手でギプスをつけた足をもち上げて立ち上がろうとした。その度に現実を思い知らされた。そのうち歩けるようになったが、足首はまだ痛んだし、背中は赤く腫れていた。

最初の月曜日がもっとも辛かった。痛みはやわらぎ、医者からも、もう心配ないでしょうと言われたのに、この四カ月間ではじめて、翌日の火曜日の午後にいつものようにフェルミーナ・ダーサの家を訪問することができなくなったのだ。それだけは避けたかった。しかし、結局あきらめてシエスタをした。その後、現実には勝てないと思い、お詫びの手紙を書くことにした。香水をしみこませた便箋に、暗いところでも読めるようにと蛍光インクを使って手書きで書いた。彼女の同情を買おうとして恥も外聞も捨てて今回の事故を大袈裟に書き立てた。二日後に彼女からやさしく思いやりのある返事が届いた。かつて恋していたあの大いなる日々と同じように余計なことは何ひとつ書かれていなかった。返事が届いたのをきっかけに、彼はまた手紙を書いた。彼女から二度目の返事を受け取ったときに、これまで火曜日に遠まわしな会話をつづけてきたが、もっと積極的に出るべきだと思い、会社の方がどうなっているか気になるともっともらしい口実をつけて、ベッドの横に電話器を設置させた。彼女の電話番号ははじめて電話をかけたときから覚えていたので、交換手に番号を言ってつないでもらった。誰がかけてきたのか分からず緊張している、弱々しい声が、愛する人の声が返ってきた。彼女は通話の相手が誰だか気づいたが、二言三言あいさつをすると電話を切った。フロレンティーノ・アリーサはその冷たい仕打ちにショックを受け、結局また一から出直すことになるなと考えた。

しかし二日後に、電話をかけてこないで下さい、と懇願する手紙がフェルミーナ・ダーサから届いた。市内には電話が数えるほどしかなく、かける場合は必ず交換手を通さなければならないせいで、交換手は加入者全員の暮らしぶりやびっくりするような家庭内の事情まで知っていた。だから、かけた相手が家にいなくても問題はなく、どの時間に、どこにいるかちゃんと把握していた。そこまで知り尽くしているということは、電話でのやりとりを盗み聞きしているということであり、私生活の秘密やひた隠しにしている事件まで知っていた。それだけに、交換手が電話でのやりとりに割って入り、自分の考えをのべたり、興奮している人をなだめたりすることも珍しくなかった。その年にはまた夕刊紙〈正義〉の刊行がはじまった。息子が〈社交クラブ〉に入会できなかったことを根に持った社主が、長い姓をもった名士の家族を実名入りで容赦なく叩くことを目的にして新聞を創刊したのだ。フェルミーナ・ダーサは人からうしろ指をさされるようなことはしていなかったが、当時はごく親しい人たちと付き合うときでさえ、言動には細心の注意を払っていた。手紙という時代遅れの通信手段でフロレンティーノ・アリーサと連絡をとり合っていたのはそういう事情があったからだった。二人がやりとりする手紙はだんだん回数が増え、真剣なものになりはじめたので、彼は足の怪我のことも、ベッドで安静にしていなければならないことも忘れた。すべてを忘れ、病院で患者が食事のときに使う移動式の小型テーブルでひたすら手紙を書き続けた。

彼らはふたたび親しい間柄でしか使わない表現を用い、昔の手紙と同じように自分たちの人生について所感をのべるようになった。しかし、フロレンティーノ・アリーサはまたしてもことを急いでしまった。彼は椿の花びらにピンの先で彼女の名前を刻み、手紙に同封して送ったのだ。二日後、それは返送されてきたが、手紙は入っていなかった。フェルミーナ・ダーサとしては、あまりにも子供っぽく思えたので、そうせざるを得なかったのだ。フロレンティーノ・アリーサは手紙の中で何度も、メランコリックな詩を読んだロス・エバンヘリオス公園の午後のことや学校の行き帰りに手紙をそっと隠しておいたこと、アーモンドの木の下で刺繍を習っていたときのことに言及した。それを読むたびに彼がいっそう子供っぽく思えた。胸が痛んだが、彼女は取るに足らない話題に触れた文章の中にさりげなく次のような問いかけをして目を覚ましてやろうとした。《あなたはどうしてありもしないことばかりお書きになるのですか？》。続けて、自然に老いていけばいいのに、どうして意味もなく昔のことに頑なにこだわるのですか、ととがめるように書いた。彼女に言わせれば、ことを急ぎすぎるのも、昔のことをもち出してたえず失敗するのも、原因はすべてそこにあった。彼の思慮に富んだ言葉が未亡人になった彼女には大きな支えになっていた。そういうことを書ける人が、いざ自分のことになるとどうしてあのような子供っぽいやり方に固執するのか理解できなかった。役どころが入れ替わってしまったのだ。今では彼女が、次のように書いて彼を励まし、未来に目を向けさせるようになった。彼の方は惑乱したようになっていて、意味を正しく読み解くことができなかった。《時の過ぎ行くにまかせたらどうでしょう。そうすれば時が何かをもたらしてくれます》。つまり、彼女はこの上もなく優秀な生徒だったのだ。彼は医者から安静にするように言われて、徒らに時間が過ぎていくのに耐える一方で、彼女に会いたくて気が狂いそうになっていた。転倒によって生み出された不安が思っていたよりも強く、悲劇的なものだということに改めて気がついた。そのときはじめて死が現実のものになったと実感した。

レオーナ・カッシアーニが一日おきに顔を出して、彼にシャワーを浴びさせ、パジャマを替え、浣腸をし、小型の小便器をあてがい、背中の傷に炎症止めの湿布をし、医者から身体を動かさないともっと重い障害が出ると言われて、マッサージをしてやった。土曜日と日曜日はアメリカ・ビクーニャが身のまわりの世話をした。彼女はその年の十二月に教員免状を取ることになっていた。彼は、会社が費用を持つから、アラバマで上級コースの勉強をしてくるといい、と勧めた。良心がとがめていたことも作用していたが、それよりも彼女がいずれは口にするはずの非難の言葉と向き合い、それについてあれこれ釈明するのが面倒だったのだ。彼女は寄宿学校で眠れぬ夜を過ごし、週末だけでなく、自分の人生から彼が姿を消したことでひどく苦しんでいた。彼はそのことに気づいていなかった。彼女がそこまで自分を深く愛しているとは思ってもいなかったのだ。学校からの手紙で、ずっと守りつづけてきた首席の座からすべり落ちて、今では成績がびりになり、最終試験の結果如何では落第するところだということが分かった。しかし、彼は身許引受人としての義務を怠った。つまり、罪の意識に駆られていたが、それを隠そうとしてアメリカ・ビクーニャの両親に連絡しなかったのだ。さらに、こんなことになったのももとはと言えばあなたが悪いのよ、と言われるのが恐かったので、本人にも伝えなかった。何もかも成り行きまかせにしてしまったのだ。自分では気づかないまま、死がいずれ解決してくれるであろうと問題をすべて先延ばしにしたのだ。

身の回りの世話をしている二人の女性だけでなく、フロレンティーノ・アリーサ自身も自分の変わりぶりに驚いていた。ほんの十年前は、家の階段のうしろで服を着、立ったままで女中のひとりを手ごめにし、フィリピンの雄鶏よりも短い時間で果てて、女中を喜ばせたことがあった。そのときに相手のお腹が大きくなったので、家具つきの家を一軒買い与え、日曜日にデートしているだけでキスをしたこともないボーイフレンドが父親だと言うように誓わせた。腕のいいサトウキビ刈り人夫の父親と叔父たちはむりやりその男と彼女を結婚させようとしたのだった。信じられないことに、ほんの二、三カ月前まで二人の女性に身体を撫でさすられると身をよじって悶えた彼が、今では別人のようになり、彼女たちが石鹸で洗い、エジプト綿のタオルで拭き、全身をマッサージしても切なそうな溜息を洩らすこともなかった。彼がまったくその気を失くしてしまったことに対して、彼女たちはそれぞれちがった解釈をしていた。レオーナ・カッシアーニはそれを死の予兆と考え、アメリカ・ビクーニャは自分には理解できない隠された事情があるのだろうと勘繰っていた。本当の理由を知っているのは彼だけで、しかもそれには固有名詞がついていた。それにしても、苦しい身体の世話をしてもらっているはずの彼よりも、世話をしている彼女たちの方が苦しんでいるというのは、なんともおかしな話だった。

火曜日が三回過ぎた頃から、フェルミーナ・ダーサはフロレンティーノ・アリーサが顔を見せないのを寂しく思うようになった。彼女はしょっちゅう家に遊びにくる女友達と楽しくやっていたし、時間が経って夫と暮らしていた頃のことが遠のいていくにつれて、のびのびと暮らすようになった。ルクレシア・デル・レアル・デル・オビスポはどのような治療を受けても耳の痛みがとれなかったので、思い切ってパナマへいった。一カ月後に戻ってきたときは、とても元気になっていた。補聴器をつけていたのに、以前に比べていっそう耳が遠くなっていた。彼女は場ちがいな質問をしたり、とんちんかんな答えを返してきたが、フェルミーナ・ダーサはいやな顔ひとつせず彼女の言葉に耳を傾けてやった。そのためルクレシアはすっかり元気になり、時間をかまわず毎日のようにやってきた。フェルミーナ・ダーサはほかの誰とでもなく、フロレンティーノ・アリーサと静かな午後を過ごしたいと思っていた。

彼が願っていたように、過去の思い出が未来を救済することはなかった。フェルミーナ・ダーサは、二十歳の頃の熱に浮かされたような感情はたしかに高貴で美しいものではあったが、恋ではなかったと確信していたし、過去の思い出はその確信をいっそう強めたに過ぎなかった。彼女は子供のようにストレートにものを言う癖があった。にもかかわらず手紙の中で、あるいは面と向かって熱情をあらわにするようなことはなかった。彼女は手紙の中の思慮に富んだ文章のおかげで奇蹟のように癒されたが、そのあとに感傷的な言葉が出てくると、手紙そのものが信用ならないものに思えはじめた。叙情にひたってありもしなかったことを書くのは、彼にとってマイナスになるし、過去を呼び起こそうと異常なまでにこだわることで、逆に手紙の内容が損なわれると考えていたが、そうしたことは口に出しては言わなかった。彼のいない火曜日の午後はやたら長く感じられるし、時間が空しく過ぎ去っていく中で、一人ぽつんと取り残されたような気持ちになった。昔の手紙や嫌な思い出しか残っていない自分の青春時代をふり返ってみると、そういう気持ちを抱いた覚えは一度もなかった。

急に身のまわりを整理したくなった彼女は、台のついた大型のラジオを畜舎にもっていくよう言いつけた。そのラジオは夫がある年の結婚記念日に買ってくれたもので、町で最初のラジオだったので、二人で博物館に寄贈しようかと話し合ったことがあった。名家の姓をもつ未亡人がたとえ自分の楽しみのためであっても、音楽を聴いたりしたら、亡くなった主人の思い出を汚すことになると考えて、二度とラジオを聴かないことにしようと心に決めた。何となくもの足りない三度目の火曜日が過ぎると、ラジオをもう一度ダイニング・ルームに運ばせた。以前のようにリオバンバ放送のセンチメンタルな歌を聴きたくなったからではなく、サンティアーゴ・デ・クーバから送られてくるお涙頂戴もののメロドラマを聴いて、退屈な時間をやり過ごそうとしたのだ。たしかにいい考えだった。新婚旅行でヨーロッパへ行ってから、夫はずっと彼女に読書の習慣をつけるように言いつづけてきた。娘が生まれてからはだんだん本を読まなくなり、近頃では目が悪くなったこともあって、まったく本を開かなくなっていて、何カ月も前から読書用の眼鏡が見当たらないのに、捜そうともしなかった。

彼女はサンティアーゴ・デ・クーバから届くラジオドラマに夢中になり、放送がはじまるのを毎日心待ちにするようになった。時々世の中の動きがどうなっているのか気になってニュースを聞くこともあったし、稀に家で一人きりになると、はるか遠くにあるサントドミンゴの音楽メレンゲやプエルトリコの音楽プレーナが鮮明に聞こえるので、ボリュームをぎりぎりまで落として聴いたものだった。ある夜、ダイヤルを回していると、突然まったく知らない放送局がまるで隣の家でしゃべってでもいるように力強く明瞭な声で悲しいニュースを伝えた。新婚旅行で訪れた場所を四十年ぶりで再訪した年とったカップルが、船で観光案内していた船頭にオールで殴り殺されて、所持金の十四ドルを奪われたのだ。地方紙の記事で事件の顚末を読んだルクレシア・デル・レアルから話を聞いて、彼女はさらにショックを受けた。警察の調査で判明したところでは、殴殺された老人のカップルは女性が七十八歳で、男性は八十四歳だった。二人は四十年前から愛人関係にあり、バカンスをこっそり二人で楽しんでいた。それぞれに安定した幸せな家庭生活を営んでいて、家族も大勢いた。フェルミーナ・ダーサはラジオドラマでは一度も泣いたことがなかったのに、その話を聞いたときは喉元まで熱いものがこみ上げてきた。次の手紙にフロレンティーノ・アリーサはその記事の載った新聞の切り抜きを同封していたものの、事件に関しては何のコメントもなかった。

フェルミーナ・ダーサが涙をこらえたのはそのときだけではなかった。フロレンティーノ・アリーサが入院してまだ二カ月も経っていなかった頃、〈正義〉紙が確証もないのに、フベナル・ウルビーノ博士とルクレシア・デル・レアル・デル・オビスポの秘めた恋を第一面に写真入りの記事ででかでかと掲載したのだ。二人の関係や何度も密会を重ねていたこと、その方法をこと細かに憶測し、さらには砂糖工場で働いている黒人たちと同性愛の関係にあった彼女の夫が黙認していたと書き立てた。血の色をしたブロック体の活字で書かれたでっち上げの記事がもとで、弱りきっていた地方の貴族階級に衝撃が走った。しかし記事はすべてでっち上げだった。フベナル・ウルビーノとルクレシア・デル・レアルは独身時代から親しくしていて、結婚後もそれは変わらなかった。二人の間に男女関係はなかった。いずれにしても、あの記事は死後も人びとから尊敬されているフベナル・ウルビーノ博士の名に傷をつけるのが目的ではなく、前の週に〈社交クラブ〉の会長に選出されたルクレシア・デル・レアルの夫をおとしめようとしてでっち上げられたもののように思われた。そのスキャンダルは数時間で揉み消された。ルクレシア・デル・レアルはそれ以後ぷっつり顔を見せなくなったので、フェルミーナ・ダーサは自分にやましいところがあるから来なくなったのだろうと考えた。

間もなくフェルミーナ・ダーサもあの階級の人間として攻撃の矢面に立たされることになった。〈正義〉が今度は彼女に牙をむき、唯一の弱みである父親の商売を種に嚙みついてきたのだ。父親が亡命を余儀なくされたときに、ガラ・プラシディアを通して父のいかがわしい商売のひとつにまつわる話を聞いたことがあった。その後、夫が州知事と会見して確かめてきたが、話を聞いて、父親は中傷の犠牲になったにちがいないと確信した。事件というのは以下のようなものだった。ある日、州政府の捜査官二人が、ロス・エバンヘリオス公園のそばにある父親の家にやってきて家捜しをしたが、目的のものを発見することができなかった。最後に、フェルミーナ・ダーサがかつて使っていた寝室の、扉に鏡のついている洋服ダンスを開けるように言った。家にはガラ・プラシディア一人しかいなかったし、家族のものに連絡のとりようがなかったので、彼女は鍵がないと言って開けるのを拒んだ。すると捜査官の一人が拳銃の台尻で扉に取りつけた鏡を叩き割った。鏡と扉板の隙間に詰め込まれた百ドル紙幣の偽札が出てきた。手がかりをたぐっていくうちに、広大な地域にまたがって紙幣を偽造していた国際的な組織が浮かび上がり、その連鎖の最後の輪がロレンソ・ダーサだということが判明した。偽札は実にみごとな出来だった。その札には本物の紙幣と同じすかし模様まで入っていた。それもそのはずで魔法としか思えない化学処理を施して一ドル紙幣を白紙に戻し、その上に百ドル紙幣の印刷をしたのだ。ロレンソ・ダーサは、あの洋服ダンスは娘が結婚してからずっと後になって買ったもので、紙幣は家に配達される前に誰かがこっそり隠したのだと主張した。警察は、その洋服ダンスはフェルミーナ・ダーサが学校に通うようになる頃からすでにあったという証拠をもち出してきた。鏡の裏に偽装紙幣を隠すことができるのは彼しかいなかった。ウルビーノ博士はスキャンダルを揉み消すために、義父を生まれた国に送還すると州知事に約束した。そのときは妻に事件のことだけを話した。ところが、その新聞記事はそれで終わりではなかった。

記事によると、十九世紀に何度もあった内戦のひとつで、ロレンソ・ダーサは自由党の大統領アキレオ・パーラの政府とユゼフ・K・コジェニョフスキとかいう男との間に立って仲介の労を執った。コジェニョフスキというのはポーランド人で、フランス国旗を掲げた商船サン・タントワーヌ号の乗組員としてこの町に何カ月も滞在し、武器商人としてあやしげな仕事をしていた。その後、ジョゼフ・コンラッド*の名で世界中に知られることになるコジェニョフスキは、どういう手蔓《てづる》をたぐったのかは不明だが、ロレンソ・ダーサと接触をもった。ロレンソ・ダーサは政府の金を使って積荷の武器を買い取り、彼の信用証明書と正式の領収証を受け取り、代金を金で支払った。新聞記事によると、ロレンソ・ダーサはとうてい信じられないような襲撃を受けて武器を奪われたと言い立て、その後政府を相手に戦争している保守派に元の価格の倍の値段で売りつけたとのことだった。

〈正義〉紙はまた次のような記事も載せた。ラファエル・レイエス将軍が海軍を創設した時期に、ロレンソ・ダーサはイギリス軍の余った軍靴を船一杯分捨て値で買い取り、半年の間にたった一度の不正取引をして財産を倍に増やした。記事によると、積荷がこの町の港に着いたとき、ロレンソ・ダーサは、靴は右足しかないと言って受け取りを拒否した。税関は法律に従ってその靴を競売にかけた。入札者は彼しかおらず、その片方しかない靴を百ペソという形ばかりの価格で落札した。同じ頃、左足だけの靴を積んだ船がリオアーチャ港に着いた。仲間の一人が同じ手口でそこの税関から靴を買い取った。靴が両方揃ったところで、ロレンソ・ダーサは縁戚関係にあるウルビーノ・デ・ラ・カーリェ家を利用して、新たに誕生した海軍に売りつけて二十倍のもうけを手にしたとのことだった。

〈正義〉紙は最後に次のような記事を載せた。ロレンソ・ダーサは十九世紀末にサン・フアン・デ・ラ・シエナガの町を捨てた。本人がつねづね言っていたように娘の将来を考えてのことではなく、輸入タバコの葉に細かく刻んだ紙を混ぜて大もうけした。その混ぜ方があまりにも巧妙だったので、口の肥えた喫煙家もそのペテンには気がつかなかった。それがついに発覚したので、町を捨てたというのだ。また、国際的な秘密組織があり、十九世紀の末にパナマから中国人を不法入国させて巨額の富を手にしていたその組織と結びつきがあったとスッパ抜いた。かえって、評判を落としたラバのあやしげな取引の方が、彼が行った事業の中ではいちばんまともなものだった。

背中がまだひりひりしていたものの、フロレンティーノ・アリーサはベッドから起き上がると、いつもの雨傘に替えてステッキをはじめて手にして、真っ先にフェルミーナ・ダーサのもとに駆けつけた。彼女はひどく老い込み、生きる気力を失うほどの激しい憤りに駆られてまるで別人のようになっていた。ウルビーノ・ダーサ博士はフロレンティーノ・アリーサを入院中に二度見舞いに訪れたときに、〈正義〉紙のふたつの記事のせいで母親がすっかり落ち込んでいると伝えた。最初の記事で夫の不倫と友人の裏切りを知ることになった彼女が、抑えようのない激しい怒りに駆られて、毎月一度日曜日に必ず墓参りをしていたのをやめてしまったのは、思い切り罵詈雑言を浴びせたかったのに、夫がすでに棺に入っていて、聞いてもらえないと分かって怒り狂ったせいだった。彼女は死者に向かって喧嘩をふっかけたのだ。また、うわさ好きな人を通して、あなたのベッドの上を大勢の男性が通り過ぎていったでしょうけど、少なくともそのうちの一人は本当の男だったというのを慰めにされるといいでしょう、とルクレシア・デル・レアルに伝えさせた。ロレンソ・ダーサの記事に関しては、新聞に書かれたということと、今になって明らかになった父親の本当の姿の、どちらからより大きな衝撃を受けたのかは分からなかった。そのうちのひとつ、あるいは両方が彼女の生きる気力を奪い去った。以前は彼女の顔を気高いものにしていたステンレス・スチールのような色の髪の毛は、トウモロコシの穂のように黄ばんでボサボサになり、ヒョウのような美しい目は激しい怒りに駆られても、以前のような輝きを取り戻すことはなかった。何気ない仕草のうちにも、彼女が生きる気力を失っていることがはっきり読み取れた。以前はバスルームやそのほか人目につかない場所に閉じこもってよくタバコを吸ったものなのに、このところ久しくタバコには手を出していなかった。ところが、今では人前ですぱすぱタバコをふかすようになった。最初は、以前のように自分の手でタバコを巻いていたのが、いつのまにか店で売っているありふれた銘柄のものをふかすようになった。巻く時間が待ちきれなかったのだ。フロレンティーノ・アリーサ以外の人間なら、びっこをひき、背中がロバの背のように赤くただれている老人と、死ぬことしか考えていない老女に未来などありはしないと考えるだろうが、彼はちがった。彼は、大きな災厄に見舞われた中にあっても希望の光を見出していた。思わぬ不幸がフェルミーナ・ダーサを輝かしい女性に変え、怒りが彼女をより美しくし、世間に対する憎しみが二十歳の頃の激しい性格をよみがえらせたように思えたのだ。

彼女はふたたびフロレンティーノ・アリーサに感謝することになった。あのいまわしい記事を読んだあと、彼はすぐさま新聞の倫理的責任と他人の名誉の尊重に関する模範的な手紙を書いて、〈正義〉紙に送りつけたのだ。投書は掲載されなかった。カリブ海沿岸でもっとも長い歴史を誇る一流新聞〈商業日報〉に手紙の写しを送ったところ、その新聞社は第一面に掲載した。ジュピターのペンネームになっている手紙はみごとな文章で書かれていた上に、理路整然と鋭い批判を行っていたので、書いたのはこの地方のもっとも著名な作家の一人だろうとうわさされた。フェルミーナ・ダーサは人から教えられたわけではないが、誰が書いたものかすぐに見抜いた。道徳的な所感をのべた彼の手紙に出てくる考えがあちこちに見受けられたし、同じ文章まで見つかったからだった。そんなわけで、四面楚歌におちいっていた彼女は、以前のようにやさしい愛情をこめて彼を迎えるようになった。その頃のある土曜日の午後、アメリカ・ビクーニャはラス・ベンターナス街の家の寝室に一人ぽつんと取り残されていた。べつに捜そうとしたわけではないが、偶然鍵のかかっていない洋服ダンスの中で、タイプライターで打ったフロレンティーノ・アリーサの文章の写しとフェルミーナ・ダーサの手書きの手紙を発見した。

ウルビーノ・ダーサ博士は、彼がふたたび訪れるようになってから、母親がすっかり元気になったので喜んでいた。しかし、オフェリアはちがった。フェルミーナ・ダーサが道徳的にあまり評判のよくない男性と奇妙な友情で結ばれていると知って、すぐさま果物を運ぶ船に乗ってニューオリンズから駆けつけた。最初の週にフロレンティーノ・アリーサがいかにも親しげで、堂々と落ち着き払った態度で家に入ってきて、夜遅くまで腰を据えて、母親と恋人同士のようにひそひそ話をしたり、ちょっとしたいさかいをしているのを見て、懸念していたとおりだと思い、大きな不安を覚えた。ウルビーノ・ダーサ博士は、孤独な老人があぁして親しく付き合うのは健全で、いいことだと考えていた。妹は、あれじゃあ、人に隠れてこっそり同棲しているのと変わらないじゃない、と言って嚙みついた。オフェリア・ウルビーノは父方の祖母ドーニャ・ブランカにそっくりで、祖母の実の娘たちよりもよく似ていた。祖母のように気品があり、祖母のように高慢で、祖母のように偏見でこり固まっていた。彼女は、五歳になれば男女の間に無邪気な友情など存在しない、まして八十歳代なら、なおさらだと考えていた。兄と激しく言い争ったときに、彼女はフロレンティーノ・アリーサが母を慰めていると言うけど、それならあの男が未亡人になった母のベッドにもぐり込めば、それでめでたし、めでたしってことになるじゃないと言った。ウルビーノ・ダーサ博士はこれまでもずっとそうだったが、妹に面と向かって反論するだけの気力がなかった。しかし、彼の妻が間に入って、いくつになっても人を愛することはできますわ、と穏やかに取りなした。それを聞いてオフェリアはかっとなった。

「わたしたちくらいの年齢になると、愛だの恋だのというのはばかげているけど」とわめいた。

「あの人たちくらいの年だと汚らわしいわよ」

彼女は何としてもフロレンティーノ・アリーサを家に出入りさせまいとして強い調子でそう言ったのだが、それがフェルミーナ・ダーサの耳に入った。女中に聞かれたくないときにいつもするように、娘を寝室に呼びつけると、先ほどの非難の言葉をもう一度くり返すように言った。オフェリアは歯に衣を着せず、フロレンティーノ・アリーサは倒錯者だというのがもっぱらのうわさだけど、そういう人と外聞の悪い関係をつづければ、この家の名前に傷がつくわ、ロレンソ・ダーサが行った悪行やフベナル・ウルビーノの罪のない火遊びとはわけがちがうのよ、とずけずけ言った。フェルミーナ・ダーサはまばたきひとつせず黙って話を聞いていた。聞き終えたときは別人のようになっていた。つまり、元の彼女に戻っていたのだ。

「考えちがいをしている上に、言いたいことを言ってくれたわね。本当ならお仕置きをしてやりたいところだけど、残念なことに今はそれだけの力も残っていないの」と言った。「だけど、今すぐこの家を出て行きなさい。母親の遺骨に誓って言うけど、わたしの目の黒いうちは、二度とこの家の敷居をまたがせませんからね」

いくら頼んでも、母親は聞き入れようとしなかった。その間、オフェリアは兄の家で世話になり、そこから上流階級の人たちを通じて詫びを入れたが、まったく耳を貸そうとしなかった。彼女は兄に間に立ってもらったり、女友達に仲介の労をとってもらったけれども、母親を翻意させることはできなかった。フェルミーナ・ダーサは息子の嫁とは仲良くしていて、気のおけない仲だったので、元気な頃のような強い言葉で胸のうちを打ち明けた。《一世紀も前の話だけど、昔あの気の毒な人と付き合っていたときは、若すぎるというので、何もかもぶち壊しにされて、今度は今度で、年をとりすぎているという理由で、また同じことがくり返されようとしているのよ》。そう言うと、吸いかけのタバコで新しいタバコに火をつけ、胸のうちにわだかまっていた思いを吐き出した。

「もうどうなったっていいの」と言った。「未亡人も悪くないわよ、頭を押さえつける人がいないんだものね」

もう打つ手はなかった。万策尽きたオフェリアはニューオリンズに戻ることにした。母親から別れのあいさつだけはしてもらったが、そこまでだった。それも彼女が散々頼み込んだ末に聞き入れてもらったのだ。家には入れてもらえなかった。フェルミーナ・ダーサは母親の遺骨に誓うと言ったが、あの暗い時期にあって汚れていないものといえば、それしかなかったのだ。

彼女の家を訪れるようになった頃、よく船の話になった。あるときフロレンティーノ・アリーサは儀礼的ではあったが、気晴らしに船旅でもなさいませんかとさそったことがある。向こうの港についてから一日列車に乗ると、共和国の首都まで行くことができるのだ。前世紀まで首都はサンタ・フェと呼ばれていた。カリブ海沿岸に住んでいる同世代の人たちと同じように、彼らもやはり首都をその名で呼んでいた。彼女は夫の偏見をそのまま受け継いでいたので、うす暗くて凍てつくように寒いあの町を訪れたいとは思わなかった。あの町の女たちは、朝五時のミサに行くとき以外家を出ることはなかったし、アイスクリーム店や官公庁に出入りできないと言われていた。また、通りは葬式帰りの人たちで四六時中ごった返しており、はるか昔から霧雨が降り続いているせいで、パリよりも住みづらいと聞かされていた。ただ、機会があれば、一度船旅をしてみたいと思っていた。砂洲で日なたぼっこをしているワニを見たり、女の泣き声を出すマナティーの声で真夜中に目を覚ましたりしたいと思ったが、年も年だし、一人暮らしの未亡人がそういう大旅行をするのはむりなように思われた。

　しかし彼女が夫を自分の中から消し去り、一人で生きていこうと心に決めた頃、フロレンティーノ・アリーサからもう一度船旅に誘われたときには行けそうな気がした。娘と大喧嘩したとき父親の悪口を言われて傷つき、亡くなった夫に対する恨みがましい気持ちや長年親友だとばかり思っていた偽善的で不誠実なルクレシア・デル・レアルに対する怒りが原因で、彼女は自分がこの家の邪魔者でしかないのだと思うようになった。ある午後、世界中に広まったハーブティーを飲んでいるときに、泥沼のようになっている中庭を見て、自分に不幸をもたらしたあの木はもう二度と花をつけることはないのだと思った。

「この家を出て、どこまでも、どこまでもまっすぐに歩いていって、二度と戻ってこない、そうできるといいんだけど」と彼女は言った。

「だったら船に乗ればいいんですよ」とフロレンティーノ・アリーサは勧めた。

「そうね、それもいいわね」

　その言葉を口にするまでは船旅のことなどすっかり忘れていたが、自分が行くと言いさえすれば、今すぐにでも出発できるのだ。息子夫婦も話を聞いて大喜びした。フロレンティーノ・アリーサはあわてて、あなたが来られるのなら、わが社の船の主賓ということになりますから、家にいるのと何ら変わらない快適な船室を用意し、万全のサーヴィスをさせていただきますし、船長にもあなたに安全で快適な船旅をしていただくために全力を尽くすよう申しておきますと言った。彼女の気持ちが冷めないようにと、彼は航路地図や燃えるような夕暮れを写した絵はがき、著名な旅行家、というかすぐれた詩のおかげで旅行家として知られるようになった詩人の書いたマグダレーナ川の原始の楽園をうたった詩をもっていった。機嫌のいいときに、彼女はそうしたものをパラパラ繰ってみた。

「子供だましの手を用いなくてもいいのよ」と彼女は言った。「風景を見たいからではなくて、自分で行こうと決心したんだから」

息子が、妻にも同行させましょうかとそれとなく言った。彼女は《人の世話になるほどもうろくしていませんよ》と言って、断った。彼女は自分で旅行の用意をした。八日間かけて川を遡り、五日間かけて川を下る船旅をすると考えただけで、言いようもなく心が弾んだ。綿の服が六着にいろいろな化粧品、乗船と下船のときにはく靴が一足、旅行中にはく室内用のスリッパ、最小限必要なそれらの品を用意すれば生涯の夢が実現するのだ。

河川運輸会社を創設したヨハン・ベルナルド・エルベルスは一八二四年一月にマグダレーナ川を航行する最初の蒸気船を船籍登録した。それは〈誠実号〉と命名された四十馬力の初期の老朽船だった。それから一世紀以上たった七月七日午後六時に、ウルビーノ・ダーサ博士夫妻は、はじめて船旅を楽しむことになったフェルミーナ・ダーサに付き添って港にやってきた。その船はこの地方の造船所で最初に建造されたもので、フロレンティーノ・アリーサは会社の栄誉ある創設者を偲んで〈新誠実号〉と名づけた。フェルミーナ・ダーサには、二人にとって意味深いその名前が単なる歴史的偶然ではなく、昔からロマンティックなところのあったフロレンティーノ・アリーサが思いついた名前のように思えてならなかった。

川を航行する船舶には古いものもあれば新しいものもあった。〈新誠実号〉には他の船とちがうところがひとつあった。船長室のとなりに広々として居心地のいい特別室が作ってあったのだ。

リビングには明るい色の竹製の家具が並び、夫婦用の寝室は全室に中国風の装飾がほどこされ、バスルームにはバスタブとシャワーがついていて、屋根のついた広い展望台もあった。上からシダの鉢が吊り下げられている広々としたこの展望台に出ると、正面はもちろん、船の左右の景色も一望のもとに収めることができた。また、外部の騒音を完全に遮断し、室内を常春の温度に保つ冷房装置も完備されていた。貴賓室はそれまでに三人の共和国大統領が利用したことがあったので〈大統領スイート〉と呼ばれていた。利益を上げるためではなく、政府の高官や特別な招待客のための特別室として使われていた。フロレンティーノ・アリーサはC.F.C.の社長に任命されるとすぐに、公的なイメージ・アップにいいと考えてあのスイートを作らせたが、心の底ではいずれフェルミーナ・ダーサと結婚旅行をするようなことになれば、この上ない隠れ家になるはずだと考えていた。

当日、彼女はこの船の支配者、女主人として〈大統領スイート〉に収まった。船長は船上でウルビーノ・ダーサ博士夫妻とフロレンティーノ・アリーサを丁重に迎え、シャンパンとスモークド・サーモンでもてなした。ディエゴ・サマリターノという名前の船長は白いリネンの制服を着け、つま先から金の糸でC.F.C.の記章を刺繡した帽子にいたるまで一部の隙もない服装をしていた。他の川船の船長もそうだが、彼もやはりセイバの木のようながっしりした身体つきで、声に有無を言わさぬ力が備わっていて、フローレンスの枢機卿のように物腰が柔らかだった。

夜の七時に出港を予告する最初の汽笛が鳴った。フェルミーナ・ダーサはその音を聞いて、左耳に刺すような痛みを感じた。前日の夜に不吉な予兆に満ちた夢を見たが、その意味を解き明かそうとは思わなかった。朝のひどく早い時間に、当時ラ・マンガ墓地と呼ばれていた近くの神学校の墓地へ行き、亡くなった夫の墓所の前に立つと、それまで胸に収めてきた、彼女としては当然の恨みつらみをすべて吐き出したあと、夫を許した。それから今回の旅の予定をこと細かに説明し、すぐ戻ってきますからと言って別れを告げた。以前ヨーロッパ旅行に出かけたときもそうだったが、お別れのあいさつをするだけでくたびれてしまうので、今回も旅行のことは誰にも言わなかった。これまで何度となく旅行してきたというのに、まるではじめて旅をするような気持ちになり、日が迫ってくるにつれて不安がつのりはじめた。船に乗り込んだとたんに、誰からも見捨てられたようなもの悲しい気持ちになり、一人になって泣きたくなった。

汽笛が鳴り終わったのをしおに、ウルビーノ・ダーサ博士と妻はさりげなく母親に別れを告げた。フロレンティーノ・アリーサは夫妻と一緒にタラップのところまで行った。ウルビーノ・ダーサ博士は妻を先に降ろしたあと、彼も降りるだろうと思って道をあけたが、そのときはじめてフロレンティーノ・アリーサが母親に同行することに気がついた。ウルビーノ・ダーサ博士は困惑したような表情を浮かべた。

「同行されるという話は聞いていませんが」

フロレンティーノ・アリーサが事情を説明する代わりに、黙って見せた自分の部屋の鍵は、一般船客用の甲板にあるふつうの部屋の鍵だった。しかしウルビーノ・ダーサ博士には、それが潔白の説明になるとは思えなかった。困惑した彼は不安げに助けを求めて妻の方を見たが、彼女は氷のように冷たい視線を返した。彼女は低いが、厳しい声でこう言った。《あなたもなの?》。彼もやはり、妹のオフェリアと同じように、恋愛もある年齢に達すると見苦しくなると考えていたのだ。それでも、すぐに自分を取り戻し、感謝しているというよりもあきらめたようにフロレンティーノ・アリーサと握手を交わして別れを告げた。

フロレンティーノ・アリーサは船のサロンにあるベランダから、彼らがタラップを降りて行くのを見送った。期待し、そうあってほしいと思っていたとおり、ウルビーノ・ダーサ博士と妻は車に乗り込む前に船の方をふり返ったので、彼は手を振ってあいさつした。二人はそんな彼に応えて手を振った。車が土ぼこりをあげて船荷を置く空地に姿を消すまで手すりのところに立って見届けたあと、自分の船室に入ると、船長の個人用ダイニング・ルームで最初のディナーをとるために正装した。

すばらしい夜だった。川の上で四十年暮してきたディエゴ・サマリターノ船長は、自分の経験をもとにいろいろ面白い話を語って聞かせた。フェルミーナ・ダーサは懸命になって楽しんで聞いているふりをした。八時になると見送りにきた人たちは全員下船し、タラップが上げられるのだが、その合図の汽笛が鳴ってからも、船長が食事を終え、ブリッジにのぼって指示を与えるまで船は出港しなかった。フェルミーナ・ダーサとフロレンティーノ・アリーサは一般船客と一緒に広間の手すりから外を眺めていた。他の船客は町の灯を見ながら、あれはどこの明かりだとうるさく騒いでいた。船はようやく湾を出て、暗闇に包まれた水路を漁船のいさり火が揺れている沼沢地へと入ったあと、ラ・マグダレーナ川の本流を全速で進みはじめた。そのとき突然、楽団が流行の音楽を演奏しはじめたので、船客がわっと駆け出して散らばり、ところかまわずダンスをはじめた。

フェルミーナ・ダーサは自分の船室に戻りたいと言った。その夜、彼女はひと言もしゃべらなかった。フロレンティーノ・アリーサはもの思いにふけることができるように彼女をそっとしておいた。船室の前まできたところで、彼もようやく口を開いて別れを告げたが、彼女は少し寒気がして眠れそうになかったので、一緒に船室の展望台から川を眺めませんか、と言った。フロレンティーノ・アリーサは柳を編んだ安楽椅子を展望台まで引っ張っていくと、明かりを消し、彼女の肩からウールのショールをかけてやり、その横に腰をおろした。彼女は、彼が贈り物としてもってきたタバコ入れの小さなケースから葉をとり出して、びっくりするほど器用に紙でタバコを巻くと、黙って火のついた方を口の中にいれてゆっくり吸い、そのあとたて続けに二本巻いて、息もつかずに吸い続けた。フロレンティーノ・アリーサはその間、魔法瓶に入った濃いコーヒーを少しずつ飲んだ。

町の明かりが水平線の向こうに消えた。暗い展望台から見ていると、波ひとつない穏やかな川と満月の下で川の両岸に広がっていた牧草地がきらきら輝く平原に変わった。時々、わら葺きの小屋のそばで赤々とたき火をしているのが見えた。それが船のボイラー用の薪を販売しているという合図になっていた。フロレンティーノ・アリーサは今でも若い頃にしたぞっとするような船旅のことを覚えていて、川を見ているうちにまるで昨日のことのようによみがえってきた。フェルミーナ・ダーサをはげましてやろうと思って、そのときの話をしたが、彼女は耳を貸そうとせずタバコを吸っていた。フロレンティーノ・アリーサは追憶にひたるのをやめて、彼女をそっとしておいた。その間も彼女は次々にタバコを巻いては吸い続け、タバコの葉の入ったケースが空になりそうだった。真夜中過ぎに音楽が止み、騒いでいた船客も散り散りになって、眠そうなささやき声だけが聞こえてきた。暗い展望台にとり残された形の二人の耳には、エンジンの音だけが聞こえてきた。

長い時間が過ぎたあと、フロレンティーノ・アリーサはようやく川面に照り映える光を浴びているフェルミーナ・ダーサの方を見た。青みがかった淡い光に照らされているせいで、柔みを帯びた彫刻のような横顔を見せている彼女はまるで亡霊のような感じがした。そのとき、彼女が声を立てずに泣いていることに気がついた。彼女はおそらく彼に慰めてもらうか、涙が涸れるまで待ってもらいたいと思っていたのだろうに、彼のほうは恐慌を来たしてしまった。

「一人になりたいんじゃないの?」と彼は尋ねた。

「それだったら、部屋にくるように言わなかったわ」と彼女が言った。

それを聞いて彼は、暗闇の中で氷のように冷たい指をのばして彼女の手をさぐった。彼女はそれを待っていた。二人はほんの一瞬だが、相手の手が、触れ合うまでともに思い浮かべていたのとはちがう、骨ばった老人の手だということに気がつくだけの冷静さを失っていなかった。しかし、次の瞬間には頭の中で思い描いていた手に変わった。彼女は亡くなった夫の話をしはじめた。まるでまだ生きているように現在形で話した。その話を聞きながら、フロレンティーノ・アリーサは、彼女は愛する対象を失ったが、それでも強い意欲を持ち、堂々と威厳を失わずに生き続けていくにはどうすればいいのかを自分に問いかける時が来たのだと考えた。

フェルミーナ・ダーサは自分の手を握りしめている彼の手を離したくなかったので、タバコを吸わなかった。彼女は懸命になって自分の置かれている立場を理解しようとしていた。亡くなった夫以上の伴侶は考えられなかったが、来し方をふり返ってみると、仲良く暮していたというよりもぶつかり合ってばかりいた。お互いに相手のことをまったく理解せず、つまらないことで口論し、いったん腹を立てると、なかなかおさまらなかった。彼女は突然溜息をついてこう言った。

《しょっちゅう喧嘩をし、いろいろな問題に悩まされ、本当に愛しているかどうかも分からないまま何年もの間幸せに暮らすことができるというのは、いったいどういうことなのかしら》。彼女が自分の思いを吐き出すと、誰かが月明かりを消した。船は巨大な動物のように用心深くゆっくりと着実に進んでいった。フェルミーナ・ダーサは不安と焦燥にみちたもの思いから醒めて、冷静さをとり戻した。

「もう、お部屋に戻ってもいいわ」と彼女は言った。

フロレンティーノ・アリーサは彼女の手を強く握りしめると、かがみ込んでその頬にキスしようとした。しかし、彼女は顔をそむけ、やさしくハスキーな声で言った。

「今はだめ。お婆さんの臭いがするわ」

彼が部屋を出て、階段を降りていく足音が聞こえた。

次の日まで彼の足音を聞くことはなかった。フェルミーナ・ダーサは新しいタバコに火をつけて吸いはじめたが、そのときしみひとつないリネンのスーツを着たフベナル・ウルビーノ博士の姿が目に入った。職業的な厳しさと心をとろかすやさしさをたたえ、公的なものを愛してやまなかった博士が、過去から来た船の上から白い帽子をふって別れのあいさつをした。以前、博士は彼女にこう言ったことがあった。《男というのは偏見に縛られたあわれな奴隷なんだよ。それにひきかえ、女性はある男と寝ると決めたら、どんな障害でものり越えていく、要塞があれば攻め落とすし、道徳的な問題があっても、平気で無視できる。そうなると、神様も眼中にないからね》。フェルミーナ・ダーサはフロレンティーノ・アリーサのことを考えて明け方までそこに座り続けた。彼女が思い浮かべたのは、思い出してもべつに懐かしいとも思わないロス・エバンへリオス公園で陰気な歩哨のように立っていた彼ではなく、年老い、足をひきずっている、今ここに存在している彼のことだった。いつでも手の届くところにいるのに、そこにいるとは分からない彼のことだった。船はエンジン音を響かせながら明け方の輝くバラ色の光に向かって彼女を運んでいった。その間に彼女は、神様、どうかフロレンティーノ・アリーサが次の一日を上手にはじめてくれますようにと祈った。

彼はうまくやってのけた。フェルミーナ・ダーサはボーイに好きなだけ眠らせてほしいと頼んだ。彼女が目を覚ますと、ナイトテーブルの上にまだ朝露の残っているみずみずしい白バラを活けた花瓶が置いてあり、そばにフロレンティーノ・アリーサの手紙が添えてあった。彼女の部屋を出たあとすぐに書いたのだろう。手紙は便箋何枚にもわたって延々と続いていた。前夜から心にわだかまっていた思いを綴ったその穏やかな手紙は、これまでと同じように叙情的で、いつものように修辞的だったが、現実から遊離してはいなかった。フェルミーナ・ダーサはその手紙を読みながら我にもなく心臓がどきどきして、自分が恥ずかしくなった。手紙は、船を操縦しているところをお見せしたいのでブリッジでお待ちしていますと船長が言っているので、用意ができたら、ボーイにそうお伝え下さいという一文で終わっていた。

十一時になると、シャワーを浴び、花の香りのする石鹸の匂いをただよわせ、グレーのエタミン*織りのシンプルな寡婦用の喪服を着けて、身支度を整えた。彼女は昨夜の取り乱した状態から完全に立ち直っていた。真っ白の制服を着た船長付きのボーイに簡単な朝食を頼んだが、支度ができたので迎えにきてほしいとは伝えなかった。雲ひとつない青空をまぶしそうに見上げながら一人で登っていくと、ブリッジで船長と話し込んでいるフロレンティーノ・アリーサの姿が見えた。まるで別人のような感じがしたが、昨日とちがった目で見ているからではなく、本当に人変わりしたような感じがした。これまでずっと身に着けていた礼服の代わりに、はき心地のいい白の靴にズボン、胸のポケットのところに組合せ文字《モノグラム》の刺繍の入った半袖の綿の開襟シャツを着ていた。また、白のスコッチ風の縁なし帽をかぶり、いつもつけている近視用の眼鏡の上から取外しのできるサングラスをかけていた。使い古したこげ茶の革のベルトをのぞいて、それらすべてが今回の旅行に合わせて買い込んだ新品だということはひと目で分かった。フェルミーナ・ダーサはその姿をちらっと見て、スープに浮いているハエを目にしたような気持ちに襲われた。自分のためにこんな派手な格好をしてくれたのだと思うと、顔が火のように熱くなった。彼女はどぎまぎしながらあいさつした。彼は彼女が狼狽しているのを見て、いっそうどぎまぎした。二人は若い恋人同士のように互いにまごついているのに気づいていっそううろたえた。それを察知したサマリターノ船長は、操船法や船の全体的なメカニズムについて二時間ばかり説明して二人を気まずい状況から救い出した。船は川岸の見えない川をゆっくり遡っていった。水平線まで草一本生えていない砂洲があちこちに点在していた。河口の水は濁っていた。そのあたりのゆるやかに流れる水は透き通っていて、容赦なく照りつける陽射しを浴びて金属のように輝いていた。そんな川を見て、フェルミーナ・ダーサは砂の島があちこちにある三角洲《デルタ》のようなところだという印象を受けた。

「川と呼べるところはもうほんのわずかしか残っていないんです」と船長が彼女に説明した。

事実、フロレンティーノ・アリーサは川のあまりの変貌ぶりに息をのんだ。この先どんどん状況は悪くなるだろうし、船の航行もますますむずかしくなることだろう、世界を代表する大河のひとつに数えられる父なるマグダレーナ川というのは記憶の中だけに生き続ける幻の川になるかもしれなかった。サマリターノ船長は、このまま森林破壊を放置しておけば、この五十年で川は死ぬだろうと二人に説明した。フロレンティーノ・アリーサがはじめて船旅をしたときに、圧倒的な力で迫ってくるように思えた大木が鬱蒼と生い茂る密林を、船のボイラーがきれいに食べ尽くしてしまったのだ。フェルミーナ・ダーサが夢にまでみた動物を目にすることはないだろう。ニューオリンズの革なめし工場から送り込まれた猟師たちが、川岸の崖のところで蝶をひとのみにしようと何時間も、何時間も大口を開けて死んだように眠っているワニを絶滅させ、キーキー鳴き立てるオウムや狂ったような叫び声を立てるサルは森が消滅するとともに死に絶えていき、人間のように自分の乳房で子供にお乳を飲ませ、砂洲のところで悲しみに暮れる女の泣き声を思わせる声を出すマナティーは、スポーツ・ハンティングでやってきた狩猟家たちの、鋼強化した銃弾の犠牲になって絶滅の危機にさらされていた。

サマリターノ船長は、マナティーに対して母性愛に近い感情を抱いていた。マナティーが道ならぬ恋のせいで罰を受けた女性のように思え、自然界では雌だけで雄のいない唯一の種だという言い伝えを信じていた。船長は、船の上からマナティーに向かって銃を撃とうとする人を見かけると、制止した。法律で銃を撃つことは禁じられていたのに、当時は誰もが習慣的に銃でマナティー猟をしていたのだ。以前、ニューオリンズからやってきた狩猟家が正式の許可証を楯に船長の命令を無視して、スプリングフィールド銃で正確に狙いをつけてマナティーの母親の頭を吹き飛ばし、母親を失くした子供のマナティーが死体にとりすがって悲しみのあまり狂ったように泣き叫んだ。船長は自分が世話をするからといってマナティーの子供を船に引き上げさせると、草一本生えていない砂洲に殺されたマナティーの死体と一緒にその狩猟家を置き去りにした。外交筋から強硬な抗議を受けて、船長は六カ月間牢に入れられ、航海士としての免許まで失いそうになった。しかし釈放後も、必要があればいつでも同じことをする覚悟を決めていた。これに付随して歴史的なエピソードもあった。あの孤児になったマナティーはサン・ニコラス・デ・ラス・バランカスにある稀少動物センターにひきとられて育てられ、その一頭があの川で発見された最後のマナティーになったのだ。

「あの砂洲のあたりを通るたびに」と船長は言った。「もう一度置き去りにしてやれるよう、あのアメリカ人がこの船に乗ってくれるようにと神様に祈っています」

それまで船長に対してあまり好感を抱いていなかったフェルミーナ・ダーサは、その話を聞いた朝から、心やさしい大男を心の中で特別扱いするようになった。彼女の考えは正しかった。船旅ははじまったばかりで、この先自分の考えがまちがっていなかったと気づく機会が何度もあるはずだった。

フェルミーナ・ダーサとフロレンティーノ・アリーサは昼食の時間までブリッジにいた。昼食になる少し前にカラマールの集落を通過した。ほんの数年前まで毎日のようにお祭り騒ぎをしていたあの港も今では通りに人影がなく、すっかりさびれていた。白い服を着た女が一人、ハンカチを振って合図をしているのが見えた。フェルミーナ・ダーサはあんなに悲しそうな顔をしているのに、どうして乗せてやらないのか不思議に思っていると、船長が、あれは溺死した女の亡霊で、通りかかった船を向こう岸の危険な渦のところに誘い込もうとしているのだと説明した。船が女のすぐ近くを通ったので、フェルミーナ・ダーサは陽射しを浴びているその女の姿を細部にいたるまではっきり見ることができた。この世のものでないことは疑いようがなく、その顔には見覚えがあるような気がした。

暑くて長い一日だった。日課のシエスタをしようと船室に戻ったフェルミーナ・ダーサは、耳が痛くて寝つけなかった。とりわけ、バランカ・ビエハから数レグアス上流で同じC・F・C・社の船と行きちがったときに、儀礼的に鳴らした汽笛の音で耳の痛みがいっそうひどくなった。船室のない乗客の大半は大広間で熟睡しており、フロレンティーノ・アリーサもそこに腰をおろして短い時間まどろんだ。以前ロサルバが下船した船着場の近くを通りかかったときに、彼女の夢を見た。夢の中のロサルバは、十九世紀のモンポックスの人たちが着ていた衣装を身につけていた。しかも男の子ではなく、彼女自身が軒から吊るした柳の枝の鳥籠の中で眠っていた。謎めいていたが楽しい夢だったので、船長と二人の友人を相手にドミノをしている間、夢の余韻を楽しむことができた。

日が暮れると涼しくなりはじめ、船に活気が戻ってきた。シャワーを浴び、清潔な服に着替えた乗客たちは昏睡状態から覚め、柳の枝を編んだ安楽椅子に座って夕食の時間を待っていた。五時ちょうどに船客が面白がって拍手する中を、ボーイが甲板の端から端まで駆けまわって聖具保管係がもっている鐘を鳴らして夕食を知らせた。船客が食事をしている間に、楽団がスペインの伝統的な舞踏曲ファンダンゴを演奏しはじめ、踊りは深夜まで続いた。

フェルミーナ・ダーサは耳の痛みのせいで、食事をとる気になれなかった。川岸のむき出しになった崖のところに木の幹が山積みにされていて、ひどく年をとった男が座っていた。そこでボイラー用の薪を船に積み込むのをはじめて目にした。ここまで何十キロにもわたって人っ子ひとりいないように思われた。港に寄港しても、ヨーロッパに向かう大西洋横断航路の船に乗ったことのあるフェルミーナ・ダーサにとっては、考えられないほど退屈で何もすることがなく、うんざりした。しかし船がふたたび港を出ると、心地よい風がジャングルの香を運んできて、音楽がいっそう陽気なものになった。シティオ・ヌエボの町には、たった一軒しかない家のたったひとつの窓の明かりがぽつんとついていた。港の事務所に積荷のある、あるいは乗客のいることを知らせる合図が出ていなかったので、船はそのままあいさつもせずに通過した。

フェルミーナ・ダーサは午後の間ずっと、フロレンティーノ・アリーサがドアをノックせずに部屋に入るためにどういう手を使うだろうかと考えていた。八時頃になると、そばに彼がいないのに耐えられなくなった。ひょっとすると偶然出会ったような形で顔を合わせることができるかもしれないと思って通路に出て、少し歩いたところで、フロレンティーノ・アリーサがロス・エバンヘリオス公園で見かけたときのように、黙りこくったまま悲しそうな顔をして通路のベンチに腰をかけているのが見えた。彼は二時間以上も、彼女に会うにはどうすればいいだろうかと思い悩んでいたのだ。二人はともに、さも驚いたような顔をしたあと、一緒に一等の甲板に足を向けた。そこは若い人たち、夏休み最後のバカ騒ぎをして疲れ切ってはいても、まだ多少余熱の残っている騒々しい学生たちでひしめき合っていた。フロレンティーノ・アリーサとフェルミーナ・ダーサはラウンジへ行き、若い学生のようにカウンターに腰をおろして瓶に入った清涼飲料水を飲んだ。彼女はぞっとするほど恐ろしい状況を思い浮かべて、突然こう言った。《なんて恐ろしいことかしら！》。彼女が何を考えてそう言ったのか怪訝に思って、理由を尋ねた。

「あのかわいそうな老人たちのことを考えていたの」と彼女は言った。「船に乗っているときに、オールで殴り殺されたカップルがいたでしょう」

二人は一等甲板のうす暗い展望台で、音楽が鳴り止み、それぞれ自分の部屋に戻って眠るまで長い時間いろいろな話をした。月はなく、雲が垂れこめていて、雷鳴こそ聞こえなかったが、水平線では稲妻が時々ピカッと光った。フロレンティーノ・アリーサは彼女のためにタバコを巻いてやった。しばらくの間おさまっていた彼女の耳の痛みは、他の船と行き違ったり、眠っている集落の前を通ったり、川の水深を計りながらゆっくり航行するときに汽笛を鳴らすせいでぶり返してきた。タバコは四本しか吸わなかった。彼は、詩のコンクール《花の戯れ》が開催されたときや軽気球による飛行、軽業師のように旧式の自転車に乗ったときなどは、やる瀬ない思いで見ていたんですよ、あなたにひと目会いたいと思って毎年行われる公的な行事を一日千秋の思いで待っていたんですと語った。彼女も、何度となく姿を見かけたけど、わたしに会うために来ていたなんて思いもしなかったわと答えた。だけど、一年ほど前からいただいていた手紙を読んでいて、どうして《花の戯れ》に一度も応募しなかったのか不思議でしかたなかったの、応募していたらきっと入賞していたわ、と言った。フロレンティーノ・アリーサは、あれはあなたのためにだけ書いた、あなたのための詩で、読むのはわたしだけなんです、と嘘をついた。前夜は彼が手を伸ばしてくるのを待っていた彼女は、この日は自分の方から暗闇の中で彼の手を捜し、だしぬけにつかんだ。フロレンティーノ・アリーサは心臓が凍りついたように感じた。

「人の心というのは分からないものだな」と彼はつぶやいた。

それを聞いて、彼女は若い鳩を思わせるくぐもったような笑い声をあげると、ふたたび船で殺害された年老いたカップルのことを考えた。あの事件のことが頭から離れず、どうしてもふり払えなかった。この夜は珍しく罪の意識に駆られることもなかったし、気持ちも落ち着いていたので、何とか耐えることができた。氷のように冷たい汗をかいている彼の手を握ったまま、何も言わずに明け方までじっとしていたかったのだが、耳の痛みに耐え切れなくなった。そのうち音楽が鳴り止み、大騒ぎしながら大広間にハンモックを吊るしている一般船客の騒ぎもおさまった。その頃になると、彼と一緒にいたいという気持ちよりも耳の痛みの方が耐えがたいほど強くなっていた。ひとことそう言えば痛みも軽くなったのだろうが、心配をかけたくなかったので、黙っていた。そのときふと、これまでずっと彼と一緒に暮らしてきたような錯覚におちいった。港に引き返したら耳の痛みが消えるかもしれないと言ったら、彼のことだからきっとそうしてくれるにちがいないと考えた。

おそらくそうなるだろうと予測していたとおり、フロレンティーノ・アリーサは部屋におとなしく引き上げることにした。船室のドアのところで、お別れのキスをしようとしたが、彼女は左の頬を差し出した。彼は息をあえがせながらさらに迫った。彼女は女学生の頃には見られなかったコケティッシュな態度で右の頬を差し出した。彼がさらにしつこく迫ったので、唇を合わせた。とたんに身体が震えはじめた彼女は、新婚旅行の夜以来すっかり忘れていた笑いでごまかして、震えを抑えようとした。

「なんてことかしら」と彼女は言った。「こんなばかなことをするのは船に乗ったせいね」

フロレンティーノ・アリーサは身震いした。彼女が言っていたとおり、たしかに老いの酸化したような匂いがした。迷路のように吊ってあるハンモックの間をすり抜けて部屋に戻りながら、四歳年上なのだから自分も同じ匂いがしたにちがいないし、彼女もその匂いを嗅いで、同じ思いを抱いているだろうと考えて、自らを慰めた。それは人間の身体から出るすえたような匂いで、古なじみの愛人たちもやはり同じ匂いがしたし、彼女たちは彼女たちで、彼からその匂いを感じとっていたのだ。開けっ広げな性格のナサレット未亡人が、以前彼に向かって《わたしたちは鶏小屋みたいな匂いがするのよ》とあからさまに言ったことがある。二人はともにお互いの匂いに耐えていたわけで、相身互いだった。アメリカ・ビクーニャと一緒にいるときは、つねにその点に気をつかっていた。彼女の産着《うぶぎ》の匂いのせいで彼の内に秘められていた母性本能が目覚めた。自分の好色な老人の匂いに彼女が耐えられないのではないかと思うと、不安でいたたまれない気持ちになった。すべてはもう過ぎ去ったことだった。エスコラスティカ叔母が電信局のカウンターの上に祈禱書を置いていったあの日の午後、フロレンティーノ・アリーサは言いようのないほど幸せな気持ちになったとき以来、はじめての至福感をこの夜は味わい、怖いほど幸せな気持ちにひたった。

ようやく眠りについた彼を、朝の五時サンブラーノ港に入港したときパーサーが起こして、至急電報を手渡した。そこにはレオーナ・カッシアーニのサインと前日の日付が入っていて、《アメリカ・ビクーニャ　キノウ　シス　リユウ　フメイ》という背筋の寒くなるような電文がつづられていた。さらに十一時にレオーナ・カッシアーニから届いた長い電報を、昔電信技師をしていたとき以来触ったことのない電信機を彼が自ら操作して受け取り、詳細が判明した。最終試験で落第したアメリカ・ビクーニャは、学校の診療室から盗み出したアヘンチンキをひと瓶飲んだとのことだった。フロレンティーノ・アリーサは心の底で、原因はそれだけではないはずだと思っていた。アメリカ・ビクーニャは死を決意した理由については書置きを残していなかった。レオーナ・カッシアーニから連絡を受けた家族は、プエルト・パードレを出てあの町に向かっており、埋葬は午後五時に営まれる予定だった。フロレンティーノ・アリーサは大きく息をついた。この先まだ生きていくつもりなら、あの思い出に心を痛めているわけにはいかなかった。思い出を記憶から消し去った。残された生涯の間、あの思い出が古傷が痛むように時々ふっとよみがえってきた。

そのあと、焼けつくように暑くて、気の遠くなるほど長い日々がつづいた。川の水が濁り、だんだん狭くなりはじめた。はじめての船旅のときにフロレンティーノ・アリーサを驚かせた、大木が鬱蒼と生い茂る密林は荒れ果てた平原に変わっていた。船のボイラーが数多くの密林を食い尽くし、神に見捨てられた村々の残骸だけがあとに残され、通りはもっとも厳しい乾期のときでさえ水が溜まっていた。夜中に船客の目を覚ますのは、砂洲でセイレーンの歌声のような声を出すマナティーではなく、海へと流されていく死体の放つ吐き気をもよおすような悪臭だった。もはや戦争も疫病もないはずなのに、ぶくぶくにふくれ上がった死体が次々に流れていった。船長があるときぼそりと言った。《乗客には、水難事故による死体だと言うように命令されているんです》。以前はオウムの金切り声やどこにいるか分からないサルが騒ぎ立てるせいで真昼の暑さがいっそう耐えがたいものに思えたが、今では荒廃した土地の広漠とした沈黙があたりを支配していた。

燃料の薪を補給できる場所がほとんどないばかりか、補給地は互いに遠く離れていたので、〈新誠実号〉は出港して四日目に燃料が切れて航行できなくなった。三日ばかり身動きがとれなくなった間に、乗組員が残された最後の木々を捜すために灰で覆われた沼沢地の奥まで入り込んだ。人影は見えなかった。木こりたちは、仮借ない大自然の猛威を恐れ、目に見えないコレラ菌を恐れ、地方政庁がさまざまなあやしげな政令を出して何とか隠蔽しようとしていた内戦の先触れとなる戦闘を恐れ、集落を捨てて逃げ出したのだ。停船中、暇をもて余した船客は水泳大会を催したり、狩をするために遠征したりした。彼らは生きたイグアナをもち帰ると、腹を割いて、透明で柔らかな卵塊をとり出したあと梱包用の太い針で縫い合わせ、数珠つなぎにして船の手すりに干した。近くの村から貧しさのせいで娼婦に身を落とした女たちがやってきて、遠征隊のあとを追い、川岸の崖のところにテントを張ると、音楽を鳴らし、酒を用意し、停泊している船の前でドンチャン騒ぎをした。

C.F.C.の社長になるずっと以前から、フロレンティーノ・アリーサのもとには川の荒廃に関する驚くような報告が届けられていたが、彼はほとんど目を通さなかった。共同経営者たちには、《心配はいりません。薪がなくなれば、石油燃料の船に変えればいいんですから》と言って安心させた。フェルミーナ・ダーサのことに気を取られていて、この問題について考える余裕がなかったのだ。気がついたときはもう手遅れで、どこかからべつの新しい川をもってでもこないかぎり、手の施しようのない状態になっていた。旅行に適した時期でも、夜は眠るために船を停めなければならなかった。そうなると生きていること自体が耐えがたいほど辛いものになった。船客の大半、とりわけヨーロッパ人はひどい悪臭のする船室にいたたまれず、ひっきりなしに吹き出す汗を拭くタオルであらゆる種類の害虫を追い払いながら甲板の上をひと晩中歩きまわり、明け方にあちこち虫に刺され、疲れ切って船室に戻った。十九世紀はじめのイギリス人旅行家が、カヌーとラバを乗り継いで五十日ほどかかる旅行について次のように書いている。《これは人間がなしうる最低、最悪の旅のひとつである》。蒸気船が航行するようになって最初の八十年間はそういうことはなかった。ワニが最後の蝶をひと飲みにし、母親のマナティーが絶滅し、オウム、サル、村々が消滅し、すべてが失われてからはふたたび最低、最悪の旅になり、それは永遠に変わることがないはずだった。

「心配はいりませんよ」と船長が笑いながら言った。「ここ数年のうちに水の涸れた川底を高級車でぶっとばすことになりますから」

フェルミーナ・ダーサとフロレンティーノ・アリーサは最初の三日間、快い春のような温度に設定してある閉め切った展望台で過ごした。薪が底をつくと、冷房装置が動かなくなり、〈大統領スイート〉は蒸し風呂に変わった。彼女は窓を開け、川風を入れて夜をしのいだ。船の停泊中は殺虫スプレーが役に立たないので、タオルで蚊を追い払わなければならなかった。耳の耐えがたい痛みがまたぶり返してきた。ある朝、目が覚めると、セミがぱたっと鳴きやむように嘘みたいに痛みが消えていた。夜になって、フロレンティーノ・アリーサが左側から話しかけてきたときに、何を言っているのだろうかと思って右の耳で聞こうとした。そのときまで左耳が聞こえなくなったことに気がつかなかったのだ。年をとればどうしても身体の具合が悪くなるが、これもそのひとつだろうと思って、誰にも言わなかった。

にもかかわらず、船が遅れたおかげで、二人に思わぬ幸運がめぐってきた。以前、フロレンティーノ・アリーサは次のような文章を読んだことがあった。《愛は災厄の中でより偉大で高貴なものになる》。〈大統領スイート〉の湿気のせいで、信じられないような無力感に襲われ、何もしゃべらずに愛し合えるようになった。ベランダのひじかけ椅子に座り、手を握り合って想像もしなかったような時間を過ごし、ゆっくり時間をかけてキスをし、苛立つこともなく酔い痴れたように愛撫し合った。むせかえるように暑い夜が続いた。三日目に彼女はアニス酒をひと瓶用意して彼を待った。以前は、従姉のイルデブランダの友人たちと一緒に、また結婚して子供ができてからは借りものの世界の女友達たちと部屋に閉じこもって、こっそりアニス酒を飲んだものだった。これからの自分の運命についてあまり考えたくなかったので、少し酔いたいと思ったのだ。フロレンティーノ・アリーサはいよいよ最後の一歩を踏み出すときがきたと思った。思い違いをした彼は、大胆にも彼女の皺だらけのうなじに指を這わせ、金属製の針金が入ったコルセットをつけた胸や骨ばった腰のあたり、年老いた雌鹿のような太腿にまで手を伸ばした。彼女は時々タバコを吸い、アニス酒をちびちび飲みながら、目を閉じ、うっとり彼の手に身を委ねた。愛撫する手が下腹部のあたりまで伸びてきた頃には、アニス酒が相当まわっていた。

「その気なら、構わないけど」と彼女が言った。「大人としてしましょうね」

彼を寝室に導くと、わざとらしく恥ずかしがったりせず、明かりをつけたまま服を脱ぎはじめた。フロレンティーノ・アリーサはベッドで仰向けに寝そべり、自制心を失うまいとしながらも、虎を仕留めたものの、その皮をどうしていいか分からずまたしても戸惑っていた。彼女がこう言った。《こちらを見ないで》。彼は平天井をじっと見つめたまま、どうしてと尋ねた。

「あなたをがっかりさせたくないの」

彼女の方を見ると、思ったとおり上半身裸になっていた。肩のあたりに皺がより、胸はたれ下り、脇腹の皮膚はカエルのそれのように青白くて冷たそうだった。彼女は脱いだばかりのブラウスであわてて胸を隠すと、明かりを消した。彼が上体を起こして、暗闇の中で服を脱ぎ、投げつけると、彼女は笑い転げながら投げ返した。

二人は長い間、仰向けになって寝転んでいた。酔いが醒めるにつれて彼は戸惑い、困惑しはじめた。彼女の方は平静で、無力感に襲われたようになっていた。アニス酒を飲みすぎたときにきまって起こる意味のない笑いの発作が起こらないよう、心の中で神に祈った。彼らは時間をやり過ごすためにいろいろなことをしゃべった。自分たちのことやそれぞれの生活、死を迎えるまでに残されたわずかな時間のことを考えるべきなのに、いくら偶然とはいえ、動きのとれなくなった船のスイートルームで裸になって横たわるというのは何とも奇妙なことだ、といったことを話し合った。あの町では本当かどうか分からないことでさえうわさになって広まるというのに、あなたのまわりには女性の影も見えないと言われているけど、あれはどういうことなのと尋ねた。さりげなくそう尋ねられたので、彼は声が震えることもなくすぐにこう答え返した。

「君のために童貞を守り通したんだよ」

それが本当だったとしても、彼女は信じなかったにちがいない。彼のラブ・レターは意味内容ではなく、言葉で人の心を眩惑するような文章で綴られていたからだった。そういうことを言ってくれる心根がうれしかった。一方、フロレンティーノ・アリーサはこれまで思い切って尋ねられなかったことを訊いてみようと思った。結婚生活の陰でどういった秘密の生活を送ってきたのか訊いてみたくなったのだ。秘めやかなアヴァンチュールを楽しみながら、いろいろな策略をめぐらせたり、突然ある考えがひらめいたり、相手を裏切ってもべつに後ろめたい思いを抱いたりしないという点では男も女も変わりないと思っていたので、どんな答えが返ってきても彼は驚かなかっただろう。余計なことを訊かなくてよかった。一時期彼女と教会との関係がぎくしゃくした時期があった。あるとき、聴罪師が突然、あなたは一度も夫を裏切ったことはありませんかと尋ねた。相手がそう言い終わらないうちに、ぱっと席を立ち、返事もあいさつもせずに帰っていき、以後その聴罪師はもちろん、他の誰にも告解しなくなった。いらぬ質問をしなかったおかげで、フロレンティーノ・アリーサは思いがけない見返りを手に入れることになった。暗闇の中で彼女が手を伸ばしてきて、彼の腹部や脇腹、毛のほとんどない恥部のあたりを愛撫しはじめたのだ。《まるで赤ん坊みたいな肌ね》と彼女が言った。そのあと、最後の一歩を踏み出した。つまり、萎えしぼんだ彼の一物をまさぐったのだ。彼女はべつに期待していなかったが、さぐりあてたものはやはりぐんにゃりしていた。

「言うことをきかないんだ」と彼は言った。

はじめての相手だとそういうことがよくあったので、いつの間にかその度に、今回は初回だから仕方ない、もう一度最初からやり直そうと自分に言いきかせるようになった。彼女の手をつかむと、胸の上に置いた。フェルミーナ・ダーサは皮膚を通して、彼の心臓がくたびれているのに休むことなく、若者のように激しく強く脈うっていることに気がついた。《愛の営みにとって、過剰な愛は、愛の欠如と同じくらいよくないんだよ》と彼は言った。そう信じていたわけではなかった。彼は恥ずかしさと自分自身に対する怒りに駆られ、行為におよべないのを相手のせいにしようとした。彼女はそのことに気づいて残酷な遊びを楽しむ仔猫のように、ふざけて彼の無防備な身体を愛撫し、かき立てようとした。彼はその拷問に耐え切れなくなって、自分の船室に戻った。彼女は明け方まで彼のことを考えつづけ、彼を愛しているという確信を得た。アニス酒の酔いがゆるやかな波のように引いていくにつれて、彼を怒らせてしまったから、もう戻ってこないのではないかという不安に襲われはじめた。

彼は同じ日の午前十一時という おかしな時間に、若返ったようにすっきりした姿で戻ってくると、いく分誇らしげに服を脱ぎ捨てた。彼女は暗闇の中で思い描いていたとおりの男性の裸体を見て楽しんだが、その肌は開いた雨傘のように黒くて艶があり、たるんだところがなく、毛は腋の下と恥部のところにほんの少し残っているだけだった。彼はガードを固めていた。例の一物をちらっと見せるのではなく、気持ちをふるい立たせようとして見せびらかしていることに気がついた。明け方の涼しい風が吹きはじめたときに着たナイト・ガウンを脱ぐ暇も与えず、初心な若者のように急いでことをなそうとしたので、彼が気の毒になって身体が震えた。あのような場合、同情と愛情は区別がつかないので、彼女はべつに不愉快だとは思わなかった。最後に彼女は何も考えられなくなった。

二十年以上もの間、彼女は愛の営みをしていなかった。今回その気になったのは、長い間中断していた行為をした場合、自分の年齢だとどんな風に感じるのか知りたいという好奇心に駆られたからだった。彼女の身体もそれを求めているかどうか知るだけの時間的な余裕すら与えてもらえなかった。行為はあっという間に終わり、なんともみじめな気分になった。《すべておしまいね》と彼女は考えた。しかしそれは間違いだった。二人はともに失望感を味わったし、彼は自分がうまくできなかったことを悔やみ、彼女はアニス酒のせいで頭がどうかしていたのだと後悔した。にもかかわらず以後何日もの間、二人は片時もそばを離れなかった。船室から出るのは食事のときくらいのものだった。自分の船で表沙汰にできない秘めごとがあると、どんなことでも敏感に嗅ぎつけるサマリターノ船長は、毎朝二人のもとに白いバラを届けさせ、彼らが若い頃に流行していたワルツのセレナーデを演奏するように言い、ふざけて催淫効果のある食材を料理に混ぜさせた。二人は自分から求めるのではなく、その気が起こるのを待つことにしたので、次に愛し合うまでには長い時間がかかった。一緒にいられるというだけで彼らは幸せな気持ちにひたった。

船長から、昼食後に十一日間の船旅を終えて、最終寄港地の〈金の町〉に着く予定ですというメモが届けられなかったら、彼らは船室から出ようとしなかったにちがいない。フェルミーナ・ダーサとフロレンティーノ・アリーサは船室から弱い陽射しを受けている家々の建ち並ぶ岬を眺め、〈金の町〉と呼ばれる理由がのみこめたように思った。しかし、ボイラー室のような熱気に包まれ、道路のタールが沸いているのを見て、それほどいい町ではないように思えた。しかも、船はその町ではなく、サンタ・フェ鉄道の終着駅のある対岸に停泊した。

乗客が船から降りてしまうと、二人はすぐに隠れ家から抜け出した。フェルミーナ・ダーサは人気のない大広間でうしろめたい思いにとらわれることなく気持ちのいい空気をたっぷり吸い込んだ。二人は船べりから、おもちゃのような感じのする貨車の中で、大勢の人たちが自分の荷物を捜している様子を眺めた。彼らはまるでヨーロッパからやってきた旅行客のように思われた。ほこりっぽくてむせ返るように暑い気候の中で、北欧の人たちが着る暑くるしいコートに十九世紀の帽子をかぶっている女性たちを見ると、とりわけそんな感じがした。中にはジャガイモの美しい花を髪に飾っているものがいたが、花は暑さのせいでしおれはじめていた。彼らは夢のような大草原《サバンナ》を丸一日列車で走り抜け、アンデスの高原地帯から着いたばかりで、カリブ海の気候に合った服に着換える時間がなかったのだ。

市場のような喧騒の中に、何とも言えず悲しそうな顔をしたひどく年老いた男が、群集をかき分けて突然姿を現した。彼よりもはるかに背が高くて太っていた人間が着けていたにちがいない、ぶかぶかでぼろぼろのオーバーを着たその老人は、帽子をぬぐと、桟橋のところでお金を入れてくれというようにそれを逆さにした。そして、浮浪者が着ているようなそのオーバーのポケットから次々にヒヨコを取り出したが、まるで手の中から湧き出してくるようにその数が増えていった。桟橋の地面はあっという間にピヨピヨ鳴きながら走り回るヒヨコでいっぱいになり、時間に追われている乗客が気づかずに踏み潰していた。その様子を見ていたのはフェルミーナ・ダーサだけだったので、まるで自分に敬意を表すために行っている奇跡の見せもののように思え、うっとり見とれた。おかげで、彼女は復路の船客が船に乗り込んできたのに気がつかなかった。お祭りは終わった。乗ってくる人たちの中には顔見知りがいたし、中にはほんの少し前、喪に服しているときに付き添ってくれた人たちの顔もあったので、彼女はあわてて船室に逃げ込んだ。夫を亡くして間もないというのに、人目を忍ぶ船旅をしていると友人知人に知られるくらいなら死んだ方がましだと思った。彼女がひどく落ち込んでいることに気づいたフロレンティーノ・アリーサは胸を痛め、牢獄のような船室に閉じこもるのではなく、もっといいやり方であなたを守ってあげますと約束した。

もっといいやり方は、船長専用のダイニング・ルームで夕食をとっているときに思い浮かんだ。前々からひとつ気にかかる問題を抱えていた船長は一度フロレンティーノ・アリーサとじっくり話し合いたいと思っていたが、いつも《レオーナ・カッシアーニに相談してくれ》とはぐらかされてきた。その問題を夕食の席で持ち出したのだ。川を遡るときは船荷を積んでいるのに下りは空も同然で、船客の場合はその逆の傾向がある。《人間よりも船賃が高いうえに、食事をとらないというのが船荷の利点です》。だから運賃に格差をつけたほうがいいのではないか、という点について男たちがうんざりするような議論を戦わせているのを退屈そうに聞きながら、フェルミーナ・ダーサは気の乗らない様子で食事をしていた。フロレンティーノ・アリーサは最後まで議論につき合い、次のような質問をしたので、船長はそれが問題解決の糸口なのだろうと思った。「これは仮定の話だが」と彼は言った。「船荷も乗客も乗せず、どこの港にも寄港しないでノンストップで帰ることは可能かね?」

船長はあくまでも仮定の話ですが、やってやれないことはありませんと答えた。C.F.C.があちこちと結んでいる契約のことはフロレンティーノ・アリーサ本人が誰よりも承知しているとおりで、船荷や乗客、郵便物の輸送のほかにも、回避できない数々の義務に縛られていた。義務をすべて無視できるのは、船内に疫病患者がいる場合だけだと船長は言った。その場合、船は黄色い旗を掲げて非常事態宣言をし、検疫中であることを告げて航行することになっていた。サマリターノ船長は川沿いで多数のコレラ患者が出たときに何度かそうしたことがあって、そのときは決まって保健局から医師に対して診断書に通常の赤痢と書くようにと圧力がかかった。さらに川の歴史をたどれば、疫病を告げる黄色い旗を掲げて航行した船は数多く、それらは税金逃れをしようとか、好ましくない客を避けようとか、検閲を受けるとまずいことになるといったようなケースばかりだったという。フロレンティーノ・アリーサはテーブルの下でフェルミーナ・ダーサの手を握った。

「よし、分かった。それで行こう」と言った。

船長はびっくりして目をむいたが、老獪《ろうかい》でしたたかな人間の本能で事情を見抜いた。「この船はわたしの指揮下にありますが、われわれを指揮するのはあなたです」と言った。「ですから、本気でおっしゃっているのなら文書で命令して下さい。そうすればすぐにでも船を出します」

むろん冗談ではなかったので、フロレンティーノ・アリーサは命令書にサインした。保健局の楽観的な統計によればコレラ患者の数は激減していたが、コレラが終息していないことは周知の事実だった。船に関しては何の問題もなかった。わずかばかりの船荷を積み換え、船客には機械が故障したと伝えて、明け方にほかの会社の船に移ってもらった。道義に反する、あまり大っぴらには言えない理由でそうしたのだ。フロレンティーノ・アリーサは恋のためならどのようなことでも許されるはずだと考えていた。船長が、この船旅にどうしても連れていきたい人がいるのでナーレ港に寄港させてもらえないだろうかと言った。船長にもいい人がいたのだ。

こうして船荷も乗客も乗せずに明け方出港した〈新誠実号〉のメイン・マストでは、疫病を告げる黄色い旗が陽気にはためいていた。夕方、ナーレ港で乗せた船長よりも背が高くてがっしりした身体つきの女性はすばらしい美人で、あれで髭が生えていればサーカスの一座に迎えられたにちがいない。セナイダ・ネーベスという名前の彼女を、船長は〈じゃじゃ馬〉と呼んでいた。古なじみの女性で、ふだんはどこかの港で拾われてべつの寄港地で降ろされていた彼女は、今回は何ともうれしそうな顔をして船に乗り込んできた。死の土地と言ってもいいようなあの悲しい場所では、かつてラバがあえぎながら登っていた急な斜面を、列車が息を切らせてのぼっていくのを見ながら、フロレンティーノ・アリーサはロサルバのことを懐かしく思い出した。そのあたりで見舞われたアマゾンらしい土砂ぶりの雨は、その後も旅の間中ほとんど休みなく降り続いた。しかし船上のパーティは雨に濡れる心配がなかったので、気にかけるものはいなかった。自分もそうしたお祭り騒ぎの手助けをしたいと考えていたフェルミーナ・ダーサは、乗組員の拍手を受けながら降りていったキッチンで、みんなのために創作料理を作った。フロレンティーノ・アリーサはそれを〈愛のナス〉と名づけた。

昼間はカードをしたり、お腹がはち切れそうになるまで食べたり、シエスタを楽しんだりしたが、シエスタをすると逆に疲れがたまった。陽が落ちると楽団の演奏がはじまり、サーモンをつまみにべろべろに酔うまでアニス酒を飲んだ。船は軽かったし、その週に流域全体に降った雨による増水で状態がよくなっていた川を、船は快調に進んだ。あちこちの町では、コレラを追い払うために慈悲の空砲を撃ってくれ、彼らの船はもの悲しい汽笛を鳴らして謝意を表した。途中で行き交う船は、どの会社も哀悼の合図を送って寄こした。メルセーデス*の生まれたマガングエの町で残りの航行に必要な薪を積み込んだ。

フェルミーナ・ダーサは、いい方の耳の中で船の汽笛の音が響きはじめたので仰天した。アニス酒を飲んだ二日目には両方の耳でよく聞こえるようになった。バラの花は前にもまして香りがよくなり、夜明けにさえずる小鳥の声は以前よりもはるかに美しくなり、神がマナティーを創造されて、自分を目覚めさせてやろうとしてタマラメーケの砂洲まで運んでくださったことに彼女は気がついた。船長がその声を聞きつけて、船の航路を変更させたおかげで、両腕で赤ん坊を抱いて乳を飲ませている巨大な母親のマナティーをついに見ることができた。フロレンティーノもフェルミーナも、自分たちがお互いにどれほどよく理解し合っているか、分かっていなかった。

彼女は浣腸をするときに手伝い、先に起きて、眠っている間はコップに入れてある入れ歯を磨いてやった。のべつ眼鏡を失くすという困った問題も解決した。本を読むにも、つくろいをするのにも、彼の眼鏡がちょうどよかったのだ。ある朝目を覚ますと、すでに彼が暗い中でワイシャツのボタンつけをしようとしていた。こういうことをしてもらうには、もうひとり妻がいるな、と彼が例の文句を口にする前に、彼女はあわててボタンをつけてやった。彼女が求めたのは、背中の痛みをとるために瀉血《しゃけつ》をしてもらうことだけだった。

フロレンティーノ・アリーサは楽団からバイオリンを借りて、懐かしい思い出にひたろうと彼女のために作曲したワルツ〈王冠をいただいた女神〉を演奏しはじめたことがあった。いつまでたっても演奏は終わらず、数時間後にむりやり止めさせなければ半日でも弾いていたにちがいない。ある夜、フェルミーナ・ダーサは船頭にオールで殴殺された年老いたカップルのことを思い出して泣きながら目を覚ました。怒りでなく悲しみのあまり急に目が覚めたのははじめての経験だった。しかし、休みなく降り続く雨にも気が滅入ることはなかった。きっとパリも思っていたほど陰気な町ではないのだろうし、サンタ・フェの街路にしても毎日毎日葬列が通っているわけではないのだと考えたが、今となってはどうすることもできなかった。いつかフロレンティーノ・アリーサと一緒に行こうという考えが夢のように浮かんできた。わずかばかりのトランクをもち、何ものにも縛られず狂ったような旅をする、恋の旅に出るのだ。いよいよ港に帰り着く前夜に、造花を飾り、色とりどりのライトをつけて盛大なパーティをした。夕方には空が晴れ上がった。船長とセナイダは、その頃人々の心をとろかしはじめていた初期ボレロ*に合わせて、ぴったり身体を寄せ合ってダンスをした。フロレンティーノ・アリーサは自分たち二人のワルツを踊らないかとフェルミーナ・ダーサに声をかけて、断られた。しかし彼女は一晩中曲に合わせて首を振り、足を動かしていたし、途中、自分では気づいていなかったが座ったままダンスをしていた。その間、船長と若いじゃじゃ馬娘はボレロの薄闇の中でひとつに溶け合っていた。アニス酒を飲みすぎ、人の助けを借りないと階段も登れないほど酔払ったフェルミーナ・ダーサは、突然笑いの発作に襲われ、涙を流しながら笑い転げてみんなを心配させた。香水を撒いた静かな船室に戻ると、ようやく落ち着きをとり戻した。二人は人生経験豊かな老カップルとして穏やかで健康な愛の営みをしたが、彼女はそれを狂気の旅の最高の思い出として記憶にとどめておこうと考えた。船長とセナイダは、二人を新婚カップルのように思っていた。本人たちはそんな風に思っていなかったし、まして遅ればせながら結ばれた愛人だとも思っていなかった。結婚生活という厳しいイバラの道を乗り越え、紆余曲折を経たのちに愛の本質にたどり着いたように感じていた。人生の辛酸を舐めつくしたあと、熱情がしかけるさまざまな危険や錯覚から生じる手ひどいしっぺ返し、失望の生み出す幻想を越え、愛をも越えて今は平穏な時間を過ごしていた。二人はともに長い人生を生き抜いてきて、愛はいつ、どこにあっても愛であり、死に近づけば近づくほどより深まるものだということにようやく思い当たったのだ。

「このまま死んでいくような気持ちだわ」

帰途についてからは、この先生きていけないような気がしていたのを彼女に見すかされたような気がして、フロレンティーノ・アリーサはぎくりとした。今の二人は、家といってもこの船室以外に考えられなかったし、食事は船上でとるのに慣れてしまっていた。それが明日には、すっかりなじんだ生活と永遠に別れることになるのだ。まさに死ぬのと変わりなかった。彼は寝つくことができなかった。首のうしろで手を組み、ベッドに仰向けになったままじっとしていた。ふと、アメリカ・ビクーニャのことを思い出して、胸を刺し貫かれるような痛みを感じて身をよじった。これ以上真実に目をつむっているわけにはいかなかった。彼はバスルームに閉じこもり、ゆっくり時間をかけ心ゆくまで泣きつづけた。そうしてはじめて彼は、自分があの少女を深く愛していたことを認めた。

下船の朝、二人が起き上がって服を着換えはじめた頃、船はかつてスペイン人たちが航行した水路や沼沢地を後にして、湾内の沈没船や油田のプラットフォームの間を通り抜けていた。輝くような陽射しが副王たちが作った町の丸屋根を金色に染めていた。手すりのところにいたフェルミーナ・ダーサは過去の栄光の放つ悪臭とイグアナの這いまわる傲岸な砦に、つまりは現実の生活の恐怖に耐え切れない思いを抱いていた。口にこそ出さなかったが、二人はそうあっさりと降服するつもりはなかった。

ダイニング・ルームにいた船長は、いつも身ぎれいにしている彼にしては珍しくむさくるしい格好をしていた。髭はあたっておらず、眠っていないせいで目は真っ赤になっていて、服は前夜のままで汗にまみれ、アニス酒のおくびが出て呂律があやしくなっていた。セナイダは眠っていた。三人が黙々と朝食をとっているとき、港湾保健局のガソリン・エンジンを搭載したランチが停船を命じた。

武装したパトロール隊の質問に船長がブリッジから大声で答え返した。向こうからは、船内の患者はどういう疫病にかかっているのか、乗客は何人いて、そのうちの何人が罹病しているのか、新たに感染者の出る可能性はあるのかといった質問が飛んできた。それに対して、乗客は三人だけで、全員コレラにかかっているが完全に隔離してあり、〈金の町〉から乗船するはずだった船客たちはもちろん、二十七人の乗組員も患者とは一切接触していないと答えた。しかしパトロール隊の指揮官はこの回答だけで満足しようとはせず、湾内から出て、午後の二時までラス・メルセーデス沼沢地で待つように、それまでに船が検疫を受けられるよう手続きを済ませると伝えた。船長は馬車引きのようなおならをすると、手を挙げて操舵手に、向きを変えて沼沢地に戻るように合図した。

テーブルについていたフェルミーナ・ダーサとフロレンティーノ・アリーサは船長と指揮官のやりとりをすべて聞いていた。船長はべつに気にしていないようだった。船長は黙りこくったまま食事をつづけた。川船の船長がマナーがいいというのは半ば伝説化していたが、それを無視して食事をしていたところをみると、よほど腹を立てていたのだろう。彼はナイフの先でフライド・エッグをぐしゃぐしゃにつぶし、緑色のバナナをスライスして揚げたものと混ぜ合わせて一緒に口に放り込み、礼儀作法におかまいなくむしゃむしゃ食べた。フェルミーナ・ダーサとフロレンティーノ・アリーサはひと言もしゃべらず、学童用の椅子に座って最終成績が読み上げられるのを待っている生徒のように船長の顔を見守っていた。二人は、船長が保健局のパトロール隊と話し合っている間ひと言も口をきかなかったし、この先どういう運命が自分たちを待ち受けているのかについても分からなかった。ただ、船長が自分たちのことを考えてくれているのは、こめかみの血管が浮き上がっていることからも読み取れた。

船長が卵と皿に盛ったバナナのフライ、ポットに入ったミルク・コーヒーを次々に平らげていく間に、船はエンジン音を落として湾の外に出て、水草のタルーヤや紫色の花をつけたハート形の大きな葉のカワスイレンの生い茂っている中を進んで水路を抜け、沼沢地に戻った。密漁師が仕掛けたダイナマイトで死んだ魚があたり一面を覆い隠し、水面が虹色に変わっていて、さまざまな鳥や水鳥が金属的な金切り声をあげながら彼らの頭上を環を描いて飛びまわっていた。窓からその騒々しい鳴き声と一緒にカリブ海の風が吹き込んできたとたんに、フェルミーナ・ダーサの血が騒いで、心臓の鼓動が速まり、これからは自分の好きに生きて行こうと心に決めた。右手には濁った水をたたえてゆったり流れる大河マグダレーナの河口が目路はるか、どこまでも広がっていた。

皿の上の料理をすべて平らげた船長はテーブルクロスの端で口を拭き、川船の船長は言葉遣いが丁寧だという評判を一気に地に落とすような下品なスラングでしゃべりはじめた。べつに誰かに話しかけたわけではなく、抑えようのない憤りをぶちまけていたにすぎなかった。乱暴なののしり言葉を並べ立てたあと、コレラの旗を掲げたばかりにとんでもないトラブルに巻き込まれたが、この苦境を脱する手立てはないと断じた。

フロレンティーノ・アリーサはまばたきもせず船長の言葉に耳を傾けた。そのあと、窓越しに羅針盤の完全な円の形をした表示盤、くっきりと見える水平線、雲ひとつなく晴れ上がった十二月の空、どこまでも果てしなく航行できそうな川を眺めて、こう言った。

「このまままっすぐ、どこまでもまっすぐに進んで〈金の町〉まで行こう」

フェルミーナ・ダーサは、聖霊の恩寵を受けたあの声を聞いたように思い、身体を震わせると、船長の方を見た。彼が運命を握っていたのだ。しかし、船長はフロレンティーノ・アリーサの霊感を受けたその言葉の圧倒的な力に押されて呆然となり、彼女の方を見ようとしなかった。

「真面目に言っておられるんですか?」と船長が尋ねた。

「わたしは生まれてこの方」とフロレンティーノ・アリーサが答え返した。「冗談を言ったことなど一度もない」

船長はフェルミーナ・ダーサに目を向けたが、その睫《まつげ》は冬の霜の最初のきらめきをたたえていた。次いでフロレンティーノ・アリーサに目を戻すと、その顔からは揺るぎない決意と何ものも恐れない強い愛が読みとれた。限界がないのは死よりもむしろ生命ではないだろうか、と遅ればせながら気づいた船長は思わずたじろいだ。

「川をのぼり下りするとしても、いったいいつまで続けられるとお思いですか?」

フロレンティーノ・アリーサは五十三年七カ月十一日前から、ちゃんと答を用意していた。

「命の続く限りだ」と彼は言った。

注　解

一三　**アンティル諸島**　ユカタン海峡からベネズエラ沖にかけ、弧を描いて大西洋とカリブ海とを仕切る形で連なる島々の総称。

一五　**リネン**　亜麻糸で織った、薄く光沢のある布地。主に夏服に用いる。リンネル。

一五　**パスツール風のひげ**　フランスの生化学者・細菌学者のパスツール（一八二二—九五）は、刈りこんだ口ひげとあごひげをたくわえていた。

一七　**コロニアル風**　植民地風。ここでは、コロンビアが植民地だった時代に導入された本国スペイン風の様式。

一七　**荘厳ミサ**　カトリック教会で、司祭が助祭、副助祭を伴って執り行う盛式ミサ。ミサは、最後の晩餐を記念しキリストの恩寵の実現を祈る儀式。

一八　**ペンテコステス**　五旬節。復活祭《イースター》後の第七日曜日に当る祝日。使徒たちに聖霊が降臨したことを祝う。

二一　**ベラドンナ**　西アジア原産、ナス科の宿根草。根と葉を鎮痛・鎮痙剤に用いる。

二三　**コードバン**　馬の尻、背からとった上質のなめし革。原産地スペインのコルドバに由来。

二六　**モスリン**　メリンスの別称。スペイン原産の羊メリノの毛を薄くやわらかく織った布。

二六　**ボリーバル**　ベネズエラ生れの南米独立運動の指導者（一七八三—一八三〇）。ボリビアの国名は彼の名に由来。またガルシア゠マルケスは『迷宮の将軍』（一九八九）で最晩年のボリーバルの姿を描いている。

三一　**ハイチ**　アンティル諸島のほぼ中央、イスパニョーラ島の西側三分の一を占める共和国。一八〇六年、世界初の黒人共和国として成立。首都ポルトープランス。

三四　**イカコ**　高さ一・五—三メートルほどの灌木。大きな丸い葉をつけ、球状の実は乾燥させて食用とする。

三四 **マンティーリャ**　絹、レースで出来た大型の婦人用肩掛け。

三五 **副王**　スペイン領アメリカにおける最高位の王室官吏。

三五 **ガレオン船**　十五—十七世紀頃、主にスペインがアメリカ貿易、または軍艦に使用した、三、四層の大型帆船。

三五 **ドーリス式**　古代ギリシアの建築様式の一つ。雄大・簡素で、縦みぞのある柱、飾りのない柱頭が特徴。

三六 **カタルーニャ**　スペイン北東部、ピレネー山脈と地中海に接する地方。独自の言語を有し、スペイン的なマドリード地方とは、しばしば対立。

三六 **セーヴル焼き**　パリ西郊の町、セーヴル産の高級陶磁器。

四〇 **雄鶏は、キリストに三度違うと言わせた**　マタイ福音書、マルコ福音書に見える、弟子ペトロのキリスト否認のことか。

四〇 **メッサリーナ**　ローマ皇帝クラウディウスの妻。淫蕩なことで知られる。

四一 **キュラソー**　カリブ海南部、ベネズエラ沖にあるオランダ領の島。

四一 **サラマンダー**　サンショウウオなど、有尾の両生類の総称。

四二 **リンネ**　スウェーデンの博物学者（一七〇七—七八）。生物分類学を体系的に確立。

四三 **パラマリーボ**　南米大陸北東部、オランダ領ギアナ（現スリナム共和国）の首都。

四三 **センターボ**　補助通貨単位。ペソの百分の一。

四七 **クロシェ帽**　つり鐘形の婦人帽。

五七 **フローレンス**　フィレンツェ。イタリア中部の都市。ルネッサンス文化の中心地となった。

五七 **バシリカ**　中世のキリスト教会堂に見られる、長方形を基本にした建築様式。

五八 **ヘリオトロープ**　ペルー原産、ムラサキ科の常緑小低木。赤紫色の合弁花をふさ状につけ、芳香があり、香水の原料とされる。

六九 **カレル**　フランスの医学者（一八七三—一九四四）。一九一二年、ノーベル賞受賞。

六九 **ムンテ**　スウェーデンの精神科医（一八五七—一九四九）。

七四 **ゴート人**　民族大移動期、東ゲルマン系の一部族。無学な無法者の別称とされる。

八二　**セイバ**　パンヤ科の落葉高木。東南アジア原産で、熱帯地方に分布。高さ約三十メートルにもなり、種子から綿毛を得る。

八五　**セレナーデ**　夕べの音楽の意で、夜、恋する女性の窓辺で歌い、または演奏する曲。

八六　**レアル**　十一―十九世紀のスペイン、中南米で広く用いられた銀貨。

九三　**ミトン**　親指だけ分かれている手袋。

九三　**チュニック**　丈が腰よりもやや長めの婦人用の上衣。

九六　**同種療法**　ドイツの医師ハーネマン（一七五五―一八四三）が創始した治療法。ある薬剤を健康人に投与した場合に現れる症状を調べておき、これと同じ症状を示す患者に、その薬を微量服用させる。

九八　**スクーナー**　通例二本マストの縦帆船。

九八　**赤い色の自由の帽子**　フランス革命以後、自由の象徴と見なされた赤い帽子のこと。

一〇〇　**レグアス**　一レグアは、約五五七二メートル。レグアスは複数形。

一〇八　**クラベール**　スペインのイエズス会伝道師（一五八〇―一六五四）。

一一〇　**ポンド**　一ポンドは、約〇・四五四キログラム。

一三四　**アニス酒**　ウイキョウ（アニス）の実で風味をつけたリキュール。

一三七　**海里**　航海距離の単位。一海里は、ほぼ緯度一分の長さで、約一八五二メートル。

一四一　**カラベラ船**　十五―十六世紀にスペイン、ポルトガルで使用された、三―四本マストの軽快な帆船。

一四四　**オーガンザ**　薄手の張りのある綿布。

一四七　**リーグ**　一リーグは三マイル、約四・八三キロメートル。

一五一　**ヤード**　一ヤードは三フィート、約〇・九一四四メートル。

一五一　**パーケル織**　密織りの綿布。

一六〇　**シャルコ**　フランスの神経病学者（一八二五―九三）。

一六〇　**トゥルーソ**　フランスの内科医（一八〇一―六七）。

一六五　**ここに入るものは……**　イタリアの詩人ダンテ（一二六五―一三二一）の宗教叙事詩『神曲』地獄篇の一節。

一八七　**シエナ**　イタリア中部の古都。

一九〇　**ラビ**　ユダヤ教の教師。

二〇三　**フラシ天**　毛足の長いビロード。プラッシュ。

二〇四　**フィート**　長さの単位、フットの複数形。一フットは三分の一ヤード、約三〇・四八センチメートル。

二〇八　**マナティー**　ジュゴンに似た水生草食哺乳動物。ジュゴンとともに、人魚に擬せられた。

二一三　**バチスト**　薄地、平織りの上等綿織物。

二一三　**アイボリーナット**　ゾウゲヤシの種子。鶏卵大で、その堅い胚乳を乾燥させたものを象牙まがいの細工品の原料とする。

二一八　**タフタ**　琥珀織り。平織りの、光沢のある薄い絹地。

二二六　**聖三位一体の日**　ペンテコステス（聖霊降臨の大祝日）後、最初の日曜日。父と子（イエス・キリスト）と聖霊の三位が、一体の神であることを祝う。

二三五　**ドレフュス裁判**　一八九四年、フランスの軍法廷がユダヤ系の将校ドレフュス（一八五九―一九三五）にドイツへの機密漏洩容疑で終身刑を科したことに対し、ゾラをはじめ自由主義的な知識人が激しく反発、世論を二分した。一九〇六年に無罪確定。

二四〇　**カルーソ**　イタリアの著名なテノール歌手（一八七三―一九二一）。

二四五　**サンタ・フェ**　コロンビアの首都、サンタ・フェ・デ・ボゴタのこと。アンデス山脈の標高二六〇〇メートルに位置する。一時期ボゴタと称したが、一九九一年に旧名に復した。

二四九　**コバルビアス**　スペインの文法学者。十七世紀初めに出版された辞書『スペイン語宝典』の著者（一五三九―一六一三）。

二六一　**アニリン染料**　石炭を乾留する際に生ずる油状の液体アニリンと、塩酸または硫酸を結合させて作る染料。もめん繊維の黒色染料に使用。

二六二　**ケープ**　肩をおおう袖なし外套。

二六三　**灰の水曜日**　復活祭四十六日前の水曜日。四旬節（キリストの荒野における四十日間の断食を想起するための期間）の始まる日。灰は、人間の肉体の脆さを象徴する。

二七六　**ガルデル**　アルゼンチンのタンゴ歌手、俳優（一八九〇―一九三五）。

二七六　**コルトー＝チボー＝カザルス・トリオ**　フランスのピアニストのコルトー（一八七七―一九六

二)、フランスのバイオリニストのチボー(一八八〇—一九五三)、スペインのチェリストのカザルス(一八七六—一九七三)が組んだ三重奏団。一九二〇年前後に活躍。

二七七 **フォリー・ベルジェール**　パリにあるミュージックホール。

二八四 **クレトン**　厚手のプリント地。

三一〇 **ピューレ**　裏ごしした食品の総称。

三一五 **グアバ**　熱帯アメリカ原産のフトモモ科の小高木。果実は球形か西洋梨形。和名バンジロウ。

三二二 **チャン**　コールタールから揮発成分を蒸留して残るかす。クレオソート油を混ぜ木材塗料にする。

三二八 **再臨派**　米国の宗教結社の一つ。キリストの再臨は間近いと説く。アドベンティスト。

三四二 **全免償**　罪が許されたあとにもなお残る、負うべきすべての償いからの免除。

三四八 **『ペンギンの島』**　フランスの小説家アナトール・フランス(一八四四—一九二四)の小説。一九〇八年発表。

三五七 **ラ・サルペトゥリエール**　パリの硝石工場跡に建てられた大学病院センター。

三六五 **アルバロ**　アルバロ・ムティス。ガルシア＝マルケスと親交のあるコロンビアの作家(一九二三—)。

三六六 **タマリンド**　マメ科の常緑高木。熱帯原産。

三七九 **千日戦争**　コロンビアでは長期にわたって保守派と自由派が対立していたが、一八九九年、ついに内乱が始まり、戦いは一九〇二年まで続いた。

三八一 **ベル・カント唱法**　旋律や音自体の美しさを目指すイタリア式の唱法。

三八一 **ロマンス**　抒情的もしくは感傷的な歌曲。一般に、詩の各節が同一旋律を反復するように作曲される。

三八二 **シュロの聖日**　復活祭《イースター》直前の日曜日。キリストのエルサレム入城を、民衆が棕櫚の枝をかざして祝ったことから。枝の主日。

三八九 **月明かりの下で金の角を光らせている夫**　寝取られ亭主の意。

四四一 **リンドバーグ**　米国の飛行家(一九〇二—七四)。一九二七年、ニューヨーク＝パリ間の単独無着陸飛行に成功。

四五〇 **オランダカイウ**　サトイモ科の多年草。熱帯アフリカ原産。夏、茎の先の白い花弁状の包葉内部に、黄色い小花を穂状に咲かせる。

四五九　**ブロック体**　太さが一定で、ひげ飾りのない書体。

四六一　**コンラッド**　ポーランド生れのイギリスの作家（一八五七―一九二四）。船員生活に基づく海洋小説を英語で書いた。

四七六　**エタミン織り**　薄地で透けるような平織りの布。

四九六　**メルセーデス**　著者ガルシア＝マルケスの妻（一九三二―）。マガングエはコロンビア北部の河港都市。

四九七　**ボレロ**　スペインの舞踊、四分の三拍子。

解説

木村榮一

ガブリエル・ガルシア＝マルケスは『百年の孤独』や『族長の秋』において、独自の幻想性をたたえた世界を描き出している。こうした作品に親しんだ読者が『コレラの時代の愛』をひもとくと、おやっ、これが同じガルシア＝マルケスの作品かと思われるかもしれない。それほど文体も作風も以前に書かれたものとは異なっている。作者自身が十九世紀風の小説を書こうとしたと語っているとおり、写実的な記述、描写がどこまでも続き、しかも会話らしい会話がほとんど出てこない。にもかかわらず読者を退屈させたり、うんざりさせないのは語り口の巧みさによるものだが、二十世紀の、それも八〇年代に十九世紀風のリアリズム小説を復活させようとして彼がこの作品を書いたのでないことは改めて指摘するまでもないだろう。

ガルシア＝マルケスの習作期に当たる初期の写実的な作品、たとえば中編小説『大佐に手紙は来ない』や『悪い時』などは、書き上げてから五、六年の間引き受けてくれる出版社が見当たらず、それぞれ一九六一年、六二年にようやく日の目を見たが、その時も売れたのはともに七百部足らずで、ほとんど注目されることはなかった。しかし、十七、八歳の頃から自分の一族のサガを書こうとさまざまに模索を続けてきたガルシア＝マルケスは、メキシコ滞在中のある日、家族とアカプルコへ行こうとしたときに、突然、自分が書こうとしている世界を描くには、祖母の語りと同じように現実と幻想とを隔てている壁を取り払った文体にすればいいのだと思い当たる。そこで部屋にこもり、一年半の間ひたすらタイプライターを叩き続けて、着想から約二十年後の一九六七年に『百年の孤独』を完成させた。新天地マコンドをひらいたブエンディーア一族の百年におよぶ歴史をつづったこの作品には、無数のファンタジックなエピソードがちりばめられていて、読者を目くるめく幻想の世界へ引き込んでいく。新天地を開いた当主アルカディオ・ブエンディーア、数知れない戦闘や待ち伏せに会いながら、奇跡的に生き延びたアウレリアーノ・ブエンディーア大佐、数々の驚異に満ちた発明をマコンドにもたらしたさまよえるジプシーのメルキアデス、チョコレートを飲んで浮遊する神父、シーツに包《くる》まって昇天する美少女レメディオス、こういった人物たちをめぐって奇想天外な事件が起こる一方、黄色い花が降りしきったり、時には雨が四年以上降り続くといった現実離れしたエピソードが次々に繰り出される。ただ、これらは単なる空想、夢想の産物ではなく、背後に作者の少年時代の体験やつねに内戦状態にあったコロンビアの歴史がゆるぎないリアリティーとして存在しており、それが土台になって作品をしっかり支えている。つまり、ガルシア＝マルケスは、一族の歴史とコロンビアの歴史を、誇張、歪曲を交えながら、彼ならではの力業でこの作品を見事な神話的な物語＝歴史に仕立て上げたのだ。後に彼は、いや、あれは機が熟しただけだと語っているが、これは自然に生まれたという意味ではなく、自分が書こうとしている作品にふさわしい文体と形式が決まるまで待ち続けたおかげで自然に機が熟したと考えるべきだろう。それと同時に、驚異的なことをごくありふれたことのように語る彼のスタイルが祖母の語りだけでなく、少年時代に読んで感激したカフカの『変身』からも大きな影響を受けていることを見落としてはならない。

　一九六七年、ガルシア＝マルケスが三十九歳の時に発表した『百年の孤独』は最初スペイン語圏の国々で大評判になり、ついで世界各国で翻訳されて、世界的なベスト・セラーになった。この一作でガルシア＝マルケスの名は世界中に知れ渡ったが、同時にこれがきっかけになって、当時すでにすぐれた作品を次々に生み出していたラテンアメリカ文学に対する関心も高まってきた。一九六〇年代後半から八〇年代にかけてラテンアメリカ文学ブームと呼ばれる現象が起こり、ホルヘ・ルイス・ボルヘス、アレホ・カルペンティエル、ミゲル・アンヘル・アストゥリアスから、フリオ・コルタサル、カルロス・フエンテス、ホセ・ドノソを経て、マリオ・バルガス＝リョサ、マヌエル・プイグにいたる作家たちが次々に話題作、問題作を発表し、世界中の読者から注目を集めるようになるが、その起爆剤になったのが『百年の孤独』だったのである。この小説をはじめボルヘスやコルタサルの短編、あるいはドノソやバルガス＝リョサの小説が世界各国の作家たちに大きな影響を与え、アメリカやヨーロッパはもちろん、アジア圏の文学までが活性化し、そこから数多くの小説や短編が生まれてきたことはよく知られている。たとえば、チベットにはもともと口承のもの以外に文学作品がなかったが、漢民族とチベット族の混血の人たちの中から、ガルシア＝マルケスやボルヘスの作品に刺激されて創作を行う人たちが現れてきた。中国では莫《モー》言《イエン》の『紅《あか》い高粱《コーリヤン》』が話題作として注目を集めたが、この作品にも『百年の孤独』の影響がうかがえる。また、ボルヘスやコルタサルがヨーロッパ、アメリカの文学に与えた影響は計り知れないものがあるし、アメリカでも、たとえばリチャード・パワーズの『舞踏会へ向かう三人の農夫』、T.R.ピアソンの『甘美なる来世へ』、ジェフリー・ユージェニデスの『ミドルセックス』など一族のサガを描いた作品が生まれてくるが、そこに『百年の孤独』の影響があるように思うのはぼくだけではないはずである。むろん、こうした作品の背後にはフォークナーの〈ヨクナパトーファ・サガ〉が控えているだろうが、ガルシア＝マルケスがフォークナーの影響を受けて『百年の孤独』を書いたことを考えると、〈ヨクナパトーファ・サガ〉と『百年の孤独』の延長線上に現代アメリカ文学の〈サガ〉が生まれてきたというのは、文学のもたらす大きな喜びであり、驚きであるといっていいだろう。

二十世紀の後半に世界文学のメイン・ストリームにまで成長したラテンアメリカの現代文学について語ろうとすれば、稿を改めなければならないだろうから、ガブリエル・ガルシア＝マルケスに話を戻すことにしよう。一九二七年、コロンビアの田舎町で生まれ育ち、事情があって幼い頃両親のもとを離れて祖父母の手で育てられたガルシア＝マルケスは、祖父母の語る民話、伝説、お話、体験談を聞いて成長した。さらに、『語るための人生』と題された彼の自伝を見ても分かるように、幼い頃から大勢の親戚の者と同居し、毎日のようにさまざまな事件が起こっていた。こうしたガルシア＝マルケスの少年時代の生活が、後に無数のエピソードに満ち溢れた小説を書く上で大きな財産になったことは言うまでもない。

その後、首都のボゴタにある大学に進学したものの、政情不安がもとで大学が閉鎖され、カルタヘナの大学に移るが、中退した彼は地方都市でジャーナリストとして仕事をするようになる。当時の破天荒でなんともユーモラスな貧乏暮らしの詳細については、先に触れた自伝で詳しく語られているが、売春宿にも足繁く通っていて、それが『コレラの時代の愛』の中でフロレンティーノ・アリーサが出入りし、後に経営まで手がけることになる売春宿や、二〇〇四年作の『わが悲しき娼婦たちの思い出』の中に出てくる娼家を描写する上で大いに役立っている。ともあれ、その後ガルシア＝マルケスは新聞社の特派員として一時ヨーロッパに滞在し、新大陸に戻ってからもあちこちの国を巡るが、やがてメキシコに腰を落ち着けて『百年の孤独』を書き上げ、一躍脚光を浴びるようになった。この作品が完成するまでは大変な貧乏暮らしで、車を売りはらったり、家財道具を処分したりして何とか食いつないだ。出来上がった原稿をアルゼンチンの出版社が引き受けてくれることになったので、郵便で送ることにしたが、バス代がないので徒歩で郵便局まで行った。ところが、原稿を送ろうとすると今度は料金が足りず、仕方なく原稿の半分を送り、そのあと家に戻って妻のメルセーデスのヘヤー・ドライヤーと電熱器を売りはらって、ふたたび郵便局に取って返して残りの原稿を送ったというエピソードが伝えられている。

『百年の孤独』の成功で、ようやく底なしの貧乏暮らしから脱出できた。しかし、世界的なベスト・セラーになり、二十世紀の傑作とまで評された『百年の孤独』の後に、何を、どう書けばいいのかという課題が、作者にとって大きな重荷になったことは想像に難くない。小説作法においては連作ものでないかぎり、同じパターンを繰返すわけには行かない。一作毎に内容に即して新しい手法、文体を生み出していかなければならない。開高健の言うように、まさしく新手一生である。だからこそ三島由紀夫も「小説には機能的で、どこか卑しい所がある」と言ったのだろう。世界中の読者がわくわくしながら次の作品を心待ちにし、出版社や編集者が早く書くようにせっついてくるのだから、ガルシア＝マルケスも心のどこかで期待に応えたいと思っていたはずだが、前作を踏襲した二番煎じの作品をけっして書こうとしなかったところにガルシア＝マルケスの凄みがある。というのも、『無垢なエレンディラと無情な祖母の信じがたい悲惨の物語』（一九七二、邦訳タイトル『エレンディラ』）、『青い犬の目』（一九七四）といった短編集や『ある遭難者の物語』（一九七〇）のようなルポルタージュ風の作品をのぞけば、一九七五年までの丸八年間小説を発表していないのである。

八年後の一九七五年に出版されたのが『族長の秋』だが、年齢が百七歳から二百三十二歳の間という信じがたいほど高齢の族長、すなわち独裁者を主人公にしたこの作品では、現実の枠を大きくはみ出した途方もない事件が次々に語られていく。老齢の進んだ独裁者は動脈がガラスと化し、腎臓に砂が詰まり、心臓に亀裂が入っている。アメリカに多額の借款《しゃっかん》をしていたために、あらゆる利権を失い、ついにはカリブ海まで売り渡すことになる。国内的には孤独な権力者であるがゆえに絶えず不安に襲われていて、数々の蛮行を行う。たとえば、大統領が死亡したという虚偽の情報を流させ、民衆が大喜びして大統領官邸に入ってくるところを虐殺させたり、反逆をたくらんでいる将軍を殺して丸焼きにし、パーティの席に料理として出したり、宝くじで子供を使っていかさまをやり、賞金を懐に入れるが、その子供の数が二千人にのぼって始末に困ると、彼らを船に乗せて殺した後、手を下した部下を銃殺にして、事件をもみ消す、といった類のすさまじい出来事が次々に語られていく。独裁者の行動、所業はことごとく桁外れで、常識の枠を大きくはみ出しており、『百年の孤独』を彷彿させる理由もそこにある。

中南米諸国はときに独裁者の牧場と呼ばれることがあるくらい多くの独裁者が誕生しており、ガルシア＝マルケスも若い頃から独裁者には興味を抱いていて、いつか小説に書きたいと思っていた。一九六〇年代の初めに一度書きかけたが、スタイルが決まらなかったために中断し、その後中南米の独裁者に関する文献資料を読み漁り、さまざまなうわさ話や風聞を集め、さらにイメージ作りのためにユリウス・カエサルの種々の伝記やスエトニウスの『ローマ皇帝伝』を何度も読み返したりした。そうして、自分の中で独裁者のイメージと小説を書くための形式と文体が熟成するのを待って書き上げたのが『族長の秋』なのである。この作品で注目すべきなのは、やはりその形式と時間処理である。全体が〈章〉にあたる六つの部分に分かれていて、四つ目を除いて各部分はすべて大統領の死の描写ではじまっている。時間は〈章〉がはじまるたびに、大統領の死に回帰していくが、そのことによって物語の時間は元に巻き戻されて、反復することになる。宗教学者のミルチャ・エリアーデは歴史時間の特徴は二度と反復されない点にあるのに対して、神話的な時間はつねに反復されるところに特徴があると述べているが、こうした時間処理によってガルシア＝マルケスは神話的な独裁者像を描き出している。『百年の孤独』で一族の歴史をコロンビアの血なまぐさい歴史とからめながら、歴史そのものを神話化したとすれば、『族長の秋』では神話的独裁者像を創造しようとし、それに成功したのだといっても過言ではない。

『族長の秋』から六年後の一九八一年に出版されたのが『予告された殺人の記録』だが、この作品は実際に起こった事件をさまざまな証言をもとに跡付けるという形で書かれていることもあって、ルポルタージュ風の文体が用いられている。よそ者の若者バヤルド・サン・ロマンが、田舎町に住む娘アンヘラ・ビカリオを見初めて、結婚を申し込む。華やかな結婚式が終わり初夜を迎えるが、その時になってアンヘラが処女でないことが判明して、彼女は実家に戻される。母親にさんざん殴られたあと、双子の兄弟の兄のほうから相手は誰だと聞かれた彼女は、サンティアゴ・ナサールだと白状する。双子の兄は妹を辱めたとしてサンティアゴを殺そうとつけねらい、ついに刺殺するというのが事件の概要だが、最初にこの作品を書こうと思い立ったときに、作者は事件のことを徹底的に調べ上げた。作品は、〈わたし〉が事件現場に立ち会った人たちやその周辺にいた人たちの証言を集めて、再構成するという形式をとっているが、当初は作品の形式が決まらなかったのと、証言をした人たちの中に身内や親戚の者が大勢いたので、差しさわりがあってはいけないと考えて、結局長年の間そのままになっていた。事件から三十年後に書かれたこの作品を読んでみると、いくつか奇妙な点があるのに気がつく。母親に責め立てられ、双子の兄のほうから尋ねられてアンヘラは、相手の男性はサンティアゴ・ナサールだと打ち明けるが、いろいろな証言から、彼女が苦し紛れに言っただけで、どうもサンティアゴではなかったらしいという事実が浮かび上がってくる。それ以上に奇妙なのは、ビカリオ兄弟がもともと人を殺すような人間でなく、しかもサンティアゴをつけねらいながら、まるで自分たちの行動を阻止してもらおうとするかのように、ナイフを隠そうともせずいろいろな人にサンティアゴを殺すつもりだと言っていることである。サンティアゴが殺される前に、町中の人がすでにビカリオ兄弟が彼を殺そうとしていることを知っていたし、その時点で止めようと思えばできなくはなかったはずなのだ。証言を集めていくうちに、あの事件はさまざまな偶然の要素が積み重なったために起こったものだということが明らかになっていく。そうなのだ、この事件はまさに避けがたい運命を描いた宿命劇なのである。ガルシア゠マルケスがギリシア悲劇に関心を抱いていて、中でもソポクレスの『オイディプス王』がいちばんのお気に入りであることはよく知られている。この小説をギリシア悲劇と重ね合わせて考えれば、ビカリオ兄弟、サンティアゴ・ナサール、バヤルド・サン・ロマンたちが、アンヘラが口にしたたった一言で避けがたい運命的な悲劇へと一直線に突き進んでいくことに気づくだろうし、あの田舎町の住人たちの数々の証言は、悲劇に登場し運命を予告するコロスの役どころを担っていることに思い当たるはずである。一見ルポルタージュ風のスタイルをとりながら、この作品がそれをはるかに越えた広がりと奥行きのある作品に仕上がっているのは、まさにその背後にギリシア悲劇の形式が隠されているからにほかならない。田舎町で起こった殺人事件をギリシア悲劇の器に盛るという形式にたどり着くのに、作者は三十年という年月をかけたといっていいだろう。

＊　＊　＊

フロベール、ヴァレリー、ジッド、カフカ、デヴィッド・ロッジ、ポール・オースターなど、作家がエッセイ、評論、日記といったさまざまな形で自らの文学論を語っている例はいくらでも見つかるし、ラテンアメリカ文学を見渡してみても、パスをはじめボルヘス、フエンテス、コルタサル、バルガス＝リョサなど、それぞれに興味深い文学論やエッセイを書いている。奇妙なことにガルシア＝マルケスはそうしたものを一冊も書いていない。対談や新聞、雑誌の記者の質問に答える形での発言はあるが、それ以外のところで文学や小説について理論的なことを一切語っていないのは不思議といえば不思議である。批評家嫌いで知られるガルシア＝マルケスは、小説作法や小説論を数多く書いているバルガス＝リョサとは対照的に、小説についてあれこれ説明する必要はないと考えているのだろう。だからといって彼が小説作法にまったく無関心なわけではないことは言うまでもない。むしろ彼はさまざまな作家の小説を読むことで、その作法を学び取り、自分が書こうとする作品に適した技法を体得している。そのことは、『百年の孤独』から

『族長の秋』、『予告された殺人の記録』に至る技法、語り口の変化を見ても容易に見て取れるはずである。ただ、彼の場合、作法、技法が先にあるのではなく、語るべき内容が先行しており、それにふさわしいスタイルを見つけ出すのにたっぷり時間をかけていると考えられる。

『予告された殺人の記録』から四年後の一九八五年に出版された本作『コレラの時代の愛』では、先にも触れたように十九世紀小説の技法を自在に駆使して、一八六〇年代から一九三〇年代にかけてのコロンビアの地方都市とそこに生きる人々の姿を鮮やかに描き出している。フェルミーナ・ダーサに対するフロレンティーノ・アリーサの永遠の愛を縦糸にして、絶え間ない内戦や疫病の危機におびえつつ生きるさまざまな階級の人たちの暮らしぶりと、彼らの喜怒哀楽にまつわる無数のエピソードを横糸にして織り込み、あの時代と社会を見事に浮き彫りにしている。しかも、そこに登場する数え切れないほど多くの人物たち、たとえばトランシト・アリーサ、ロタリオ・トゥグット、ロレンソ・ダーサ、エスコラスティカ叔母、ドン・レオ十二世ロアイサ、レオーナ・カッシアーニ、リンチ嬢、アメリカ・ビクーニャなどの副次的な人物の造形も見事で、読後に忘れがたい印象を残す。批評家の中には、この小説にフロベールの『ボヴァリー夫人』や『感情教育』の影響を指摘する人もいるが、ガルシア＝マルケスが書こうとする作品のスタイルを見つけ出すためにフロベールだけの影響を受けたと言い切るのは早計だろう。ガルシア＝マルケスはあるところで、次のようなストーリーを思いついたと対談者に語ったことがある。初老にさしかかり、孫もいる女性がある日、三十五年前に投函されたまま郵便ポストの底に眠っていた一通の手紙を受け取る。手紙はかつて愛し合っていた男性からのもので、二人して町を出て行こう、これこれの所で水曜日の午後五時に待っている、と書かれてあった。三十五年前にその手紙が届けられていたら、二人はまったく違う人生を歩んだはずだが、手紙が届かなかったために彼らはそれぞれに違う道を歩むことになった。手紙を受け取った彼女は、まさかと思いつつも、待ち合わせの時間に指定された場所に足を向けると、そこに彼がいた。彼は三十五年間、水曜日になると約束した時間にそこへ行ってずっと待ち続けていたのだ。永遠の愛というのは存在すると言った後、彼はこう続けている。

こういうストーリーは、現実というのはどの程度までたわめ、ゆがめることができるのか、本当らしく見える限界というのはどのあたりにあるのかといったことを知ることができるので、わたしは大好きなんだ。本当らしさの限界というのは、われわれが考えているよりも広がりのあるものなんだ。ただ、そういう限界があることはわきまえておかないといけない。

フロレンティーノ・アリーサは三十五年どころか、五十一年九カ月と四日待ち続けた。相手の女性フェルミーナ・ダーサは彼を捨ててべつの男性と結婚し、子供はもちろん、孫までいる年齢になっていたが、それでもまだ待ち続けた。普通の男性なら先の見えない状況の中で絶望感に浸るところなのに、彼はひたすら待ち続けたが、これはもはや現実を超えて、幻想の領域に属する。まもなく死を迎える年齢になっても一人の女性を愛し続けるフロレンティーノ・アリーサの現実離れした愛を、ガルシア＝マルケスは「本当らしさの限界」を追求するために描き出そうとし、そのとき彼が用いたのが十九世紀的なリアリズムの手法だとすれば、小説の方法、自分が語りたいと思っている内容にふさわしい手法を追い求めた彼がようやく見出したのが、このたびはリアリズムの手法だったのだと考えるのがもっとも理にかなっている。つまり、彼は幻想的としか言いようのない恋をリアリズムの器に盛り込もうとして創作を行い、見事に成功しているのである。『コレラの時代の愛』を出版した四年後の一九八九年に、ガルシア＝マルケスは『迷宮の将軍』を書き上げる。若い頃、コロンビアの大河マグダレーナ川を旅したことのあるガルシア＝マルケスは、いつかこの川を舞台に小説を書きたいと考えていた。『コレラの時代の愛』にも描かれたマグダレーナ川はまた、ラテンアメリカ独立の父といわれるシモン・ボリーバルが死を迎える直前に下っていった川としても知られるが、そのボリーバルを主人公に、彼の最晩年の姿を描こうとして生まれてきたのが『迷宮の将軍』である。この小説を書くためにガルシア＝マルケスはまず、ボリーバルの副官をつとめたダニエル・フロレンシオ・オリアリーの三十四巻にのぼる回想録や歴史学者エウヘニオ・グティエーレス・セリス、ファビオ・プーヨなどの著作をはじめ膨大な量にのぼる文献、資料を読み漁り、記録がほとんど残されていない死の直前のボリーバルの姿を、彼の回想を交えながら描きあげている。

若くして独立戦争に身を投じたボリーバルは、超人的としか言いようのない精神力と勇気、さらには天才的な戦術眼によって宗主国スペインの軍隊を何度も打ち破り、新大陸の国々を独立へと導き、その偉大な功績から〈解放者〉の名を冠せられることになった。その意味でボリーバルは、ラテンアメリカの人たちにとって歴史上の人物というよりも、むしろ神話、伝説上の人物であると言ってもいいだろう。彼は広大な地域に広がる植民地を駆け巡って十五年近くスペイン軍を相手に戦い続け、多くの国々を植民地支配から解き放った。いずれはスペイン語圏の国々をひとつにまとめ、巨大な共和国連合を作り上げたいという壮大な夢を抱いていて、そのために文字通り骨身を削るような苦労をした。少年時代に薫陶を受けた家庭教師シモン・ロドリーゲスからロマン主義的な理想を教え込まれた彼は、その理想の灯を見詰めて死の直前までひた走った。しかし、スペインからの解放を目指して戦っている間は結束していた軍人や植民地の人たちも、ひとたび独立が達成されると、たちまち骨がらみの権力欲や私利私欲にあぶりたてられ、互いにいがみ合い、分裂するようになる。外部の敵には鉄槌をふるったボリーバルも、内なる敵には抗しきれず、ついに自らの理想、夢の実現をあきらめ、さらには権力の座も捨てて国外に出る決意を固める。ガルシア゠マルケスは『迷宮の将軍』において、長年にわたる戦いの末に病魔に冒され、すべてを失い、失意のうちにコロンビアから国外に亡命しようとした最晩年のボリーバルに焦点を当てている。植民地支配のくびきから新大陸を解放し、独立を勝ち取った功労者、輝かしい栄光に包まれた歴史上の英雄シモン・ボリーバルが陽画であるとすれば、何もかも失ってわずかな部下とともに病み衰えた身体でマグダレーナ川を下っていくこの作品のボリーバルは、まさにその陰画といってもいいだろう。

では、なぜガルシア゠マルケスは輝かしい栄光に包まれたボリーバル像を描かなかったのだろう。考えてみれば、独立戦争の英雄としてのボリーバルに関してなら、すでに山のような文献、資料が出ているし、伝記も数え切れないほどある。そこに屋上屋を架すようにしてボリーバルの伝記を書いたところで何の意味があるのだ、と彼の小説家魂がささやいたにちがいない。彼はおそらく、陰画としてのボリーバルを描くことで、逆にラテンアメリカの人たちにとって馴染み深い華やかな栄光に包まれた英雄としてのボリーバル像だけが真の姿ではない、彼もまた運命に翻弄されたただの人でしかなかったのだと語りかけようとしたにちがいない。神話的な英雄、あるいは伝説の人であれば、どれほどの大事業を成し遂げた所で驚くには当たらない。しかし、それを成し遂げたのが生身の、われわれと同じ一個の人間だったとなれば、その偉大さがいっそう驚異的なものとしてたち現れてくる。作者自身が作品のあとがきで、「ぞっとするほど暗い内容の小説」と書いているのは、決して誇張ではない。ボリーバルの死出の旅を書きながら、作者自身も辛く苦しい思いをしていたはずだが、その苦行を支えていたのはあの英雄に対する敬愛の念であることは間違いない。骨の髄から小説家であるガルシア＝マルケスは、栄光の陰の悲惨を描くという陳腐な手法に訴えず、英雄の悲惨を徹底的に描き切ることで、陰画として彼の栄光を逆に浮かび上がらせようとしたのであり、そこにガルシア＝マルケスのしたたかな方法意識を読み取ることができるはずである。

一九九四年には、ラテンアメリカ諸国がまだ植民地だった十八世紀に時代をとり、カリブ海に面したカルタヘーナの町を舞台にした小説『愛その他の悪霊について』を発表する。カサルドゥエロ侯爵の娘で、十二歳の少女シエルバ・マリアは、本来なら侯爵家の令嬢なのに、両親が自堕落な生活を送っていて娘をまったくかまいつけなかったために、教育らしい教育を一切受けず、女中をしていた黒人奴隷たちの手で育てられる。そのせいで、彼女は黒人たちのさまざまな迷信に彩られた呪術的な世界の中で野性的な少女として成長していく。

ある日、女中と一緒に市場へ行ったシエルバ・マリアが犬にかまれるという事件が起こる。その犬が狂犬病にかかっていたと分かって、父親の侯爵が突然娘のことを気遣いはじめる。医者に診てもらったり、民間療法を試みたりするが、はかばかしい結果が得られず、ついに教区の司教に相談する。司教の勧めでサンタ・クララ修道院に入れられたシエルバ・マリアは、抑圧的で息が詰まりそうな修道院の生活になじめず、しかも気性が激しかったこともあって、手に負えないほど暴れた上に、黒人たちの使うアフリカの言葉を交えて神や修道院を冒瀆《ぼうとく》したために悪魔祓《ばら》いをされることになる。

その話を聞いた教区の司教は、日ごろから目をかけていた三十六歳のデラウラ神父に、修道院へ行って少女の魂を救うように命じる。修道院に赴いたデラウラ神父は、シエルバ・マリアをひと目見て恋に堕ち、やがて彼女と愛し合うようになる。二人の成就されない恋はやがて発覚し、デラウラ神父は僻地に飛ばされ、修道院に閉じ込められて衰弱していた少女は悪魔祓いの苛酷な儀式に耐え切れずついに絶命する。

作者はこの作品でシエルバ・マリアという、本来なら白人の支配者層に属しているのに、両親に見捨てられたために黒人たちに育てられることになった少女を通して、怠惰で倦み疲れた生活を送っている白人たちの世界と、アフリカの呪術的な迷信が消えずに残っている黒人たちの世界という、ほとんど接点を持たない、というかむしろ対立する二つの世界を描き出している。また、後半で少女が修道院に入れられた時点で、教会と修道院に象徴されるキリスト教的、抑圧的な世界が作品の前面に大きく出てくる。デラウラ神父がシエルバ・マリアに恋したときから、宗教界はその権威主義的な本性をむき出しにしはじめ、二人はやがて教会、修道院を中心とする勢力に押しつぶされてしまう。ただ、彼女は本当にデラウラ神父を愛していたのだろうか、果たしてあの二人の関係を恋と呼べるのだろうかと問い返してみると、答えは否定的にならざるを得ない。

白人でもなければ黒人でもないシエルバ・マリアは、重層的な人種構成になっている社会のどの階層にも属さずそうした枠組みの外にいる、いわば呪われた少女であり、その少女を通してガルシア＝マルケスは、植民地社会という白人、黒人奴隷、混血の人たちが入り混じって織り上げている混沌とした世界とそこを支配している狂気とを、いかにも彼らしい想像力を駆使して全体的に描き出そうとしている。常軌を逸した不可解な行動をとるシエルバ・マリアを主人公に据え、狂気の愛を縦糸にすることによって作者のその意図はみごとに達成されていると言えるだろう。

そして二〇〇四年には、二十一世紀最初の小説作品となる『わが悲しき娼婦たちの思い出』と題した中編を発表している。この小説の主人公は九十歳という高齢だが、思いがけず長生きできたので、自分への褒美として誕生日にまだ男性を知らない少女と一夜を共にしようと考える。生涯独身を通した主人公にはなじみの娼家があり、そこの女主人とは長い付き合いだったので、無理を言ってまだ年の若い少女を見つけてほしいと依頼する。紹介された少女と一夜を共にするが、懸命になって貧しい家庭を支えている少女は昼の仕事の疲れがでて、ベッドで昏々と眠り続けたために、彼はそっと触れるだけで我慢する。その後も何度か会うが、娼家で殺人事件が起こるなど次々に思いがけない事件が起こる。最後は主人公と娼家の女主人が話し合い、自分たちのうちのどちらかが亡くなれば、もう一人が財産を相続し、少女の後見人になる。そして残ったほうも亡くなれば、少女に財産のすべてを譲り渡すことにしようと話し合う。九十歳という年で愛情を注ぐことのできる相手を見つけることのできた主人公が、浮き立つような思いで家路につくところで作品は終わっている。

作品の扉に、川端康成の『眠れる美女』冒頭の「たちの悪いいたづらはなさらないで下さいませよ、眠つてゐる女の子の口に指を入れようとなさつたりすることもいけませんよ、と宿の女は江口老人に念を押した。」という一節が引用されている。この作品が高齢者の愛をテーマにしていて、しかも扉に上のような文章が引用されているので、どのような作品かと思われるが、『わが悲しき娼婦たちの思い出』には川端の作品とも、あるいはナボコフの『ロリータ』ともまったく違う世界が描き出されている。波乱に富んだ展開を見せるストーリーを通して語られているのは、老人賛歌であり、愛の物語である。融通無碍、自在な語り口で次々にエピソードが繰り出されるこの作品は、ラテンアメリカのラブレーとも言うべきガルシア＝マルケスの円熟味を増した、楽しくてしかもどこか悲しい、それでいて心温まる物語である。

ガブリエル・ガルシア＝マルケスは天成の物語作家、現代の語り部であるとよく言われる。たしかに、ピンチョンも思わずうなるほどの語りの名手ではあるが、だからといって自らの才に任せて作品を書き続けてきたのではなく、一作ごとに文体や手法に工夫を凝らしてきている。『コレラの時代の愛』では、五十年以上もの間一人の女性を愛し続けるという実際にはありえないような物語を書くために、まず時代を十九世紀後半から二十世紀前半に設定し、そのために多くの文献を通して時代考証を行ったうえで、ありえない物語をありうる現実の中に据えるというまことに手の込んだ手法を用いている。およそ現実離れした恋物語を縦糸にして、独立後四、五十年たち、没落の一途をたどっているかつての上流階級や新興成金の登場、あるいは文明の利器である電話、電信の普及、川を航行する船会社、当時の医学、とりわけ伝染病に対する措置などが丁寧に書き込まれている。こうした細部が作品の基盤となって、小説世界にどっしりした重みを与えていることは改めて指摘するまでもないだろう。そして、そこにウルビーノ博士、フェルミーナ・ダーサ、フロレンティーノ・アリーサを中心にして、彼らを取り巻く世界と人間を描くことで、あの時代の人間と世界を小説の中に確固としたものとして作り上げているが、その手並みは見事というほかはない。フランスのある批評家は、本を楽しんで読む人をレクトゥール、現実世界以上に本の世界にのめりこんで生きる人をリズールと呼んだが、願わくばこの訳書をリズールとして読んでいただければ、訳者としてこれほどうれしいことはない。

＊　＊　＊

翻訳の底本には、Gabriel García Márquez:El amor en los tiempos del cólera;Editorial Bruguera S.A.1985を用いた。ただ、この版には作者からの訂正箇所があったので、それを参照し、訂正した上で訳した。また、Gabriel García Márquez:El amor en los tiempos del cólera;Penguin Books USA Inc.;1996も適宜参照した。また、翻訳に際しては、英訳のGabriel García Márquez:Love in the Time of Cholera,translated by Edith Grossman:Penguin Books USA Inc.,1989を参考にさせてもらったことを付け加えておく。

この訳が出来上がるまでにはいろいろな方にお世話になった。フランス語は同僚の武内旬子氏、ドイツ語は同じく同僚の濱崎桂子氏にお教えいただいた。また、この作品を訳している途中で、とうとう右腕が上がらなくなり、パソコンへの打ち込みが出来なくなったが、そのときに手伝ってくださった神戸市外国語大学の博士課程の大学院生高野雅司氏にもここでお礼を申し上げておかなければならない。最後になったが、この翻訳を勧めて下さった塙陽子氏と出版までにいろいろと面倒をおかけした冨澤祥郎氏にも、ここで改めて御礼を申し上げます。

Obra de García Márquez | 1985

コレラの時代《じだい》の愛《あい》

著　者　ガブリエル・ガルシア＝マルケス
訳　者　木村榮一《きむらえいいち》

発　行　2006年10月30日
10　刷　2024年 5 月20日

発行者　佐藤隆信
発行所　株式会社新潮社
郵便番号 162-8711　東京都新宿区矢来町 71
電話　編集部　03-3266-5411
読者係　03-3266-5111
http://www.shinchosha.co.jp
印刷所　錦明印刷株式会社
製本所　大口製本印刷株式会社

乱丁・落丁本は、ご面倒ですが小社読者係宛お送り下さい。
送料小社負担にてお取り替えいたします。
価格はカバーに表示してあります。

ISBN 978-4-10-509014-2 C0097

Obras de García Márquez

ガルシア＝マルケス全小説

1947-1955 La hojarasca y otros 12 cuentos
落葉 他12篇 高見英一 桑名一博 井上義一 訳
三度目の諦め／エバは猫の中に／死の向こう側／三人の夢遊病者の苦しみ
鏡の対話／青い犬の目／六時に来た女／天使を待たせた黒人、ナボ
誰かが薔薇を荒らす／イシチドリの夜／土曜日の次の日／落葉
マコンドに降る雨を見たイサベルの独白

1958-1962 La mala hora y otros 9 cuentos
悪い時 他9篇 高見英一 内田吉彦 安藤哲行 他 訳
大佐に手紙は来ない／火曜日の昼寝／最近のある日／この村に泥棒はいない
バルタサルの素敵な午後／失われた時の海／モンティエルの未亡人／造花のバラ
ママ・グランデの葬儀／悪い時

1967 Cien años de soledad
百年の孤独 鼓 直 訳

1968-1975 El otoño del patriarca y otros 6 cuentos
族長の秋 他6篇 鼓 直 木村榮一 訳
大きな翼のある、ひどく年取った男／奇跡の行商人、善人のブラカマン
幽霊船の最後の航海／無垢なエレンディラと無情な祖母の信じがたい悲惨の物語
この世でいちばん美しい水死人／愛の彼方の変わることなき死／族長の秋

1976-1992 Crónica de una muerte anunciada / Doce cuentos peregrinos
予告された殺人の記録 野谷文昭 訳
十二の遍歴の物語 旦 敬介 訳

1985 El amor en los tiempos del cólera
コレラの時代の愛 木村榮一 訳

1989 El general en su laberinto
迷宮の将軍 木村榮一 訳

1994 Del amor y otros demonios
愛その他の悪霊について 旦 敬介 訳

2004 Memoria de mis putas tristes
わが悲しき娼婦たちの思い出 木村榮一 訳

ガルシア＝マルケス全講演
1944-2007 Yo no vengo a decir un discurso
ぼくはスピーチをするために来たのではありません 木村榮一 訳

ガルシア＝マルケス自伝
2002 Vivir para contarla
生きて、語り伝える 旦 敬介 訳